HEINZ G. KONSALIK

Die strahlenden Hände

HEINZ G. KONSALIK

Die strahlenden Hände

Roman

Heinz G. Konsalik: Die strahlenden Hände
Lizenzausgabe für die Naumann & Göbel Verlags-
gesellschaft mbH, Köln

Gesamtherstellung: Naumann & Göbel Verlagsgesellschaft mbH

ISBN: 978-3-625-20984-3
www.naumann-goebel.de

1

Als der Zug in den kleinen Bahnhof einlief und mit einem hellen Knirschen hielt, erhob sie sich von dem grauen Polstersitz – sie fuhr 1. Klasse, weil ihr Mann Stefan das so verlangt hatte, wenn er sie schon nicht mit dem Wagen in die Stadt bringen konnte –, beugte sich etwas vor und betrachtete sich in dem rechteckigen Spiegel an der Abteilwand gegenüber.

Nein, man sah nichts. Ihr Gesicht hatte sich nicht verändert. Auch die Augen waren die gleichen: tiefbraun, fast schwarz, groß und doch etwas geschlitzt – Stefan nannte sie Mandelaugen –, mit einem ungebrochenen Glanz, der Lebenskraft und Gesundheit ausstrahlte. Nur auf den hohen Backenknochen waren vor einer Stunde rote Flecken erschienen, die sie mit etwas braunrosa Puder überdeckt hatte – eine Vorsichtsmaßnahme nur, denn sie wußte, daß die Flecken nach dem Abklingen der ersten Erregung auch wieder verschwinden würden.

Sie beugte den Kopf nach rechts und dann links zur Seite, zupfte ein paar schwarze Löckchen über die Stirn, strich mit angefeuchteten Fingerspitzen über ihre Augenbrauen und nickte ihrem Spiegelbild zu. Du siehst noch gut aus, dachte sie, als sei es fast unglaubhaft, daß eine Frau mit einundsechzig noch so jung aussah. Bei ihrem Vater war es genauso gewesen; er wirkte mit fünfzig Jahren wie ein flotter Dreißiger. Und was den Großvater betraf, der jagte noch mit über achtzig auf einem feurigen Hengst die Wölfe in der Wildnis um den Tschalkinskoje-See. »Wenn der Mensch wirklich mal zweihundert Jahre alt werden sollte, dann beginnt das hier in Grusinien!« hatte er ein paarmal gesagt. Und Großvater hatte auch verkündet: »Krankheiten sind dazu da, daß man sie mißachtet. Nur wer immer davon redet, wird krank!« Um so mehr traf es ihn, daß sein Sohn David Semjonowitsch Medizin in Tiflis studierte und sich als Arzt in Poti, an der Küste des Schwarzen

Meeres, niederließ. Großvater starb auch wirklich nicht an einer Krankheit; er wurde 1944 von den Deutschen erschossen, als man ihn dabei überraschte, wie er eine Sprengladung an die Eisenbahnstrecke Tiflis– Batum legte.

Man muß eine Krankheit mißachten wie der Großvater, dachte die Frau, lächelte noch einmal in den schmalen Spiegel, wandte sich dann ab und verließ das Abteil. Sie hatte kein Gepäck bei sich, nur ihre übliche Handtasche und eine Einkaufstüte der Großbäckerei Schmoldes aus Münster. Bei Schmoldes gab es das beste Sauerteigbrot und den besten Stuten, ein im Kasten gebackenes Weißbrot. Und wenn jemand von der Familie Doerinck nach Münster fuhr, war es selbstverständlich, daß er von Schmoldes Brot und Stuten mitbrachte.

Als sie die Tür des Waggons öffnete, stand Corinna auf dem Bahnsteig und winkte ihr zu. Sie winkte mit der linken Hand, die ihre Handtasche hielt, zurück und hob die rechte mit der Schmoldes-Tüte hoch.

»Endlich bist du da, Matjuschka!« rief Corinna und nahm der Mutter die Bäckertüte ab. Dann wollte sie sie stützen, als sie die zwei hohen Trittstufen hinunterstieg, aber die Mutter wehrte ab und sprang auf den Bahnsteig, als sei sie ein junges Mädchen.

»Was heißt endlich? Ihr wußtet doch, daß ich mit diesem Zug zurückkomme. Ist Papuschka noch immer in seiner Konferenz?«

»Noch immer, Mama. Wie geht es dir?«

Corinna sah ihre Mutter forschend an. Ein paar Leute, die an ihnen vorbeigingen, grüßten sie mit großer Höflichkeit. Wer in dem Städtchen Hellenbrand kannte die Doerincks nicht. Den Lehrer und Konrektor Stefan Doerinck, zweimaliger Schützenkönig, Dirigent des Kirchenchores, Vizepräsident des Kegelclubs »Rums« und gefürchteter Skatspieler am Stammtisch der Wirtschaft »Westfalenwappen« Und seine Frau mit dem Namen Ljudmila, die eine Russin war, was man in Hellenbrand auch nach sechsundzwanzig Jahren noch nicht ganz verstehen konnte. Tochter Corinna sah zwar fast genauso

»fremdländisch« aus wie die Mutter, immerhin war sie aber in Deutschland geboren und betrieb am Rande von Hellenbrand eine vielbeachtete künstlerische Teppichknüpferei.

»Wie es mir geht? Wie soll's mir gehen? Gut!« Ljudmila verließ mit weiten Schritten den Bahnsteig und ging hinüber zu Corinnas kleinem Wagen. Wie bei den meisten kleinen münsterländischen Städten lag auch der Bahnhof von Hellenbrand außerhalb der Stadt, fast einsam zwischen Feldern und Waldgruppen, mit den Häusern Hellenbrands durch eine breite Straße verbunden, eine Allee aus schlanken, hohen Birken. Deshalb gab es in Hellenbrand auch drei Taxis, und der Fahrplan der Buslinie war so eingerichtet, daß dreimal am Tag ein Bus am Bahnhof stand, wenn der Zug aus Münster hielt.

»Was hat der Arzt gesagt, Mama?« fragte Corinna, als sie am Wagen standen.

»Später, mein Liebling!«

»Warum später? Wenn du wüßtest, wie unruhig wir sind. Papa und ich.«

»Es hat Zeit«, sagte Ljudmila und wartete, bis Corinna die Autotür geöffnet hatte. »Wenn Papuschka aus seiner Konferenz nach Hause kommt, erzähl ich euch alles. So müßte ich's ja zweimal tun.«

»Nur eins, Mama: Ist alles in Ordnung?«

»Später!« Sie stieg in den kleinen Wagen, rückte sich zurecht und wartete, bis Corinna neben ihr saß. Was soll ich ihr sagen, dachte sie und hoffte, daß nicht wieder die roten Flecken auf ihren Backenknochen erschienen. Es konnte sein, daß der Puder nicht mehr so gründlich deckte. Natürlich sind sie unruhig. Keiner ist gewöhnt, daß ich krank bin. Nie, in all den langen Jahren, haben sie Grund gehabt, sich um mich Sorgen zu machen. Nun ja, da waren die üblichen Sachen: eine Bronchitis, ein Schnupfen, eine Ischiasreizung, eine Nervenentzündung im linken Handgelenk, seit drei Jahren ab und zu Rheumaschmerzen in der rechten Schulter – aber länger als drei Tage hatte sie nie im Bett gelegen und dabei immer an

Großvater Semjon Arkardjewitsch Assanurian gedacht: Man muß eine Krankheit mißachten! Bisher war das immer gelungen. Es gab da in ihr eine innere Kraft, an der jede Krankheit zerbrach. Bisher war sie immer stärker gewesen. Bisher …

Corinna sah ihre Mutter von der Seite an, ohne den Wagen zu starten. Ljudmila tat, als merke sie es nicht, und blickte aus dem Fenster, als betrachte sie die Landschaft zum erstenmal. Sie wandte auch nicht den Kopf, als Corinna sagte:

»Mama, du hast in deinem ganzen Leben nie lügen können. Was ist los?«

»Nun fahr schon!« Ljudmila nickte dem Fleischer Wittkopp zu, der seine Frau vom Zug aus Münster abgeholt hatte und nun an ihrem Wagen vorbeiging. »Benimm dich nicht wie ein kleines Kind, du bist schließlich dreißig.«

»Es ist also nicht alles in Ordnung, Mama?«

»Es ist alles so, wie es sein soll.«

»Das ist keine Antwort.«

»Was willst du denn hören?«

»Bist du krank, Mama, oder bist du nicht krank?«

»Wenn du mich so fragst: Ich bin nicht krank.« Ljudmila zog die Bäckertüte auf ihren Schoß, beugte sich darüber und schnupperte. »Wie das duftet. Der Stuten ist noch warm. Es stimmt schon: das beste Brot gibt's bei Schmoldes. – Habt ihr Schinken geholt?«

»Ja.« Corinna fuhr an. Bis nach Hellenbrand waren es nicht mal zehn Minuten, und bis zum Lehrerhaus genau zwölf Minuten vom Bahnhof aus, wenn man zügig durchfahren konnte. Die halbe Strecke über sprachen sie kein Wort mehr, saßen nebeneinander, starrten auf die Birkenallee, ließen sich vom Fleischer Wittkopp überholen – er hupte dabei und winkte wieder fröhlich zu ihnen herüber – und spürten, daß etwas Unerklärliches über ihnen lag. Plötzlich sagte Ljudmila, und ihre Stimme klang geradezu kindlich – verträumt:

»Diese Birken! Bei Tante Dschuna waren sie genauso. So weiß, so hoch, so schlank, so schön. Tante Dschuna … ein

Bauernhaus hatte sie bei Bosserow, in der Ukraine. War schon mehr ein Hof, ein Herrenhaus, wirklich. Zur Sowchose ›Aufbau‹ gehörte es, aber Tante Dschuna bewohnte es allein. Da war ich oft in den Schulferien. Habe Ziegen gehütet. Das war das herrlichste vom ganzen Urlaub, denn zu Hause, in Poti, bei meinem Papa, war ich die vornehme Doktortochter. War das schön, wenn ich im lichten Birkenwald saß, um mich herum die Ziegenherde …«

Corinna bremste, bog von der Straße ab und hielt auf einem sandigen Querweg, der durch ein Lupinenfeld führte. Ljudmila umklammerte die Bäckertüte, als sei sie plötzlich ein Rettungsring geworden.

»Warum hältst du?« fragte sie. »Warum biegst du ab? Ist was mit dem Auto?«

»Mama, wir sind allein.« Corinna lehnte sich weit auf ihren Sitz zurück und blickte gegen den Autohimmel. »Ganz allein … Sag mir die Wahrheit, bitte!«

»Dr. Willbreit hat mich gründlich untersucht. Und wie gründlich!« Sie lachte, aber es klang ein Unterton mit, den Corinna heraushörte. »Fünf Ärzte sind um mich herumgetanzt. Röntgen, EKG, Blutuntersuchung, Ultraschall, irgend so etwas mit Radium haben sie mir eingespritzt und mich wieder geröntgt, von morgens um acht bis vorhin um drei.« Sie lehnte ebenfalls den Kopf zurück und schloß die Augen. Habe ich rote Backenflecken? dachte sie. Ob sie nicht auftreten, wenn ich den Atem anhalte? »Jetzt bin ich müde, Cora, verstehst du das nicht? Ich will nicht alles zweimal erzählen.«

»Was hat Dr. Willbreit am Ende der Untersuchung gesagt?«

»Wenig. Im Grunde genommen gar nichts. Er war mit den Diagnosen zufrieden. Es seien klare Diagnosen, sagte er. Das ist doch beruhigend, was? Das ist doch schon etwas … Nun fahr endlich nach Hause, Cora!«

Es war zwecklos, noch weiter zu fragen. Corinna ließ den Wagen wieder an, fuhr zurück zur Allee und erreichte das Doerinck – Haus fast gleichzeitig mit Stefan Doerinck, der von der Lehrerkonferenz heimkehrte. Nebeneinander bremsten die Wagen, Doerinck sprang heraus und riß die Tür an Ljudmilas Seite auf.

»Milaschka!« rief er und zog seine Frau vom Sitz ins Freie. »War das ein Tag! Immer habe ich an dich denken müssen. Ich glaube, ich habe nur die Hälfte von dem mitgekriegt, was in der Konferenz besprochen wurde. Jetzt wird sie geröntgt, habe ich gedacht, und jetzt muß sie vielleicht einen Magenschlauch schlucken – und ich bin nicht bei ihr, sie ist allein ... Milaschka, ich war zeitweise geistig völlig weggetreten!«

»Das kommt davon, daß ihr so verwöhnt seid. Ich war nie krank, und plötzlich sagt da Corinna: ›Laß dich mal gründlich in der Uni-Klinik von Münster untersuchen, Mama!‹ Und der alte Dr. Hambach gibt ihr auch noch recht. Also bin ich nach Münster und bin wieder zurück. Wozu die Aufregung, Stefan?«

»Und was hat's gegeben, Matjuschka?« Stefan Doerinck faßte seine Frau unter, gab ihr einen Kuß auf die etwas schräg gestellten Augen und wartete, bis Corinna die Haustür aufgeschlossen hatte. Eine glückliche Familie waren sie. Ihr Leben war in Ordnung. Ein Haus hatten sie, einen Garten dahinter mit zwei Apfelbäumen, zwei Birnbäumen und einem Zwetschenbaum. An Spalieren wuchsen Johannisbeeren, Stachelbeeren und Brombeeren. Salat und Blumenkohl standen im Garten, Stangen- und Buschbohnen, Tomaten und Gurken, Zwiebeln und Lauch. Ein ganzes kleines Feld gehörte den Blumen, und hier vor allem den Sonnenblumen. Wenn die großen Blüten in der Sonne wogten, saß Ljudmila manchmal auf einem Hocker mitten zwischen den Blumen, die Hände im Schoß gefaltet und den Blick in weite Ferne verloren. In diesen Augenblicken ließ Stefan sie allein. Sie war dann wieder ein Kind, das in den Sonnenblumenfeldern von Tante Dschuna saß. Es war die ewige russische Seele, die einmal im Jahr Heimweh bekam, ganz gleich, wo auf der Welt Ljudmila sich befand und wie glücklich sie mit ihrem Leben war. Dem gemeinsamen Leben mit ihrem Mann. Es fehlte ihnen nichts.

Neidlos betrachteten sie in den Illustrierten die Bilder aus der »großen Gesellschaft«, die Millionengeschmeide der Damen, die Maßfräcke der Herren, die Traumvillen und Traumjachten, die Traumautos und die Traumstrände, saßen dann hinter ihrem Haus auf der Holzbank und beobachteten den Flug der Schwalben im Abendrot oder das rhythmische Wiegen der Sonnenblumen im Wind, und wußten, wie sie seit fünfunddreißig Jahren alles gemeinsam wußten, daß Paradiese nicht golden zu schimmern brauchten und daß die Klinken der Pforte zum Glück nicht mit Brillanten belegt waren.

»Ich habe einen Hunger«, sagte Ljudmila. »O Gott, habe ich einen Hunger! Ich mußte doch völlig nüchtern bleiben, wegen dem Röntgen und so. Jetzt eß ich erst einen frischen Stuten mit dick Butter und dann ein Schinkenbrot. Frisches Brot von Schmoldes. Noch warm! Und du, Stefan, kochst einen starken Kaffee.«

Doerinck nickte, nahm ihr die Bäckertüte ab und trug sie in die Küche. Innerlich atmete er auf. »Es ist nichts«, dachte er glücklich. Wirklich nichts. Sie ist so fröhlich. Ist man so fröhlich, wenn man weiß, daß man krank ist? Wohl kaum. Wie gesund sie aussieht, wie schön. Ich würde mich immer wieder in sie verlieben und sie heiraten, auch jetzt mit ihren einundsechzig Jahren. Die glaubt ihr ja doch niemand. Ljudmila Davidowna Assanurian ... vor sechsunddreißig Jahren fing das an, im Kaukasus, an dem kleinen See Paleostomi. Da beobachtete ein deutscher Oberleutnant ein wunderschönes, nackt badendes Mädchen ...

Stefan Doerinck setzte die Bäckertasche ab, holte die Brote heraus, schnupperte und genoß den köstlichen Duft. Er widerstand der Versuchung, sich den Knapp abzuschneiden. Das war Ljudmilas Vorrecht. Es gehörte zu ihren kleinen großen Freuden, den Knapp eines frischen duftenden Brotes zu essen.

Noch während er an dem Brot roch; trat Corinna in die Küche. »Fällt dir nichts auf, Papa?« fragte sie. Ihr Gesicht war etwas starr.

»Ja, natürlich!« Doerinck lachte laut und tippte auf den Stuten. »Der Knapp ist noch dran.«

»Mit Mama stimmt etwas nicht.«

»Immer diese Unkerei!« Doerinck legte das Brot weg und kümmerte sich um die Kaffeemaschine. Er kniffte das Filterpapier, steckte es in den Plastikfilter, holte die Kaffeedose aus dem Küchenschrank und suchte dann den Portionslöffel. Er war immer woanders, einmal hatte er ihn sogar beim Kartoffelmehl gefunden. So was regte ihn jedesmal auf. Er war ein Mann der Ordnung und der Grundsätze. Das erklärte er auch immer seinen Schülern: Ein Gemeinleben ohne Ordnung endet in Anarchie. Man hatte ihn deswegen auch mehrmals gebeten, vor den Wahlen Reden zu halten oder der für ihn einzig in Frage kommenden Partei beizutreten. Beides hatte Doerinck abgelehnt mit der Begründung, daß er in jungen Jahren schon einmal Partei ergriffen und dadurch bald den Weltuntergang erlebt habe. So kam es, daß der Konrektor Doerinck der einzige Parteilose im Lehrerkollegium war.

»Was hast du nur?« sagte er jetzt ärgerlich, suchte noch immer den Portionslöffel für Kaffee und ackerte alle Dosen und Schübe durch. »Du hast Mama eingeredet, daß sie irgendwas im Körper haben müsse, und Dr. Hambach, der schon bedenklich Senile, gab dir recht. Nun war Mama in Münster. Man hat sie dort auf den Kopf gestellt. Und was ist von allem übriggeblieben? Mama, gesund wie eh und je, hat Hunger auf Butterstuten und Schinkenbrot! Und Kaffee. Verdammt, wo ist der Löffel hin?«

»Nimm einen Teelöffel, Papa.«

»Das könnte ich; aber wo ein Portionslöffel nötig ist, muß ein Portionslöffel sein! Man sollte es nicht für möglich halten: in der Marmelade steckt er!«

»Das war ich, Paps.«

»Natürlich, wer sonst? Dreißig Jahre alt, aber als Hausfrau ein Säugling!« Doerinck spülte den Portionslöffel unter heißem Wasser sauber und trocknete ihn dann ab. »Was soll mit Mama nicht stimmen?«

»Sie sagt uns nicht die Wahrheit.«

»Mama kann nicht lügen.«

»Eben. Man sieht's ihr an. Und ich habe es gesehen. Sie will uns etwas vorspielen. Es ist in Münster *nicht* alles glattgegangen. Paps, ruf doch Dr. Willbreit an.« Sie lehnte sich an die Küchentür und faltete die langen, schlanken Hände vor ihrer Brust. »Ich *weiß*, daß mit Mama etwas nicht stimmt.«

»So, du weißt es!« Doerinck zählte die Kaffeeportionen für die Kanne ab. Pro Tasse einen Löffel voll. Sieben ... acht ... neun ... zehn ... Es wurde ein guter Kaffee, denn Hellenbrand hatte ein gutes Wasser, chemisch rein, aus eigenen Tiefbrunnen. Kein »Industriewasser«, wie die anderen Städte drumherum. »Woher willst du es wissen? Du bist keine Ärztin geworden.«

»Wirf mir nicht immer vor, daß ich das Studium hingeworfen habe.«

»Du hast als kleiner studentischer Rotzer alles besser gewußt als die Professoren!«

»Und ich hatte am Ende recht! Das sagst du nicht. Ich habe neun Fehldiagnosen aufgedeckt. Das hält natürlich kein akademischer Stand aus. Und wie war das mit Frau Reinhartz? Seit vier Jahren chronische Gastritis, keiner hat ihr geholfen, pfundweise hat sie Mittel geschluckt, die neue Fassade der Apotheke stammt fast von ihr allein ... Ich aber habe sie nach zehn Behandlungen geheilt. Hier!« Sie streckte plötzlich ruckartig beide Arme vor: »Mit meinen Händen!«

Doerinck goß das Wasser in den Glasbehälter der Kaffeemaschine. »Und seitdem läuft dir unser ehrenwerter Hausarzt Dr. Hambach schweifwedelnd nach.«

»Pfui!«

»Das war ein Hundevergleich, Töchterchen!« Er knipste die Kaffeemaschine an und war jetzt frei von übernommenen Pflichten. Den Schinken holen, Brot schneiden und Brot schmieren war Ljudmilas Arbeit. Corinna konnte das Geschirr herausholen und den Tisch decken; wenn sie's nicht von allein tat, wollte Doerinck es ihr gleich sagen. »Ich weiß ja, daß du besondere Hände hast, daß sie irgendwie Strahlen aussenden, Magnetismus, Kraftfelder. Ich hab' ein paar Bücher gelesen, die das beschreiben. Seit der Sache mit der Frau Reinhartz habe ich mich informiert, aber was auch alles passiert sein mag oder geschrieben steht: Ich bin ein viel zu nüchtern und klar denkender Mensch, um das anzunehmen. Jeder Körper soll ein Strahlenkleid haben – überleg dir mal den Blödsinn! Du, meine Tochter, hast ein Strahlenkleid! Habe ich denn einen Strahlenanzug? Und deine Mutter?« Doerinck, bisher etwas spöttisch im Ton, wurde plötzlich ernst. »Bei deiner Mutter wäre es noch denkbar. Für die Annahme, daß aus Menschen einmal Engel werden, ist deine Mutter schon jetzt ein Beweis.«

»Du liebst Mama abgöttisch, nicht wahr, Paps?«

»So etwas fragt man nicht seinen Vater. Aber weil du es bist: Ja!«

»Und Mama ist krank, sehr krank ...«

»Cora! Ich will das nicht mehr hören!« Er holte tief Atem. Ja, er war da, der Druck auf der Lunge und auf dem Herzen, das schwere Atmen war da, das von der Angst begleitete Luftholen. Es hatte ihn gepackt, als Ljudmila zu ihm sagte, sie habe Blut im Stuhl gefunden. Seitdem lebte er mit diesem Druck in der Brust. »Hol das Geschirr und deck den Tisch!« sagte er rauh zu seiner Tochter und zeigte auf den Küchenschrank. »Wir werden von Mama nachher alles genau erfahren. Mama lügt uns nicht an. Warum auch? Ein Telefongespräch würde ja genügen, um die Wahrheit zu hören. Mein Gott, sieh dir doch Mama an. Die Gesundheit in Person! Jeder schätzt sie auf Ende Vierzig.«

In ihrem Zimmer hatte sich Ljudmila mittlerweile umgezogen, nachdem sie sich geduscht hatte. Bevor sie die frische

Wäsche überstreifte, stellte sie sich für ein paar Minuten vor den großen Schrankspiegel und betrachtete sich. Einundsechzig, dachte sie. Dieser Körper, dieser noch immer schöne Körper, ist nun einundsechzig Jahre alt. Unglaublich, wie wenig er sich verändert hat. Die Beine sind noch schlank, und ohne Falten sind die Hüften. Nicht eine einzige Krampfader drückt sich durch, und der Bauch ist flach und gespannt, fast jungfräulich. Dabei hat man eine dreißigjährige Tochter. Gewiß, die Brüste waren früher straffer und höher, aber mit Tausenden, ja mit Millionen Jüngeren, selbst jungen Mädchen, könnte ich da noch konkurrieren. Wer diesen Körper sieht und sagt, er ist einundsechzig Jahre alt, den würde manch einer einen Lügner nennen; den dürfte man verprügeln. Und doch ist es so. Ein schöner Körper, eine schöne Larve, eine schöne Fassade. Nur das ist er in Wahrheit noch. Eine Fassade. Wie bei Brüderchen Potemkin, der die Zarin durch herrliche blühende Dörfer kutschierte – und sie merkte nicht, daß die Häuser in Wirklichkeit nur bemalte Wände waren und dahinter – nichts! Das ist dein Körper, Ljudmila Davidowna: eine schöne Fassade. Und dahinter? – Wie sag ich's ihnen, ohne daß sie zusammenbrechen?

Sie drehte sich noch einmal vor dem großen Spiegel, beobachtete das Spiel ihrer Muskeln und das Licht der Sonne auf ihrer straffen glänzenden Haut, dachte einen Moment daran, daß Stefan sie noch immer so liebte wie vor sechsunddreißig Jahren und daß dieser Körper seine Wirkung auf ihn nie verloren hatte, aber dann schauderte sie, legte beide Hände flach über ihren Unterleib, wandte sich schroff vom Spiegel weg und griff nach der frischen Wäsche.

Wie schnell waren damals Potemkins Fassaden verwittert und verfallen, dachte sie. Wie schnell geht alles vorüber! Sie fönte ihre lockigen schwarzen Haare – nicht ein einziges graues war darunter –, legte ein diskretes Make-up auf, zog die Lidränder nach und nahm für die Lippen ein ins Orange spielendes Rot.

Warum eigentlich, dachte sie. Muß das noch sein? Ja, es muß sein! Auch der weinende Clown schminkt sich ein lachendes Gesicht; man will ihn so sehen. Würde er nur weinen, liefen sie alle weg. In Schönheit vergehen … man muß das durchhalten bis zu dem Tag, an dem nichts mehr möglich ist.

Sie bürstete noch einmal durch ihre jugendlich wirkende Frisur, verließ dann das Zimmer und ging hinüber zum Eßraum, wo Stefan und Corinna am Tisch saßen und auf sie warteten. Der Kaffeeduft schlug ihr geradezu erregend entgegen. Auf einem großen Holzbrett lagen der Stuten und das Sauerteigbrot. Daneben die Butterdose und ein anderes Holzbrett mit ausgelöstem Knochenschinken und einem scharfen, breitklingigen Messer. Und eine Flasche eisgekühlter Korn stand da. Münsterland – Gold, die Marke, die Stefan am liebsten trank. Zu einem westfälischen Schinkenbrot gehört ein Münsterländer Korn. Die Medizin der Hundertjährigen, sagt man.

»Schöner konnte Aphrodite nicht aus dem Meeresschaum steigen!« rief Doerinck poetisch. »Matjuschka, du siehst wieder aus, als wolltest du eine Kosakenschwadron verführen.«

»*Ein* Krummbeiniger genügt mir!« Sie lachte, nahm am Tisch Platz und zwinkerte ihrer Tochter zu. Corinna lachte etwas verkrampft zurück. »Das ist das einzige, was mir an deinem Vater nicht gefiel – er hat X-Beine. Sie gefallen mir noch immer nicht. Ein Glück, daß du meine Beine geerbt hast.« Sie sah zu Stefan hinüber und neigte leicht den Kopf. »Kein Protest, Papuschka?«

»Heute ist alles erlaubt, Milaschka!« rief Doerinck.

»Warum heute?«

»Du bist aus Münster zurück und bringst das Leben mit …«

»Ja, ich bin aus Münster zurück.« Sie zog den Stuten zu sich, schnitt den Knapp ab und legte ihn auf ihren Teller. Corinna schob ihr die Butter zu, aber Ljudmila schmierte den Knapp nicht. Sie faltete die Hände über ihrem Teller und zog den Kopf etwas in den Nacken. »Ich muß euch etwas sagen …« Ihre Stimme klang ruhig und durch die russische

Färbung faszinierend wie immer. »Dr. Willbreit war ehrlich zu mir, und ich will ehrlich zu euch sein. Seht euch an, wie ruhig ich bin … ihr sollt es auch sein: Ich werde noch sechs Monate leben können.«

»Mat… Matjuschka …«, stammelte Doerinck »Milaschka … Das ist doch nicht wahr …«

»Willst du meinen Knapp essen?« sagte sie und lächelte ihn an. »Du kannst ihn haben, Stefanka …«

Die Sekunden des stummen Entsetzens waren lähmend. Corinna hatte den Kopf in den Nacken geworfen und die Augen geschlossen. Ihr Mund war zusammengekniffen, als schrumpfe ihr Gesicht unwiderstehlich zu einer Maske. Doerinck sprang nach zwei Augenblicken des Schocks auf und lief stumm im Zimmer hin und her. Ljudmila verfolgte ihn mit ihrem Blick, griff dann nach dem Messer, holte mit der Spitze ein Klümpchen Butter aus der Dose und begann den Stutenknapp zu bestreichen.

»Wir müssen das ganz ohne Aufregung besprechen«, sagte sie. »Was haben wir davon, wenn wir jetzt den Kopf verlieren?« Sie legte das Messer hin und sah Stefan an, der schwer atmend auf sie niederblickte. »Weißt du noch, damals beim Rückzug aus dem Kaukasus: Eingeschlossen waren wir, und ich lag vor dir auf den Knien und habe dich angefleht, mich zu erschießen. Ich wollte nicht in die Hände der Roten Armee fallen. Niemand glaubte mehr, daß wir den Ring durchbrechen könnten. Doch da hast du gesagt: ›Solange ich noch einen Finger bewegen kann, ist nichts verloren!‹ – Und wir kamen durch, kamen tatsächlich durch.«

»Das … das war doch etwas ganz anderes …«, stotterte Doerinck. Seine Stimme war gebrochen. »Wir hatten immerhin eine Chance. Aber jetzt, wenn der Arzt sagt …« Er schluckte, die Worte verschwammen in unterdrückten Tränen. Er wandte sich ab, stellte sich mit dem Rücken zur Wand, und seine Schultern zuckten.

»Er hat gesagt: Sechs Monate, wenn ich mich nicht operieren lasse. Vielleicht drei Jahre, wenn die Operation gelingt und wenn keine Metastasen in der Leber sind. Vielleicht auch fünf Jahre. Vielleicht sogar vollkommene Heilung. Genaueres weiß man erst, wenn die Operation vorbei ist.«

»Du hast vorhin erklärt; Mama, Dr. Willbreit sei mit der Untersuchung und der Diagnose zufrieden gewesen.« Corinnas Stimme war im Gegensatz zu der ihres Vaters klar und ungebrochen. Ljudmila schielte zu ihrer Tochter hinüber, als sie sich vorbeugte und sie mit geweiteten Augen ansah. Es war ein Blick, den Ljudmila wie einen Hitzestrahl empfand, weshalb sie sofort wieder den Kopf abwandte.

»Ja, das stimmt. Er war zufrieden, daß seine Diagnose stimmte. Dickdarmkrebs.«

»Du hast zu mir gesagt: Ich bin nicht krank ...«

»Ich bin auch nicht krank. Ich bin schon tot. Was jetzt noch Leben scheint, ist nur ein Übergangsstadium.« Sie schmierte den Knapp zu Ende und schob den Teller hinüber zu Stefans Platz. »Ihr seid alle so aufgeregt. Warum? Immer heißt es, man soll die Wahrheit sagen – doch weiß man sie, dann können die wenigsten sie ertragen. Papuschka, Cora, setzt euch! Bitte!«

»Ich sitze ja.« Corinna wartete, bis ihr Vater von der Wand zurückkam und sich gehorsam an den Tisch setzte. Seine Augen waren gerötet, das Gesicht wie zerfallen. Fremd sah er plötzlich aus, und verzweifelt fragte sie sich: Das ist mein Vater? Wenn Mama stirbt, wird er bestimmt nicht lange überleben. Er wird sich auflösen, ganz einfach weggleiten. Sie können nur miteinander leben. Allein zurückbleiben wäre wie ein Verdorren. »Du willst dich nicht operieren lassen, Mama?«

»Ich weiß es nicht. Das sollten wir jetzt besprechen. Dr. Willbreit hätte ab Zehnten nächsten Monats ein Bett frei. Vorher soll ich noch bestrahlt werden.«

Sie griff in die Tasche ihres Kleides, zog einen Zettel heraus und las vor: »Präoperative Strahlentherapie nennen sie das. In zwei Wochen 2000 bis 3000 r, kombiniert mit dem Medikament 5-fluorouracil. – Oh, Dr. Willbreit war sehr freundlich. Er hat mir alles erklärt. Er hat mir sogar die Röntgenbilder gezeigt. So sieht also ein Todesurteil aus, habe ich gesagt, und er hat geantwortet: Nennen wir es eine Verurteilung. Aber es gibt ja auch Begnadigungen. – Er war wirklich sehr freundlich.«

»Und natürlich wirst du alles tun, was er dir vorschlägt«, sagte Doerinck mit mühsam gefestigter Stimme. »Wenn er das schon sagt ... Begnadigung ... da ist doch Hoffnung drin! Milaschka ... wir ... wir werden das durchstehen.«

»Und wir werden ganz ruhig sein.« Sie schnitt wieder ein Stück Stuten ab und griff zum Buttermesser. »Wir sind jetzt nicht drei am Tisch, sondern vier.« Mit dem Messergriff zeigte sie auf ihren Leib: »Der Krebs ißt mit. Wir müssen uns daran gewöhnen.«

Es war die fürchterlichste Schnitte Brot, die Doerinck in seinem Leben hinuntergewürgt hatte. Sie verklebte seinen Gaumen und seine Kehle und erzeugte Übelkeit. Aber er aß sie, weil er sah, wie Ljudmila mit wirklichem Appetit ihre Stutenschnitte mit dick Butter darauf verzehrte.

Corinna blieb an diesem Tag bei ihren Eltern. Noch gab es ihr Jungmädchenzimmer unter dem Dach. Es war nicht verändert worden in all den langen Jahren. Da standen die ziemlich zerfledderten Puppen aufgereiht auf ihrem Bett, zum Teil ohne Haare, armlos und zerbeult. An den Wänden hingen noch die Kinoplakate ihrer damaligen Idole: Pierre Brice als Winnetou und Lex Barker als Old Shatterhand, die Beatles und Freddy Quinn. Und der alte Plattenspieler war noch da, aufgeklappt, als habe er gerade gespielt, und auf dem Plattenteller lag eine LP von Bully Buhlan.

Corinna setzte sich auf das niedrige Bett, streckte die Beine aus und betrachtete einen Brief, der in einem schlichten hellen Holzrahmen an der Wand gegenüber hing. Es war die Fotokopie eines internen, nur für die Akten bestimmten Schreibens von Professor Dr. W. Hornschuh, damals Ordinarius für Innere

Medizin, der seinem Kollegen, dem Rektor der Universität, vertraulich mitteilte:

»… Das nicht mehr duldsame Verhalten von Fräulein Doerinck erreichte seinen Höhepunkt in meiner Vorlesung vom 23. des Monats. Ich stellte aus meiner Klinik einen besonders interessanten und in der Prognose infausten Fall von chronischem Emphysem pulmonum vor und bat Fräulein Doerinck zur Diagnosestellung ans Krankenbett. Die Kandidatin fixierte die Kranke, streckte ihre Hände aus, ließ die flachen Hände in einem Abstand von etwa zehn Zentimetern über den Körper gleiten und sagte zu meinem und aller Anwesenden Entsetzen: ›In ein paar Wochen sind Sie gesund! Nur Ihre bisherige Behandlung ist falsch!‹ – Ich habe Fräulein Doerinck daraufhin mit schroffen Worten aus dem Kollegium gewiesen, mich bei der Patientin entschuldigt und nach dem Kolleg Fräulein Doerinck zur Rede gestellt. Sie stand im Flur und rauchte eine Zigarette nach der anderen. Sie blieb dabei, daß die Patientin heilbar sei. Eine Woche später wurde mir hinterbracht, Fräulein Doerinck habe die unterdessen als Pflegefall nach Hause entlassene Patientin mehrfach besucht und ›durch Handauflegen behandelt‹. Subjektiv soll diese sich sogar besser fühlen. Jedenfalls ersuche ich ernsthaft darum, sich über eine Relegation von Fräulein Doerinck Gedanken zu machen. Ihr Verbleiben auf der Universität kann meines Erachtens nicht gerechtfertigt werden …«

Nein, man warf sie nicht hinaus. Sie war von allein gegangen. Aber als sie beim Rektor der Universität vorsprach, um sich zu verabschieden, befand sich eine Dame in ihrer Begleitung, die zwar noch sehr blaß aussah, aber gut atmen konnte und fröhlicher Laune war.

Sie hieß Emma Hennemann, war die Frau eines Fabrikanten für Stahlfedern und vor vier Monaten als unheilbarer Emphysemfall in die häusliche Endpflege entlassen worden. »An mir ist ein Wunder geschehen«, sagte sie mit etwas zuviel Pathos. »Ich bin gesund! Allein mit ihren Händen hat Corinna das geschafft. Mit den bloßen Händen! Sehen Sie sich das an!«

Vor dem sprachlosen Rektor der Universität machte Frau Hennemann zehn Kniebeugen und stand da, ohne zu keuchen, ohne blau anzulaufen, ohne sich in einem Erstickungsanfall zu krümmen. »Für Professor Hornschuh war ich schon tot«, sagte sie mit Bitterkeit in der Stimme. »Irgend etwas stimmt da doch in der Medizin nicht! Darüber sollte man mal nachdenken, Herr Rektor.«

Sofort nach dem Weggang der beiden Damen rief der Rektor bei seinem Kollegen Hornschuh an und schilderte ihm die Begegnung. »Ich war beeindruckt«, meinte er am Schluß. »Vom Totenbett hinüber zu zehn rasanten Kniebeugen ...«

»Man sieht da nie ganz durch, Herr Kollege«, antwortete Hornschuh bedächtig. »Es gibt da zunächst schwer erkennbare psychosomatische Zusammenhänge. Durch Theaterzauber und anderes Brimborium können durchaus ›Heilungen‹ zustande kommen. Es ist dies aber nichts weiter als die Auflösung einer Psychoneurose. Kein Wunder! Ich bitte Sie – wo gibt's in der Medizin Wunder? Dieser Fall aber regt wieder zur Diskussion an: Kann man gegen Menschen wie Fräulein Doerinck nicht juristisch vorgehen?«

»Nur, wenn sie daraus einen Beruf macht!« sagte der Rektor der Universität und legte auf. Hornschuhs Erklärung war eine magere Rechtfertigung. Zum Glück war es für sie ein Fall, bei dem sie »unter sich« blieben.

Er ahnte nicht, daß Kopien vom Gedächtnisprotokoll dieses Gesprächs und von Professor Hornschuhs Brief auch an Corinna gelangten – eine Uni-Sekretärin steckte es ihr zu, die sie durch Streicheln von ihrer pickeligen Haut befreit hatte. »Wo soll das hinführen?« hatte ihr Vater damals gesagt. »Mein Gott, das ist ja fast so wie bei deinem Großvater. David Semjonowitsch hatte zwar eine Arztpraxis in Poti, aber er behandelte nicht mit Pillen oder Instrumenten, sondern legte seine Hände auf die kranken Körperstellen und sang dabei leise und monoton vor sich hin. Es half den meisten.«

»Ich singe nicht dabei, Paps«, war alles, was Corinna darauf antwortete.

Eine Woche später meldete sie sich in einem Institut an, das Heilpraktiker ausbildete. Das war vor sieben Jahren, doch brach sie plötzlich auch dieses Studium ab. Wie eine Flucht war es. Eine Woche lang schloß sie sich in ihr Zimmer ein, kam nur zu den Mahlzeiten herunter, wortlos, auf keine Fragen antwortend, mit leerem Blick. Sie aß fast mechanisch, schob dann den Stuhl zurück und verbarg sich wieder in ihrem Zimmer.

»Sie muß etwas Ungeheuerliches erlebt haben«, sagte Doerinck zu seiner Frau, »Etwas Fundamentales. Etwas, das ihr Leben grundlegend beeinflußt hat. Doch sie spricht nicht darüber. Milaschka, hast du einen besseren Kontakt zu ihr?«

Aber auch auf Ljudmilas Fragen hatte Corinna nur eine einzige Antwort: Schweigen. Um so mehr verblüffte ihre Ankündigung beim Abendessen: »Ich werde Teppichknüpfen lernen. Ich werde ein eigenes Atelier aufmachen. Was haltet ihr davon?«

»Teppiche lassen sich immer verkaufen«, hatte Doerinck etwas sarkastisch geantwortet. »Nur zu den modernen Mustern habe ich kein Zutrauen. Die sehen aus, als seien Farbtöpfe ausgelaufen.«

Corinna schob die Erinnerungen beiseite, erhob sich jetzt von ihrem flachen Bett, ging zu dem kleinen Schreibtisch in der Ecke und griff zum Telefon. Die Nummer der Uni-Klinik kannte sie auswendig, und nach einigen Kreuz-und-Quer-Schaltungen hatte sie die II. Chirurgische Klinik am Apparat und die Sekretärin von Oberarzt Professor Dr. Willbreit.

»Ist es dringend?« fragte die Sekretärin

»Warum rufe ich sonst wohl an?!«

»Ein Notfall? Haben Sie schon …«

»Nein!« Corinna unterbrach die Frage abrupt. »Ich möchte Herrn Professor Willbreit persönlich sprechen, keine Notambulanz oder ähnliches. Privat!«

»Privat?«

»So ungewöhnlich ist das doch nicht.«

»Der Herr Professor konferiert gerade mit den anderen Herren. Wen darf ich melden?«

»Corinna Doerinck.«

»Ich versuche es, gnädige Frau …«

Corinna wartete, dann knackte es erneut in der Leitung. Willbreits Stimme klang etwas ungehalten und abgehackt:

»Bitte? Hier Willbreit. Um was handelt es sich?«

»Um meine Mutter.« Corinna holte tief Atem. »Ljudmila Davidowna Doerinck, geborene Assanurian.«

»Ljudmila …? Ach so, ja … Ihre Frau Mutter war heute bei uns. Ja. Sie hat Ihnen berichtet …«

»Sie haben ein Kolonkarzinom diagnostiziert. Einwandfrei?«

»Wenn diese Diagnose gestellt ist, steht die ganze Verantwortung dahinter. Wir haben einen einwandfreien Befund der Untersuchungen. Nach der rectal-digitalen Tastung haben wir eine Rektoskopie vorgenommen, ihr folgte der Kolonkontrasteinlauf mit anschließender Koloskopie. Von einer Probebiopsie haben wir abgesehen, weil röntgenologisch die Diagnose einwandfrei zu stellen war. Ich habe Ihrer Frau Mutter zur sofortigen Operation geraten.«

»Und die würde etwas nützen?«

Willbreit schwieg einen Moment. Die Frage schien ihn zu verblüffen und zu verunsichern. Bisher hatte noch niemand gefragt, ob das, was er tat, auch nützlich sei. Genaugenommen war die Fragestellung unerhört.

»Die Überlebenschance bei einer rechtzeitigen Operation ist gut. Bei Ihrer Frau Mutter käme Hemikolektomie rechts mit einer Dünn-Dickdarm-Anastomosierung in Frage, das bedeutet …«

»Ich weiß, Herr Professor. Ich habe selbst sechs Semester Medizin studiert. In Köln.«

»Ach! Eine abgebrochene Kollegin.« Willbreit stieß einen kurzen trockenen Lacher aus. »Dann brauche ich nicht lange zu erklären. Mir ist es überhaupt ein Rätsel, daß Ihre Frau

Mutter bei diesem Stadium des Karzinoms bis vor kurzem so völlig beschwerdefrei war. Dies ist äußerst selten.«

»Das heißt, Sie können keine Prognose stellen.«

»Welche Frage! Wer kann das bei einem solchen Kolon-Ca?«

»Sie haben meiner Mutter gesagt: Noch sechs Monate …«

»Ihre Frau Mutter bat um schonungslose Offenheit. In Anbetracht der Sachlage hielt ich es für besser, wenn man …«

»Vorhin sagten Sie, daß eine große Chance besteht …«

»Noch kennen wir nicht den Zustand der Leber, ob da Metastasen …«

»Und wenn wir nicht operieren?«

»Ich bitte Sie!« Willbreits Stimme bekam einen vorwurfsvollen Ton. »An so etwas darf man gar nicht denken, vor allem Sie nicht, Frau Kollegin. Ohne Operation …«

Corinna drehte sich auf dem Stuhl halb herum und blickte wieder auf den eingerahmten Brief an der Wand. »Bitte«, sagte sie langsam, »legen Sie die Karteikarte meiner Mutter ab. Sie wird nicht zur Operation kommen.«

»Ich verstehe Sie nicht!« entgegnete Dr. Willbreit steif. »Wissen Sie überhaupt, was Sie da sagen? Muß ich Ihnen schildern, was in den nächsten Wochen mit Ihrer Mutter passiert?«

»Ich weiß es.« Corinnas Stimme war ganz ruhig und klar. Sie lehnte sich zurück, spreizte die freie linke Hand und streckte sie in Augenhöhe empor. Die langen schlanken Finger zitterten leicht. »Sie wird geheilt werden.«

»Wie bitte? Glauben Sie an Wunder?«

»Nein. An die Kraft! – Ich danke Ihnen, Herr Professor.«

Sie legte auf, faltete die Hände und stützte das Kinn darauf. Irgendwie hatte sie Angst, jetzt nach unten zu gehen und zu ihrer Mutter zu sagen: »Du mußt mir jetzt glauben, Mama. Du mußt mir ganz vertrauen. Ich will versuchen, dir die Krankheit wegzunehmen.«

In Bruchstücken setzte die Erinnerung an Heilungen in den vergangenen Jahren ein: das Emphysem von Frau Hennemann, das Asthma von Frau Wille, die Akne der Sekretärin, das blutende Magengeschwür eines Teilnehmers am Heilpraktikerlehrgang, der Harnröhrenverschluß des Apothekers Schultes in Münster – und immer wieder Ischiasbeschwerden, Rheuma, Gastritis, Verengung der Herzkranzgefäße, chronische Kopfschmerzen, Nervenlähmungen. Wie viele waren es gewesen, die regungslos vor ihr standen oder lagen und bei denen sie mit ihren langen schlanken Händen im Abstand von einigen Zentimetern, also ohne sie zu berühren, über die kranken Körperteile gestrichen hatte? Waren es wirklich unsichtbare, unerklärlich starke Strahlen, die von ihr ausgingen und die das alles bewirkten?

Hinterher war sie dann immer wie ausgelaugt, wie zerschlagen in allen Knochen und Muskeln, mußte sich hinsetzen und ein paar Zigaretten rauchen, tief Luft holen und die Augen schließen. Manchmal spürte sie, wie die verausgabte Kraft sich langsam wieder in ihr sammelte, wie ihr vom Verströmen der Energie geschwächter Körper sich erholte – sie fand keine Erklärung dafür, aber sie wäre fast vor sich selbst geflüchtet, als sie rein zufällig ihre Hände über einen welkenden Blumenstrauß hielt und dann sah, wie die Blüten sich wieder aufrichteten.

Das hatte sie damals regelrecht entsetzt; sie wagte nicht mehr, anderen die Hand zu geben, eine Blume anzufassen, überhaupt etwas Organisches zu berühren – aus Angst, das Berührte könnte sich unter ihren Händen verändern. Aber dann, nach der ersten Betroffenheit, begann sie, das Schicksal, oder was immer es sein mochte, herauszufordern. Vor fünf Jahren geschah es, daß ihr Vater, bisher ein sportlicher und gesunder Mensch, der gern wanderte, mit seiner Familie per Rad durch das Münsterland fuhr und in den Schulferien an der Nordsee, meistens auf der Insel Norderney, stundenlange Strandläufe absolvierte – daß Stefan Doerinck sich plötzlich unwohl fühlte, ins Bett legte und nach seinem Hausarzt Dr. Hambach verlangte.

Der alte Hambach kam sofort, von Ljudmila alarmiert, und stellte bei Stefan Doerinck eine Gürtelrose fest. Allerdings sagte er Herpes Zoster, schmierte den Patienten mit einer Zinkpaste ein und gab ihm gegen die Nervenschmerzen ein Moroxydin – Präparat.

Es half wenig. Doerinck fieberte, die neuritischen Schmerzen ließen ihn stöhnen. Dr. Hambach verkündete die alte Weisheit, Krankheiten brauchten nun mal ihre Zeit, und vor allem die von der Gesundheit verwöhnten Patienten seien die schlimmsten … Dann kam der Abend, an dem sich Corinna an das Bett ihres Vaters setzte, die Hände ausstreckte und in ihren Fingerspitzen fühlte, daß der Kampf begonnen hatte.

Sie sprach mit ihrem Vater, lenkte ihn dadurch ab und ließ ihre Hände zehn Zentimeter über seinem Brustkorb kreisen. Nur drei Minuten waren es, drei für sie lange Minuten, in denen sie das Gefühl hatte, jemand sauge ihr das Rückenmark aus den Knochen. Dann ließ sie die Hände sinken und sah, daß ihr Vater eingeschlafen war. Sie mußte hinterher vier Zigaretten rauchen. Am nächsten Morgen saß er im Bett, verlangte die Zeitung, Kaffee und ein Brötchen mit Landleberwurst. Der sofort wieder alarmierte Dr. Hambach stellte erstaunt fest, daß über Nacht eine »dramatische Besserung« – wie er es nannte – eingetreten war und sagte stolz: »Es geht eben nichts über die gute alte Zinksalbe!«

Noch viermal strich Corinna über den Körper ihres Vaters, bis ihre Fingerspitzen den Gegner nicht mehr spürten. Sie selbst betrachtete fassungslos ihre Hände und begriff mit einem Würgen im Hals, daß etwas in ihr war, das sie außerhalb der »normalen« menschlichen Gesellschaft stellte.

Ljudmila und Stefan Doerinck saßen nebeneinander auf der Couch, als Corinna das Wohnzimmer betrat. Stefan hielt die Hand seiner Frau fest, als wolle er ihr Kraft geben, doch war es in Wirklichkeit so, daß sie ihn beruhigte mit dieser innigen Berührung. Es schien, als hätten sie die schreckliche Tatsache der tödlichen Krankheit als etwas Natürliches in ihr Leben aufgenommen.

»Wir haben beschlossen, daß Mama sich zum frühestmöglichen Termin operieren läßt«, sagte Doerinck. »Ich werde morgen mit Dr. Willbreit sprechen.«

»Das habe ich gerade getan, Papuschka.« Corinna setzte sich der Couch gegenüber in einen Sessel und legte die Hände gegeneinander. Was es auch ist, dachte sie: Gib mir die Kraft dazu! »Ich habe Mama abgemeldet ...«

»Was hast du?« fragte Doerinck ungläubig, ja verständnislos.

»Ich habe Dr. Willbreit gesagt: Mama wird nicht operiert.«

»Bist du verrückt geworden?« sagte Doerinck dumpf. »Mein Gott, Milaschka, sie ist verrückt geworden!«

»Ich werde Mama mit meinen Händen heilen.«

»Total irre ...«

»Es ist, als ob ich meinen Vater höre«, sagte Ljudmila leise. »Da kamen die Patienten zu ihm, wollten Pillen und Pülverchen haben, sehnten sich nach komplizierten Instrumenten, warteten auf irgendwelche großen Ereignisse, und was tat er? Er sah sie an, sagte: Leg dich hin – und dann strich er mit der Hand über die Menschen. Die meisten hielten ihn für verrückt ...«

»Ich weiß«, nickte Doerinck und schluckte mehrmals. »Ich war ja dabei.«

»Aber sie kamen alle wieder, und die meisten wurden gesund. Viele nannten ihn einen Schamanen, einen Wunderheiler.«

»Hier geht es um Krebs, Ljudmila.« Doerincks Stimme zitterte stark. »Mein Gott, um Krebs! Nicht um hysterisches Kopfzucken ...«

»Es geht um Mama«, sagte Corinna einfach. »Es geht darum, daß sie weiterlebt. Länger als ein halbes Jahr ... oder ein Jahr ... oder zwei Jahre ...«

Stefan Doerinck fuhr sich mit beiden Händen durch die Haare und warf einen verzweifelten Blick auf seine Frau. Aber Ljudmila schwieg und sah ihre Tochter nur mit geweiteten, übernatürlich großen Augen an. Er begriff, daß hier, in diesen Minuten, etwas Unfaßbares geschah, das außerhalb jeglichen Begriffsvermögens lag. Da hielt es ihn nicht länger in dieser Wohnung, er sprang auf und rannte hinaus. Wenig später hörten Ljudmila und Corinna, wie draußen der Motor des Autos ansprang und die Räder des Wagens knirschend durchdrehten, weil er mit Vollgas gestartet wurde und hinaus auf die Straße schoß. Nach einer knappen Stunde kam Doerinck zurück. Mutter und Tochter saßen noch genauso da, wie er sie verlassen hatte. Ljudmila auf der Couch, Corinna im Sessel. Nur der Aschenbecher neben Corinna war randvoll, quoll bald über; sie mußte ununterbrochen geraucht haben. Der süßliche Geruch des kalten Qualms – Corinna rauchte nur Orientzigaretten – war ihm zuwider.

»Verzeihung«, sagte er heiser. »Ich hatte den Kopf verloren. Ich konnte nicht anders. Ich mußte an die Luft. Jetzt geht's mir besser.«

»Soll ich dir etwas zu trinken holen?« fragte Ljudmila.

»Nein. Danke. Ich hol' mir selbst was.« Er ging zu dem großen Bücherschrank an der Längswand – einem dieser Lieblingsmonster deutschen Geschmacks mit eingebautem Fernsehteil, Hausbar und Phonofach, vier Metern Bücher und Museumsrepliken ägyptischer Kunst –, klappte den Deckel der Bar herunter und holte aus der verspiegelten Höhle eine Flasche Kognak. Zweimal schüttete er ein Glas voll – Form Napoleon – und kippte es mit einem Zug, den Kopf dabei in den Nacken werfend, hinunter.

»Was nun?« fragte er, als er das Glas abstellte. »Es ist doch wohl erlaubt zu sagen, daß ich dafür keinerlei Verständnis mehr habe. Und ich erkläre auch ganz deutlich: Ich mache das nicht mit! Ich habe Vertrauen in unsere fortschrittliche Medizin, Vertrauen in die Kunst der Chirurgen. Für mich ist das Urteil eines Professors Willbreit kompetenter als dieses ... dieses magnetische Kraftfeld oder Bio – Energie oder wie man den ganzen Blödsinn nennt. Ihr klammert euch da an eine wahnwitzige Hoffnung, aber das Röntgenbild zeigt die Wahrheit. – Milaschka, sag doch etwas! Sitz doch nicht so stumm herum! Du willst dich wirklich nicht operieren lassen?«

»Wir wollen abwarten, Stefanka.« Ihre Stimme klang fast kindlich.

»Aber die Krankheit wartet nicht!« schrie Doerinck. Ergriff wieder zur Kognakflasche. Trinken ist keine Lösung, hatte er jedesmal zu Kollegen oder Freunden am Stammtisch gesagt, wenn sie irgendeinen kleinen oder großen Kummer ersäufen wollten oder mit ihren Problemen im Clinch lagen. Trinken ist eine armselige Flucht, und die Rückkehr in die Wirklichkeit ist um so schlimmer. Das hörte sich klug an, aber es hatte, wie viele Lehren, auch eine andere Seite. Mit ein paar Schlukken Kognak im Magen und einer alkoholischen Leichtigkeit im Hirn wurde die Last des Lebens erträglicher. »Egal, was ihr vorhabt: Ich mache mich nicht mitschuldig! Ich werde morgen früh Dr. Willbreit anrufen und ihm erklären, daß ich keinen Einfluß mehr auf den Gang der Dinge habe und daß meine Frau ja großjährig ist ...«

»Mit einundsechzig bestimmt«, sagte Ljudmila und lächelte. »Du sollst wirklich nichts damit zu tun haben, Stefanka. Geh in dein Arbeitszimmer, lies oder hör Radio.« Sie sah Corinna an und nickte ihr zu: »Wie lange wird es dauern, Töchterchen?«

»Nur fünf Minuten, Mama.«

»Na, siehst du, Stefan. Weniger Zeit als du brauchst, um eine deiner kleinen Zigaretten zu rauchen.«

Doerinck umklammerte die Flasche und stellte mit Erschrecken fest, daß sie in seiner Hand zitterte, als schüttele er sie. Er ließ sie sofort los und steckte die Hände in die Hosentaschen. Die Nerven, dachte er. Wen wundert das? Welche Nerven halten so etwas aus? Auch ein Mann wie ich ist mit dreiundsechzig Jahren irgendwie verbraucht, angeschlagen zumindest, angekratzt von Tausenden von Widerhaken, die man im Leben passiert. Und einmal kommt der Augenblick, in dem man spürt: Jetzt geht es abwärts. Du bist über der Grenze. – War das jetzt, heute, in dieser Stunde?

»Du … – du willst hier …«, stotterte er.

»Auf der Couch. Ja.« Corinna legte die Finger wieder wie ein Dach gegeneinander. »Ich brauche doch nur meine Hände …«

»Und, … und du glaubst daran, Milaschka?« Er starrte Ljudmila an, als sei sie eine außerweltliche Erscheinung, die plötzlich auf seiner Couch gelandet war. Sie nickte mit einem geradezu seligen Lächeln und sah in diesem Augenblick so jung, so schön, so gesund, ja so unsterblich aus, daß er hätte schreien können.

»Ja«, sagte sie einfach.

Und Corinna forderte ihren Vater auf: »Geh bitte hinaus, Paps!«

Er schüttelte den Kopf, wild und unbeherrscht. »Nein! Ich bleibe! *Jetzt* bleibe ich. Ich war sechsunddreißig Jahre bei deiner Mutter, immer waren wir zusammen, und jetzt bin ich auch hier. Gerade jetzt!«

Er drehte sich zur Schrankbar um, goß wieder ein Napoleonglas voll Kognak und spürte auf einmal Herzstiche. Nur das nicht, dachte er erschrocken. Verdammt, du dämliches Herz, halt aus! Habe ich dich nicht trainiert? Beim Wandern, beim Radfahren, am Nordseestrand? Und jetzt willst du mich verraten, du verdammtes Herz?

Er kippte den Kognak hinunter und sah in der Spiegelwand der Bar, wie Ljudmila von der Couch aufstand und sich zu entkleiden begann.

Sie lag nackt auf der Couch, lang hingestreckt, mit geschlossenen Augen und einem geheimnisvollen Lächeln um die Lippen.

Doerinck, von jeher ein sittsam und solide empfindender Mensch und deshalb ein wenig prüde, fragte sich, ob es nicht etwas obszön sei, daß eine Tochter ihre Mutter in einer solchen Lage sieht. Aber dann schob er diesen Gedanken beiseite. Wenn fremde Männer Ljudmila nackt gesehen hatten – die

Ärzte, der Masseur im Kurhotel, der Bademeister bei der Unterwassermassage in Abano –, konnte man auch Corinna gegenüber diese kleine Scheu abbauen.

Er saß etwa zwei Meter von der Couch entfernt auf einem Stuhl, die Hände zwischen die Knie geklemmt, und sah zu seiner Frau hinüber. In sechsunddreißig Jahren war sie für ihn immer eine Überraschung gewesen. Jeden Zentimeter ihres Körpers kannte er, jede Erhebung, jede Vertiefung, jeden kleinen Leberfleck – sie hatte genau sieben Stück, den schönsten verborgen in der linken Brustfalte – er kannte jede Veränderung ihrer glatten Haut, jede blaue Verfärbung, wenn sie sich irgendwo gestoßen hatte, jeden kleinen Riß, jedes Pickelchen, das plötzlich da war, mit Creme behandelt wurde und wieder verschwand. Er konnte die Form ihrer kleinen Zehen beschreiben, die schlanken Fesseln, die Rundung der Hüften, das gewölbte kraushaarige Dreieck, den flachen Leib, die festen Brüste, die Armkugeln, die Schultern … o mein Gott, und das alles wurde jetzt zerstört von einem gnadenlosen Feind, der dort unter der glänzenden Haut, in diesem herrlichen Körper, tief innen saß und all diese Schönheit, dieses Freude atmende Leben zerfraß.

Er starrte auf seine Tochter, würgte an einem dicken Kloß im Hals und war in diesem Moment bereit, sogar an die Kraft zu glauben, die aus ihr hinüberströmen sollte zur Mutter. An diese Kraft, für die es keine Erklärung gab, auch wenn in Hunderten von Büchern versucht wurde, dem Geheimnis einen Namen zu geben. Es blieb ihm unbegreiflich, ja unheimlich, und gerade weil es seine Tochter war, verstärkte sich seine Ablehnung gegenüber diesem Unerklärbaren. Was er darüber gelesen hatte, hatte ihn nur noch mehr verwirrt und in Opposition gebracht. Am Stammtisch, wo er das Problem einmal vorsichtig anschnitt, hatte sofort das Lachen begonnen. Hier im Münsterland war man mit solchen »Spinnern« quasi aufgewachsen: den Spökenkiekern, die die Zukunft voraussehen wollten. Den Gesundbeterinnen, von denen vor allem die alten Weiber begeistert waren, auch wenn die neue Zeit über sie hinwegrollte und die Betfrauen ausstarben. Dann die Kräuterweiber, die einzigen, die der Apotheker von Hellenbrand anerkannte, denn sie lieferten ihm die verschiedensten Kräutertees besser und billiger als die Fabriken. Ehemals, in der Zeit der Hexenverfolgungen, wurden die meisten Hexen im Westfälischen gefoltert und verbrannt. Daß es hier Hexen gegeben hat, das kam nicht von ungefähr. Die Moore mit ihrem Frühnebel, das Raunen im Walde, die Natur, die bis in die Häuser wuchs, die mit Himmel und Erde verbundenen, schwerblütigen Menschen – dies alles begünstigte den Glauben an das Wirken geheimnisvoller Kräfte.

Aber Krankheiten heilen mit schwebenden Händen? Bio-Energie, die Aura um einen Menschen, ein Plasmafeld? Als Doerinck so etwas erwähnte – er lese gerade darüber, erklärte er sofort als Entschuldigung –, lachte der Amtsrichter Schwennicke am Stammtisch los (er war schon kräftig am Ernteeinfahren – ein Bier, ein Korn) und johlte lauthals: »So etwas liest er. Typisch Lehrer. Fritz!«, das war der Apotheker, »leih ihm mal die neueste Sauerei auf dem Buchmarkt. Hat 'ne Frau geschrieben. Junge, Junge, die zieht vom Leder und die Hosen runter! Da kannste lernen, was Bio-Energie ist!«

Von da an hatte Doerinck nie mehr darüber gesprochen, hatte die Bücher aber zu Ende gelesen und blieb mit noch größerem Erstaunen und Mißtrauen zurück. Ihm war zum Beispiel trotz vieler schöner Worte nicht klarzumachen, daß man nur mit Gedanken und psychischer Energie entfernte Gegenstände oder Personen bewegen konnte. In den Büchern nannte man das Telekinese: »So ein Blödsinn!« sagte Doerinck. »Da kann man sich doch nur an, den Kopf fassen!«

Er schrak aus seinen Gedanken auf, weil Corinna sich bewegte. Sie beugte sich über Ljudmila, legte ihre Hände flach auf ihren Unterbauch, schloß die Augen und zog den Kopf tiefer zwischen die Schultern. Deutlich sah Doerinck, wie ein Zittern aus dem Innern heraus durch Corinnas Arme lief.

»Ich sehe es«, sagte sie plötzlich. Doerinck zuckte zusammen und spürte wieder die Stiche am Herzen. Sein Mund war trocken, wie verdorrt. »Ich sehe es ... im oberen Rektumdrittel ...«

»Das stimmt!« Ljudmilas Stimme klang wie von weitem, wie durch einen langen Gang gesprochen. »Ich habe es auf dem Röntgenbild gezeigt bekommen.«

Corinna zog die Hände vom Leib der Mutter, legte sie aneinander und starrte auf ihre Fingerspitzen. »Ganz ruhig, Mama«, sagte sie leise. »Ganz entspannt liegen ... Sag mir, was du spürst!«

Sie beugte sich wieder vor, spreizte weit die flachen Hände und ließ sie langsam über Ljudmilas Unterbauch gleiten. Aber sie berührte jetzt nicht mehr den Körper, vielmehr schwebten ihre langen, schmalen Finger zehn Zentimeter über der Haut hin und her. Die Augen hatte sie wieder geschlossen, die Backenknochen spannten die Wangen, am Haaransatz erschienen ein paar Schweißtropfen. »Es wird warm«, sagte Ljudmila mit träger, müder, weiter Stimme. »So warm wird es ... wunderbar warm ... eine heiße, heiße Sonne ...«

Für Doerinck wurde das Luftholen schwer. Er hielt den Atem an, blickte auf Corinnas Hände und sah nichts als Finger, die langsam über dem Körper Ljudmilas schwebten. Mit einem tiefen Seufzen holte er wieder Luft und wunderte sich, daß er dabei nicht zerplatzte.

Fünf Minuten sind eine lächerliche Zeitspanne – aber schon eine Runde von drei Minuten im Boxring kann unendlich sein. Oder die letzten Minuten vor dem Ertrinken, bis man Boden unter den Füßen spürt. Oder die wenigen Sekunden, in denen ein schleudernder Wagen an einem Baum vorbeirast. Fünf Minuten können Ewigkeiten sein, wenn es kein Entrinnen mehr gibt. Unvermittelt war es vorbei. Corinna lehnte sich nach hinten, ihre Hände fielen an ihren Körper zurück, der Kopf sank in den Nacken, ihr Mund öffnete sich weit – nur Sekunden waren es, in denen es schien, als zerfalle sie jetzt zu Staub. Dann straffte sie sich wieder und tastete nach den Zigaretten. Als sie nicht sofort die Streichhölzer fand, stürzte Doerinck zu ihr und hielt ihr sein Feuerzeug vor. Gierig sog sie die ersten Züge ein und blies den Rauch durch Mund und Nase wieder aus.

Doerinck schluckte mehrmals, riß dann Ljudmilas Kleid von der Sessellehne, warf es über den nackten Körper und sank neben ihr auf die Couch. Ljudmila schlief, in die fremde Wärme eingebettet, und sah überirdisch schön aus mit ihrem sanften Lächeln.

»Was war das?« stammelte Doerinck. »Du lieber Himmel, was war das …«

»Mama wird gesund werden.« Corinna saugte an ihrer Zigarette. Über ihren Körper flimmerte noch ein merkliches Zittern. Ihre Augen glänzten fiebrig, aber in die Mundwinkel hatten sich plötzlich zwei tiefe Falten gegraben. Ein Gefühl der Leere hatte sie; wie ein ausgeflossenes Gefäß kam sie sich vor.

»Jetzt weiß ich: Mama wird wieder gesund!«

2

Die telefonische Absage der Operation durch Corinna Doerinck beschäftigte Dr. Willbreit in Münster mehr, als man es nach Lage der Dinge annehmen sollte.

Natürlich war es innerhalb eines Betriebes wie der II. Chirurgischen Klinik völlig unmöglich, bei jedem Patienten dessen individuelle Sorgen und Probleme bis in die Einzelheiten zu berücksichtigen. Man wurde ihm vorgestellt, man untersuchte ihn, man operierte ihn, man visitierte ihn, er war »die Galle«, »der Magen«, »der Pankreas«. Ab und zu sah man auch die Verwandten, vor allem dann, wenn ein Ende nicht mehr zu vermeiden war. Dann sprach man einige tröstende Worte, ließ durchklingen, daß dies der Weg eines jeden Menschen sei, keiner sei unsterblich, nur der Zeitpunkt des Abschieds sei eben verschieden, auf jeden Fall immer zu früh ... Oder man sagte bei positivem Verlauf: »Morgen können Sie zurück zu Muttern (oder Vatern). Nicht wahr, da freuen Sie sich!« – und hatte schon die neue Belegung des Bettes im Kopf: eine Seit-an-Seit-Anastomose, Frau, neunundvierzig Jahre alt, Privatpatientin. Da würde der Chef selbst operieren und liquidieren, auch wenn der Oberarzt die ganze Arbeit tat.

Unmöglich, jeden Patienten mit seinen Schicksalen umfassend in sich aufzunehmen. Es gab ja Tage, an denen man acht, zehn, zwölf, ja vierzehn Stunden am Operationstisch stand; eine ungeheure geistige und vor allem körperliche Leistung, die man in keinem anderen Beruf verlangte. Keine Gewerkschaft kümmerte sich darum, und gäbe es dafür eine, wäre sie hilflos. Wer kann vorher abschätzen, wie lange eine komplizierte Operation dauert? Drei Stunden oder sechs Stunden? Wer kann Komplikationen wie Blutungen oder Risse vorhersehen? Woanders weiß man: Gleich klingelt es. Arbeitsschluß. Schichtwechsel. Und die Gewerkschaften rufen nach der 35-Stunden-Woche, weil der Arbeiter an der Blechstanze überfordert ist. Und auch die Beamten fühlen sich total abgeschlafft, wenn es auf den Nachmittag zugeht. Nur bei einem Arzt ist es selbstverständlich, daß er keine Uhr kennt, daß er Tag und Nacht bereit ist und daß er nach vierzehn Stunden am OP-Tisch noch immer die Kraft hat, das Leben des Menschen zu retten, der unter seinen Händen liegt. Eine Blechplatte kann sich ruhig mal verbiegen – eine schlechte Gefäßnaht bedeutet den Tod.

Nein, es war auch nicht Dr. Willbreits Art, jeden Patienten im Gedächtnis zu behalten. Trotzdem ging ihm das Telefonat mit Corinna Doerinck nicht aus dem Kopf. Es beschäftigte ihn den Rest des Tages über, nur von der Abendvisite unterbrochen; und als er wieder in seinem Zimmer saß und nun eigentlich hätte nach Hause fahren können, in seinen Bungalow am Stadtrand von Münster, wo seine in der Münsteraner Gesellschaft so geschätzte Frau bestimmt wieder ein Dutzend Freunde bewirtete – da suchte er aus dem Berg von neuen Untersuchungsberichten die Akte »Doerinck, Ljudmila. Hellenbrand. 61 Jahre, verheiratet, ein Kind« heraus. Der Aktendeckel trug einen kleinen roten Strich. Willbreit hatte das eingeführt. Mit einem Blick sah man schon von außen, was es war. Rot bedeutete Ca. Karzinom. Krebsgeschwulst.

Er klappte die Akte auf, las den Untersuchungsbericht, die Laborwerte, die Röntgenauswertung und die Eintragung: Ab 10. zur Einlieferung bereit.

Die Russin, erinnerte er sich. Diese erstaunliche Frau, die mit einundsechzig noch aussah wie eine Vierzigerin. Mit mandelförmigen Augen und schwarzen Locken. Hatte ihre Haut nicht ins Bräunlich-Olive geschimmert? Ja, und nach der Untersuchung, das war es, hatte er sogar gedacht: Welch eine Hundsgemeinheit, daß so ein Körper nun zerstört wird! Und er hatte seinen ganzen Haß gegen diese Krankheit Krebs wieder in sich gespürt und das widerliche, bedrückende Gefühl der Hilflosigkeit – trotz allen Fortschritts in der Medizin. Schön viel war erreicht in Operationstechnik, Strahlenbehandlung und Chemotherapie, aber oft kam sich Willbreit vor, als stünde er an einem Meer, schöpfe daraus Wasser mit einem Eimerchen und warte darauf, daß das Meer bald leer sei …

Willbreit legte die Akte zurück auf den Berg der anderen Berichte und verzichtete darauf, die Röntgenbilder an den Lichtkasten zu heften. Was er dieser schönen Russin gesagt hatte, daran erinnerte er sich nicht mehr, aber er meinte, daß sie ihn gebeten hatte, rücksichtslos ehrlich zu sein. Wenn er den Eindruck hatte, daß ein Kranker das vertrug, sagte er die Wahrheit. Nur die wenigsten brachen zusammen; viele standen auf, sagten mit fester Stimme: »Ich danke Ihnen, Herr Professor. Jetzt werde ich die Zeit, die mir bleibt, bewußter leben!« Und das waren auch oft diejenigen, die ruhiger, ja dankbarer starben.

Was hatte die Tochter der Russin, diese Corinna, am Telefon gesagt? »Meine Mutter wird sich nicht operieren lassen.« Das war eine klare Aussage. Er hörte so etwas manchmal auch bei anderen Gelegenheiten, aber dann kamen sie in höchster Not doch, und er mußte der Familie sagen: Zu spät. Was ich tun kann, ist entlasten, sonst nichts. – Aber hier, bei dieser Corinna, war ein besonderer Klang gewesen. Und eine »abgebrochene« Medizinerin war sie auch – genau, das war es: Hier hatte kein ängstlicher Laie nein gesagt, sondern jemand, der alle Risiken übersehen konnte. Es war ein Nein mit dem vollen Bewußtsein der Verantwortung.

Dr. Willbreit legte die Akte Doerinck ganz zur Seite, weg vom Stapel; rief noch einmal die Intensivstation an, die keine Komplikationen meldete, schob dann die Akte in seine Ledertasche und fuhr hinaus zu seinem Haus.

Wie erwartet, hatte Lydia, seine Frau, wieder Gäste. Er hörte sie bis zur Garage lachen. Die Fenstertüren zur Terrasse waren offen, man hatte sich um die Rundbar im großen Salon gruppiert; und nahm Willbreits Ankunft gar nicht wahr.

Von der Garage schlich er sich über den kleinen Verbindungsgang ins Haus, stieß mit dem Hausmädchen zusammen, sagte: »Ich bin nicht da! Renate, Sie haben mich nicht gesehen!« und verschwand in seinem Arbeitszimmer. Hier war er sicher. Es kam selten vor, daß Lydia sein Arbeitszimmer betrat; es glich mehr einem Ordinationsraum, und seine Frau hatte einmal gesagt: »Hier riecht es mir zu sehr nach Arzt.« Trotzdem litt sie darunter, daß Willbreit nicht Chef der Klinik, sondern »nur« Erster Oberarzt war. Sie sah nicht ein, daß das mit sechsunddreißig Jahren schon eine hervorragende Karriere war. »Wird man Chef, weil man alt ist oder weil man mehr kann als die anderen?« war ihre Frage. Und da hatte sie nun auch wieder recht. Es gab eine Menge Patienten, die von Willbreit und nicht vom Chef selbst operiert werden wollten. Professor Hellbrecht, dem Chef der Klinik, war das egal. Bei den Privatpatienten kassierte er sowieso und hatte mit Willbreit ein Freundschaftsabkommen getroffen: zwei Drittel ich, ein Drittel Sie. Gutachten 50:50. Es hatte keinen Sinn, empört zu sein. Der Boß hat eben grundsätzlich recht, auch wenn er, wie einst Sauerbruch, beim Operieren mit bloßen Händen, ohne Handschuhe, behauptet: Ein Chef ist immer steril! Willbreit nahm die mitgebrachte Akte Doerinck aus seiner Tasche, suchte die Telefonnummer der Doerincks und tippte sie dann nach einem kurzen Zögern in seinen Apparat.

Niemand meldete sich. Die Doerincks waren zum Essen in den »Westfalenkrug« gefahren; sie feierten die erste Behandlung Ljudmilas nach ihrem Ausruf: »Mir geht es schon viel besser!«

Daß sich an diesem Abend der immer vorbildliche Lehrer Stefan Doerinck ein wenig betrank und am Arm seiner Tochter zum Auto schwankte, verzieh man ihm …

Jeden Abend wiederholte Corinna das schwebende Streicheln über Ljudmilas Leib.

Nur fünf Minuten – länger war es ihr nicht möglich, Nach diesen ewig scheinenden fünf Minuten fühlte sie sich ausgepumpt, und schon vom drittenmal an hatte Doerinck es übernommen; für Corinna die befreiende Zigarette anzurauchen und sie seiner Tochter zwischen die bleich gewordenen Lippen zu schieben.

»Es ist eine unsagbar schöne Wärme«, sagte Ljudmila jedesmal, wenn die Behandlung zu Ende war. »Es glüht direkt, aber es tut nicht weh.«

Am vierten Tag war kein Blut mehr im Stuhl zu sehen. Auch der schmerzhafte Druck im Unterbauch war verschwunden, und Ljudmila machte ein Geständnis:

»Das ist der erste Tag seit einem halben Jahr, an dem ich nichts spüre ...«

Stefan Doerinck war es, als habe man ihn gegen die Knie getreten.

»Seit einem halben Jahr? Du hast seit einem halben Jahr ständig Schmerzen?«

»Ja.«

»Und warum hast du nichts gesagt?«

»Aus Angst, Stefanka.« Sie zeigte ihr göttliches Lächeln, und man mußte ihr alles verzeihen. »Ich habe gedacht, ich könnte vor der Krankheit davonlaufen. Das ist dumm, ich weiß, aber wer ist nicht dumm, wenn er Angst hat?«

Eine Besprechung mit dem Schulrat in Münster benutzte Doerinck dazu, sich in der Universitätsbuchhandlung über Parapsychologie, Bio-Energie, Bio-Plasma und Dermooptik zu informieren. Es stellte sich bald heraus, daß kaum jemand etwas davon verstand. Selbst der Chefeinkäufer redete gewandt um das Gebiet herum. Doerinck setzte sich dann in eine Ecke der Buchhandlung, wälzte dicke Kataloge und schrieb ein paar Buchtitel heraus, die er bestellte.

Nicht einmal Corinna hatte seine Wißbegier befriedigen können. »Wie soll ich das erklären?« hatte sie gesagt, als er nach der zweiten »Behandlung« ihre Hände nahm, sie nach allen Seiten drehte, die Fingerspitzen befühlte, sogar eine Lupe holte und damit Corinnas Fingerkuppen untersuchte. Doch war nichts Besonderes zu sehen, es handelte sich um ganz normale Hände und Finger, mit gepflegten Nägeln, die hellrot lackiert waren. Drei Fingerkuppen waren etwas rauh, wie aufgesprungen. »Das kommt vom Teppichknüpfen«, hatte Corinna erklärt. »Man glaubt gar nicht, wie hart die feinste Wolle manchmal sein kann.«

Doch Doerinck ließ sich nicht ablenken: »Was ist mit deinen Händen, mit der geheimnisvollen Kraft?«

»Ich weiß es nicht, Paps. Es kommt von innen. Ich sehe einen Menschen an und weiß auf einmal: Er ist krank! Er hat Gallensteine. Oder eine Nierenentzündung. Oder ein Magengeschwür. Und dann strecke ich meine Hände aus, fühle seine Krankheit in meinen Handflächen, an meinen Fingerspitzen, und ich spüre, wie eine Art elektrischer Strom von mir zu ihm hinüberfließt und in seinen Körper eindringt. Und dieser Strom vernichtet die Krankheit ... Das ist alles.«

So einfach klang das, was so ungeheuerlich war. Doerinck verbrachte, während er ruhelos neben der fest schlafenden Ljudmila lag, eine halbe Nacht damit, das bisherige Leben seiner Tochter noch einmal an sich vorbeiziehen zu lassen, wie in einem Rollbildbetrachter, den man bei besonders interessanten Momenten anhalten kann, um das Bild genußvoll oder erschrocken länger zu studieren.

Da war Corinnas Geburt, eine schwere Geburt. Ljudmila, ihre Mutter, hatte fast zwanzig Stunden in den Wehen gelegen, und der Arzt schwankte zwischen einem Kaiserschnitt oder einer Zange, um dieser Qual ein Ende zu bereiten. Als er zu Doerinck, der schweißgebadet neben seiner Frau am Kreißbett saß, sagte: »Wir werden in einer Stunde doch einen Kaiserschnitt machen müssen ...«, stieß Ljudmila einen hellen, bis in die Knochen fahrenden Schrei aus – und Corinna kam zur Welt.

Wie alle Kinder war sie dann völlig normal aufgewachsen, hatte im Garten gespielt, zankte und schlug sich mit anderen Kindern, bekam ein Dreirad, später ein richtiges Fahrrad, Rollschuhe, Schlittschuhe. Doerinck hatte im Garten ein

Turngerüst mit Kletterstange, Schaukel und Reck aufgestellt, und nichts deutete darauf hin, daß die kleine Corinna etwas Besonderes sein könnte.

Doch ja! Jetzt, im Rückblick, erkannte Doerinck ein Phänomen, auf das er früher nie geachtet hatte: Bei den vielen Wanderungen durchs Münsterland, die sie machten, pflückte man auch Blumen. Und während der Strauß, den Ljudmila trug, schon welk zu Hause ankam, waren Corinnas Blumen noch immer frisch und dufteten wie eben erst erblüht. Und sie blieben auch in der Vase tagelang noch so, weil Corinna – schon vom Krabbelalter an in Blüten verliebt – die Blumen jeden Tag streichelte, als ob es kleine Tiere seien.

Später, in der Schule, zeigte es sich bereits, daß sie doch anders war als die übrigen Kinder ihres Alters. Nur: Welcher Vater nimmt so etwas wahr? Sie war eine stille Schülerin, saß in ihrer Bank, beobachtete die Umwelt mit großen schwarzen Augen, aber meldete sich selten zu Wort. Nur, wenn die Lehrerin sie examinierte, wußte sie ohne Zögern alles, und auf die Frage: »Weshalb meldest du dich denn nicht?« antwortete sie mit einer merkwürdigen Logik: »Warum? Ich weiß doch alles.«

»Corinna ist die Beste in der Klasse«, sagte denn auch ein paarmal die Lehrerin zu ihrem Kollegen Doerinck, »aber sie macht im Unterricht nicht mit. Sprich doch mal mit ihr, Stefan. Sie sitzt da, sieht mich mit ihren großen Augen an; und manchmal denke ich: Was geht jetzt in dem kleinen Kopf vor? Es scheint fast so, als wollte sie sagen: Was soll ich hier?«

Es hatte dann ein Gespräch zwischen Vater und Tochter gegeben, und als er sie eindringlich ermahnte, in der Klasse mitzumachen, erklärte sie nur: »Fräulein Dassel muß zum Arzt gehen. Sie hat was im Bauch.«

»Wer sagt das?« hatte Doerinck gefragt

»Keiner. Aber ich sehe es.«

Doerinck hielt das für Unsinn. Für einen Versuch, vom Thema abzulenken. Und er vergaß es. Ein Vierteljahr später wurde Fräulein Dassel operiert: Eine große Zyste hatte sich an der Zervix gebildet. Doch da dachte Doerinck schon längst nicht mehr an die Warnung der kleinen Corinna.

Jetzt, nach zweiundzwanzig Jahren, in dieser langen schlaflosen Nacht, fiel ihm das alles wieder ein, und es erschreckte ihn maßlos.

Vor sechzehn Jahren, Corinna besuchte das Gymnasium, war sie noch immer ein stilles Mädchen, doch wurden ihre Klassenarbeiten durchweg mit »sehr gut« bewertet. Sie war die Beste der Klasse, ein Intelligenzknoten, wie der Klassenlehrer zu seinem Volksschulkollegen Doerinck sagte. So etwas erfüllt einen Vater mit Stolz und lenkt ihn natürlich ab. Nur der Mathematik – Studienrat hatte etwas Ungewöhnliches festgestellt und berichtete es Doerinck bei einem Elternsprechtag:

»Da ist jetzt schon dreimal etwas Seltsames passiert: Ich schreibe für die Klassenarbeit immer die mathematischen Aufgaben an die Tafel. Es ist für die Schüler ein glattes Zweistundenpensum, wenn man alles exakt durchrechnet. Aber Corinna gibt ihr Heft erstaunlicherweise schon nach einer halben Stunde ab – mit den richtigen Lösungen! Und für mich ist das Unerklärliche daran: Sie schreibt bei keiner Aufgabe den Rechenweg hin, sondern einfach nur Aufgabe und Ergebnis. So wie bei 2 × 2 = 4! Ich frage Corinna: ›Wie bist du zu dieser Lösung gekommen?‹ Und sie antwortet: ›Sie war einfach da.‹ – So etwas ist glatt unmöglich! Die Lösungen dieser Aufgaben müssen mathematisch exakt entwickelt werden. Das sind komplizierte Wege. Die hat man nicht einfach so im Kopf. Selbst wenn man Einstein hieße, ginge das nicht. Herr Kollege, gibt es bei Ihnen zu Hause für den Mathematikunterricht ein Buch für die Hand des Lehrers, in dem die Lösungen stehen?«

»Nein.«

»Bestimmt nicht?«

»Ganz sicher.«

»Mir ist das ein Rätsel. Ich habe nämlich so ein Lösungsbuch auf dem Pult, wenn wir die Klassenarbeiten schreiben, und Corinnas Lösungen haben das gleiche verkürzte Schema wie in diesem Buch!«

Es blieb bei dem Erstaunen, man ging der Sache nicht weiter nach. Auf dem Gymnasium war man stolz, in Corinna die beste Schülerin seit Jahrzehnten zu haben. Überall eine Eins, nur in Turnen und Religion nicht. Sie weigerte sich, an den Geräten zu turnen. Mit der Begründung: »Ich will kein Krüppel werden wie Angelika.« Das war eine Frechheit, denn die Mitschülerin Angelika war ein kräftiges gesundes Mädchen. Vier Monate später kam sie bei einem Sprung über den Hochtisch so unglücklich auf; daß sie sich einen komplizierten Beinbruch zuzog. Das linke Beim blieb um drei Zentimeter verkürzt. An Corinnas ahnungsvolle Bemerkung dachte auch da niemand mehr.

Im Religionsunterricht, der in den oberen Klassen mit Philosophie gekoppelt war, vertrat sie die Meinung, daß die Wunder Jesu erklärbar seien. Damit eckte sie natürlich an. Und dann geschah wieder etwas Seltsames. »Es gibt keine Wunder!« sagte sie. »Paßt mal auf.« Vor den Augen der Klasse und des Religionslehrers starrte sie mit ihren großen schwarzen Augen unverwandt auf ein Buch, das auf dem Lehrerpult lag. Und plötzlich bewegte sich ganz langsam die obere Seite, richtete sich auf und blätterte sich um. Damals beklatschte alles begeistert diesen Zaubertrick, und man bot Corinna die tollsten Dinge, wenn sie den Trick verrate. Sie konnte es nicht – es war ja kein Trick.

Doerinck setzte sich jetzt betroffen im Bett auf und sah zu seiner schlafenden Frau hinüber. Das war es! Corinna hatte es bei der Untersuchung ihrer Mutter auch diesmal wieder gezeigt: Sie sah durch die Dinge hindurch! Und wenn damals das mathematische Lösungsbuch auf dem Pult lag, dann hatte Corinna die Lösungen eben einfach abgelesen. Durch das geschlossene Buch hindurch abgelesen! O Gott im Himmel, dachte Doerinck und atmete schwer. Das ist meine Tochter? Ich kann es nicht begreifen, aber ich muß lernen, es so gut wie möglich zu akzeptieren und damit zu leben.

Meine Tochter!

Die Erinnerungen stoben vorüber. Da war doch auch noch die Sache mit Dr. Ewald Hambach, dem Hausarzt der Familie Doerinck. Vor genau drei Jahren. Der Doktor, seit über zwanzig Jahren mit den Doerincks befreundet, gestand eines Abends bei einem Glas Wein: »Auch Tiger bekommen wakkelige Zähne. Und nicht jeder, der Eis verkauft, kann auch Eis machen ...«

»Soll das ein Denkrätsel werden?« fragte Doerinck zurück. »Was ist los, Ewald?«

»Ich habe eine massive Prostatitis.«

»Das dürfte dich als Arzt doch nicht schrecken.«

»Und wie! Bei jedem anderen – das ist fast typisch – gibt man Tetracycline, und nach ein paar Tagen ist die Angelegenheit vergessen. Nicht bei mir! Das gesamte Spektrum der Antibiotika habe ich durch, aber es rinnt und rinnt ... Seit nunmehr neun Wochen.«

»Du solltest mal zu einem vernünftigen Arzt gehen!« hatte Doerinck noch gefrotzelt.

Und Dr. Hambach hatte mit einem schiefen Grinsen geantwortet: »War ich. In Münster bei dem Urologen Professor Schmelzer. Und was höre ich da? Schmelzer untersucht mich und sagt fröhlich: ›Jaja! Die Prostata sitzt da und lauscht, wie der Urin vorüberrauscht ...‹ Dann verschreibt er mir ein Mittel, das ich schon vor Wochen als ergebnislos abgesetzt habe. Wie gesagt, es ist zum Kotzen.«

An diesem Abend kam Corinna von ihrem Teppichatelier herüber zu Besuch. Sie nannte Dr. Hambach Onkel, denn er gehörte ja zur Familie, auch wenn er bei den unanständig gesunden Doerincks nichts verdienen konnte. Sie gab ihm die Hand, hielt sie einen Augenblick fest, und Hambach hatte das Gefühl, seine Hand liege in einem warmen Backofen. »Du hast ja noch immer die Prostataentzündung«, sagte sie leichthin.

»Euer Informationssystem ist ja geradezu phänomenal!« Dr. Hambach verzog das Gesicht. »Gibt es hier eingebaute Mikrofone?«

»Wenn du zwei Minuten stillstehen kannst, Onkel Ewald, will ich es versuchen«, sagte Corinna und legte die schlanken Finger gegeneinander. Doerinck kam vom Bücherschrank mit der Zigarrenkiste zurück; es gehörte bei einem Besuch Dr. Hambachs zum ständigen Ritual, eine Zigarre zu rauchen und drei Körnchen zu trinken. Mit Wein war er nicht zu locken, obwohl er ihn trank – was heißt trank: er konsumierte ihn barbarisch. Als echter Münsterländer kippte er ihn runter wie Bier. Nun, nach zwei Gläsern, sehnte er sich nach einem Korn.

»Was willst du versuchen?« fragte Hambach unschuldig.

»Dich zu heilen.«

»Laß den Unsinn, Cora!« rief Doerinck scharf. »Ein Weibsstück von siebenundzwanzig Jahren, und dann noch so ein Unfug!«

»Bleib ruhig stehen, Onkel Ewald.« Corinna hatte sich etwas vorgebeugt, die linke Hand waagerecht erhoben, die rechte gesenkt zu Hambachs Unterleib, und dann waren ihre Hände langsam auf und ab gefahren, vor allem die rechte Hand, die in kurzer Entfernung von seinem Unterleib, in der Luft schwebend, eine Art Streichelbewegung ausführte.

Nach genau zwei Minuten war es vorbei. Dr. Hambach starrte Corinna sprachlos an, als sie sich abwandte, in den nächsten Sessel setzte und gierig eine Zigarette anrauchte. »Wenn du morgen wiederkommen kannst, Onkel Ewald«, sagte sie. Ihre Stimme klang etwas hohl und müde. »Wir schaffen es!«

»Was?« fragte er ausgesprochen dumm.

»Sie spinnt!« Doerinck knallte die Korngläser auf den Tisch und goß ein. Es war das erstemal, daß er seiner Tochter bei einer solchen Handlung bewußt zusah. »Vor drei Tagen ist ihr eine Katze zugelaufen, verhungert und voller Ausschlag. Jetzt ist der Ausschlag weg. Sie habe sie nur gestreichelt, sagt sie. Und jetzt glaubt sie … purer Unsinn!«

»Interessant!« hatte Dr. Hambach gesagt und nachdenklich auf Corinna hinuntergeblickt. Dann trank er seine beiden Korn und rauchte seine Zigarre. »Selbstverständlich komme ich morgen wieder. Das will ich sehen!«

Dr. Hambach kam zehnmal. Das Brennen und Ziehen im Kreuz ließ nach, der Urin war klar geworden. Nach der zehnten Behandlung machte Hambach eine Urinanalyse und schickte zur Sicherheit noch eine Probe nach Münster zum Uni-Labor. Der Befund war eindeutig. Ein völlig gesunder Urin. Auch das Blutbild wies keinerlei Entzündung im Körper mehr nach.

Später besuchte Hambach Corinna in ihrer Teppichknüpferei am Stadtrand von Hellenbrand, hockte sich neben den halbfertigen aufgespannten Teppich und sah ihren flinken Händen zu. »Wenn es stimmt, was ich denke, mein Mädchen«, sagte er schließlich, »dann hast du ein verdammt schlimmes Leben vor dir. Sie werden dich nicht wie im Mittelalter verbrennen, sondern sie werden dich fertigmachen. Du bist der leibhaftige Teufel für die Schulmedizin. Cora, ein Rat von deinem alten Onkel: Vergiß das alles! Knüpf deine wunderschönen Teppiche, aber laß die Finger von den Krankheiten. Kind, du wirst dir nur eine Hölle damit schaffen …«

Ja, so war das gewesen. Doerinck hielt es nicht mehr in seinem Bett bei den Erinnerungen. Er schob sich vorsichtig heraus, um Ljudmila nicht zu wecken, tappte mit nackten Füßen zum Fenster und starrte hinaus in die helle Mondnacht. Fast windstill war es, die Blätter an den Obstbäumen bewegten sich kaum. Über den vier Reihen des Spargelbeetes lag der Mondschein wie ein silberner Deckel. Auf dieses Beet war Doerinck stolz. Er hatte es vor sieben Jahren angelegt, und nun erntete er Spargel, um den ihn jeder beneidete. Auch morgen früh würde er wieder, bevor die Sonne ganz durchbrach, mit dem langen Messer die Beete abgehen und den Spargel dort tief stechen, wo ein Spargelkopf sich anschickte, die Erde zu durchbrechen. Das mußte man sehen und das mußte man können.

Wie wird das alles werden, dachte Doerinck mit einem beklemmenden Gefühl in der Brust. Wie wird sich das entwikkeln? Meine Tochter kann mit den bloßen Händen heilen. Meine Tochter! Wer soll das begreifen? Damals, in Poti am Schwarzen Meer, bei Ljudmilas Vater, habe ich dämlich gegrinst, wenn der Arzt David Semjonowitsch Assanurian die Krankheiten wegstreichelte. Die Russen, habe ich gedacht. Na ja, wen wundert's? Sie haben nie die Intelligenz mit Löffeln gefressen, sie glaubten immer an Wundermänner, Wundermedizin, Hellseher, Magier, Schamanen, Gesundbeter. Die Epileptiker nannten sie »heilige Idioten«, und ein Kerl wie Rasputin war auch nur in Rußland möglich. Was ist dieser Dr. Assanurian anderes? Ein kleiner Rasputin, der sein Theater versteht. Ein Gaukler, der sich blendend verkauft. Hebt die Hand, sagt mit dumpfer Stimme: »Jetzt ziehe ich die Krankheit aus deinem Körper ...«, und die Patienten verdrehen die Augen, werden hysterisch und glauben daran. Einigen hilft es sogar, aber man weiß ja, daß viele Krankheiten seelisch bedingt sind. Das sind dann die »heiligen Erfolge«, die Dr. Assanurian so berühmt machten – wieder in die normale Richtung gebrachte Hysteriker! Daß er, der deutsche Oberleutnant Stefan Doerinck, David Semjonowitschs Tochter Ljudmila liebte und später beim Rückzug aus dem Kaukasus mitnahm, war ein anderes Kapitel. Dr Assanurian konnte es nicht verhindern. Es hatte und hat selten zwei Menschen gegeben, die sich so liebten wie Ljudmila und Stefan. Die grusinische Arzttochter und der deutsche Offizier. Ein Jahr lang lebte sie versteckt in seiner Nähe, wo auch immer die Truppe hinzog. Mal sah sie wie eine Bäuerin aus, mal trug sie die Tracht einer deutschen Krankenschwester. Und als Doerinck eine eigene Kompanie bekam und am Schluß des Krieges sogar ein Bataillon – seine Beförderung zum Hauptmann war eingereicht, kam aber nicht mehr zur Ausführung –, stak sie sogar in einer deutschen Soldatenuniform, Dienstgrad Oberschütze, und war dem Kompaniechef als Putzer zugeteilt. Damals fragte keiner, wo der unbekannte Soldat herkam; er war eben plötzlich da, und Doerinck ließ die Schreibstube wissen: Der Oberschütze Hans Plotz arbeitet bei mir als Putzer, Als der Spieß, der gewissenhafte Hauptfeldwebel Müller VI, anmahnte, daß die Papiere des Oberschützen Plotz nicht da wären, kein Marschbefehl, kein Zuweisungspapier, keine Stammrolle, erhielt er von seinem Oberleutnant einen gewaltigen Anschiß. Von da an fragte überhaupt keiner mehr. Man schrieb 1945. Das Ende der großen Scheiße, genannt Krieg, war greifbar. Die deutschen Armeen gingen zügig zurück …

1946 heirateten sie in Dortmund. Die Russin Ljudmila und der deutsche Student an der Pädagogischen Hochschule, Stefan Doerinck.

Sie hat es von ihrem Großvater, dachte Doerinck, und hatte das Gefühl, sein Atem sei brennend heiß. Das ist sein Erbe! Es ist sozusagen in Corinna übergeflossen. O Gott, ist das entsetzlich! Was soll daraus noch werden?

Er tappte zum Bett zurück, setzte sich auf die Kante und betrachtete seine Frau. Wenn unsere Tochter dich wirklich gesund macht, meine geliebte Ljudmila – wenn du überlebst, dann werde ich unsere Corinna anbeten. Ja, das werde ich! Und ich werde sie gegen jeden Angriff verteidigen, mit all meiner Kraft. Ich werde ihre Feinde erschlagen, wenn es nötig ist. Ich werde … ich werde … O Gott, was werde ich? Es ist doch alles so unbegreiflich.

Er legte sich leise wieder auf den Rücken, zog die dünne Decke über seinen Körper und starrte ins Leere. Plötzlich spürte er Angst. Er hatte Angst vor der Zeit, die noch vor ihm lag. Vor ihm und seiner Familie.

Vierzehn Tage ließ sich Dr. Willbreit Zeit, dann rief er doch bei Doerinck an.

Es ist eigentlich nicht üblich, daß ein Arzt nachfragt, wo sein Patient bleibt. Auch ein Kranker ist frei in seinen Entschlüssen. Wem die Nase des Arztes nicht gefällt, der braucht nicht wiederzukommen. Man wird ihm nicht nachlaufen. Das Recht auf den eigenen Körper ist unantastbar, solange es sich nicht um eine Seuche handelt, um eine Epidemie oder meldepflichtige Krankheit.

Warum schleppte Willbreit die Akte Doerinck nun schon zwei Wochen mit sich in der Ledertasche herum? Er hätte es selbst nicht genau sagen können. Der »Fall« war nichts Besonderes. Es gab eine Menge Dickdarm-Cas, die er bisher operiert hatte und die auch in seiner Statistik über »Prognosen chirurgisch versorgter Erkrankungen« nachzulesen waren. Es sollte einmal ein Standardwerk werden, das den Namen Willbreit fest in der medizinischen Forschung verankerte.

Man konnte auch nicht sagen, daß das Kolonkarzinom von Frau Doerinck besonders dramatisch war. Eine halbjährige Überlebenschance stellt für einen Arzt keine bemerkenswerte Dramatik dar. Mit infausten Fällen muß gerade ein Chirurg leben. Also gab es eigentlich nichts, was den Namen Doerinck in Willbreits Gedanken hätte verankern sollen. Dennoch »klebte« er an dem Fall, wie er es selbst nannte, und hatte nun zum Telefon gegriffen, um sich nach dieser Russin zu erkundigen.

Ljudmila war selbst am Apparat. Ihr Mann hatte noch Schule, bis dreizehn Uhr. Corinna arbeitete in ihrer Teppichknüpferei. Sie war allein im Haus bis auf das Hausmädchen, das halbtags half, die gröbste Arbeit zu erledigen.

»Hier Willbreit«, sagte der Arzt und gab seiner Stimme einen forschen Klang. »Das trifft sich gut! Sie selbst, gnädige Frau. Darf ich fragen, wie es Ihnen geht?«

»Gut«, antwortete Ljudmila schlicht. Ihr war bewußt, wie dieses eine Wort auf Willbreit wirken mußte, der eine ganz andere Auskunft erwartet hatte.

»Das ist ja eine fabelhafte Mitteilung. Keine Schmerzen mehr?«

»Keine, Herr Professor.«

»Blut im Stuhl?«

»Nichts mehr ...«

»Keine Gewichtsabnahme?«

»Im Gegenteil, und das regt mich jetzt am meisten auf ...«

»Ihnen geht es also objektiv gut, gnädige Frau?« Das »objektiv« drückte diskret sein Mißtrauen aus, aber Ljudmila kannte sich mit solchen Feinheiten nicht aus. »Sie sind in Behandlung?«

»Ja.«

»Eine Kommunikation ist immer gut und nützlich. Würden Sie mir wohl den Namen des Sie behandelnden Kollegen nennen?«

»Es ist meine Tochter«, sagte Ljudmila einfach.

Das war der kleine Satz, durch den das Leben der Doerincks und ihrer gesamten Umwelt verändert werden sollte.

Dr. Willbreit schwieg einen Augenblick, betroffen und wie ins Gesicht geschlagen. Um diese Information gründlich zu untermauern, fragte er beherrscht:

»Wir hatten für Sie ein Bett reserviert, gnädige Frau. Können wir es demnach anderweitig vergeben? Die Warteliste ist ...«

»Ich komme nicht!« unterbrach ihn Ljudmila. »Verfügen Sie über das Bett, Herr Professor. Ich brauche nicht mehr operiert zu werden.«

»Das ist wirklich eine gute und erstaunliche Nachricht.« Willbreits Stimme klang jetzt doch etwas gepreßt und mit gebremster Erregung. »Ihre Tochter behandelt Sie also. Soviel ich mich erinnere, ist sie keine fertige Medizinerin. Ich darf wohl auf diese Problematik hinweisen, gnädige Frau. Können Sie mir kurz schildern, wie Ihre Tochter Sie behandelt? Chemotherapeutisch?«

»Nein. Mit den Händen.«

»Wie bitte?«

»Sie streicht mit der flachen Hand über meinen Leib …«

»Das darf doch wohl nicht wahr sein.«

»Dann ist es mir, als ob ich innerlich brenne … aber es ist ein angenehmes Feuer. Und die Schmerzen sind weg, die Blutungen, die Durchfälle … wirklich, es geht mir sehr gut.«

»Gratuliere.« Willbreits Stimme war etwas gedehnt. »Das Gespräch mit Ihnen, gnädige Frau, war höchst interessant und informativ. Darf ich mir erlauben, mich gelegentlich noch einmal nach Ihrem Befinden zu erkundigen?«

»Immer, Herr Professor.« Und dann fügte sie etwas hinzu, was Willbreit wie einen Stoß in den Magen traf: »Ich bin ja so glücklich, daß ich nicht operiert werden muß.«

Willbreit legte auf, sah etwas dümmlich auf die Akte Doerinck vor sich auf dem Tisch und gab sich ganz seinem Erschrecken hin.

Sie behandelt die Mutter mit Handauflegen. Sie behandelt einen Kolonkrebs mit der bloßen Hand. Du lieber Himmel – das ist ja ein Verbrechen!

Willbreit bestellte bei seiner Sekretärin ein Kännchen sehr starken Kaffee und überlegte dann angestrengt, was man unternehmen könnte. Hatte es einen Sinn, die Staatsanwaltschaft anzurufen? Da war wieder das Recht auf den eigenen Körper, und keiner konnte bestraft werden, wenn er nicht zum Arzt ging. Es war auch keine Straftat, wenn jemand im häuslichen Kreis einen Unterbauch streichelte und daran glaubte, das könne helfen. Dummheit und Aberglaube kann man nicht verurteilen, solange sie kein öffentliches Ärgernis werden. Aber etwas mußte getan werden! Er war jetzt Mitwisser einer unverantwortlichen pseudomedizinischen Handlung. Und er war Mittäter am schrecklichen Ende eines Menschen, wenn er jetzt schwieg und den Standpunkt bezog: Was geht's mich an, was da in dem kleinen Hellenbrand passiert? Sie verweigert die ärztliche Hilfe – na, was soll's? Ich habe in der Klinik 275 Operierte, die mich brauchen. 275 Betten voll hoffender Menschen, die auf ärztliches Wissen und chirurgisches

Können vertrauen. Diese Frau Doerinck legen wir ab ... Akte ins Archiv.

Aber Willbreit konnte das nicht. Mit den Händen! durchfuhr es ihn immer wieder. Einen Kolon mit der bloßen Hand! Streicheln. Und die Blutungen hören auf, die Schmerzen, alle anderen Symptome – so etwas gibt es einfach nicht!

Er zog seinen Terminkalender zu sich heran, blätterte die dicht beschriebenen Seiten durch und suchte eine Lücke. Ja, am Freitag, da war es möglich. Den Nachmittag für die Schulung der Lernschwestern konnte man an den Zweiten Oberarzt, den Kollegen Dellinger, weitergeben. Auch die Abendvisite konnte er übernehmen. Der Chef war eine Woche zu einem Kongreß in Tokio. Er war jetzt überhaupt mehr unterwegs als zu Hause, seitdem er eine Leber verpflanzt hatte, wenn auch mit moribundem Ausgang. Immerhin war die Technik neu, und die demonstrierte er nun in der ganzen Welt und sorgte für die Unsterblichkeit seines Namens. Die Verantwortung für die Klinik trug Willbreit.

Also Freitag, ab vierzehn Uhr.

Er trug es gewissenhaft in den Terminkalender ein, über den durchgestrichenen »Lernschwestern«.

»Fahrt nach Hellenbrand. Ljudmila Doerinck.« Und dahinter, in Klammern: »Kamera nicht vergessen.«

Später, nach einem Aufenthalt in der Intensivstation, wo drei kritische Fälle lagen, gab er einem inneren Drang nach und rief seinen Freund Dr. Erasmus Roemer an. Dr. Roemer war Richter am Landgericht Münster und ein Studienkollege Willbreits. Sie gehörten jetzt als Alte Herren der gleichen studentischen Verbindung an und sahen sich regelmäßig am Stammtisch. Sie mochten sich, im Gegensatz zu ihren Frauen, die sich haßten. So etwas verstärkt nur noch eine Männerfreundschaft.

»Du, sag mal, Erasmus«, fragte Willbreit ohne Umschweife, »was weißt du von sogenannten Gesundbetern?«

»Das ist eine Münsterländer Spezialität!« Dr. Roemer lachte fett. Er wog 250 Pfund und schlug alle Warnungen seines

Freundes Willbreit in den Wind, der ihm Zucker, Gicht, Herzrhythmusstörungen, Aderverkalkung, Venenverschluß und eine ganze Reihe von abscheulichen Krankheiten versprach. Die schlimmste war Impotenz.

Sein Lachen war wie ein Gebrüll. Wer ihn nur oberflächlich kannte, zweifelte daran, daß Roemer jemals ein guter Richter sein konnte. Ein Freund von Frauen, Fressen und Saufen – so einem mußte doch ein Kochbuch lieber sein als ein Gesetzbuch. Aber das täuschte. Dr. Roemer galt als der schärfste Hund im Gericht und saß der Ersten Strafkammer vor. Der Angeklagte, der erfuhr, sein Prozeß käme vor die Erste Strafkammer, beklagte schon im voraus sein Schicksal.

»Was ist mit Gesundbetern?« dröhnte Dr. Roemer. »Hast du einen auf deinem Tisch liegen und suchst jetzt die Krankheit?«

»Es war eine rein rhetorische Frage. Ich lese gerade etwas über diese Menschen. Hast du Erfahrungen mit ihnen?«

»Nee.«

»Kennst du welche? Vom Hörensagen vielleicht …«

»Auch nicht. Das bleibt ›im Lande‹, wie man so sagt. In den ländlichen Gegenden sollen die Bauern noch immer ihre weisen Frauen verehren. Vor allem die Tierärzte klagen darüber. Eine uralte Domäne der Gesundbeter ist das Besprechen von Warzen. Und sie haben tatsächlich Erfolg damit. Ich erinnere mich an meine Großmutter. Sie lebte in der Gegend von Ochtrup. In einem Dorf in der Westerbauerschaft. Damals war ich sieben Jahre und staunte Bauklötze, als Oma von Woche zu Woche vorzeigte, wie ihre zwei großen Warzen an der linken Hand verschwanden. Einmal nahm sie mich sogar mit. Da sah ich ein altes Weib, das auf Omas Hand spuckte und dann Gebete oder sonst was murmelte. Ich schwöre dir: Omas Warzen gingen weg und kamen auch nicht wieder. Aber das ist lange her, Thomas, fast dreißig Jahre.« Roemer räusperte sich. »Was hast du denn mit Gesundbetern?«

»Ich lese hier was, habe ich ja schon gesagt. Mir ist eins nur nicht klar: Machen sich solche Scharlatane nicht strafbar?«

»Nicht, solange sie es nicht berufsmäßig tun. Und solange sie kein Geld nehmen. Aber selbst, wenn sie's für Geld tun, sind sie weniger für die Justiz interessant als für das Finanzamt. Es ist immer schwer, Verstöße gegen das Heilpraktikergesetz nachzuweisen. Wo kein Kläger ist, gibt's keine Verfolgung. Und wer sich einmal in die Hand eines Gesundbeters begibt, der wird den Mund halten, auch wenn's nachher schiefgegangen ist. Die Blamage und die Verhöhnung sollen nicht auch noch dazukommen. Nur dem Finanzamt ist das egal, es liegt ja auch mit dem Höchstsatz bei den Huren mit im Bett; da gibt es sogar amtliche Schätzwerte.«

»Man kann also nichts gegen einen Gesundbeter unternehmen, wenn er es rein privat und unentgeltlich macht?«

»Nein.«

»Danke für die Auskunft, Erasmus.« Willbreit legte auf.

Aus dem Archiv ließ er sich die Röntgenbilder von Ljudmila Doerinck bringen, klemmte sie vor den Lichtkasten und betrachtete sie stumm. Das alte Lied: mindestens ein Jahr zu spät. Der Isotopen-Test gab nicht viel Aufschluß über eine Metastisierung in die Leber, aber sie war da, das stand außer Zweifel; das sagte die Erfahrung von Hunderten Operationen.

Und so etwas behandelt man mit dem Streicheln der flachen Hand ...

Willbreit knipste das Licht im Lichtkasten aus, riß die Röntgenbilder aus der Klemmvorrichtung und schob sie in das große Kuvert.

Am Freitag weiß ich mehr, dachte er. Am Freitag wird auf den Tisch geschlagen. Man darf ja nicht zusehen, wie da ein Menschenleben weggeworfen wird ...

Es sollte die neunzehnte Behandlung sein, die Corinna an ihrer Mutter vornahm, als Dr. Willbreit – unangemeldet – vor dem Lehrerhaus in Hellenbrand hielt. Er hatte sich unterwegs erkundigt, nur einmal, und das Haus schnell gefunden. In Hellenbrand kannte jeder den Konrektor Doerinck. Um so mehr fiel Willbreit auf; er fuhr einen Maserati-Sportwagen, und es war wirklich das erstemal, daß man in Hellenbrand ein solch exotisches Auto sah. Daß er bei Lehrer Doerinck hielt, machte die Sensation perfekt. Wie kam der Lehrer zu einem Umgang mit einem Maserati-Besitzer?

Doerinck saß in seinem Arbeitszimmer und sah eine Klassenarbeit der 7. Klasse durch. Deutschunterricht. Ein Aufsatz. Thema: »Was mir ein Baum erzählen kann«. – Was die dreiundzwanzig Schüler und Schülerinnen da schrieben, war grauenhaft. Der Mangel an Phantasie und sprachlichem Ausdruck wurde von Jahr zu Jahr größer und alarmierender. Das Sprachgefühl zerfledderte immer mehr. »Dieses Volk wird nie mehr einen Schiller, einen Kleist oder einen Hölderlin hervorbringen«, sagte Doerinck einmal in einer Lehrerkonferenz. »Selbst einen Konsalik wird man in fünfzig Jahren bestaunen – und das will schon was heißen!« Wie viele Lehrer mochte auch er Konsalik nicht, ohne das eingehender begründen zu können. »Der eine mag Hammelfleisch, dem anderen klebt es am Gaumen«, sagte er einmal. »Die Geschmäcker sind eben – Gott sei Dank! – verschieden.«

Auch hier, beim Thema »Was mir ein Baum erzählen kann«, überfiel ihn, wie gesagt, wieder die triste Stimmung eines Menschen, der auf einen Niedergang blickt.

Doerinck erhob sich, als er hörte, daß ein Wagen vor seiner Einfahrt hielt, und schob die Gardine zurück. Einen Maserati kannte er nicht, aber er war überzeugt, daß dort ein Vermögen bremste. Auch den Fahrer kannte er nicht. Der Ankömmling blieb im Vorgarten stehen, blickte an dem Haus empor und kam dann, seine Aktentasche schlenkernd, auf den Eingang zu.

Er will wirklich zu uns, dachte Doerinck. Nein, er hat sich nicht geirrt. Tatsächlich, er drückt auf die Klingel. Na, wir werden gleich wissen, was er will. Corinna ist da und wird öffnen.

Er ging zu seinem Schreibtisch zurück, klappte die Kladde, die er gerade zensiert hatte, zu und wartete. Es dauerte nach seiner Schätzung keine Minute, und Corinna kam ins Zimmer. Sie schien etwas aufgeregt zu sein.

»Paps, wir haben Besuch.«

»Ich habe ihn vorfahren sehen. Ein tolles Auto. Wer fährt so einen Schlitten?«

»Professor Dr. Willbreit ist gekommen.«

»Na prost!« Doerinck zog den Schlips hoch und griff nach seiner Jacke, die über der Stuhllehne hing. »Hat Matjuschka ihn gerufen? Ich hatte keine Ahnung davon.«

»Mama ist völlig überrascht. Er ist von allein gekommen. Küßt Mama die Hand und sagt: ›Sie sehen blendend aus, gnädige Frau.‹ Und zu mir sagt er: ›Und Sie sind gewiß die Tochter?‹ – Da war ein Unterton in der Stimme, Paps, der gefällt mir nicht.«

»Nur Ruhe, Mädchen.« Doerinck zog die Hose höher über seinen kleinen Bauchansatz. »So ein Auto! Die Ärzte müssen sich ja dumm und dusselig verdienen. Komm, das scheint interessant zu werden.«

Im Wohnzimmer saß Dr. Willbreit im besten Sessel, und Ljudmila war gerade dabei, ihm einen Kognak zu bringen. Als Doerinck eintrat, sprang der Arzt sofort auf und machte eine Verbeugung:

»Willbreit. Ich muß um Entschuldigung bitten, daß ich so unangemeldet und vielleicht auch unpassend ...«

»Es freut mich, Sie kennenzulernen«, schnitt Doerinck die Höflichkeitsfloskeln ab. Ein eleganter Mann, dachte er dabei. So jung schon Professor. Er kann noch keine vierzig sein. Muß eine Kanone in seinem Fach sein, sonst wäre er nicht Erster Oberarzt der Uni-Klinik. »Bitte, behalten Sie doch Platz«, sagte er. »Meine Tochter kennen Sie bereits.«

»Am Telefon und jetzt auch in Natur.« Er sprach Natur französisch aus. Natüür ... Doerinck fand das etwas affig, aber vielleicht war das die Art der oberen Gesellschaft, sich zu artikulieren. Wer einen solchen Wagen fährt, darf auch Natüür sagen. »Mein Besuch muß Sie verwundern.«

»Ich bin mehr gespannt auf den Anlaß.« Doerinck setzte sich, und auch Willbreit nahm wieder im Sessel Platz. Ljudmila stellte das Kognakglas hin, ihre Hand zitterte dabei leicht. Ihr Blick bettelte Doerinck an: Friß ihn nicht sofort, Stefanka! Ich weiß auch nicht, was er hier will.

»Zunächst freut es mich, Ihre Gattin so munter zu sehen.«

»Das ist uns allen eine große Freude, Herr Professor.« Reden wir nicht drum herum, dachte Doerinck. Ich war immer ein Mensch der Klarheit. »Bei der Prognose, die meine Frau aus Münster mitgebracht hat ...«

»Ja, das ist es.« Willbreit trank seinen Kognak mit zwei kleinen Schlucken halb leer und setzte das Napoleonglas vorsichtig zurück auf die Tischplatte. Damit gewann er ein paar Sekunden Zeit, seine nächsten Worte zu überlegen. »Ich habe mir sehr viele Gedanken darüber gemacht, vor allem, als ich von dem Verzicht auf die Operation hörte. Noch mehr, als ich die Begründung vernahm. Darf ich es so ausdrücken: Ich war erschüttert.«

»Dazu besteht kein Anlaß.« Es war der erste Satz, den Corinna nach der Begrüßung sagte, und es war die Eröffnung der Schlacht. »Mama geht es blendend.«

»Sie gestatten, daß ich da Zweifel anmelde.« Das klang grob, und die Fronten waren nun aufgebaut.

Doerinck nahm Ljudmila die Flasche aus der Hand, stellte sie auf den Tisch und sah Willbreit abtastend an. »Bevor wir ins einzelne gehen, Herr Professor, sei noch gesagt, daß der Besuch Ihrer Initiative entspringt.«

»Ich *mußte* kommen!« Willbreit schob seine Aktentasche näher an sein rechtes Bein. »Ich bin damals um volle Offenheit gebeten worden, und ich habe sie gegeben.«

»Dafür schulden wir Ihnen Dank. Sie hat uns sehr geholfen, Ihre Offenheit.«

»Sie war der letzte Anstoß«, sagte Corinna in die Stille, die sich nach diesem Satz ausbreitete. »Sie haben am Telefon bestätigt, daß Sie nicht in der Lage waren, meine Mutter zu heilen.«

»Ich möchte es anders ausdrücken. Ich habe Ihnen bestätigt, daß es keine Heilung gibt, sondern daß lediglich ein Verschieben des tragischen Ereignisses möglich wäre. Sie werden mir doch zugestehen, daß ich Befunde und Röntgenbilder lesen kann. Es gibt Hunderte von Vergleichsmöglichkeiten. Der Verlauf einer solchen Erkrankung ist übersehbar.«

Corinna nickte. »Vom Chirurgischen her – sicherlich.«

»Mir geht es wirklich sehr gut!« warf Ljudmila ein. Sie spürte, wie sich hier eine Katastrophe anbahnte und sie wollte versuchen, mit ihrem mageren Bekenntnis noch etwas zu retten. »Ich hätte Ihnen am Telefon nie sagen dürfen, was Cora hier mit mir macht.«

»Von diesem Anruf weiß ich nichts. Du hast nie etwas davon erzählt.«

»Nein,« Ljudmila senkte den Kopf. »Ich habe erst hinterher gemerkt, wie dumm ich gewesen bin. Doch da war es zu spät. Sag nichts, dachte ich mir, der Herr Professor ist in Münster, wir sind hier. Er hat das Bett frei und wird sich nicht wieder melden. Ich habe nie daran gedacht, daß Sie zu uns kommen würden.«

»Das Gespräch mit Ihrem Fräulein Tochter was eine Herausforderung. Was Sie mir dann später sagten, konnte ich nicht akzeptieren.« Er drehte sich zu Corinna um. Sie saß auf der Couch, die Beine vorgestreckt. »Eine faszinierende Frau«, dachte Willbreit. »Die Mutter in jüngerer Ausführung, nur noch viel schöner.« Sein Blick glitt über sie und blieb an ihren Händen haften. Das sind sie also: lange, schmale Finger, deutlich zu lang für eine Frau. Zehn Antennen, mit Fleisch und Haut überzogen. Blödsinn! Nicht Antennen ... Sender! Oder doch beides? Ihr Gesicht ist umwerfend. Wo ist die Mutter geboren? In Poti am Schwarzen Meer. Kaukasien. Oder wie der Russe sagt: Grusinien. In diesem Gesicht spiegeln sich Geheimnisse wider. Hinter diesen Augen leben andere Welten. Einfach faszinierend ...

Er riß sich zusammen, fühlte sich idiotisch und flüchtete gedanklich zur Abwehr ins Ordinäre: »Das sind Titten, was?

Und die Beine und die Schenkel! Das muß ein Fest sein, sie im Bett zu haben ...«

»Nicht akzeptieren!« wiederholte er etwas lauter. »Nun sind wir beim Thema, und ich nehme an, Sie erwarten von mir weiterhin rücksichtslose Offenheit. Also gut: Ich bezweifle eine Besserung der gnädigen Frau. Ja, es ist unmöglich!«

»Sie hat kein Darmbluten mehr!« sagte Doerinck, steif auf seinem Stuhl sitzend.

»Auch das kennen wir aus der Praxis. Spontan hören die Blutungen auf – und plötzlich tritt ein Ileus ein. Dann ist Holland in Not!«

»In Holland scheint die Sonne!« sagte Doerinck mit Nachdruck.

»Bitte, lassen Sie uns keine dummen Sprüche klopfen, Herr Doerinck.« Willbreit öffnete seine Aktentasche und holte ein großes Kuvert heraus. »Die Situation ist ernster, als Sie denken. Weder Sie noch Ihre Tochter haben die Röntgenbilder gesehen, die Isotopenaufnahmen, die Laborbefunde. Wenn etwas eindeutig ist, dann ...«

»Ich habe alles gesehen.« Corinnas Stimme riß Willbreit wieder herum. Ihr Lächeln empfand er als eine fast unerträgliche Impertinenz. »Ich weiß, wo das Karzinom sitzt; ich weiß, wo man ansetzen muß, ich kenne die Ausdehnung.«

»Kann ich die Röntgenaufnahmen einmal sehen?« fragte der Arzt.

»Nein«, antwortete Corinna knapp.

»Warum nicht?« Willbreit fühlte kalte Wut in sich aufsteigen. Was man ihm hier vorführte, *war* ein Verbrechen an einem Kranken.

»Es gibt keine Aufnahmen, Herr Professor. Ich habe es mit meinen Händen gesehen.«

Wer Willbreit kannte, der hätte jeden Schwur geleistet, daß es unmöglich sei, ihn sprachlos zu machen. In diesem Augenblick war er es. Mehr noch: Er war wie gelähmt.

»Wem ... wem wollen Sie diese Ungeheuerlichkeit andrehen?« sagte er endlich heiser. »Mir? Mein Gott, Sie sind ja gefährlicher, als ich annahm.«

»Haben wir uns schon einmal gesehen?« Corinna lehnte sich auf der Couch zurück. In ihren engen Jeans und dem knappen Pullover sah sie sehr sexy aus. Willbreit blickte an ihr vorbei auf ein Bild an der Wand. Ein Farbfoto. Die Windmühlen auf der Mole von Rhodos. Er kannte sie. Vor drei Jahren hatte er auf Rhodos seinen Urlaub verlebt.

»Natürlich nicht!« sagte er. »Wieso?«

»Bestätigen Sie, daß ich Sie nie nackt gesehen habe?«

»Aber mit Nachdruck.«

»Auch kein Nacktfoto von Ihnen?«

»Was soll das?« Willbreit kniff die Lippen zusammen. »Ich verstehe Ihre Frage wirklich nicht ...«

»Aber ich sehe Sie nackt.« Corinna faltete die Hände und blickte über sie hinweg auf Willbreit. Er zog das Kinn an und versuchte verlegen zu grinsen. »Am linken Oberschenkel haben Sie eine elf Zentimeter lange Narbe. Ein Unfall? Und unter dem rechten Arm ist auch eine Vernarbung. Hatten Sie mal einen Achseldrüsenabszeß?«

Willbreit saß erstarrt in seinem Sessel und spürte überdeutlich den Schlag seines Herzens. Vor neun Jahren ... in Italien. Auf der Straße nach Sorent rammte ihn ein anderes Auto. Die Oberschenkelwunde wurde dann im dortigen Hospital genäht. Und ein Achseldrüsengeschwür hatte er gehabt, als er achtzehn war. Es wurde gespalten, und tatsächlich blieb eine Vernarbung zurück. Aber nicht mal Lydia, seine Frau, hatte sie bisher wahrgenommen.

»Jetzt sollten wir noch einen Kognak trinken«, sagte Doerinck gepreßt. »Bevor Sie etwas sagen, Herr Professor: Ich gebe Ihnen recht. Das ist unfaßbar! Ich habe dafür auch keine Erklärung. Aber es ist so. – Stimmt alles, was Corinna sagt?«

»Ja.« Willbreits Erstarrung löste sich. Er kippte jetzt sein Glas Kognak in einem Schluck hinunter und kam sich wie ein Tier vor, das man in eine Ecke getrieben hatte, aus der es keine Flucht mehr gab. »Doch glauben Sie nicht, damit könnten Sie mich beeindrucken. Das ist eine reine Kirmesnummer. Es ist verantwortungslos, was Sie da treiben.«

»Was treibe ich?« Corinnas große schwarze Augen ließen Willbreit nicht mehr los. »Noch drei Wochen, und ich lasse meine Mutter erneut röntgen und schicke Ihnen die Bilder. Sie werden kein Ca mehr sehen.«

»Das kann ich nicht mehr mit Fassung ertragen!« Willbreit sprang auf und holte sein gesamtes Untersuchungsmaterial aus dem Kuvert. »Hier ist der Beweis!« rief er erregt und hielt die Röntgenbilder hoch. »Hier in aller Klarheit! Und wo ist *Ihr* Beweis? Was können Sie überhaupt beweisen, außer daß hier etwas geschieht, was man schon verbrecherisch nennen kann.« Er wedelte mit den Röntgenbildern durch die Luft, nahm eine große Aufnahme in die andere Hand und hielt sie gegen das Sonnenlicht, das durch das Fenster kam. »Was können *Sie* beweisen? Verdammt, ich sage es jetzt in voller Verantwortung, auch wenn Sie mich danach hinauswerfen: Sie bringen Ihre Mutter um!«

»Das war deutlich«, sagte Doerinck schwer atmend und legte den Arm um Ljudmila. Sie bebte am ganzen Körper und lehnte sich hilfesuchend an ihn. »Das war barbarisch.«

»Aber es ist die Wahrheit!« rief Willbreit unbeherrscht. »Die volle Wahrheit. Hier wird ein Mensch getötet.«

»Sie aber könnten ihn retten?« brüllte Doerinck zurück.

»Nein!«

»Wo ist denn da ein Unterschied?«

Plötzlich war es wieder still im Zimmer. Die Männer sahen sich an wie zwei erschöpfte Boxkämpfer, die bei jedem Schlag nicht den Gegner, sondern nur die Luft getroffen hatten.

»Mir geht es gut«, war alles, was Ljudmila noch in die Stille hinein sagen konnte, aber die Leere füllte es nicht aus. Wo ist der Unterschied? Der Tod unter der flachen Hand oder der Tod unter dem chirurgischen Messer …

Dr. Willbreit warf die Röntgenbilder auf den Tisch zurück und zog seine verrutschte Krawatte gerade. Doerinck goß sich einen dreifachen Kognak ein, fast ein volles Napoleonglas.

Mit übereinandergeschlagenen Beinen saß Corinna auf der Couch und zündete eine Zigarette an.

»Warum sind Sie nicht toleranter, Herr Professor?« fragte sie.

»Toleranz! Wie können Sie Toleranz erwarten, wenn Scharlatanerie in die Medizin einbricht?« Willbreit sah hinüber zu Ljudmila. Sie saß neben dem Gläserschrank an der Wand auf einem Stuhl, wie zur Seite abgestellt. Es ist fürchterlich, dachte er, in ihrer Gegenwart so etwas zu sagen. Eine grausame Herzlosigkeit. Man redet über den Tod, streitet um ihn herum, und sie, um deren Leben es geht, sitzt still dabei. Keiner kümmert sich darum, wie ihr jetzt zumute sein mag. »Ich ... ich muß mich entschuldigen«, sagte er stockend. »Mir sind die Pferde durchgegangen. Das kommt selten vor, fast nie. Aber das, was hier aufgetischt wird, ist kaum noch zu ertragen.«

»Warum sind Sie so hochmütig?« Corinna erhob sich, ging hinüber zu ihrer Mutter, beugte sich über sie und küßte sie auf die Stirn. »Warum ist nur richtig, was ins akademische Denken paßt? Kommt die Schulmedizin gleich hinter Gott?«

»Es ist einfach absurd, Karzinome wegstreicheln zu wollen.«

»Ich trockne sie aus. Unter meinen Händen veröden sie.«

»Bitte, hören Sie auf! Mir sträuben sich die Haare.«

»Ich habe es dreimal erlebt bei Magengeschwüren ...«

»Wie bitte?« Willbreit zuckte fast schmerzhaft zusammen. »Sie haben außer Ihrer Mutter noch mehr Kranke behandelt?«

»Kunden, die bei mir Teppiche bestellten.«

»Davon weiß ich nichts«, stotterte Doerinck. »Davon weiß ich absolut nichts. Das ist mir völlig neu.«

»Sie erzählten alle drei, daß sie in Behandlung seien. Rollkuren, Medikamente wie Antazida, Cimetidin, Sucralfat ...«

»Die verhinderte Medizinerin«, warf Willbreit spöttisch ein.

»Aber bei diesen dreien kam es nicht voran. Ich sagte ihnen nicht, was ich mit ihnen tat, sie merkten es auch nicht. Während sie verschiedene Teppichentwürfe durchsahen, strich ich mit meinen Händen eine Minute lang über ihren Magen, in einer Entfernung von etwa zehn Zentimetern. ›Bei Ihnen wird es aber warm‹, sagten sie. ›Haben Sie die Heizung laufen?‹ – Unter dem Vorwand, noch andere Entwürfe zu machen, bestellte ich sie viermal wieder, und alle sagten mir dann freudestrahlend, daß die Magengeschwüre fast weg seien. Nach dem fünften Mal waren sie geheilt. Natürlich bedankten sie sich bei ihren Ärzten.«

»Mit Recht!« Willbreit winkte ab. »Die Therapie griff endlich durch. Nur Sie bildeten sich ein, daß Ihr Streicheln durch die Luft eine Wirkung auf das Ulcus hatte! Absurd, sage ich ja. Geradezu abstrus!« Er schlürfte einen weiteren Kognak, den Doerinck inzwischen eingegossen hatte, und wurde ruhiger. »Haben Sie noch mehr Unfug angerichtet?«

»Ja. Der größte Erfolg war die Heilung einer Prostatitis.«

»Verrückt!«

»Bei meinem Freund«, sagte Doerinck ruhig. »Bei unserem Hausarzt Dr. Hambach. Was sagen Sie nun?«

»Nichts.« Willbreit wischte sich über die Augen. »Es ist die verrückteste Situation, in die ich bisher in meinem Leben gekommen bin«, dachte er. Thomas, steh auf und geh. Hier ist jedes weitere Wort vergeudet. Aber er blieb sitzen und hielt Corinnas schwarze Augen aus. »Sie sind nicht bereit, mir Ihre – Behandlungsmethode zu demonstrieren?«

»Warum nicht?« entgegnete Corinna ruhig.

»Wie denn?«

»An meiner Mutter. Ich bin ja heute gekommen, um sie wieder zu behandeln.« Sie legte die langen Finger aneinander, als müsse sie sie aufladen. »Wenn es nicht unter Ihrer Würde ist, zuzusehen, Herr Professor – ich habe nichts zu verbergen.«

»Es ist ungeheuerlich, was hier passiert. Ich wiederhole es! Aber bitte, fangen Sie an. Ich will mich überzeugen, wozu verbohrte Menschen fähig sind. Nur deshalb bleibe ich noch hier.«

»Dann seien Sie jetzt ruhig!« sagte sie streng. Sie spürte, wie ungeheure Energie sich in ihr sammelte, wie irgend etwas Unerklärbares in ihr wuchs. Dabei dachte sie: Ihm werde ich es zeigen! Ihm werde ich beweisen, daß es eine Kraft gibt, die keinen Namen hat. Ich werde ... ich werde ...

»Komm, Matjuschka, zieh dich aus und leg dich hin«, sagte sie zärtlich zu Ljudmila und küßte sie wieder auf die Stirn.« Heute brauchen wir nur noch drei Minuten.«

»Warum?« fragte Dr. Willbreit und ärgerte sich sofort darüber.

»Weil es kaum noch nötig ist.« Corinna begleitete Ljudmila zur Couch. »Mama ist so gut wie geheilt.«

3

Dr. Willbreit fuhr zurück nach Münster als ein unversöhnlicher Feind von Corinna Doerinck.

Um sich zu beruhigen und Luft abzulassen, wie man so schön sagt, fädelte er sich bei Nottuln auf die Autobahn ein, ließ die Lichthupe blinken und trat das Gaspedal durch. Der Maserati reagierte wie ein gereiztes Raubtier; er machte einen Satz vorwärts, der Motor röhrte dumpf auf, und dann jagte Willbreit im 200-km-Tempo auf der linken Fahrbahn durch den Abend. Die Abfahrt Senden passierte er schon mit 240 km – es war ein Rausch für ihn, diese Geschwindigkeit, dieses Beherrschen der Technik. Es war, glaubte er, ein Beweis, daß seine Nerven in jeder Lage einwandfrei und schnell reagierten. Das letzte Stück dann bis Münster, am großen Autobahnkreuz Münster-Süd, fuhr er vernünftig und schwamm im Strom der abendlichen Stadtheimkehrer mit.

»Was kann man tun?« dachte er immer wieder. »Ich kann doch angesichts dessen, was ich gesehen habe und jetzt weiß, nicht untätig herumsitzen und den Dingen ihren verhängnisvollen Lauf lassen!« Es muß doch etwas unternommen werden. Er konnte nicht einfach schweigen, wenn ein Mädchen mit bloßen Händen selbst schwer therapierbare Krankheiten heilen wollte. Das würde für ihn als Mediziner zu einem untragbaren Gewissenskonflikt werden.

»Das ist es!« sagte sich Willbreit, zufrieden darüber, daß er das richtige Wort gefunden hatte. »Mein Gewissen als Arzt ist hier aufgerufen! Meine ethische Verpflichtung. Mein moralisches Credo. Wie kann man unbeteiligt weiterleben mit dem, was ich erfahren habe?«

Von Doerinck aus hatte er zunächst einen Abstecher zu Dr. Hambach gemacht.

Die drei Minuten, in denen Corinnas flache Hände über dem Leib ihrer Mutter schwebten, waren für ihn eine Zumutung gewesen, doch hatte er geschwiegen und sich nur einmal vorgebeugt, als Ljudmila mit geschlossenen Augen laut aufseufzte und schläfrig sagte: »Heute ist es besonders heiß. Aber gut, Cora … gut … Es tut so gut!«

In diesem Augenblick hatte Doerinck, zitternd vor Aufregung, seinen fünften Kognak getrunken.

Willbreit dagegen war nicht beeindruckt gewesen; nein, das konnte man keinesfalls sagen. Vielmehr stieg in ihm kaltes Entsetzen auf bei dem Gedanken, was diese Frau mit ihren Händen alles anzurichten vermochte, falls sich die »Wunderheilungen« erst einmal herumsprachen. Fast automatisch würde eine Hysterie ausbrechen; es gab dafür Beispiele genug. Er dachte an andere Wunderheiler. An den Mann zum Beispiel, der mit Stanniolkugeln heilen wollte. Oder an den Kerl, der einen Eisenkegel über die kranken Körperstellen pendeln ließ. Oder an jene Frau in Süddeutschland, die einen Wundertrank mixte und flaschenweise verkaufte, und deren Gebräu auch dann noch »Heilungen« bewirkte, als eine chemische Analyse ergab: Die Himmelsmixtur bestand aus nichts weiter als Wasser, Moorextrakt, Lehm und Zitronensäure. Die angenehmste Therapie aber hatte ein Bauernbursche entdeckt, der behauptete, jede Nacht in Trance neue Befehle aus dem Jenseits zu bekommen und neue Rezepte. Das Grundrezept blieb aber immer das gleiche: der Beischlaf. Der Bursche nannte es »Biologische Plasma-Kommunikation« – ein völlig sinnloses Wort, aber die Weiber trugen sich in »Behandlungslisten« ein und warteten manchmal gern bis zu drei Wochen auf den heilenden »biogenetischen Strahl«. Das alles aber war ein Spuk, der so schnell verflog, wie er gekommen war. Die Staatsanwaltschaft griff ein und entlarvte die Wunderheiler als Betrüger.

Willbreit grinste einen Augenblick lang bei dem Gedanken an die Beischlaftherapie, die immerhin geeignet war, rein hysterische Erkrankungen verschwinden zu lassen. Es gibt nichts Erstaunlicheres, Ausgefalleneres und Geheimnisvolleres als die menschliche Psyche oder, wie es sein Freund, der Richter Erasmus Roemer, deftig aussprach: »Die Ärzte hätten weniger zu tun, wenn es nicht so viel bequeme Männer gäbe! Hemd hoch und Hose runter wirkt mehr als hundert Pillen.«

Das mochte alles stimmen. Auch bei den drei Magengeschwüren, die Corinna Doerinck angeblich mit Strahlen aus ihren Händen ausgetrocknet hatte, wäre eine vernünftige Erklärung denkbar. Doch im Fall Hambach war die Grenze des medizinisch Möglichen überschritten.

Hambach empfing Dr. Willbreit zunächst in dem Glauben, einen neuen Patienten zu haben. Zwar kam der Neue außerhalb der Praxiszeit, aber das kannte Hambach seit über sechsunddreißig Jahren. Das Einzugsgebiet seiner Praxis war groß. Auch aus dem Hinterland kamen die Bauern zu ihm – nicht, weil Hellenbrand näher lag als Billerbeck oder Havixbeck, sondern weil Dr. Hambach sie auf westfälisch Platt ansprach und immer den richtigen Ton traf. Ihm nahm man es nicht übel, wenn er sagte: »Dat kommt vom Supen!« Es stimmte ja auch, und man ließ für einige Zeit die Kornflasche im Schrank. Nach Havixbeck oder Billerbeck konnte man dann immer noch zum Röntgen, zum Orthopäden, zum Augenarzt; aber es gehörte sich eben einfach so, daß man den Umweg über Dr. Hambach machte. Es gab also keinen Samstag oder Sonntag oder eine feste Praxiszeit. »Fahr'n wir zum Doktor«, sagten die Bauern und fuhren los. Der Doktor gehörte zu ihnen wie Pellkartoffeln und Schnittlauchquark. Und weil das so war, hatte sich Dr. Hambach eine große gekühlte Vorratskammer gebaut, die zu jeder Jahreszeit randvoll war.

Ein Hausarzt ist nämlich auch Mitnutznießer bei Hausschlachtungen.

Dr. Hambach begrüßte den neuen Patienten an der Haustür und verzichtete nach einem Blick auf Auto und Kleidung, ihn in Platt anzusprechen. Ein Zugezogener. Es wurde ja in letzter Zeit modern, sich in der Gegend von Hellenbrand ein

Zweithaus zu bauen. Vor allem aus dem Ruhrgebiet kamen die Lufthungrigen.

»Was haben Sie denn für Beschwerden?« fragte er, als sein Besucher in dem sehr antiquierten Sprechzimmer stand. Eine Praxis von vorgestern, dachte Willbreit. Das einzig Neue war ein Gerät, mit dem man den Herzschlag messen und über einen Lautsprecher verstärken konnte. Der Patient hörte dann sein Herz wie eine Pauke dröhnen; bei Hambachs Patienten löste diese Maschine Begeisterung und Hochachtung aus.

»Keine.«

»Das ist gut!« Hambach ging hinter seinen alten Schreibtisch. »Darunter leidet eine Vielzahl von Kranken.«

»Mein Name ist Willbreit. Professor Dr. Willbreit. Zweite Chirurgische Münster.«

»So kann man sich irren.« Dr. Hambach kam hinter seinem Schreibtisch wieder hervor und zeigte auf eine Sesselgruppe an der Wand. »Setzen wir uns. Trinken wir ein Körnchen?«

»Danke. Ich muß noch nach Münster zurück. Ich habe schon über die Maßen Alkohol in mir. Wenn ich jetzt in eine Tüte hauchen müßte, dürfte ich die nächste Zeit nur zu Fuß gehen.« Willbreit setzte sich in einen der verschlissenen Ledersessel und wartete geduldig, bis Dr. Hambach sich ein langes, schmales Glas voll Korn eingeschenkt hatte. »Prost, Herr Kollege!«

»Schluckers Dank.« Hambach setzte das Glas ab. »Wissen Sie, was der angeblich 143 Jahre alte kasakische Steppenreiter bei einem Interview gesagt hat? ›Mein Alter verdanke ich meinen neun Frauen und den täglichen hundert Gramm Wässerchen.‹ Da ich es nur auf eine Frau gebracht habe – Frieda starb vor fünf Jahren –, muß ich mich ans Wässerchen halten.« Er hob sein Glas. »Wirklich keinen, Herr Professor?«

»Danke. – Sie fragen nicht, was mich zu Ihnen führt?«

»Da mir Ihr Name – außer von verschiedenen wissenschaftlichen Veröffentlichungen – durch Ljudmila Doerinck bekannt ist, wäre es nur logisch, daß Sie von den Doerincks kommen.«

»Das stimmt. Ich hatte heute Gelegenheit, der Tochter Corinna zuzusehen.«

»Ungeheuerlich, nicht wahr?«

Dr. Hambach setzte sich Willbreit gegenüber. Die Flasche behielt er in der Hand und stützte sie auf sein linkes Knie. Willbreit musterte den Kollegen unsicher. Diese Bemerkung war doppelsinnig.

»Ungeheuerlich. Das kann man wohl sagen.«

»Phänomenal!«

»Auf jeden Fall – verbrecherisch.«

»Das habe ich fast erwartet.« Dr. Hambach klopfte mit der Kornflasche auf sein Knie. »Was nicht sein darf, kann nicht sein. Die Philosophie der Hochmütigen.«

Willbreit schluckte es, ohne aufzubrausen. Er hatte heute schon so viel in sich aufgenommen, daß Hambachs Bemerkung einfach an ihm herunterlief. »Mich interessiert etwas ganz anderes. Ich habe noch nie von einer hysterischen Prostatitis gehört. Sie sind da ein enorm interessanter Fall, Herr Kollege. In der gesamten Literatur ist so etwas nicht beschrieben.«

»Ob grob oder mit Ihrer Eleganz – Sie können mich nicht beleidigen. Ich habe über meinen ›Fall‹ ein genaues Tagebuch geführt, aber ich zeige es Ihnen nicht. Wozu auch? Sie würden mokant lächeln, nach meinem Alter fragen – Sechsundsechzig – und feststellen, daß ich an einem schleichenden enzephalomalazischen Insult leide. Vielleicht ... mit Sechsundsechzig hat man keine sauberen Hirnarterien mehr. Aber sie sind noch stabil genug, um zu begreifen: Wenn's aus der Harnröhre eitrig tröpfelt, dann stimmt was nicht. Und wenn man dann noch gegen Antibiotika resistent ist ...«

»Man kann keine Prostatitis durch Handauflegen heilen!« sagte Willbreit laut. »Die Mittel, die Sie genommen haben, wirkten eben mit Verzögerung. Kollege Hambach, lassen Sie sich doch durch dieses Mädchen nicht zum ... zum Trottel machen. Verzeihung!«

»Haben Sie Ljudmila gesehen?«

»Natürlich. Vor meinen Augen vollzog Corinna ihr Theater.«

»Sieht so eine Frau mit Kolonkarzinom aus?«

»Ich habe schon manchen Bullen von Kerl mit infaustem Ca gesehen. Das hat nichts zu sagen.«

»Wir werden nächste Woche mit Ljudmila nach Billerbeck fahren und sie dort von dem Kollegen Meersmann röntgen lassen. Die Aufnahmen schicke ich Ihnen zu.«

»Ein anderer Vorschlag: Wir führen noch einmal eine Untersuchung in meiner Klinik durch.«

»Als zweite Schiene. Einverstanden.«

»Ihre Vorsichtsmaßregel hat fast paranoide Züge.«

»Akzeptiert. Sie können mich verrückt nennen, wenn die Röntgenbilder eine Verschlechterung zeigen. Wie aber nennen Sie mich, wenn Ljudmila Doerinck gesund ist?«

»Darüber brauche ich mir keine Gedanken zu machen«, sagte Willbreit etwas hochnäsig. »Kollege Hambach, Hand aufs Herz: Das alles widerspricht doch der simpelsten medizinischen Erkenntnis.«

»Zugegeben. Es ist totaler Wahnsinn.«

»Na also.«

»Aber es ist nur für uns Wahnsinn, weil wir das Ganze nicht verstehen. Weil wir nicht in die Dimension vordringen können, aus der die Kraft kommt. Diese allesheilende Strahlung …«

»Strahlung?« fragte Willbreit gedehnt.

»Haben Sie eine andere Erklärung?«

»Ich will gar keine. Ich weigere mich auch, eine zu suchen. Für mich ist das Scharlatanerie. Schamanenkult.«

»Da haben wir es!« Dr. Hambach entkorkte die Flasche und bewilligte sich noch einen Korn. »Schamanentum! Wissen Sie, daß Corinnas Großvater ein Arzt war?«

»Es steht in Frau Doerincks Akte. Vater: Arzt … irgendwo in Rußland.«

»In Grusinien. Sie hat mir von ihm erzählt. Die Leute standen Schlange vor seinem Haus, übernachteten in seinem Garten, nur um bald dranzukommen. Es muß da zugegangen sein wie in einem wundertätigen Wallfahrtsort, wie Lourdes oder Fatima. Und was tat Dr. Assanurian? Er streichelte die Krankheiten weg.«

»Du lieber Gott!« Willbreit schlug entsetzt die Fäuste gegeneinander. »Daher also! Eine raffinierte Enkelin!«

»So kann man es auch sehen, beim besten Unwillen.«

»Und man hat diesen Dr. Assanurian in Rußland gewähren lassen? Die Sowjets haben das geduldet?«

»Durch eine Hintertür schlichen die Funktionäre herein. Zwei grusinische Minister sollen von ihm von chronischen Erkrankungen geheilt worden sein. Er erhielt sogar den Titel ›Ausgezeichneter der medizinischen Betreuung‹. 1945 wurde er nach Sibirien verbannt.«

»Aha!«

»Nicht aha! – Er wurde bestraft, weil seine Tochter Ljudmila mit einem deutschen Offizier durchgebrannt war. Er hieß Stefan Doerinck. Dr. Assanurian lebte bis zu seinem Tod in Tjumen, in der Verbannung. Als sogenannter Halbfreier. Aus dem ganzen Distrikt kamen sie zu ihm zur Behandlung.«

»Mit der flachen Hand …«

»So ist es. Er starb übrigens nicht an einer Krankheit, sondern er wurde erschossen. Von einem eifersüchtigen Ehemann. Er behandelte eine Blasenentzündung, und die Frau erzählte begeistert, wie wunderschön das Streicheln zwischen den Beinen sei. Der Ehemann verstand das falsch, raste los und jagte drei Kugeln in Dr. Assanurians Brust.« Dr. Hambach schob die Unterlippe vor. »Betriebsunfall. Der Mann war so ungläubig wie Sie.«

Das Gespräch war dann bald versandet. Willbreit hatte Hambach noch die mitgebrachten Röntgenaufnahmen von Ljudmila gezeigt – als Beweisstücke sozusagen – und es dann für angebracht gehalten, aufzubrechen. Dieser alte Landarzt, dieser Bauerndoktor, war ein typischer Außenseiter. Leider gab es so etwas auch bei den Medizinern, aber Gott sei Dank nicht allzuoft. Willbreit hatte sich sehr kühl verabschiedet und beim Wegfahren im Rückspiegel gesehen, wie Dr. Hambach in der Tür stand und ihm nachblickte.

Ein alter Narr! Es ist ein Fehler in der Gesetzgebung, daß Ärzte von einem bestimmten Alter an ihre Approbation nicht zurückgeben müssen. Mit fünfundfünfzig muß ein Flugkapitän weg vom Knüppel, zur Sicherheit der Passagiere. In Münster aber gab es zum Beispiel einen Chirurgen in freier Praxis, der noch mit achtzig operierte. Wo blieb hier die Sicherheit der Patienten?

Das alles fiel Willbreit ein, als er den Stadtrand von Münster erreichte. Er verließ den Autobahnzubringer, bog in die Straße nach Hiltrup ein und schwenkte dann in Richtung Angelmodde ab. Hier, am Emmer-Bach, in einer idyllischen Gegend, hatte Landgerichtsdirektor Dr. Roemer sein Haus gebaut. Ein Traumhaus! Allein das Reetdach mußte soviel gekostet haben wie ein normales Reihenhaus. Er konnte sich das leisten; weitblickend hatte er die Tochter eines Fabrikanten geheiratet, der stolz darauf war, einen Dr. jur. als Schwiegersohn zu bekommen – obwohl ihn Roemers Leidenschaft fürs Fressen und Saufen störte.

Willbreit blickte auf seine Uhr, als er vor Roemers Landhausvilla parkte, und sagte sich, daß es eigentlich unhöflich sei, zur Dinnerzeit einen Besuch zu machen. Aber es drängte ihn, das, was ihm auf dem Herzen drückte, loszuwerden. Mit wem sollte er darüber sprechen, wenn nicht mit Erasmus Roemer, der geduldig zuhören konnte?

»Es ist also so, daß man dich aus den Latschen gekippt hat«, sagte Roemer und lachte fett. Er war sichtlich froh über den Besuch, denn er war ganz allein zu Hause. Seine Frau Elise – »sie heißt Elise, weil das Musikstück ›Für Elise‹ das einzige war, das ihre Mutter auf dem Klavier fehlerfrei spielen konnte«, erklärte er sarkastisch – machte einen Kurztrip nach Badgastein, wo ihre Schwester einen Rheumaanfall auskurierte.

Gerade hatte er überlegt, wohin er zum Abendessen fahren sollte, und sich – um kulinarisch zu schlemmen – für das Waldhotel Krautkrämer am Hiltruper See entschlossen. Seine Vorfreude auf den Burgunderwein und den zartrosa Lammrücken war so groß, daß er Willbreit an der Pforte seiner Villa umarmte und an seine massige Brust zog.

»Thomas, dich schickt der Himmel! Das beste Essen ist, allein gegessen, immer fad. Elise ist in Österreich, wir fressen jetzt vier Kilo Fleisch ... na, ist das Lyrik? Auf, auf zu Krautkrämer!«

»Ich habe Probleme«, sagte Willbreit, »und überhaupt keinen Hunger.«

»Hunger kennt nur die Kanaille, und der Pöbel frißt sich satt«, deklamierte Roemer im Burgtheaterstil. »Wir aber speisen! Wir delektieren uns. Wir zelebrieren Bissen für Bissen, Schluck für Schluck.« Er zog Willbreit ins Haus und warf die dicke Eichentür zu. »Probleme? Mit Lydia? Geht sie fremd?«

»Wieso denn?«

»Wär's ein Wunder? Nie bist du zu Hause! Immer die Klinik. Und bist du mal da, läufst du mit dicken Augen herum und bist müde.«

»Steh mal stundenlang am Operationstisch!«

»Und warte mal mit dreiunddreißig Jahren tagelang und wochenlang. Lydia ist eine junge Frau, die öfter mal ...«

»Halt's Maul, Erasmus!« unterbrach ihn Willbreit grob. »Es geht um ein Mädchen ...«

»O verdammt! Zu Hause trägt er Stahlklammern an der Hose, und hintenherum juchheit er durch die Betten! Eine ernste Sache, Thomas?«

»Ja.«

»Scheidung? Bloß das nicht! Wenn Lydia sich auszahlen läßt ...«

»Es ist ein medizinisches Problem.«

»Ha! Sie ist noch Jungfrau? Die Angst des Gentlemans vor der Defloration.«

»Idiot!« Willbreit warf einen Blick auf die riesige Bar, die eine Ecke der Eingangshalle ausfüllte. »Gib mir einen Wodka mit Orangensaft. – Ich bin an eine Wunderheilerin geraten.«

Roemers Lachen war so gewaltig, daß die Kristallampe an der Wand neben ihm leise klirrte.

»Wie ist das nun?« fragte er, als sie in der Bibliothek in den Kaminsesseln saßen und den Wodka tranken. »Eine Wunderheilerin hat dir gezeigt, welch ein medizinischer Esel du bist. Stimmt's? Du bist dagestanden, hast ihr zugeschaut und kamst dir wie eine Null vor. Mach dir nichts draus, Thomas – ich habe das Verschwinden der Warzen meiner Großmutter auch nie begriffen. Ungemein tröstlich: Brustwarzen kann man nicht wegbeten. Im Gegenteil. Wenn man die streichelt, dann ...«

»Ich bin überhaupt nicht zu Sauereien aufgelegt«, sagte Willbreit ein wenig hysterisch. »Nach dem Wodka gehe ich wieder. Ich habe geglaubt, mit dir könnte man einmal vernünftig reden.«

»Vernunft braucht eine Basis, und die baut mir Krautkrämer auf den Teller. Hungrig habe ich die Psyche eines Tieres. Und nach der ersten Flasche Burgunder ist mit mir menschlich zu reden. Himmel, du stinkst nach Schnaps! War's so schlimm?«

»Unerträglich.« Willbreit atmete durch. Erasmus Roemer hatte seine forsche Tour abgelaufen, jetzt war er wieder leidlich normal. »Ich frage mich zum wiederholten Male: Ist juristisch dagegen wirklich nichts zu machen?«

»Nein. Nur wenn sie für Geld ...«

»Sie hat außer ihrer Mutter noch andere behandelt. Drei Kunden ihrer Teppichknüpferei.«

»Sie knüpft Teppiche? Sieh an! Bewegliche Finger sind das Präludium der Liebe.«

»Erasmus! Ich gehe!«

»Haben die Kunden sie darum gebeten?«

»Nein, sie haben es gar nicht gemerkt.«

Roemer sah seinen Freund etwas schief an. »Wieviel Gläser hast du schon intus, Thomas?«

»Sie hat Magengeschwüre diagnostiziert und sie unbemerkt ›weggestreichelt‹.«

»Das gibt es nicht. Wenn mich eine Frauenhand streichelt, wachse ich über mich selbst hinaus. Gut ausgedrückt, was?«

»Sie streichelt in einem Abstand von zehn Zentimetern vom Körper. Durch die Luft.«

»Erotisch völlig fad!«

»Sie sägt, sie läßt die Geschwüre vertrocknen, einschrumpfen …«

»Genau der umgekehrte Effekt, als wenn man mich streichelt.«

»Kann man mit dir nicht normal und sachlich reden?« schrie Willbreit erbost und sprang auf.

»Bei Krautkrämer, nach einer Trüffelsuppe, bin ich aufnahmefähiger.«

»Sie behauptet, auf diese Art bei ihrer Mutter einen Dickdarmkrebs zu heilen! Ich habe dem beigewohnt.«

»Du Lümmel! Du hast ihr beigewohnt?«

»Auf Wiedersehen!« Willbreit ging zur Tür. »Friß und sauf, bis du platzt!«

»Die Humorlosigkeit der neuen Welt ist erschütternd. Thomas, komm her und setz dich wieder. Ich höre ganz geduldig zu. Ein Richter muß oft mehr Geduld haben als ein Irrenarzt. Da hatten wir mal eine Verhandlung gegen einen Chaoten. Der springt plötzlich auf, rennt nach vorn zu mir, reißt die Hose runter und scheißt vor den Richtertisch. Das hast du doch wohl nicht vor?«

Willbreit kam von der Tür zurück und setzte sich wieder in den Kaminsessel. »Gibt es keinen Paragraphen, der die Verhinderung einer Krankenbehandlung bestraft?«

»Ich nehme an, die Mutter unterzieht sich freiwillig der Streichelei.«

»Ja.«

»Nichts, gar nichts zu machen, Thomas. Solange ich nicht ein öffentliches Ärgernis errege, kann ich in meinen vier Wänden machen, was ich will. Ich darf nur, wenn ich davon Kenntnis erlange, verhindern, daß sich jemand umbringt oder verstümmelt.«

»Das wäre doch hier der Fall, Erasmus.«

»Nein. Wieso denn?«

»Dieser Hokuspokus führt zum Tod der Mutter.«

»Aber sie glaubt an eine Heilung – da liegt der Hund begraben. Sie will nicht sterben, sie will leben!«

»Aber sie wird sterben!«

»Beweise es. Beweise, daß die Tochter eine kriminelle Handlung begangen hat, eine bewußt kriminelle Handlung. Mit Vorsatz, wie es bei uns Juristen so schön heißt. Da hatten wir mal einen Vergewaltigungsfall ...«

»Bitte!« sagte Willbreit gequält. »Erasmus, bitte! Mir liegt die Sache schwer auf der Seele. Ich könnte ja sagen: Was kümmert mich diese eine Krebskranke, ich habe Hunderte davon ...«

»Das wäre mein Vorschlag, Thomas.« Roemer erhob sich ächzend aus seinem tiefen Sessel. Seine 230 Pfund hochzustemmen, war jedesmal eine Kraftleistung. So bequem die Sessel waren, wenn man drinsaß – der Teufel sollte sie holen, wenn man wieder heraus mußte. »Belaste dich nicht mit einem Kranken, dem du keine Rechnung schreiben kannst.«

»Du hast die Moral eines Nilpferdes.«

»Erkannt! Einem hungrigen Nilpferd treten die Tränen in die Augen.« Roemer stand riesig, wuchtig vor dem sitzenden Willbreit. »Wenn das alles ist, was dich bedrückt, hast du ein paradiesisches Leben.«

»Ich möchte, daß du mal mit mir nach Hellenbrand fährst und dir das Mädchen ansiehst.«

»Ich? Du lieber Himmel! Ich soll mich streicheln lassen? Das kann vulkanische Folgen haben.«

»Du sollst sie dir ansehen, Erasmus!«

»Ist sie hübsch?«

»Umwerfend.«

»Blond?«

»Pechschwarz. Ein eurasischer Typ. Die Mutter stammt aus dem Kaukasus.«

»Ein Affe saß am Kaukasus und knabberte an einer Nuß, da kam ein Mägdelein daher, das mochte auch die Nüsse sehr …«

»Fahr'n wir zu Krautkrämer«, sagte Willbreit resignierend. »Ich bedauere, daß ich zu dir gekommen bin. Wann ist Elise wieder hier?«

»Du gemeiner Freund! Ich träume von einem Sechs-Gang-Dinner, und du erinnerst mich an meine Frau. Es stimmt schon, wenn man sagt, für einen Chirurgen ist Seele ein Fremdwort. Der ständige Anblick aufgeschnittener Leiber verroht.« Auf der Fahrt nach Hiltrup, zum See, sprach man nicht mehr über das Thema Wunderheiler. Roemer erzählte Witze, die ihm der Chef des Sittendezernats der Kriminalpolizei anvertraut hatte, aber Willbreit kam nicht in die Stimmung, über die knalligen Pointen zu lachen.

In der Halle des Waldhotels begrüßte Krautkrämer senior selbst den Landgerichtsdirektor und führte die Gäste an einen besonders schönen und abgeschirmt gelegenen Tisch. Dr. Roemer war hier bestens bekannt. Seine Feinschmeckerzunge war unbestechlich.

»Heute wollen wir mal schlemmen!« sagte er mit dröhnender Stimme. »Mein lieber Herr Krautkrämer, was muß dringend weg aus der Küche?«

Krautkrämer senior grinste breit. Auch das kannte man. Damit eröffnete Dr. Roemer immer seine kulinarische Schlacht. »Lassen Sie sich überraschen, Herr Direktor. Darf ich das Dinner nach meinen Ideen zusammenstellen?«

»Das ist ein Wort.« Roemer sah sich um. »Wo ist Luise? Ich möchte von Luise bedient werden.«

»Sie hat vor einer Woche aufgehört, Herr Direktor. Luise erwartet ein Kind.«

»Es ist unheimlich.« Roemer schüttelte erschüttert den Kopf. »Ich habe ihr nur auf den Hintern geklopft, und schon bekommt sie ein Kind.« Dann lachte er dröhnend, bog seine 230 Pfund beängstigend hin und her und schnaubte: »Thomas! Das fällt in dein neues Gebiet: Eine telegenetische Zeugung! Ha!«

Er prustete vor Wonne und Vergnügen, verschluckte sich, hustete brüllend, und Willbreit hatte große Lust, aufzustehen und nach Hause zu fahren.

Die Trüffelsuppe war ein Gedicht.

Roemer schlürfte sie mit verklärtem Gesicht und sagte, den Silberlöffel noch in der Hand: »Also gut, mein Lieber, ich fahre mit dir zu dem tollen Weib und laß mich streicheln.«

Ljudmila war unterwegs nach Billerbeck, um sich bei Dr. Meersmann röntgen zu lassen. Sie fuhren mit zwei Wagen; vorweg Stefan Doerinck, Ljudmila und Corinna, hinterher Dr. Hambach in seinem alten VW.

Dr. Meersmann war nur oberflächlich informiert. Hambach hatte ihn telefonisch unterrichtet, daß die Frau eines alten Freundes auf seinen Rat hin eine Dickdarmkontrolle machen lassen wollte unter Einbeziehung der umliegenden Organe.

»Ein bestimmter Verdacht, Kollege Hambach?« fragte Dr. Meersmann sofort.

»Aber nein.« Hambach war sich klar darüber, daß dieses Nein gefährlich werden konnte für den Fall, daß im Röntgenbild doch ein Kolonkarzinom nachzuweisen war. Dr. Meersmann hatte dann das Recht, ein wenig erstaunt zu sein und für sich zu denken: Na ja, der Herr Kollege wird alt. Es kommt nun die Zeit, wo er überfordert ist. Andererseits ist ja gerade ein Röntgenologe dazu da, zunächst Unsicherheiten in der Diagnose zu beseitigen und Zweifel zu beheben.

»Es geht darum, die Patientin zu beruhigen«, sagte Dr. Hambach, und das war nun die Wahrheit. »Sie wissen ja: eine kleine hämorrhoide Blutung, und schon denken diese

Frauen an das Schlimmste. Sie glauben ja nur, was sie schwarz auf weiß sehen – eben auf dem Röntgenbild.«

»Und wenn es – das müssen wir einkalkulieren – positiv ist?«

»Auch dann zeigen wir es ihr. Frau Doerinck kann mit der Wahrheit leben.«

Die Assistentin Dr. Meersmanns hatte die Patientin und ihre Begleiter in ein besonderes Wartezimmer geführt.

»Ich habe Angst«, sagte Ljudmila nach einer Weile. »Ich habe richtige Angst.« Sie tastete nach Corinnas Hand und verkrampfte die Finger in ihrer Handfläche. »Ihr seid alle so still …«

Dr. Hambach scharrte mit den Füßen. Es ist etwas anderes, ob man hinter oder vor der Tür eines Wartezimmers sitzt. Die davor sitzen, haben immer die schlechtere Position.

»Und ich erst habe Angst!« sagte er und räusperte sich. »Wie ist's mit dir, Stefan?«

Doerinck blätterte unruhig in einer drei Wochen alten Illustrierten. Auch das gehört zum Mysterium ärztlicher Wartezimmer: Es gibt fast nur alte Illustrierte. Oder ein Fachblatt für Golfclubs. Damit wußten die Bauern aus dem Münsterland zwar nichts anzufangen, aber es imponierte ihnen. Sieh an, unser Doktor spielt Golf … »Was kann uns noch erschüttern?« antwortete Stefan Doerinck mit trockenem Hals. »Wir wissen ja alles.«

»Stefan, hier wird über Corinna ein Urteil gefällt.« Hambach beugte sich vor. »Ich habe im Leben viel gesehen, das mußt du zugeben. Und ich habe mich immer tapfer geschlagen. Aber jetzt kriege ich Herzstiche. Auch über mich wird jetzt zu Gericht gesessen. Ich habe Corinna gewähren lassen und habe mich bei Professor Willbreit vor sie gestellt, weil ich an diese fremde Kraft glaube. Aber heute …« Er tippte mit den Fingern auf den Tisch: »Hier werden wir nicht mehr glauben, hier werden wir *sehen!* Bis dahin, verdammt, kann ich geplatzt sein!«

»Mama ist gesund«, sagte Corinna ruhig. Sie blinzelte dabei ihrer Mutter zu wie einer Komplizin. »Ich spüre nichts mehr in meinen Fingerspitzen. Da ist keine Gegenwehr mehr. Kein Feind.«

Dr. Hambach sprang auf. Seine Unruhe machte ihm zu schaffen. »Was ist mit Meersmann los?« rief er. »Wir sind doch angemeldet. Für zehn Uhr. Pünktlich sind wir da.«

Er lief im Wartezimmer hin und her, las das Schild: »Abgabe der neuen Krankenscheine bis zum 10.« Und betrachtete ein Bild, das eine Kuh auf einer Almweide darstellte. Blöd, dachte er. Saublöd! Wo mag Meersmann das herhaben? Das Geschenk eines Patienten?

Es gab da unter den Dingen, die man seinem Doktor schenkte, erstaunliche Sachen. Ein dankbarer Patient brachte einmal Dr. Hambach eine präparierte Rehpfote, an deren Knochenende ein Flaschenöffner montiert war. Das Glanzstück indessen stellte ein Geschenk dar, das der Bauer Hüdding auf ausdrücklichen Wunsch aus dem Nachlaß seiner Großmutter ablieferte: Ein Nachttopf. Ein schaurig-schönes Gefäß aus Porzellan, mit Röschen bemalt und mit zwei Griffen, die wie klassische Säulen aussahen. Hambach war überwältigt gewesen. Nur um den Auktionator zu ärgern, übergab er den Nachttopf einer Kunstauktion in Köln und erhielt drei Wochen später einen Scheck über DM 4500. Kenner der Materie hatten sofort zugegriffen: Das Ding war ein wertvoller Nachttopf aus der Zeit, als der Bruder Napoleons König von Westfalen war. Eine Seltenheit. Seitdem war Dr. Hambach vorsichtig und unterließ es, Geschenke mit schiefem Mund zu betrachten. Gerade im Münsterland, auf den alten Höfen, ruhten noch ungeahnte Schätze.

Dr. Meersmann kam herein, Ende Dreißig, forsch, sportlich, sonnenbraun, eben ein passionierter Golfspieler mit Handikap 10. Seine Röntgenpraxis war auf dem neuesten Stand. Das ersparte es Patienten aus weiten Teilen des Hinterlandes, immer nach Münster fahren zu müssen.

»Dann wollen wir mal«, sagte er burschikos. Er gab allen die Hand, die Assistentin führte Ljudmila weg zu einer

Umkleidekabine, und dann fiel wieder die dicke Tür mit einem saugenden Geräusch zu. Doerinck und Corinna waren allein.

Dr. Hambach hatte sich Dr. Meersmann angeschlossen. »Ich möchte dabeisein«, sagte er im Vorraum und blickte durch die offene Verbindungstür auf die riesige Apparatur mit dem Schwenktisch und den verschiedenen Fernsehmonitoren. »Wenn es möglich ist, Herr Kollege.«

»Dann hängen Sie sich mal in die Bleischürze und helfen Sie mir beim Einlauf.« Dr. Meersmann band seine Schürze zu und war Dr. Hambach behilflich, in den schweren Strahlenschutz zu kommen. »Haben Sie ein spezielles Gebiet, mit dem wir anfangen sollen?«

»Der Dickdarm im oberen rechten Drittel.«

»Warum?« Meersmann sah Hambach fragend an. »Doch einen Verdacht?«

»Ich bin mir nicht sicher«, antwortete Hambach vorsichtig. »Da traten mal unbestimmbare Schmerzen auf.«

»Das haben wir gleich!« Meersmann betrat mit Hambach den Röntgenraum und zeigte auf einen Monitor. »Da lege ich gleich das Bild drauf. Wenn etwas undeutlich ist, ziehe ich es heraus und vergrößere. Sagen Sie mir, was Sie besonders interessiert, Kollege Hambach.«

Ljudmila kam aus der Umkleidekabine, nackt und schön. Auch Meersmann dachte: Für einundsechzig noch blendend in Form – aber dann konzentrierte er sich ganz auf die Vorbereitungen, den Einlauf und die Lage der Patientin auf dem Röntgentisch.

»Bitte, gnädige Frau, strecken Sie die Arme zur Seite. Ganz ruhig bleiben, nicht bewegen! Wenn es gleich ein paarmal knackt, sind das nur Umschaltungen, nicht Ihre Knochen.«

Das war ein Standardwitz von Dr. Meersmann. Er wirkte immer und löste meistens die Verkrampfungen. Doch Ljudmila kannte sich mit Röntgen jetzt aus. In Münster hatte man sie mehrere Stunden lang vorgenommen, immer mit anderen Apparaten, anderen Kontrastmitteln – Brei, Einläufen, Injektionen, Isotopen. »Wir haben alle diagnostischen Mittel eingesetzt«, hatte Dr. Willbreit hinterher gesagt, »es kann sein, daß Sie sich in den nächsten zwei, drei Tagen etwas unwohl fühlen, aber das vergeht.« Das Licht ging aus. Nur auf den Monitoren flimmerte es. Dann erschien klar und deutlich das rechte obere Segment des Dickdarms.

»Bitte in kleineren Abschnitten«, sagte Dr. Hambach mit plötzlich belegter Stimme. »Ist das möglich?«

»Aber ja. Ich hole Ihnen jeden Zentimeter vergrößert heraus, wenn Sie wollen.«

»Bitte, Herr Kollege!«

Zweimaliges leises Knacken. Auf dem Monitor erschien vergrößert der kritische Darmabschnitt. Ganz langsam tastete die Bildwandlerröhre den Darmbogen ab, blieb ab und zu stehen und glitt dann weiter. Ljudmila wagte kaum zu atmen. Daß niemand etwas sagte, ließ sie plötzlich frieren.

»Ein paar deutliche Vernarbungen«, erklärte Dr. Meersmann schließlich. Für Ljudmila war es, als habe eine Explosion die Stille zerrissen. »Könnten von einer früheren Colitis ulcerosa stammen. Ist Ihnen da etwas aus der Anamnese bekannt?«

»Nein! Nichts!« Hambachs Stimme klang tonlos. Das Blut rauschte in seinen Adern und ließ seinen Kopf schmerzen. Ein Wunder, dachte er immer wieder. Er biß sich auf die Lippen, weil sie zu zittern begannen, und er hieb die Zähne aufeinander, um nicht schluchzen zu müssen. O Herr im Himmel, ein Wunder. Wir blicken auf ein Wunder. »Kann man das fotografieren? Festhalten?«

»Mit dem Riesending kann ich alles.« Meersmann hantierte herum, schob eine Kassette ein und sagte zu Ljudmila: »Und jetzt wieder ganz ruhig bleiben. Die Luft anhalten. Sooo ... und ausatmen ... Danke! Das hätten wir.«

»Sie ... Sie sind zufrieden mit mir, Herr Doktor?« stammelte Ljudmila.

»Bei diesem Blick nach innen müßte ich Ihnen hundert Jahre versprechen! – Noch einen Wunsch, Herr Kollege?«

»Nein. Nur ... wenn Sie hoch ein paar Aufnahmen machen könnten.«

»Was speziell?«

»Alles. Alles, was wir jetzt gesehen haben.«

Dr. Meersmann nickte. Es klickte, Kassetten wechselten, Ljudmila mußte mehrfach das Kontrastmittel zurückhalten, die Luft anhalten oder tief einatmen. Dann war es vorbei, das Licht flammte auf, Dr. Hambach blinzelte in die Helligkeit. Sein Gesicht war gerötet, als habe er Fieber bekommen. Erblieb auf dem Stuhl vor dem nun grauscheibigen Monitor stehen, als käme noch etwas ins Bild.

»Ende der Vorstellung, Herr Kollege!« rief Dr. Meersmann fröhlich. »Fußball ist auf dem anderen Kanal.«

Ljudmila eilte in die Umkleidekabine zurück. Sie schwankte ein wenig, als müsse sie bei jedem Schritt balancieren. Dr. Hambach stieg aus seiner schweren Bleischürze und trug sie in den Nebenraum. Aus der Schnellentwicklung kamen kurz darauf die ersten Aufnahmen. Der rechte große Darmbogen. Hambach wurde schwindelig; er setzte sich hin. Meersmann sah ihn kritisch an.

»Ist Ihnen nicht gut, Herr Kollege?«

»Mir ist so gut, daß ich gleich umfalle.« Er atmete ein paarmal tief durch. Die Schwäche wich, dafür erhöhte sich sein Herzklopfen. »Ich habe Ihnen etwas mitgebracht, das möchte ich Ihnen zeigen. Röntgenbilder.«

»Gehen wir in mein Zimmer.«

In dem nüchternen, modernen Raum bestand die ganze Längswand aus einer Leuchtscheibe mit Klemmen. Dr. Meersmann zupfte ein paar Aufnahmen, die dort hingen, heraus und klemmte die Fotos an, die Hambach ihm reichte. Schon nach dem ersten Blick drehte sich Meersmann zu ihm herum.

»Oje –«, sagte er gedehnt.

»Ja.« Hambach nickte. »Ein ... ein anderer Patient ...«

»Weiß er es?«

»Man hat es ihm gesagt.«

»Alles?«

»Ja.«

»Schrecklich. Und er trägt es mit Fassung?«

»Mit bewundernswerter Fassung. – Wie wäre Ihre Prognose in diesem Fall?«

»Unter uns: beschissen! Wer hat die Aufnahmen gemacht?«

»Die Uni-Klinik Münster.«

»Der Patient ist stationär?«

»Nein, er wurde in häusliche Pflege entlassen.«

»Dann kommt noch etwas auf Sie zu, Kollege Hambach.«

»Das weiß ich.« Hambach zog die Aufnahmen aus der Klemmleiste und schob sie zurück in das Kuvert. »Ich weiß, daß es jetzt verdammt unruhig werden wird.«

Dr. Meersmann hatte keine Gelegenheit mehr, sich von Ljudmila Doerinck zu verabschieden. Sie hatten alle, Vater, Mutter und Tochter, die Praxis verlassen und saßen schon im Wagen. Nur Hambach konnte er die Hand schütteln; etwas pikiert sagte er: »Einen Gruß an die gnädige Frau. Ich hätte sie gern noch gesprochen und beruhigt.«

Hambach nickte und ging auf die Straße. Da saßen die Doerincks in ihrem Wagen und weinten. Man sah es nur, wenn man sich dicht an die Scheibe beugte. Corinna hatte den Arm um ihre Mutter gelegt und drückte Ljudmilas Kopf an ihre Brust. Stefan Doerinck hockte hinter dem Lenkrad, starrte durch die Frontscheibe, und die Tränen rannen ihm über das Gesicht.

Mit einem Ruck riß Hambach die Tür neben Corinna auf. »Ihr Arschlöcher!« sagte er dumpf, aber auch seine Stimme gluckste. »Verkriecht euch und heult. Das ist ein Festtag, mit keinem vergleichbar!«

»Wir fahren gleich raus nach Weißenburg.« Doerinck wischte sich mit dem Handrücken die Nässe aus dem Gesicht. »Man wird doch einmal im Leben schwach sein dürfen, verdammt!« Er schluchzte noch einmal und legte dann die Hände um das Lenkrad. »In Weißenburg habe ich einen Tisch bestellt. Wir wären so oder so hingefahren.«

»Zunächst halten wir an der Domschenke. Ich muß jetzt ein Bier trinken. Ein Riesenbier. Und einen Dreistöckigen. Und wenn ihr verfluchten Heuler nicht aufhört, fange ich auch an. Ist ja nicht zum Aushalten!«

Er warf die Tür zu und stapfte hinüber zu seinem schon historischen VW.

In der Domschenke ging er unter dem Vorwand, pinkeln zu müssen, nach hinten zu der Telefonzelle und rief Dr. Willbreit an. Der Herr Professor war unabkömmlich, er operierte wieder seit heute morgen sieben Uhr. Jetzt war es fünf Uhr nachmittags. Hambach empfand eine grenzenlose Hochachtung vor ihm.

»Sagen Sie Professor Willbreit, Dr. Hambach aus Hellenbrand habe angerufen«, sagte er zu der Sekretärin. »Ja, er kennt meinen Namen. Bestellen Sie ihm bitte, ich lade ihn ein, zu mir zu kommen. Das genügt. Professor Willbreit wartet darauf.«

Er hängte ein, starrte die Wand der Telefonzelle vor sich an und fragte sich: War das richtig? Man könnte darüber diskutieren. Aber ich habe versprochen, ihm die Bilder von Meersmann zu zeigen, wenn's soweit ist. Und ein Hambach hält Versprechungen! Er kehrte zur Familie Doerinck zurück, griff nach dem herben Pils und trank das Glas leer, ohne es abzusetzen. Es war ein westfälischer Kutschertrunk.

»So, das mußte sein«, sagte er darauf. »Das verdampfte in mir. Ihr lieben Menschen, das ist ein Tag, wie es keinen mehr geben wird!«

Am Sonntag stattete Dr. Willbreit seinen Besuch bei Dr. Hambach ab.

Er kam nicht allein, er brachte Landgerichtsdirektor Dr. jur. Roemer mit. Sie hatten auch Roemers großen Wagen genommen, weil der Dicke sich weigerte, in Willbreits flachen Maserati einzusteigen.

»Nie!« hatte Roemer gebrüllt. »Nie steige ich da ein! Bin ich ein Schlangenmensch? Und wie komme ich da wieder raus? Wer entknotet mich? Weiß man, ob bei dieser extremen Verrenkung nicht die Samenstränge abgequetscht werden?«

Willbreit verzichtete sofort auf weitere Diskussionen, akzeptierte Roemers Auto und ließ sich von ihm nach Hellenbrand bringen. Roemer fuhr geradezu kriminell, aber passiert war ihm noch nichts.

»Wir fahren also zu dem Arzt mit der vereiterten Flöte?« fragte er unterwegs. »Die Corinna wieder funktionsfähig gestreichelt hat? Auf diesen Lustknacker bin ich gespannt!«

»Ich flehe dich an: Reiß dich am Riemen, Erasmus«, sagte Willbreit fast betend.

»Wen ermahnst du da? Ich komme aus gutem Haus. Sehen wir die Kleine auch?«

»Die Kleine ist dreißig Jahre alt.«

»Ein dankbares Alter. Was ist sie wirklich von Beruf? Grafikerin? Ha, da fällt mir was ein. Treffen sich zwei Freundinnen. Sagt die eine zur anderen: ›Du, ich habe einen tollen Mann kennengelernt, der ist Grafiker!‹ – Fragt die andere: ›Was ist'n das?‹ – ›Weiß nicht‹, sagt die Freundin. ›Aber ich werde mich jetzt vorsichtshalber vorne und hinten waschen ...‹«

Spätestens da bereute Willbreit zutiefst, Roemer mitgenommen zu haben. Aber nun war es nicht mehr zu ändern. Reue kommt meist zur unrechten Zeit.

Dr. Hambach kam vor die Tür, als Roemer und Willbreit aus dem Wagen stiegen. Er hatte ihre Ankunft zufällig vom Fenster aus beobachtet. Daß Willbreit nicht allein kam, paßte ihm allerdings gar nicht. Welch einen Fleischberg bringt er da mit! Das muß doch jeden Kranken erschrecken.

»Landgerichtsdirektor Dr. Roemer«, stellte Willbreit den Koloß vor. »Ein Freund. – Sie haben doch nichts dagegen, daß ich ihn mitgebracht habe, Herr Kollege?«

»Aber nein.« Hambach ließ sich die Hand drücken. Roemer war milde gestimmt und preßte nicht allzu fest zu. »Zur Begrüßung ein Körnchen?«

»Immer!« Roemers Gesicht glänzte. Der Alte war ihm auf Anhieb sympathisch. »Ein Schlückchen nach der Liebesnacht, macht schlaffe Glieder wieder wach.«

»Sehr eindrucksvoll«, sagte Hambach.

»Wir sind eben ein Volk der Dichter und Denker!« Roemer stapfte voraus in das Wohnzimmer, fand alles stinkgemütlich, nicht so voll kalter Pracht wie sein eigener Landhauspalast, und ignorierte völlig, daß Willbreit ihm in den Rücken boxte. »Ich beneide Sie, Dr. Hambach.«

»Wofür?«

»Sie können leben, wie's Ihnen paßt. Sie haben vor allen Dingen keinen Freund, der immer sooo vornehm sein will. Wo ist der Korn? Heute ist ein ausgesprochen trockener Tag. Die Trockenheit, die Trockenheit, ist nicht das Beste für ein Weib ... So was hätte auch Goethe sagen können.«

Hambach holte aus dem Kühlschrank in der Küche die Flasche, drei angeeiste Gläser und goß ein. Stehend kippte man das erste Glas. Roemer brüllte: »Ha! Das läuft!« Und Willbreit verspürte nach langer Zeit so etwas wie Scham. Andererseits war Roemer ein Freund, auf den man Hochhäuser bauen konnte.

»Sie hatten meine Sekretärin angerufen und mich eingeladen«, sagte Willbreit, nachdem man sich gesetzt hatte. Roemer ließ sich ganz vorsichtig nieder; er traute den alten Ledersesseln nicht. »Hat sich der Zustand von Frau Doerinck nun doch verändert.«

»Ja.« Hambach nickte. »So ist es.«

»Ich hatte keine Unklarheiten darüber gelassen. Eine Operation ist ja wohl jetzt nicht mehr möglich.«

»Nein, Eine Operation kommt nicht mehr in Frage.«

»Es ist eine große Tragik in diesem Fall.« Willbreit faltete die Hände. »Wie nimmt es die ... die Tochter auf?«

»Wir haben zunächst alle geweint. Ich auch.« Dr. Hambach sah, daß Roemer fast platzte, weil er nichts sagen durfte, aber Willbreits Blicke hielten ihn zurück. »Es hat uns glatt umgeschmissen.«

»Es mußte so kommen. Es war im voraus berechenbar.«

»Das war es nicht, Herr Professor« Hambach goß wieder ein, weil Roemer mit seinem leeren Glas wedelte. Mit einem Grunzen bedankte er sich. »Damit hat keiner gerechnet. Herr Doerinck nicht, ich nicht und – ich glaube – auch Corinna nicht. Wir wurden überwältigt.«

»Überwältigt ist wohl nicht der richtige Ausdruck«, dachte Willbreit. »Das Gewissen hat euch alle geschlagen, aber nun ist es zu spät. An der Kranken habt ihr ein Verbrechen begangen, das wird euch jetzt endlich klar. Immerhin ist es nobel, daß Hambach das vor mir eingesteht.«

»Besteht die Möglichkeit, Frau Doerinck zu besuchen?« fragte er.

»Das hatte ich vor. Wir fahren nachher zu ihr hinüber.«

»Und das Streichelmäuschen ist auch da?« fragte Roemer zum Entsetzen Willbreits.

»Ja, das Streichelmäuschen auch.« Dr. Hambach grinste breit. »Sie ist ja die Hauptperson.«

»Ich habe mich mit dem Fall von Frau Doerinck intensiv beschäftigt.« Willbreit wartete, bis Roemer wieder unter zufriedenem Ächzen sein Glas ausgetrunken hatte. »Ich betrachte ihn jetzt fast wie ein ganz persönliches Problem.«

»Das glaube ich ihnen gern, Herr Professor.«

»Nicht zufällig habe ich Herrn Dr. Roemer gebeten, mich zu begleiten. Ich bin der Ansicht, daß diese Angelegenheit auch juristisch durchdacht werden sollte.«

»Einfach ausgedrückt: Er will der Kleinen verbieten lassen, in medizinischer Absicht zu streicheln.« Roemer gluckste und wischte sich den Mund. »Wenn schon mit den Fingern, dann nicht tierisch wissenschaftlich. Erklären Sie mir doch mal, wie das Wuschelchen vorgeht, Doktor. Aus dem, was mir Thomas erzählt, kann ich mir kein Bild machen. Sie streckt also ihre Hände, hält sie in einem gewissen Abstand von der Person und bügelt den dazwischenliegenden Luftraum. Ist es so?«

»Nicht ganz.« Dr. Hambach schüttelte den Kopf. Roemer gefiel ihm trotz seiner Schweinigeleien. Er war ein Mann, mit dem man ohne Umschweife sprechen konnte. Vor allem nahm er das Leben von der leichten Seite; vielleicht darum, weil er im Gerichtssaal immer nur die Schattenseiten des Lebens sah. »Von ihren Händen strömt eine noch nicht erforschte Energie in andere Körper über und beeinflußt die biologische Struktur. Die biologische Kybernetik kann das nachweisen, mit Kraftfelddetektoren sogar messen und sichtbar machen: Ein Strahlungsfeld, Bio-Plasma genannt, wirkt konzentriert auf Zellen und biologische Vorgänge ein. Dazu gehören auch bestimmte Erkrankungen, vor allem Entzündungen und Zellveränderungen.«

»Das soll ein armes Juristengehirn verstehen!« Roemer schnaubte durch die Nase. »Da sagt man immer, die Juristensprache sei halbchinesisch. Aber die Mediziner! Die Mediziner! Begreifst *du* das, Thomas?«

»Ja.« Willbreit schlug die Beine übereinander. »Aber was der Kollege Hambach da erzählt, betrifft eine sogenannte Grenzwissenschaft. Eine Lehre, die mehr auf Hypothesen aufgebaut ist als auf Beweisen und Tatsachen. Bio-Energie! Was ist das? Akademisch ein Schlagwort, mehr nicht. Wir müssen doch von der Realität ausgehen: Da ist ein Kolonkarzinom – das ist sicher. Man muß es, wenn es noch nicht inoperabel ist, operieren: Auch das ist sicher. Ist eine Operation unmöglich, bleibt nur die konservative Behandlung übrig, das heißt, im Endstadium die Schmerzbekämpfung bis zum Exitus. Bei erfolgreicher Operation kommt die Nachbehandlung durch Strahlentherapie hinzu, vielleicht auch durch Chemotherapeutika.«

»Und schon ist die Schulmedizin mit ihrer Weisheit am Ende«, sagte Hambach ruhig. Willbreit sah ihn pikiert an.

»Alles hat Grenzen. Sonst lebten wir ewig …«

»Es wäre für Sie undenkbar, daß eine bioenergetische Strahlung, ein Kraftfeld des Bio-Plasmas, die Krebszellen vernichtet, austrocknet, verödet, die Entartung der Zellen stoppt und biologisch ausbalanciert?«

»Völlig unmöglich!« Willbreit lächelte mokant. »Da kapituliert selbst der liebe Gott.«

»Oder der Mensch hat noch nicht begriffen, daß der liebe Gott ihm mehr Macht in die Hand gegeben hat, als er glaubt.«

»Trotz der Katastrophe bei Frau Doerinck hegen Sie noch immer Sympathie für dieses Brimborium?«

»Gerade deswegen.« Dr. Hambach ging zu seinem Schreibtisch, nahm ein paar Röntgenbilder auf und kam zurück. Willbreit zog die Brauen hoch. Roemer kratzte sich den dikken Nasenrücken. Mediziner unter sich – eine Plage war das! Wenn in einem Prozeß die Sachverständigen auf traten und sich die einander widersprechenden Argumente um die Ohren schlugen, wunderte sich Roemer jedesmal, daß es in der Medizin möglich war, völlig konträre Diagnosen zu stellen. Als eine Fundgrube erwiesen sich da die Psychiater; wenn Roemer sich deren Argumente anhörte, glaubte er manchmal, selbst ein Idiot zu sein. Bei Prozessen, in denen es um chirurgische Kunstfehler ging, wurde es ganz schlimm. Da schwor Roemer hinterher, sich nie operieren zu lassen. »Wenn man hört, was da möglich ist«, sagte er einmal zu seinem Freund Willbreit. »Ihr seid ja vielleicht Künstler! Da geht man ins Krankenhaus, um sich einen Bruch operieren zu lassen – und sobald man aus der Narkose erwacht, sind die Hoden weg!«

Hambach hielt jetzt eine der Röntgenaufnahmen in die Sonne. Willbreit stand auf. Auch Roemer erhob sich seufzend und zuckte zusammen, als der Sessel unter ihm knackte.

»Diese kennen Sie, Herr Professor«, sagte Hambach. »Aus Ihrer Klinik.«

»Das Kolon-Ca von Frau Doerinck«, nickte der Chirurg.

»Sieht ja scheußlich aus!« Roemer räusperte sich. »Das sehe ich sogar.«

»Auch dieses Bild ist Ihnen bekannt.«

Eine andere Aufnahme, seitlich verschoben. Alarmierend und zugleich deprimierend.

»Ja.«

Die dritte Aufnahme. Hambach hielt sie voll ins Licht. Willbreit streckte den Kopf vor. Dann warf er einen Seitenblick auf Hambach.

»Da ist Ihnen eine fremde Aufnahme dazwischengerutscht, Herr Kollege. – Ein sauberes Kolon ...«

»Sie sprechen es klar aus.« Hambach reichte die Aufnahme an Dr. Roemer weiter, der nur sah, daß der Darm anders wirkte als der vorherige. »Frau Doerinck nach der bioenergetischen Behandlung durch ihre Tochter Corinna.«

»Das ist doch ein Witz!« Willbreit riß das Foto aus Roemers Hand und trat näher ans Fenster, in die volle Sonne. »Ein Taschenspielertrick!«

»Diese Form der Diskussion verbitte ich mir«, sagte Hambach steif.

»Das ist doch unmöglich!« Willbreits Stimme war etwas schrill. »Wenn das der Darm von Frau Doerinck ist, dann ...«

»Was dann, Herr Professor?«

»Die Medizin läßt sich nicht auf den Kopf stellen.«

»Es ist vieles möglich. Ungeahntes. Rätselhaftes. Unfaßbares. Sie halten den Beweis gerade in die Sonne.«

»Ohne Sie beleidigen zu wollen oder den Kollegen, der diese Aufnahmen gemacht hat – aber ich möchte Frau Doerinck noch einmal bei mir röntgen!«

»Wenn sie zustimmt – bitte. Die Entscheidung liegt ganz bei ihr.«

Willbreit ließ das Röntgenbild sinken. »Wann fahren wir zu ihr?«

»Sofort. Ich rufe nur schnell an, daß wir kommen.«

Hambach ging zum Telefon und sprach mit Stefan Doerinck. Unterdessen stand Willbreit wieder am Fenster, die Aufnahme im hellen Sonnenlicht, und studierte sie. Nichts! Nur frische Vernarbungen. Es war unglaublich. Nein: unmöglich! Roemer trat hinter ihn und starrte ebenfalls auf das Foto. »Es war einmal ein Mann, der pinkelte sich in die Schuhe und sagte erstaunt: ›Nanu, es regnet ja ...‹«, flüsterte er Willbreit in den Nacken. »So fühlst du dich, was?«

»Das hier kann nicht sein. Das stellt alles auf den Kopf. Das widerspricht jedem medizinischen Gesetz.«

»Und könnte nicht möglich sein?«

»Nein! Das nicht! Nicht mit den bloßen Händen. Ich weigere mich, das hinzunehmen.« Willbreit drehte sich um. Hambach kam vom Telefon.

»Sie erwarten uns. Und Ljudmila ist bereit, noch eine Untersuchung durch Sie über sich ergehen zu lassen.«

Das war eine rhetorische Beleidigung. Willbreit schluckte sie, sehr zum Erstaunen Roemers, gab Hambach das Röntgenbild zurück und schwieg.

»Dann laßt uns keine Zeit verlieren«, sagte Roemer fett. »Noch ein Körnchen, und dann zur Streichelmadam. Thomas, einen Doppelten?«

»Nein! Nichts!«

Willbreit riß die Tür auf, ging hinaus in die Diele und wartete. Roemer hielt Hambach am Ärmel fest. »Dem haben Sie jetzt den Glauben an die Medizin genommen«, sagte er leise. »Ist wirklich kein Trick dabei? Ganz privat als Jurist: Man kann das als Betrug auslegen.«

»Es ist die volle Wahrheit«, entgegnete Hambach ernst. »Ich begreife sie ja auch nicht!«

Zehn Minuten später hielten sie vor dem Lehrerhaus. Doerinck wartete bereits am Vorgartenzaun und sah auf den ersten Blick, daß Willbreit als Feind gekommen war. Der dicke Riese Roemer dagegen lachte ihn freundschaftlich an und stellte sich vor. Sie betraten das Haus und wurden von Corinna begrüßt. Roemer verkniff sich ein »Donnerwetter!« und küßte ihr die Hand. Dann hielt er die Hand fest, strahlte Corinna an und sagte dröhnend:

»Ich muß ein mangelhaftes Medium sein; ich spüre keine Hitze bis in die Zehen.«

Corinna musterte Roemer ein paar Sekunden schweigend. Ihre schwarzen Augen wirkten wie aus Glas. Ganz langsam zog sie ihre Hand aus Roemers Griff und legte sie auf den Rücken. »Welch ein Weib!« dachte Roemer. »Herrjemine, herrjemine, da geht der Schlaffste in die Höh'.«

»Sie sind ein Freund von Professor Willbreit?« fragte sie plötzlich.

Roemer nickte enthusiastisch. »Ja! Daß er mich hierher mitgenommen hat, werde ich ihm bis zum Lebensende nicht vergessen!«

»Wie kurz.« Corinnas Blick blieb an seinen Augen hängen, und plötzlich spürte Roemer, wie eine fremde Kraft in ihn hineinfloß. Eine wohlige Wärme breitete sich in ihm aus. »Warum hat Ihnen Ihr Freund nicht gesagt, daß Sie nur noch ein Jahr zu leben haben ...?«

4

Ein Philosoph – also ein Denker, der in der Theorie ein anderes Leben führt als das, welches das Schicksal ihm zuwies – hat einmal gesagt: »Ein Mann ist ein Mann, wenn er auf seinen Abschied von der Welt einen Trinkspruch ausbringt.« Das hört sich markig an, heldisch und strahlend wie ein in der Sonne blitzendes Schwert.

So betrachtet, war Erasmus Roemer weder ein Held noch auch nur ein Mann. Nach den Worten, die Corinna so ruhig und ohne Erregung ausgesprochen hatte, blieb ihm zunächst ein paar Sekunden die Luft weg. Sein Blick, hilflos wie die bettelnden Augen eines Kindes, flog zu Willbreit und irrte weiter zu Dr. Hambach. Erst als von beiden keine Regung kam, da sie im Augenblick genauso betroffen waren und sprachlos, sagte er mit hohler Stimme: »Das … das ist doch Unsinn … Natürlich ist das Unsinn. O Himmel, Sie haben mich ganz schön ans Knie getreten, Fräulein Doerinck!« Er schluckte mehrmals, holte schnaufend Luft, aber er kontrollierte sich dabei, lauschte nach innen und fand alles so wie immer, normal und ohne Beanstandung. Die Lunge funktionierte, das Herz klopfte stark, das Hirn arbeitete exakt und signalisierte beim Anblick Corinnas: Wer mit der ins Kissen geht, am Morgen um Erbarmen fleht.

Aber immer wieder schob sich der Gedanke dazwischen: Nur noch ein Jahr zu leben …

Plötzlich überfiel ihn eine lähmende Angst. Sein Blick wanderte erneut zu Willbreit, der mit hochrotem Kopf seine Aktentasche gegen die Beine schlug.

»Thomas …«, stotterte Roemer und gab sich keine Mühe, das Zittern in seiner Stimme zu festigen. »Thomas …«

»Ich habe nach all dem, was ich nun weiß, manches erwartet«, sagte Willbreit spitz. »Allerdings nicht eine solche Unverfrorenheit! Wie kommen Sie dazu …?«

»Wäre es nicht besser, erst ins Zimmer zu gehen?« unterbrach Doerinck und versuchte ein höfliches Lächeln. »Meine Frau hat einen Kuchen gebacken. Einen Birnenkuchen. Birnen mit Rosinen und Honig, ein kaukasisches Rezept. – Wenn ich bitten dürfte …«

»Zum Teufel mit Ihrem Birnenkuchen!« brüllte Roemer. Seine Augen zeigten nun helle Angst, seine Lippen verfärbten sich bläulich, auch das Atmen wurde schwerer. »Man behauptet, ich sei ein toter Mann – und Sie bieten mir Birnenkuchen an!«

»Sie sind noch nicht tot.« Corinna sagte es ganz ruhig. Ihre schwarzen Augen mit den goldenen Punkten darin musterten Roemer von oben bis unten. »In einem Jahr vielleicht …«

»Seien Sie endlich still!« rief Willbreit erregt und scharf. »Verzichten Sie auf Ihr widerwärtiges Theater! Ich hätte große Lust, wieder zu gehen …«

»Es hindert Sie niemand daran, Herr Kollege«, sagte Dr. Hambach ernst. »Ich frage mich nur, was *Sie* daran hindert, Corinna Doerinck ernst zu nehmen.«

»Die Vernunft!«

»Das ist alles?« Es klang – zugegeben – ein wenig hämisch, aber Willbreit hatte sich an diesem Tag schon soviel anhören müssen, daß Hambachs Gerede für ihn kein Anlaß mehr war, sich beleidigt zu fühlen. Er hatte sich daran gewöhnt, daß viele ihn für einen überalterten, vorgestrigen Landarzt hielten, der noch grüne Salbe verschreibt für alles, was man beschmieren kann. Ein liebenswerter Trottel, den seine Bäuerlein liebten, wenn er sagte: »Bei der letzten Blutwurst hast du aber am Speck gespart, du Geizkragen!« Und der den alten Weiblein auf den faltigen Arsch klopfte und ausrief: »Hallo! Vor fünfzig Jahren hätten wir uns begegnen müssen, Alma!« Dann lachten sie und waren schon halb gesund. In der Medizin ist vieles möglich …

»Ich merke schon«, sagte Willbreit steif, »daß heute wohl kaum ein nützliches Gespräch zustande kommt. Ich wäre auch nicht zu Ihnen gekommen, Herr Doerinck, wenn die Röntgenbilder des Kollegen ...«

»... Dr. Meersmann aus Billerbeck ...«

»... ja, Meersmann ... wenn seine Bilder mir nicht völlig unklar wären. Sie zeigen einen Darmabschnitt, der so nie und nimmer sein kann!«

»Einen Scheißdreck kümmern mich die Röntgenplatten!« rief Roemer dröhnend. »Ihre Frau, Herr Doerinck, ist gesund. Das haben wir nun gesehen, auch wenn es mein Freund Willbreit nicht glaubt. Deshalb nicht glaubt, weil sonst sein akademisches Wissen ein Loch bekommt. Es ist da etwas geschehen, das schulmedizinisch nicht sein darf. Ein Krebs hat sich davongemacht, ist ausgetrocknet durch bloßes Händestreicheln. Himmel, Arsch und Zwirn – wir haben es klar und deutlich im Bild, vorbei und basta! Aber ich stehe hier, und man sagt mir ins Gesicht: In einem Jahr bist du Wurmzüchter! – Da ist jetzt wichtig, nur das und sonst gar nichts. Ich habe ein verdammtes Recht, das erklärt zu bekommen.«

»Gehen wir!« sagte Willbreit laut.

»Nein!« Roemer lehnte sich an die Dielenwand. »Ich schlage hier Wurzeln, bis man mir erklärt, warum ich auf der Schippe liege.«

»Dann gehe ich allein.«

»Zu Fuß nach Münster? Bitte! Draußen steht mein Wagen ... *Mein* Wagen! Der fährt nur, wenn *ich* den Schlüssel rumdrehe.«

»Wir sollten doch ins Zimmer gehen«, sagte Dr. Hambach stockend. »Wer Ljudmilas Birnenkuchen kennt ...«

»Ich platze!« Roemer schnaufte gewaltig, stieß sich von der Wand ab, riß die nächste Tür auf und hatte Glück: Es war das Wohnzimmer. Ljudmila saß auf der Couch, die Hände im Schoß. Ein grusinisches besticktes Kleid trug sie, hatte die schwarzen Haare hochgesteckt und sich geschminkt. Einer fremdländischen, wertvollen Puppe glich sie, einem Geschöpf aus Coppelia. Roemer blieb in der Tür stehen, machte eine Verbeugung und stammelte eine Entschuldigung. »Das ist sie also«, dachte er. Phänomenal! »Sie ist einundsechzig, ich bin vierzig – sie könnte meine Mutter sein, mit Leichtigkeit. Du lieber Himmel, so eine Schönheit als Mutter!« Seine Verlegenheit wuchs noch mehr, er trat ins Zimmer und verbeugte sich erneut.

»Roemer, mein Name«, sagte er. »Gnädige Frau …«

»Haben Sie eben so gebrüllt?« fragte Ljudmila. Ihr Lächeln war entwaffnend. Roemer holte pfeifend Luft und nickte schwer.

»Ja. Ihre Tochter war so gütig, mir noch ein Jahr Leben zu geben …«

»Wenn sie es sagt, wird es wohl stimmen«, sagte Ljudmila mit einer Ruhe, die Roemer bleischwer in die Beine fuhr. »Aber sie wird auch gesagt haben: Ich werde Sie heilen.«

»Nein!« Roemer brach der kalte Schweiß aus. Er konnte nichts dagegen tun, es war nicht aufzuhalten. »Nein … nichts hat sie gesagt.«

»Dann ist es ernst!«

»Sie haben hier alle ein Gemüt!« keuchte Roemer. »Ein Gemüt, das mich umhaut. Gnädige Frau, ich bitte um Verzeihung.« Er ließ sich in einen der Sessel fallen, das Möbel ächzte gefährlich unter seinem Gewicht, aber es hielt stand. Dann streckte er die Beine weit von sich in den Raum, warf den Kopf in den Nacken, betrachtete die mit Rauhfaser tapezierte Decke, hellocker gestrichen, und schloß die Augen. Was soll ich tun, dachte er. Auf meinen Freund Thomas Willbreit hören und lachen, diese Corinna ein dämliches Frauenzimmer nennen, eine Scharlatanin, eine gerissene Gauklerin? Denken wir einmal juristisch: Wenn sie das alles ist, kann sie gefährlich werden. Gefährlich, indem sie den Menschen Krankheiten andreht, an denen sie dann seelisch zugrunde gehen können. Sie kann zu einer Gefahr für die Allgemeinheit werden. Andererseits gibt es kein Gesetz, das einem verbietet, zum anderen zu sagen: Du bist todkrank! – Wenn der andere das glaubt, ist es seine eigene Blödheit. Was aber, wenn es in meinem Fall stimmt? Wenn ich wirklich etwas im Körper habe, von dem niemand etwas weiß, am allerwenigsten ich selbst? Was soll ich tun, wenn sie die Wahrheit spricht? Noch ein Jahr – das ist eine klare Aussage. Warum hat sie es gesagt? Um Thomas Willbreit zu treffen? Um ihm eins an die Ohren zu hauen, auf meine Kosten? Ist sie solch ein Luder?

Doerinck, Willbreit und Dr. Hambach kamen nun auch ins Zimmer. Als letzte folgte Corinna und zog die Tür hinter sich zu. »Alle freuen sich auf deinen Birnenkuchen, Mamuschka«, sagte sie. »Darf ich ihn holen?«

»Ich glaube, wir brauchen gar nicht Platz zu nehmen.« Willbreit ging etwas steif auf Ljudmila zu, gab ihr die Hand und musterte sie. Sie sah hervorragend aus, auch wenn man sich ihr Make-up wegdachte. Jeder medizinischen Erfahrung zufolge hätte sie jetzt eigentlich abgezehrt im Bett liegen müssen, apathisch unter starken Schmerzmitteln, hoffnungslos auf die Erlösung wartend. Willbreit hielt ihre Hand fest. Auch kein Fieber, dachte er. Das alles kann es nicht geben! »Wie fühlen Sie sich?« fragte er.

»Wunderbar! Gestern bin ich sogar radgefahren, Herr Professor.«

»Sie sind … was? Radgefahren?«

»Von Hellenbrand nach Höpingen und am Nohnenberg vorbei über Darfeld nach Hause. Die Sonne schien so schön, es war herrlich. Hinter Vögeling haben wir Rast gemacht, richtig Picknick, wie früher. Ich hatte einen Korb mit Schinken, Brot und Doppelkorn bei mir …«

Bei dem Namen Vögeling wurde Roemer wieder munter und regte sich. Aber er war über sich selbst viel zu sehr erschüttert, um das zum Anlaß zu nehmen, einen seiner typischen Witze oder Aussprüche loszulassen. Er sah Ljudmila nur an, grinste bitter und schob sich im Sessel etwas höher.

»Und hinterher?« fragte Willbreit heiser.

»Was soll hinterher gewesen sein?«

»Sie haben Brot – sicherlich Vollkornbrot –, Schinken und Schnaps zu sich genommen – und dann hatten Sie keine Beschwerden?«

»Stefanka ... mein Mann, hat behauptet, ich sei auf dem Rückweg ein paarmal Zickzack gefahren. Aber das sagt er nur, um mich zu ärgern.« Sie blickte hinüber zu Roemer, der an seiner Unterlippe nagte. »Herr Landgerichtsdirektor! Kann man einen Radfahrer wegen Trunkenheit an der Lenkstange bestrafen? Stefan behauptet das.«

»O Gott!« dachte Roemer, »laß mich jetzt wie diese Russin sein!« Willbreit enthob ihn einer Antwort, indem er fortfuhr: »Und was weiter, Frau Doerinck?«

»Nach dem Ausflug habe ich mich hier auf die Couch gelegt, und Corinna hat mich behandelt.«

»Mit ihrem Streicheln?«

»Womit denn sonst?« sagte Doerinck aus dem Hintergrund.

»Aber es war nicht nötig.« Corinna kam zur Couch und setzte sich neben ihre Mutter. »Welch ein Bild«, dachte Roemer und kam sich noch elender vor. Warum malt kein Maler solch eine geballte Harmonie? Weil sie ihm keiner abnimmt, das ist es. Weil sie ihm keiner glaubt. Weil man sagen würde: Das ist rosaroter Kitsch. – Und keiner gesteht sich ein, daß die Wirklichkeit noch viel »unglaubwürdiger« ist. Ein Sonnenuntergang über dem Meer ... eine blühende Almwiese ... der aufsteigende Frühnebel am Waldrand: Wer so etwas malt, wird verlacht. Verspottet wie jemand, der sagt: In einem Jahr sind Sie tot! Wenn das eine wahr ist, warum soll es das andere nicht auch sein?

»Ich habe nur noch einmal kontrolliert!« sagte Corinna und legte den Arm um Ljudmilas Schulter. »Es war nichts. Ich habe in meinen Fingerspitzen nichts mehr gespürt, keinen Widerstand, kein Stechen, kein Ziehen ... Mama ist gesund!«

»Sie wären mit einer eingehenden Untersuchung in der Universitätsklinik einverstanden, Frau Doerinck?« fragte Willbreit steif.

»Ja. Natürlich.«

»Mit einer Einschränkung!« Corinna hatte es nicht anders erwartet.

»Was heißt das? Wollen Sie mir vorschreiben, wie ich untersuchen darf?«

»Ja –«

»Das ist unerhört!«

»Sie können meine Mutter untersuchen, so oft und so lange Sie wollen – nur eine Biopsie lehne ich ab.«

»Aha! Und warum? Haben Sie Angst, man könnte Ihnen kranke Gewebe vorlegen und Sie damit überführen?«

»Nein, ich habe Angst, daß eine Biopsie den jetzt ruhigen Darm wieder aktiviert. Warum wollen es Chirurgen nicht wahrhaben, daß Probeexzisionen manchmal gefährlichere Situationen hervorrufen als das Karzinom selbst? Daß der Krebs nur noch mehr aktiviert wird?«

»Bravo!« sagte aus dem Hintergrund Dr. Hambach. »Ich hatte in meiner Praxis zwei Prostatafälle, die erst nach der Punktion zur Diagnose wild wurden. Da war dann alles zu spät.«

»Während Sie sich Ihre Prostatitis wegstreicheln ließen!« hakte Willbreit giftig ein. »Aber bitte, ich dränge mich nicht dazu. Jeder Mensch ist frei in der Wahl seines Arztes. Von mir aus verzichte ich auf eine Kontrolluntersuchung. Aber dann erlauben Sie mir, daß ich alles, was hier geschieht, anzweifle, und daß ich diesem Treiben mit allen Mitteln ein Ende bereiten werde. Ist das klar?«

»Wunderbar klar!« Roemer richtete sich auf. »Das ist wie bei dem Arzt, zu dem ein Mann kommt und sagt: ›Herr Doktor, was ist das: Ich kann nicht mehr pinkeln.‹ – ›Wie alt sind Sie denn?‹ fragt der Arzt. – ›Siebenundsiebzig, Herr Doktor!‹ – ›Und da wundern Sie sich?‹ ruft der Arzt. ›Da ist ja schon alles aus Ihnen raus!‹«

Niemand lachte. Die Situation war so niederdrückend, daß selbst Dr. Hambach, der sonst zu solchen Dingen immer seine Meinung kundtat, betroffen schwieg.

Willbreit sah keinen Anlaß mehr, zu bleiben. Er ging zur Tür.

»Ist es möglich, hier ein Taxi zu bekommen?« fragte er Doerinck. »Herr Roemer möchte offensichtlich bleiben. Ich auf keinen Fall!«

»Du bleibst auch!« sagte Roemer dumpf.

»Nein.« Willbreit sah seinen dicken Freund an. »Ich verzichte auf deinen Wagen und deine Begleitung.«

»Aber ich nicht auf meinen Arzt, der mich seit Jahren beobachtet!« Roemer stemmte sich aus dem Sessel hoch. Der erste Schock war überwunden; der Arztwitz hatte ihm sein Gleichgewicht einigermaßen wiedergegeben. Die hundsgemeine erste Angst war fast verflogen. Jetzt baute sich statt dessen Gegenwehr auf; ein Wille, das alles nicht kampflos hinzunehmen; der Drang, dem verdammten Schicksal die Stirn zu bieten. »Ich will wissen, warum ich nicht mehr als ein Jahr zu leben habe. Hier und jetzt will ich das wissen! Und, mein Fräulein« – Roemer wandte sich an Corinna, die noch immer neben ihrer Mutter saß –, »wenn es dafür keine einleuchtende Erklärung gibt; wenn das alles nur so dahingesagt worden ist, um meinem Freund Thomas eins auf die Nuß zu geben, dann – das verspreche ich Ihnen – wird man Wege finden, Ihre gefährlichen Aktionen zu unterbinden.«

»Das genügt!« Doerinck trat heran und baute sich vor Roemer auf. Vor dem Riesen wirkte er armselig, obwohl er nicht der Kleinste war. So, wie er vor Roemer stand, hätte man glauben können, daß Roemer nur tief Luft zu holen brauchte, und Doerinck klebte ihm als Schnurrbart unter der Nase. Doerincks Körper bebte vor Erregung. »Bitte verlassen Sie mein Haus. Sofort!«

»Nein!« dröhnte Roemer. »Auf keinen Fall!«

»Bei Hausfriedensbruch kann ich auch einen Landgerichtsdirektor durch die Polizei abführen lassen!«

»Das können Sie. Aber es nützt Ihnen nichts, weil ich nämlich dann wiederkomme – wenn es sein muß, durchs Kellerfenster. Ich will wissen, was ich habe. Ich will klar wissen, warum nur noch ein Jahr! Ist das nicht mein verdammtes Recht? Da schleudert mir jemand ins Gesicht …«

»Jedes Wort ist doch müßig, Erasmus«, sagte Willbreit an der Tür. »Komm, laß uns fahren. Ich untersuche dich morgen bei mir, und alles ist vergessen.«

»Das wäre schlecht.« Corinna erhob sich von der Couch, trat nahe an Roemer heran und hob die Handfläche der rechten Hand. Roemer starrte sie mit weiten Augen an, versteifte sich und stand da, als sei er versteinert. Ganz langsam fuhr Corinnas Hand in einem Abstand von zehn Zentimetern über seinen Körper – von den Schultern bis zu den Hüften, kehrte zurück zum rechten Oberbauch und verhielt dort. Roemer war es, als zerre jemand an seinen Eingeweiden. Er biß die Zähne zusammen und wagte nicht laut zu atmen. Auch Dr. Hambach und Dr. Willbreit blickten auf Corinna. Nur ihr Vater bewegte sich, ging leise zum Buffet und holte ihre Zigarettenschachtel. Er kannte das ja: Hinterher brauchte sie ihre etwas süßlichen Orientzigaretten. Dann saß sie da und inhalierte den Rauch wie eine Medizin gegen Bronchitis. Ljudmila auf ihrer Couch legte die Hände zusammen, als wolle sie beten.

»Sie haben manchmal eine Zyanose?« fragte Corinna mit einer merkwürdig gleichförmig klingenden Stimme.

»Was ist das?« stotterte Roemer.

»Manchmal werden Ihre Lippen blau, stimmt's? Und manchmal wird sogar Ihr Gesicht blaurot.«

»Stimmt! Immer, wenn ich so richtig einen gesoffen habe …«

»Natürlich! – Und Sie haben auch ab und zu Schmerzen im rechten Oberbauch. Hier genau.« Ihr langer Zeigefinger wies auf eine bestimmte Stelle. Unwillkürlich zuckte Roemer zusammen, obwohl ihm nichts weh tat.

»Ja!« sagte er laut. »Ab und zu. Aber wer achtet darauf? Wir hatten einen Onkel in Ochtrup, der baute Sandgruben ab. Wenn der Schmerzen im Bauch hatte, sagte er nur: ›Kiek nich hin. Jungchen – da sitzt 'n Furz quer ...‹ Das mußte stimmen, denn Onkel Hermann starb mit sechsundneunzig an Arterienverkalkung. Und das habe ich mir auch gesagt, wenn's hier weh tat. Ist 'n verklemmter Furz ...« Er sah hinunter auf Corinnas schwarze Haare, die nahe vor ihm waren. »Und was ist es nun? Ehrlich?«

»Sagen Sie Ihrem Freund, Herrn Professor Dr. Willbreit, er soll Sie auf Urobilinogenurie untersuchen. Ich kann hier keine Aldehydprobe machen.«

»Die Mediziner mit ihrem Scheißlatein!« In Roemer kam Bewegung. Er fuhr herum und sah Willbreit an. Der stand an der Tür und hatte die Augen etwas zusammengekniffen. »Was heißt das alles? Dem Wortklang nach muß das ja was ganz Tolles sein!«

»Sie haben's an der Leber«, antwortete Dr. Hambach, bevor sich Willbreit dazu äußern konnte.

»Wir werden das morgen sofort feststellen«, sagte Willbreit gepreßt, »aber jetzt möchte ich nicht länger in dieser Zirkusatmosphäre bleiben.«

Corinna trat von Roemer zurück, legte die flachen Hände gegeneinander und hielt sie vor ihr Gesicht. Über die Fingerspitzen hinweg blickte sie den Riesen an. Sein flackernder Blick verriet seine große, menschlich verständliche Unsicherheit.

»Ich glaube – ich weiß es nicht genau –, aber ich glaube: Sie haben eine Stauungsleber«, sagte Corinna leise, aber deutlich. Es war, als spreche sie von innen heraus. Als lausche sie auf etwas, das ihr die Worte vorgab und die sie jetzt nur wiederholte. »Ja, Ihre Leber hat sich verändert ... der Blutabfluß stimmt nicht mehr ... noch geht das alles soll vor sich, nur mit kleinen äußeren Anzeichen ... aber einmal, in kurzer Zeit, wird es dramatisch werden ...«

»Meine Leber!« Roemer atmete ein paarmal tief durch. Zu Willbreit wagte er jetzt nicht hinüberzusehen; der hatte ihn oft genug gewarnt und lachend die Antwort bekommen: »Lieber 'nen Bauch vom Saufen als 'nen Buckel vom Arbeiten!« Nun war es soweit, und Roemer stand herum wie ein Kind, dem man dem Teddybären den Kopf abgerissen hatte. »Was … kann man da tun?« sagte er mit schleppender Zunge.

»Zunächst dieses Haus verlassen und vergessen, was du gehört hast!« rief Willbreit bissig von der Tür. Er hatte sie aufgestoßen und stand schon halb in der Diele. Die akademische Höflichkeit, auf die er immer so großen Wert legte, hatte er völlig abgestreift. »Was hier geredet wird, ist schon kriminell!«

»Es wäre wirklich besser, Sie gingen jetzt, Herr Professor«, sagte Doerinck sehr betont. »Bei Ihrem Besuch war ich davon ausgegangen, daß eine vernünftige Unterhaltung möglich sei. Wie man sich täuschen kann! Warum nehmen Sie nicht zur Kenntnis, daß meine Frau geheilt ist?«

»Ich nehme zur Kenntnis, daß alles unklar ist.« Willbreit trat weiter hinaus in die Diele. Dr. Hambach und Doerinck folgten ihm. Roemer blieb allein im Zimmer zurück. »Im übrigen ist mir die Betreuung Ihrer Frau aus der Hand genommen worden. Ich fühle mich nicht mehr verantwortlich für alles, was noch kommen kann.«

»Was kann nach diesen Röntgenbefunden noch kommen?« fragte Dr. Hambach. »Sie hoffen auf Metastasen, nicht wahr? Sie hoffen geradezu darauf. Gebe Gott, daß Sie unrecht behalten!«

»Gott hat noch nie ein Kolon-Ca geheilt!« Willbreit stieß die Haustür auf und trat ins Freie. Der Zwetschenbaum im Vorgarten war dick behangen; es sollte ein gutes Obstjahr werden, hieß es. Und überall im Garten der Doerincks leuchteten die Sonnenblumen. Welch ein Tag – und welch eine Tragik, die sich in diesem Hause abspielte. Willbreit zog den Kopf etwas tiefer in die Schultern.

»Trotzdem, Herr Doerinck«, sagte er versöhnlicher, »bin ich immer für Sie da. Jederzeit zu erreichen in der Klinik oder zu Hause. Wenn Sie mich brauchen: zögern Sie nicht, mich anzurufen!«

Doerinck schwieg, aber er nickte. Langsam ging Willbreit zu Roemers schwerem Wagen und wartete darauf, daß sein Freund ihm nachkam. Aber Roemer blieb noch im Haus. Er stand wie bisher ziemlich steif im Zimmer, ein Riese, ein Monument, dem niemand ansah, wie morsch es innen war.

»Es kann sein, daß Sie sich irren«, sagte er stockend. »Corinna, das kann doch sein? Irren ist menschlich ... Es irrt der Mensch, solang er lebt – oder strebt – oder so ähnlich, hat mal ein Dichter gesagt. Goethe oder Schiller, jedenfalls einer von beiden. Warum soll sich eine Corinna nicht irren? Das ist doch möglich – oder nicht?«

»Ja, ich kann mich irren.« Corinna hob wieder ihre Hand, hielt sie erneut über Roemers rechten Oberbauch. Die Hand begann zu zittern. »Aber ich spüre da etwas ... ja ... etwas sehr Starkes; es setzt mir einen ungeheuren Widerstand entgegen ...« Sie schloß die Augen, warf den Kopf etwas nach hinten, und Roemer hielt den Atem an, sah ihr herrliches, jetzt völlig dem Irdischen entrücktes Gesicht und empfand irgendwo innen eine strömende Wärme, die so wunderbar war, daß er sie nie mehr hergeben wollte. »Ich spüre es ... es greift mich an ... wir sind Feinde, die Krankheit und ich ... Es ist ein Kampf ... ein Kampf ...«

Plötzlich zuckte sie heftig zusammen, nahm den Kopf zurück, öffnete die großen schwarzen Augen und ließ die Schultern herabfallen. Ihr ganzer Körper schien von einer Sekunde zur anderen kraftlos zu sein, ausgelaugt wie bei einem Läufer, der nach Tausenden von Metern endlich das Ziel erreicht hat. Roemer stieß die angesammelte Luft seufzend aus seinen Lungen. Wie blind tastete Corinna um sich, fand die auf den Tisch gelegte Zigarettenschachtel, zog eine Zigarette heraus, steckte sie an und inhalierte den Rauch, als sei er die einzige Kraftquelle.

»Sie müssen sich unbedingt von Professor Willbreit untersuchen lassen«, sagte sie nach vier gierigen Zügen. »Unbedingt, so schnell wie möglich.« Sie sah Roemer an und versuchte ein um Verzeihung bittendes Lächeln, »Es tut mir so leid, daß Ihr Besuch so enden muß … Aber sollte ich nichts sagen?«

»Nein. Natürlich nicht. Es war alles völlig richtig.« Roemer, sonst Frauen gegenüber trotz seiner Leibesfülle von ungemeiner Gelenkigkeit und auch von Natur aus ein hinreißender Charmeur, küßte Ljudmila etwas unbeholfen die Hand, machte eine knappe Verbeugung vor Corinna und rannte dann aus dem Zimmer. In der Diele stieß er auf Dr. Hambach. Doerinck war Willbreit bis zum Wagen nachgegangen. Roemer bremste abrupt seinen Lauf ab.

»Glauben Sie auch, was die herrliche Pythia da sagt?« fragte er heiser.

»Ja«, antwortete Dr. Hambach ernst.

»Und wenn ich ab sofort so solid lebe wie ein Einsiedlerkrebs? Kein Alkohol, keine Weiber, keine Zigarre …«

»Ich kann ohne gründliche Befunde gar nichts sagen. Ich werde mich hüten! Können Sie überhaupt anders leben?«

»Wer weiß das?« Roemer wischte sich den noch immer auf seinem Gesicht klebenden kalten Schweiß in ein großes Taschentuch. »Ich habe stets nach einem feinen Wahlspruch gelebt: Coitus, ergo sum! – Aber jetzt sitzt mir das Messer am Hals, nicht wahr?«

»Professor Willbreit wird ehrlich zu Ihnen sein, wenn er Sie gründlich untersucht hat.«

»Ist … ist Willbreit der richtige Arzt dafür?«

»Das müssen Sie entscheiden. Das Vertrauen des Patienten zu seinem Arzt ist die Basis jedes Erfolges. Ohne Vertrauen läuft nichts. Wenn man schon mit einem inneren Vorbehalt zu einem Arzt geht, sollte man lieber gleich wegbleiben. Meine Patienten kommen zu mir, weil ich ihr Freund, Kumpel, Bruder, Vater, Opa, Beichtvater oder sonstwas bin. Für jeden etwas anderes und doch immer das eine: ihr Doktor. Wenn sie bei mir in der Praxis sitzen oder liegen, fühlen sie sich geborgen. Dann wissen sie: Unser Doktor hilft uns. Er ist immer da. Uns kann keiner … na ja, sterben müssen wir ja mal jeder, aber unser Doktor, der schiebt das für uns ein Stückchen hinaus.«

»Es muß wunderbar sein, so empfinden zu können.« Roemer gab Dr. Hambach die Hand. »Ich kann's nicht, Doktor. Darf ich Sie noch einmal besuchen, wenn Willbreit mich untersucht hat?«

»Meine Tür steht immer offen, Herr Roemer.«

»Danke!« Roemer verließ das Haus und stapfte durch den Vorgarten. Willbreit stand am Wagen und wartete voller Ungeduld. Hinter dem Zaun lehnte sich Doerinck an einen noch jungen Birnbaum. Die räumliche Trennung zwischen Vorgarten und Straßenrand verhinderte eine Unterhaltung mit Willbreit. Ganz gut so, dachte Willbreit. Das erspart weitere Injurien. Er atmete sichtlich auf, als er Roemer aus dem Haus kommen sah.

»Auf Wiedersehen!« sagte Roemer, als er an Doerinck vorbeiging.

»Wirklich?« fragte Doerinck zweifelnd. Roemer blieb ruckartig stehen.

»Ja! Sie nehmen doch wohl nicht an, daß ich diesen Nachmittag vergesse? Ich bin gekommen, um Ihre Tochter, von der man schon Sagenhaftes erzählt, in Augenschein zu nehmen – und was geschieht? Sie haut mir meinen Tod um die Ohren! Das darf man doch wohl kaum als normal ansehen. Ich komme wieder …« Er ging zum Wagen, schloß die Türen auf und ließ sich in den Fahrersitz fallen. Die ohnehin bereits verstärkten Federn ächzten und knirschten. Dr. Willbreit stieg auf der anderen Seite ein.

»Gib Gas!« sagte er verkniffen.

»Und wie!« Roemer zündete den Motor, trat voll auf das Gaspedal, und der schwere Wagen schoß wie katapultiert vorwärts. Willbreit wurde tief in die Polster gedrückt, hielt sich irgendwo fest und blieb halb liegend im Sitz.

»Bist du verrückt?!« schrie er. »Hab' ich's nur noch mit Verrückten zu tun?«

»Wir fahren jetzt nach Münster in die Klinik, und du untersuchst mich sofort. Mir ist völlig Wurscht, ob die anderen Ärzte – Röntgen, Inneres, Urologe oder wer sonst – noch anwesend sind. Trommele sie zusammen. Ich bin ein Notfall.«

»Das bist du nicht!«

»Hat dir schon mal jemand gesagt: Nur noch ein Jahr zu leben. Wenn das kein Notfall ist!«

»Ich überlege mir die ganze Zeit, wie ich der Frechheit dieses Weibsstücks begegnen kann.« Willbreit schob sich höher. Der Wagen raste auf die Autobahn nach Münster zu. »Was sie da von sich gibt, das ist doch strafbar!«

»Höchstens als Beleidigung. Aber ich fühle mich nicht beleidigt. Ich fühle mich total verunsichert.«

»Das ist es! Sie verbreitet Unruhe. Und das soll nicht strafbar sein?«

»Nur wenn sich jemand belästigt fühlt und sie anzeigt.«

»In Ordnung.« Willbreit starrte aus dem Fenster auf die vorbeifliegende Münsterländer Landschaft Felder, Gärten, Höfe, Sandgruben, Baumgruppen, gelbweiß in der Sonne leuchtende Wege, flache Hügel – ein gesundes, sattes, reiches Land. »Ich werde sie anzeigen.«

»Und mich als Zeugen benennen? Du wirst dich wundern, Thomas! Für mich sieht die Welt seit heute nachmittag völlig anders aus.«

Dr. Hambach stand in der offenen Haustür, als Doerinck vom Vorgartenzaun zurückkam. Er schüttelte den Kopf und blickte immer wieder auf die Staubwolke, die Roemers Wagen hinterlassen hatte, und die nun wie gelber Nebel in der heißen Luft hing.

»Hast du das gesehen, Ewald?« fragte Doerinck. »Haut ab wie ein Irrer. Willbreit ist vom Sitz gerutscht, das habe ich noch sehen können.«

»Es wird jetzt vieles ins Rutschen kommen, Stefan, und es wird keine fröhliche Achterbahnfahrt werden.« Hambach zog die Tür zu und hielt Doerinck fest, der zurück ins Wohnzimmer wollte. »Ich habe Angst um Corinna.«

»Ich auch, verdammt noch mal!« Doerinck senkte die Stimme. Die Tür zum Nebenraum war nur angelehnt. »Was könnte Willbreit anstellen, nach deiner Meinung?«

»Nichts. Er ist klug genug, um zu erkennen, daß man Unerklärbares ruhen lassen soll. Anders ist es bei Roemer. Das ist eine Posaune vor Jericho! Sein Bekanntenkreis ist so riesig und die Gesellschaft, in der er verkehrt, ist so voller Neurotiker, deren Hauptthema ihre angeblichen Krankheiten sind, daß ich einen Pilgerzug nach Hellenbrand befürchte, wenn Roemer überall herumerzählt: ›Sie hat mir ins Auge geblickt und meine Leber gesehen. Dann hat sie mich gestreichelt und gerufen: Ha, da ist etwas hart! – Jungs, das müßt ihr auch erleben!‹ – Genauso wird es Roemer von sich geben, um nach außen hin seine Stärke zu demonstrieren. Aber von allen Seiten werden sie dann angefahren kommen. Die Katastrophe ist nicht mehr aufzuhalten.«

»Corinna wird keinen empfangen. Dafür werde ich sorgen.«

»Sie werden das Haus belagern wie einst die Türken die Tore von Wien. Allein das genügt. Wie lange bist du jetzt in Hellenbrand? Über ein Vierteljahrhundert! Und du kennst deine Mitmenschen noch immer nicht? Eine Gesundstreichlerin in unserem Ort? Eine Gesundbeterin? Eine Wunderheilerin? Eine moderne Hexe? Ich wette mit dir: Hier wird das Mittelalter wieder auferstehen. Die Zeit wird sich zurückdrehen um Jahrhunderte. Nur verbrennen wird man Corinna nicht. Aber man wird sie wegtreiben und euch alle wie Pestkranke meiden. Ja, auch den beliebten Lehrer Doerinck … er ist doch der Vater der Hexe! Und seine Ljudmila … die hat man ja schon immer etwas scheel angesehen. Eine Russin in Hellenbrand! Neunundvierzig Männer von Hellenbrand sind in Rußland gefallen, und da bringt uns dieser Doerinck eine Russin in den Ort! Und das ist auch noch der Lehrer unserer Kinder! Ja, wo leben wir denn?« Dr. Hambach holte tief Luft. »Stefan, ich habe es dir bisher verschwiegen: Als du mit Ljudmila nach Hellenbrand kamst, um deine Lehrerstelle anzutreten, und es bekannt wurde, daß die Lehrersfrau Russin ist – da ist eine Abordnung der Eltern nach Münster zum Schulrat gefahren und hat sich beschwert.«

»Das ... das ist doch nicht möglich«, sagte Doerinck stokkend. »Ich habe nie etwas davon erfahren, es nie gemerkt. Immer waren alle freundlich zu mir. Ja, herzlich waren sie. Ich bin der beliebteste Lehrer, das haben sie immer wieder gesagt.«

»Was man einem ins Gesicht sagt und was man wirklich über ihn denkt, sind zwei völlig verschiedene Stiefel. Damals hat der Schulrat die Elternabordnung kurz abgefertigt, und es ging über fünfundzwanzig Jahre lang gut. Aber wenn jetzt die Tochter des Lehrers mit der russischen Frau auch noch eine Wunderheilerin ist, dann laufen alle Fässer über. *Darum* habe ich Angst, Stefan.«

»Soll ich Roemer nachfahren und noch einmal mit ihm reden?«

»Was willst du ihm sagen? Vergessen Sie, daß Sie nur noch ein Jahr zu leben haben? Nehmen Sie es nicht so ernst? – Das ist doch absurd! Wie würdest du denn darauf reagieren?«

»Ich würde von Arzt zu Arzt laufen und Diagnosen sammeln.

»Und alle werden lauten: So ziemlich hoffnungslos. – Was kommt dann?«

Doerinck schwieg. Was dann geschehen würde, war ihm völlig klar, und deshalb nickte Hambach auch in sein Schweigen hinein.

»Genau das, Stefan, was du jetzt denkst. Roemer kommt zu Corinna zurück und sagt: Versuchen Sie es mit mir. Sie sind meine letzte Rettung!«

»Bei ihm kann auch Corinna nicht mehr helfen. Da nicht!«

»Angenommen: Sie kann helfen! Wie, weiß ich nicht, ist auch völlig ausgeschlossen, vom Medizinischen her – aber nehmen wir an: Corinna kann es. Was dann?«

»Nicht auszudenken«, sagte Doerinck leise. »O mein Gott, das kann keiner mehr überblicken, daraus wird eine Lawine.«

»Vielleicht gibt es einen Winkel im Urwald am Rio Xingu, wo sich Corinna noch verstecken kann. Da wird man sie zur Göttin machen. Aber in der Zivilisation wird sie keine Ruhe mehr bekommen.«

»Warum ist euch die Ruhe so viel wert?« Hambach und Doerinck fuhren herum. Hinter ihnen, in der Küchentür, stand Corinna und hielt in beiden Händen einen großen Glasteller. Der in Streifen geschnittene Birnenkuchen duftete verführerisch nach Zimt. »Mamuschka ist beleidigt, wenn wir ihren Kuchen liegenlassen. Kommt ihr essen?«

»Du hast alles gehört, Cora?« Doerinck sah seine Tochter etwas verlegen an.

»Fast alles. Seit fünf Minuten alles.«

»Du mußt mir recht geben, Cora, wenn ich behaupte ...« Dr. Hambach schwieg sofort, als Corinna den Kopf schüttelte. Ihre schwarzen Haare wehten dabei über ihr Gesicht.

»Nein, Onkel Ewald. Es tut mir leid. Nein! Was habe ich denn getan? Ich habe Mama gerettet, ist das ein Verbrechen? Ich habe dich von deiner Prostatitis befreit, war das nicht gut? Wovor soll ich mich verstecken?«

»Vor den Menschen, Kind!«

»Weil ich sie heilen kann?«

»Seit wann weißt du eigentlich, daß du diese ... diese Strahlungen hast? Bio-Plasma oder Telekinese oder Bio-Energie oder wie man das sonst nennt.«

»Ich weiß, Papa«, sie lächelte leicht, »du hast dir in Münster Bücher gekauft, um das zu verstehen.«

»Nach dem Lesen weiß ich noch weniger als vorher.« Doerinck nahm seiner Tochter die Kuchenplatte ab, nur um mit seinen Händen irgend etwas anzufangen. »Ich habe mir nur eins gesagt: Wenn meine Tochter das besitzt, was da beschrieben wird, dann wird sie mir selbst als Vater unheimlich. Cora, seit wann weiß du …«

»Schon immer, Papa. Als Kind schon spürte ich, wenn ich einen anderen Menschen ansah: Der Onkel ist krank, die Tante hat etwas Böses im Bauch. Und was in meinen Händen ist, merkte ich zum erstenmal, als ich fünfzehn Jahre alt war. Da besuchte ich eine Klassenkameradin, die krank im Bett lag. Mandelentzündung! Ich legte die Hände um ihren Hals … nach zwei Tagen war die Entzündung weg.«

»Sie hatte sicherlich vorher Antibiotika bekommen«, sagte Dr. Hambach kurzatmig. Er begriff immer mehr die Ausweglosigkeit, in die man hineinkam, »Das war's!«

»Nein. Thea war allergisch gegen Antibiotika. Ganz schlimm wurde es später während des Studiums … ich bin ja auch gewissermaßen von der Uni geflogen. Und während der Heilpraktikerausbildung …« Sie stockte, ihr Gesicht verhärtete sich, sie nahm ihrem Vater die Kuchenplatte ab, und es war, als falle eine Klappe herunter und verschließe alle Erinnerung. »Wir müssen zu Mama. Sie ist immer so stolz auf ihren kaukasischen Kuchen.«

»Ich kriege keinen Bissen runter«, sagte Doerinck heiser. »Kannst du jetzt was essen, Ewald?«

»Ich will's versuchen. Wir dürfen Ljudmila nicht mit ihrem Kuchen bestrafen, weil wir uns so elend fühlen, Cora?«

»Ja, Onkel Ewald?«

»Was wirst du tun, wenn in Kürze viele Kranke zu dir kommen und dich um Hilfe bitten?«

»Ich werde ihnen helfen. Ich tue es ja bereits.«

»Was?« Es war fast ein Aufschrei, der aus Dr. Hambach hervorbrach. »Wo?«

»In meiner Teppichwerkstatt. Bisher habe ich neun Kunden geheilt. Das alles ist in einem Tagebuch festgehalten.« Sie lächelte wieder, jetzt sogar etwas verschmitzt. »Nur, sie haben es nie gemerkt, daß ich sie behandelte. Ich habe immer gesagt:

›Kommen Sie übermorgen wieder und sehen Sie sich die Farben an‹, oder: ›In drei Tagen habe ich einen neuen Entwurf fertig.« Und so bestellte ich sie mehrmals, bis ich spürte: Sie sind geheilt. Das sagten sie dann auch. Sie erzählten von ihren Krankheiten und wie die plötzlich verschwunden waren. Dreimal chronische Gastritis hatte ich dabei und ein Magengeschwür, das operiert werden sollte. Es war nicht mehr da, als man vor der Operation noch einmal röntgte. Jetzt hat eine Frau Habinghorst aus Rheine einen Teppich bei mir bestellt, sie hat schreckliches Asthma. Schon nach dem zweiten Besuch geht es ihr besser.«

»Ich kapituliere!« sagte Dr. Hambach und wischte sich mit beiden Händen über das Gesicht. »Ich habe keine Argumente mehr. Essen wir den Birnenkuchen vom Kaukasus ...«

Erasmus Roemer meldete sich mit einem Attest von Professor Dr. Willbreit auf unbestimmte Zeit krank. Sein Kollege, Landgerichtsdirektor Dr. Berner, übernahm Roemers Strafkammer. Die Angeklagten, die auf ihren Prozeß warteten, atmeten auf. Ihre Anwälte zeigten hoffnungsvolle Mienen. Berner war zwar kein Friedensengel, aber ihm ging beim Prozeß die giftige Rhetorik ab, mit der Roemer glänzte und seine Gegner zur Verzweiflung brachte. Er war ein guter, biederer deutscher Richter mit dem Ehrgeiz, eine Verhandlung schnell durchzuziehen. Bei ihm waren noch nie Morddrohungen – wie bei Roemer – eingelaufen. Man hatte ihm auch noch nie die Autoreifen zerschnitten. Ein Prozeß bei Dr. Berner war geradezu langweilig.

Anders bei Roemer. Da kam es einmal vor, daß ein Angeklagter aus der Anarcho-Szene aufsprang, zum Richtertisch hinüberflitzte, ehe der Wachtmeister neben ihm ihn halten konnte, sich die Hose herunterriß und vor Dr. Roemer seine Notdurft verrichtete. Und was tat Roemer? Er beugte sich vor, reichte dem grinsenden Provokateur einige Bogen Papier zum Hinternabwischen und fragte in die Runde: »Können wir weiterverhandeln, oder haben die Herren Bedenken, jetzt, wo er sein Gehirn ausgeschissen hat?«

So etwas sprach sich natürlich rum. Roemers Strafkammer war immer für einen Gag gut.

Die erste Untersuchung Roemers in der Klinik, das Nachweisen von Urobilinogen, eine Senkungsbeschleunigung, und Splenomegalie führten dazu, daß Willbreit sehr munter wurde. Nach stundenlangen Tests und Laborauswertungen, nach Röntgen- und Ultraschallbildern lag Roemer dick und erschöpft vor Willbreit auf der Chaise und sah ihn mit großen, bettelnden Kinderaugen an.

»Spuck es aus!« sagte er matt. »Die Streichlerin hatte recht, nicht wahr?«

»Du hast's tatsächlich an der Leber, Erasmus ...«, wich Willbreit aus.

»Und was ist es genau?«

»Wir nennen es eine chronische Stauungsinduration.«

»Wieder das Mediziner-Scheißlatein! Gibt es keine Übersetzung?«

»Du leidest unter einem Leberumbau.«

»Ich bin Jurist, aber kein Architekt.«

»Es ist gut, daß du deinen Humor behältst.«

Roemer legte den Kopf auf die Seite. »So schlimm. Thomas?«

»Wie soll ich dir das als Laien erklären? Deine Leber verändert sich durch eine Abflußbehinderung des Blutes. Eine venöse Hyperämie.«

»Ich flehe dich an: Sprich klarer, Junge!«

»Ich versuche es ja.« Willbreit beugte sich über die Untersuchungsergebnisse. Das hatte den Vorteil, Roemer nicht anblicken zu müssen. »Zugrunde gegangene Leberzellen werden bei dir durch kollagenes Bindegewebe ersetzt, also eine Leberfibrose.«

»Scheißlatein!« brüllte Roemer. »Red vernünftig, oder ich springe dir ins Gesicht!«

»Kollagene Fasern, auch feine unverzweigte Fibrillen genannt, entstehen aus Eiweißen, die zu den Gerüsteiweißkörpern gehören und hauptsächlich aus Monoaminosäuren bestehen. Enzymatisch können sie kaum zerlegt werden. Diese Kollagene erzeugen eine fibrinoide Verquellung des Bindegewebes und ...«

»... und regen einen Kranken an, zu seinem Arzt zu sagen: Leck mich am Arsch!« Roemer schob sich von der Liege, stemmte die mächtigen Beine auf den Boden und sah Willbreit geradezu trotzig an. »Das ist alles, was du sagen kannst? Herr Professor Dr. Willbreit – wie steht's um mein Leben?«

»Als erstes: Absolutes Alkoholverbot. Und dann: Eine internistische Therapie – also Medikamente – haben keine Aussicht auf Erfolg!«

»Das heißt: Feierabend?«

»Nein. Man kann das chirurgisch angehen. Man kann den Blutweg regeln, umleiten. Was ich bei dir vermute, ist eine intrahepatische Kreislaufstörung, ein postsinusoidaler Block. Das könnte zu einer Lebervenenthrombose führen.«

»O du Scheiße!«

»Die Operation ist nicht ungefährlich.« Willbreit vermied es aufzublicken, weil er spürte, wie sich Roemers Blick in ihn bohrte. »Die Mortalität liegt bei fünfzig Prozent.«

»Das beruhigt ungemein«, sagte Roemer sarkastisch.

»Immerhin bleibt eine Chance von fünfzig Prozent.«

»Und ohne Operation?«

»Innerhalb weniger Monate käme es unter dem Bild der Leberzirrhose mit starkem Aszites und Milztumor zum Tode.«

»Eine vernichtende Prognose. Also hatte die Streichlerin *doch* recht.«

»Bedingt«, wich Willbreit aus. »Wir Chirurgen sind ja noch da. Ich würde bei dir vorschlagen, eine Verbindung zwischen Milzvene und linker Nierenvene herzustellen und den Blutfluß der Pfortader zu verringern mittels eines Übergangs von einer Zuflußvene der Pfortader zu einer Nierenvene. Wir nennen das einen splenorenalen Shunt nach Warren.«

»Danke. Das genügt mir.« Roemer erhob sich, zog sein Hemd an und knöpfte die Hose zu. »Schon der Name: Spleeniger Hund ...«

»Splenorenaler Shunt!«

»Mit alledem kannst du mir den Buckel runterrutschen.« Roemer band seine Krawatte um. »Wie lange noch unbehandelt?«

»Du weißt es doch, du sturer Affe: einige Monate.« Plötzlich verlor Willbreit alle anerzogene Zurückhaltung. Er hieb mit den Fäusten auf den Tisch und brüllte: »Nur die Operation kann dir Erleichterung bringen!«

»Aha! Erleichterung!« Roemers Stimme dröhnte wie in seiner besten Zeit. »Nicht Heilung! Nur Erleichterung! Sterben auf Raten ...«

»Die berühmte Fünfjahresquote liegt nach einer Operation bei fünfundsechzig Prozent. Allerdings wirst du nie mehr so leben können wie bisher. Strengste Diät, kein Tröpfchen Alkohol, ständige Herzkontrolle, viel Ruhe. Auch Finger weg von den Weibern – jede Kopulation ist für dich wie Schwerarbeit im Bergwerk acht Stunden unter Tage.«

»Ein Vergleich, der in jedes Lehrbuch gehörte!« schrie Roemer auf. »Unter Tage ... das läßt ja einen Neger erblassen.«

»Du wirst nie mehr der sein, der du warst. Wenn es gelingt ...«

»Wenn!«

»Ja, Erasmus. Wenn ...«

»Ich werde ein Schatten von mir sein?«

»So ähnlich. Aber du lebst. Du siehst die Sonne, die Blumen, die Felder und Wälder, das Meer, die Berge und die Täler, du hörst Musik und du erlebst den Mondschein. Ist das nichts?«

»Und wenn eine schöne Frau mich anblinzelt, muß ich sagen: Pardon, Madam, was ist ein Bergmann ohne Hammer ...! Wäre es nicht besser, jetzt auf alle Pauken zu hauen, solange es noch geht, und dann mit Glanz und Gloria zum Teufel zu reiten?«

»Das mußt *du* wissen. Das ist ganz allein deine Entscheidung. Was ich dir als Arzt sagen konnte, habe ich gesagt. Nun bist du dran.«

Roemer ließ sich also auf unbestimmte Zeit krank schreiben. Seiner Frau Elise erzählte er, bei Gericht seien die Kammern neu besetzt worden und man habe ihn abgestellt, eine juristisch-wissenschaftliche Arbeit über die Behandlung von Sachverständigen zu schreiben. Das war ein absoluter Blödsinn, aber Elise interessierte sich sowieso nicht dafür. Sie war mit Golf, Jagd und Tennis, Modenschauen und Soirees so voll beschäftigt, daß sie die Tätigkeit ihres Mannes nur insoweit beachtenswert fand, als sie daraus das Recht abzuleiten glaubte, sich Frau Landgerichtsdirektor nennen zu können. Vielleicht einmal sogar Frau Präsident. »Mein Mann ist ja so beliebt! Sobald er einen großen Prozeß leitet, schreiben alle Zeitungen über ihn und geben seine Worte wieder. Ja, meine Liebe, man kann stolz auf ihn sein ...« Wenn Roemer allerdings zufällig in eines ihrer Damenkränzchen platzte und knurrte: »Du hast wieder Hühner auf der Stange – mein Gott, da kann ja ein Hahn schwul werden!« warf sie das Köpfchen in den Nacken und antwortete: »Puh, du Bauer ...« Roemer empfand das als eine ganz besondere Ehrenbezeichnung.

Drei Tage blieb Roemer in seiner Riesenvilla, las alles, was er über eine Stauungsleber bekommen konnte, lieh sich aus der Universitätsbibliothek Fachbücher und Dissertationen und wußte nach diesen Tagen, daß Willbreit ihm die volle Wahrheit gesagt hatte. Ein Satz aber unter Tausenden von Sätzen blieb in ihm haften: »Die Ursachen einer Stauungsleber sind noch nicht bis ins letzte bekannt.« Ein irrsinniger Gedanke setzte sich danach in ihm fest: Wo Unbekanntes ist, gibt es noch Raum für Wunder. Mensch, Roemer, glaube an ein Wunder! Am vierten Tag seiner Krankschreibung fuhr er nach Hellenbrand. Nicht in seinem protzigen Wagen, sondern mit einem gemieteten Ford. Er wollte nicht auffallen, er wollte inkognito kommen, heimlich, durch die Hintertür sich einschleichen. Immerhin war er ein Landgerichtsdirektor.

Es gibt zwei Möglichkeiten, den Einfluß und die Autorität eines Menschen zu untergraben: Entweder greift man ihn massiv an – oder man schweigt ihn tot. Das erstere ist spektakulärer, birgt aber in sich die Gefahr, daß der Angegriffene zurückschlägt. Falls er dann bessere Argumente hat, wird es kritisch. Der Totgeschwiegene hingegen hat keinerlei Abwehrwaffen; denn wer nicht wahrgenommen wird, wen es offiziell nicht gibt, der kann auch nicht beachtet werden – es sei denn, es handele sich um eine Persönlichkeit, die alle Fesseln sprengt, auch das Schweigen.

Willbreit dachte lange darüber nach, wie er gegen Corinna Doerinck vorgehen sollte. Er war beleidigt, bis ins Mark beleidigt, in seiner Ehre als Arzt gekränkt. Was das bedeutet, kann nur der ermessen, der schon mal einen Arzt gekränkt hat. Ein beleidigter Arzt verzeiht nie. Die akademische Glanzpolitur verträgt keinen Kratzer. Wer dennoch einen Kratzer anbringt, schädigt den Himmel.

Zuerst hatte Willbreit sich entschlossen, einen Artikel zu schreiben: »Über die neuen Scharlatane.« Dann aber kam er zu der Erkenntnis, daß man dieser Corinna Doerinck zuviel Ehre antue, würde man über sie schreiben. Zuschweigen, das war es! Einfach zudecken mit Mißachtung. Hatte ein Professor Willbreit es nötig, sich mit einem spinnerten Mädchen herumzuschlagen? Dreimal rief er bei Roemer an.

»Was tust du?« fragte er.

»Ich lese«, antwortete der Richter.

»Wieder eines deiner pornographischen Bücher? Titel?«

»Die Behandlung von Leberfibrosen.«

»Erasmus, du solltest ...«

»Leck mich doch rauf und runter! Gute Nacht.« Roemer legte auf.

Am dritten Tag versuchte Willbreit, Roemers Frau Elise zu sprechen. Aber sie war zur Jagd in Kärnten, bei einem Baron v. Loxenfeldt, und als er im Schloß anrief, berichtete ihm eine steife Butlerstimme, daß die gnädige Frau und der Herr Baron zur Zeit in Ungarn weilten. Man habe ihnen dort den Abschuß eines Braunbären versprochen. Willbreit resignierte und nahm sich vor, seinen Freund Roemer morgen oder übermorgen zu besuchen. Der Gedanke, daß der Riese wie ein verwundeter Elefantenbulle seinem Ende entgegendämmerte, machte sein Herz schwer. Niemand konnte zu einer Operation gezwungen werden, ganz klar – aber nichts zu tun und tatenlos zuzusehen, wie ein Mensch verging, durfte man das? Stand das Recht des Kranken auf den eigenen Körper jenseits der Verantwortung des Arztes? Obwohl Willbreit sich zwingen wollte, den Fall Doerinck geistig und seelisch »abzulegen«, ihn einfach aus seinem Umfeld zu streichen und sich nur um die alltäglichen Dinge in seiner Klinik zu kümmern, ließ sein verletzter Stolz es letzten Endes doch nicht zu, sich des »Problems Corinna« durch Mißachtung zu entziehen. Das Theater mit ihren bioenergetischen Kräften – nur widerstrebend nahm Willbreit diesen Begriff an – hatte ihn zum Kampf aufgerufen. Er weigerte sich selbstverständlich, so etwas ernst zu nehmen – diesen uralten Wunderglauben, der seltsamerweise unsterblich war trotz Mondflug und Atomzertrümmerung. Und das ausgerechnet auf medizinischem Gebiet. Ein gefährliches Spiel mit Kranken, deren Vertrauen blind wird, wenn man ihnen vorgaukelt: Ich kann dir helfen, wo andere versagen. Das war, so stellte Willbreit fest, das Verbrecherische an der sonst lächerlichen Streichelei, war genau das, was radikal unterbunden werden mußte.

Darüber wollte Willbreit mit seinem Freund Roemer sprechen. Und über den Irrsinn, die Chance der Operation nicht wahrzunehmen, sondern – um mit Roemer zu sprechen alle Pauken und Flöten jubilieren zu lassen.

Aber Roemer war nicht da. »Der Herr Landgerichtsdirektor ist in die Stadt gefahren«, erklärte das Hausmädchen, als Willbreit an der Riesenvilla klingelte. »Wohin? Das sagt er mir doch nicht ...«

Willbreit fuhr nach Münster zurück, und nur durch einen Zufall – weil eine Straße wegen Bauarbeiten gesperrt war und der Verkehr umgeleitet wurde – sah er unvermutet Roemers Wagen am Straßenrand stehen. Kein Zweifel, es war sein Wagen! Die Nobelmarke stimmte, die Autonummer. – Willbreit fuhr langsam weiter, fand eine Lücke zwischen den parkenden Wagen, setzte seinen Maserati hinein und lief zurück. Ein Blick durch das Fenster überzeugte ihn, daß es wirklich Roemers Wagen war: Auf dem Rücksitz lagen die beiden Kissen, in die sich Elise – so erzählte es Roemer einmal – während der Fahrt wie ein schnurrendes Kätzchen kuschelte. Kissen, bezogen mit Saphirnerz. So etwas gab es in Münster nur einmal.

Willbreit sah sich erstaunt um. Was machte Roemer hier, in dieser Gegend? In einer Geschäftsstraße mit Läden, die nicht zu der Klasse gehörten, die für Roemer sonst maßgebend waren. Ein Schreibwarengeschäft, eine Boutique für progressive Fans, eine Metzgerei, ein Blumenladen, eine Bäkkerei, ein Bettengeschäft, eine Polstermöbelausstellung, ein Schuhladen mit 30 % Sonderrabatt. Willbreit war ratlos. Eins ist möglich, dachte er: Irgendwo hier in den Häusern könnte Roemer eine heimliche Geliebte haben. Andererseits würde er wohl nicht so idiotisch sein, seinen auffälligen Wagen direkt vor die Tür zu setzen. Dann ist es also eine andere Straße, aber hier in der Nähe muß Roemer jetzt sein, seit ein paar Stunden schon. Es war anzunehmen, daß er bald zu seinem Wagen zurückkehren würde.

Willbreit überlegte: Warten oder nicht? Er entschloß sich, eine halbe Stunde auszuhalten, steckte sich eine Zigarette an und warf sie sofort wieder weg, als er einen Mann in einem blauen Overall kommen sah, ein Schlüsselbund schwingend, mit einer Pfeife zwischen den Lippen. Der Mann ging zu Roemers Wagen, schloß ihn auf und ließ sich in das Polster fallen.

Mit ein paar langen Schritten war Willbreit neben der Tür, die noch offen stand. Der Mann im Overall sah Willbreit erstaunt an. Dann steckte er den Zündschlüssel ins Schloß und drehte ihn rum. Der Motor sprang sofort surrend an; ein Wagen von dieser Klasse hat keinen ordinären Motorklang, Er singt …

»Was machen Sie denn da in dem Wagen?« fragte Willbreit.

»Geht Sie das was an?« antwortete der Mann im Overall.

»Der Wagen gehört Landgerichtsdirektor Roemer.«

»Stimmt. Na und?«

»Mein Name ist Willbreit.«

»Aha! Fritz Sinsemann.«

»Wie bitte?«

»So heiße ich.«

»Ist Herrn Roemers Wagen in Reparatur?«

»Nee. Wieso?«

»Weil Sie drinsitzen, in einem Overall.«

»Haben Sie was gegen Overalls? Bequemes Zeug, Herr Willbreit. Am Abend rin in die Waschmaschine, am nächsten Morgen alles picobello!«

»Wann will Herr Roemer seinen Wagen wieder abholen?«

»Keene Ahnung. Er hat den Ford bis morgen mittag gemietet.«

»Was hat er?« Willbreit beugte sich zu dem Mann im Overall hinunter. Er spürte plötzlich sein Blut in den Schläfenadern ticken. »Er hat einen Wagen gemietet?«

»Einen Ford. Ja.« Der Mann griff in die Tasche seines Overalls und holte eine Geschäftskarte hervor. »Wenn Sie auch mal einen brauchen, Herr Willbreit: Sinsemann und Sohn, Leihwagen und Werkstatt. Wir sind immer um ein paar Mark billiger als die großen Firmen.«

»Danke.« Willbreit nahm die Visitenkarte, steckte sie ein und war sichtbar verwirrt. Roemer stellt seinen geliebten Prunkwagen ab und mietet sich einen Ford? Was soll denn das? Wo will er denn mit dem Leihwagen hin? Ein Roemer mietet sich einen für ihn kleinen Wagen, da stimmt doch etwas nicht! »Wo wollen Sie jetzt hin mit dem Wagen?«

»In die Halle. Hab ihn nur kurz rausgesetzt, um drinnen zu rangieren. Wenn's Sie so interessiert: dort, die Toreinfahrt hinein. Dahinter liegt der große Hof und steht die Halle.«

Willbreit schüttelte den Kopf, trat zurück und wartete, bis Roemers Wagen durch die Einfahrt verschwunden war. Über dem Tor sah er nun das Schild: Sinsemann und Sohn, Leihwagen, Autowerkstatt, Karosseriebau, Einbrennlackierungen.

»Das darf nicht wahr sein«, dachte Willbreit. Der Gedanke, der ihn plötzlich durchzuckte, lud ihn wie mit Elektrizität auf. »Nein, das kann nicht sein! Erasmus, auch wenn du jetzt verzweifelt bist – laß diesen Blödsinn sein. Das kannst du doch nicht tun. Man kann keine Stauungsleber wegstreicheln. Nein, das kann man wirklich nicht! Wir wissen ja noch nicht mal ganz genau, warum sich kollagenes Bindegewebe bildet. Erasmus, dieses Mädchen ist eine Gefahr für uns alle!«

Er lief zu seinem Wagen zurück, warf sich in den Sitz und griff nach dem Autotelefon. »Was gibt es?« fragte er und bemühte sich, seinen fliegenden Atem zu beherrschen. »Etwas Besonderes?«

»Das Lungen-Ca auf Zimmer 19 ist gestorben.« Die Sekretärin in der Uni-Klinik berichtete es mit der gewohnten Nüchternheit. »Dr. Brandes war bei ihm. Sonst nichts Besonderes, Herr Professor.«

»Danke. Sagen Sie Oberarzt Dr. Gablonz, ich ließe ihn bitten, für mich die Abendvisite zu machen. Ich bin aufgehalten worden und weiß nicht, ob ich pünktlich zurückkomme. Ich rufe von außerhalb an.«

»Können wir Sie erreichen, Herr Professor?«

»Kaum. Nicht vor dem Abend. Es läuft ja alles bestens im Haus, nicht wahr?«

»Wie immer, Herr Professor.«

»Danke, Täubchen.« Willbreit legte auf. Auf Erna Taube, genannt Täubchen, konnte man sich verlassen. Sie war seit zwanzig Jahren Chef des Vorzimmers der Chirurgie; Professor Hellbrecht; der Ordinarius, hatte mal gesagt: »Wenn ich Täubchen nicht hätte, wäre ich noch Stationsarzt.« Das war zwar übertrieben, aber in einem Klinikbetrieb ist eine vorzügliche Sekretärin wie ein Schmiermittel, das den großen Motor reibungslos laufen läßt. Willbreit gönnte sich im Wagen noch eine Zigarette und damit ein paar Minuten intensives Nachdenken. »Was will ich jetzt in Hellenbrand«, überlegte er. »Roemer aus den Fängen dieses Mädchens herausholen? Erneut in eine völlig fruchtlose Diskussion eintreten? Habe ich das nötig? Wenn Roemer sich bestreicheln lassen will, ist das sein ureigenstes Privatvergnügen. Er verweigert eine Operation – da kann ihm keiner mehr helfen. Rein vom Moralischen her sollte man ihm gönnen, daß er in einen Glauben flüchtet, auch wenn's ein Irrglauben ist. Für eine kurze oder auch längere Zeit wird ihn das glücklich machen, hoffnungsfreudig, seelisch aufrichten – bis dann der schreckliche Zusammenbruch kommt. Hoffentlich wird es nur ein kurzes Leiden. Tritt das Koma frühzeitig ein, ist das Schicksal gnädig mit ihm.«

Trotzdem fuhr Willbreit zur Autobahn und nahm die Richtung Nottuln. Dort verließ er sie und fuhr weiter nach Havixbeck. Bei Lasbeck bog er auf die schmale Landstraße ab. Und je näher er Hellenbrand kam, um so langsamer ließ er seinen Wagen rollen, bis er unter einer Ulmengruppe anhielt und stumm über das weite, leicht gewellte, in der Sonne glänzende Bauernland starrte.

Was ist eigentlich los, dachte er. Wie weit ist Professor Willbreit gekommen? Sitzt hier unter Bäumen am Rande einer Landstraße, von einem Weibsstück magisch angezogen, anstatt es zu ignorieren und sich zu sagen: Es gibt soviel Verrücktheiten auf der Welt, warum soll es nicht auch eine Corinna geben? Der eine kauft sich eine fettbeschmierte Badewanne von Beuys, der andere läßt sich streicheln. Jedem Tierchen sein Pläsierchen ... Willbreit, du Idiot, kehr um. Sofort kehrst du um! Aber er fuhr weiter, fuhr nach Hellenbrand hinein und rollte langsam auf das Lehrerhaus zu.

Corinna saß an ihrem breiten Teppichknüpfrahmen und arbeitete an einem Wandteppich, der die Sagengestalt des Einhorns wiedergab, als der graue Ford auf dem Hof der Werkstattscheune hielt. Sie achtete nicht darauf, warf nur einen kurzen Blick auf das Auto und klopfte den Knoten fester, den sie gerade geschlungen hatte. Im vorderen Raum, der eine Art Ausstellungsraum war, klingelten die Signalglöckchen über der Tür, dann hüstelte jemand diskret und scharrte mit den Schuhen.

»Einen Augenblick, bitte!« rief Corinna. »Ich komme sofort!« Sie legte die Wolle hin, klopfte bunte Wollreste von ihrem Rock und fuhr sich mit beiden Händen durch die Haare. Aber bevor sie aufstand, war der Kunde schon in die Werkstatt gekommen.

»Sie werden sich wundern«, sagte er etwas stockend.

»Ich wundere mich ja selbst. Wie sagte die Braut nach der Hochzeitsnacht? ›Das war alles?‹ Bitte lachen Sie ...«

»Herr Landgerichtsdirektor!«

Sie drehte sich auf ihrem Schemel, stand dann auf und blieb vor ihrem Knüpfrahmen stehen. Roemer hob etwas müde die Hand.

»Lassen Sie den ganzen Titelmist weg, Corinna. Ich mußte zu Ihnen kommen!«

»Mit diesem Wagen?«

»Ich bin gewissermaßen zu Ihnen geschlichen. Anonym. Ich möchte nicht, daß man erfährt: Sieh da, der alte Esel Roemer geht zu einer Gesundbeterin.«

»Ich bete nicht …« Ihr Blick ging an Roemer vorbei. »Sie möchten einen Teppich in Auftrag geben? Schwebt Ihnen ein bestimmtes Motiv vor?«

»Ja! Ein Mann, der einen Teller gebratene Leber ißt!« Roemer seufzte laut auf. »Corinna, Professor Willbreit hat mir die Wahrheit gesagt. Es war ein Volltreffer! Nun bin ich hier und weiß nicht mehr, was ich tun soll.«

5

Es gibt Dinge und Gefühle, für die man keinen Namen finden kann, keine zutreffende Bezeichnung. Kaum zu glauben, denkt man. Hat nicht alles seinen Namen? Trägt nicht alles ein Etikett? Gibt es im Leben tatsächlich Namenloses? Und dann steht man einem Mann gegenüber, der am Ende der Hoffnung ist. Er hat Angst, könnte man sagen. Aber das Wort Angst drückt seine Verzweiflung nicht aus, läßt zu wenig ahnen von dem Abgrund des Entsetzens. Ist es Todesangst? Todespanik? Auch das ist zu wenig! Es gibt keinen Namen für dieses ins Unendliche reichende Gefühl. Es steht über allen Begriffen.

Roemer tappte in der Werkstatt umher wie ein Riesenbär, sah keinen anderen Platz als Corinnas Arbeitsschemel vor dem Knüpfrahmen und ließ sich schwer auf ihm nieder. Der Schemel verschwand völlig unter seinem massigen Körper; es sah aus, als hocke Roemer frei in der Luft.

»So ist das nun«, sagte er. »Beschissen.«

»Ja –« Corinna ging in den Ausstellungsraum, um für einen Augenblick allein zu sein. Als sie zurückkam in die Werkstatt, hatte Roemer seinen Schlips heruntergezogen und den Hemdkragen geöffnet. »Was hat Professor Willbreit Ihnen geraten, Herr Roemer?«

»Operation. Chancen fünfzig zu fünfzig.«

»Sie sollten sie wahrnehmen.«

Roemer schüttelte den Kopf. »Als mein Freund Thomas Willbreit mir von Ihnen erzählte, habe ich dumme Witze gerissen. Dann zeigte uns Dr. Hambach die letzten Röntgenbilder Ihrer Frau Mutter, und auch da habe ich noch gedacht: Hier ist etwas faul. Die Kleine – das waren Sie – hat die Sache mit dem Röntgen irgendwie hingefummelt. Warum tut sie das? Aus psychologischen Gründen, um ihre Mutter durch diese Lügen aufzurichten, so lange, bis es nicht mehr geht?«

»Meine Mutter ist fast geheilt ... fast!« sagte Corinna steif.

»Das weiß ich jetzt. Wäre ich sonst gekommen? Von Ihren Fingern geht eine Energie aus, eine Strahlung, die kranke Zellen vernichten kann. Ich habe noch nie davon gehört und hätte mir das früher jemand erzählt, ich hätte an die Stirn getippt. Verrückteres, Unmöglicheres kann es kaum geben. Aber jetzt glaube ich daran ... Corinna, Sie sehen mich nur an und sagen nichts! Wirklich, ich glaube an Ihre Hände.«

»Aber ich kann Ihnen nicht helfen ...«

»Sagen Sie das nicht! Bitte, sagen Sie so etwas nicht! Wer weiß denn, was in Ihnen steckt?«

»Niemand. Ich selbst nicht. Manchmal ist es unheimlich. Ich streiche über eine welke Blume, und sie richtet sich wieder auf. Einmal sah ich einen goldenen Ring auf dem Zimmertisch liegen, ich hatte ihn noch nie gesehen, starrte ihn an, und der Ring bewegte sich langsam auf mich zu. Später erfuhr ich: Es war der Ring, meines Großvaters, den er meiner Mutter als Talisman mitgegeben hatte, als sie Papa heiratete.«

»Eine welke Blume ...« Roemer starrte vor sieh hin. »Und mich schicken Sie weg?«

»Ich kann Ihnen nicht helfen.«

»Warum nicht? Sie trocknen einen Krebs aus mit den Strahlen, die aus Ihren Händen kommen. Sie haben die Prostatitis von Dr. Hambach geheilt. Nur Sie allein wissen, wo Sie noch weitere unerklärbare Erfolge hatten. Warum sagen Sie ausgerechnet bei mir nein?«

»Ich kann Ihre Leber nicht retten. Überall, auch hier, gibt es Grenzen.«

»Versuchen Sie es. Mein Gott, man kann es doch wenigstens versuchen!«

»Es geht nicht, wenn man nicht selbst daran glaubt.« Corinna schüttelte den Kopf. »Die Kraft – oder wie will man das nennen – ist nicht mehr da. Ich sehe Sie an und weiß, hier hilft es nicht.«

»Und wenn Sie es doch versuchen … bitte …«, sagte Roemer ganz leise. »Ich … ich balanciere am Rande der Verzweiflung …«

Corinna wandte sich ab, ging zu dem großen Fenster und blickte hinaus in den Garten. Die Werkstattscheune stand inmitten einer Baumgruppe, die einmal das Gehöft wie eine grüne Mauer umgeben hatte. Kurz nach dem Krieg war das Haupthaus abgebrannt. Brandstiftung, sagte man in Hellenbrand. Rache von entlassenen Kriegsgefangenen. Die Amerikaner hatten die Gefangenen sofort beim Vorrücken befreit, es waren meist Russen, und da hatten sie Rache genommen, zogen plündernd und marodierend durch die Dörfer, mit Beilen und Knüppeln, Sensen und Schlachtermessern und wüteten, bis die Amerikaner, ihre Befreier und Verbündeten, sie wieder einsammelten, erneut ins Lager steckten und dann mit Sonderzügen nach Osten abschoben. Für den Hof des Bauern Schulte-Haffnung war es zu spät, er brannte bis auf die Grundmauern nieder; und mit ihm verbrannten der Bauer selbst, seine Frau und sein jüngster Sohn. »Tja, so is dat«, sagte man in Hellenbrand, als der Rachespuk vorbei war. »War 'n doller Hund, der Schulte-Haffnung. Hatte dreißig Russen auf'n Hof, ging über die Felder und trat sie in den Hintern oder schlug mit'n Knüppel drauf. ›Mei'n Paul habt ihr bei Kursk erschossen!‹ hat er immer gebrüllt. ›Und ihr freßt jetzt mein Brot! Jeden Bissen sollt ihr spüren!‹ Tja, das war ungerecht. So was tut man nicht. Und die Russen haben's sich gemerkt und den Hof angesteckt, mit allem, was drin war … War 'ne schwere Zeit, Leute …«

Die Brandruine wurde später abgerissen und aller Schutt weggefahren. Nur die Scheune blieb übrig, die hatten die Russen seltsamerweise nicht angesteckt. Jahrelang stand sie leer, keiner wollte sie haben, von wegen der Toten, die es da gegeben hatte. Und außerdem hatte die Lina Korthaus, als sie vom Pilzesammeln in der Dämmerung nach Hause ging, den alten Schulte-Haffnung gesehen. Ja, tatsächlich … er stand da, wo einmal das Haus gestanden hatte, und rauchte seine Pfeife. Lina Korthaus beschwor es und beichtete es dem Pfarrer. Man versuchte, sie von dem Unsinn zu überzeugen, aber sie blieb dabei: »Hä stund da und rauchte seine Piep … ich kenne doch den Philipp …«

Auch wenn der Lina keiner glaubte: Niemand in Hellenbrand wollte die Scheune haben. Möglich ist immerhin alles, und es gibt Dinge zwischen Himmel und Erde … na ja, es muß ja nicht sein. Bis Corinna eines Tages sagte: »Papuschka, ich habe eine fabelhafte Werkstatt gefunden – die alte Schulte-Haffnung-Scheune. Mit ganz wenig Geld kann ich sie umbauen, so wie ich sie mir denke.«

Natürlich kannte Corinna von Kind an die Geschichte mit dem spukenden Philipp Schulte-Haffnung. Solange sie klein war, hatte sie immer einen großen Bogen um das verwahrloste Grundstück gemacht, und das blieb so, bis sie fünfzehn war. Da fuhr sie mit ihrem Rad mitten in den Baumkranz und lehnte das Rad an die Scheunenwand. Zögernd war sie in das Gebäude getreten. Muffig und verfault roch es drinnen, Schimmel glänzte an den Balken, und Spinnen hatten ihre weiten Netze gesponnen. Wenn jetzt der Philipp plötzlich dasteht, hatte sie gedacht, laufe ich nicht weg. Ich geh' auf ihn zu und frage ihn: »Warum kommst du immer wieder? Du bist doch tot. Erschlagen und verbrannt. Du kannst doch nichts mehr ändern, Schulte-Haffnung.« Aber es tauchte kein Geist auf; sie ging ein paarmal in der Scheune rundum, völlig frei von Angst – ja, sie spürte so etwas wie Geborgenheit und blieb den ganzen Nachmittag in der Scheune sitzen, auf einem morschen Hauklotz, den sie in die Mitte des weiten Raumes rollte.

Von da an fuhr sie öfter zur Scheune, saß in dem kahlen, schimmelnden Raum und fand hier die Ruhe, über vieles nachzudenken, was sie beschäftigte. Zum Beispiel über die Katze. Sie war eines Tages in die Scheune gekommen, eine magere, knochige streunende Katze, mit einem Geschwür auf dem Rücken. Sie strich um Corinna herum und legte sich ihr dann vor die Füße. Corinna hatte die Katze gestreichelt, und immer, wenn sie mit dem Rad zur Scheune fuhr, war auch die Katze da und ließ sich streicheln. Beim viertenmal war das Geschwür verschwunden. War weggetrocknet bis auf einen Grind, der später abfiel. Und mit dem Schimmel war es ähnlich: Wo sie die Balken berührt hatte, schrumpfte der Schimmel ein und vertrocknete. Es war schon merkwürdig …

Von der Stadt, die den Hof von Schulte-Haffnung als Erbe verwaltete, weil es sonst keine Erben mehr gab, kaufte Doerinck die Scheune ab. Er bekam sie billig, gewissermaßen zum Abbruchwert. Aber die Hellenbrander hatten für Wochen Gesprächsstoff: Der Lehrer hat die Geisterscheune gekauft. Ausgerechnet der! Mit seiner russischen Frau – wo doch die Russen den Philipp erschlagen und verbrannt haben. Mit Frau und Sohn. Und nun kauft *der* die Scheune. Sieh mal an! Wenn's einen Teufel gäbe, wär der mit im Spiel! Ein paar Tage später klebte an der Scheunentür ein grob gemaltes Pappschild. »Russen-Kate« stand darauf. Der Dorfpolizist fotografierte und entfernte es, und natürlich kam nie heraus, wer das Schild gemalt und angenagelt hatte. Corinna aber nahm den Kampf auf. Sie nagelte ein anderes Schild über die Tür und darauf stand: »Datscha.« Wen wundert es: die Empörung war groß.

»Du solltest mal mit deiner Tochter reden«, hatte ein paar Tage später der Rektor der Schule zu seinem Kollegen Doerinck gesagt. »Ich will mich da nicht einmischen … aber als Tochter des Konrektors … und du bist beliebt, Stefan …«

»Meine Tochter ist achtundzwanzig Jahre alt«, hatte Doerinek geantwortet. »Sprich selbst mit ihr.«

Dabei blieb es, und wie immer im Leben war nach einigen Wochen alles vergessen und das Erregende normal geworden. Ein Bauunternehmer aus Billerbeck baute die Scheune um, und als man einen neuen Estrich verlegte und dazu den Boden etwas auskofferte, stieß man auf eine vergrabene Stahlkassette. Sie enthielt den gesamten Schmuck der Elfriede Schulte-Haffnung, immerhin heute rund 50 000 DM wert, wie ein Experte schätzte. Im Rathaus von Hellenbrand freute man sich, denn der Fund gehörte der Stadt. Die Leute aber sagten: »Nu is hä weg, der Philipp. Hä hat seinen Schmuck bewacht. Dat wohr es ...« Diese Ansicht konnte auch der Pfarrer nicht ändern. Merkwürdig war nur, daß wenig später im Rathaus ein Feuer ausbrach, das man aber schnell löschen konnte. Nur die Brandursache wurde nie geklärt.

Corinna schloß die Augen und drückte die Stirn gegen das Fensterkreuz. Mit einem inneren Zittern beobachtete Roemer, wie sie die langen schlanken Hände zusammenlegte, so, wie man es von dem berühmten Kupferstich Dürers kennt.

»Stehen Sie auf!« sagte Corinna plötzlich. Ihre Stimme klang jetzt völlig fremd und zerschnitt die qualvolle Stille so laut, daß Roemer hochzuckte. Der Schemel unter ihm fiel polternd um. Er spürte seinen Herzschlag bis in die Kehle, und jeder seiner Atemstöße war von einem leisen Pfeifen begleitet.

»Ich ... ich stehe ...«, stotterte er.

Sie drehte sich vom Fenster weg, kam langsam, die Hände noch immer aneinandergelegt, auf ihn zu, und ihre schwarzen Augen schienen Roemer zu durchglühen. Ihm wurde heiß, von den Zehen bis unter die Kopfhaut, aber es war keine Hitze wie damals auf Bali, im Urlaub, wo ihm der Schweiß aus den Poren floß, als habe er tausend Kränchen im Körper – nein, es war eine seltsame, erregende Hitze, in die man sich mit geschlossenen Augen und mit einem Gefühl der Wonne hineinwerfen konnte.

Ganz nahe kam Corinna heran, ein kleines, zierliches Wesen gegen diesen Berg aus Fleisch. Sie hob die rechte Hand, ließ sie über seinen Leib gleiten, streichelte die Luft, die zwischen ihr und diesem Körper lag, immer und immer wieder, mit leicht vibrierenden, aneinandergepreßten Fingern, leicht gewölbt. Ihre Hand war wie eine flache Schale, wie ein winziger Parabolspiegel, der unsichtbare Strahlen aussendet und aufnimmt.

Roemer stand wie versteinert, nur seine Zähne knirschten leise.

»Was spüren Sie?«

Roemers Augen weiteten sich. Verzweifelt ruhte sein Blick auf Corinnas schwarzen Haaren, die unter ihm im Sonnenlicht schimmerten.

»Nichts ... Noch nichts ...«

»Es kann auch nicht.« Sie ließ die Hände sinken, trat drei Schritte zurück und schlug dann mit einer wilden Gebärde die Hände vor ihr angespanntes, kantig gewordenes Gesicht. »Ich spüre auch nichts. Gar nichts. Es geht nicht ...«

»Aber ich will leben!« schrie Roemer. Es war, als explodiere die ganze Qual seiner Angst. »Ich will leben! Leben!« Er wälzte sich nach vor, erstaunlich schnell für seine Fülle, riß Corinna an sich und drückte sie mit beiden Armen gegen seine Brust. »Noch einmal!«, brüllte er. »Corinna, noch einmal ... Ich flehe Sie an! Noch einen Versuch! Ich glaube doch an Ihre Kraft ... ich glaube doch daran ... Was kann ich mehr tun? Sie müssen es noch mal versuchen!«

Mit einer Wildheit, die man nie in ihr vermutet hätte, stemmte sie sich gegen seine Brust, hieb mit den Fäusten um sich, tat, als ob sie sich fallen ließe, und entkam so seiner verzweifelten Umklammerung. Mit ein paar Sprüngen war sie an der Tür.

»Tun Sie das nie wieder!« rief sie. »Nie wieder! Sie zerstören alles ...«

»Ich ... ich will weiterleben, Corinna ...«, stammelte Roemer. Er wischte sich über das Gesicht und tappte dann wie ein Blinder zum Fenster. Als er es aufriß, knirschten die Scharniere im dicken Holzrahmen. »Leben!« brüllte er in die freie Weite. Es war wie ein letzter Aufschrei. Danach sank er in sich zusammen, und Corinna hielt den Atem an, weil es aussah, als würde alle Energie aus ihm entweichen. »Ich zerstöre doch nichts ...«

»Doch. Wie soll ich Ihnen das erklären?« Sie legte die Hände wieder aneinander. Roemer sah es mit einem Zittern. Jetzt lädt sie sich wieder auf, dachte er glücklich. Sie versucht es noch einmal. Sie sammelt neue, größere Kraft. Sie wird mir helfen. »Wenn man mich zwingt, ist alles leer in mir. Verstehen Sie das? Ich muß ein aggressionsfreier Mensch sein, ein positiver Mensch. Ich habe versucht, dafür Erklärungen zu finden. Seit ich weiß, daß ich ... anders bin als andere Menschen, habe ich nach Erklärungen gesucht. Es gibt viele Deutungen, aber die überzeugendsten Forschungsergebnisse kommen aus Rußland.« Sie lächelte schwach, als wolle sie um Verzeihung bitten, daß es wieder die Russen waren. »In Rußland, an der Universität von Alma-Ata in Kasachstan, ist eine ganze Gruppe von Wissenschaftlern – Chemiker, Biophysiker, Ärzte, Biologen und Psychiater – damit beschäftigt, das Geheimnis der vom Menschen ausgehenden Strahlen zu ergründen. Sie nennen, die seltsame Kraft bioplasmatische Feldenergie. Die beiden Forscher Injuschin und Grischenko haben das den Körper umgebende Strahlungsfeld, eine Art Aura, bereits durch mikroskopähnliche optische Spezialapparaturen sichtbar gemacht. Der Ingenieur Kirlian aus Krasnador und seine Frau Valentina konnten es mittels der von ihnen entwickelten Elektrofotografie im Hochfrequenzfeld, kurz Kirlian-Fotografie genannt, sogar im Bild festhalten. Jedoch kann sich die Bio-Energie eines Menschen nur dann frei und wirkungsvoll entwickeln, wenn die ausstrahlende Person sich unbeeinflußt, gewissermaßen störungsfrei, zu konzentrieren vermag. Verstehen Sie?«

»Nein! Wer kann das verstehen? Kein normaler Mensch.« Roemer suchte einen Sitzplatz, sah nur den umgestürzten Schemel, richtete ihn wieder auf und sank darauf nieder. »Sie könnten es mir stundenlang erklären, ich könnte darüber hundert Bücher lesen – aber das ist alles so ungeheuerlich, so phantastisch, so jenseits allen menschlichen Denkens, daß man hier aufhören sollte, als normaler Mensch zu überlegen. Hier ist der Punkt erreicht, wo man nur noch glauben kann. Und ich glaube an Sie, Corinna!«

»Und trotzdem versage ich bei Ihnen«, entgegnete sie leise.

»Aber warum? Warum? Was ist an mir?«

»Ich weiß es nicht. Man kann es nicht erklären.«

»Ich bin ein todkranker Mensch. Ihre Strahlen müssen das doch aufnehmen, so wie bei Ihrer Mutter und wie bei den anderen …«

»Meine Hände sind tot bei Ihnen.«

»Nur bei mir?«

»Bisher ja. Ich habe das noch nie gespürt. Das Nichts …. die Leere …«

»O mein Gott.« Roemer schlug beide Hände vor sein Gesicht und saß eine Weile regungslos auf dem Schemel. »Was habe ich denn getan? Ja, ich habe gesoffen und gehurt, und ich habe Elise auch nur geheiratet, weil sie Millionen im Rücken hatte. Ich habe gelebt wie ein Pascha. Aber da ist die andere Seite: Ich war immer ein gerechter Richter. Ich habe mich nie von Emotionen leiten lassen. Ich habe so lange verhandelt, bis ich den Menschen, der da vor mir steht, genau kannte. Bis er nackt war bis auf die Knochen, ein gläserner Mensch. Bis ich auch seine Umwelt durchschaute, die ihn mitgeformt hat. Erst dann habe ich Recht gesprochen nach bestem Wissen und Gewissen. Vor allem Gewissen! Wiegt das nichts?« Er ließ die Hände sinken, und Corinna sah, daß seine Augen rot geworden waren. »Es bleibt also nur noch die Operation für mich?«

»Ja.«

»Ich werde den besten Leberspezialisten der Welt suchen. Elise hat Geld genug. Und ob er in Tokio ist oder in Alaska, in Moskau oder Dallas – ich fliege hin.« Er atmete tief durch, man hörte ein leichtes Röcheln, und erhob sich wieder von dem Schemel. »Noch vor vier Tagen hätte ich mich jetzt vollgesoffen. Nein, nicht ordinär mit Schnaps – mit ein paar Flaschen Château Lafitte oder Château Margaux. Premier Cru. Dazu eine Rehkeule.«

»Das ist vorbei …« Corinna hob den Kopf. Motorengeräusch näherte sich sehr schnell. Draußen schoß ein Maserati heran und bremste so idiotisch abrupt, daß das Hinterteil nach links wegschleuderte. Kaum stand der Wagen, sprang der Fahrer, heraus. Er wartete nicht, bis sein Mitfahrer ausgestiegen war, sondern rannte zu der Scheune, als müsse er vor seinem Auto flüchten. Corinna war zum Fenster gegangen.

»Ihr Freund ist gekommen, um Sie aus den Krallen der Hexe zu befreien«, sagte sie ruhig. »Und meinen Vater hat er auch mitgebracht. Das wird ein fröhliches Gespräch.«

»Lassen Sie jetzt keinen herein!« rief Roemer. Er wich bis zu der hintersten Ecke der Werkstatt zurück. »Riegeln Sie alles zu.« Es sah so aus, als wolle er sich verstecken.

»Zu spät. Meine Tür ist immer offen.«

»Woher weiß er, daß ich hier bin?«

»Das werden wir gleich erfahren.«

Nun war auch Stefan Doerinck ausgestiegen und ging über den Vorplatz langsam zur Werkstatt seiner Tochter. Corinna sah ihm an, daß er eine schwere Stunde hinter sich hatte. Sie hatte ihren Vater selten so ernst und mit solch verkrampftem Gesicht gesehen. Die Glöckchen über der Eingangstür klingelten wild; Willbreit mußte die Tür mit Schwung aufgestoßen haben.

Corinna schob mit beiden Händen ihr Haar nach hinten, warf noch einen Blick auf den in der Ecke stehenden Roemer, der stumm, aber heftig gestikulierend andeutete, keinen hereinzulassen, und ging dann hinaus in den Ausstellungsraum. Willbreit stand wütend vor einem Wandteppich, den Corinna vor einer Woche beendet hatte.

»Odysseus und die Sirenen«, sagte sie, als Willbreit keinerlei Anstalten machte zu grüßen. Immerhin war er einen Augenblick überrumpelt.

»Wieso?« fragte er ziemlich dumm.

»Der Wandbehang zeigt das Motiv ›Odysseus und die Sirenen‹. Ich knüpfe gerade Szenen aus der Odyssee. Wenn's Ihnen nicht gefällt – ich kann Ihnen auch ›Odysseus und die Schweine‹ anbieten. Aus der Circe-Serie. Wollen Sie den Entwurf sehen, Herr Professor?«

»Wo ist er?« fragte Willbreit laut.

»Sofort! Ich hole die Entwurfsmappe …«

»Roemer!« schrie Willbreit unbeherrscht. »Herr Roemer ist hier bei Ihnen! Leugnen Sie nicht! Auch wenn draußen ein anderer Wagen steht, ich weiß es. Es ist ein Leihwagen aus Münster. Von der Firma Sinsemann und Sohn.«

»Habe ich irgend etwas geleugnet?« fragte Corinna. Sie wartete, bis ihr Vater hereingekommen war, aber auch er sagte nichts, sondern sah sie nur mit fragendem Blick an.

»Er ist also hier?«

»Ja.«

»Ich möchte Herrn Roemer sprechen.«

»Wenn er den Wunsch hat, sich mit Ihnen zu unterhalten, wird er zu Ihnen kommen.«

»Es ist verantwortungslos, was Sie da tun!« rief Willbreit. »Ja, es ist ein Verbrechen!«

»Wäre Ihr Auftritt nicht so lächerlich«, sagte Corinna mit ruhiger Stimme, »würde ich von meinem Hausrecht Gebrauch machen und Sie hinauswerfen! Auch wenn vor Gericht die Aussage meines Vaters nichts gilt, da er befangen ist, so ist es doch gut, daß Sie ihn mitgebracht haben. Sie nennen meine Arbeit ein Verbrechen. Seit wann ist es ein Verbrechen, Teppiche zu knüpfen?«

»Das … das ist unerhört!« sagte Willbreit gepreßt. »Sie wissen genau, was ich meine.«

»Nein! Herr Roemer ist zu mir gekommen, um einen Teppich bei mir zu bestellen.«

»Jetzt wird es tatsächlich lächerlich!«

»Ein Weihnachtsgeschenk für seine Frau. Leider mußte ich den Auftrag ablehnen. Ich versuchte ihm zu erklären, daß ich es bis Weihnachten nicht schaffen kann. Ich habe vorher noch einige andere Aufträge zu erfüllen.« Sie ging zu einem großen Tisch, holte eine Mappe aus Pappe und legte sie auf den Boden vor Willbreits Füße. »Sie wollen ›Odysseus und die Schweine‹ sehen? Wenn Sie sich dafür entschließen – nicht vor Ostern nächsten Jahres. Frühester Liefertermin.«

»Wo ist Dr. Roemer?« fragte Willbreit steif.

»In der Werkstatt. Er interessiert sich für meine Arbeitsmethode.«

»Das ist es! Kann ich zu ihm?«

»Nicht nötig!« Roemer kam aus dem Nebenraum, groß, stark, äußerlich strotzend vor Gesundheit, ein rotgesichtiger Riese. »Ich sage dir eines, Thomas: Es ist aus mit unserer Freundschaft, wenn du Elise auch nur einen Ton verrätst, daß ich für sie einen Teppich knüpfen lasse.«

Willbreit drückte das Kinn an den Kragen und sah Dr. Roemer einen Augenblick stumm an. Es war ein Duell der Blicke, doch Roemer hielt stand. Dann sagte Willbreit: »Laß uns doch vernünftig darüber reden, Erasmus.«

»Warum spionierst du mir nach?« Der Richter zeigte auf die aufgeschlagene Skizzenmappe. »Blättere sie nur mal durch. Es sind fabelhafte Entwürfe darunter.«

»Laß den verdammten Quatsch! Wir sollten …«

»Wie sagte doch der Mann mit der nassen Unterhose? Da hilft kein Schütteln und kein Beben, der letzte Tropfen geht daneben …« Roemers Stimme dröhnte wieder wie in seiner besten Zeit, und die lag erst eine Woche zurück.

»Sie haben eine fabelhafte Tochter, Herr Doerinck. Ich habe noch nie so schöne Teppiche gesehen. Seit einer Stunde erzähle ich ihr, was sie verdienen könnte, wenn sie im großen Stil eine Manufaktur aufmacht. Sie gestaltet die Entwürfe, und eine Kompanie von Knüpfern führt sie aus. Aber sie will nicht. Ein Kunstwerk ist einmalig, sagt sie, kein Serienprodukt. Es ist ein Kreuz mit diesen Individualkünstlern, sie haben zum Geld kein Verhältnis.«

»Wie lange soll diese Komödie noch gespielt werden?« rief Willbreit erbost. »Wie lange noch?«

»Jede anständige Komödie hat drei Akte. Ich bin erst bei der Einleitung des ersten Aktes!«

»Eine schlechte Komödie. Das Ende ist längst bekannt.«

»Was ist denn nun los?« sagte Doerinck ziemlich laut. »Ich werde von einem ungeheuer aufgeregten Professor attackiert, meine Tochter begehe ein Verbrechen – darüber wird noch zu reden sein. Und weil es hieß, man wolle die Polizei einschalten, führe ich unter Zwang den Herrn zu meiner Tochter – auch das werden wir noch klären. Und was stellt sich nun hier heraus? Meine Tochter hat weiter nichts getan, als einen Kunden empfangen. Herr Professor Willbreit – ich ersuche um eine Erklärung!«

»Du lieber Himmel! Sie glauben diesen Schmäh?«

»Ja. Ich vertraue meiner Tochter! Ob Sie es nicht tun, interessiert mich nicht. Ich verlange eine Rechtfertigung Ihres skandalösen Auftritts in meinem Haus! Sie haben kein Recht ...«

»Das stimmt!« rief Roemer laut dazwischen. »Er hat keinerlei Recht, sich so zu benehmen. Ich weiß nicht, was er zu Ihnen alles gesagt hat, Herr Doerinck – aber ich entschuldige mich hiermit für meinen Freund.«

»Das ist völlig unangebracht.« Willbreit ging unruhig an den aufgehängten Schaustücken entlang und Umkreiste mehrmals die Skizzenmappe auf dem Fußboden. Seine Situation war nicht beneidenswert, das wußte er. Sie war im Grunde genommen sogar lächerlich. Daß Roemer bei Corinna einen Teppich bestellte, war ein Witz, aber es war nicht zu widerlegen. Blieben alle bei dieser Version des Besuches, mußte er sich entschuldigen und mit einer schmählichen Niederlage abziehen. Man konnte ihn in seiner Würde nicht tiefer kränken. »Beenden wir das widerliche Theater.«

»Ganz meine Meinung.« Roemers Stimme schwoll wieder an. »Wenn du jetzt abfährst, Thomas, wirst du nicht vermißt.«

»Ich habe mit dir zu reden, Erasmus.«

»Bin ich ein Fürsorgezögling? Ich kam hierher, um einen Teppich zu kaufen, und will jetzt allein gelassen werden. Ruf mich zu Hause an, und wir machen einen Termin aus.«

»Ich sehe, Vernunft und Logik zählen hier nicht mehr.« Willbreit blieb vor Corinna stehen. Welch eine faszinierende Frau, dachte er, und welches Unglück kann sie anrichten!

»Herr Roemer ist mein Freund. Er ist sich über seinen Zustand völlig im klaren. Wenn Sie ihn an einer erfolgversprechenden Therapie hindern, an einer lebensverlängernden Therapie, werde ich Sie für alle Folgen zur Rechenschaft ziehen!«

»Es wäre besser, Sie gehen jetzt, Herr Professor«, sagte Doerinck hart und trat an Willbreit heran.

»Ich hindere niemanden.« Corinna sah zu Roemer hinüber. »Hindere ich Sie an irgend etwas?«

»Mein Freund Thomas gehört zu den Eiferern«, dröhnte Roemer. »Im Mittelalter wäre er Inquisitor gewesen und würde Sie auf einen Holzstoß binden und anbrennen. Kümmern Sie sich nicht um ihn.« Er winkte ab, als Willbreit etwas sagen wollte, und ging zur Tür der Werkstatt. »Wir müssen uns noch über das Motiv einig werden. Setzen wir unser Gespräch fort. Kommen Sie, Corinna!«

Er tappte in den Nebenraum und man hörte, wie er sich polternd auf den Schemel setzte. Corinna bückte sich, klappte die Skizzenmappe zu und legte sie zurück auf den großen Tisch. »Ich nehme an«, sagte sie dabei, »Sie sind an einem Teppich nicht mehr interessiert, Herr Professor.«

Willbreit verzichtete auf eine Antwort. Er drehte sich brüsk herum und verließ die Scheune. Draußen wartete er, an seinen Maserati gelehnt, bis Doerinck herauskam.

»Steigen Sie ein«, sagte er rauh. »Ich bringe Sie wieder nach Hause.«

»Danke«, antwortete Doerinck knapp. »Nicht nötig.«

»Sie wollen zu Fuß gehen? Das ist ein ziemliches Stück.«

»Ich bin mein Leben lang gern gewandert. Es macht mir Spaß.«

»Ich möchte mit Ihnen noch reden.«

»Aber ich nicht mit Ihnen.«

»Wir sollten nicht aufeinander herumhacken, sondern vernünftig sein.«

»Was nennen Sie vernünftig? Daß Sie meine Tochter eine Verbrecherin nennen? Ich habe mir vorhin ernsthaft überlegt, ob ich Ihnen eine runterhauen soll. Früher hätte ich bestimmt anders gehandelt, als Offizier ...«

»Das ist lange her. Jetzt sind Sie Lehrer und stellvertretender Rektor, eine geachtete Persönlichkeit in dieser Kleinstadt, deren Leben mustergültig zu sein hat. Ein Vorbild, wie man so schön sagt. Jeder Schmutzfleck bei Ihnen wirkt zehnmal mehr als bei anderen Bürgern. Ihre Tochter könnte Ihnen da sehr schaden, wenn sie so weitermacht.«

»Das hört sich nach einer Drohung an. Warum stehe ich hier überhaupt bei Ihnen und lasse mir das gefallen? Fahren Sie ab!«

»Weil Sie selbst unsicher sind, Herr Doerinck. Weil Corinna beginnt, ihrem eigenen Vater unheimlich zu werden.«

»Das nehmen Sie an!«

»Das ist natürlich. Hätte ich eine Tochter, die durch Streicheln heilen kann, würde mir auch unheimlich zumute.«

»Damit erkennen Sie an, daß Corinnas Hände Wunder vollbringen können.«

»Nein!« Willbreit schüttelte den Kopf. »Ich wollte sagen: Wäre ich solch ein Vater, würde ich alles tun, um meiner Tochter die Folgen solcher Scharlatanerie vor Augen zu führen.«

»Sie dürfte mit dreißig Jahren erwachsen genug sein.«

»Bleibt sie nicht Ihre Tochter?«

»Ich bin nicht mehr für sie verantwortlich. Sie lebt ihr eigenes Leben.«

»Das auch Ihr Leben unter Umständen ruinieren kann.«

»Wie ich Sie einschätze, werden Sie fleißig dabei helfen.«

»Das wird kaum nötig sein.« Willbreit zog die Tür seines Maserati auf. »Sie haben ein Leben voller Erfahrungen hinter sich, Sie müßten die Menschen doch kennen. Wenn erst einmal bekannt wird, daß in Hellenbrand so etwas wie Wunder geschehen, werden Sie alle unter einer Lawine der Hysterie begraben werden. Glauben Sie wirklich, daß Sie so etwas schadlos durchstehen? Mit Sonderbussen und Sonderzügen wird man hierher kommen. Pilgerfahrten werden organisiert werden. Die Hyänen der Presse, des Rundfunks, des Fernsehens werden über Sie herfallen. Von den behördlichen Maßnahmen schweigen wir mal ganz. Und wenn dann die aufgeblähte Sensation wie eine Seifenblase platzt, sitzen Sie auf den Trümmern Ihres so mühsam aufgebauten und wirklich schönen Lebens.« Willbreit zeigte auf die Tür des Wagens. »Wollen Sie nicht doch einsteigen, Herr Doerinck?«

»Nein. Ich gehe zu Fuß.« Doerinck blickte hinüber zur Werkstatt seiner Tochter. Dort stand Roemer am Fenster und schien darauf zu warten, daß Willbreit endlich abfuhr. »Er hat ja recht«, dachte Doerinck. »Wenn sich Corinnas Fähigkeiten herumsprechen, wenn sie an die breite Öffentlichkeit kommen, bricht hier die Hölle auf.« Er erinnerte sich plötzlich der Massenversammlungen mit dem Wunderheiler Groening, der Stanniolkugeln verteilte, die er vorher mit seinen Strahlungen aufgeladen hatte – bis alles wie ein Spuk verflog und sich wirklich als Massenhysterie herausstellte. Sollte sich das jetzt tatsächlich bei Corinna wiederholen? »Ich danke Ihnen für Ihre apokalyptische Vorausschau, Herr Professor«, sagte er mit Sarkasmus; nur so konnte er sich jetzt retten. »Warten wir doch ab, wie sich alles entwickelt.«

Willbreit hob resignierend die Schulter, schob sich in seinen flachen Sportwagen und schlug die Tür zu. Roemer stand noch am Fenster der Werkstatt; Willbreit bemerkte, wie er sich mit seinem großen Taschentuch, das mehr einem Handtuch glich, über das breite, fette Gesicht wischte. »Er hat Angst«, dachte er. Er darf auch Angst haben, so grausam dieser Gedanke ist. Mit dieser Leberkrankheit darf man getrost sein Testament machen und sein Haus bestellen. Erasmus, begreif es doch bei aller Verzweiflung: Es gibt keine Wunder in der Medizin! Auch wenn die Wallfahrtsorte voller Krücke und Dankestafeln hängen, auch wenn aus Lourdes die wundersamsten Meldungen kommen – es gibt keine Wunder! Und schon gar nicht in Hellenbrand im Münsterland!

Doerinck blickte Willbreit nachdenklich hinterher, als der mit aufjaulendem Motor über die schmale Zufahrt hinaus auf die Landstraße jagte. Er zögerte. »Soll ich zu Cora zurück?« dachte er. »Doch was könnte ich ihr sagen? Ihre Antwort kenne ich: Habe ich Mama geheilt oder nicht? Was soll man darauf entgegnen? Nein, es muß alles seinen Lauf nehmen, wie's auch kommt. Man kann nichts mehr verhindern, man darf es nicht einmal.«

Langsam setzte er sich in Bewegung, ging, etwas nach vorn gebückt, die Hände auf dem Rücken, durch die Baumgruppen davon und nahm den schmalen Weg durch die Felder zurück nach Hellenbrand. Es war ein Marsch von mindestens einer halben Stunde – Zeit genug, um vielen Gedanken nachzuhängen.

Die Erinnerung an Ljudmilas Vater, den grusinischen Arzt David Semjonowitsch Assanurian, kam wieder hoch. Und an dessen Vater, jenes mutige Großväterchen, das die Deutschen wegen Sabotage an der Eisenbahnlinie Tiflis-Batum erschossen. Wieviel hatte doch Corinna von ihnen geerbt! Nicht nur die Unerschrockenheit und den Mut, sondern auch die geheimnisvolle Gabe, jenseits allen medizinischen Denkens den Kranken zu helfen. Er sah noch die Szene vor sich, wie Dr. Assanurian mit einem blanken Messer über die Nieren einer Patientin strich, ohne sie dabei mit der Klinge zu berühren – aber die Patientin schrie auf, als habe er tief in sie hineingestochen. Dann fiel sie in eine totenähnliche Ohnmacht. Drei Tage lang schied sie einen gelbtrüben, stinkenden Urin aus, dickflüssig und flockig. Schließlich stand sie auf, lief auf schwachen, schwankenden Beinen herum und trank gesäuerte Ziegenmilch. Nach einer Woche war sie munter und froh, kam zu Dr. Assanurian, fiel vor ihm auf die Knie und küßte seine Stiefelspitzen. Doerinck, als Offizier im Haus der Assanurians einquartiert, war fassungslos gewesen, als David

Semjonowitsch sagte: »Nun kann sie wieder ihren Hof bearbeiten, ihre Nierenvereiterung ist beseitigt.«

»Durch das Messerauflegen?« hatte der damalige Leutnant Doerinck ironisch lächelnd gefragt.

»Ich hatte die Klinge vorher drei Minuten lang zwischen meinen Händen gehalten und gerieben«, sagte Dr. Assanurian. »Sonst wäre es ein normales Messer gewesen ...«

Der junge Leutnant Doerinck hatte das nie begriffen und alles für faulen Zauber gehalten – genauso wie jetzt Professor Willbreit. Die Russen! hatte er gedacht. Typisch! Geisterglauben und Frömmigkeit ... ein Volk am Rande der Welt. Mein Gott, wie falsch war das. Aber das erkannte er erst später, als er Ljudmila schon geheiratet hatte. Da kam über den weiten Umweg via Persien und Türkei ein schmales Päckchen bei ihnen an. Ein Kamerad des sibirienverbannten Assanurian schickte ihnen das Letzte, was der in der Taiga Verstorbene hinterlassen hatte: eine kleine Handikone mit dem Kopf einer schwarzen Madonna. Und ein Schreiben lag dabei: »Dieses Bild, das David Semjonowitsch immer auf der Brust trug, schicke ich Dir, Töchterchen Ljudmila, auf seinen Wunsch zu, damit es Dich immer beschütze. Siehst Du die Rillen oberhalb des Schleiers der Madonna? Das sind die Abdrücke von David Semjonowitschs Zähnen. Bevor er starb, hatte er das Bild im Mund, und in seinen letzten Stunden biß er darauf und starb ruhig und tapfer. Ich zog es ihm von den Zähnen weg und schicke es Dir, wie er es mir aufgetragen hat. Gott segne und schütze Dich, Töchterchen eines Mannes, dem Gott so nahe war ...«

Ljudmila hatte die kleine Handikone geküßt und immer an einem Band zwischen ihren Brüsten getragen. Tag und Nacht ... Um ehrlich zu sein: Wenn sie sich liebten, hatte das Ding ihn immer behindert, weil er Angst hatte, bei den leidenschaftlichen Umarmungen könnte das Band reißen oder das Holz brechen. Jedenfalls war Ljudmila in all den Jahren nicht krank geworden. Nicht mal einen Schnupfen oder eine

Heiserkeit hatte sie bekommen. Wenn ein sogenanntes Grippewetter kam – Dr. Hambach sagte voll Eigenspott: »Das ist das Wetter, wo die Ärzte am Fenster stehen und sich die Hände reiben!« –, küßte Ljudmila die Ikone; vor allem jene Stelle, wo deutlich Assanurians Zähne in dem Holz abgedrückt waren, und Doerinck wußte: Sie bleibt gesund, und wenn eine Epidemie über das Land zieht ... sie bleibt gesund! Bis eines Tages die Ikone zerbrach.

Er sah diesen Tag noch vor sich, als sei er gestern gewesen. Im Winter war's, an einem wunderschönen, klaren, sonnigen, kalten Schneetag mit einem unendlich reinen blauen Himmel. Sie waren mit Corinna, die damals Studentin der Medizin in Münster war, hinausgefahren zum Risauer Berg, einem 114 Meter hohen Hügel, Überbleibsel aus der Eiszeit, die man Endmoränen nannte. Bei einem solchen Schneewetter bot der Hügel ein wunderbares Rodelgelände. Doerinck besaß einen großen lenkbaren Schlitten; mit ihm fuhren sie, jauchzend wie die Kinder, immer wieder die Hänge hinunter. Mal lenkte Doerinck, mal Ljudmila, mal Corinna. Und da geschah es: Corinna saß an der Lenkung, als der Schlitten in voller Fahrt umkippte, weil sie einem Baumstumpf, den sie vor sich heranrasen sah, ausweichen wollte und in letzter Sekunde das Steuer herumriß. In hohem Bogen wurden sie in den tiefen, weichen Schnee geschleudert. Es passierte ihnen nichts, sie prusteten nur und lachten. Bis Ljudmila an ihre Brust griff, weite, entsetzte Augen bekam und wie sterbend stammelte: »Die Ikone ist zerbrochen ...«

So war es. Assanurians großes Erbe war mittendurch gespalten. Der Riß ging vor allem durch den tiefsten und deutlichsten Zahnabdruck.

Doerinck selbst klebte die Ikone damals zusammen, mit einem Leim, der fest wie Eisen hielt. Aber es war nur eine optische Reparatur. Im nächsten Frühjahr bekam Ljudmila zum erstenmal eine Bronchitis, die Dr. Hambach behandelte. Corinna griff nicht ein, denn es war die Zeit, wo sie in Münster in ständigem Streit mit ihren Medizinprofessoren lag. Nur, als der hartnäckige Husten nicht wegging, umarmte Corinna jeden Abend als Gutenachtgruß ihre Mutter und strich ihr dabei heimlich über den Rücken. Nach vier Tagen hustete sie nicht mehr und fühlte sich pudelwohl. Corinna sprach in all den Jahren nie darüber – erst vor ein paar Tagen hatte sie ihrem Vater alles berichtet, was in der Vergangenheit unbemerkt geschehen war.

Die geheimnisvolle Kraft der von Assanurian im Todeskampf zerbissenen Ikone war mit dem Bruch erloschen. Trotzdem trug Ljudmila sie noch immer an einer Schnur zwischen den Brüsten. »Es bleibt ein Stück meines Vaters«, sagte sie zu ihrem Mann. »Wenn ich mal tot bin, laßt es mir um den Hals …«

Voll solcher Erinnerungen, wanderte Doerinck durch die Felder nach Hause. Er machte sogar einige Umwege, rastete an einem Bach, beobachtete die Forellen im strömenden Wasser und die darüber schwirrenden grünen oder blauschillernden Libellen. In einem Halbkreis näherte er sich wieder Hellenbrand und zögerte, als er von weitem sein schönes Haus zwischen den Blumen und Büschen liegen sah.

Ljudmila war nicht im Haus. Er rief ein paarmal und fand sie schließlich im Garten. Sie saß auf der weißen Holzbank in dem offenen Kreis von hohen Sonnenblumen, die jedes Jahr für sie gepflanzt wurden im Gedenken an das ferne, nie vergessene Rußland.

»Ist er fort?« fragte sie, als Doerinck sich neben sie setzte. Jetzt endlich hatte er Geschmack gefunden, sich einen Zigarillo anzustecken. Er drehte die längliche Blechschachtel zwischen den Fingern.

»Ja. Er ist wieder abgefahren.«

»Hat er Cora gesprochen?«

»Natürlich!«

»Und es hat Krach gegeben?«

»Es hielt sich in Grenzen. Er ist wütend davongerast. Das war ja zu erwarten. Cora hat ihn kalt abblitzen lassen.« Doerinck steckte den Zigarillo an und machte zwei tiefe Züge. »Mit Argumenten ist da nichts zu machen. Man muß die Tatsachen hinnehmen, ohne nach Erklärungen zu suchen. Das ist schwer für einen nüchtern denkenden Menschen, fast unmöglich. Man hat sich daran gewöhnt, alles erklären zu können. Alles wird analysiert, es gibt anscheinend keine Geheimnisse mehr in unserem Umfeld. Und plötzlich ist da etwas Unerklärbares – eigentlich nicht verwunderlich, daß Wunder die Menschen aufregen.«

»Als du dir vorhin einen anderen Anzug anzogst, um mit dem Professor zu Cora zu fahren, habe ich ihm von Väterchen erzählt. Von der Arztpraxis in Poti. Von den Menschen, die er in Rußland ohne Medizin geheilt hat.«

»Und Willbreit hat laut gelacht, nicht wahr?«

»Nein. Er war sehr höflich und hat stumm zugehört.«

»Dann hat er innerlich gelacht.«

»Ich weiß es nicht. Er hat mich hinterher nur gefragt: Wie nahmen denn seine ärztlichen Kollegen diese unorthodoxe Behandlung hin? Und ich habe geantwortet: Sie kamen alle zu meinem Vater und sahen ihm zu; sogar aus Tiflis kamen sie mit dem Zug und drückten ihn hinterher an ihre Brust und gaben ihm den Bruderkuß. Einige ließen sich sogar von ihm behandeln. Sie waren voller Achtung vor dem Segen, der in ihm war.«

»Und das hat Willbreit so ohne weiteres geschluckt?«

»Er wollte etwas sagen, aber da kamst du zurück, und er schwieg sofort.«

»Um so aggressiver war er hinterher.« Er rauchte wieder wortlos ein paar Züge und sah Ljudmila an, als sie die Hand auf seinen Arm legte.

»Du machst dir Sorgen, mein Liebling?«

»Ja, Ljudmilaschka. Ich glaube, unser schönes ruhiges Leben ist vorbei.«

»Und das nur, weil beim Rodeln Väterchens Ikone zerbrach.«

»Das darfst du nicht sagen. Cora ist mit ihren rätselhaften Strahlen geboren worden. Ein vorbestimmtes Schicksal, wenn man's so will.«

»Ein Erbe.« Sie legte den Kopf in den Nacken und blickte in den Himmel mit den geballten Sommerwolken. Im leichten Wind zogen sie träge dahin. »Weißt du noch, was ich dir damals gesagt habe, als du mit deinen Soldaten abziehen mußtest? Wir lagen wieder wie so oft am Seeufer. Ich wußte seit Tagen, daß ihr weggehen würdet. Bei Väterchen liefen viele Meldungen zusammen. Was ihr alle nicht wußtet: Einige Patienten von Dr. Assanurian waren Partisanen, die immer das Neueste mitbrachten – auch diese Nachricht, daß die Rote Armee eine neue Offensive begonnen habe, daß die deutschen Divisionen aufgerieben und weggejagt wurden, daß auch dein Bataillon verschwinden müsse. Und an diesem Tag sagtest du: Ich nehme dich mit! Wie der Krieg auch immer ausgeht – wir schlagen uns durch nach Deutschland! Und ich habe zu dir gesagt – weißt du noch, ich lag mit dem Kopf auf deiner nackten Brust, naß waren wir vom Schwimmen im See –, ich habe gesagt: Ljubimez, geh allein. Vergiß mich. Ein Paradies war es mit dir, aber es gibt auf Erden keine Paradiese mehr. Was soll ich in deinem Deutschland? Nur Unglück würde ich dir bringen. Trotzdem hast du mich mitgenommen, und es wurde alles ganz anders, so schön, so voller Glück. Aber jetzt, im Alter, siehst du, jetzt bringe ich euch doch Unglück.«

»Mein Gott! Das darfst du nicht sagen, Ljudmilanka!« Er drückte sie an sich, küßte ihre Stirn, die Augen, die Lippen und behielt sie fest in seinen Armen. »Wir müssen jetzt nur besonders fest zusammenhalten.«

»Man wird versuchen, uns zu vernichten.«

»Aber es wird ihnen nicht gelingen.« Doerinck blickte über den Kopf seiner Frau hinweg auf die im Wind sich wiegenden Sonnenblumen. »Nein! Es wird ihnen nicht gelingen!«

»Nun sind sie weg«, sagte Dr. Roemer und trat vom Fenster zurück. Willbreit war mit seinem Maserati wütend davongeschossen, Doerinck wanderte langsam zu den Feldern. »Den haben wir gut abgewehrt, was? Ihre Idee, daß ich bei Ihnen einen Teppich bestelle, war genial. Und richtig zugleich: Ich bestelle einen! Den teuersten, den Sie haben. Nennen Sie eine Summe. Ist von vornherein akzeptiert!«

»Es wäre gut, wenn Sie jetzt auch fahren würden, Herr Landgerichtsdirektor.« Corinna zog den Schemel wieder vor den großen Knüpfrahmen und setzte sich. Roemer blieb neben dem Fenster stehen, hilflos wie ein Kind, das man aus dem Zimmer jagt.

»Wohin denn?« fragte er.

»Sie haben doch ein schönes Haus.«

»Da fällt mir jetzt die Decke auf den Kopf.«

»Sie haben sicherlich eine schöne Frau.«

»Die jagt in Ungarn einen Bären. Ich bin allein.«

»Hier können Sie nicht bleiben ... wenn Sie das gedacht haben.«

»Natürlich nicht. Aber werfen Sie mich nicht hinaus, bitte! Ich brauche jemanden, mit dem ich reden kann. Reden über mich. Mit wem kann ich das sonst? Sagen Sie nicht: Sie haben Freunde genug. Ja, das stimmt. Freunde unter den Kollegen, Freunde am Stammtisch, im Corps, im Kegelclub, im Golfclub. Im Golfclub bin ich nur zahlendes Mitglied, nachdem man mir sogar das Übungsgrün verboten hat. Ich habe dort wie ein Pferd gearbeitet, es war schauerlich. Aber sind das Freunde? Alle erwarten von mir nur die neuesten Witze. Wenn ich zu ihnen käme und ihnen sagen würde: Hört mal, ich habe nur noch ein paar Monate zu leben – dann würden sie den Atem anhalten und auf die Pointe warten, denn das kann ja nur ein neuer Witz sein. Unter Millionen Menschen bin ich nun allein. Nur Sie, Corinna, können mir zuhören – und helfen.«

»Nein! Ich kann nicht helfen! Warum begreifen Sie das nicht?«

»Ein langjähriges Ehepaar schläft miteinander. Plötzlich sagt der Ehemann: ›Is' was?!‹ – ›Nee, wieso?‹ fragt die Frau zurück. – ›Du hast dich bewegt ...‹« Roemer grinste schief.

»Ich wollte damit nur sagen: Es gibt immer wieder Überraschungen.« Er stieß sich von der Wand ab und wischte sich wieder mit seinem überdimensionalen Taschentuch über das Gesicht. »Darf ich wiederkommen?«

»Ich habe es schon gesagt: Meine Tür ist immer offen.«

»Sie sind meine ganze Hoffnung, Corinna. Es mag dramatisch und übertrieben klingen, ja kitschig, aber es ist so: Ich klammere mich an Sie.«

Sie griff nach der Wolle, zog einen Faden durch das Kettgewebe und verknotete ihn. »Sie tun mir leid«, sagte sie leise, »aber das hilft Ihnen nichts. Kommen Sie gut nach Hause.«

Dr. Roemer nickte, verließ mit zögerndem Schritt die Scheune und stieg draußen in seinen Miet-Ford. Dort blieb er eine Weile sitzen, eingeklemmt zwischen Rückenlehne und Lenkrad, denn auch die weiteste Rückwärtsstellung des Sitzes gab keinen Platz für seine Fülle her, und überlegte, was er noch tun konnte. Das einzige, was ihm einfiel, war ein Verzweiflungsakt, ein Aufbäumen gegen sein Schicksal, ein Gegenangriff, auch wenn er ihn verlor. Er fuhr auf der Autobahn um Münster herum zum Hiltruper See und parkte vor einem Haus, in dem man ihn, wenn man ihn suchte, im Zweifelsfalle immer finden konnte: im Waldhotel Krautkrämer.

Ächzend und steif von dem ungewohnten eingeklemmten Sitzen stieg er aus, streckte sich und wartete darauf, ob sich in ihm irgend etwas regte, ja, er lauschte gewissermaßen nach innen – aber da war alles so wie bisher. Nichts deutete darauf hin, daß er ein todkranker Mensch war. Ein wahnwitziger Gedanke stieg in ihm hoch. War es nicht denkbar, daß sich auch die moderne Medizin irren konnte? Trotz Röntgen, Szintigraphie, Sonographie und Angiographie? Trotz komplizierter Blutanalysen? Waren Irrtümer undenkbar?

Im Foyer des Hotels begrüßte Krautkrämer senior seinen Stammgast und brachte ihn selbst zu dem Tisch am Fenster, der – wenn er frei war – für Roemer bereit stand.

»Gehen wir in die vollen, mein Lieber!« sagte Roemer, kaum, daß er saß. »Die Zusammenstellung überlasse ich ganz Ihnen. Aber fangen wir gleich an mit einem Batard Montrachet der Domaine Prieur-Brunet, und dann, beim Braten, mag ein Musigny der Domaine Armand Rousseau heranfliegen!«

»Ist irgend etwas zu feiern, Herr Dr. Roemer?« fragte Krautkrämer senior. »Darf man irgendwie gratulieren?«

»Sie dürfen!« Roemer lehnte sich in dem Holzsessel weit zurück. Wie immer ächzte das Möbel in allen Fugen. »Ich kenne die Zeit meines Todes!«

Verwirrt verließ Krautkrämer senior seinen hohen Gast und schüttelte erst außer Sichtweite den Kopf.

Willbreits Taktik, die angemaßten Wunderkräfte der Corinna Doerinck einfach totzuschweigen, erwies sich als Fehlschlag. Weder Roemer erzählte von den angeblichen Heilungen, noch Dr. Hambach – und Willbreit schon gar nicht. Nein von einer völlig anderen Seite verbreitete sich die Kunde, daß in Hellenbrand eine Teppichkünstlerin mit ihren Händen Krankheiten »wegstreicheln« könne.

Es geschah während eines Teenachmittags bei Frau Huiskens, der Frau des Fabrikanten Peterpaul Huiskens – Peterpaul in einem Wort, darauf legte er großen Wert! Er stellte in allen Größen und Formen elektrische Schalter her unter dem Markennamen »Humüwest«. Das war die Abkürzung für Huiskens, Münster, Westfalen. Humüwest-Schalter wurden in alle Welt exportiert. Sowohl in Auckland als auch auf Neuseeland wie auf Barbados drehte man mit Humüwest-Schaltern das Licht an. Darauf war Peterpaul sehr stolz. Und die Teenachmittage seiner Frau Hilda waren in der Münsteraner Gesellschaft berühmt: Nirgendwo erfuhr man so viele Neuigkeiten »aus dem Hintergrund« wie bei ihr. Es gab eigentlich nichts, was ihr verborgen blieb an heimlichen Skandalen und an Abenteuern hinter den verschlossenen Türen. Ein Teenachmittag bei Huiskens war für alle, die teilnehmen durften, ein aufregendes, fast erotisches Ereignis.

Diesmal erzählte Hilda Huiskens ihren Freundinnen – alle Teilnehmerinnen waren Freundinnen, solange sie hier beim Tee zusammensaßen – unter dem Siegel der Verschwiegenheit, daß eine junge Frau, die Teppiche knüpfte, sie von ihrer Akne befreit habe.

Man kann Hilda Huiskens verstehen, daß sie voll des Lobes war. Das ganze Geld ihres Mannes Peterpaul hatte es nicht vermocht, ihr diese verdammte Akne, diese Hautpikkelkrankheit, wegzunehmen. Zu den besten Dermatologen war sie gefahren, nach München, Mailand und Paris, nach Miami und Los Angeles; pfundweise hatte sie Salben auf ihr Gesicht geschmiert, Dragees geschluckt, hatte sich das Gesicht abschleifen lassen, hatte echt gelitten – alles vergebens. Immer wieder mußte sie die Akne mit Make-up überdecken. Doch jetzt auf einmal war ihre Haut rein und geradezu jungfräulich, makellos und glatt. Sie führte es der Teegesellschaft in Natur vor, also ohne Schminke. Alle freuten sich, obgleich sie jetzt der inneren Schadenfreude beraubt waren und schon bald begannen, auf diesen zarten Teint von Hilda neidisch zu werden.

»Und wißt ihr, wie diese Corinna das gemacht hat?« berichtete Hilda Huiskens aus übervollem Herzen. »Sie hat mir sechsmal über das Gesicht gestrichen. Mit den bloßen Händen. Nein, nicht direkt drüber … in einem Abstand von ein paar Zentimetern. Ich spürte ein warmes Kribbeln auf der Haut, das war alles. Seht euch das an! Es ist alles weg!«

Es war zu erwarten, daß die guten Freundinnen so etwas nicht einfach hinnahmen. Irgendwelche Leiden hatte jede von ihnen; mit den Jahren stellt sich eben so allerhand ein, und ab fünfzig, das ist eine alte Weisheit, fängt es da und dort zu klappern an. Die meisten Beschwerden gingen auf die Nerven zurück und auf den Gelenkverschleiß. Auch wenn man jedes Jahr zur Kur fuhr, mußte man mit Ischias, Arthritis und Neuralgie weiterleben. Das Wundermittel, mit denen die Ärzte solche Gebrechen zumeist angingen, hieß Cortison.

Aber nachdem drei Teilnehmerinnen der Teerunde nach einer Cortisonbehandlung durchschnittlich vierzehn Pfund zugenommen hatten und in die Breite gegangen waren – hinterher halfen selbst wochenlange Diätkuren in Bad Wiessee nichts mehr –, gerieten die Damen zunehmend in Panik, ihre Leiden wurden zum niederdrückenden Diskussionsthema.

Die Nachricht, daß in Hellenbrand, nicht weit von Münster also, jemand Krankheiten wegstreicheln konnte, war daher alarmierend. Daß man unter Umständen, wie Hilda Huiskens, einen Teppich kaufen mußte, erschien unwichtig. Über Geld sprachen sie nicht. Und einen handgeknüpften Teppich, auch wenn er modern war und kein Perser, konnte man immer gebrauchen. Vielleicht im Mädchenzimmer oder Gästezimmer.

Schon achtundvierzig Stunden nach dem Teenachmittag fuhren zwei Freundinnen von Hilda Huiskens heimlich nach Hellenbrand. Im Ort fragten sie nach der Teppichknüpferei und bekamen freundlich den Weg dorthin beschrieben. In Hellenbrand kannte jeder die Tochter des Konrektors Doerinck und ihre kunstvollen, modernen Teppiche.

»Wir sind uns also darüber im klaren, Luise«, sagte die Frau des Rechtsanwaltes Dr. Benke, Fachanwalt für Steuersachen, »daß wir offiziell nichts weiter wollen als uns einen Teppich anzusehen. Das Weitere warten wir ab.«

»Aber ja.« Luise Herbrandt, Gattin des pharmazeutischen Fabrikanten Eduard Herbrandt, nickte verschwörerisch. Herbrandts großer Medikamentenschlager war das Präparat mit dem an sich nichtssagenden Namen »85 Y«. Aber es hatte es in sich! Das »Y« stand für das Aphrodisiakum Yohimbin, ein aus der Rinde des westafrikanischen Yohimbinbaumes Pausinystalia yohimba gewonnenes Alkaloid, das in der Medizin wegen der gefäßerweiternden Wirkung verwendet wird. In dieser Eigenschaft soll es aber auch die sexuelle Potenz verstärken. Dr. Roemer hätte dafür sicherlich wieder einen Spruch bereit gehabt: Mit Yohimbin zur rechten Zeit, bist allezeit du kampfbereit. – Die 85 in dem Präparatnamen »85 Y« sollte andeuten: Selbst mit 85 bist du noch vital. Das unterstrich auch die Verpackung: Da sprang – wie fröhlich! – ein rüstiger Greis noch mit dem Seilchen. Für dieses Foto hatte man einen kräftigen Dreißiger auf fünfundachtzig schminken müssen. Immerhin – »85 Y« wurde und blieb ein Schlager und machte Herbrandt zum Millionär. Seine Frau Luise indessen litt unter Ischias – trotz vieler Kuren in Abano.

»Erst muß ich mir diese Corinna ansehen«, sagte sie jetzt, als sie mit Hildegard Benke vor Corinnas Scheune vorfuhr, und ordnete noch einmal ihre Frisur. »Was Hilda gefällt, ist noch lange nicht maßgebend. Sie hat ja einen eigenartigen Geschmack.«

»Genauso ist es!« nickte die Gattin des Steueranwalts. Wie eben Freundinnen so sind ...

Im Ausstellungsraum von Corinna Doerincks Teppichknüpferei klingelten die Glöckchen über der Tür, als sie eintraten. Und wie immer kam aus der Werkstatt Corinnas Stimme vom Knüpfrahmen: »Einen Augenblick. Ich komme gleich ...«

»Die Stimme ist angenehm«, flüsterte Luise Herbrandt.

»Abwarten.« Hildegard Benke war nervös. Ihre Mundwinkel zuckten heftig – sie hatte das seit knapp zwei Jahren, und keiner konnte es wegbringen. Es kam immer dann, wenn sie sich ein wenig aufregte. Bei großer Aufregung vibrierte ihr ganzes Gesicht. Dr. Benke, der Steueranwalt, war der Ansicht – allerdings nur im Männerkreis –, dies komme davon, daß Hildegard in nun achtundvierzig Jahren so viel und andauernd gesprochen habe, daß der Mund einfach nicht mehr stillstehen könnte. Als er das in einer Weinlaune auch mal direkt zu seiner Frau sagte, zuckte ihr ganzes Gesicht, und sie schrie hysterisch: »Deine Gegenwart ist es, die mich umbringt!«

Corinna kam aus der Werkstatt. Sie trug ein schlichtes braunes Kleid aus einem handgewirkten Wollstoff – eine hauchdünne Wolle, die ihre Figur verbarg, aber doch unübersehbar zur Wirkung brachte. Der erste Eindruck, den sie bei den Damen hinterließ, war deshalb etwas zwiespältig. Bei Frauen ist das so; alles, was eleganter und schöner ist als man selbst, wird mit erbarmungsloser Kritik behängt. Hier, bei Corinna, war man sich sofort einig: Um die Hüften war das Kleid zu eng. Von der betonten Brust ganz zu schweigen. Und so etwas auf dem Lande ...!

Luise Herbrandt übernahm es, die Unterhaltung zu beginnen. »Sie sind uns von Frau Huiskens empfohlen worden«, sagte sie und ließ den Blick über die ausgestellten Teppiche gleiten. Ganz schön, dachte sie. Modern. Wenn ich da an meine Hereke-Teppiche denke. Zwei Millionen Knoten auf einem Quadratmeter Seide. Das Stück zu 85 000 DM. Sollte ich einen von diesen modernen Dingern kaufen, dann kommt er höchstens fürs Bügelzimmer in Frage. Hauptsächlich geht es hier ja um mein Ischias. »Wir haben Ihren Teppich bei Frau Huiskens bewundert. Einfach hinreißend. So einen müssen wir ebenfalls haben, sagte ich zu Hildegard ...«

»Ich war sehr von dem Teppich begeistert!« nickte Hildegard Benke, und ihre Mundwinkel begannen zu zucken.

»Das freut mich.« Corinna erinnerte sich. Frau Huiskens hatte den Wandteppich »Herbstlaub« gekauft, ein schönes Stück in vielen Brauntönen und Gelbabstufungen. An die Akne von Hilde Huiskens erinnerte sich Corinna nicht mehr. »Ich muß Ihnen nur gleich zu Beginn sagen: Ich kann Ihnen keinen verbindlichen Liefertermin nennen. Ich arbeite ganz allein und habe noch drei Aufträge, die vorher erledigt werden müssen.«

»Wir haben Zeit.« Luise Herbrandt lächelte verhalten und auf Distanz. »Es eilt nicht.«

»Ich zeige Ihnen einige Entwürfe.« Corinna wies auf die Stühle vor dem großen Tisch. »Wenn Sie sich setzen wollen ...«

»Danke.« Luise Herbrandt ging langsam zu einem Stuhl und humpelte etwas dabei. Ziemlich dramatisch verzog sie dabei das Gesicht. Corinna wartete, bis sie saß, und fragte dann:

»Hatten Sie einen Unfall, gnädige Frau?«

»Wäre es bloß das! Ich hab's im Ischiasnerv. Manchmal könnte ich schreien vor Schmerzen. Es gibt Tage, da kann ich kaum gehen.«

»Und was sagt Ihr Arzt?«

»Ach Gott, wir haben schon alles durch.« Luise Herbrandt winkte dramatisch ab. »Abano und Montegrotto, Spritzen aller Art, Bestrahlungen, Tabletten und wer weiß was. Alles nur von kurzer Dauer. Es kommt immer wieder.«

»Überhaupt die Ärzte!« Nun konnte auch Hildegard Benke ins Bild kommen. Sie verzichtete völlig darauf, das Mundzukken zu unterdrücken. »Wenn sie nicht weiterwissen, sprechen sie Latein und schicken einen von einem Spezialisten zum anderen. Und jeder ist genau entgegengesetzter Meinung als sein Kollege davor. Was wir da schon erlebt haben, Fräulein Doerinck ...«

Corinna schnürte wieder ihre große Skizzenmappe auf und breitete sie aus.

»Wie schön!« rief Luise Herbrandt sofort, kaum, daß sie etwas gesehen hatte. »Griechische Motive!«

»Die Odyssee.«

»Habe ich sofort erkannt!«

Die beiden Damen beugten sich über die Zeichnungen. Corinna stand dahinter, und unbemerkt von ihnen streckte sie die Hände aus, bog die Handflächen etwas und strich in der Luft über die untere Wirbelsäule von Luise Herbrandt. In ihren Fingerspitzen spürte sie das erwartete Kribbeln, den Strahlenkontakt mit dem Gegenüber.

Ein großes inneres Glück und eine herrliche Ruhe überkam sie. Nach Dr. Roemers Weggang war sie zu ihrem Vater gefahren, völlig aufgelöst, und hatte gestottert: »Es ist vorbei, Papuschka! Meine Hände sind tot. Sie haben bei Dr. Roemer versagt. Das gibt es doch nicht! Ich habe meine Strahlen verloren.« Und Doerinck hatte aus voller Brust geantwortet: »Gott sei Dank! Hoffentlich! Das erspart uns vieles …« Nun war alles wieder wie vorher: Sie spürte die Kraft, die von ihr zu Luise Herbrandt hinüberfloß. Sie wußte: Hier baut sich wieder etwas Unerklärbares auf. Ihre Hände strahlten.

Auch Luise wurde es warm. Sie zog ihre Jacke aus. »Ist das heute ein schöner Tag! So einen Sommer haben wir lange nicht mehr gehabt.« Dann beugte sie sich erneut über die Skizzen, und Corinna nahm ihr Streicheln wieder auf. Nur für fünf Minuten, länger nicht. Es war, als liefe in ihr eine Uhr ab.

Hildegard Benkes Mundwinkel zuckten noch immer. Genau wie Luise überlegte sie krampfhaft, wie man das Gespräch auf eine Behandlung bringen könnte. Der erste gute Ansatz, der Hinweis auf die Ärzte, war verpufft. Bei der Betrachtung von Odysseus und seinen Abenteuern konnte man schlecht auf Ischias und Mundzucken kommen. Frau Benke entschloß sich, auf einen gleitenden Übergang zu verzichten.

»Ist es Ihnen aufgefallen, Fräulein Doerinck«, sagte sie ganz direkt, »wie mein Mund zuckt?«

»Ja. Aber ich wollte nicht fragen.« Corinna sah sie prüfend an. Die Mundwinkel zitterten, als würden sie von kleinen elektrischen Schlägen durchzogen. »Eine neurogene Erkrankung.«.

»Die Nerven! Was ich schon an Vitamin-B-Präparaten geschluckt habe! Unheimlich. Es kommt immer wieder.«

»Lassen Sie mich mal sehen«, sagte Corinna. Sie umfaßte Hildegard Benkes Kopf, den diese bereitwillig vorstreckte, und fuhr mit den Fingerspitzen über die Lippen, ohne sie zu berühren. Wieder spürte sie den Kontakt, das Ziehen in den Fingerspitzen. Ein paarmal strich sie mit der ganzen Hand über Frau Benkes Gesicht. Hildegard schloß die Augen, ihr Gesicht löste und entkrampfte sich, geradezu beseligt sah sie aus, und sie sagte leise: »Das tut gut. Wie unter Rotlicht ist das, nur viel milder. Das ist schön …«

Atemlos sah Luise Herbrandt zu. Ihr Herz klopfte bis zum Hals, ihre zusammengelegten Hände wurden schweißnaß. Sie wartete, bis Corinna ihre streichelnde Hand zurückzog, und sagte dann mit hohler Stimme: »Ich … ich kriege mein Ischias nicht los. Können Sie bei mir auch …«

»Das habe ich schon.« Corinna ließ die Hände sinken, ging zu einem Nebentisch, holte eine Zigarette aus der Packung und rauchte sie gierig. Es geht wieder, dachte sie glücklich. Meine Hände haben mich nicht verraten! Warum aber versagten sie bei Dr. Roemer?

»Sie haben schon …?« stammelte Luise Herbrandt. »Wann denn?«

»Als Sie die Skizzen betrachteten.«

»Ich habe nichts gemerkt.«

»Aber ich. Und das ist wichtig …«

Eine Stunde später fuhren die Damen zurück nach Münster. Ihre Teppiche hatten sie bestellt, aber viel wichtiger war der Jubel, der in ihren Seelen lag. »Es war ein tolles Gefühl!« sagte Hildegard Benke. »Toller als mit einem Mann! Noch vier- oder fünfmal sollen wir kommen, sagt sie, dann sei alles vorbei. Glaubst du das, Luise?«

»Ja. Ich fühle mich jetzt schon wohler.«

»Das … das ist ja ein Wunder … dieses Mädchen!«

In den nächsten drei Tagen schlich die Kunde von den strahlenden Händen durch viele Häuser von Münster und der näheren Umgebung. Es war wie ein Gas, das sich ausbreitete.

Das Schicksal der Corinna Doerinck nahm seinen Lauf …

6

Auf dem Umweg über den Ärztestammtisch erfuhr Willbreit, was er im geheimen immer befürchtet hatte.

Münster besaß als Universitätsstadt eine Reihe exklusiver Stammtische, besucht von den Alten Herren der studentischen Verbindungen und feudalen Corps, die außerhalb ihrer Corpshäuser und Kneipen einmal in der Woche, mindestens aber einmal im Monat in einem gutbürgerlichen Lokal zusammentrafen und Erfahrungen austauschten. Ein besonders interessanter Stammtisch war die Ärzterunde – nicht wegen der bekannten Namen, die in Münster jedem geläufig waren, sondern wegen der verschiedenen Temperamente und Ansichten. Ein Bäckerstammtisch ist etwas Gemütliches, und wenn Metzger zusammenkommen, klirren die Gläser – bei den Ärzten dagegen hockt unsichtbar immer ein gewisser Neidgeist mit am Tisch. Eine untergründige Gegnerschaft provoziert ein gegenseitiges Kräftemessen. Es hat noch keinen Psychologen oder Philosophen gegeben, der hätte erklären können, warum sich Ärzte jovial und kameradschaftlich die Hände schütteln, obwohl jeder vom anderen reichlich wenig hält.

Willbreit versäumte den Ärztestammtisch im Restaurant »Zum alten Speicher« äußerst selten; eigentlich nur dann, wenn große Operationen ihn davon abhielten. Das kam nicht oft vor, denn der Stammtisch war freitags, und am Freitag wurden große Operationen nur in Notfällen durchgeführt.

Mit Roemer hatte Willbreit noch immer nicht vernünftig sprechen können. Das Hausmädchen berichtete, der Herr Landgerichtsdirektor fahre morgens weg und komme abends wieder, aber natürlich sage er nie, wo er gewesen sei. Die gnädige Frau habe aus Ungarn angerufen. Sie bliebe noch acht Tage, da der versprochene Bär noch nicht gesichtet worden sei. Roemer war es mehr als recht, daß seine Frau noch nicht zurückkam. Er begann sich auf sein Sterben einzustellen, und das konnte er besser ohne Elise. Ihr Jammern – natürlich würde sie jammern – wäre ihm auf die Nerven gefallen. Nerven aber war das, was Roemer jetzt am dringendsten brauchte. Zwei Tage lang hatte er überlegt, ob er sich erschießen sollte, um die kommende Qual abzukürzen. Er hatte lange vor seiner Pistole gesessen, dabei aber seinen geliebten Rotwein getrunken – und damit soff er seinen Mut in Grund und Boden. Denn Mut gehörte dazu, um die Waffe aufzunehmen, den Lauf an die Schläfe – oder noch besser in den Mund – zu halten und dann den Finger zu krümmen. Bisher hatte Roemer Selbstmörder nie begreifen können. Keine Verzweiflung, dachte er immer, sei groß genug, um dieses schöne Leben zu opfern. Nichts, glaubte er, sei ausweglos. Bis ihm dann sein eigener Körper bewies, daß es Situationen gibt, vor denen der Mensch kapituliert.

Nach drei Tagen hatte Roemer den Tiefpunkt überwunden. Er verschloß die Pistole wieder in seinem Bücherschrank und fuhr tagelang ziellos in der Gegend herum. Er lernte ein ganz neues Münsterland kennen, aß in Dorfgasthäusern Bauernstuten mit Knochenschinken, knabberte an den steinharten, aber köstlichen luftgetrockneten Mettwürsten und kippte dazu den Kornbrannt aus kleinen Privatbrennereien. Stundenlang konnte er jetzt an einem Bach sitzen oder unter einem weitausladenden, schattenspendenden Baum. Er beobachtete Kuhherden, schüttelte den Köpf, wenn sich Kühe gegenseitig besteigen wollten, und rief: »Du dämliches Luder!« Oder er sah den Pferden auf der Koppel zu, wie sie elegant und übermütig galoppierten. Einmal überraschte er sogar ein Liebespaar am Waldrand bei ihrer angenehmsten Beschäftigung, grüßte höflich und sagte zu dem verwirrten jungen Mann: »Früher hatte ich für solche Fälle immer eine Decke im Auto. Dann sticht das Gras der Holden nicht so in den Hintern …«

In diesen Tagen wurde Roemer seelisch ruhiger und ausgeglichener. Das Unabwendbare, das Unerbittliche verlor seinen Schrecken. Zunächst und im Augenblick. Wie es sein würde, wenn die Schmerzen einsetzten, wenn der Verfall sichtbar wurde, das wußte er nicht. Nur eine Frage belastete ihn schwer, weil es darauf keine Antwort gab: Warum versagten Corinnas Hände bei ihm? Ausgerechnet bei ihm?

An dem Abend, als Willbreit am Stammtisch erfuhr, daß in dem bis jetzt weithin unbekannten Ort Hellenbrand eine Art Wunderheilerin tätig sein sollte, hatte Roemer ein Telefongespräch mit Corinna Doerinck gehabt.

»Wie geht es Ihnen?« fragte er ziemlich dämlich. Wie soll man auch anfangen?

»Gut. Und Ihnen?« Das war genauso dumm.

»Ich bin dabei, mich umzukrempeln. Ich fühle mich wie ein Schneider, der einen Mantel wendet. Ob da was Besseres rauskommt, wird sich zeigen. Ich entdecke immer neue Dinge, von denen ich früher nichts geahnt habe. Wissen Sie, was ich mache? Ich gehe auf Weltreise. Rund um den Globus. Südsee, Afrika, Südamerika, Asien, Australien. Noch habe ich Zeit dazu, was meinen Sie? Und wenn es in Hongkong oder Rio de Janeiro zu Ende geht, was soll's? Dann erspare ich meiner Umgebung das Letzte. Ob ich nun in der Erde von Brasilien liege oder auf dem Alten Friedhof von Münster im Familiengrab – hat das eine Bedeutung? Ich bin nicht mehr, also basta!« Corinna hörte sein typisches Schnaufen, wenn er tief Luft holen mußte. »Was sagen Sie dazu? Ich rutsche in einen fast orientalischen Fatalismus hinein.«

»Waren Sie noch mal bei Professor Willbreit?« fragte Corinna eindringlich.

»Nein. Aber der Bursche läßt keine Ruhe. Traktiert mein Hausmädchen. Wehe, wenn sie sagt, wo ich bin! Dann vergewaltige ich sie. Das hab' ich ihr angedroht.« Roemer lachte fett, da hatte sich nichts geändert. »Sie wird schweigen, als ob sie keine Zunge hätte. Übrigens Zunge: Kennen Sie den Witz? Treffen sich zwei Freundinnen, von denen die eine gerade ihre Hochzeitsnacht hinter sich hat, und da sagt die Jungverheiratete ...«

»Sie sollten doch zu Professor Willbreit gehen!« unterbrach ihn Corinna. »Bitte, tun Sie das.«

»Sie sind wie Willbreit. Ein Witzetöter!«

»Es geht um viel mehr als um Witze, Herr Roemer.«

»Sie sagen es!« Roemers Stimme wurde unsicher. »Kann ... darf ich wieder zu Ihnen kommen, Corinna? Nur noch einen Versuch ...«

»Ich rufe Sie an, Herr Dr. Roemer.«

»Das tun Sie ja doch nicht.«

»Ich verspreche es Ihnen.«

»Wann?«

»Wenn ich spüre, daß ich Ihnen helfen kann.«

»Und wenn Sie es nicht spüren?« Das Gespräch drehte sich im Kreis. Man kam nicht weiter. »Ich ... ich warte, Corinna. Falls ich nicht zu Hause sein sollte, sagen Sie es ruhig dem Hausmädchen. Nur meiner Frau nicht ... Danke, Corinna.«

Nach diesen Worten hatte er das Telefongespräch beendet, den Hörer aufgelegt, sich eine Zigarre angebrannt, eine Flasche Château Mouton entkorkt und sich nach dem ersten Glas dazu durchgerungen, doch bei Willbreit anzurufen.

Statt Thomas war Lydia Willbreit am Apparat.

»Hier Erasmus, der Fette«, sagte Roemer. »Ist der Knochensäger greifbar?«

»Thomas hat heute seinen Stammtisch. Ich dachte, du bist auch da!«

Roemer war zufrieden. Gut so, mein Junge, dachte er. Du hast also deiner Frau nichts von mir erzählt.

»Ein geplagter Richter hat nicht so viel Zeit wie ein Bauchaufschlitzer. Der holt 'ne Galle, näht zu – fertig. Aber ein Prozeß kann wochenlang gehen, da gibt es Tausende von Aktenseiten, durch die man durch muß. Dafür sind die häuslichen Abende da.«

»Soll ich Thomas etwas bestellen?«

»Nein. Ich wollte nur mal hören, so allgemein ... Was ist das für eine Musik im Hintergrund?«

»Ich habe Gäste. Die Frauen der Männer, die mit Thomas am Stammtisch sitzen. Das haben wir so ausgemacht, das ist wirklich lustig. Nur deine Elise fehlt. Der dumme Bär in Ungarn ...«

Elise und lustig, dachte Roemer ironisch. Das ist wie bei einer Pythonschlange: Der eine sieht das Tier, der andere die fertige Handtasche. Bis heute hatte er gar nicht gewußt, daß die Damen der Stammtischrunde bei Willbreit zusammenkamen. Auch seine Elise, die genau wie er im Kreis der anderen Außenseiter war. Er wußte, er wurde am Ärztestammtisch nur geduldet, weil er im gleichen Corps wie Willbreit war und weil er die deftigsten Witze auf Lager hatte.

Mit so etwas konnte Elise zwar nicht aufwarten, aber irgend etwas mußte sein, das sie für diesen Ärztefrauenkreis passabel machte.

»Was hast du von Elise aus Ungarn gehört?« fragte Lydia Willbreit.

»Zwei Karten mit lieben Grüßen.«

»Der Baron soll ein fescher Mann sein ...«

Zu solchen wie nebensächlich hingeworfenen, aber brisanten Bemerkungen sind nur gute Freundinnen fähig. Roemer schürzte die Lippen, als wollte er ins Telefon spucken. O Lydia, du Rabenaas! Aber mich regst du damit nicht mehr auf. Und wenn in Ungarn Elise keinen Bären jagt, sondern sich von dem Baron beschießen läßt – was kümmert mich das? Wenn ich schwören sollte, daß ich Elise in meiner Ehe auch nur einen einzigen Monat lang treu geblieben bin, müßte ich einen Meineid leisten.

»Ich kenne den Baron, Lydia. Eine leptosome Null. Wenn Elise da auf ihre Kosten kommen will, muß er sich 'nen Knoten hineinmachen.«

»Pfui, Erasmus!«

»Dein Jauchzen sagt mir, daß du das gern hörst. Im Vertrauen, Lydimaus: Wenn Thomas aus der Hose steigt, wie ist dann ...«

»Schluß jetzt! Du bist ein altes Ferkel!«

Sie hängte ein, und Roemer lachte zufrieden, griff zum Glas, trank einen guten Schluck von dem Mouton und saugte dann an seiner Zigarre. Lydia Willbreit war ein tolles Frauchen; nach außen hin immer von vornehmer Kühle und Distanz, aber wehe, man kniff ihr in den Hintern. Dann drehte man den Schalter einer Hochspannungsleitung an. Nur drehte Willbreit so selten …

In der Nacht klingelte das Telefon neben Roemer auf dem Nachttisch. Er ließ es klingeln, bis der Anrufer aufgab. Scheiße, dachte Roemer. Wenn 's Elise war, dann spar dir alle Worte. Wenn 's Willbreit war – zu spät, alter Junge. Der Augenblick der Schwäche ist vorbei. Außerdem bin ich besoffen. So richtig rund voll, wie in alten Zeiten. Da liegt man da und liebt die ganze Welt. Nicht stören, sag ich! Es ist alles so Wurscht …

»Wann hat er angerufen?« fragte Willbreit, als er nach Hause kam. Er schien sehr erregt und aufgewühlt zu sein.

Die Damen hatten das Willbreitsche Haus verlassen, überall roch es nach Zigaretten und Parfüm – der neue Wildgeruch der Weiber, würde Roemer sagen. Aber Lydia war aufgeblieben, um auf Thomas' Rückkehr zu warten. Das tat sie sonst nie, aber die Gespräche dieses Abends hatten sie so angeregt, daß in ihr ein nicht zu unterdrückendes Verlangen pulsierte. Warum auch sollte sie dieses Verlangen unterdrücken? Im Bett war Thomas immer noch ein Ereignis; er konnte, vor allem kurz vor dem Orgasmus, stahlharte Muskeln haben. Wenn sie dann aufschrie, war es, als schnelle er von einer Bogensehne ab. Hinterher kam sie sich vor, als habe er sie vergewaltigt … ein unheimlich starkes Gefühl.

»Vor ungefähr vier Stunden rief er an. Du warst heute länger weg als sonst.«

Willbreit blickte auf die goldene Kaminuhr. Echtes Barock. Ersteigert bei Foreman in London. Hatte ein Stinkegeld gekostet. Die goldenen Zeiger zeigten zwei Uhr morgens. Also um zweiundzwanzig Uhr hatte Roemer angerufen. Er mußte in Not gewesen sein.

»Wie war seine Stimme?« fragte Willbreit vorsichtig. »Wie soll sie gewesen sein? Wie immer.« Lydia kam näher, lehnte sich an ihn und begann, ihm über Brust und Bauch zu streicheln. Als ihre Hand tiefer glitt, hielt er sie fest.

»Moment, Lydia. Was hat er gesagt?«

»Sauereien, wie immer.« Sie küßte ihn auf die Nase und strahlte ihn aus weiten, glänzenden Augen an. »Komm, laß meine Hand los … Ich habe so auf dich gewartet …«

»Sonst hat er nichts gesagt?«

»Nein!« Ihre Stimme wurde lauter. »Laß doch jetzt den Dikken weg … Tom …« Sie drängte sich an ihn, riß ihre Hand aus seinem Griff und fuhr tastend seinen Unterleib hinab. In der ersten Zeit ihrer Ehe hatte ihn das wildgemacht. »Du benimmst dich wie eine Nutte«, hatte er gestöhnt. »Meine Frau eine Nutte – das macht mich total verrückt!« Und im Bett benahm er sich dann auch wie ein Rasender, wenn sie bei jeder neuen Version keuchte: »Das kostet hundert Mark … das zweihundert … jetzt sind es dreihundert …« Es war eine harmlose, erträgliche Perversion. Ihre Liebhaber vor Willbreit hatten da noch ganz andere Dinge abzischen lassen.

Jetzt aber trat Willbreit einen Schritt zurück.

Lydias Augen wurden ganz weit, dann verengten sie sich gefährlich wie bei einer getretenen Katze. Ihre Brüste in dem dünnen, tief ausgeschnittenen Kleid waren halb entblößt. Das Gesicht zuckte.

»Ich muß Erasmus anrufen«, sagte Willbreit heiser. »Entschuldige, Lydia …«

»Entschuldige!« Es war wie ein Aufschrei. »Das ist alles, was du kannst? Entschuldige! Von jetzt ab kannst du betteln wie ein Hund – ich sehe dich nicht! Entschuldige! Du … du …«

Ihr fiel kein Wort ein, mit dem sie ihn beleidigen konnte; kein Wort, das jetzt zu ihm paßte. Mit einer wilden Gebärde raffte sie ihr Kleid über den Brüsten zusammen, drehte sich weg und lief aus dem Zimmer. Dann krachten im Haus ein paar Türen. Willbreit wartete, bis Ruhe war, ging dann hinüber in seine Bibliothek und griff nach dem Telefon.

Aber Roemer meldete sich nicht. Willbreit ließ es durchschellen, bis von Amts wegen die Verbindung abgebrochen wurde. Resignierend warf er den Hörer zurück.

Was wollte Roemer von ihm? Warum rief er plötzlich an? Um zweiundzwanzig Uhr? Hatten die Schmerzen begonnen? War es ein Notschrei? Mußte er – Willbreit – jetzt eingreifen? Wenn Roemer in seiner Situation spätabends anruft, dann hat das einen triftigen Grund. Er sucht Hilfe.

Willbreit verließ seine Bibliothek, knipste überall das Licht aus und ging durch den Verbindungsgang hinüber zu seiner Garage. Als sein Maserati mit vollen Scheinwerfern hinausschoß auf die Zufahrt, stand Lydia am Fenster des Schlafzimmers und ballte die Fäuste. Sie war nackt und zitterte am ganzen Körper. Eine schöne Frau war sie, mit vielleicht etwas zu runden Hüften, aber fabelhaften Beinen und vollen Brüsten.

»Nie wieder!« zischte sie und biß sich in die rechte Faust. »Nie wieder wirst du das erleben! Du … du Rindvieh! Du Superarzt! Ich nehme mir einen Freund … Ja, damit du's weißt … einen Freund nehme ich mir. Der immer kann! Der mich nicht wegstößt! Einen Mann hole ich mir, einen richtigen Mann, der's mit mir tut, stundenlang. Hörst du? Ich hole mir einen Mann ins Bett!«

Sie schrie es gegen die Fensterscheibe, trommelte mit den Fäusten an die Wand und begann zu schluchzen.

Dann warf sie sich ins Bett, strampelte mit den Beinen wie ein trotziges Kind und hatte trotz allem eine unbändige Sehnsucht nach Thomas, dem Superarzt …

Eine halbe Stunde lang versuchte Willbreit, bei Roemer eingelassen zu werden. Die riesige Villa lag dunkel und still in dem weiten Park. Das Hausmädchen machte nicht auf, weil es frei hatte und bei ihrem Freund in Amelsbüren schlief. Roemer war also allein, und er war so vom Alkohol weggenommen, daß er das Klingeln an der Tür nicht hörte. Es war im Schlafzimmer im ersten Stockwerk sowieso nicht zu hören. Auch als Willbreit, die Hände wie einen Trichter vor den Mund gelegt, Roemers Namen brüllte, erreichte ihn das nicht.

Für einen Augenblick dachte Willbreit daran, in das Haus einzubrechen. Ein Fenster einschlagen, eine Tür aufdrücken das Mädchen war weg, Elise in Ungarn, Erasmus war ganz allein und hatte angerufen! Er mußte sich in einem verzweifelten Zustand befinden. Das rechtfertigte einen Einbruch.

Willbreit umrundete mehrmals die Villa und suchte ein offenes Fenster, eine nicht abgeschlossene Tür, ein angelehntes Kellerfenster. Nichts. Was passiert, wenn ich jetzt das Fenster zur Küche einschlage? dachte er. Ich weiß, daß Roemers Haus mit den modernsten Alarmanlagen gesichert ist. Direkter Alarm zur Polizei. Wenn ich einsteige, wird auf der Polizeiwache das rote Licht aufflammen. Wie kann man einem Polizeibeamten erklären, daß ein besorgter Arzt das Recht hat, bei seinem Patienten einzubrechen? Im Gesetz ist das bestimmt nicht vorgesehen. Eine dumme Situation.

Willbreit setzte alles auf eine Karte. Er stieß mit dem Ellenbogen das Glas aus dem Küchenfenster, griff durch das Loch zum Hebel und stieß das Fenster auf. Dann wartete er. Nichts geschah. Kein Sirenengeheul, keine zuckende rote Lampe, keine überall aufflammenden Halogenscheinwerfer, die Haus und Park in grelles Licht tauchten. Nichts.

Ein stiller Alarm, dachte Willbreit. Nur bei der Polizei ist jetzt Lärm. Der Einbrecher soll sich in Sicherheit wiegen. Nicht übel, Erasmus. Eine lautlose Falle.

Er stieg über die Anrichte in die Küche, lief hinaus in die riesige Eingangshalle. Spätestens hier hätte die Alarmanlage losheulen müssen. Aber es blieb still. Es mußte still bleiben, weil Roemer die Anlage gar nicht eingestellt hatte. Sie war nicht scharf gemacht. Wenn Elise zu Hause war, vergaß sie das nie. Sie hatte eine schon pathologische Angst vor Einbrechern.

»Was sollen denn die Einbrecher hier?« hatte Roemer mal gedröhnt. »Dich vergewaltigen? Das sind doch keine Masochisten!«

Elise hatte das erstaunlich ruhig hingenommen; sie wurde erst fuchsteufelswild, als sie am nächsten Morgen im Lexikon nachlas, was Masochist bedeutet.

Im Gegenzug hatte sie zwei Tage später Roemer mit einem Dr. Vollrath, Tierarzt in Greven, betrogen. Dr. Vollrath hatte bisher Elises Afghanen behandelt ... Elises Behandlung war wesentlich anstrengender.

Willbreit kannte sich in der Riesenvilla gut aus, er war oft bei Roemer gewesen. Nur die Lage des Schlafzimmers war ihm unbekannt. Er wußte nur, daß es im ersten Stockwerk lag, rückwärts zum Park hinaus, von Elises Schlafraum durch ein Ankleidezimmer und ein orgiastisches Prunkstück von Badezimmer getrennt. Das Bad allein bestand aus drei Räumen: einem Raum für Wanne und Dusche, einem Raum mit Waschtischen und einer ganzen Wand voll Sportgeräten – die Roemer nie benutzte mit der Begründung: »Mein Bauch hat ein Vermögen gekostet, das schwitze ich doch nicht weg!« – und einem WC, das zum stundenlangen Verweilen verführte. Sogar eine kleine Bibliothek war da drin; Schmunzelbücher und spannende Romane. Das war eine grandiose Idee von Roemer selbst. »Wenigstens beim Scheißen soll man Freude haben!« sagte er.

Noch einmal versuchte es Willbreit mit Rufen. Er legte die Hände wieder als Trichter vor den Mund und brüllte in die weite, hohe Halle hinein: »Erasmus! Erasmus!« Ihm antwortete nur ein halbes Echo, das aus der linken Seite der Halle zurücktönte.

»Wenn ich einmal schlafe«, erinnerte sich Willbreit an Roemers Worte, »dann können Vulkane ausbrechen – ich höre nichts.«

Da kein Alarm ausgelöst wurde, wenigstens kein hör- oder sichtbarer, rannte Willbreit die große Freitreppe in der Halle hinauf und riß eine Tür auf, die nach seiner Ansicht zu einem der Gartenzimmer gehörte. Es war jedoch Elises Schlafzimmer, in weißem und goldenem Rokoko, mit rosa Tüll und rosa Bettwäsche, ein grandioses Puppenzimmer, bei dessen Anblick Roemer wohl jedesmal in tiefes Seufzen verfiel. Es paßte zu Elise und ihrer Welt: Schweben in allen Himmeln. Nur Roemer mußte darin wie ein riesiger Klotz wirken. Aber was soll's: Er war Dr. jur. und Landgerichtsdirektor. Elises Vater hatte das für einen guten Ausgleich gehalten: Hier Titel und Ehre – dort unbeschränktes Geld und Luxus. Beides nun zusammen – was will man mehr?

Willbreit lief weiter. Die nächste Tür: ein Boudoir im wahrsten Sinne des Wortes. Ein Schönheitssalon mit großen Spiegeln, Schminktisch, Perückenständern, Frisierhaube, Bestrahlungsapparaten. Aber die nächste Tür …

Sie war es. Schon der Duft, der Willbreit entgegenkam, bestätigte es: es roch intensiv nach Alkohol. Roemer lag wie aufgebahrt in seinem spezialangefertigten Bett, ein normales Bett wäre erstens zu schmal, zweitens zu kurz und drittens in den Fugen zu anfällig gewesen. Die Nachttischlampe brannte noch und beschien mit mildem Licht die Szene. Neben Roemer, auf dem Seidengoum-Teppich, standen zwei Flaschen Rotwein. Natürlich leer. Roemer schnarchte leise mit halb offenem Mund; den Atem zog er pfeifend ein und stieß ihn ratternd aus. Es klang, als käme eine verrostete alte Lokomotive in Gang.

Willbreit setzte sich auf die Bettkante, betrachtete seinen Freund eine Weile und sagte sich wie jeder, dem Roemer begegnete: eigentlich undenkbar, daß dieser äußerlich vor Gesundheit strotzende Fleischberg schon verloren sein soll. Auf keinen Fall schien Roemer in tiefster Not angerufen zu haben, denn die Schmerzen, an die Willbreit gedacht hatte, würden sich mit Rotwein nicht betäuben lassen.

»Erasmus!« sagte Willbreit laut und beugte sich über Roemer. »Kerl, laß das Sägen und wach auf!« Aber wenn Roemer schlief, dann … Willbreit faßte ihn an den Schultern, schüttelte ihn und gab ihm schließlich, als Roemer nur undeutlich blinzelte, eine schallende Ohrfeige. Das machte ihn halbwegs munter. Er setzte sich, starrte Willbreit entgeistert an und fuhr sich mit der Zunge über die trockenen Lippen.

»Du?« röhrte er. »Bin ich schon in der Hölle?«

»Noch nicht. Was ist los, Erasmus?«

Roemer war jetzt vollends wach und sah verblüfft um sich. »Wie bist du denn reingekommen? Ist Magda schon wieder da?« Magda war das Hausmädchen mit dem Freund in Amelsbüren.

»Ich bin eingebrochen. Durchs Fenster der Anrichte. Die Scheibe bezahle ich natürlich.«

Roemer blickte verzückt auf die elektrische Digitaluhr, die auf dem Nachttisch stand.

»Dann kommt ja gleich die Polizei! Selbstverständlich lasse ich dich verhaften. Den Burschen habe ich nie gesehen, werde ich sagen. Auch wenn sie dich später freilassen – zunächst kommst du mit! Wird das eine Freude!«

»Du hast bei mir angerufen«, sagte Willbreit unbeeindruckt.

»Ja. Deine Lydia war am Hörer. Hatte Besuch der stammtischgeschädigten Damen. Muß das ein Hühnerhof gewesen sein!«

»Was wolltest du von mir?«

»Nichts.«

»Wegen nichts ruft man nicht um zweiundzwanzig Uhr an.«

»Ich doch.« Roemer leckte wieder über seine trockenen Lippen. »Himmel, hab' ich einen Durst. Sei ein lieber Freund, Thomas, und hol was aus der Küche.«

»Mineralwasser?«

»Bin ich pervers? Im Kühlschrank steht Bier.«

»Es gibt keinen Alkohol mehr.«

»Eine Frage: Bist du als Freund eingebrochen oder als lästiger Arzt?« Er blickte wieder auf die Uhr. »Wo bleibt nur die Polizei?!«

»Wenn der Alarm nicht angestellt ist, kann kein Alarm ausgelöst werden.«

Roemer blickte überrascht auf die Kontrollampe in der Zimmerecke und sah erst jetzt, daß das kleine rote Lämpchen, das die Einschaltung der Alarmanlage signalisierte, nicht leuchtete.

»Scheiße!« sagte er fett. »Hast du ein Glück, mein Junge. Es wäre zu schön gewesen, dich abgeführt zu sehen. ›Wenn er beteuert, er sei Professor Willbreit – glaubt ihm nicht!‹ hätte ich zu den Polizisten gesagt. ›Das ist ein ganz Schlimmer. Professor Willbreit kenne ich sehr gut, er würde nie bei mir einbrechen!‹ – Es geht heute aber auch alles schief.«

»Was denn noch?« hakte Willbreit sofort ein.

»Ich … ich habe mit Corinna Doerinck gesprochen …«

»Aha!«

»Nichts aha! Sie will mich nicht – oder sie kann mich nicht behandeln.«

»Das ist erstaunlich. Im Augenblick bringt sie – noch begrenzt – Verwirrung unter die Patienten. Beim Stammtisch kam das gerade zur Sprache.«

»Sie hat neue Erfolge?« Roemer schob seine gewaltigen Beine aus dem Bett und stemmte sich mit Ächzen und Prusten hoch. In seinem dunkelroten seidenen Pyjama sah er unbeschreiblich aus. Ein menschlicher Koloß.

»Sie verunsichert, sagen wir es so«, meinte Willbreit. »Es sind da einige unerhörte Dinge geschehen. Du kennst Dr. Viebieg?«

»Dämliche Frage.« Roemer tappte in dem großen Schlafzimmer herum, riß Schränke und Schubladen auf und suchte nach etwas Trinkbarem. Meistens lag irgendwo versteckt eine Flasche herum. Heute suchte er vergebens. »Viebieg ist doch der Kerl mit dem Hygienetick. Bevor er mit einer Frau ins Bett steigt, desinfiziert er seinen ganzen Körper.«

»Das hast du ihm angehängt!«

»Ich mag ihn nicht«, sagte Roemer wie ein unartiger Junge. »Eine der Patientinnen von Viebieg ist Luise Herbrandt. Die Frau von Peterpaul Herbrandt. 85 Y.«

»Es schlich der Scheich mit Yohimbin zu seiner heißen Sklavin hin …«

»Die Frau litt seit drei Jahren unter Ischiasschmerzen. Man hatte ihr bereits geraten, sich operieren zu lassen. Eine Ischiaswurzelentlastung. Irgendwie hat sie von Corinna Doerinck erfahren, besuchte sie und ist seit zwei Tagen beschwerdefrei. Sie singt so laute Loblieder, daß bald Omnibusse nach Hellenbrand fahren werden. Bei vier Kollegen liegen schon Anfragen von Patienten vor: Haben Sie schon von dieser Corinna gehört? – Du kannst dir denken, welche Stimmung am Stammtisch herrscht. So etwas breitet sich aus wie ein Steppenbrand bei Wind.«

»Und jetzt bildet ihr eine Phalanx und wollt gegen Hellenbrand vorrücken ...«

»Noch nicht. Wir warten ab, beobachten, was sich da entwickelt. Zum Eingreifen fehlen uns noch Beweise. Eine juristische Frage, Erasmus: Wann wird der Paragraph des Betruges oder der ärztlichen Anmaßung erfüllt? Oder heißt das unerlaubte Heiltätigkeit?«

»Du erwartest doch von mir keinen Rat, Thomas?«

»Doch.«

»Vergessen! Such dir einen anderen Juristen. Und noch eins: Wir sind alte Freunde, Thomas. Und das bleiben wir. Nur bei Corinna Doerinck hört das auf. Da haben wir zwei grundverschiedene Positionen.« Roemer schnaufte laut. »Verdammt, ich habe Durst. Gehen wir runter an die Bar!«

Er ließ Willbreit auf der Bettkante sitzen und walzte aus dem Zimmer. Willbreit blieb nichts anderes übrig, als ihm zu folgen, stieg die Freitreppe hinunter und traf Roemer wieder, wie er an der Hausbar zwischen Salon und dem einem Festsaal gleichenden Wohnzimmer eine Flasche Pils aus dem Kühlfach holte. Der Einfachheit halber setzte er sie an den Mund und trank glucksend.

»Eiskaltes Bier!« schimpfte Willbreit. »Man müßte dir aufs Hirn schlagen. Du bringst dich mit Gewalt um.«

»Ihr wollt also Corinna fertigmachen?« fragte Roemer dröhnend. Das Bier hatte ihn wiederaufgerichtet. »Der Kreuzzug der Ärzte gegen das Unbegreifliche. Ihr seid schon eine Bande!«

»Überleg doch mal, welchen Schaden sie anrichten kann.« Willbreit griff in das Regal, holte ein Glas und schüttete sich einen Whisky ein. »Sie macht Kranken mit ihrem Hokuspokus Hoffnungen, die sie nie einlösen kann. Wertvolle Zeit für eine wirklich nützliche Therapie vergeht da. Unwiederbringbare Zeit. Vielleicht sogar eine tödliche Zeit! Das ist doch ein krimineller Akt.«

»Wenn ihr nachweisen könnt, daß sie gesagt hat: Geht zu keinem Arzt, kommt zu mir. Ich heile euch ...«

»Darauf läuft es hinaus.« Willbreit trank seinen Whisky. Er hütete sich, Roemer zu erzählen, was man am Stammtisch beschlossen hatte: Dr. Reinhard Wewes, Facharzt für Lungenkrankheiten, hatte sich spontan zur Verfügung gestellt. Als Patient wollte er zu Corinna Doerinck fahren und sich ihren Streicheleinheiten – wie man spöttisch sagte – unterziehen. Man hoffte, daß dann genug Belastendes zusammenkam. »Solchem Übel muß man in den Anfängen wehren und mit der Wurzel ausrotten!« hatte Dr. Viebieg, der vor allem Betroffene, gerufen. »Wir dürfen erst gar nicht eine Welle der Gutgläubigkeit bei den leicht beeinflußbaren Menschen entstehen lassen. Nichts ist katastrophaler als Unruhe unter den Kranken.«

Dr. Wewes wollte am Sonnabend nach Hellenbrand fahren und Corinna Doerinck in die Enge treiben. Er hatte sich dafür eine fabelhafte Krankheit ausgedacht – eine miliare Lungenadenomatose. Eine geradezu perfide Krankheit, ein Alveolarzellkarzinom, das über lange Zeit hinweg, vor allem im Anfangsstadium, das Allgemeinbefinden nicht stört. Man hat nur ab und zu einen hartnäckigen Reizhusten. Wenn Corinna Doerinck sagte: »Ich kann Sie heilen!«, war sie überführt. Man brauchte dann kein weiteres Beweismaterial mehr.

Roemer soff seine Bierflasche leer, rülpste genußvoll und setzte sich in einen der breiten Ledersessel des Salons. Mit beiden Händen kratzte er sich die haarige gewaltige Brust, die einem Berggorilla gehören könnte. Und wieder dachte Willbreit bedrückt: So ein Mensch ist nun unheilbar krank! So ein Brocken von Mann! Es ist fast unerträglich, daß die Medizin hier versagt.

»Hast du dir überhaupt einmal Gedanken darüber gemacht, daß diese Corinna wirklich etwas Außergewöhnliches, etwas Unbegreifliches sein könnte und vielleicht tatsächlich unerklärbare heilende Kräfte aussendet?« Roemer streckte die Säulenbeine weit von sich und wackelte mit den Zehen. In der Eile, etwas Trinkbares aufzuspüren, hatte er seine Hausschuhe nicht angezogen, sondern lief barfuß herum.

»Ich habe mich durchaus damit beschäftigt.« Willbreit goß den zweiten Whisky ein. »Aber bei aller Toleranz: Solche Dinge kann ich nicht glauben. Bio-Plasma, telekinetische Strahlen, Dermooptik, Bio-Energie ... ein realer Wissenschaftler – und ein Schulmediziner ist ein realer Wissenschaftler – muß da passen und kann nur den Kopf schütteln. Ich erinnere an den großen Virchow. Der hat, als die Diskussion um die Seele begann, gesagt: ›Ich habe Tausende von Menschen seziert – ich habe nie eine Seele gefunden!‹ Genauso ist es mit der sogenannten Parapsychologie.«

»Virchow war es aber auch, der sich an die Stirn tippte, als Robert Koch mit seiner Virustheorie kam. ›Tierchen!‹ hat er gerufen, im Hörsaal der Charité, ›Tierchen im Blut! Aber, meine Herren ...‹ Und sich noch mal an die Stirn getippt, als ob Koch ein Idiot sei. Und alle lachten aus vollem Hals. Und wer hat recht behalten? Virchow oder Koch?«

»Das ist ein schiefes Beispiel!« Willbreit winkte ab. »Natürlich entwickelt sich die Medizin ständig weiter. Aber nicht auf dem Wunderheilsektor! Wissenschaftlich gesehen gibt es keine Wunder. Alles hat Ursache und Wirkung.«

»Corinnas strahlende Hände ...«

»So etwas gibt es nicht.«

»Ihre Mutter hat sie vom Darmkrebs befreit.«

»Abwarten, Erasmus. Die Zeit ist der beste Wahrheitsbringer.«

»Du hoffst immer noch, daß Ljudmila Doerinck an ihrem Krebs stirbt?«

»Mein Gott, wie sprichst du! Hoffst! Ich hoffe doch nicht, daß jemand stirbt! Ich befürchte es und muß wissend und tatenlos dabeistehen. Es ist eine für mich fürchterliche Situation, begreifst du das nicht? Eine Operation hätte sie retten können – die eigene Tochter verhindert es, und elend geht die Mutter zugrunde. Das muß ich mit ansehen! Und das soll nicht aufregen? Ist es nicht eine Verpflichtung, dieser Corinna das Handwerk zu legen?«

»Und wenn Ljudmila Doerinck weiterlebt?«

»Ich halte das für ausgeschlossen.«

»Richte dich nach deinen eigenen Worten: Warten wir es ab!«

»Und du?« fragte Willbreit ahnungsvoll.

»Ich?« Roemer rieb die nackten Füße gegeneinander. »Ich warte auch.«

»Worauf?«

»Daß Corinna zu mir sagt: Jetzt können Sie kommen.«

»Wenn du dann noch dazu fähig bist, dich zu bewegen.« Das war hart, aber Roemer steckte es weg, als sei es eine ganz unbedeutende Feststellung. »Du läßt dich also nicht operieren?«

»Nein! Bist du deswegen gekommen?«

»Auch.«

»Dann halte dich am Whisky fest; nur so kannst du verhindern, daß ich dich rausschmeiße!«

Nach einer Stunde verließ Willbreit die Roemer-Villa wieder und fuhr zurück nach Münster. Lydia schlief fest, als er auf Zehenspitzen ins Schlafzimmer kam. Sie lag nackt und schön auf dem Plumeau, mit ihren aufgelösten Haaren viel jünger aussehend, als sie war.

Willbreit entkleidete sich, stand ebenfalls nackt vor ihr und zögerte, sie mit einer Umarmung zu wecken. Sie lag einladend vor ihm, die Beine etwas gespreizt – er brauchte sich nur draufzulegen, und sie würde mit einem hellen Seufzer erwachen, ihn umschlingen und in sich hineindrücken. Er kannte das, und er war nie dahintergekommen, ob sie wirklich geschlafen hatte oder ob alles nur ein perfektes Spiel war.

Der Gedanke an die kommenden Probleme erwies sich als stärker. Willbreit ging um das Bett herum auf seine Seite, ließ sich vorsichtig, damit Lydia nicht erwachte, unter die Decke gleiten und kreuzte die Arme hinter seinem Nacken.

Morgen, überlegte er, wird Reinhard Wewes nach Hellenbrand fahren. Am Abend wissen wir mehr. Er hat versprochen, sofort nach seiner Rückkehr von Corinna uns alle rundum anzurufen.

Er lag noch lange wach, hörte auf Lydias ruhigen Atem, drehte sich später zu ihr um und legte seine Hand auf ihre runde, feste Brust. Sie erwachte nicht davon, aber sie dehnte sich wohlig im Schlaf. So schlief auch er ein und träumte ein völlig verrücktes Zeug: Nicht Lydia war es, die neben ihm lag und deren Brust er umklammert hielt, sondern Corinna Doerinck. Und sie war von einer überirdischen Schönheit. Ein goldener Strahlenkranz lag um ihren herrlichen, schimmernden Körper …

Nach der Beschreibung, die Willbreit gegeben hatte, war es für Dr. Reinhard Wewes nicht schwer, die Werkstatt Corinnas zu finden.

Je näher er dem Baumring kam, der die alte Scheune umzog, desto mehr wuchs seine Neugier, aber auch seine innere Spannung. Willbreit hatte gesagt, daß es sich bei der »Hexe« um eine wahre Schönheit handelte, um eine junge Frau von südrussischem Typus mit einem winzigen Schuß Asien; man sähe es an ihren ganz leicht schräg gestellten Augen. Augen, so tiefschwarz wie ihr Haar, mit Goldpunkten darin. Am faszinierendsten sollten ihre Hände sein, diese Strahlenhände – lang und schmal, fast nur Finger, kaum Handfläche. Und wenn sie die Hände leicht bog, waren sie wie Parabolspiegel.

»Thomas spricht von ihr, als träume er sie in sein Bett!« hatte Dr. Viebieg gerufen. »Junge, Junge, paß bloß auf, daß sie dir nicht deinen empfindlichsten Teil streichelt!« Und Dr. Marxheit, der Gynäkologe, hatte noch einen draufgesetzt: »Wenn die schon in den Händen solche Strahlungen hat – was hat sie dann erst zwischen den Beinen!« Ein Ärztestammtisch zu vorgerückter Stunde kann da unerschöpflich sein.

Dr. Wewes hielt jetzt auf dem Platz vor der Scheune, stieg aus und stellte mit Mißfallen fest, daß außer seinem Auto noch sechs weitere Wagen auf dem Hof standen. Einerseits war das hinderlich, andererseits konnte man vielleicht Zeuge werden, wie dieses Weib ihre Kunden »behandelte«. Denn daß plötzlich so viele »echte« Teppichkäufer gleichzeitig in dem stillen Hellenbrand auftauchten, war ja nicht anzunehmen. Nein, die wollten garantiert mehr als Teppiche kaufen.

Wewes überlegte noch einmal, was er sagen wollte. Quälender Dauerhusten, schleimiger Auswurf, sonst keine Beschwerden. Röntgenologisch diagnostizierte man eine chronische Pneumonie, eine Vortäuschung, die man bei einer Lungenadenomatose öfter hatte. Wenn diese Corinna ein Gewissen hatte, mußte sie zu ihm sagen: »Gehen Sie sofort zu einem Facharzt!« Wirklich, Dr. Wewes war äußerst gespannt auf sie.

Im Ausstellungsraum standen vier Damen, die ihm unbekannt waren und die auch ihn nicht kannten. Sie blätterten in Mappen herum, betrachteten Entwurfsskizzen für Wandteppiche oder Bodenteppiche und nickten stumm, als er einen »Guten Tag« wünschte. Er hatte den Eindruck, daß das Erscheinen eines männlichen Wesens hier im Augenblick nicht gern gesehen war. Frauen sind mit ihren Krankheiten lieber unter sich.

Wewes tat so, als interessiere er sich für die ausgehängten Muster. Er mußte, wenn auch widerwillig, gestehen, daß es kleine Kunstwerke waren und diese Corinna Doerinck wirklich ein begabtes Mädchen war.

»Ist die Meisterin noch nicht da?« fragte er plötzlich in die Stille hinein.

Es war, als habe et einen Wind streichen lassen. Fast entsetzt starrten die Damen ihn an.

»Sie wird gleich kommen«, sagte endlich eine der konsternierten Besucherinnen. »Sie ist nebenan in der Werkstatt beschäftigt.«

»Aha! Und Sie warten hier auch, meine Damen?«

»Ja. Bis wir drankommen.«

»Wie beim Arzt, was?« Wewes servierte es wie einen Witz und lachte auch darüber. Aber er fand kein Echo. Niemand verzog das Gesicht. »Herrliche Teppiche!« sagte er deshalb schnell hinterher.

»Ja.«

»Ich möchte meiner Frau einen zum Geburtstag schenken.«

Die Tür zur Werkstatt ging auf. Eine Frau kam heraus, mit einem strahlenden Gesicht. Sie wollte etwas sagen, sah den Mann und schwieg. Die anderen Damen blickten sie fragend an. Die glückliche Frau nickte wortlos, drückte ein Taschentüchlein gegen ihre Nase und verließ die Scheune. Es war, als fliege ein leises Seufzen durch den Raum.

Wewes hielt unwillkürlich den Atem an, als nun Corinna in der Tür erschien und den nächsten Kunden hereinbitten wollte. Der Blick, der auf ihn fiel, war wie ein brennender Strahl.

Sie ist noch faszinierender, als Willbreit sie geschildert hat, dachte er. Noch schöner. Ein Klasseweib! Wenn Roemer, die Sau, hier wäre, würde er brüllen: »Leute, haltet eure Hosen fest!« Himmel, welch eine Frau! »Guten Tag«, sagte sie. Ihre Stimme war ein Streicheln, war Klang gewordene Erotik. Daß Willbreit dafür keinen Draht hatte, erschien Wewes jetzt unerklärlich. »Ich habe Sie gar nicht kommen hören. Sonst klingelt es an der Tür.«

»Die Tür stand offen.«

»Ach. Darum.« – Wieder der Blick, der Löcher brennen konnte. »Bitte, sehen Sie sich schon die Skizzen an. Ich bin gleich soweit.«

Die nächste Dame verschwand im Nebenzimmer, aber Corinna machte keine Anstalten, ihr zu folgen. Ihr Blick blieb auf Dr. Wewes haften. Er empfand das als sehr unangenehm, drehte sich weg zur Wand und begann erneut mit der Betrachtung der Ausstellungsstücke. Diese Augen, dachte er. Überhaupt dieser Kopf! Das ist einmalig! Man kann verstehen, daß eine Verzauberung von ihr ausgeht, ein seltsamer Reiz, eine »Strahlung«. Das macht sie ja so gefährlich. Wen sie anblickt, der verliert den Begriff für die Wirklichkeit. Wewes hob die Schultern, er hatte das Gefühl, ihr Blick brenne in seinem Nakken. Dann klappte endlich die Tür, und der Arzt konnte wieder kräftig durchatmen.

So geschah es noch viermal: die Damen verschwanden nacheinander in der Werkstatt, kamen ungefähr fünf Minuten später zurück und eilten ziemlich schnell hinaus zu ihren Wagen. Wewes nickten sie mit einem scheuen lächeln zum Abschied zu.

Als er nur noch allein im Ausstellungsraum war, klopfte sein Herz stärker als bisher. Du dämlicher Hund, sagte er zu sich, reiß dich zusammen! Du bist hier, um sie zu überführen.

»Nun habe ich Zeit für Sie«, sagte Corinna. Sie hatte die letzte Kundin hinausgelassen und setzte sich auf einen Stuhl neben den großen Tisch mit den Entwurfsmappen. Gierig rauchte sie eine Zigarette. »Ja, das ist es«, dachte Wewes – sie verschlingt fast den Rauch. Als Lungenfacharzt hätte er jetzt sagen müssen: »Was Sie da tun, ist leichtsinnig. Mit dem Gift ruinieren Sie Ihre Bronchien, die Lunge, Ihre Gesundheit! Ich rauche selbst, ja, aber ich fresse die Dinger nicht. Ihre Lunge möchte ich mir mal auf dem Röntgenschirm ansehen.«

»Haben Sie schon einen Entwurf gefunden?« fragte sie. Wewes kam in die Wirklichkeit zurück.

»Nein.«

»Verfügen Sie über viel Zeit?«

»Ja. Das heißt – warum?«

»Sie müßten sich bis zum nächsten Jahr mit einer Lieferung begnügen. Vorher ist nichts möglich.«

Sie tauchte weiter, hastig wie bisher, und sah ihn forschend an. Sie zieht mich aus mit diesen verdammten Augen, dachte Wewes. Ich habe eine kurze hellgrüne Unterhose an; ein Geschenk von Irma, meiner Frau. Ein Jäger muß bis auf die

Haut ein Jäger sein, hat sie mir mal gesagt. Seitdem schenkt sie mir grüne Unterhosen, grüne Unterhemden und grüne Socken.

»Wenn es nicht anders geht, dann muß ich eben warten«, antwortete er steif. »Was kostet überhaupt so ein Wandteppich? Etwa dieser da!« Er zeigte auf das Motiv Blütenbaum, das ihn sehr an Chagall erinnerte.

»Warum sind Sie wirklich gekommen?« fragte Corinna ruhig. Die Zigarette war weginhaliert. Der kleine Rest fiel in den großen Marmoraschenbecher. Wewes strich sich schnell über seine angegrauten Haare.

»Was … was soll die Frage?« sagte er ausweichend.

»Wer hat mich empfohlen?«

»Frau Herbrandt«, log Wewes geistesgegenwärtig. Jetzt sind wir da. Jetzt fallen die Masken. »Ihr Ischias ist fast weg. Das hat mich bewogen …«

»Welche Beschwerden haben Sie?«

Na also, dachte Wewes zufrieden. Nun kann es losgehen; Sie fragte wie ein Mediziner, das allein schon ist erwähnenswert. So fragt man nur, wenn man die Hoffnung einer Heilung erwecken will. Schönste Frau, Sie tappen in die Falle.

Wewes begann, seine angeblichen Leiden zu schildern. Den Reizhusten, den Auswurf, die Fehldiagnose. Er sprach vom Verdacht auf Lungenadenomatose.

Corinna unterbrach ihn nicht, sah ihn nur stumm an und hatte die Hände gefaltet. Auch als Wewes mit seiner Schilderung zu Ende war, sagte sie noch nichts.

»Was halten Sie davon?« fragte er. Die Stille war bedrükkend. Aber vielleicht gehörte das dazu, sie kochte Patienten weich. Welche Raffinesse!

»Warum husten Sie jetzt nicht?« fragte sie plötzlich.

»Das muß ich nicht immer. Das ist ja das Verteufelte. Mal zerreißt mich der Husten, mal kann ich auf Berge klettern. Eigentlich müßte ich nach dem vielen Reden wirklich husten.«

»Wir wollen sehen …« Sie erhob sich, trat nahe an ihn heran und öffnete ihre Hände. Willbreit hatte recht: Es waren die längsten Finger und die kleinsten Handteller, die er je gesehen hatte. Betroffen starrte er Corinna an, als sie den Kopf zurückwarf und mit geschlossenen Augen und beiden Händen über seinen Brustkorb fuhr. In kurzer Entfernung vor ihm schwebten die Hände wie schwerelos über ihn hinweg. Dann glitten sie tiefer, umkreisten seinen Oberbauch, den Unterbauch, die Hüften. Als sie über seinem Bauchraum schwebten, verspürte er eine wohlige Wärme.

»Warum lügen Sie?« fragte sie. Es klang nicht vorwurfsvoll oder böse, sondern eher traurig. Dr. Wewes nagte an der Unterlippe. Die Frage warf ihn aus dem Gleichgewicht. Wie konnte sie seine Lüge erkennen? Woran?

»Warum sollte ich lügen?« entgegnete er kampfbereit.

»Sie haben nichts an der Lunge. Gar nichts.«

»Wie können Sie so etwas behaupten!«

»Ich spüre nichts unter meinen Händen.« Sie trat von ihm zurück, bis zu dem großen Tisch, und lehnte sich an die Plattenkante. »Wer sind Sie?«

»Reinhard Wewes ist mein Name. Ich bin – Ingenieur. Hochbau. Spezialität Brückenbau.«

Sie nickte, obgleich er das Gefühl hatte, sie wisse genau, daß er wieder lüge. Sie legte die Hände aneinander – eine typische Haltung, die Willbreit ebenfalls beschrieben hatte –, drückte das Kinn auf die Fingerspitzen und sah ihn nachdenklich an. Und dann sagte sie:

»Haben Sie keine Beschwerden im Bauch?«

»Nein.« Über Wewes' Kopfhaut zog ein Kribbeln. Was ist denn das, durchfuhr es ihn. Im Bauch? »Doch, ja ... ab und zu, sehr selten, ein paar Stiche. Immer, wenn ich länger stehe. Aber das bleibt ja nicht aus an der Konstruktionstafel ...« Er hätte sich fast versprochen und Röntgengerät gesagt. »Zweimal war es wie ein Krampf.«

»Ich weiß nicht, warum Sie zu mir gekommen sind mit dieser Lüge von einer Lungenkrankheit. Aber es ist gut, daß Sie hier sind. Sie leiden an einem Gallenblasenempyem.«

Es war Wewes, als habe man ihm auf den Kopf geschlagen. Er spürte einen harten Druck und dann eine Hitze; die ihm den Schweiß aus den Poren trieb. »Was habe ich?« fragte er laut. »Wiederholen Sie noch mal!«

»Eine beginnende eitrige Entzündung der Gallenblase. In drei Tagen hätten Sie es deutlich gespürt.«

»Das sagen Sie so dahin?« Wewes hob die Stimme. Das Unglaubliche seiner Situation kam ihm voll zu Bewußtsein. »Sie strecken die Hand aus, sagen: Nicht Lunge, sondern Galle – und das soll ich Ihnen glauben?«

»Wurde es warm, als ich in die Gallengegend kam?«

»Ja.«

»Da habe ich es in meinen Fingerspitzen gefühlt.«

Wewes war in diesem Augenblick so verwirrt, daß er ganz vergaß, warum er eigentlich nach Hellenbrand gefahren war. Ein Gallenblasenempyem ... da waren seit Tagen die diffusen Schmerzen, ein merkwürdiger Druck, ein ziemlich gelblicher, blasser Stuhl – du lieber Himmel, sie hat ja recht! Die Galle ist nicht in Ordnung! »Was ... was wollen Sie nun tun?« fragte er heiser. Zunächst weiß ich, was *ich* tun werde, dachte er. Ich fahre auf dem Rückweg bei Professor Schwarthe vorbei und störe seinen Samstagsfrieden. Er muß mich sofort in die Mangel nehmen. Ein Empyem! Wenn das stimmt ... o Scheiße! »Können Sie was tun?«

»Ich will versuchen, die Entzündung auszutrocknen.«

»Wie bitte?«

Da haben wir es, was Willbreit so auf die Palme brachte. Sie will Krankheiten austrocknen, wo nur starke Dosen von Antibiotika helfen. Sie will mit den angeblichen Strahlen aus ihren wirklich herrlichen Fingern Geschwüre oder Entzündungen veröden. Das *ist* verbrecherisch gegenüber denen, die daran glauben. Wagt sie es, jetzt weiterzugehen?

»Wie wollen Sie das anstellen?« fragte er.

»Eine Frau Herbrandt hat es Ihnen doch erzählt.«

»Ja. Natürlich. Sie streicheln über die kranke Stelle und ...«

»Nein! Ich vernichte die Krankheit. In den Strahleninstituten beschießt man die Krebszellen mit Röntgen oder Betatronen, und es hat oft wenig Erfolg. Ich vermag es nicht zu erklären, aber aus meinen Händen kommen andere Strahlen, und sie können helfen.«

»Da sind Sie sich sicher?«

»Es gab noch nie einen Mißerfolg, sofern ich vorher den Gegner in meinen Fingerspitzen gefühlt habe.«

»Noch nie?« Wewes frohlockte. Er hatte sie in die Ecke getrieben. »Wie vielen Menschen haben Sie denn schon – geholfen?«

»Es mögen mit Ihnen ungefähr vierzig sein«, sagte sie ohne Zögern.

Die Zahl gab Wewes einen Stich ins Herz. Vierzig. Und ohne Reklamationen. Das gibt es doch nicht! Vierzig Menschen, denen sie Krankheiten weggezaubert hatte? Man mußte Willbreit recht geben: diese Frau war gefährlich. Immerhin war es möglich, daß sie die Dinge gar nicht in den realen Zusammenhängen sah. Daß sie wirklich im guten Glauben, heilen zu können, handelte. Aus einer starken gläubigen Naivität heraus. Sie glaubte daran, ohne die Folgen zu bedenken.

»Sie könnten mir also helfen?« fragte Wewes mit Unschuldsmiene.

»Sind Sie nicht deshalb zu mir gekommen? Auf Anraten von Frau Herbrandt?«

»Ja. Natürlich. Ja.« Wewes versuchte ein schiefes Lächeln. »Ich gestehe: Ich habe die Lungensache nur erfunden, um zu sehen, ob Sie die andere Krankheit entdecken. Das haben Sie, gratuliere. Ich vertraue mich Ihnen an.«

In den nächsten fünf Minuten erlebte Wewes dann etwas, das allen Erklärungsversuchen trotzte. Corinna strich über seine Gallengegend, er spürte eine kompakte Wärme wie von einer dicken Wärmflasche auf seinem Bauch. Das Gefühl ließ sofort wieder nach, sobald sie die Hände sinken ließ. Eine Leere blieb zurück, ein Vakuum, als habe er einen Luftraum im Bauch.

Wieder griff Corinna zur Zigarette, rauchte hastig und schob mit der freien Hand ihr Haar zurück. Um ihre Mundwinkel und neben der Nase zeigten sich scharfe Falten. Es waren heute neun Behandlungen gewesen; sie kam sich ausgelaugt, ausgesaugt, knochenlos vor. »Das war es?« fragte Wewes.

»Ja.«

»Kann ich auch eine Zigarette haben?«

»Bedienen Sie sich.«

Er nahm eine heraus, Corinna gab ihm Feuer, und dann rauchten sie schweigend. Das ist alles unfaßbar, dachte Wewes. Das übertrifft alles, was Willbreit erzählt hat. Schulmedizinisch ist das der Gipfel des Irrsinns. Ich soll ein Gallenblasenempyem im Anfangsstadium haben?

»Wie geht's nun weiter?« fragte er und blickte dem Rauch seiner Zigarette nach.

»Wenn Sie wollen, kommen Sie noch fünfmal wieder. Dann müßte die Entzündung weg sein.«

»Warum fünfmal?«

»Es kann auch zehnmal sein. So lange, bis ich nichts mehr spüre.«

Wewes zerdrückte seine Zigarette in dem Aschenbecher und blickte auf Corinna hinunter. Sie blieb sitzen, erholte sich sichtlich und strich das Oberteil ihres Kleides glatt. »So eine Frau gibt es nicht zweimal«, dachte Wewes. »Warum lebt sie allein? Warum hat sie keinen Freund? Verströmt sie ihr ganzes Gefühl mit den Händen?«

»Wieviel bekommen Sie?« fragte er. Auch das gehörte zu ihrer Überführung. Wenn sie Geld annahm, war ihr berufsmäßiger Betrug nachzuweisen.

»Nichts. Ich nehme kein Geld dafür.«

»Ich möchte aber ...«

»Nein!«

»Dann verwenden Sie es für eine Spende.« Ergriff in die Rocktasche, legte einen Hundertmarkschein auf den Tisch und ging zum Ausgang. »Bis wann? Nächsten Dienstag?«

»Wenn Sie können ...« Sie wartete, bis er unter der Tür war, und rief ihm dann nach: »Gute Fahrt, Herr Doktor Wewes! Haben Sie nicht mittwochs sprechstundenfrei?«

Wewes fuhr wie von der Tarantel gestochen herum. Es war schwer, jetzt noch Haltung zu bewahren.

»Sie kennen mich? Sie wußten von Anfang an alles?!«

»Als ich in Münster studierte, waren Sie als junger Lungenarzt Assistent von Professor Lange. Ich vergesse nie Gesichter und Namen.«

»Ich glaube, ich bin Ihnen eine Erklärung schuldig ...«, sagte Wewes heiser.

»Nein!« Sie winkte ab. »Lassen Sie sich bestätigen, daß Sie ein beginnendes Gallenblasenempyem haben – und bestellen Sie Professor Willbreit einen schönen Gruß!«

Ziemlich schnell verließ Dr. Wewes die Scheune, lief zu seinem Wagen und startete mit einem Kavaliersstart. »Sie ist eine Hexe«, dachte er. Ja, das ist sie. Eine wunderschöne Hexe. Aber eben eine Hexe! Er war froh, ihr entronnen zu sein – wie er es ausdrückte. Als sei er auf der Flucht, jagte er nach Münster zurück. Doch er entkam ihr nur entfernungsmäßig; in seinem Inneren nahm er sie mit. Ihre Augen, ihre Hände, ihre Stimme.

Professor Schwarthe, der Gallenspezialist von Münster, meckerte zwar herum, daß sein Bundesbruder Wewes ihn ausgerechnet am Sonnabend in die Praxis trieb, aber nach der ersten Untersuchung wurde er sehr freundschaftlich.

»Das war ein guter Gedanke von dir, sofort zu mir zu kommen«, sagte Schwärme. Wewes spürte wieder das Kribbeln unter der Kopfhaut. »Deine Gallenblase ist tatsächlich verrückt geworden. Komm morgen in die Klinik, da testen wir dich gründlich durch. Sieht wie eine beginnende Entzündung aus. Keine Sorgen, so was haben wir im Griff.«

Am Abend löste Wewes sein Versprechen ein und rief den Stammtisch rundum an. Zuerst Viebieg, dann Willbreit, dann die anderen. Und allen gab er die gleiche Auskunft:

»Fehlanzeige! Das Hexlein war nicht da. Nachbarn sagten, die ganze Familie sei nach Burgsteinfurt zum Einkaufen gefahren. Pech, Jungs. Ich versuche es nächste Woche noch mal.«

Es fiel ihm nicht schwer, so überzeugend zu lügen. Im Gegenteil, er war fast glücklich darüber, mit der Hexe ein gemeinsames Geheimnis zu haben.

Es gibt zwei Arten von Hyänen: die in der afrikanischen Steppe und die unter der menschlichen Gesellschaft. Letztere nennt man auch Zeitungsreporter.

Das war allerdings nur die Meinung von Hildegard Benke, als sie an diesem Tag die Zeitung aufschlug und einen großen Bericht über »Die Wunderheilerin vom Münsterland« las. Sie rief sofort ihre Freundinnen, an, die natürlich den Artikel ebenfalls schon gelesen hatten und in heller Aufregung waren. Wenn auch keine Namen genannt wurden, so stand da doch ganz deutlich: »Die Heilungsuchenden gehören nur der feinen Gesellschaft von Münster an, wo Corinnas Adresse als Geheimtip gehandelt wird. Da aber Gesundheit eine Sache aller ist, nennen wir hier Namen und Ort der ›Frau mit den strahlenden Händen‹: Corinna Doerinck in Hellenbrand.«

»So ein hinterhältiger Lump!« schrie Hildegard Benke ins Telefon. »So ein infames Schwein! Er ist ein Freund meines Sohnes, sie kennen sich von der Penne her, er geht seit Jahren bei uns ein und aus – und dann so etwas! Mißbraucht mein Vertrauen. Natürlich habe ich meinen Kindern von Corinna erzählt. Ich bitte euch, innerhalb der Familie … da muß man doch Vertrauen haben. Und dieser Scheißkerl von Reporter gehörte ja fast zur Familie. Ich habe mit Dr. Werncke, unserem Anwalt, gesprochen. Es gibt keine Möglichkeit, dagegen vorzugehen. Der Reporter habe nur über Tatsachen von öffentlichem Interesse berichtet. So eine Hyäne!«

Die Aufregung war groß. Jeder verstand, daß Hildegard ihrer Familie so begeistert von Corinna erzählt hatte, denn nach dreimaliger Behandlung hatte das Zucken um den Mund nachgelassen. Nur bei ganz großen seelischen Aufwallungen kam es gelegentlich wieder – etwa, wenn die beste Freundin Emilia von ihrem Mann zum Geburtstag ein Saphirkollier geschenkt bekam. Aber Corinna hatte versprochen, nach nochmals drei Behandlungen sei das Zucken für immer verschwunden. Nicht anders war es mit dem Ischias bei Luise Herbrandt, mit der Neuralgie bei Frau Westermeier, mit der Arthritis bei Frau Semmler, mit den Herzrhythmusstörungen bei Frau Dr. Vonweg. Sie alle spürten eine Besserung und waren von Corinna hingerissen.

Und nun das! In der Zeitung! Eine Wunderheilerin! Ein durchweg gehässiger, ironischer Artikel über Leute, die auch noch im zwanzigsten Jahrhundert an Wunderkräfte glauben.

»Dieser Kerl betritt mein Haus nicht mehr!« rief Hildegard Benke in das Telefon. »Soll ich Corinna anrufen? Damit sie nicht überrascht wird, wenn sich jetzt die Geier auf sie stürzen ...?«

»Ich würde es tun«, sagte Luise Herbrandt. »So ein Skandal! Du siehst, man kann nicht vorsichtig genug sein. Selbst in der eigenen Familie nicht.«

Der erste, der mit diesem Zeitungsbericht konfrontiert wurde, war allerdings nicht Corinna, sondern ihr Vater. In der Schulpause kam der Rektor der Schule, Ferdinand Hupp, zu ihm auf den Schulhof und sagte: »Du, ich hab' mit dir zu reden, Stefan. Fräulein Feindt kann für dich die Aufsicht übernehmen.«

Sie gingen ins Lehrerzimmer, Hupp ohne weitere Worte, und Doerinck fragte sich, was dem Kollegen wohl über die Leber gelaufen sein mochte. Er kannte Ferdinand Hupp nun schon seit neunzehn Jahren; er war als Konrektor gekommen und war Rektor geworden, obwohl eigentlich Doerinck als der Ältere an der Reihe gewesen wäre. Er hatte nie gefragt, warum der Schulrat in Münster Hupp und nicht ihn für die Leitung der Schule vorgeschlagen hatte, aber hintenherum – da erhält man die besten Informationen – wurde ihm gesteckt, daß das irgendwie mit seiner russischen Frau zusammenhinge.

Der Bruder des Schulrats, sein Onkel, eine Tante und ein Vetter waren in Rußland gefallen. Die Tante hatten die Russen beim Einmarsch in Ostpreußen erst mehrmals mißbraucht und dann mit dem Bajonett erstochen. Doerinck sah ein, daß es gar keinen Sinn hatte, sich mit dem Schulrat darüber zu unterhalten, wieso eine russische Ehefrau einer Beförderung im Wege stehe.

Im Lehrerzimmer faltete Hupp eine Zeitung auseinander und hielt sie Doerinck hin. Er machte dabei ein sehr ernstes Gesicht. »Hast du das schon gelesen?« fragte er.

»Nein.« Doerinck warf einen Blick auf den Zeitungsnamen.

»Die abonnieren wir nicht. Was steht denn da drin? Wieder was gegen die Lehrer?«

»Schlimmer! Über deine Tochter.«

»Über Corinna?« Doerinck nahm das Blatt und las den Artikel langsam und gründlich. Nun ist das gekommen, was ich befürchtet habe, dachte er dabei. Es mußte ja mal geschehen. Wie oft habe ich Corinna gewarnt, wie oft auf sie eingeredet. Mehr kann man doch nicht tun. Jetzt heißt es stark sein. Nicht die Nerven verlieren! Ein Kanonenschuß ist noch kein Krieg.

»Ein dämlicher Artikel«, sagte er gelassen und gab die Zeitung an Hupp zurück. »Da brauchte einer dringend ein gutes Zeilenhonorar.«

»Aber Tausende lesen es!« Hupp warf die Zeitung auf den langen Konferenztisch. An ihm wurden die Zensuren besprochen und die Charaktereigenschaften der Schüler begutachtet.

»Stimmt das denn überhaupt, was da steht?«

»Im Prinzip – ja.«

»Sind wir bei Radio Eriwan?« fragte Hupp sarkastisch. »Was soll das heißen, Stefan? Hat Corinna wirklich mit Streicheln versucht, gutgläubige Kranke zu heilen?«

»Nein.« Doerinck holte tief Luft. »Sie hat nicht versucht – sie *hat* geheilt. Bis jetzt ungefähr vierzig Kranke.«

»Das kann doch nicht wahr sein!« Ferdinand Hupp verspürte eine heftige innere Unruhe. Ihm wurde plötzlich bewußt, welche Lawine dieser Artikel auslösen konnte. In Hellenbrand gab es eine Wunderheilerin. Und ihr Vater war Lehrer und Konrektor an der Schule. Du meine Güte! Was kam da noch alles auf sie zu ... Er ging zum Fenster, blickte auf den Schulhof, wo die Kinder herumtobten, und kam sich schrecklich hilflos vor. »Du ... du hast das geduldet, Stefan?«

»Corinna ist dreißig, Ferdinand.«

»Du hättest auf sie einwirken müssen.«

»Das hättest du auch nicht getan.«

»Aber wie, sag ich dir!«

»Nein. Nicht, wenn du siehst, daß deine Frau – hier war es Ljudmila – durch ihre Hände vom Krebs geheilt wird.«

Hupp fuhr herum, als habe man ihn getreten. »Was sagst du da?« rief er, unkontrolliert laut. »Ljudmila hatte Krebs. Davon weiß ich ja gar nichts.«

»Soll man auch das in die Zeitung setzen? Frau Lehrer Doerinck leidet seit dem 16. 4. an Darmkrebs? – Corinna hat sie mit ihren Händen behandelt, und die neuen Röntgenbilder beweisen es: Der Krebs ist verschwunden.«

»Das gibt es doch nicht, Stefan!«

»Ich zeige dir die ersten und die letzten Röntgenaufnahmen. Du kannst auch Dr. Hambach fragen; ich entbinde ihn der ärztlichen Schweigepflicht dir gegenüber.«

»Du lieber Himmel!« Hupp strich sich nervös durch die etwas schütteren Haare. »Das ändert aber nichts daran, daß es nun in der Zeitung steht und daß alle wissen: In Hellenbrand ist die Tochter des Lehrers Doerinck eine Wunderheilerin. Kannst du dir ausdenken, wie die Menschen hier reagieren? Die Eltern der Kinder, die du unterrichtest?«

»Nicht ich habe die Hände, sondern meine Tochter.«

»Das ist für die Leute doch derselbe Hut. Ich wette, noch heute ruft der Schulrat an. Falls er nicht morgen sogar selbst kommt.« Hupp war so aufgeregt, daß er mit seinen Händen die Zeitung zerknüllte, ohne es zu merken. »Solange das alles noch unter der Decke, im geheimen geschah, na gut ... Aber jetzt hat die Presse Wind bekommen. Jetzt wird das zu einer Sensation hochgejubelt.«

»Vielleicht. Ich kann es nicht aufhalten.« Doerinck nahm die Zeitung aus Hupps Händen und strich sie auf der Tischplatte wieder glatt. »Warum regt man sich eigentlich auf, wenn ein Mensch unerklärbare Kräfte hat? Warum so ein Entsetzen? Man sollte doch glücklich sein darüber.«

»Deine Nerven möcht ich haben!« Hupp war völlig außer Fassung. »In einer Woche wird Hellenbrand zum Wallfahrtsort, wenn andere Zeitungen und Zeitschriften das übernehmen. Pilgerzüge werden zu Corinna Doerinck ziehen, ein Rummelplatz der Hysterie wird das hier werden. Und am Ende wird die ganze Welt über Hellenbrand lachen. O Gott!«

Das Telefon klingelte. Hupp nickte und bekam einen steifen Rücken. »Der Schulrat! Wetten?«

Es war nicht der Schulrat. Es war der Bürgermeister. Sangesbruder und Kegelbruder, Mitglied im Kirchenvorstand.

»Ist Stefan bei dir?« fragte er ohne Einleitung. Seine Stimme vibrierte deutlich.

»Ja.«

»Gib ihn mir.«

Hupp hielt Doerinck das Telefon hin. »Peter«, sagte er. »Ich nehme an, im Rathaus brennt es schon.«

Doerinck nahm den Hörer und holte tief Luft. »Ja, Peter. Hier Stefan!« sagte er laut. »Es geht um den Artikel heute in der Zeitung. Wegen Corinna. Ich versuche Ferdinand gerade zu erklären, daß ich da gar nichts tun kann.«

»Komm rüber!« sagte der Bürgermeister kurz angebunden. »Ich habe auch schon Corinna bestellt. Das ist jetzt nicht mehr eure Privatangelegenheit, das geht nun die ganze Stadt an. Vor fünf Minuten ist ein Anruf gekommen aufgrund des Artikels. Das Fernsehen will nach Hellenbrand kommen. Stefan, das wird für uns eine Schweinerei!«

7

Doerinck hatte einen kürzeren Weg von der Schule bis zum Rathaus als seine Tochter; er erreichte es einige Minuten vor Corinna, die mit ihrem Kleinwagen fuhr. Peter Beiler, der Bürgermeister, sonst ein dicklicher, rotgesichtiger, gemütlicher Mensch, der bei fortgeschrittenen Stammtischabenden in der Wirtschaft »Westfalenwappen« unermüdlich war im Vortragen von Bonifazius-Kiesewetter-Versen (man hatte den Verdacht, daß er immer neue dazu dichtete), hatte alle Jovialität verloren, als Doerinck in das Amtszimmer trat. Er empfing den Freund und Skatbruder sofort mit einem Vorwurf:

»Jetzt dampft die Scheiße. So was bei uns! Seid ihr denn total verrückt geworden?«

»Was heißt ›ihr‹?« Doerinck angelte sich einen Stuhl und setzte sich ans Fenster. Vor dem Sondereingang zum Standesamt standen eine Braut in hellblauem Kleid, ein feierlicher Bräutigam, der unruhig mit dem Kopf kreiste – wohl weil ihm der Kragen zu eng war – und einige Verwandte, die sich auf das festliche Mittagessen freuten, das der Trauung folgen würde. In der Schule hatte der Kollege Wimmerling die Klasse von Doerinck nach der Pause übernommen und beschäftigte sie mit einem Aufsatz, Thema: Was meine Mutter im Sommer macht. »Ich habe damit nichts zu tun!«

»Deine Tochter, Stefan!« rief Peter Beiler laut.

»Ich muß wiederholen, was ich schon Ferdinand fragte: Gibt es wieder Sippenhaft?«

»Laß bitte solche abseitigen Reden!« Beiler war konsterniert. Unbewußt – woher sollte er es auch wissen? – hatte Doerinck an die Vergangenheit gerührt. Julius Beiler, Peters Vater, war 1933 Ortsgruppenleiter der NSDAP von Hellenbrand geworden, und unter dessen Herrschaft war es geschehen, daß man zwei sozialdemokratische Bürger und den einzigen Kommunisten im Ort, den Fuhrknecht Josef Hillegan, über Nacht in ein »Umerziehungslager« gebracht und der Familie eines jeden nahegelegt hatte, Hellenbrand zu verlassen. Sie taten es klaglos und verstreuten sich in alle Winde – seitdem war die Familie Beiler gegen das Wort Sippenhaft allergisch. »Du hast diesen Hokuspokus geduldet!«

»Der Hokuspokus hat bisher vierzig Menschen geholfen, wie mir Corinna gestand.«

»Vierzig?« Genau wie vorhin Rektor Hupp riß auch Bürgermeister Beiler die Augen auf. »Wenn das publik wird!«

»Mir ist es überhaupt ein Rätsel, wie das in die Presse kommen konnte.«

»Ja, glaubst du denn, so etwas bleibt hinter geschlossenen Gardinen?« Beiler ging unruhig in dem großen Amtszimmer hin und her. »Na warte, wenn Corinna kommt! Die nehme ich mir zur Brust!«

»Sie ist gleich da. Gerade fährt sie auf den Parkplatz.« Doerinck sah Peter Beiler nachdenklich an. »Wie lange kennen wir uns, Peter?«

»Ich glaube, rund sechsundzwanzig Jahre. Da bist du nach Hellenbrand gekommen. Ich war damals Referendar in Münster.«

»Paß auf, daß nicht sechsundzwanzig Jahre in die Brüche gehen, Peter.«

»Ich habe den Ruf meiner Stadt zu verteidigen, Stefan.«

»Und ich die Ehre meiner Tochter. Das sind zwei gute Standpunkte.«

»Von denen der meinige der wichtigere ist.«

»Das ist eine absolut persönliche Ansichtssache.«

Es klopfte, Beiler knurrte ein »Ja, bitte!«, und Corinna trat ins Zimmer. Sie sah in ihrem leichten Sommerkleid mit dem tiefen Ausschnitt bezaubernd aus. Der Blick ihrer etwas mandelförmigen Augen war auf Kampf eingestellt. Beiler seufzte innerlich. Eine herrliche exotische Blume; auch das wird man ihr jetzt in Hellenbrand übelnehmen. Das Russenweib, wird man sagen. Auch wenn sie Deutsche ist. Russenweib … er kannte die Hellenbrander gut genug. Was gelten im Münsterland sechsundzwanzig Jahre Bürgerschaft? Wenig. Noch weniger auf dem flachen Land. Da muß eine Familie schon mindestens ein Jahrhundert Westfalen auf dem Buckel haben, um dazuzugehören, um heimisch zu sein. Sonst wird man nie ein Pohlbürger, bleibt immer ein Zugereister. Da kann man selbst Lehrer und Konrektor sein, Dirigent des Kirchenchores und Schützenkönig! Das sind alles Äußerlichkeiten; im Münsterland gilt als erstes die Wurzel in der Scholle. Russenweib ... meine liebe Corinna, du ahnst noch gar nicht, was alles auf dich zukommt.

»Hier bin ich«, sagte sie und nickte ihrem Vater zu. »Daß man dich herbestellt hat, ist allerdings eine Frechheit.«

»Corinna!« Peter Beiler holte tief Atem. »Fangen wir nicht gleich mit den Ohrfeigen an. Du weißt, was seit heute morgen los ist?«

»Von Ihnen. Ich habe noch keine Zeitung gelesen. Aber ich habe mir eine auf dem Weg zum Rathaus gekauft. Es muß ein merkwürdiger Artikel sein. Fritz Broichner, bei dem ich die Zeitung kaufte, grinste mich an und fragte: ›Wie ist das nun? Kannste auch reinstreicheln, daß ich drei Nummern hintereinander schaffe?‹«

»Da haben wir's! Es geht schon los!« stöhnte Beiler. »Ich schaue nachher bei Broicher vorbei und sage ihm meine Meinung«, knirschte Doerinck. »So ein Saukerl!«

»Nichts wirst du! Das ist erst der Anfang. In einer Woche wirst du voll beschäftigt sein, herumzuziehen und jedem in die Fresse zu hauen!« Beiler trat ans Fenster und knackte nervös mit den Fingern. »Wir müssen handeln, bevor die Lawine heranrollt. Noch ist das begrenzt, eine einzige Zeitung bringt den Artikel. Aber das Fernsehen will auch schon kommen; dann ist der Ofen ganz aus. Wir müssen was tun!«

»Was?« fragte Corinna kurz. Ihr Gesicht zeigte keine Regung. Nur die goldenen Punkte in ihren schwarzen Augen tanzten. Beiler schaute weg. Die Blicke irritierten ihn.

»Zunächst verschwinden«, sagte er laut.

»Warum?«

»Da fragt sie noch!« schrie Beiler auf.

»Genau wie ich! Warum soll sie verschwinden? Hat sie Lepra? Will sie einen umbringen?«

»Da kommen wir der Sache schon näher.«

»Peter, in unserer Freundschaft höre ich ein Knacken. Da bricht was auseinander!«

»Mein Gott, versteht mich doch!« Beiler warf die Arme dramatisch in die Luft. »Das hat doch mit uns persönlich gar nichts zu tun. Es geht um den Rummel, in den Hellenbrand versinken wird. Den müssen wir abbremsen. Das beste wäre es in jedem Fall, wenn Corinna so lange auf Reisen ginge, bis keiner mehr davon spricht.«

»Genau das geht nicht«, sagte Corinna ruhig.

»Jetzt frage ich: Warum?«

»Ich kann die Behandlung meiner Kranken nicht aussetzen.«

»Die Behandlung!« schrie Beiler wieder auf. »Behandlung!!«

»Ja! Ich heile sie.«

»Ich werd' verrückt!«

»Das ist nicht heilbar, auch nicht von mir«, sagte Corinna kühl. »Ich bleibe. Ich habe nichts getan, vor dem man flüchten sollte. Ich habe nur geholfen. Ist das ein Verbrechen?«

»Ich will jetzt nicht mit euch darüber streiten, ob deine Hände heilen können oder ob alles bloß ein Humbug ist. Mir geht es allein um die Ruhe in der Stadt und der Bevölkerung. Ich muß dem Fernsehen sagen können: Corinna Doerinck ist auf unbestimmte Zeit ins Ausland gefahren. Und damit müßt ihr einiggehen, du, Stefan, und deine Frau. Und Corinna muß wirklich weg, denn Reporter sind wie Spürhunde und finden sie, wenn sie sich hier nur versteckt. Das ist das ganze Problem. Himmel noch mal, ist das denn so schwer zu lösen? Bei ein bißchen gutem Willen …«

»Was ist wichtiger, Herr Beiler: die Ruhe der Bürger oder die Heilung von Kranken? Und wenn es auch nur die Heilung *eines* Kranken ist? Was wiegt mehr?«

»Corinna!« Beiler rang die Hände und blickte aus dem Fenster. Der Marktplatz lag in der vollen Sonne. Die Linden die ihn umgrenzten, glänzten wie mit Gold überhaucht. Es gab sieben Marktstände, die jeden Tag ihre Waren feilboten: ein Blumenstand, zwei Gemüsestände, zwei Obststände, ein Käsestand und einen mit Backwaren. Welch ein Bild des Friedens! Welche Ruhe! Welche Beschaulichkeit! Nicht auszudenken, daß in Kürze hier Autobuskolonnen parken würden und Pilgerzüge hinunter zur Scheune von Corinna zogen. Eine Massenhysterie breitet sich aus wie eine Infektion. »So kann man nicht fragen.«

»Wie sonst?«

»Was du tust, ist illegal.«

»Nein. Jeder kann es wissen.«

»Es ist wissenschaftlich nicht anerkannt.«

»Das sind viele Dinge in der Medizin. Selbst die Frischzellentherapie wird noch immer von der Schulmedizin belächelt. Trotzdem war Ihre Frau zehn Tage in einem Frischzellensanatorium in Bayern.«

»Das gehört nicht hierher!« sagte Beiler steif. Die Frischzellenkur von Elfriede, angeregt von Freundinnen und durch die Lektüre von Illustrierten, hatte geheim bleiben sollen. Es hieß damals, die Frau Bürgermeister sei wegen ihres Asthmas in Bad Ems. Das war glaubhaft. Aber dann erkannte die Frau Ingenieur Raubartz aus dem Nachbarort Sillenbek, die in dem bayerischen Ort zufällig eine Cousine besuchte, die Elfriede Beiler auf der Straße, schlich ihr nach und telefonierte dann den ganzen Abend kreuz und quer: Frau Beiler läßt sich Frischzellen spritzen! Es war Peter Beiler äußerst peinlich gewesen. Daß Corinna ihn jetzt daran erinnerte, empfand er als taktlos. »Wegen Elfriede wird es keine Fackelzüge geben, und ins Fernsehen kommt sie auch nicht.«

Auf dem Schreibtisch klingelte das Telefon. Beiler starrte es geradezu haßerfüllt an, zumal er im Sekretariat hinterlassen hatte: Keine Gespräche mehr zu mir. Nur ganz dringende Fälle. Wer war das also? Was war so dringend? Fernsehen? Landrat? Handelskammer? Oder noch was Höheres?

Er riß den Hörer hoch und sagte steif: »Hier Beiler.« Dann erstarrte er, hörte mit verkrampftem Gesicht zu und warf dann den Hörer ohne Antwort zurück auf den Apparat. Gespannt sah ihn Doerinck an.

»Na? Hat sich der Papst schon gemeldet?« fragte er.

»Scheiße!« sagte Beiler fett.

»Also nur der Bischof?«

»Hannes Vierholz …«

»Sieh an, unser Metzgermeister! Und Stadtrat dazu. Was wollte er?«

Beiler knirschte mit den Zähnen, schlug die geballten Fäuste gegeneinander und lief wieder im Dienstzimmer hin und her. »So ein Arschloch«, stöhnte er endlich. »So ein Riesenarsch.«

»Pardon, er ist von der gleichen Fraktion wie du!«

»Hannes hat den Artikel natürlich auch gelesen. Und wie reagiert er? Will beim Ordnungsamt den Antrag stellen, eine Bude auf der Straße zu Corinna aufzubauen, Currywurst, Pommes frites, Gulaschsuppe, belegte Brötchen, Frikadellen, kalte Koteletts, Kartoffelsalat. Und Bier vom Faß. Es fehlt nur meine Zustimmung.«

»Hannes war immer geschäftstüchtig.« Doerincks Stimme war dick voll Spott. »Du hast recht: Die Bürger von Hellenbrand rühren sich schon. Nur drehen sie sich in die falsche Richtung, was?«

»Ich werde nichts genehmigen. Nichts!« rief Beiler.

»Das widerspricht aber dem Nimbus des volksnahen Bürgermeisters, der du sein wolltest. Durch den Stadtrat wird bald ein Riß laufen: hier für Corinna – dort gegen Corinna. Hier die einen, die ein Geschäft wittern – dort die anderen, die kein Geschäft machen können und deshalb nach Moral rufen.« Doerinck lachte bitter. »Noch hat nichts richtig angefangen, und schon fallen die Masken. Was sind wir doch für eine Bande, Peter!«

»Das sag' ich ja!« schrie Beiler. »Und deshalb muß jetzt Corinna handeln und denen den Wind aus den Segeln nehmen. Corinna, auch dein Vater wird Schwierigkeiten bekommen.«

»Das überlaß mal mir, Peter!« Doerinck winkte ab. »Ich habe ein dickes Fell.«

»Das heißt –« Beiler hielt kurz den Atem an –, »ihr macht gar nichts?«

»So ist es.«

»Ihr laßt das alles treiben?«

»Ich werde es nicht aufgeben, den Kranken zu helfen«, erklärte Corinna mit fester Stimme. »Seitdem ich weiß, was mit meinen Händen möglich ist ... seitdem ich Mama geheilt habe ... Bin ich jetzt nicht geradezu verpflichtet, anderen Kranken zu helfen?«

»Ich weiß nicht mehr weiter.« Beiler schlenkerte hilflos mit den Armen. Wer ihn so sah, konnte wirklich Mitleid mit ihm haben. »Ich kann nur warnen. Aber wenn ihr dafür kein Ohr habt ...« Er ging um den Schreibtisch herum, setzte sich in den ledernen Sessel und verkrampfte die Hände ineinander. »Es läuft also alles ab: Fernsehen, Rundfunk, Fotoreporter ...«

»Nein. Ich werde nur meine Kranken empfangen. Alles andere bleibt draußen. Ich werde kein Interview geben, keine Fotos zulassen, nichts!«

»Die kennen genügend raffinierteste Tricks, um zu bekommen, was sie haben wollen. Als Kranke werden sie sich einschleichen.«

»Ich fühle es und weiß es sofort, ob einer krank ist oder nicht.«

Beiler schüttelte den Kopf.

»Das eine sag' ich euch und verspreche ich euch: Was ich als Bürgermeister von Hellenbrand gegen den Rummel tun kann, das werde ich tun – auch wenn unsere jahrzehntelange

Freundschaft dabei vor die Hunde geht, Stefan! Corinna kann nicht anders, ich kann auch nicht anders.«

»Wir haben verstanden, Peter.« Doerinck erhob sich von seinem Stuhl, faßte seine Tochter um die Taille und zog sie an sich. »Es nimmt dir auch keiner übel. Von uns keiner, nur mit deinen Bürgern, die ein Geschäft wittern, wirst du dich herumschlagen müssen, genauso wie wir! Denn auch Corinna wird das hassen, was man aus ihr machen will oder was man schon aus ihr gemacht hat. – Können wir gehen?«

»Ja.«

»Mach's gut, Peter.«

»Viel Kraft, Stefan!«

Dann standen sie wieder auf der Straße, in der warmen Spätsommersonne und lehnten sich an Corinnas Auto.

»Soll ich dich nach Hause bringen, Papuschka?« fragte sie.

»Nein, das kurze Stück bis zur Schule laufe ich.«

»Du willst noch in die Schule?«

»Aber ja! Ich habe bis ein Uhr Unterricht.«

»Was sagt Onkel Ferdinand?«

»Der Herr Rektor rotiert um die eigene Achse.« Doerinck gab seiner Tochter einen Kuß auf die Wange und lächelte breit, obgleich ihm gar nicht danach zumute war. »Ich bin gespannt, wie der Schulrat reagiert.«

»Soll ich dir's voraussagen?« Sie schloß die Wagentür auf. »Was wirst du antworten Papuschka?«

»Das, was nötig ist!« Er stieß sich von dem Auto ab und wartete, bis Corinna abgefahren war. »Ich werde sagen: Haben Sie, Herr Schulrat, eine krebskranke Frau, die geheilt worden ist?«

Er rief es leise der Staubwolke hinterher, die nach Corinnas schnellem Start zerfetzt über dem heißen Platz hing.

Den ganzen Tag über klingelten, schellten, summten die Telefone: bei Lehrer Doerinck, bei Corinna, in der Stadtverwaltung, bei Rektor Hupp, bei den Nachbarn von Doerinck –

die Meute war zur Hatz aufgebrochen. Es war erstaunlich und beängstigend zugleich, welche Wirkung solch ein kleiner Artikel in der Tageszeitung auslöste. Daß jemand mit seinen Händen heilen kann, war ein Wunder … und Wunder in unserer so realen Zeit mußten gepflegt werden.

Von Doerinck erfuhren alle Anrufer nur: »Hier Doerinck. Sie hätten sich das Geld für den Anruf sparen können!« Dann wurde aufgelegt. Corinna legte den Hörer neben den Apparat, so war die Leitung dauernd besetzt. Im Rathaus hatte Beiler extra eine Sekretärin abgestellt, die nur mechanisch sagte: »Uns ist nichts bekannt.« Das glaubte zwar niemand, aber es gab dennoch eine schöne Story ab: Stadtverwaltung mauert sich zu. Für einen Reporter gibt es nichts Beglückenderes, als gegen Beamte loszuziehen. Da kann man Zynismus mit Kübeln ausschütten. Um so ergiebiger waren die angerufenen Nachbarn. Liebe Mitbürger, die Haus an Haus mit einem wohnen, sind immer bestens informiert. Sie hören und sehen vieles, das man selbst nie wahrnimmt. Vor allem sind die Deutungen äußerst interessant. Ein guter Reporter wird deshalb jedesmal zuallererst die Umgebung befragen und mehr Dinge erfahren, als seine kühnste Phantasie es sich träumen läßt. Versieht er die Schlagzeilen dann auch noch mit einem Fragezeichen, ist sein Blatt sogar juristisch geschützt. Man behauptet ja nicht, man fragt ja nur …

»Können Corinnas Hände auch Politiker beeinflussen?«

Das war eine Frage, auf die sich natürlich das Fernsehen mit größter Vehemenz stürzen wollte. Aber bis zum Abend war es unmöglich, Corinna zu erreichen. Der Vater, Lehrer Doerinck, gab keine Auskunft, die Nachbarn erzählten tausend Dinge aus dem Leben der Doerincks – nur leider nichts, was irgendwie brisant war. Mit einer Ausnahme: daß Frau Doerinck, Corinnas Mutter, eine Russin war. Sie kam aus Grusinien, aus dem Kaukasus. Einer Gegend also, in der es auch heute noch Zauberärzte gab. Aus dem Land der Hundertjährigen! Wo Männer mit 110 Jahren noch auf einem

Pferderücken galoppieren und Herden jagen. Aha! Wenn das kein Aufhänger ist! Das Fernsehen entschloß sich, zunächst nur ein kleines Team nach Hellenbrand zu schicken und dort abzuwarten, was sich in den nächsten Tagen tun würde. Sie bezogen drei Zimmer im »Westfalenwappen«, und der Wirt, Jakob Sippenhorst, war stolz, dem Fernsehen erzählen zu können, daß Stefan Doerinck ein großer Skatspieler und ein vorzüglicher Kegler war. Corinna kam selten in die Wirtschaft. Was sie für 'n Mädchen sei? Na, bildhübsch, wie die Mutter, eben fremdländisch ... nee, von Wunderkräften habe man nie was gemerkt. Daß sie neben Teppichknüpfen auch Kranke in der Werkstatt heilt – keine Ahnung! Hat man erst aus der Zeitung erfahren. Aber wenn das stimmt, 'n dolles Ding wär das! Die Corinna mit Wunderhänden – na, so was! Da werden die Doktors in der Umgebung und in Münster aber munter werden. Was sagt denn der Dr. Hambach dazu?

Nun war auch Dr. Hambach dran. Er hatte geradezu darauf gewartet! Einmal mußte sein Name fallen. Das Fernsehteam zog zu Dr. Hambachs kleinem Haus inmitten des blühenden Gartens.

Anders als die Familie Doerinck empfing Dr. Hambach das Team sofort und führte es in sein Wohnzimmer. Er bot Bier an, Zigaretten, Doppelkorn und Kognak und winkte mit beiden Händen ab, als der Kameramann die Handkamera auf die Schulter wuchtete und ein Beleuchter nach einer Steckdose für die Filmleuchte suchte.

»Keine Aufnahmen«, sagte Dr. Hambach.

»Aber warum lassen Sie uns dann kommen?« fragte der Fernsehreporter etwas verwirrt und ungehalten. Das hat man gern: Erst Tür auf, dann Tritt in den Arsch. Nicht mit uns, Opa Doktor! Wir haben gehört, Sie sind der Hausarzt von Familie Doerinck?«

»Stimmt!«

»Sie kennen die Doerincks schon lange?«

»Über ein Vierteljahrhundert.«

»Phantastisch! Herr Doktor, das gibt doch einen tollen Film!«

»Ich will keinen tollen Film machen, sondern der Wahrheit zum Sieg verhelfen.«

»Genau das wollen wir ja auch. Die Wahrheit über Corinna.« Das Fernsehteam witterte freiere Luft. Alte Leute soll man nicht überfallen, sondern sie einfach reden lassen. Dabei kommt mehr heraus als bei hemmenden Fragen. Ein angebohrter Alter bringt mehr als ein motivierter Junger; das muß man wissen. Also leg los, Opa! Wie ist das mit dem Wundermädchen Corinna?

Dr. Hambach trank genüßlich einen Kognak, steckte sich eine Zigarre an und empfand eine diebische Freude, daß die so forsch auftretenden jungen Männer vom Fernsehen, vor denen sonst die Türen aufsprangen (wenn sie diese nicht selbst eintraten), so geduldig-ungeduldig auf seine Worte warten mußten. Aber dann sagte er etwas, was den TV-Männern überhaupt nicht gefiel:

»Es geht nicht um Corinna Doerinck. Es geht um die verleugneten Möglichkeiten jenseits der schulmedizinischen Grenzen.«

»Entschuldigung!« Der Reporter sah Dr. Hambach noch irritierter an. »Wir sind nicht von der Abteilung Kultur oder Wissenschaft, sondern von der Aktuellen! Uns interessiert, was Sie zu sagen haben in bezug auf Corinna. Sie kenne sie von Kindesbeinen an, Sie haben sicherlich eine Menge zu erzählen.«

»Das habe ich wirklich.«

»Also fangen wir an.«

»Bitte.« Dr. Hambach nahm wieder einen genußvollen Kognakschluck. »Beginnen wir mit dem Wichtigsten: Kennen Sie die ärztliche Schweigepflicht?«

»Natürlich.«

»Wie gut. Dann ist unser Gespräch bereits am Ende.«

»Das können Sie doch nicht machen!« Der TV-Reporter beherrschte sich nur mühsam, seine Augen verrieten seine tiefe Wut. »Sie haben uns hier hereingelassen und ...«

»... und was?«

»Sie wollten ...«

»Ich wollte Ihnen aufzeigen, wo die Grenzen der Medizin ...«

»Danke!« Der Reporter erhob sich und winkte den anderen Männern zu. »Gehen wir, Jungs! Doktor, es war nicht gut, daß Sie uns verschaukelt haben!«

»Nun wird sicherlich ein zynischer Bericht über mich und Hellenbrand kommen, nehme ich an.« Dr. Hambach erhob sich auch. »So ein Bericht, wie er typisch geworden ist für die öffentlich-rechtlichen Anstalten, finanziert von unserem Geld. Ein schön fotografiertes Panoramabild, und darunter die Sprecherstimme: ›Das ist Hellenbrand, ein friedliches Städtchen im Münsterland, seit heute aber die neue Hexenstadt Deutschland‹ – Und keiner hat die Möglichkeit, euch Idioten diese Filme um die Ohren zu schlagen!«

Ziemlich schnell verließ das TV-Team das Haus Dr. Hambachs und stieg in den Wagen. Erst als sie die Türen zugeschlagen hatten, sagte der Reporter giftig, aber dennoch zufrieden:

»Der typische alte Reaktionär. Gut, daß wir das wissen. Den alten Scheißer stellen wir mal besonders raus. Der wird sich wundem, was wir alles können!«

In einem forschen Tempo fuhren sie zurück zum »Westfalenwappen«, ihrem Quartier, und übersahen dabei, daß sie an einem kleinen Wagen vorbeifuhren, der ihnen entgegenkam und in dem Corinna saß. Sie konnten sie auch nicht erkennen, denn bis jetzt gab es noch kein Bild von dem Mädchen mit den strahlenden Händen.

Das sollte sich schnell ändern. Ein Nachbar der Doerincks, der kaufmännische Angestellte Julius Mandaus, wartete bereits im »Westfalenwappen« auf die Fernsehleute und präsentierte ein Foto. Eine Zufallsaufnahme, ein paar Jahre alt. Mandaus hatte in alten Fotoalben geblättert. Das Bild zeigte Corinna auf dem Fahrrad, wie sie wegfuhr und zurückwinkte.

»Ein verdammt hübscher Käfer«, sagte der TV-Reporter anerkennend und ließ das Foto im Kreis herumreichen. »Bei der lege ich mich sofort hin und lasse mich streicheln. Die wird staunen, wie gesund sie mich macht!«

In der Nacht wachte Corinna von einem intensiven Geräusch auf. Sie setzte sich hoch und begriff erst nach ein paar Sekunden, daß die Türklingel unentwegt schellte. Jemand mußte den Daumen draufdrücken, oder man hatte den Klingelknopf mit einem Streichholz niedergeklemmt. Sie kannte das; als Kind hatte sie es selbst getan, um die Leute zu ärgern, und sie hatte immer aus einem Versteck beobachtet, wie die Geärgerten wütend vor die Tür stürzten und das Streichholz herausrissen.

Jetzt war es kurz nach Mitternacht. Die kleine Digitaluhr mit den Leuchtziffern warf einen dünnen Lichtschimmer ins Zimmer. Corinna erhob sich aus dem Bett, lief auf Zehenspitzen zur Eingangstür und schob ganz langsam die Klappe von dem Türspion, durch den sie kontrollieren konnte, wer draußen stand. Doch in der Dunkelheit war nicht viel zu erkennen, nur die Umrisse eines Mannes. Er stand da in der Nacht und hielt tatsächlich seinen Daumen auf den Klingelknopf. Corinna hieb mit der Faust gegen die Tür. Sofort hörte das Klingeln auf.

»Was wollen Sie?« rief sie. »Wer sind Sie? Wenn Sie nicht sofort verschwinden, rufe ich die Polizei!«

»Bitte, machen Sie auf.« Die männliche Stimme klang durch die dicke Tür etwas hohl und fremd, aber trotzdem kam Corinna diese Stimme bekannt vor. Sie zögerte, blickte noch einmal durch den Spion und drehte dann den Schlüssel herum. Zuerst öffnete sie die Tür nur einen Spalt, aber als sie den späten Besucher erkannte, stieß sie die Tür ganz auf und ließ den Mann eintreten.

»Sie?« fragte sie gedehnt. »Um diese Zeit? Was wollen Sie hier, Dr. Wewes?«

»Darf ich näher kommen?« fragte er.

»Aber ja!« Sie ging voraus und knipste das Licht im Ausstellungsraum an. Erst in diesem Augenblick wurde ihr bewußt, daß sie in einem kurzen, dünnen Nachthemdchen vor Dr. Wewes stand. Schnell nahm sie den erstbesten Musterwandteppich und hielt ihn vor ihren Körper. Es sah absurd und komisch aus; der Teppich zeigte das Motiv »Odysseus bei den Sirenen«. Dr. Wewes lächelte schief.

»Ich bin Ihnen eine Erklärung schuldig«, sagte er

»Und dazu brauchen Sie die Mitternacht?« entgegnete sie spöttisch.

»Ja. Ich weiß, das klingt komisch – aber ich möchte nicht, daß man mich erkennt, wenn ich zu Ihnen komme.«

»Verstehe! Es ist unter dem Ehrenkodex des bekannten Lungenfacharztes, sich bei einer Wunderheilerin sehen zu lassen. Das könnte dem guten Ruf schaden. Aber warum kommen Sie dann überhaupt?«

»Als ich das erstemal kam …«

»… der Mann mit einer Lungenadenomatose …«

»Das war dämlich, ich weiß es jetzt im nachhinein. Ich war so etwas wie ein Spion, wissen Sie. Wir sind ein Freundeskreis von Ärzten, und nachdem Professor Willbreit uns von Ihnen berichtet hatte, erklärte ich mich bereit, Sie des Humbugs zu überführen.«

»Ich tue den Ärzten wohl schrecklich weh, nicht wahr?« sagte Corinna bitter.

»Sagen wir es so: Sie bringen etwas Unruhe in die Medizin. Und seit dem Zeitungsartikel … jetzt wird alle Welt aufmerksam! Bisher war das alles nur eine lokale Angelegenheit hinter geschlossenen Türen.«

»Und deshalb schleichen Sie sich um Mitternacht zu mir. Sie sollen mir im Namen der Ärzteschaft raten: Verhalt dich still! Gib es auf, mit deinen Händen zu heilen. Mach keinen

Ärger. Wir Ärzte sind stärker und werden dich mit wissenschaftlichen Gutachten als Betrügerin entlarven.« Sie schüttelte den Kopf. »Sie kennen mich noch nicht, Dr. Wewes. Ich lasse mich nicht einschüchtern. Dank meiner Hände habe ich eine große Aufgabe übertragen bekommen, und die führe ich zu Ende. Sagen Sie das allen Ihren Kollegen.«

»Nein! Sie sollen es selbst erfahren.« Dr. Wewes sah sich um, suchte einen Stuhl und setzte sich. Sein Gesicht war gegenüber seinem letzten Besuch gealtert. »Corinna – darf ich Sie so nennen? –, ich bin zu Ihnen gekommen, weil Sie recht hatten. Damals fuhr ich von Ihnen aus sofort zu Professor Schwarthe ...«

»Dem Gallenspezialisten.«

»Ja. Er hat mir Ihre Diagnose bestätigt. Heute, nach einer gründlichen Untersuchung, wissen wir es genau: Ich habe ein Gallenblasenempyem im Anfangsstadium, noch ohne die typischen Merkmale ... Schwarthe war verblüfft, daß ich so etwas bereits vermutet hatte.«

»Sie haben natürlich nichts von mir erzählt?«

»Nein.« Dr. Wewes senkte den Kopf. »Verzeihen Sie mir, Corinna. Es ist Feigheit, ich weiß. Es ist eine absolute Schofeligkeit! Ich hätte sagen müssen ...« Er winkte ab. »Na, lassen wir das. Wir Menschen sind eben so. Jedenfalls hat Schwarthe mir gewaltige Dosen Antibiotika verschrieben und angedeutet, daß es ratsam sei, die Gallenblase ... na, Sie wissen schon!«

»Ein vernünftiger Vorschlag.«

»Sicherlich. Nur – ich befürchte ein Narkoserisiko. Mein Kreislauf ist labil ... rund heraus: Ich habe Angst, mich auf den Tisch zu legen. Muß ich Ihnen das sagen? Wir Ärzte sind eine Spezies für sich. Was wir unseren Patienten empfehlen, muten wir durchaus nicht gern unserem eigenen Körper zu. Ärzte sind seit jeher die schlimmsten, problematischsten Patienten. Ich sage zum Beispiel zu meinen Kranken in der Praxis: ›Verdammt noch mal, lassen Sie das Rauchen sein!

Wollen Sie sich vergiften?‹ – Aber ich selbst rauche am Tag bis zu vierzig Zigaretten.

Übrigens: Auch Sie rauchen zuviel!«

»Ich weiß, aber nach einer Behandlung muß ich einfach eine Zigarette haben.« Sie hielt noch immer den Wandteppich »Odysseus bei den Sirenen« vor ihr Nachthemd.

»Rundheraus!« sagte Dr. Wewes und blickte dabei auf den Dielenboden: »Wollen Sie mich behandeln, Corinna?«

»Den Spion der Ärzteschaft?«

»Vergessen Sie das! Bitte!«

»Ich weiß nicht, ob ich Sie behandeln kann.«

»Wieso denn?« Jetzt blickte er hoch und sah Corinna erschrocken an.

»Ich bin nicht sicher, ob ich die innere Unbefangenheit aufbringe, welche die Voraussetzung für einen Kontakt zu Ihnen bildet. Ich vermag nur dann zu helfen, wenn ich einem Menschen absolut aggressionslos gegenüberstehe. Kann ich das bei Ihnen? Ich weiß es nicht ... allein meine Hände werden es verraten ...«

»Wollen Sie es wenigstens versuchen?« Er stand von dem Stuhl auf und tastete nervös in seiner Rocktasche herum. Er fand nicht, was er suchte, und feixte: »Meine Zigaretten liegen im Auto ... ich habe vier geraucht, ehe ich an Ihre Tür gegangen bin. Haben Sie eine greifbar?«

»Im Schlafzimmer. Einen Augenblick.«

Sie lief nach hinten, froh, daß sie den dummen Wandteppich fallen lassen konnte. Nach zwei Minuten kam sie zurück, jetzt in einem großgeblümten Bademantel. Gierig nahm Dr. Wewes eine Zigarette aus der hingehaltenen Pakkung, ebenso gierig inhalierte er die ersten Züge.

»Wenn das Ihre Lungenpatienten sehen könnten!« lächelte Corinna.

»Ich weiß, Corinna, ich möchte Ihnen etwas versprechen.«

»Da bin ich aber gespannt.«

»Ich ... ich glaube an Sie und an die Kraft in Ihren Händen.«

»Das zu sagen, ist Ihnen aber schwergefallen.«

»Nein. Jetzt nicht mehr. Und noch etwas: Ich werde Sie mit jemandem bekannt machen, den ich von einigen Kongressen her gut kenne, und der Ihnen helfen wird. Denn Hilfe werden Sie bald brauchen, große Hilfe. Sie ahnen nicht, was auf Sie zukommen wird!«

»Das sagen alle. Ich bin darauf gefaßt.«

»Das allein genügt nicht. Sie werden Beistand brauchen; eine geistige Mauer, hinter der Sie Schutz finden können. Es wird Anfeindungen regnen, und Sie haben keinen Schirm. Mut allein ist hier wenig. Ich werde Sie mit Professor Dr. Pieter van Meersel bekannt machen. Meersel ist der bekannteste holländische Biophysiker. Sein Spezialgebiet ist die Mitogenetische Strahlung, die Zellausstrahlung. Er kann sehr wichtig sein für Ihr weiteres Schicksal. Die wenigsten Ärzte haben sich mit Biophysik beschäftigt, kennen sie nicht einmal, wollen sie auch nicht kennenlernen. Das ist heute so wie damals bei Galilei: Die Erde durfte sich einfach nicht um die Sonne drehen, es widersprach der gültigen Lehre. Auch Sie widersprechen hier und heute der gültigen Lehre. Begreifen Sie, wie hart die Zukunft für Sie werden wird?« Dr. Wewes holte tief Atem und rauchte seine Zigarette zu Ende. »Ja, ich werde Professor Meersel für Sie interessieren.«

»Und wenn ich das gar nicht will?«

»Corinna, Sie haben den Darmkrebs Ihrer Mutter eintrocknen lassen …«

»Ja, und?«

»Sie sagen ja und wollen diesen großartigen Erfolg auf Hellenbrand beschränken? Das dürfen Sie einfach nicht. Professor van Meersel wird Ihnen die Tür zur internationalen Anerkennung aufstoßen. Sie sind eine Ausnahmeerscheinung, das müssen die Wissenschaftler doch akzeptieren! Diese Fachidioten können doch lernen, wie man den Menschen auf neuen Wegen helfen kann. Vielleicht gibt es eine Zukunft, an die nie jemand gedacht hat? Früher waren wir

Ärzte auf Tastsinn und Gehör angewiesen. Wenn es in der Lunge rasselte, war klar: Da stimmt was nicht. Und war der Bauch bretthart, begann man zwischen einer Menge möglicher Diagnosen die richtige herauszusuchen. Wer hätte je geglaubt, daß man eines Tages in einen menschlichen Körper hineinsehen kann? Da kam Röntgen, und die Medizin explodierte angesichts der neuen Möglichkeiten. Heute gibt es kaum noch einen Winkel des Körpers, den man nicht kontrollieren kann mit den kompliziertesten Skopen.« Dr. Wewes hatte Appetit auf eine neue Zigarette, doch er unterdrückte seinen Drang. »Jetzt sind Sie da, Corinna. Wieder etwas völlig Neues, Unbekanntes, ja Unbegreifliches. Verstehen Sie, was ich sagen will?«

»Ja. Aber ich habe nichts dazu zu sagen. Ich kann nichts erklären. Es ist einfach da in meinen Händen, in meinen Fingern. Ich kann nur sagen: Seht her, so ist es! Wird das genügen?«

»Für unsere Schulmedizin – nie!« Dr. Wewes strich sich mit beiden Händen über das Gesicht und merkte erst jetzt, daß er schweißnaß war. »Corinna, ich bin froh, daß ich gekommen bin. Und ich schäme mich, daß ich nachher wieder von Ihnen fortschleiche und Sie selbstverständlich in Münster und im Kollegenkreis verleugnen werde. Verachten Sie mich ruhig, nicht jeder ist ein Held. Aber bitte, behandeln Sie mich, dann bringe ich Ihnen Professor van Meersel.«

Eine halbe Stunde später fuhr Dr. Wewes nach Münster zurück. Eine eigenartige, wohlige Wärme spürte er im Körper. Corinnas Hände hatten den Bereich der Galle umkreist, und sie hatte leise gesagt: »Es geht. Ich fühle Ihre Krankheit. Ich habe Kontakt mit ihr. In meinen Fingerspitzen sticht es …« Dann hatte sie geschwiegen, ihr Gesicht wurde ernst und kantiger, die mandelförmigen Augen verengten sich zu einem Schlitz, in den Mundwinkeln erschienen tiefe Falten … schließlich strömte jene Wärme in Dr. Wewes' Leib, die jetzt noch, auf der Rückfahrt nach Münster, anhielt.

Ein Wunder. Man sollte es hinausrufen. Man sollte die Arme ausbreiten, überall, wo man Menschen traf, und ihnen zurufen: Ich habe es gespürt. Es gibt das Unbegreifliche.

Ein Halleluja für ein Wunder!

Aber Dr. Wewes würde schweigen und am Ärztestammtisch sagen: »Diese Streichelmaus, wie heißt sie noch mal, ach ja, Corinna Doerinck – die sollten wir vergessen. Das läuft sich tot. Eine Modeerscheinung. Das Volk braucht etwas, das es anhimmeln kann ... aber so was geht immer wieder schnell vorüber, wie man weiß.«

Noch 'n Bier und Prost!

Am nächsten Morgen um zehn verstand das Fernsehteam die Welt nicht mehr: Statt wieder vor verschlossener Tür und verhängten Fenstern an der Scheune stehen und umkehren zu müssen, erlebten sie diesmal sozusagen ein Wunder. Corinna Doerinck – das haut dich um, was für ein Weib! – erschien vor dem Haus und winkte den Fernsehmännern zu.

»Kommen Sie rein!« sagte sie, als der Reporter sich ungläubig näherte und an einen ganz üblen Trick dachte. »Sie sollen alles hören und sehen, was Sie wollen.«

»Und ... warum ... warum das auf einmal?« fragte der Reporter verwirrt.

»Weil es nötig ist.« Sie sah den Fernsehmann scharf an, ihr Blick glitt an ihm hinunter, und dann meinte sie: »Die Narbe an Ihrer linken Hüfte ist ziemlich wulstig. Sie sind ein Narbentyp. Sagen Sie das bitte, wenn Sie mal wieder eine größere Verletzung haben ...«

Der junge Fernsehreporter starrte Corinna ungläubig an, kratzte sich darauf die Brust und murmelte stockend: »Stark! Das ist stark! Das stimmt sogar ... Bin in der Biskaya durch 'ne plötzliche hohe Welle auf eine Klippe geworfen worden. Das können Sie sehen? Durch die Hose?«

»So ähnlich.«

»Du meine Güte!« Der Reporter – er hieß Jakob Stein, nannte sich aber Jack Stone, weil er weitsichtig auf eine Sängerkarriere hoffte – legte dramatisch beide Hände über seinen Hosenschlitz. Corinna wandte sich schroff ab. Sie mochte solche Scherze gar nicht. »Wo können wir drehen?«

»Wo Sie wollen.«

»Hier? Im Teppichatelier? Oder haben Sie einen besonderen Behandlungsraum für die Kranken?«

»Nebenan, in der Werkstatt.«

»Das ist gut. Werkstatt … sehr gut! Ein phantastischer Name dafür.«

Es dauerte eine halbe Stunde, ehe die Beleuchtung und der Ton, vor allem aber die Plazierung in der Werkstatt so ausbalanciert waren, daß man drehen konnte. Der Reporter setzte Corinna an den Knüpfrahmen zwischen den bunten Wollspindeln und filmte zunächst, wie Corinna ein paar Knoten des neuen Teppichs knüpfte. Dann holte die Kamera ihre Hände groß ins Bild und hielt sie fest. Später würde man bei der Tonmischung diese Aufnahme mit den Worten unterlegen: »Das sind die Hände, die heilen können. Die sogar Krebs austrocknen. Die strahlenden Hände. Oder sind es ganz normale Hände, die nun aus der Gutgläubigkeit der Kranken Geld scheffeln sollen?« – Das war keine Beleidigung, denn es war ja eine Frage! Die Antwort erwartete man von Corinna Doerinck.

Der junge Reporter saß nun Corinna gegenüber und sah seine große Stunde gekommen. Er ahnte, daß diese Reportage ein weltweites Echo haben könnte, wenn sie richtig – das heißt mit dramatischer Rücksichtslosigkeit – gemacht würde.

»Sie behaupten also«, fing er an, »mit Ihren Händen heilen zu können?«

»Nein«, antwortete Corinna und verblüffte damit das Fernsehteam.

»Nicht?«

»Ich behaupte es nicht, ich weiß es. Ich kann es beweisen.«

»Sie können wirkliche Heilerfolge nachweisen?«

»Ja.«

»Welche?«

»Namen werde ich nicht nennen. Aber ich kann Ihnen sagen, daß ich Bronchitis, Asthma, Herzrhythmusstörungen, Magengeschwüre, Ischias, Gastriten, Prostataentzündungen, Gallenblasenentzündungen, Harnröhrenverschluß, Erkrankungen der Herzkranzgefäße und noch vieles mehr heilen kann.«

»Und sogar Krebs!«

»Einmal ist es gelungen – bei meiner Mutter.«

»Nur durch Handauflegen?«

»Nein, durch eine Art Streicheln über den erkrankten Bezirk. Ich berühre nie einen Körper, aber es muß sich ein Spannungsfeld zwischen mir und dem erkrankten Organ aufbauen. Dieses Spannungsfeld ist die Kraft, die eine Krankheit tötet. Es ist ein bioplastischer Energieblock, der auf die Zellen einwirkt. Die kranken Zellen veröden dabei, Entzündungen – vor allem an den Nerven – trocknen regelrecht aus, es gibt keine exsudativ-infiltrative Prozesse mehr.«

»Das klingt phantastisch und wissenschaftlich zugleich. Woher haben Sie die medizinischen Kenntnisse? Sind Sie Autodidakt?«

»Nein. Ich habe Medizin studiert.«

»Aber nicht zu Ende geführt? Warum?«

»Ich war zu oft anderer Meinung als meine Professoren. Ich habe sie mehrmals auf Fehldiagnosen aufmerksam gemacht – wer kann das ertragen?«

»Und Ihre Diagnosen stellten sich später als richtig heraus?«

»Ja. Alle.«

»Und das alles durch Ihre Hände. Stimmt es: Sie fühlen nicht nur mit den Händen, Sie sehen auch mit den Händen?«

»Das ist falsch ausgedrückt. Durch die Strahlung aus meinen Fingerspitzen kann ich lokalisieren, kann eine Krankheit genau umgrenzen und benennen. Man nennt das Dermooptik; das konnten schon die Ärzte im Altertum und die Medizinmänner der Naturvölker.«

Der Reporter jubelte innerlich. Jetzt hatte er sie, jetzt konnte er zuschlagen. »Sie stellen sich also auf eine Stufe mit den Medizinmännern, etwa der Bantus oder der Neu-Guineer?«

»Nein. Ich wollte nur sagen: Es ist kein Wunder, nichts Außergewöhnliches, was ich mache. Man kennt es seit Jahrhunderten, nur hat man es nie ernst genommen.«

»Warum?«

»Weil es wissenschaftlich noch nicht voll erklärbar ist. Und was noch nicht ergründet ist, gilt in der Medizin nichts. Wer ist dagegen nicht schon alles angerannt. Welche Entwicklungen wurden da nicht schon bekämpft. Denken Sie an die Neuzeit: Professor Niehans mit seinen Frischzellen. Die THX-Behandlung. Die Auffassung, daß Krebs eine Ganzheitserkrankung des Körpers sein könnte und der Tumor nur die lokale Manifestation eines aus den Fugen geratenen Zellstoffwechsels. Bei den Schulmedizinern gibt es da nur ein schiefes Lächeln, und sie schneiden und bestrahlen und pumpen die menschlichen Körper weiterhin mit Chemie voll.«

»Und Sie streicheln, und siehe da: der Krebs zeigt die weiße Flagge und löst sich still und leise auf. Muß man da nicht spöttisch lächeln? Was wir mit den raffiniertesten Strahlungsgeräten nicht schaffen, das schaffen Ihre Hände durch die – wie Sie es nennen – bioenergetischen Strahlen? Das *kann* man ja nicht glauben!«

»Man soll hier nicht glauben, sondern hoffen und beobachten. Und schließlich fühlen, daß man die Krankheit besiegt hat.«

»Sie können mit Ihrer Dermooptik auch Metastasen aufspüren? Besser als die Szintigraphie, die unter bestimmten Bedingungen im Körper verteilte Metastasen sichtbar zu machen vermag? So was schaffen Sie auch mit Ihren Fingern?«

»Ich habe es noch nicht probiert.« Corinna blickte voll in die Kamera, die ihr wunderschönes kaukasisches Gesicht in Großaufnahme brachte. »Ich habe bisher nur ein einziges Mal in meinen Fingern gespürt, daß ein Krebs vernichtet war – bei meiner Mutter. Die Röntgenbilder, die später gemacht wurden, bestätigten es.«

Das Fernsehinterview dauerte eine ganze Stunde. Was man zu hören bekam, war unglaublich. Wenn wirklich alles der Wahrheit entsprach, was Corinna erzählte, saß da vor der Kamera eine Frau, die vor aller Augen das tat, was man in der Bibel Wunder nannte. Nicht nur die Mediziner würden über sie herfallen, auch die Kirche. Corinna Doerinck war eine echte Sensation.

Das Fernsehteam verabschiedete sich überaus freundschaftlich, was bei Kennern der Szene, vor allem in dieser ungewöhnlichen Situation, einen Alarm ausgelöst hätte. Corinna aber war völlig unbefangen; sie war sogar glücklich darüber, nun gesagt zu haben, daß sie keine Wunder vollbringen könne, sondern daß hier nur eine natürliche, wenn auch seltene Kraft wirksam sei. Sie hoffte, daß man sie jetzt verstand. Ihr großer Fehler aber war, daß sie keine Livesendung verlangt hatte, bei der man nichts schneiden, nichts manipulieren konnte. Was in zwei Tagen als geschnittener Film über die Sender laufen würde, ahnte sie noch nicht. Sie hätte sich sonst auf die Filmrollen gestürzt und versucht, sie zu vernichten.

Sie winkte dem Fernsehwagen sogar noch nach, aber natürlich hörte sie nicht, was der Reporter voll dicker Zufriedenheit sagte:

»Das hätten wir im Kasten. Wenn es übermorgen in ›Medizin für alle‹ durchläuft, rollt eine neue Woge heran. Endlich! War ja sonst ein mieser, toter Sommer.«

Am Nachmittag rief Professor Pieter van Meersel an. Als er seinen Namen nannte – er sprach ein sehr gutes Deutsch – blieb Corinna für einen Augenblick das Herz stehen. Dr. Wewes hatte sein Versprechen gehalten.

»Ich habe mit großem Interesse von Ihnen vernommen«, sagte van Meersel, »und was mir Dr. Wewes erzählte, bestätigt vieles von dem, was sich aus unserer Forschung ergeben hat. Ich hielte es für nützlich, wenn wir uns kennenlernten.«

»Sie können jederzeit nach Hellenbrand kommen.« Corinna spürte deutlich ihren schneller gewordenen Herzschlag. »Ich habe nicht die Absicht, in nächster Zeit zu verreisen.«

»Sehr gut. Ich werde am kommenden Montag bei Ihnen sein. Ist das recht?«

»Ja, ich freue mich.«

»Sie haben bis jetzt nur im engsten Kreis Ihre Fähigkeit gezeigt, stimmt das?«

»Ja. Aber heute war das Fernsehen hier für ein langes Interview.«

»Hm.« Van Meersel schien davon nicht begeistert zu sein. »War das nötig?«

»Soll ich mich verstecken?«

»Natürlich nicht. Nur ist es mehr als mutig, ja geradezu leichtsinnig, den Kampf aufzunehmen ...«

»Kampf? Gegen wen?«

»Die Gegner werden wie Pilze aus dem Boden schießen.«

»Die mögen ihre Argumente haben – ich habe die meinen. Und meine Hände! Die kann man nicht wegreden.«

»Ich komme schon am Sonnabend zu Ihnen«, sagte van Meersel hastig. »Einen großen Rat vorweg: Wenn wir Sie nicht wissenschaftlich stützen, werden Sie einem psychischen Terror ausgesetzt sein, dem Sie nie gewachsen sind. Das Schlimmste wird sein, daß man Sie lächerlich macht. Lächerlichkeit ist absolut tödlich! Da ziehen keine ernsthaften Argumente mehr. Wer glaubt einem Menschen, über den man höhnisch lacht? Das müssen wir vermeiden. Warum haben Sie nur das Fernsehinterview gegeben? Schon da hätte man einen Wall aufbauen müssen! Haben Sie nie mit einem Parapsychologen oder einem Fachmann gesprochen?«

»Nein. Wozu? Meine Hände können heilen, genügt das nicht?«

»Man sollte es annehmen. Man sollte es mit einem Glücksgefühl und mit Ehrfurcht hinnehmen. Aber unsere Umwelt ist anders, Fräulein Doerinck. Neben den Glücklichen gibt es die, die Opfer sehen wollen, und sie sind immer in der Mehrzahl! Das ist ein Phänomen dieser Menschheit: die Wollust der Zerstörung. – Ich bin am Sonnabend frühzeitig bei Ihnen!«

Langsam legte Corinna den Hörer zurück auf das Telefon. Von allen Seiten nur Warnungen; nun auch von Professor van Meersel. Auf allen Seiten nur die Furcht vor Auseinandersetzung und verbissener Feindschaft. Überall nichts als versteckte Angst. Warum war es nicht möglich, ganz einfach zu sagen: Ja, Ihre Hände können heilen, wir sehen es, wir akzeptieren das, es ist nun mal so. Warum sofort die Drohung: Die vernichten wir! Sind die Kranken nicht wichtiger als ein Lehrbuch?

Auf einmal war sich Corinna klar, daß es falsch gewesen war, dem Fernsehen von ihren Heilungen und über ihr Leben zu erzählen, von der Energie aus ihren Händen und von den Hoffnungen, die sie hatte. Das gab den noch unbekannten Gegnern genug Munition, um ein Sperrfeuer auf sie zu konzentrieren. Sie schloß ihre Scheune ab, fuhr in den Ort zu ihren Eltern. Ihren Vater traf sie in einer ausgesprochen tatendurstigen Stimmung an. Es war, als habe sich die Zeit zurückgedreht: Nicht mehr der sehr ruhig gewordene Lehrer und Konrektor Stefan Doerinck saß am Kaffeetisch und aß Ljudmilas frisch gebackenen gedeckten Apfelkuchen, sondern es war etwas von dem damaligen Draufgänger im Kaukasus zurückgekehrt, etwas von dem längst vergessenen Kerl, der im Krieg fünf Tage lang einen Brückenkopf mit zehn Mann hielt, bis jenseits des Flusses die deutschen Bataillone sich geordnet hatten und zu einem planmäßigen Rückzug fähig waren. Er hatte dafür das Deutsche Kreuz in Gold erhalten, das »Spiegelei«, wie es die Landser nannten, aber er hatte es nie getragen, denn von dem Brückenkopf waren nur zwei Mann zurückgekommen: er und ein Gefreiter mit einem Schulterschuß. Er hatte nie begriffen, daß er überlebt hatte.

»Komm, setz dich, Cora«, sagte Doerinck zu seiner Tochter und wies auf einen Stuhl. »Ein Stück Kuchen?«

»Was hast du, mein Liebling?« fragte Ljudmila sanft. Eine Mutter spürt viel früher als ein Vater, wenn ein Kind Sorgen ins Elternhaus trägt. »Gibt es immer noch Schwierigkeiten wegen der Zeitung?«

»Ein berühmter Professor aus Holland hat mit mir telefoniert. Er kommt am Sonnabend.«

»Schmeiß ihn raus!« Doerinck schlürfte einen Schluck des heißen starken Kaffees. »Wirf alle raus! Ich bin dabei, es auch zu tun. Welche kriecherische Feigheit ist plötzlich um uns! Der Bürgermeister träumt von einem Chaos. Der Herr Rektor scheißt sich in die Hosen beim Gedanken an den Schulrat. Die Nachbarn grüßen verklemmt oder weichen einem aus. Aber da kennen sie Doerinck schlecht!«

»Übermorgen wird das Fernsehen einen Bericht über mich bringen, Papuschka.«

»Was?« Doerinck sprang so wild auf, daß sein Stuhl umkippte. »Du hast die Burschen reingelassen? Cora! Bist du denn verrückt geworden?«

»Ich habe keinen Anlaß, mich zu verstecken. Ich habe nichts Schlimmes getan. Ich habe nur geholfen. Das habe ich dem Fernsehen gesagt.«

»Und übermorgen wissen zig Millionen, daß in Hellenbrand ein Mädchen mit den Händen sogar Krebs heilt. Na, prost! Peters Chaos wird also Wirklichkeit. Überblickst du überhaupt, was du da in Gang gesetzt hast?«

»Ein bißchen Intelligenz darfst du mir zutrauen, Papa.«

»Und trotzdem?«

»Gerade deswegen!« Corinna setzte sich an den Tisch, nahm ein Stück Apfelkuchen und sah zu, wie die Mutter ihr die Tasse voll Kaffee goß. Dann nahm sie Zucker und Sahne und rührte den Kaffee um. »Wenn mir Gott oder die Vorsehung oder irgendeine Materie oder sonst irgendwer oder irgendwas die Kraft gegeben hat, die Menschen zu heilen, dann sollen es die Menschen auch wissen. – Mamuschka, dein Kuchen schmeckt wundervoll …«

»Ein Meer wird über uns hereinbrechen!« sagte Doerinck heiser.

»Hast du Angst, Papuschka?« Corinna lächelte und schnitt ein neues Stückchen Apfelkuchen ab. »Wir können doch schwimmen …«

8

Zwei Tage lang blieb es still im westfälischen Hellenbrand. Unangenehm still, wie Doerinck sagte, der diese Stille mit dem Vakuum verglich, das einem Tornado vorausgeht.

Der Schulrat hatte sich nicht gemeldet. Vielleicht las er gerade diese Zeitung nicht. Rektor Ferdinand Hupp hatte sich beruhigt; er wußte ja noch nichts von dem Fernsehinterview, das Corinna gegeben hatte. Auch Bürgermeister Peter Beiler war ahnungslos. Sie alle, auch das Lehrerkollegium und die ganze Stadt, würden in einen Aufschrei ausbrechen, wenn am Abend das Fernsehen die Aufnahmen aus Hellenbrand ausstrahlte.

Am Nachmittag dieses Sonnabends traf Professor van Meersel aus Holland ein. Er kam mit eigenem Wagen – die Entfernungen zwischen Holland und dem Münsterland sind ja gering. Meersel war ein langer, dürrer Mensch mit schütterem weißem Haar, hellblauen, wäßrigen Augen und einer Eigenart, von der ihn bisher noch kein Arzt hatte befreien können: Er zuckte in unbestimmten Abständen mit der Nase. Daß jemandem die Augen vibrieren oder die Lippen flattern, daß über das Gesicht ein Zucken fliegt, das hat man öfter – aber ein Zucken der Nase, als ob ein leichter elektrischer Schlag durch den Zinken fährt, ist äußerst selten. Namhafte Neurologen in Holland zerbrachen sich den Kopf über die Krankheit ihres berühmten Kollegen.

Professor van Meersel kam gerade bei der Scheune an, als Corinna den letzten Gast – sie vermied das Wort Patient, wenn es möglich war – zur Tür brachte. Es war Frau Hilde Huiskens, die Frau des Humüwest-Schalterfabrikanten. Aus Dankbarkeit, weil es ihr so gutging, hatte sie Corinna zuvor einen Fünfhundertmarkschein auf den Tisch gelegt.

»Ich nehme kein Geld«, hatte Corinna gesagt. »Ich darf gar keins nehmen dafür.«

»Ein Geschenk, mein Liebes. Man darf Ihnen doch ein Geschenk machen.« Frau Huiskens hatte sie zum Abschied geküßt. »Ich fühle mich so wohl wie seit Jahren nicht mehr. Ihre Hände sind ein Wunder, Corinna ...«

In die Abschiedsszene vor der Tür fuhr Professor van Meersel hinein und wartete im Wagen, bis Frau Huiskens mit einem langen Blick auf die holländische Autonummer weggefahren war. Dann stieg Meersel aus, seine Nase zuckte wieder, und er winkte Corinna von weitem zu.

»Willkommen, Herr Professor, bei der Hexe!« rief sie, als er näher kam. »Treten Sie ein.«

Meersel wollte bei dem Wort Hexe protestieren, aber Corinnas Anblick war auch für ihn so überwältigend, daß er ihr zunächst die Hand küßte und antwortete:

»Es gibt immer neue Dummheiten der Menschheit. Je komplizierter die Zivilisation wird, um so mehr verliert man den Blick für das Natürliche. – Ich habe Sie mir ganz anders vorgestellt.«

»Wie denn?«

»Dr. Wewes hat Sie mir nicht beschrieben.« Meersel trat in den Ausstellungsraum und blickte interessiert um sich. »Kennen Sie Marikje Kerselaar?«

»Nein. Müßte ich sie kennen?«

»Marikje ist sozusagen eine Kollegin von Ihnen in Holland; ihre Kundschaft ist ebenso exklusiv wie geheim. Man munkelt, sogar die königliche Familie soll sie schon mal bestellt haben. Warum auch nicht, sie ist schließlich eine außergewöhnliche Frau. Augendiagnose, Behandlung durch Magnetfelder, magnetisierte Watte; Amulette, die sie mit Energie auflädt und die diese Energie an den Körper freigeben mit dem sogenannten Retard-Effekt – sie hat große Erfolge damit gehabt. Und natürlich ein Heer von Feinden gesammelt. Sie ist umstritten. Diese Amulette riechen ja geradezu nach Scharlatanerie und billigen Theatereffekten.« Meersel hob die schmalen Schultern. »Aber was soll man sagen angesichts der Erfolge?«

»Sie halten wenig von ihr, nicht wahr?«

»Sagen wir es so: Ihre heilende Ausstrahlung ist nicht meßbar ...«

Meersel verbeugte sich höflich, als Corinna auf einen Sessel zeigte, der hinter einem runden Tisch stand. Auf der Tischplatte lag der Fünfhundertmarkschein. Meersel setzte sich und sah die Banknote nachdenklich an.

»Ihr Honorar?«

»Nein. Frau Huiskens – das war die Dame, die gerade wegging – hat ihn aus Dankbarkeit hingelegt. Ich nehme kein Geld, und ich weiß auch nicht, was ich damit tun soll. Bis jetzt habe ich fast zweitausend Mark zusammen.« Sie ging zu einem Schrank, öffnete ihn und holte einen länglichen geschnitzten Holzkasten heraus. Als sie den Deckel aufklappte, sah Meersel die Geldscheine. Auch der Fünfhundertmarkschein wanderte in den Kasten. »Vielleicht gebe ich das Geld weiter an den Kindergarten oder an das Altersheim. Ich weiß es noch nicht. Ich selbst will nichts davon.« Sie sah van Meersel mit großen, fragenden Augen an. »Ich habe Angst, daß meine Kraft erlischt, wenn ich dafür Geld nehme. In diesem Fall ist die Annahme von Geld wohl eine Art Aggression – und jede Aggression verhindert die Entfaltung psychokinetischer Kräfte.«

»Da sind wir schon mittendrin in der Parapsychologie.« Van Meersel sah zu und wartete mit dem Weiterreden, bis Corinna aus dem Nebenraum, aus der kleinen Küchenecke, Kaffee und von Ljudmila gebackenen Honigkuchen gebracht hatte. Er schien von der Fahrt großen Hunger mitgebracht zu haben, denn er aß zwei Honigkuchenstücke mit großem Wohlbehagen und trank zwei Tassen schwarzen Kaffee. »Ein himmlischer Kuchen!« rief er.

»Nach einem grusinischen Rezept von Mamuschka gebacken.«

»Ja, Ihre Mutter! Ihr Musterpatient, wie mir Dr. Wewes erzählte. Darmkrebs ... und geheilt. Da werde sogar ich, der für viel Ausgefallenes Verständnis aufbringt, kritisch. Aber davon später. Als ich hörte, daß Sie russische Vorfahren haben, wurde ich – wie sagt man in Deutschland? – hellwach. Gerade aus Rußland kommen Informationen über die erregendsten parapsychologischen Forschungen, Experimente und Taten zu uns. Das Tollste, was man jetzt an der Universität von Alma-Ata entdeckt hat – ein ganzes Forschungsteam war daran beteiligt –, ist die Einwirkung auf materielle Gegenstände nur mittels Gedankenimpulsen. Die Russen nennen es ›Einsatz von bioplasmatischer Feldenergie‹. Man kann durch diese Energie Gegenstände bewegen, verändern und verformen …«

»Wie Uri Geller, als er im Fernsehen Gabeln verbogen hat – nur durch Anblicken.« Corinna setzte sich van Meersel gegenüber, aber sie aß und trank nichts. »Als ich das auf dem Bildschirm sah und später bei Kollegen meines Vaters, im Gasthaus, bei den Nachbarn, und überall hörte, das könne nur ein sensationeller Trick sein, so etwas sei schlicht unmöglich – da habe ich hier, wo Sie jetzt sitzen, Herr Professor, ein großes Glas auf den Tisch gestellt und es angesehen. Nichts geschah. Dann streckte ich meine Hände aus und spreizte die Finger – und das Glas zersprang in kleinste Stücke – Ich habe nie darüber gesprochen, auch nicht zu meinen Eltern.«

»Auch nicht im Fernsehen?«

»Nein. Das wissen jetzt nur Sie allein.«

»Danke für das Vertrauen.« Van Meersel aß noch ein Stück Honigkuchen. »Bei so einem Kuchen bin ich der schwächste Mensch, der lebt.« Er spülte den Mund mit Kaffee aus und kam dann auf die Probleme zurück: »Als ich diese Forschungsergebnisse von Alma-Ata las, wurde mir ein wenig – wie sagt man in Deutsch? –, ja, mulmig zumute … Wer vermag jetzt schon zu ermessen, wozu gebündelte bioplasmatische Feldenergie eines Tages mißbraucht werden könnte? So wie Atomenergie mißbraucht worden ist und weiter mißbraucht wird. Sind das nur Phantasien? Vor hundert Jahren noch war für den Chirurgen das Gehirn ein Tabu – in unserer Zeit experimentiert man mit dem Austausch von Gehirnen, als handle es sich um Austauschmotoren. Während des Mittelalters wurden Menschen mit nicht erklärbaren psychischen Kräften im Westen verbrannt, in Rußland nannte man sie schon damals ehrfurchtsvoll ›Heilige Idioten‹ – und heute liest man mit Staunen, daß Professor Wenjamin Puschkin von der Akademie der Wissenschaften der UdSSR und Direktor des ›Labors für Heuristik‹ in Moskau einem großen Gremium von Wissenschaftlern den Studenten Boris Jermolajew vorstellte, der unter seinen Händen Zeitschriften, Zigarettenschachteln und metallische Gegenstände frei in der Luft schweben ließ. Eine Energie, die Puschkin Autogravitation nennt, versetzte Jermolajew in die Lage, ein eigenes Schwerkraftfeld zu erzeugen. Das stellt nun alles auf den Kopf, was man bisher von der Psychokinese schon zu wissen glaubte. Das bioplasmatische Kraftfeld, das elektromagnetische Feld – alles überholt? Was war das, Corinna, als Sie die Hände ausstreckten und das Glas zersprang zu Pulver?« Van Meersel atmete tief auf und rührte in der Kaffeetasse, obgleich gar kein Kaffee mehr drin war. »Um das alles zu ertasten, und wenn's nur ein winziges Zipfelchen an Erkenntnis sein mag – deswegen bin ich zu Ihnen gekommen. Ich möchte kühn behaupten: Was dieser Boris Jermolajew in Moskau kann, das können Sie schon lange! Wir hätten in aller Stille und ungestört unsere Experimente durchführen und wissenschaftlich untermauern können …«, er schlug sich auf die Schenkel, »… und nun kommt das Fernsehen! Heute abend um zweiundzwanzig Uhr kennt Sie die halbe Welt, in drei Tagen die ganze. Auf der Strecke bleibt die Wissenschaft!«

Meersel wischte sich über das Gesicht, betrachtete mit einem geradezu verliebten Blick das letzte Stück Honigkuchen auf der Porzellanplatte, aber er bezwang sich und griff nicht mehr zu. »Was passiert ist, kann man nicht mehr rückgängig machen, aber ich werde versuchen, die gröbsten Auswüchse zu verhüten und den Ärger von Ihnen fernzuhalten.«

»Und wenn ich wirklich nur – eine Scharlatanin bin?« fragte Corinna provozierend.

Professor van Meersel hob die schmalen Schultern. »Das habe ich schnell heraus. Ich bin ja jetzt da und beobachte Sie.«

»Warum zucken Sie immer mit der Nase?«

»Ja, warum?« Meersel lächelte trüb. »Das weiß nur der liebe Gott … oder irgendein Nerv, der verrückt geworden ist. Man muß damit leben.«

»Das sagen Sie, ausgerechnet Sie? Hat Marikje Kerselaar das gesehen?«

»Natürlich.«

»Und was sagte sie?«

»Pieter, meinte sie – sie duzt jeden und würde auch unsere Königin duzen –, Pieter, das mit der Nase hört nur auf, wenn man dir das Hirn einschlägt. – So ist sie eben.«

»Ich bin anders.« Corinna beugte sich vor, blickte Meersel tief in die Augen, hob die rechte Hand, formte sie wie eine flache Schale und ließ sie nahe über seiner Nase schweben. Meersel saß stocksteif in seinem Sessel, als sei er gelähmt. »Was spüren Sie jetzt?« fragte sie mit einer völlig fremden, dunkleren Stimme.

»Wärme …« Meersels Augen wurden noch wäßriger. »Ihre … Ihre bioplasmatische Energie …«

Nur eine Minute schwebte Corinnas Hand über Meersels Gesicht, dann sank ihr Arm herab. Wie immer holte sie tief Atem, griff zur Zigarette und rauchte die ersten Züge gierig und mit geschlossenen Augen. Professor van Meersel saß noch immer steif im Sessel. Die Hitze auf seinem Gesicht verschwand, aber sie war nicht einfach weg, er spürte sie noch in sich, sie schien sich im Körper zu verteilen.

»Das war eine gute Demonstration«, sagte er leise. »So habe ich das erwartet.«

»In zehn Tagen haben Sie kein Nasenzucken mehr, Herr Professor.« Corinna sagte es mit noch geschlossenen Augen, zwischen zwei Zigarettenzügen. »Wenn es in zehn Tagen nicht vorbei ist, können Sie in alle Welt rufen: Vergeßt den Namen Corinna!«

»Und wenn meine Nase nicht mehr zuckt, werde ich in alle Welt rufen: Hier habt ihr den Beweis, daß der Mensch mehr ist als ein wohlgestalteter Zellhaufen. Es gibt eine Strahlung; das ist es auch, was unsterblich ist im Menschen. Es gibt keine Wiederauferstehung – es gibt ein Weiterleben in anderer Form!«

»Man wird uns beide für verrückt erklären.«

»Das wäre nichts Unbekanntes für mich«, sagte Professor Meersel sarkastisch. »Vielleicht ist es ganz gut, daß der Mensch nicht begreift, was und wie er eigentlich ist. Stellen Sie sich bloß vor, die Politiker verkehrten miteinander per Psychokinese – lauter aggressionsfreie Menschen! Was hätten sie dann noch zu tun? Ein Politiker bekommt doch sein Profil erst durch die Krisen. Meine liebe Corinna, es ist gar nicht so einfach, die Gaben der Natur auszunutzen.«

Am Abend lief der Fernsehfilm – das große Interview mit Corinna Doerinck, dem »Wunder-Mädchen von Hellenbrand«, wie der Sprecher sagte – über die Bildschirme.

Corinna sah die Sendung bei ihren Eltern. Sie hatte Professor van Meersel mitgebracht, und Stefan Doerinck vertrug sich hervorragend mit ihm vom ersten Augenblick an: Meersel liebte wie Doerinck einen guten Schluck Wein, war fast im gleichen Alter und aß ebenso leidenschaftlich gern. An diesem Abend hatte Ljudmila kaukasischen Schaschlik gemacht, mit Gurkensalat in saurer Sahne, viel Zwiebeln und Dill. Meersel sang ein Loblied und aß die Hälfte des Essens allein. Es war ein Rätsel, wieso er so dürr war.

Das Interview, raffiniert geschnitten und mit einem giftigen Kommentar unterlegt, war mehr eine Hinrichtung Corinna Doerincks als eine objektive Berichterstattung. Vor allem wurde darauf herumgeritten, daß Corinna ganz klar gesagt hätte, sie habe den Krebs ihrer Mutter geheilt. Einen inoperablen Krebs. Das stimmte nun gar nicht. Professor Willbreit wollte ja operieren – aber für einen cleveren Journalisten sind solche kleinen Unstimmigkeiten unwichtig. Es kommt auf die große Linie an. Und die hieß: Seht her, da will eine Frau Wunder machen! Mit den bloßen Händen! Können wir jetzt die Bibel vergessen?

»Infam!« sagte van Meersel gepreßt. »Einfach infam!« »Was sind das bloß für Menschen?« Ljudmila hatte Tränen in den Augen. Sie saß auf dem Sofa, die Hände im Schoß, und war die ganze Sendung über schweigsam gewesen. Aber sie hatte ihren Mann beobachtet ... Doerincks Gesicht arbeitete ununterbrochen. Was er dachte und fühlte, drückte sich im erregten Mienenspiel aus, im Zucken der Backenmuskeln, im Vibrieren von Mund und Nase. Corinna dagegen war ruhig und ließ die Sendung gelassen über sich ergehen. Die Verantwortung lag ganz allein bei ihr; sie hatte das Interview trotz vieler Warnungen gegeben, und sie war bereit, dafür einzustehen. Nur hatte auch sie nicht geahnt, daß man alles, was sie gesagt hatte, durch raffinierte Schnitte so verfälschen konnte. Die Millionen Zuschauer am Fernsehschirm, die nicht wußten, wie weitgehend scheinbar realistische Fernsehsendungen manipulierbar waren, mußten nun glauben, daß sich in Wirklichkeit alles genauso abgespielt habe. Das war das Ungeheuerliche, das man nicht mehr ändern konnte. Eine richtigstellende Sendung brachte das Fernsehen ja nie, und große Proteste in den Zeitungen würden völlig verpuffen, weil sie kaum jemand beachten würde. Das Fernsehen hatte die größere Breitenwirkung. In den Funkhäusern wußte man das nur zu gut. Die Mächtigen des Mattscheibenmediums konnten zuschlagen, ohne einen Gegenschlag fürchten zu müssen. Im Gegenteil: Sie konnten einen Aufsässigen systematisch zertrümmern. Eine Funkhausfestung ist uneinnehmbar. »Es ist nun mal geschehen«; sagte Corinna, als nach der Sendung die Tagesschau angekündigt wurde und Doerinck wütend den

Apparat ausschaltete. »Warum sich aufregen, Papa? Wir leben nun einmal in dieser Welt!«

»Die für uns von morgen an ganz anders aussieht!« Doerinck lief unruhig im Zimmer hin und her. »Wir sollten jetzt genau überlegen, wie wir uns verteidigen!«

»Verteidigen? Wir haben doch keinen Krieg, Papa.«

»Und was für einen wir haben!« Er zeigte mit ausgestrecktem Arm auf das Fernsehgerät. »Das da war eine eindeutige Kriegserklärung. Mitten durch Hellenbrand wird die erste Stellung gehen – hier für, dort gegen Corinna Doerinck!«

»Und nur, weil ich helfen will ... und helfen kann ...«

»Das ist es, meine liebste.« Professor van Meersel streckte die langen Beine von sich. Er war so richtig wohlig satt. »Alle, die helfen wollten, haben im Lauf der Geschichte das Schicksal erlitten, von Feinden und mißgünstigen Gegnern mit Dreck beworfen zu werden: Semmelweis, Koch, Albert Schweitzer, Freud – die Liste der Angespuckten in der Medizin ist lang! Ich kenne keinen einzigen Fall, bei dem ein Außenseiter von seinen Kollegen trotz aller Erfolge mit Applaus empfangen worden wäre.«

Noch an diesem Abend zeigte es sich, wie recht Stefan Doerinck mit seiner Vision von einem Stellungskrieg hatte: Nach der Sendung und den Nachrichten – die hatten alle noch sehen wollen – läutete pausenlos das Telefon. Doerinck rückte einen Stuhl heran, setzte sich und nahm grimmig die Anrufe entgegen. Der erste kam von dem Nachbarn Hillerbek, einem Bankkassierer. Er wohnte drei Häuser weiter, und ab und zu war er herübergekommen, um sich aus Doerincks großer Bibliothek ein Buch zu leihen. Er liebte vor allem Biographien und Reiseberichte.

»Haben Sie das gesehen, Herr Doerinck?« fragte Hillerbek ziemlich dämlich.

»Natürlich«, knurrte Doerinck.

»Ihre Tochter ... Ja, gibt's denn so was?«

»Das gibt es, Herr Hillerbek.«

»Corinna kann mit den Händen heilen? Und das hat bisher keiner gewußt? Also, um ehrlich zu sein ...«

»Ein Vorschlag!« fiel Doerinck ihm ins Wort, und zwar ziemlich grob: »Wenn Sie irgendeine Beschwerde haben, einen verklemmten Furz etwa oder eine tröpfelnde Harnröhre – kommen Sie herüber und lassen Sie sich behandeln.«

Damit war das nachbarliche Gespräch beendet. Ljudmila schüttelte langsam den Kopf.

»Das war falsch, Stefanka«, sagte sie geduldig. »Hillerbeks waren immer liebe Leute.«

»Bis heute abend.« Das Telefon schrillte. »Aha. Der nächste! Wie schade, daß man kein Tonband zwischenschalten kann. – Ja, hier Doerinck. Ah! Du bist es, Ferdinand! Prost! Ich nehme an, daß du jetzt einen gewaltigen Schluck zur Brust nimmst, auf diesen Schrecken hin.«

»Das war ja nun der Gipfel!« sagte Schulrektor Hupp, Doerincks Vorgesetzter, mit belegter Stimme. »Wie kann Corinna solch ein Interview geben?«

»Hat sie gar nicht.«

»Aber es wurde so gesendet.«

»Total verfälscht und entstellt.«

»Das wissen du, deine Familie und ich ... aber Millionen Zuschauer wissen es nicht. Sie nehmen es für bare Münze. Und das allein zählt. Ihr seid erledigt, Stefan!«

»Für eine bestimmte Gruppe von Menschen, die sich vor der öffentlichen Meinung in die Hose scheißen! Iß vorher Schokolade, dann ist's fester und riecht besser!«

Doerinck legte auf. Ljudmila nickte. »Nun ist auch die Freundschaft mit Ferdinand hinüber.«

»Seine Angst vor dem Schulrat, dem Elternrat und sogar der Regierung kotzt mich an. Wenn es nach Hupp ginge, müßten wir Lehrer alle unser Rückgrat abgeben.« Er blickte auf die Wanduhr und schüttelte den Kopf. »Wo bloß Peter Beiler bleibt? Der Herr Bürgermeister muß doch jetzt an der Decke kleben ...«

Wieder rappelte das Telefon. Diesmal war es ein anonymer Anrufer. Seine Stimme schwamm im Alkohol. »Wo ist die süße Kleine?« lallte er. »Ich habe was für sie zum Streicheln. Ein Männlein steht im Walde und ist doch so allein. Warum steht denn das Männelein ...«

Doerinck legte auf. Ljudmila beugte sich vor.

»Wer war denn das?«

»Ein moderner Dichter. Er wollte eine Hymne vortragen.«

Bevor Ljudmila protestieren konnte, schellte es wieder.

»Aha! Endlich!« sagte Doerinck zufrieden. »Unser Stadtoberhaupt. Von der Decke zurück, Peter?«

»Eben rief bei mir der Kreisdirektor an ... dann der Landrat ...«, sagte Peter Beiler erregt.

»Sieh an, die nächsthöhere Ebene! Morgen früh ist's der Regierungspräsident, wetten? Was sagen die Herren?«

»Einhellig: ein Skandal! – Sag mal, ist Corinna verrückt geworden?«

»Das hast du schon mal gefragt. Denk dir was Neues aus.«

»Nach dieser Sendung seid ihr erledigt. Wie das Interview zustande kam, ist völlig gleichgültig. Allein wichtig ist die Wirkung. Und die haut euch vom Stuhl!«

»Unmöglich!«

»Wieso unmöglich?«

»Wir werden nicht sitzend, sondern stehend um uns schlagen! Und noch eins, Peter: Diese Entwicklung der Dinge hat ihren Sinn und erweist sich als sehr lehrreich. Sie zeigt uns, wie man Freundschaften, auch jahrzehntelange, bewerten kann. Als Lehrer würde ich die Note sechs – ungenügend – geben. Von Freunden habe ich anderes erwartet.«

»Wir wollen dich ja nur warnen, Stefan!« rief Peter Beiler erregt. »Aber du und deine Corinna seid so sture Hunde ... Stefan ...«

Doerinck hatte aufgelegt, ohne Beiler zu Ende zu hören. Er kannte diese Tiraden. »Nun fallen die Masken«, sagte er und setzte sich neben Professor van Meersel. Das Telefon hatte er blockiert, indem er eine Nummer angewählt und den Hörer dann danebengelegt hatte. »Es ist höchst amüsant zu sehen, was sich unter der Maskierung verbirgt. Niemand gleicht mehr sich selbst. Die ganze Umwelt verändert sich. Das sind Lehren, die man mitnimmt in die Ewigkeit: Der Mensch ist im Grunde seines Wesens feig und verlogen. Wäre einer tapfer und ehrlich, würden ihn alle anderen in Grund und Boden prügeln. Unser Leben ist eine Ansammlung von kriecherischen Kompromissen; durch diesen geistig-seelischen Misthaufen müssen wir uns durchwühlen. Zum Kotzen, aber leider daseinsnotwendig!«

»Der morgige Tag wird es bringen!« sagte van Meersel und nickte zufrieden, als Doerinck eine neue Flasche Wein entkorkte. Aber zum ersehnten Schluck kam er noch nicht, denn es klingelte an der Haustür. Corinna lief selbst hin, um nachzusehen, und kam mit Dr. Hambach zurück. Der alte Landarzt hatte nach der Sendung ein paar Kognaks gekippt und war deshalb in der richtigen Stimmung.

»Das war das Bio-Plasma-Bömbchen von Hellenbrand!« rief er und küßte Ljudmila auf die Stirn. »Vor zehn Minuten rief mich Willbreit an. Er schwamm im Glück! ›Das disqualifiziert sie völlig!‹ sagte er. ›Die Sendung war gemein, aber sie kam zum richtigen Zeitpunkt. Man kann nicht grob genug vor solchen Wunderheilern warnen!‹ – Und ich habe geantwortet: ›Mein lieber professoraler Kollege! Sie sollten sich beim Freiluftpinkeln nicht gegen den Wind stellen, das geht immer an die Hose!‹ « Hambach bemerkte erst jetzt van Meersel, verbeugte sich knapp und nannte seinen Namen. Als Meersel sich ebenfalls vorstellte, verzog Dr. Hambach das Gesicht: »Wieder ein Professor! Aus welcher Region? Damenschneider oder Fünf-Löcher-Spezialist?«

»Neurologe, Psychologe und Psychoanalytiker mit Hinwendung zur Parapsychologie.«

»O Gott!« Dr. Hambach starrte Meersel geradezu entsetzt an. »Das sind die Schlimmsten!« Er sah strafend zu den Doerincks hinüber. »Wer hat denn den herangeholt?«

»Ihr Mißtrauen ehrt Sie, Herr Kollege!« Van Meersel blickte sehnsüchtig auf die Flasche Wein. Doerinck hatte sie zwar entkorkt, aber er goß nicht ein. »Ein anderer Kollege machte mich auf Fräulein Corinna aufmerksam, wir sprachen dann telefonisch miteinander und kamen zu der Ansicht, daß sie für die kommenden schweren Stunden einen Beistand braucht. Die Fernsehsendung hat meine Befürchtungen noch übertroffen. Ich bin sofort gekommen, um – so gut es geht – eine wissenschaftliche Mauer um sie zu ziehen.«

»So gut es geht ... Sie sagen es. Eine Frage – aber bitte ehrlich beantworten: Sind Ihre Forschungen umstritten?«

»Sehr!« antwortete Meersel ohne Zögern. »Wären sie das nicht, würde man sich nicht mit ihnen auseinandersetzen. Schweigen ist vernichtend, darüber meckern die beste Publizität.«

»Das ist doch zum Junge-Hunde-Kriegen«, seufzte Dr. Hambach, setzte sich neben Ljudmila auf das Sofa und zeigte auf die Flasche. »Gieß endlich ein, Stefan! Wenn ich mir diese Streitmacht besehe, juckt mir die Kopfhaut: Ein Mädchen, das man zur Wunderheilerin verurteilt; ein Wissenschaftler, dessen Forschungen nur Ärger auslösen; ein Lehrer, der am liebsten allen in die Fresse hauen möchte; eine geheilte Krebskranke mit dem Gemüt einer Madonna – und ein alter, trotteliger Landarzt, dem man Narrenfreiheit zubilligen wird. Und damit wollen wir die Schulmedizin aus den Angeln heben? Du lieber Himmel, dagegen war Don Quichottes Kampf gegen die Windmühlen eine das Abendland rettende Tat!«

Erst gegen ein Uhr nachts löste sich die Gesellschaft auf. Van Meersel schlief auf der Couch in Doerincks Arbeitszimmer, Corinna in ihrem alten Jungmädchenzimmer, Dr. Hambach – dem Doerinck den Autoschlüssel weggenommen hatte und der sich daraufhin weigerte, zu Fuß nach Hause zu gehen – nahm mit dem Sofa im Wohnzimmer vorlieb. Sie schliefen alle fest, bis auf Professor van

Meersel, den das Telefon auf Doerincks Schreibtisch weckte. Es sprang vom Wohnzimmer automatisch ins Arbeitszimmer um, wenn sich beim ersten Apparat keiner meldete. Dr. Hambach hörte das Klingeln nicht; er schnarchte mit einer Hingebung und einer Intensität, die Bewunderung abverlangte.

Meersel schrak also hoch, als das Telefon rappelte, schlurfte zum Schreibtisch und hob den Hörer ab.

»Van Meersel«, meldete er sich korrekt.

»Wer?« fragte eine dröhnende Stimme. Erschrocken hielt Meersel den Hörer von seinem Ohr weg. Das eine Wort war wie ein Faustschlag gegen sein Trommelfell gewesen.

»Van Meersel!« sagte er noch einmal höflich.

»Wo?«

»Amsterdam.«

»Ich habe Hellenbrand gewählt.«

»Das stimmt auch.«

»Moment! Haben Sie einen sitzen?«

»Was habe ich?« fragte van Meersel noch immer höflich. Ein gut erzogener Mensch bleibt lange im seelischen Gleichgewicht. »Ich habe gelegen.«

»Sind Sie besoffen?« brüllte der unhöfliche Mensch am anderen Ende. »Wo sind Sie jetzt?«

»In Hellenbrand.«

»Ich denke in Amsterdam?«

»In Amsterdam bin ich auch.«

»Ist dort Doerinck?« schrie der ungehobelte Kerl. Meersel hielt den Hörer wieder etwas von seinem Ohr ab. Menschen gibt es! »Nein. Professor van Meersel.«

»Also doch Amsterdam …«

»Wenn Sie so wollen …«

»Es ist zum Kringelscheißen! Wie kommen Sie in meine Leitung?«

»Das muß ich Sie fragen. Sie haben mich angerufen, Mijnher …«

»*Hellenbrand* – nicht Amsterdam!« brüllte der Kerl. »Ich bin doch nicht schwachsinnig!«

»Das kann ich Ihnen nicht beantworten, ich kenne Sie nicht.«

»Hier ist Roemer ...«

Van Meersel schloß die Augen und atmete tief durch. »Welcher Römer? Welches Jahrhundert? Wie heißt Ihr Kaiser? Cäsar, Caligula oder Nero? Oder ist es Claudius, der Stammler?«

Erasmus Roemer war über diese Antwort zunächst sprachlos. Dann aber, gewissermaßen nach einer langen Schrecksekunde, brüllte er auf. »Sie zugesoffenes Loch! Welche Nummer haben Sie?«

»Hier? Keine Ahnung.«

»Aber Sie sitzen doch am Apparat!«

»Nein, ich stehe.«

»Wo?«

»In Hellenbrand.«

Roemer zog die Luft laut in die Lungen. »Kennen Sie Bonifazius Kiesewetter, der ins Telefon schiß?«

»Nein. War der Herr sehr krank?«

»Ist dort der Anschluß von Herrn Doerinck?« schrie Roemer.

»Natürlich.«

»Und was machen Sie da?«

»Ich lag hier auf der Couch und wollte schlafen. Wer konnte ahnen, daß ein alter Römer anruft.« Meersel, als Psychiater für solche extremen Fälle geschult, blieb ganz ruhig und sanft. Man muß einen Irren reden lassen und immer freundlich zu ihm sein, das ist eine Grundregel. Reden befreit, löst Verkrampfungen, entlastet die Nerven. Ein guter Nerven- und Seelenarzt muß zuhören können. »Wie läuft bei Ihnen die Christenverfolgung?«

»Sie Arschloch!« sagte Roemer fett. Meersel zuckte betroffen zusammen. »Ist Corinna im Haus ihrer Eltern?«

»Ja. Sie haben in Rom schon Fernsehen? Donnerwetter!«

»Hier ist Landgerichtsdirektor Dr. Roemer. Kann ich Fräulein Corinna sprechen? Seit Stunden versuche ich, durchzukommen ...«

»Corinna schläft. Wer Sie auch sind, Herr Roemer, was Sie auch wollen, warum Sie auch um diese Zeit anrufen – Sie können machen, was Sie wollen: Ich wecke Corinna nicht! Sie braucht ihren Schlaf und ihre Kraft für die kommenden Tage.«

»Deshalb rufe ich ja an.«

»Welch ein Unsinn! Sie wecken sie, damit sie schlafen soll?«

»Ich wollte ihr meine Hilfe anbieten.«

»Nicht nötig. Wie können Sie ihr schon helfen?«

»Ich ... ich bin ein Patient von Corinna«, sagte Roemer mit bebender Stimme. »Ich bin bereit, mich mit meinem Namen und meinem Ansehen vor sie zu stellen. Ohne Rücksicht auf Verluste.«

»Das wäre vielleicht gut.« Van Meersel gähnte. Er sehnte sich nach einer horizontalen Lage. »Kommen Sie morgen früh zu uns. Geheilte Patienten sind unsere beste Verteidigung. Sie sind doch geheilt, Dr. Roemer?«

»Nein.« Roemer schluckte mehrmals an dem Kloß, der sich im Hals gebildet hatte. »Bei mir versagten die Strahlungen.«

»Sagen Sie das noch einmal ...«, stotterte Meersel erschrocken.

»Corinna spürte bei mir nichts in ihren Händen.«

»Dann sind Sie beneidenswert gesund.«

»Nein, bejammernswürdig todkrank.«

»Und Corinna versagt bei Ihnen?«

»Ja!«

»Das ist ja eine Katastrophe«, stammelte Meersel und begann zu schwitzen. »Herr Dr. Roemer, ich bitte Sie inständig: Sagen Sie davon keinem ein Wort! Nicht eine einzige Andeutung! Nichts! Kommen Sie morgen sofort zu uns! Gute Nacht.«

Mit bebenden Händen legte Meersel auf. Corinna konnte versagen ... auch das kam also vor. Das war wie ein Schwert in den Händen der Gegner. Ein Richtschwert! Natürlich versagten täglich Tausende von Ärzten in aller Welt, stellten die Diagnose infaust, das Todesurteil für den Patienten, und legten die Hände in den Schoß. Symptomatische Behandlung nennt man das. Für den gläubigen Patienten hat das einen schönen, hoffnungsvollen Klang.

Aber wehe, wenn ein Außenseiter versagt! Fluch über ihn!

Professor van Meersel legte sich wieder auf die Couch, aber er konnte nicht mehr einschlafen. Die Frage wälzte sich in seinem Kopf herum und vertrieb alle Müdigkeit, auch den Alkohol: Warum versagte Corinna bei diesem Dr. Roemer? Wo lag die große Sperre?

Er war noch wach, als im Morgengrauen der Hahn auf dem Nachbargrundstück zu krähen begann und ein Hund verschlafen bellte.

Beim morgendlichen Kaffee, um halb acht, fielen dann die ersten Würfel.

Sie saßen alle um den ovalen Tisch und aßen knackige Brötchen, die frisch vom Bäcker kamen und an jedem Morgen in einem Leinensäckchen draußen an den Zaun gehängt wurden, tranken duftenden Kaffee und schmierten Honig auf die Brötchen, den Doerinck selbst gewonnen hatte. In der hintersten Ecke des Gartens hatte er drei Bienenvölker in Pflege, auch das auf Wunsch von Ljudmila. Dr. Assanurian hatte in Poti am Schwarzen Meer hinter der Datscha zehn Bienenvölker gehabt … nicht nur den Honig aß und verkaufte er, sondern stellte auch aus den von den Bienen gesammelten Blütenpollen und dem Gelee royale – dem Königinnenstoff – eigene, von Geheimnis umwitterte Präparate her und gab sie bestimmten Kranken. Natürlich bestritt die Schulmedizin jede Wirksamkeit, aber Assanurian und seine Patienten glaubten daran. Seiner Tochter Ljudmila hatte er es so erklärt:

»Jede Biene ist unser Freund, vergiß das nie. Was diese Tiere mit unendlichem Fleiß sammeln, nützt uns allen und heilt die verschiedensten Krankheiten. Da sind die Honigbienenarbeiterinnen, die in ihren Futtersaftdrüsen ein Sekret produzieren, mit dem sie die Königinnenlarven füttern: das königliche Gelee. Es enthalt viele Vitamine, Pantothensäure und Biotin; Grundbaustoffe neuen Lebens. Nahrung für die Zellen! Das alles übersehen die meisten Menschen, aber nicht dein Vater, meine Ljudmilaschka ...«

Sie hatte das nie vergessen, auch wenn sie es damals nicht zu verstehen vermochte. Sie behielt nur eines: Bienen helfen den Menschen. Also war es selbstverständlich, daß Stefan Doerinck sich ein paar Bienenvölker anschaffte, als sie ein eigenes Haus bezogen.

Van Meersel sagte gerade: »Das ist ein Honig, als sei er vom Himmel getropft!«, als das Telefon anschlug. Sofort hörten alle auf zu essen und starrten auf ihre Teller. Begann der Kampftag? Wer rief um diese frühe Zeit schon an?

Langsam ging Doerinck zum Telefon und hob ab. »Ja?« sagte er kurz.

Es war Rektor Hupp, mit einer sehr kleinen, verkrampften Stimme. »Du ...«, sagte er, »ich ... ich möchte dich nur bitten, heute nicht zum Unterricht zu kommen. Feisel übernimmt deine Klasse ... ich komme nachher, so gegen zehn, zu dir. Ich muß dir erklären ...«

»Ist das eine dienstliche Anordnung?« fragte Doerinck knapp.

»Nein, eine Bitte.«

»Ich mache meinen Unterricht wie jeden Tag ... seit sechsundzwanzig Jahren!«

»Stefan. Hör mich einmal ohne Umdichschlagen an: Ich habe Anrufe von vier Eltern bekommen, die ihre Kinder nicht mehr zu dir in die Klasse schicken wollen, solange Corinna sich als Wunderheilerin ausgibt. Und das ist nur der Anfang! Begreif es doch! Was soll ich denn tun?«

»Das Kreuz durchdrücken und auf die Schulpflicht hinweisen. Nicht Corinna gibt Unterricht, sondern ich.«

»Du kennst doch unsere Hellenbrander, Stefan! Du bist der Vater, und Ljudmila, die angeblich Geheilte und Kronzeugin des Wunders, ist die Mutter – das kommt alles in einen Topf und wird umgerührt. Die Doerincks … das genügt. Feinabstufungen gibt es da nicht mehr.« Hupp hüstelte verlegen. »Stefan, es ist meine ganz persönliche Bitte: Komm heute nicht in die Schule.«

»Man wird das als Feigheit auslegen, als Versteckspielen, als irgendein Schuldbekenntnis. Aber ich habe weder …«

»Ich weiß es ja, Stefan!« rief Rektor Hupp gequält. »Aber wir sollten jetzt nichts provozieren. Du bist in jedem Fall entschuldigt. Was glaubst du, was heute alles auf euch zukommt! Stefan …«

Doerinck legte auf. Es hatte keinen Sinn mehr, weiterzureden. »Welch ein Arschkriecher!« sagte er nur voller Verachtung. »Ich soll der Schule fernbleiben.«

»Und tun Sie das?« fragte van Meersel.

»Du fährst sofort zum Dienst!« sagte Dr. Hambach fast im Befehlston.

»Niemand kann dich für etwas verantwortlich machen, was deine Tochter getan hat«, rief Corinna erregt.

Doerinck zog den Kopf zwischen die Schultern, wütend und maßlos enttäuscht von einem Freund nach jahrzehntelanger Freundschaft. Er sah Ljudmila an und wartete darauf, daß sie Stellung nahm. Aber sie schwieg.

»Was meinst du, Matjuschka?« fragte er leise.

»Bleib hier, Stefanka. Wir kennen doch diese Leute. Den dritten Teil eines Menschenlebens lang wohnen wir jetzt hier, aber ich bin immer noch eine Fremde. Die Russin. Als ob ich es getan hätte … den Bauern erschlagen, dessen Scheune Cora jetzt hat … Hier war nie meine Heimat … es war nur ein Zuhause, weil du da bist und Corinnaschka, und weil wir irgendwo leben müssen …«

»Mein Gott!« Doerinck wischte sich über die Augen. »Du hast mir nie in all den Jahren gesagt, daß du unglücklich bist …«

»Ich bin nicht unglücklich. Nur: Die Erde, über die ich gehe, ist nicht die Erde von Grusinien. Die Menschen sind nett zu mir ... aber eben nur nett. Es fehlt das Herz, die Brüderlichkeit ... In Rußland umarmt man sich und küßt sich und sagt: ›Gesegnet seist du, Schwesterchen!‹, und man meint es auch so. Hier umarmt man mich auch, aber ich spüre die steifen Muskeln dabei. Man küßt auf ein Glas, das zwischen uns ist.«

»Du hast nie darüber gesprochen, Ljudmila ...«

»Wozu? Hätte es etwas geändert? Wir müssen leben mit dem, was uns das Schicksal zugeteilt hat. Du hast hier deine Stellung, du verdienst hier dein Geld, du bist zufrieden mit dieser Welt, unser Kind ist hier ein Mensch geworden, wir werden hier ruhig sterben – ist das nicht ein schönes Leben? Was will man mehr? Das andere, die ewige Fremde ... o Stefanka, es ist nicht für dich. Es ist nur für uns Russen ... so weit die Welt ist, so groß ist unser Heimweh, tief hier drinnen in der Brust, wenn wir aus der Ferne an Rußland denken. Wir sind Bäume, die sich wohl verpflanzen lassen, deren Äste aber immer dem Ostwind entgegenwachsen.«

»Ich werde nach dem Frühstück zu Hupp und Beiler gehen!« sagte Dr. Hambach wütend. »Ich kenne sie, seit sie noch als Rotzjungen in meine Praxis kamen und die Masern oder die Windpocken hatten. Denen werde ich was erzählen! Man nimmt es mir nicht übel, ich habe Narrenfreiheit!«

Aber zu diesen Gängen kam Dr. Hambach gar nicht. Das Polizeirevier rief an. Der Chef der Polizei von Hellenbrand, Oberkommissar Blinker – der Name hatte ihm schon viel witzigen Spott eingebracht – teilte lapidar mit, daß man die Zufahrt zu Corinnas Scheune amtlich gesperrt habe.

»Auf der Zufahrt stehen bis jetzt vierunddreißig Wagen«, sagte er. »Wir erwarten noch mehr. Wir werden nach Plan III vorgehen und alle noch eintreffenden Fahrzeuge umleiten zum Maifestplatz. Ist Corinna da?«

»Ja«, antwortete Doerinck knapp. »Warum?«

»Was sollen wir mit den Fahrzeugen tun?«

»Wegschicken!«

»Das geht nicht. Das sind Privatbesuche, keine Demonstrationen. Wegschicken kann sie nur Corinna. Schlicht gesagt: das ist alles eine Sauerei!«

Oberkommissar Blinker schnaufte und blickte auf einen Zettel, der ihm gerade gereicht wurde. »Hören Sie, Herr Doerinck? Gerade kommt mir eine Meldung auf den Tisch. Von Seppenhagen. Aus Richtung Autobahn wälzt sich eine Kolonne auf Hellenbrand zu. Alles Heilungsuchende. Stichkontrollen haben das ergeben. Immer die gleiche Auskunft: Wir wollen zu der Wunderheilerin. – Na, dann man los, das ist ein dicker Otto!«

»Die Lawine rollt«, sagte Doerinck, als Blinker das Telefonat beendete. »Ich hätte wirklich nicht geglaubt, daß man so schnell auf diese Fernsehsendung reagiert. Jetzt müssen wir ganz ruhig und überlegen bleiben.«

Auf Umwegen, durch die Felder und über schmale Bauernwege, fuhren Corinna, van Meersel, Stefan Doerinck und Dr. Hambach zur Scheune. Die normale Straße war verstopft, auf dem Parkplatz vor dem Haus stauten sich die Autos. Zwei Polizisten standen ziemlich hilflos herum und antworteten auf die vielen Fragen nur lakonisch: »Keine Ahnung, wann Fräulein Doerinck kommt. Ob sie überhaupt kommt ...«

Ein Krankenwagen kämpfte sich mit Blaulicht und Sirene an der Kolonne vorbei nach vorn. Er kam aus Münster und war von einem reichen Antiquitätenhändler gemietet worden. Auf der Trage lag eine Frau mit gelbem, eingefallenem Gesicht und weiten wie gläsernen Augen. Zwischen den gefalteten Händen drückte sie ein kleines goldenes Kruzifix auf die knöcherne Brust. Ihr Mann saß neben ihr auf dem Klappstuhl und strich ihr während der Fahrt immer wieder über das ergraute, in der Mitte gescheitelte Haar.

Hellenbrand war ihre letzte Hoffnung. Nur ein Wunder konnte noch helfen. Und an dieses Wunder, das gestern abend im Fernsehen gezeigt wurde, klammerte sie sich nun mit einer kindlichen Gläubigkeit. Seit drei Monaten waren sie und ihr Mann unterwegs; zuerst in Fatima, dann in Lourdes. Sie hatten inbrünstig gebetet, das heilige Wasser empfangen, die Madonna um Gnade angefleht und auf ein Wunder gewartet. Es blieb versagt, nur die Schwäche nahm weiter zu, und der Körper verfiel immer mehr. »Sie müssen sich damit abfinden«, hatten die Ärzte zu ihnen gesagt. »Krebs in diesem Stadium ... wir alle müssen irgendwann von dieser Welt, das ist nun mal so.« Nun waren sie in Hellenbrand, und die gelbgesichtige Frau auf ihrer Trage betete leise vor sich hin. »Maria, Mutter Gottes, verlaß mich nicht ... verlaß mich nicht ...«

Über einen Schleichweg erreichten Corinna und die anderen die Scheune und schlüpften durch einen ehemaligen Stallgang ins Innere. Van Meersel schwitzte ziemlich – weniger der erträglichen Herbsthitze wegen als vielmehr vor Aufregung.

»Das ist doch eine Demonstration!« sagte er schweratmend. »Eine Demonstration *für* Sie, Corinna! In ein paar Tagen spricht die ganze Welt über Sie.«

»Dieser Aufmarsch beweist nur wieder, daß die Zivilisation des zwanzigsten Jahrhunderts noch eine Ecke übriggelassen hat, wo der Urglaube an das Wunder weiterlebt.« Dr. Hambach blickte durch die zugezogenen Gardinen nach draußen auf den überfüllten Parkplatz. »Von überall her sind sie gekommen, aus Hamburg, Hannover, Köln und sogar Stuttgart. Die müssen in der Nacht noch abgesaust sein. Und drei Holländer sind dabei. Das ist Ihre Marke, Professor Meersel!«

Doerinck setzte sich schwer auf einen Stuhl und stützte die Arme auf den Knien auf.

»Willst du die alle empfangen, Cora?« fragte er.

»Ich werde zu ihnen sprechen.«

Damit dürften sie sich wohl kaum zufriedengeben.« Dr. Hambach streckte den Kopf vor und drückte die Augen gegen die Gardine. »Jetzt laden sie einen Krankenwagen aus.

Eine Frau. Ein Mann – ich nehme an, ihr Ehemann – ist auch dabei und streichelt ihre Stirn. Wollen wir sie draußen stehenlassen?«

»Sie ... sie kommen mit Krankenwagen?« Corinna trat neben Dr. Hambach und blickte auf die Trage, die von weiß gekleideten Sanitätern herangeschleppt wurde. »Das ist doch Wahnsinn, Onkel Ewald! Wir sind hier doch nicht in Lourdes ...«

»Für sie doch! Du bist ihre letzte, verzweifelte Hoffnung.«

»Aber ich kann keine Wunder produzieren!« Corinna schlug die Hände vor das Gesicht. »Geht hinaus und sagt es ihnen. Bitte, geht hinaus!«

»Wie hieß es doch gestern im Kommentar der Fernsehsendung? ›Können wir jetzt die Bibel vergessen?‹ – Die da draußen sind bereit, es zu tun.« Meersel lief aufgeregt im Ausstellungsraum hin und her. »Lassen wir doch wenigstens die Kranke auf der Trage herein!«

»Und dann?« fragte Doerinck laut. »Wer geht dann raus und ruft: Die anderen können alle wieder nach Hause fahren? – Wer will unbedingt gesteinigt werden? Das ist die bisher älteste bekannte Tötungsart der Menschen.«

»Ich kann sie alle gar nicht behandeln.« Corinna trat vom Fenster zurück. »Ich kann es nicht. Dazu reicht meine Kraft nicht aus.«

»Wir könnten Nummern ausgeben«, sagte Dr. Hambach sarkastisch. »Und dann in der Zeitung veröffentlichen: Die Nummern 310 bis 340 am Freitag, dem 23. nächsten Monats. Akute Fälle nur nach vorheriger telefonischer Absprache ...«

»Wir haben jetzt keine Zeit, um dumme Sprüche zu klopfen!« Doerinck sprang von seinem Stuhl hoch. An der Haustür wurde heftig geklopft. Die Sanitäter mit der Todkranken. »Wir müssen uns entscheiden: Sind wir da – oder spielen wir tote Fliege?«

»Man sollte es nicht glauben: Probst kommt!« rief Dr. Hambach, fast mit einem Jubelschrei. Doerinck fuhr herum.

»Wer kommt?«

»Max Probst, der Bäcker. Mit einem Wagen voller Brötchen, Gebäck und Kuchen. Und mit Kästen Cola und Limonade. Max hat die Lage sofort erkannt: Wer wartet, der hat Hunger und Durst. Und keiner soll hungern und dürsten! Jetzt fehlt noch der Metzger mit Brühwurst, Currywurst, Bratwurst und Frikadellen. Ergreifend, wie schnell das alles geht. Das ist Organisation. Das ist deutsche Gründlichkeit!«

»Draußen liegt eine schwerkranke Frau.« Van Meersel zeigte auf die Tür, gegen die es in Abständen immer wieder hämmerte.

»Corinna, Sie müssen etwas tun!«

»Laßt sie rein«, sagte sie schwach. »Aber nur sie … und den Mann.« Sie stellte sich vor die aufgehängten Teppiche an der Wand und blickte zur Tür. Meersel und Doerinck öffneten sie einen Spalt, sprachen nach draußen, ließen dann die Sanitäter mit der Trage und den Mann herein. Die Sanitäter stellten die Frau mitten ins Zimmer, warfen einen neugierigen Blick auf Corinna und verließen darauf wieder den Raum. Doerinck verriegelte hinter ihnen die Tür.

Draußen aber flog die frohe Kunde von Wagen zu Wagen, über die Gesichter der Wartenden zog ein frohes Leuchten: Sie ist da! Und wir haben Zeit. Wir können ausharren! Einmal kommen auch wir dran. Und die Hoffnung wuchs und wuchs …

Bäcker Max Probst begann mit dem Verkauf seiner Backwaren und den Erfrischungen. Es würde ein blendendes Geschäft werden. Man muß eben immer der erste sein, dachte er zufrieden. Bereitsein ist alles. Am besten gingen die cremegefüllten Teilchen weg, die Schweineöhrchen und der Kirschstreuselkuchen.

»Wir wissen«, sagte drinnen im Haus der Antiquitätenhändler aus Münster mit stockender Stimme, »daß kein Arzt mehr helfen kann. Wir waren in Fatima und in Lourdes. Ich bin mit meiner Frau nach Amerika gefahren und nach Japan. Zu den besten Ärzten … Sie hat Leberkrebs. Überall Metastasen. Sie weiß das alles … aber sie hofft noch. Sie glaubt. Was soll ich tun? Ich mußte einfach zu Ihnen kommen … Ich darf die Möglichkeit eines Wunders nicht auslassen …«

Er brach ab, begann stumm zu weinen und tastete nach Corinnas Hand.

Der Hand, die helfen sollte.

9

Um acht Uhr in der Frühe rief Dr. Roemer in der Chirurgischen Universitätsklinik in Münster an. Er wußte, daß Willbreit um diese Zeit bestimmt im Hause war; um halb acht hielt er mit seinen Oberärzten und Stationsärzten immer die Morgenbesprechung ab und ließ sich über die Vorkommnisse in den einzelnen Stationen berichten. Diese Morgenbesprechungen hatte Willbreit sehr zum Ärger der anderen Ärzte eingeführt, denn es bedeutete ja, daß alle um diese frühe Zeit in der Klinik sein und sich – wegen des Vortrages – bereits bei den Nachtschwestern und der Morgenschicht informiert haben mußten.

Der Chef der Klinik, Professor Dr. Hellbrecht, mit internationalen Auszeichnungen überhäuft, ließ seinem Ersten Ober darin freie Hand. Er kam oft nur zweimal in der Woche ins Haus, absolvierte dann seine Privatsprechstunden, operierte auch hin und wieder besonders kritische Fälle oder hochgestellte Persönlichkeiten, aber bei allen diesen »Chef-Operationen« war immer Willbreit dabei und leitete die Operation ein und führte sie zu Ende. Hellbrecht trat nur an den OP-Tisch, um ein paar entscheidende Schnitte oder Nähte zu tun, das aber souverän und umstrahlt vom Glanz eines Gottes in Weiß. Die Hauptzeit verbrachte er auf Kongressen in der ganzen Welt, hielt Vorträge in San Francisco oder Kyoto, Manila oder Moskau, schrieb an einer Chirurgischen Lehre für onkologische Erkrankungen oder nahm irgendwo auf dem Erdball einen Orden oder eine Auszeichnung entgegen.

»Wenn ich Sie nicht hätte, Willbreit ...«, war immer wieder seine lobende Rede. »Sagen Sie mir es ehrlich, wenn Ihnen das alles über den Kopf wächst.«

»Es ist noch zu schaffen, Herr Professor«, antwortete Willbreit dann jedesmal. »Wir haben im Haus sehr gute Mitarbeiter.«

»Darauf können wir stolz sein, Willbreit.«

Hellbrecht hatte sich auch erkenntlich gezeigt. Seit drei Monaten teilte er mit Willbreit die Einnahmen aus den »Chef-Operationen« und den »Chef-Gutachten«, die Willbreit sowieso allein erstellte. Geld war für Hellbrecht kein Thema mehr. Seine Frau hatte er vor sechs Jahren an einer ganz dummen tropischen Infektion verloren, die kaum einer kannte und die deshalb auch falsch – als chronische Bronchitis – behandelt worden war. Als man den schrecklichen Irrtum entdeckte und einen Zusammenhang mit einer Hinterindien-Reise herstellte, war es schon zu spät. Der einzige Sohn von Hellbrecht verunglückte in den französischen Alpen beim Skilaufen. Während einer rasanten Abfahrt sprang er über einen Eisbuckel, kam falsch auf und brach sich das Genick. So war Professor Hellbrecht plötzlich allein auf der Welt, und das viele Geld floß auf sein Bankkonto und blieb dort liegen. »Mehr als ein Schnitzel kann ich nicht essen«, sagte er einmal zu Willbreit, »die Welt kenne ich, ein Haus habe ich, eine Sammlung von Expressionisten, aus einer Motorjacht mache ich mir nichts, für eine Geliebte bin ich zu alt und zu bequem, ein Privat-Jet flößt mir Angst ein … was sich da ansammelt und was ich hinterlasse, soll einmal in eine Stiftung eingebracht werden. Sie, mein lieber Willbreit, sollen ihr Präsident sein.«

Dr. Roemer hatte richtig gedacht: Willbreit befand sich auch an diesem Morgen in der Klinik, war gerade von der Morgenbesprechung zurückgekommen und sah jetzt in seinem Zimmer zwei Schlußberichte durch. Zwei Todesfälle in der vergangenen Nacht. Ein Magen-Ca. Und ein Autounfall.

»Erasmus!« rief Willbreit ins Telefon. Es klang sehr besorgt. »Was ist los? Wo bist du?«

»Noch zu Hause. Aber mit dem Wagenschlüssel in der Hand.«

»Ist … ist was Besonderes?«

»Hast du gestern die Fernsehsendung gesehen?«

»Natürlich.«

»Und?«

»Was heißt ›und‹?« Willbreit lehnte sich in dem lederbezogenen Sessel zurück. »Das war der K. o. für die schöne Corinna, noch bevor der Fight richtig begonnen hat. Sie hat eine Art Suizid begangen. Man sollte ihr fast dankbar sein.«

»Mir wird es immer ein Rätsel bleiben, wie es möglich ist, daß ein so leergeblasener Schädel wie du ein so berühmter Chirurg sein kann!«

»Danke!« Willbreit verzog den Mund. »Du hast eine ausgesprochen sanfte Morgenlaune.«

»Und wie! Ich bin auf dem Weg zu ihr.«

»Zu wem? Zu deiner Frau? Kommt sie endlich aus Ungarn und von der Bärenjagd zurück?«

»Am Klang meiner Stimme solltest selbst du mit deinem grundtiefen Intelligenzquotienten hören, daß solch ein schreckliches Ereignis nicht eingetreten ist. Ich fahre zu Corinna.«

»Wie bitte?« Willbreit drückte im Sitzen das Kreuz durch. »Was willst du denn dort?«

»Ihr beistehen.«

»Was?!«

»Beistehen! Nicht beischlafen! Ich nehme an, in Hellenbrand brechen jetzt alle Dämme.«

»Und was geht das dich an?«

»Bin ich ein kranker Mann, Thomas?«

»Ja ...«, sagte Willbreit etwas zögernd. »Ohne Operation bist du's ganz sicher!«

»Die Operation vergiß! Ich vertraue Corinna.«

»Sag das noch mal!« Willbreit atmete tief durch. Roemer! Mein Gott, das darf nicht wahr sein! Seine einzige Chance ist eine Operation. »Erasmus ...«

»Falls du jetzt auf dem Teppich liegst, steh wieder auf! Die Fernsehsendung war infam. Das hat Corinna nicht verdient. Ich nehme an, man hat sie einfach überfahren und ihre Naivität in Sachen Medien ausgenutzt. Sie braucht jetzt Hilfe!«

»Erasmus! Leg den Autoschlüssel auf den Tisch und hör mir zu.« Willbreit trommelte mit den Fingern nervös auf den Stapel Papiere vor sich.

»Nein! Ich fahre!«

»Dein Name im Zusammenhang mit dieser Scharlatanerie ... Der Landgerichtsdirektor Roemer an der Seite einer Wunderheilerin ... das ist ein handfester Skandal! Erasmus, du machst dich für alle Zeit unmöglich und unglaubhaft. Als hoher Richter! Du bist erledigt.«

»Das ist mir Wurscht.« Roemer grunzte ins Telefon. »Was habe ich zu verlieren? Nichts mehr! Mein Leben ist überschaubar geworden: Noch ein paar Monate, wenn Corinna mir nicht helfen kann. Aber diese Monate gehören ihr. Ich werde für sie dreinschlagen, daß die Fetzen fliegen! Auch du bekommst eine auf die Nuß, wenn du dich muckst und sie fertigmachen willst! Ist das klar?«

»Ich habe nicht gewußt, daß auch du hysterisch bist«, sagte Willbreit betroffen.

»In meinem Zustand kann ich mir alles leisten. Das ist das einzig Positive an meiner Krankheit. Man nimmt mir nichts mehr übel. Das war's, was ich dir sagen wollte. Du triffst mich in Hellenbrand bei Corinna.«

Dr. Roemer beendete das Gespräch, ohne Willbreits weitere Argumente anzuhören. Er hob seinen Koffer vom Teppich, ging durch die große Eingangshalle und rief dem Hausmädchen, das gerade im Salon Staub wischte, zu, er werde für ein paar Tage verreisen. Wenn seine Frau anrufe – er sei aufs Land gefahren. – Bevor das Mädchen fragen konnte, welche Adresse er habe, war Roemer schon durch die Tür und stampfte zu seinem schweren Wagen.

Dr. Willbreit brauchte eine ganze Stunde, um seinen inneren Kampf auszufechten. Bis zur Morgenvisite. Er besuchte aber nur die Stationen I und II, die schweren Fälle, und übergab die anderen Visiten dem Zweiten Oberarzt Dr. Kühlemann. Zurück in seinem Zimmer suchte er in dem Wust von

Papier eine Ansichtskarte, die ihm Elise Roemer vor drei Wochen aus Ungarn geschrieben und auf der sie ihre Adresse angegeben hatte. Endlich fand er die Karte zwischen zwei Fachschriften und rief die Telefonauskunft Ausland an.

Es dauerte einige Zeit, bis man die Nummer des Grafen Janos von Zörnömy gefunden hatte, und selbst dann brauchte Willbreit noch über eine Stunde, ehe er eine freie Leitung nach Ungarn hatte.

Im Landsitz des Grafen meldete sich ein Diener. Auch das gab es noch im sozialistischen Ungarn, nur hießen diese Leute offiziell nicht mehr Diener, sondern Gärtner, Chauffeur, Bereiter oder Forstangestellter. Der Butler, der sich meldete, schwenkte sofort in ein tadelloses Englisch über, als er hörte, daß ein Fremder am Telefon war.

»Madam frühstücken gerade im Wintergarten«, sagte er formvollendet. »Ist es wichtig?«

»Würde ich sonst aus Deutschland anrufen? Ich bin der Hausarzt ...«

»O Pardon. Ich will nachsehen, ob die gnädige Frau sprechbereit ist.«

Wieder wartete Willbreit, ungeduldig mit den Papieren spielend. Dann endlich hörte er Helens hohe, etwas kindliche Stimme, von der Roemer sagte: Wenn sie beim Orgasmus. piepst, muß ich mir zu meiner Beruhigung immer erst klarmachen, daß sie tatsächlich schon über fünfzehn ist.

»Thomas! Grüß Gott! Wie schön, wenigstens dich zu hören. Von Eras« – damit war Erasmus gemeint – »höre ich keinen Ton. Ist er sauer, weil ich so lange in Ungarn bleibe? Du, hier ist es himmlisch! Jeden Tag reiten wir aus. Was gibt es in Münster? Ist Eras bei dir?«

»Nein.« Willbreit holte tief Atem. »Aber um ihn geht es.«

»Sitzt er wieder jeden Abend bei Krautkrämer?«

»Auch! Aber das ist es nicht, Elise.«

»Was denn?«

»Er hat einen Knall.«

»Den hatte er schon immer.«

»Einen richtigen! Erlegt seine Zukunft, sein Leben in die Hände einer Gesundstreichlerin.«

»Wie bitte? Ich habe das letzte Wort nicht verstanden? Geht Eras fremd?«

»Dein Mann ist krank, Elise. Sehr krank! Er müßte sofort operiert werden. Ich kann dir das am Telefon nicht alles erzählen, aber es ist kritisch. Und was macht er? Er verweigert eine gezielte Behandlung, die ihn retten könnte, und läuft statt dessen zu einer Frau, die ihn mit Streicheln heilen will.«

»Typisch Eras. Ein Weib! Wo will sie ihn streicheln?«

»Er glaubt an diesen faulen Zauber, Elise!«

»Bei richtigem Streicheln ist Eras schon immer putzmunter geworden. Das ist nichts Neues. Und schon gar keine Zauberei. Und deswegen rufst du an?«

»Du mußt sofort zurückkommen, Elise.«

»Wegen dieses Weibsstücks? O nein!«

»Wegen Erasmus! Er ist wirklich krank ...«

»Wenn ... wenn du es sagst ...« Ihre Stimme war jetzt wirklich unheimlich kindlich. Willbreit konnte sich vorstellen, wie es jetzt war: Sie saß mit aufgelösten blonden Haaren und in einem bezaubernden Morgenmantel im blumen- und palmengeschmückten Wintergarten an einem runden Tisch und ließ sich verwöhnen. Wenn Elise frühstückt, hatte Roemer einmal in seiner bildhaften Art gesagt, können zehn nackte, stramme Südamerikaner um sie herumtanzen: Sie knabbert erst ihr Brötchen mit mild gesalzener Landbutter; da kennt sie nichts! »Was könnte ich denn in Münster tun?« fragte sie nun fast kläglich. »Du kennst doch Eras auch. Was er will, das will er! Da walzt er los wie ein Panzer. Hat er jemals auf mich Rücksicht genommen?«

»Du denn auf ihn?«

»Erlaube mal, Thomas ...«

»Du bist seit Wochen in Ungarn, angeblich um einen Bären zu schießen. So gründlich verstecken kann sich ein Bär gar nicht. Aber wenn der Bär Janos heißt ...«

»Pfui, Thomas!«

»Komm zurück, wenn du Erasmus noch lebend sehen willst!« sagte Willbreit grob. Er hatte dieses Spiel satt. »Das ist das geringste, was man von einer Ehefrau verlangen kann.«

Trotz Klugheit, Titel, Reichtum – er ist ein armer Hund, der Erasmus, dachte Willbreit, nachdem er das Ungarngespräch abgebrochen hatte. Was nutzen ihm ein schloßartiges Gebäude, Luxuswagen und dicke Bankkonten, ein Ruf als unbestechlicher, gerechter Richter und Ehemann einer schönen, aber ziemlich dummen Frau, deren Vater die Millionen hinlegt, damit seine Tochter einen Akademiker und einen Titel heiraten und sich Frau Landgerichtsdirektor nennen kann – was nutzt ihm das alles? Was bedeutet es gegenüber der Einsamkeit, die in diesem Riesen verborgen ist; der inneren Leere, die er auszufüllen, zu kompensieren versucht durch Essen und Trinken, knallharte Witze und Zoten, hinausgebrüllte Lebensfreude und krampfhaft demonstrierte unbändige Kraft. Nur Fassaden, hinter denen sich die Öde versteckt. Muß man sich da noch wundern, wenn ihm ein Mädchen wie Corinna dann wie eine neue, herrliche Welt erscheint, in die er sich flüchtet im Stadium seiner größten Verzweiflung: Du bist an der Grenze deines Lebens?

Einer plötzlichen Eingebung folgend, rief Willbreit bei Dr. Hambach an. Aber Hambach war nicht im Haus, nur seine Putzfrau war da und gab bereitwillig Auskunft.

»Der Doktor ist bei den Doerincks«, sagte sie. »Wat glauben Sie, wat hier los ist? Auto nach Auto ... der Marktplatz ist voll, wird alles umgeleitet zum Festplatz. Wat doch so'n Fernsehen ausmacht. Zu de Corinna woll'n se alle ... sich streicheln lassen. Solche Döösköppe ...«

»Das mag wohl sein«, erwiderte Willbreit und legte auf. Hellenbrand steht kopf – das ist genau das, was wir jetzt brauchen. Die große öffentliche Blamage der Corinna Doerinck. Der Fixstern, der nur ein paar Stunden leuchtete und dann im schwarzen Nichts versinkt. Wer hätte gedacht, daß sich alles so schnell und so gründlich entwickelt? Nur Dr. Roemer paßte nicht in diese Szene; er opferte sich für eine Illusion. Er machte sich lächerlich. Und das war das Schlimmste, was einem Menschen widerfahren konnte.

Wie vermochte man Erasmus noch zu bremsen? Er war nicht mehr zu bremsen. Eine Stunde nach seinem Anruf bei Willbreit hing er im Stau vor Hellenbrand fest und wurde, wie alle anderen, zum Festplatz umgeleitet. Dort war man gerade dabei, notdürftig Buden aufzubauen. Es gab belegte Brötchen, kalte Koteletts und Frikadellen. Der Wirt vom »Westfalenwappen« hatte einen Lastwagen zur fahrbaren Theke umfunktioniert und schenkte Bier, Korn, Wasser und Fruchtsäfte aus. Den Trend tiefenpsychologisch am besten erkannt aber hatte der Schreibwaren- und Buchhändler von Hellenbrand, der auch im Kirchenausschuß war: Er verkaufte Fotos der Stadt, geweihte Rosenkränze, Fähnchen mit dem Westfalenwappen und Andenken aller Art. Bürgermeister Beiler, der einen schnellen Rundgang gemacht hatte, zog sich mit rotem, zerknittertem Gesicht in sein Rathaus zurück.

»Die Bestie Mensch ist los«, sagte er dumpf, als drei Ratsmitglieder bei ihm erschienen, die nicht in der glücklichen Lage waren, Geschäftsleute zu sein, und die deshalb sofort gegen diese »Auswüchse« waren. »Und das schon am ersten Tag! Wie wird das in unserer Stadt erst nach einer Woche aussehen?«

Dr. Roemer ließ seinen schweren Wagen vor dem Haus von Dr. Hambach stehen und machte sich zu Fuß auf den Weg zur Scheune. Dort umringte eine große, wartende Menschenmenge das Gebäude, ein Krankenwagen stand vor der Tür, man diskutierte über das, was sich hinter den Fenstern jetzt abspielen mußte.

Die beiden Sanitäter, die in ihren weißen Kitteln und Hosen wie zwei Wächter an der Tür standen, hielten auch prompt Dr. Roemer fest, als dieser anklopfen wollte.

»Immer der Reihe nach!« rief eine Frau aus der Menge mit schriller Stimme. »Der ist gerade erst gekommen, das habe ich gesehen. Anstellen! Hinten anstellen!!«

Dr. Roemer blähte die Brust. Wer ihn kannte, der ging jetzt schleunigst in Deckung. »Ich gehöre zur Familie!« brüllte er. Seine gewaltige Stimme erstickte jede Gegenwehr. »Es ist unerhört, wie man sich hier benimmt!« Er schob den Sanitäter mit einen Ruck zur Seite, knallte die Faust gegen die Tür und rief: »Corinna! Aufmachen! Hier ist Onkel Erasmus!« Im Ausstellungsraum griff sich Dr. Hambach an den Kopf und stierte Doerinck an. »Du lieber Himmel, das ist Dr. Roemer. Auch das noch! So brüllen kann nur einer. Was will der denn hier?«

Corinna kniete neben der Trage und hatte ihre Hände auf die um das; Kruzifix gefalteten Hände der Kranken gelegt. Der Mann weinte noch immer, lautlos, mit gesenktem Kopf. Die Tränen liefen ihm über das Kinn und in den Kragen hinein. Er wußte, daß diese Fahrt sinnlos gewesen war; aber für sie, die Aufgegebene, war es der Weg zu einem Wunder geworden. Ein stilles Lächeln lag über ihrem gelben, eingefallenen Gesicht.

»Laßt ihn rein«, sagte Corinna und streichelte die Hände der Frau. »Ihm geht es wirklich dreckig. Ich habe keine Erklärung dafür, weshalb ich bei ihm versage.«

Dr. Hambach, für den es völlig neu war, daß Roemer heimlich als Patient zu Corinna kam, starrte sie ungläubig an. Dann schüttelte er stumm den Kopf, als wolle er sagen, man müsse sich wirklich an Überraschungen gewöhnen, öffnete die Tür einen Spalt, und Roemer wuchtete ins Haus. Er blieb betroffen stehen, als er die Trage mit der gelbgesichtigen Frau und die davor kniende Corinna sah, murmelte eine Entschuldigung und ging auf Zehenspitzen an die Wand. Es sah komikerreif aus: Ein Elefant beim Spitzentanz.

»Was wollen Sie denn hier?« flüsterte ihm Dr. Hambach zu. Auch van Meersel kam zu ihnen, stellte sich leise vor und gab Roemer die Hand.

»Ich will helfen«, hauchte Roemer zurück. Aber was er als Hauchen empfand, war für die anderen von natürlicher Lautstärke. »Das da draußen ist ja Wahnsinn.«

Corinna erhob sich von den Knien und trat ein paar Schritte von der Trage zurück. Sofort folgte ihr der Antiquitätenhändler, nachdem er noch einmal zärtlich über den Scheitel seiner Frau gestrichen hatte.

»Ich weiß, es hat keinen Sinn«, flüsterte er. »Aber was sagen wir ihr? Sie glaubt an ein Wunder.«

»Ich werde ihr helfen, so gut ich es kann.« Corinna legte die langen, schmalen Hände aneinander und drückte die Fingerspitzen unter ihr Kinn. »Auch wenn es nicht mehr hilft: Sie soll ruhig und glücklich sterben in dem Glauben, es geschähe ein Wunder. Auch das ist eine große Hilfe.«

»Ich danke Ihnen …«, stammelte der Mann. »Oh, ich danke Ihnen!«

Sie ging zu der Trage zurück und beugte sich über die Frau, deren große glänzende, schon in das Jenseits blickende Augen jede ihrer Bewegungen verfolgten.

»Es wird jetzt sehr warm in Ihnen werden«, sagte Corinna und lächelte in das gelbe, eingefallene Gesicht. »Sie werden sich wohl fühlen, so wohl wie nie, und müde, sehr müde werden. Und wenn Sie aufwachen, wird es Ihnen besser gehen … langsam, ganz langsam wird die Krankheit in sich zusammenfallen. Wir müssen nur Geduld haben, viel Geduld …«

Die Frau lächelte verzerrt zurück. Ihr schmaler Kopf nickte schwach. Aber ihre Augen weiteten sich noch mehr. Meersel stieß sich neben Roemer von der Wand ab und kam näher. Er schlich sich an, so sah es aus.

Corinna breitete ihre Hände aus und ließ sie über dem Körper der Kranken schweben. Zehnmal vom Kopf bis zu den Hüften, hinauf und hinab; ihr Gesicht fiel dabei ein, die hohen Backenknochen stachen noch mehr hervor, Schweißperlen glänzten auf ihrer Stirn, die Lippen zitterten. In ihren Fingerspitzen brannte es, und sie wußte nun ganz sicher, daß es keine

Hilfe gab, daß dieser Körper unter ihren Händen von der Krankheit total zerstört war. Dennoch ließ sie ihre Finger zehnmal über ihn gleiten, starrte dabei in das Gesicht der Frau, über das jetzt ein seliges Lächeln glitt, ein inneres Leuchten, eine tiefe Zufriedenheit. Und mitten in diesem inneren Glanz blieb der Atem stehen, das beglückende Lächeln erstarrte, das Leben wich aus den Augen, aber das gläserne Leuchten blieb.

Langsam, ganz langsam zog Corinna die Hände zurück, richtete sich auf und lehnte sich haltsuchend an Meersel, der dicht hinter ihr stand. Roemer knirschte mit den Zähnen, Dr. Hambach nagte an der Unterlippe, Stefan Doerinck atmete schwer.

»Was ist?« fragte der Mann, der noch nicht begriffen hatte, was geschehen war. »Hören Sie schon auf? Warum hören Sie auf?« Er tappte näher, sah seine lächelnde Frau an und begriff noch immer nicht. »Hanna ...«, sagte er mit erschütternder Zärtlichkeit in der Stimme. »Hanna ... spürst du, wie gut das tut ...?«

»Ihr Glück war gottesnah ...«, sagte Meersel ernst.

»Hanna!« Der Mann verstand jetzt. Er fiel neben der Trage auf die Knie und legte beide Hände um das schmale, gelbe, stille Gesicht mit dem wunderschönen Lächeln. »Hanna! O Gott! O Gott!« Dann warf er den Kopf herum und sah zu Corinna empor. Doerinck hatte seiner Tochter eine angezündete Zigarette gebracht, sie rauchte sie hastig und mit halb geschlossenen Augen. »Ich danke Ihnen ...«, stammelte der Mann. »Sie ist so glücklich gestorben, so voll Hoffnung ... Kann man schöner sterben?«

Dr. Hambach ging zur Tür und winkte einen der draußen wartenden Sanitäter herein.

»Sie können sie wieder zum Wagen bringen«, sagte er. Der Sanitäter blickte zur Trage, sah den weinenden Mann und hob die Augenbrauen.

»Was ist los? Tot?«

»Ja.«

»Bedaure, dann können wir sie nicht mehr transportieren. Vorschrift, Herr Doktor. Wir dürfen in einem Krankenwagen nur Lebende fahren. Wenn's auf der Fahrt passiert – na, dann ist nichts zu ändern. Aber bereits Tote ... bedauere. Das geht nur mit einem Sarg und einem Beerdigungsinstitut.«

Er warf noch einen Blick auf die tote Frau, hob die Schultern und verließ das Haus. Kurz darauf hörte man den Krankenwagen wegfahren. Um sich in dem Gewühl der Menschen Platz zu schaffen, ließ er ein paarmal seine Sirene ertönen. Sie entfernte sich schnell.

»Auch das noch!« sagte van Meersel. »Was glauben Sie, welche Bewegung in die Menge kommt, wenn nachher ein Sarg angeliefert wird. Ist das Fernsehen draußen?«

»Natürlich!« Dr. Roemer hatte sich um den weinenden Mann gekümmert. Er hatte ihn zu einem Stuhl geführt ihn darauf niedergedrückt und ihn geradezu gezwungen, ein volles Glas Kognak zu trinken. Das hatte ihm wirklich gutgetan; der Antiquitätenhändler faßte sich und weinte nicht mehr. »Zwei Teams sind da.«

»Das wird ein Fressen für die!« Dr. Hambach nickte Doerinck zu. »Stefan, tragen wir die Tote nach hinten?«

Sie packten die Trage, schleppten sie in den hinteren Raum, Corinnas Werkstatt, und stellten sie vor dem großen Knüpfrahmen ab. Da nichts anderes greifbar war, nahm Dr. Hambach einen langen, schmalen Wandteppich und legte ihn über die Tote. Sommerblüten hieß das Motiv. Strahlende Farben, sonniges Leben.

Sie waren gerade in den Ausstellungsraum zurückgekommen, als es wieder an der Tür klopfte. Roemer wuchtete hinüber und brüllte: »Wer ist da?!«

»Beiler hier.«

»Wir brauchen kein Werkzeug!« schrie Roemer und lief rot an.

»Peter Beiler ist unser Bürgermeister.« Doerinck ging zur Tür, öffnete sie und ließ Beiler und einen anderen Mann in das Haus. Der Unbekannte stellte sich als Kriminaloberrat Fernich vor. In seiner Not hatte Beiler nämlich beim Polizeipräsidenten in Münster angerufen und von ihm erfahren, daß man für so etwas nicht zuständig sei. Trotzdem wolle man einen Beamten schicken zur Beobachtung der Lage. Oberrat Fernich war darüber gar nicht erfreut; derartige öffentlichen Auftritte versuchte man bei der Polizei zu vermeiden. Das Fernsehen hatte auch prompt reagiert, als Bürgermeister Beiler am »Kampfplatz« erschien. Auf die Frage an Oberrat Fernich indessen, wer er sei und was er hier mache, erhielt der TV-Reporter die grobe Antwort: »Das geht Sie nichts an! Kein Kommentar!« Das wurde natürlich gefilmt – so etwas war Salz in der Suppe.

Hier im Haus stellte sich Oberrat Fernich allen Anwesenden global vor, indem er seinen Namen in die Runde rief. Sehr erstaunt, ja betroffen war er, als er Landgerichtsdirektor Roemer bemerkte. Ihn hier vorzufinden, hätte er nie vermutet. Er erkannte ihn sofort. Wer in Münster kannte Dr. Roemer nicht? Bei der Kripo war er geradezu berühmt wegen seiner Urteile. Natürlich war auch Fernich ein alter Bekannter für Dr. Roemer. Sein Kontakt zur Kriminalpolizei war bestens.

»Ich habe nicht erwartet, daß Sie auch hier sind, Herr Direktor!« sagte Fernich etwas betreten. »Im Präsidium weiß man davon nichts.«

»Warum auch? Ich bin privat hier!« Roemer schob sich nach vorn. »Wer schickt denn Sie?«

»Der Herr Präsident selbst.«

»Hat der keine anderen Sorgen?« dröhnte Roemer. »Rappelt in Münster schon die Alarmglocke?«

»*Ich* habe in Münster angerufen«, sagte Beiler laut. »Ich weiß mir keinen Rat mehr. Wenn sich das weiter so entwickelt, muß doch etwas dagegen unternommen werden. Ich habe auch das Kreisgesundheitsamt verständigt.«

»Jetzt wird es lustig ...«, sagte Dr. Hambach hämisch.

»Es war meine Pflicht!« Beiler wischte sich über das Gesicht. »Hier werden Kranke jenseits der Legalität behandelt.« Er sah hinüber zu Corinna, die ihre zweite Zigarette rauchte. »Du mußt das verstehen, Corinna. Du hast keine Zulassung, weder als Heilpraktiker noch sonstwie. Die Kranken kommen zu dir, du streichelst sie, und sie gehen weg und behaupten, es helfe ihnen. Das ist die Ausübung einer Heiltätigkeit, die nicht zugelassen ist. So geht es einfach nicht. Wir haben schließlich Gesetze, wir leben in einem geordneten Staat, in einem Rechtsstaat.«

»Das muß man mir als Landgerichtsdirektor sagen!« brüllte Dr. Roemer. »Lassen Sie Ihren Kreisarzt kommen! Was wollen übrigens Sie hier, Sie Zwerg?«

»Ich verwahre mich dagegen, daß Sie mich …«, rief Beiler und zuckte mit dem ganzen Gesicht.

»Und Sie? Was wollen Sie hier?« fuhr Roemer auf Oberrat Fernich zu. »Sollen Sie strafbare Handlungen feststellen?! Es wird schwer sein, da etwas durchzusetzen, mein Lieber. Teilen Sie Ihrem Präsidenten mit, daß Dr. Roemer bestellen läßt: ›Lieber Paul, auch wenn dir die Pfeife aus dem Mund fällt – ich bin bei Corinna Doerinck, um mich behandeln zu lassen!‹ – Fernich, was haben Sie?« Roemer lachte dröhnend. »Manchmal können Menschen wie Schafe dreinblicken.«

»Sie sind hier … Herr Direktor … behandeln … Sie?«

»Auch Richter werden krank!«

»Aber …« Fernich schluckte mehrmals. »Wir haben doch in Münster hervorragende Ärzte.«

»Das ist meine Angelegenheit und geht Sie einen Dreck an«, entgegnete Roemer grob. »Ich kümmere mich ja auch nicht um Ihr Verhältnis mit der Kriminalkommissarin Ilse Lange.«

Fernich wurde hochrot im Gesicht und verkrampfte die Hände.

»Herr Direktor!« begehrte er auf. »Ich möchte klarstellen, daß …«

»Nichts stellen Sie klar! Bis auf Ihre Frau weiß fast jeder im Präsidium, daß Sie am Aa-See ein Zimmer gemietet haben, wo Sie sich mit der Ilse Lange treffen. Gut, das ist Ihr Bier, das Sie auch aussaufen müssen.« Roemer machte eine weite Armbewegung: »Sehen Sie sich um, Herr Fernich .... da steht Professor van Meersel aus Amsterdam, ein international anerkannter Experte für Biophysik und Parapsychologie; dort ist der Vater, Herr Doerinck; an der Tür steht Dr. Hambach aus dieser Stadt; daneben sehen Sie einen Bürgermeister – aber kommen Sie ihm nicht zu nahe, er hat die Hosen voll ...«

»Ich verbitte mir so was!« schrie Beiler. »Auch von Ihnen!«

»... und der Herr dort heißt Manfred Zynnis und kommt aus Münster. Im hinteren Zimmer liegt Frau Hanna Zynnis, vor etwa zwanzig Minuten verstorben.«

»Wie bitte?« Fernich wurde unruhig. »Es gibt hier eine Tote?«

»Das soll bei unheilbar Krebskranken vorkommen.«

»Sie ist an der Behandlung gestorben?«

»Während der Behandlung.«

Fernich wurde plötzlich sehr dienstlich. »Wir werden ein Protokoll aufnehmen. Darf ich die Tote sehen?«

»Bitte!« Dr. Hambach ging voraus, sie betraten die Werkstatt, und Dr. Roemer schnaufte laut auf. Corinna schüttelte den Kopf.

»Was will er mit einem Protokoll?«

»Da gibt es gewisse Feinheiten«, erklärte Roemer giftig. »Wenn einem Arzt der Patient stirbt, etwa während einer Operation den Geist aufgibt, dann ist das normal. Sterben muß jeder mal. Aber hier ist jemand unter nicht zugelassenen Händen gestorben – das muß natürlich untersucht werden! Wäre Hanna draußen vor der Tür gestorben – kein Wort darüber. Aber mit dem Eintritt in dieses Haus hat sich die Lage sofort verändert.«

»Das ist doch Blödsinn«, sagte Doerinck verständnislos. »Sie lag ja schon im Sterben, als sie hereingetragen wurde.«

»Aber sie starb erst, als Corinna sie behandelte. Da liegt der Hase im Pfeffer. Das ist amtlich unstatthaft.«

Dr. Hambach und Fernich kamen aus der Werkstatt zurück. Fernich war ein wenig blaß geworden. Der Anblick der toten gelben Frau unter dem Blütenteppich ließ auch ihn nicht kalt. Roemer wippte auf seinen Säulenbeinen, die Hände in den Hosentaschen.

»Nun? Wie hat die Kripo entschieden? Wird die Leiche beschlagnahmt zur Autopsie?«

»Das lasse ich nicht zu! Nie lasse ich das zu!« rief Manfred Zynnis und fuchtelte mit den Händen durch die Luft. »Herr Fernich, meine Frau war praktisch schon tot, als ich sie hierher brachte.«

»Und warum haben Sie sie hergebracht?«

»Weil es ihr letzter, verzweifelter Wunsch war.«

»Sie war also bei völliger geistiger Klarheit?«

»Ja.«

»Und dann hat Fräulein Doerinck sie mit ihren Händen behandelt, und dabei ist sie verschieden?«

»So ist es.«

»Die Leiche ist beschlagnahmt!« sagte Fernich steif. »Ich bitte alle Anwesenden, sich als Zeugen zur Verfügung zu halten.«

»Ich lasse nie eine Obduktion zu. Nie!« rief Manfred Zynnis. »Hanna soll endlich ihren Frieden haben.«

»Wo ist ein Telefon?« Roemer sah sich um. »Ich rufe den Polizeipräsidenten an. Hier wird Dämlichkeit zur Staatsgewalt.«

»Draußen warten schätzungsweise hundertsiebzig Menschen«, sagte Bürgermeister Beiler, heiser vor Aufregung. »Was soll mit denen werden?«

»Gehen Sie raus und sagen Sie den Leuten, sie sollen nach Hause fahren!« röhrte Roemer.

»Ich? Ich soll das sagen? Warum ich?«

»Sie sind der Bürgermeister und sehnen sich die Ruhe in Ihrer Stadt zurück.« Roemer ging zum Telefon, das Doerinck aus dem Nebenraum an einer langen Schnur hereintrug. »Herr Zynnis, zuallererst geht es um Ihre Frau. Sie haben sich sicherlich Gedanken darüber gemacht, wer die Beerdigung übernehmen soll.«

»Ja.« Zynnis suchte in seinen Taschen nach einer Geschäftskarte, die er seit einigen Wochen mit sich herumtrug. »Die Firma heißt Ewig ...«

»Wie bitte?«

»Bestattungsinstitut Ewig und Sohn.«

»Dazu gehören Nerven!« Roemer legte das Telefon auf seine linke riesige Handfläche. »Nummer?«

Zynnis hatte die Geschäftskarte gefunden und hielt sie Roemer hin. Eine diskrete Karte mit einem Palmenzweig.

In den nächsten fünfzehn Minuten telefonierte Roemer mit Ewig und Sohn, dem Polizeipräsidenten und der Staatsanwaltschaft. Die beiden letzten Nummern kannte er auswendig. Er erklärte, daß Dr. Hambach als anwesender Arzt den Totenschein ausstellen und bestätigen werde, daß Frau Zynnis eines natürlichen Todes als Folge einer fortgeschrittenen Krebserkrankung gestorben sei. Es sei kein »unklarer Fall«. Oberrat Fernich hörte mit verdrossenem Gesicht zu. Ihm war klar, daß die Tote freigegeben wurde.

»Das war's!« sagte Roemer und stellte das Telefon auf den Tisch. »Herr Fernich, Sie können gehen. Sie werden hier nicht mehr gebraucht.«

»Ich habe mit keinem der Herren gesprochen und Weisungen entgegengenommen.«

»Wollen Sie damit andeuten, daß ich lüge?« brüllte Roemer. »Herr!!! Ich behalte mir ein Disziplinarverfahren vor! Ihr Präsident war entsetzt? Das wird er Ihnen morgen bei der Frühbesprechung selbst sagen! Er will extra kommen!«

»Und die Leute draußen?« fragte Beiler noch einmal.

»Die sollen gehen!« Doerinck legte den Arm um seine Tochter. »Ihr seht doch, daß Corinna nicht mehr kann. Es ist völlig sinnlos, zu warten.«

»Und wenn sie *nicht* wegfahren?«

»Das ist ihre Sache. Dann sollen sie draußen im Wagen pennen.«

»Wildes Campen ist verboten«, protestierte Beiler in amtlichem Ton. »Übernachten auf öffentlichen Straßen und Plätzen sowieso.«

»Da haben Sie ja etwas, das sie den Leuten sagen können!« rief Meersel, der bisher nur staunend und stumm der Diskussion zugehört hatte. »Das ist nun wirklich Ihre Aufgabe, mein Herr!«

Mit verkniffenen Mienen verließen Beiler und Oberrat Fernich die Scheune. Roemer war ans Fenster getreten und blickte durch die Gardine nach draußen. Zynnis war im Nebenraum verschwunden; er wollte bei seiner Hanna sein, setzte sich neben die Trage auf einen Hocker und stierte auf die mit dem bunten Wandteppich zugedeckte Gestalt. Er war bereit, um sich zu schießen, wenn jemand kommen sollte, um die Tote zur Autopsie abzuholen.

»Eine Frage, Herr Roemer«, sagte Dr. Hambach, als Roemer meldete, daß Beiler und Fernich draußen vor dem Haus einer Gruppe Männer anscheinend die Lage erklärten. »Wie kommt es, daß der Polizeipräsident und die Staatsanwaltschaft nur dreiziffrige Nummern haben?«

»Wieso?« fragte Roemer knurrend zurück.

»Ich habe genau zugesehen. Bei Ewig und Sohn handelte es sich um eine sechsstellige Nummer, bei den anderen waren es nur dreistellige Nummern.«

»Wirklich?« Roemer grinste breit. »Ihre Augen sind noch vorzüglich, Dr. Hambach.«

»Sie haben weder mit dem Präsidenten noch mit der Staatsanwaltschaft gesprochen?«

»So ist es.«

»Du lieber Himmel! Und warum nicht?«

»Wollen wir Komplikationen? Na also. Jetzt haben wir Luft bis morgen. Wer weiß, wie die Welt morgen aussieht.«

»Das kann Ihnen mächtigen Ärger einbringen, Herr Dr. Roemer«, sagte Doerinck.

»Mir nicht mehr. Es ist ein verdammt niederschmetternder, gleichzeitig aber auch verdammt befreiender Zustand, jenseits von allen Zwängen zu stehen und sprechen und tun zu können, was man will Mir schadet nichts mehr! Ich bin frei für die Ewigkeit.«

»Sind Sie so sicher?« fragte Corinna leise.

»Ja! Nachdem Ihre Hände bei mir versagen, kann mich nichts mehr erschüttern.«

»Wir versuchen es doch noch einmal, Dr. Roemer.«

»Corinna!« Der riesige schwere Mann sank fast in sich zusammen. Er fiel schwer auf einen Stuhl und legte seine gewaltigen Hände um den Kopf. »Ich habe mit allem abgeschlossen. Nun glaube ich selbst nicht mehr daran ...«

»Stehen Sie auf, Dr. Roemer!« Corinna trat nahe an ihn heran. Roemer stemmte sich hoch, mit fast hervorquellenden Augen und bebenden Lippen. »Sehen Sie mich an! Blicken Sie mir ins Auge, so, als sei mein Auge ein Spiegel, in dem Sie sich wiedersehen. Suchen Sie sich in meinen Augen ... Ja, so ist es. Sie haben sich entdeckt ...«

Ihre Stimme versickerte in die Stille. Dr. Roemer stand starr und atmete kaum. Und ganz langsam hob Corinna ihre Hände, formte aus ihnen zwei flache Schalen und ließ sie über Roemers Körper gleiten ... ein Schweben und Streicheln ... ein Herausziehen und Hineingeben ...

Van Meersel stand an der Wand und sah sie gebannt an. Warum sehen es die anderen nicht, fragte er sich verzweifelt und hätte beinahe geschrien: Seht doch, seht doch hin ... über ihrem Kopf ist ein Leuchten! Ein Leuchten ist um sie ...

Das Bestattungsinstitut Ewig & Sohn hatte Hanna Zynnis abholen lassen. Die Beauftragten brachten einen schönen schweren, geschnitzten Eichensarg mit, ein seidenes Totenhemd und ein weißes Damastkissen.

Draußen hatte sich die Menge der Wartenden gelichtet. Nachdem nun feststand, daß keiner in die Scheune gelassen wurde und jedes Ausharren vergeblich war, bröckelten immer mehr Gruppen von der geballten Masse ab. Zuletzt blieben nur noch ein Fernsehteam und vier oder fünf Wagen übrig.

Auch der Festplatz von Hellenbrand hatte sich geleert. Drei Wohnwagen, die auch gekommen waren, wurden umgeleitet auf den offiziellen Campingplatz, wo sie noch eine kleine freie Ecke fanden. Bürgermeister Beiler und die örtliche Polizei atmeten auf. Der erste Sturm war bewältigt. Aber man mußte wohl erwarten, daß es am nächsten Tag weiterging. In der aktuellen Fernsehsendung »Was war heute?« erschien bestimmt ein Bericht über diesen turbulenten und, was Sensationen anbetraf, schließlich doch unfruchtbaren Tag. Bis auf die Tote! Man filmte natürlich die Ankunft des Leichenwagens der Firma Ewig & Sohn, die Abfahrt des Wagens, das bleiche Gesicht des Witwers und seinen klassischen Satz, als der Reporter ihn um einige Auskünfte bat: »Ihr könnt mich alle kreuzweise …«

So empfindlich und moralisch sich das Fernsehen sonst auch gab – diesen Ausspruch sendete man; er wurde interpretiert als äußeres Zeichen der totalen Verzweiflung eines Witwers, dessen geliebte Frau bei der Wunderheilerin gestorben war, Damit war auch der Anlaß gegeben, daß sich die Gesundheitsbehörden intensiv mit Corinna Doerinck beschäftigen müßten.

Doerinck und die anderen im Haus warteten bis zur Dunkelheit; dann beschloß man, auf dem Schleichweg wieder in das Lehrerhaus zurückzukehren. Die Quartierfrage war geklärt worden: Van Meersel schlief bei Doerinck, Dr. Roemer wurde Gast von Dr. Hambach.

Mit Roemer war eine Veränderung vor sich gegangen. Corinna hatte ihm nicht gesagt, ob sie etwas in ihren Fingern spüre, als sie über seinen Körper strich. Er selbst hatte eine tiefe Wärme empfunden, eine angenehme Hitze, die in Wellen durch seinen Leib flutete. Es gelingt, hatte er gedacht, der unerklärbare Bann ist gebrochen. Ein Schauer durchrann seinen massigen Körper. Er hatte das Bedürfnis, die Augen zu schließen und unter dieser strömenden Wärme einzuschlafen – aber Corinnas Blick zwang ihn, weiterhin in ihre Augen zu starren, wie hypnotisiert, obwohl er alles, was um ihn herum vorging, voll begriff.

Dann war es plötzlich vorbei. Corinnas Hände sanken an ihrem Körper herab, sie warf den Kopf weit in den Nacken und trat, leicht schwankend, ein paar Schritte zurück. Wieder reichte Doerinck ihr eine brennende Zigarette, mit der sie zum Tisch ging. Dort setzte sie sich und rauchte die Zigarette hastig mit gesenktem Kopf. Ihr hart gewordenes Gesicht entspannte sich, die ebenmäßige Schönheit kehrte zurück. Dann seufzte sie und strich sich die Haare aus der Stirn.

Roemer hatte sich bis dahin nicht gerührt. Er fragte auch nicht, eine höllische Angst hielt ihn davon ab. Er wollte nicht hören müssen: Nein. Es war umsonst. Ich spüre nichts in meinen Händen. – Er registrierte nur, daß Corinna sehr müde war, daß sie zerbrechlich wirkte, kraftlos und ausgepumpt. Allein dieser Anblick gab ihm eine irrsinnige Hoffnung. War ihre ganze Kraft in ihm geblieben? Begann das Unerklärliche, seine Krankheit zu zertrümmern?

Erst nach zwei Minuten völliger Stille bewegte er sich, griff zur Kognakflasche und wollte sie einfach an den Mund setzen. Van Meersel riß sie ihm aus der Hand.

»Das lassen Sie jetzt!« zischte er.

»Ich habe Durst«, stammelte Roemer.

»Es gibt Wasser.«

»Wasser?« Roemers Entsetzen war echt. »Ich soll Wasser saufen? Bin ich ein Ochse?«

»Ja!«

»Auch gut!« Roemer nickte schwer. »Wo ist der Wasserkran?«

Doerinck öffnete den in ein Regal eingebauten Kühlschrank, holte eine Flasche Mineralwasser hervor, drehte den

Verschluß auf und reichte sie Roemer hin. Nach zwei langen Schlucken setzte Roemer die Flasche wieder ab.

»Wenn das meine Freunde sehen würden«, sagte er und rülpste verhalten. Die Kohlensäure quirlte in ihm. »Erasmus trinkt Wasser. Da stimmt die Welt nicht mehr.« Er sah auf Corinna hinunter, rang mit sich, wagte es aber nicht, zu fragen. Und dabei blieb es. Man fuhr am Abend zurück zu Doerinck, ohne daß Roemer wußte, ob die Behandlung gelungen war.

Im Hause Doerincks öffnete Ljudmila die Tür und war wie immer voll großer Herzlichkeit. Sie gab Stefan einen Kuß, umarmte ihre Tochter und ließ sich von Meersel und Roemer die Hand küssen. Dr. Hambach gab ihr einen Schmatz auf die Backe.

»Nichts Neues?« fragte Doerinck. Er hatte den ganzen Tag über Angst davor gehabt, daß man Ljudmila vielleicht genauso belagerte, wie er und Corinna mit den Freunden in der Scheune belagert worden waren. Sechsmal hatte er zu Hause angerufen, aber immer hatte Ljudmila gesagt: »Nein. Hier ist es still. Keiner belästigt mich. Hab keine Sorgen, Stefanka ... Vor einer Stunde waren welche vom Fernsehen hier. Ich habe nicht aufgemacht ... Nein. Die Straße ist wie ausgestorben.« Beim vierten Anruf hatte Ljudmila gesagt: »Vorhin hat der Schulrat angerufen. Ich habe gesagt, erst am Abend bist du zurück.«

»Hat der Schulrat irgendwelche Andeutungen gemacht?« fragte Doerinck.

»Nein. Er war sehr höflich.«

»Wir haben Besuch«, sagte Ljudmila jetzt, als sie alle in der Diele standen. Doerinck zog die Augenbrauen zusammen.

»Besuch? Jetzt? Wer denn?«

»Ein junger Mann. Er möchte Cora sprechen.«

»Nun sollst du mal sehen, wie schnell ein Mensch aus einem Haus fliegen kann!« sagte Doerinck finster. »Wieso läßt du einen fremden Mann zu uns herein, Ljudmila?«

»Er ist Maler, sagt er. Er will Cora etwas zeigen.«

»Das haben wir gleich.« Doerinck riß die Tür zum Wohnzimmer auf und stürmte in den Raum. Aus dem Sessel sprang sofort ein Mann hoch und machte eine Verbeugung. Er trug helle Cordhosen, ein kariertes Hemd, und das Haar, blond wie Weizen, hing ihm bis an den Kragen. Sein Gesicht war etwas knochig, aber auf Anhieb sympathisch. Das beste allerdings waren seine Augen: tiefblau und ehrlich – ein jungenhafter, unbekümmerter Blick.

»Herbert«, sagte er sofort. »Marius Herbert. Ich bitte um Entschuldigung ...«

»Wie Sie bemerkt haben, ist in der Wohnung noch alles in Ordnung!« sagte Doerinck hart. »Wir brauchen weder Tapeten noch neuen Lack an den Türen.«

»Ich bin Kunstmaler.«

»Auch für Gemälde ist kein Bedarf.«

Marius Herbert blickte zur Tür. Roemer, Meersel und Dr. Hambach waren nun ins Zimmer gekommen. Als letzte erschien Corinna; sie blieb im Türrahmen stehen und sah den fremden Gast mit einem langen Blick an. Marius spürte sein Herz schneller schlagen.

»Es ist so«, sagte er mutig, »ich bin ein guter, aber erfolgloser Maler. Meine Bilder hängen bei einigen Kunsthändlern, aber es findet sich niemand, der sie kaufen will. Um zu leben, male ich Schilder, Reklame auf Häuserwände und Giebel. Meine bisher schönste, weil am besten bezahlte Arbeit war das Ausmalen einer Kantinenwand der Firma Huschel und Co., Fleischkonserven und Frostwaren. Der Entwurf kam von der Werbeabteilung: Die ganze Wand übersät mit Abbildungen der gleichen Viecher, die man in der Fabrik eindoste. Vom Lamm bis zur Languste, vom Fasan bis zum Hering. Es war schaurig und entsetzlich, aber ich verdiente daran sage und schreibe dreitausend Mark. Dafür hätte ich auch lauter Ölsardinen an die Wand gemalt. Dreitausend Mark! Ich kam mir wie Picasso oder Dali vor.«

Corinna lachte, und dieses Lachen verhinderte es, daß Doerinck den jungen Maler ohne viel Worte hinauswarf.

Sie kam auf ihn zu, gab ihm die Hand und war wie verwandelt. Ihre Müdigkeit, ihre völlige Kraftlosigkeit schien wie weggeblasen.

»Und was wollen Sie nun von mir?« sagte sie fröhlich. »Ich habe keine Wände zum Ausmalen.«

»Es war die Fernsehsendung über Sie ... ich meine nicht das mit der Wunderheilung und was sie alles darüber gesagt haben, denn da habe ich gedacht: Blödsinn! Aber interessant wurde es für mich, als Sie von Ihrer Teppichknüpferei sprachen. Da hatte ich plötzlich eine Idee. Das Mädchen stellt moderne Teppiche her, sagte ich mir, da wäre doch eine Chance, wenn ich ein paar Entwürfe bei ihr loswerden könnte, nach denen sie einen Teppich zaubert. Das wäre ein neuer Markt. Damit käme ich ins Gespräch. Entwurf von Marius Herbert – das merkt man sich vielleicht.« Er lächelte, wie um Verzeihung bittend. Seine blauen Augen strahlten Corinna an. »Da bin ich losgefahren, per Anhalter. Ich hatte doch keine Ahnung davon, was für ein Rummel hier losgeht. Ich habe mich durchgefragt, und Ihre Mutter war so freundlich, mich hereinzulassen. Ja, und nun bin ich hier.« Er wandte den Kopf zu Stefan Doerinck. »Wenn Sie mich rausschmeißen wollen, ich kann Sie nicht daran hindern.«

»Was haben Sie sich eigentlich dabei gedacht?« fragte Doerinck scharf.

»Nichts. Das heißt, doch. Ich habe mir gedacht: Noch zwei Wochen, und die Schinderei um ein paar Mark geht wieder los. Ich könnte malen wie die Impressionisten und muß statt dessen mit Schablonen Bierkrüge an Hauswände streichen.«

»Sie sollten nicht malen wie die Impressionisten, sondern wie Marius Herbert!« sagte Corinna. Sie sah sich um. »Setzen wir uns?«

»Soll der junge Mann denn hierbleiben?« fragte Doerinck erstaunt.

»Ja. Aber nur, wenn du es erlaubst, Papuschka.« Sie wandte den Kopf wieder zu Marius. Er setzte sich zögernd auf den Sessel zurück. Neben ihm auf einem Tischchen stand ein Glas Orangensaft und lag ein Stück von Ljudmilas Honigkuchen. Sie wußte nicht, warum sie ihn nicht einfach gehen ließ … sie sah in seine Augen und hatte den Wunsch, er möge bleiben. »Erzählen Sie mir mehr von sich.«

Ljudmila und Doerinck gingen in die Küche. Meersel, Roemer und Dr. Hambach setzten sich. »Was soll das?« fragte Doerinck in der Küche. »Dieser junge Schlaks hat künstlerische Fürze im Kopf und beschwert sich, wenn er für ein paar Mark arbeiten muß. Das habe ich gern! Soll er etwa auch noch bei uns essen? Was gibt es denn? Ha! Kohlrouladen nach Ukrainer Art. Ich werf den Kerl raus!«

Er ging ins Zimmer zurück, aber mit Hinauswerfen war nichts. Corinna saß Marius Herbert gegenüber und hatte gerade dessen Bericht über sein Leben unterbrochen. »Warum erzählen Sie das alles?« fragte sie ihn eben. »Warum sagen Sie nicht: Ich habe Magenkrebs!«

10

Anders als damals Dr. Roemer, den die Erkenntnis, nur noch wenige Monate leben zu dürfen, völlig verwandelte, nahm Marius Herbert das Todesurteil gelassen hin. Obwohl alle im Zimmer den Atem anhielten und Corinna entsetzt anstarrten, griff er nach dem Glas Orangensaft und trank einen großen Schluck.

Roemer stieß den angehaltenen Atem pfeifend aus wie ein durchlöcherter Blasebalg.

»Wenn Sie es behaupten, wird es stimmen«, sagte Marius nur und brach ein Stück von Ljudmilas Honigkuchen ab. »Ich weiß es nicht, habe es bisher nicht einmal geahnt.«

»Hatten Sie keinerlei Beschwerden? Schmerzen?«

»Doch. Ab und zu. Wenn ich auf der rechten Seite liege. Oder wenn ich – was selten ist – einmal gut esse. Oder wenn ich Bier trinke. Dann zieht es im Magen, wie ein Krampf ist's dann. Aber das geht immer schnell vorbei.«

»Sie waren bei keinem Arzt?«

»Nein. Das kann ich mir nicht leisten.«

»Was heißt das, nicht leisten?« Doerinck beugte sich vor.

»Ich bin kein Angestellter, kein Beamter ... ich bin freischaffender Künstler. Für mich gibt es keine Pflichtversicherung. Ich muß die Krankenkasse selbst bezahlen. Zu teuer für mich. Woher nehmen ...?«

»Und wenn Sie krank werden, einen Arzt brauchen, ins Krankenhaus müssen?«

Marius Herbert hob die Schultern. »Das wird sich zeigen. Ich weiß nicht, wer's bezahlt. Vielleicht die Wohlfahrt, was weiß ich? Vielleicht verrecke ich auch nur in irgendeiner Ecke. Oder gibt's da einen Sozialfonds? Wo kommen kranke Penner hin? Da werde ich auch landen.«

»Haben Sie keine Eltern oder andere Verwandte?« fragte Roemer.

»Mein Vater ist unbekannt. Ich bin ein außereheliches Kind, wie man so schön sagt. Meine Mutter war Putzfrau – Pardon: Raumpflegerin – bei einem reichen Kerl. Bauunternehmer. Großbauten. Ganze Siedlungen. Feriensilos an der Ostsee. Heute macht er das. Damals, vor einunddreißig Jahren, baute er Sozialwohnungen, Schlichthäuser und Umsiedlerheime. Mutter behauptete immer, dieser reiche Pinkel sei mein Vater, aber sie konnte das nie beweisen. Sie hatte zur gleichen Zeit noch zwei andere Freunde. Da hat ihr der Baulöwe zehntausend Mark gegeben – Mann, war das damals eine Stange Geld! Dafür sollte sie unterschreiben, daß er nicht der Vater ihres Kindes sei. Das hat sie getan. Aus war der Ofen. Die anderen beiden Männer hatten selbst keinen Pfennig. Also hieß es in den Papieren: Vater unbekannt.«

Marius trank noch einen Schluck Saft, ehe er fortfuhr: »Mutter starb vor sechs Jahren an einer Thrombose. Sie hat bis zuletzt geputzt. Meine Ausbildung an der Kunstakademie Düsseldorf war frei, ich hatte ein Stipendium. Wohnen und essen bezahlte ich mit den paar Kröten, die ich durch Jobben im Großmarkt verdiente. Oder als Hilfsgärtner auf dem Nordfriedhof – das war ein guter Job! Immer gab es am zweiten oder dritten Tag nach den Begräbnissen dicke Trinkgelder, wenn die nahen Hinterbliebenen allein zum Grab kamen, um Abschied zu nehmen. Da hatten wir die frischen Hügel immer schön mit den Blumen und Kränzen dekoriert, und ich malte mit Ölkreide oder Wasserfarben das farbenprächtige Grab.

Nie vergeblich, sie haben alle gekauft. Sie waren zu Tränen gerührt. Ein Gemälde von Opas Grab; das ist schon was Einmaliges.«

»Sie sind ja ein ganz cleverer Hund«, sagte Roemer. Es klang deutlich nach Anerkennung. »Mich wundert da, daß Sie noch immer im Schatten stehen.«

»Der Friedhofsjob hörte auf, als ich die Akademie in Düsseldorf mit den besten Zeugnissen verließ und es nun hieß: Jetzt zeig, was du kannst! Verdiene!« Marius lächelte ironisch.

»Können Sie sich vorstellen, wie es ist, wenn Sie wissen, ich kann etwas, ich bin ein guter Maler, und Sie malen ein Bild nach dem anderen und gehen damit bei den Kunsthändlern hausieren und hören immer wieder: ›Mein junger Freund, sehen Sie sich mal um. Die Wände hängen voll. Darunter bekannte Namen. Was wollen Sie denn noch da? Marius Herbert, ein Neuer – wer kauft das?‹ Und wenn ich entgegnete: ›Wer nicht an der Wand hängt, kann auch nie entdeckt werden!‹ antwortete man mir: ›Machen Sie's wie die Franzosen auf der Place du Tertre: Stellen Sie auf der Straße aus. Können spricht sich rum!‹« Marius nickte mehrmals. »Auch das habe ich gemacht, in Hamburg, in Köln und in München: einen Stand an einer Straßenecke aufgebaut. Es war zum Weinen! Neben mir verkauften andere billige Drucke, zehn oder zwanzig Mark das Blatt, die gingen reißend weg. Meine Originale hingegen wurden zwar bestaunt, aber dann spazierte man weiter. Fünfzig Mark – das war denen zu teuer. Da habe ich dann ebenfalls Drucke verkauft und konnte davon leben. Ich habe Miniaturen gemalt, Landschaften, Blumen, Gebäude, das Stück für zwanzig Mark, und das lief hervorragend. In drei Monaten hatte ich 1670 Mark gespart, im Spind verschlossen, im Männerheim der katholischen Mission. Eines Tages war der Spind aufgebrochen, das Geld gestohlen … da bin ich weg aus München.« Marius Herbert sah seine Zuhörer lange – an und hob dann die Schultern. »So ist das! Das passiert mir immer wieder. Ich habe mit dem Leben einfach Pech.«

»Und Sie haben nie daran gedacht, etwas anderes zu machen?« fragte Doerinck in die Stille hinein. Marius schüttelte den Kopf.

»Nein. Ich weiß, was ich kann. Einmal müssen das auch die anderen erkennen. Außerdem habe ich schon viele Jobs gehabt, fürs Essen und Schlafen, für Kleidung und Malmaterial. Wie gesagt, jetzt male ich Firmenschilder und Hausreklamen. Und als ich das Fernsehinterview sah, in der Wohnung des Malermeisters, für den ich arbeite, da habe ich mir gedacht, da ist vielleicht was für mich ... Nun bin ich hier und bekomm 'nen neuen Schlag ins Genick: Magenkrebs soll ich haben ...«

»Ich werde Sie heilen«, sagte Corinna in ihrer stillen Art, »versuchen werde ich es.«

Marius lächelte breit. »Mit Ihren Händen?«

»Ja.«

»Wir sind unter uns, und ich verrate auch nichts, Ehrenwort ... aber das ist doch alles nur eine goldrichtige Masche, was?«

»Ich bin dafür«, sagte van Meersel laut, »daß wir den jungen Mann jetzt vor die Tür setzen.«

»Ja! Kommen Sie!« Doerinck erhob sich. Roemer brummte etwas, was niemand verstand, aber der Ton war deutlich böse. Marius Herbert sprang sofort aus dem Sessel hoch, als wolle ihn jemand angreifen. Dr. Hambach setzte zum Sprechen an, aber er schwieg, als er die Miene der anderen sah.

»Sie bleiben!« Corinna zeigte auf den Sessel. »Setzen Sie sich wieder.«

»Wie kann ich das? Der Hausherr wirft mich hinaus!«

»Aber ich bitte Sie, zu bleiben.«

»Auf wen soll ich nun hören?« Marius wandte sich an Ljudmila.

»Sie fehlen noch, gnädige Frau.«

»Wenn Corinna Sie bittet ... wenn meine Tochter Sie heilen will ...«

»Sie glauben also alle wirklich, daß ich Krebs habe?« Er blickte sich im Kreis um. »Ich sitze da, das Fräulein guckt mich an, und schwupp – ist die Diagnose fällig! Und das soll ich ernst nehmen? Bißchen viel verlangt.«

»Wenn Sie sich überzeugen lassen wollen, untersuche ich Sie«, sagte Dr. Hambach. »Umsonst. Ich trage auch die Kosten für die Röntgenuntersuchung in Billerbeck. Glauben Sie es dann?«

»Verdammt!« Marius Herbert faßte sich mit beiden Händen an den Leib. Sein blasses Gesicht wurde noch wächserner. Plötzlich begriff er den Ernst seiner Lage. Magenkrebs, dachte er und spürte sein Herz wie wild schlagen. Mein Gott, auch das noch! Wie kann ich Krebs haben ... ich habe gehungert und nie gesoffen, ich habe notgedrungen immer Diät gehalten, ich habe viel Obst gegessen, das war am billigsten, ich konnte es mir immer selbst pflücken ... »Wieso habe ich Krebs?« fragte er heiser.

»Warum haben Kinder schon Krebs?« fragte Dr. Hambach zurück. »Wenn wir das wüßten, hätten wir auch ein Gegenmittel.«

»Dann stimmt es wirklich, daß das Fräulein ihre Mutter geheilt hat?«

»Aber ja!«

»Aber das Fernsehen hat doch alles zur Sau gemacht.«

»Damit müssen wir leben. Das ist Meinungsfreiheit.«

»Jetzt ... jetzt bekomme ich Angst ...«, sagte Marius leise. Seine Hände lagen noch immer auf seinem Magen. Er starrte Dr. Hambach an. »Sie sind Arzt, nicht wahr? Bitte, untersuchen Sie mich ... bitte!«

Aus der Mitte des Ortes, vom Rathausdach her, heulte in diesem Augenblick gellend die Sirene auf. Ein Ton, der die warme Stille des Abends durchschnitt. Feueralarm. Die Feuerwehr von Hellenbrand wurde zusammengerufen. Im gleichen Moment klingelte das Telefon. Roemer, der dem Apparat am nächsten stand, hob ab. Sekunden später wurde sein massiges Gesicht tief rot; er hielt den Hörer Doerinck entgegen:

»Es brennt!« dröhnte er. »Corinnas Scheune brennt!«

»O ihr Heiligen alle ...«, stammelte Ljudmila. Sie drehte sich zu der Ecke, in der eine Ikone hing, und faltete die Hände. »Schützt uns ... wendet euch nicht ab!«

Doerinck hörte mit mahlendem Unterkiefer zu, was ihm vom Brandmeister gemeldet wurde. Mit hartem Gesicht warf er den Hörer dann zurück. »Sofort raus zur Scheune!« sagte er. »Es ist besser, Ljudmila und Corinna bleiben hier.«

»Ich komme mit!« rief Corinna. »Es ist *mein* Haus.«

Schon von weitem sahen sie den Feuerschein, als sie sich mit drei Autos dem Ortsrand näherten. Drei Löschwagen waren aufgefahren. Während eine Spritze schon einen Wasserschwall in die Flammen schüttete, wurden die beiden anderen Schlauchleitungen noch zusammenmontiert. Dichter Qualm lag über dem Gebäude, die Flammen schlugen aus dem Fenster des Ausstellungsraums und aus dem tief heruntergezogenen Dach. Die alten, ausgetrockneten Balken knisterten und krachten im Feuer, dazu blies noch ein Abendwind und trieb die Hitze über die Menschen hinweg.

Fassungslos standen Corinna und Ljudmila vor dem lodernden Inferno. Auch als die beiden anderen Spritzen arbeiteten, ließ sich das Feuer nicht eindämmen. Nur heißer Dampf wallte auf, ein lautes Zischen ertönte, plötzlich unterbrochen von kleineren Explosionen.

Der Brandmeister hetzte heran, den Schutzhelm tief in die Stirn gezogen.

»Was geht denn da drin hoch?« schrie er. »Was haben Sie da gelagert?«

»Nitroverdünnung für die Malfarben«, rief Corinna. »Ein paar Blechdosen nur.«

»Nur! Die wirken jetzt wie kleine Bomben! So eine Scheiße! Gehen Sie zurück … weit zurück …«

Dr. Roemer walzte heran und stellte sich dem Brandmeister in den Weg. Der starrte wütend zu dem Riesen hinauf.

»Was wollen Sie denn?« brüllte er.

»Landgerichtsdirektor Dr. Roemer!« schrie Roemer zurück.

»Da sind Sie hier richtig!«

»Ist das Haus noch zu retten?«

»Kaum! Da brennt ja alles wie Zunder. Die Teppiche, die Wolle, nun auch noch die Nitroverdünnung … Wenn die

Mauern stehenbleiben, haben wir Glück. Landgerichtsdirektor sind Sie? Dann kommen Sie mal mit. Ich will Ihnen was zeigen. Die Polizei ist schon unterwegs ...«

Nach fünf Minuten kam Roemer zu Corinna und den anderen zurück, einen Zettel in der Hand. Der Hitze wegen hatte er seinen Schlips heruntergerissen und das Hemd aufgeknöpft. Vor ihnen zischten die Dampfwolken hoch, brannte mit hoher Glut das alte Dach, prasselten die Flammen. Es war aussichtslos, noch an eine Rettung der Scheune zu denken.

»Hier!« schrie Roemer durch den Lärm. Er hielt das Stück Papier von sich weg, als brenne auch dieser Fetzen. »War an einen Baum genagelt. Ich lese vor: ›Hau ab – oder das nächstemal brennst du selbst!‹ – Das ist deutlich!«

»O Gott. O lieber Gott ...«, stammelte Ljudmila.

»Also Brandstiftung!« schrie Doerinck.

»Einwandfrei.«

»Wer ist zu so was fähig?« sagte van Meersel bedrückt.

»Die Gesellschaft im Geist unserer Zeit!« antwortete Dr. Hambach ironisch. »Man überspringt Denken, Vernunft, Diskussion und Toleranz – man vernichtet lieber gleich. Durch Mord, Bomben, Attentate, Feuer. Wer einem nicht paßt – weg damit! Killen ist die neue Form der Auseinandersetzung, Terror das Mittel der Meinungsbildung. Töten gehört zum Diskussionsbeitrag. Das ist die neue Zeit, mein Lieber! Die Mörder sind heute die Helden. Wenn Sie aus politischen Motiven und als Warnung an die Gesellschaft einen Unliebsamen entführen und bestialisch umbringen, bekommen Sie eine Luxuszelle mit Radio, Fernsehen, Schreibmaschine und eigener Bibliothek und werden mit Samthandschuhen angefaßt ... aber wehe, wehe, dreimal wehe, wenn Sie als Steuersünder erwischt werden. Da schlägt der Staat mit aller Härte zu. Mörder zu sein, ist heutzutage die elegantere Lösung.«

Über die Straße jagte die Polizei heran. Der Kriminalaußenposten aus Billerbeck folgte. Von Münster waren

Beamte des I. Kommissariats unterwegs. Dr. Roemer ging ihnen entgegen, als die beiden Wagen bremsten.

»Das ist ja eine glatte Morddrohung«, sagte der Beamte aus Billerbeck und starrte auf den Zettel. »Auch das noch! Brandstiftung ist schon ein Mist; da hilft oft nur der pure Zufall. Und gerade hier, bei dem Rummel um diese Corinna ... wo soll man da suchen? Da ist überhaupt nicht zu suchen ... Das wird eine Aktenleiche.«

Vier Stunden kämpften die Feuerwehren um das Gebäude; dann konnten sie die Spritzen bis auf eine abstellen. Es gab nichts mehr zu löschen. Nur die Umfassungsmauern waren stehengeblieben. Innen war alles ausgebrannt, das Dach zusammengestürzt ... was zu tun blieb, war, die Gluthaufen einzuwässern.

Corinna saß auf dem Trittbrett eines der Wehrwagen und starrte stumm auf die rauchende Trümmerstätte. Ljudmila stand neben ihr und streichelte das Haar ihrer Tochter – das war mehr als alle tröstenden Worte. Was sollte man auch sagen? Das Herz war leer, nicht einmal weinen konnte man.

Roemer, Doerinck, Dr. Hambach, Meersel und der Brandmeister standen bei den Kriminalbeamten und diskutierten. Der hinterlassene Zettel offenbarte die Tat, gab aber keinen Hinweis auf den oder die Täter. Sie zu finden schien nach Meinung aller aussichtslos. Alarmierend war die Morddrohung. Sie bewies, daß der Täter auf der Lauer lag, Corinna beobachtete, wiederkommen wollte. Das war die einzige Chance, ihn zu entdecken – vorausgesetzt, er machte die Drohung wahr und griff Corinna persönlich an.

»Ich soll meine Tochter als Lockvogel zur Verfügung stellen?« sagte Doerinck, zitternd vor Erregung. »Das kann keiner von mir verlangen. Das ist doch nicht Ihr Ernst!«

Von der ausgebrannten Scheune her kam langsam Marius Herbert herüber. Er hatte eine Zeitlang in die Gluthaufen gestarrt und setzte sich jetzt neben Corinna auf das Trittbrett.

»Alles weg, nicht?« sagte er und legte seine rechte Hand auf Corinnas Knie.

»Ja, alles.«

»Alle Entwürfe, die Werkstatt, die fertigen Sachen ... Sie sind wieder bei Null.«

»So ist es.«

»Wie ich. Mein Vorschlag: Fangen wir zusammen von vorn an?«

»Sie und ich?«

»Warum nicht? Sie haben Ideen, ich habe Ideen. Sie haben, wenn man's glauben soll, strahlende Hände. Ich habe kräftige Hände, die zupacken können. Das zusammen müßte ausreichen, um aus dem Trümmerhaufen da drüben etwas Neues zu machen.«

»Sie sagen das so selbstverständlich, Marius. Ich kenne Sie gar nicht.«

»Doch!« Er sah sie mit seinen großen blauen Augen strahlend an. »Sie kennen das Wichtigste von mir: Ich habe Magenkrebs. – Genügt das nicht?!«

»Sie sind ein merkwürdiger Mensch«, sagte Corinna leise. Sie hielt Ljudmilas Hand fest, die noch immer tröstend über ihr Haar streichelte. »Aber Sie gefallen mir.«

Die Zeitungen brachten den Brand natürlich in großer Aufmachung.

Fotos zeigten die Trümmer der Scheune, aus denen noch immer Rauch aufstieg. Sie brachten das knappe Kommunique der Kriminalpolizei und ein Interview mit Professor van Meersel, dem internationalen Parapsychologie-Forscher. Er nannte Corinna Doerinck ein Phänomen und bestätigte, daß ihre Hände heilende Kräfte besaßen. Die wissenschaftliche Erklärung, die Meersel dazu abgegeben hatte, veröffentlichte man nicht; die verstand ja doch keiner, weil darin Begriffe vorkamen, die man noch nie gehört hatte. Es genügte vollauf, daß er sagte: Corinnas Hände senden Strahlen aus. Das wollte man hören und lesen.

Nun schickten auch die großen Illustrierten ihre Reporter nach Hellenbrand, die Presseagenturen baten um Fotos und Interviews. Das Phänomen Corinna sollte weltweit zur Sensation werden und für leidenschaftliche Diskussionen sorgen.

Noch bis in die Nacht hinein hatten die Beamten aus Münster nach Spuren gesucht. Scheinwerfer verbreiteten Tageshelle, ein Feuerwehrzug blieb noch am Brandort, um ein etwaiges Wiederaufflackern der noch immer schwelenden Glut zu verhindern. Aus der Hauptstadt war auch eine Stunde später der Staatsanwalt Ludwig Zander eingetroffen, sehr verblüfft, den Landgerichtsdirektor Dr. Roemer hier vorzufinden.

Die Art der Brandstiftung war angesichts der totalen Zerstörung nicht mehr rekonstruierbar. Man war auf Vermutungen angewiesen, und deren gab es viele. »Die Sache ist ganz einfach«, sagte der untersuchende Kriminalkommissar Hellwig. »Scheibe einschlagen, ein dickes Strohbündel hineinwerfen, das man vorher angezündet hat – fertig. Alles andere kommt von allein. Das Haus war ja voller leichtbrennbaren Materials. Papier, Teppiche, Wolle, Ölfarben, Nitroverdünnung, dazu die hundertjährigen knochentrockenen Balken und das Fachwerk. Da brauchte man keine großen Anstrengungen, und da gibt es auch keine Spuren. Das einzige, was wir haben, ist der Drohzettel. Geschrieben auf Papier aus einem Schulheft. Mit steiler, ganz sicher verstellter Druckschrift. Blau schreibender Kugelschreiber. Mit einem Nagel an einen Baum geheftet – also hatte der Täter einen Hammer bei sich oder benutzte einen Stein. Ich tippe eher auf einen Stein; Vielleicht kann man das im Labor feststellen. Der Nagelkopf müßte da Auskunft geben. Aber weiter bringt uns das auch nicht.«

»Papier aus einem Schulheft«, sagte Staatsanwalt Zander nachdenklich und blickte dabei auf Doerinck. »Könnte das nicht ein Hinweis sein? Sie sind doch Lehrer, Herr Doerinck!«

»Ein sehr beliebter Lehrer!« fiel Dr. Hambach ein.

»Trotzdem! Wie war's mit einer Schülerrache?«

»Ich halte das für unmöglich«, sagte Doerinck rauh. »Ich kenne keinen Schüler, dem so etwas zuzutrauen wäre.«

»Man sieht immer nur vor die Stirn.« Staatsanwalt Zander wandte sich an Dr. Roemer. »Erinnern Sie sich, Herr Direktor, noch an den Fall Plünner?«

»Plünner? Ja!« Roemer nickte. »Ein Doppelmord. Eine alte Dame von fünfundsiebzig und ein Junge von zwölf. Großmutter und Enkel. Beide wurden erst durch einen Schlag auf den Kopf betäubt, dann schnitt der Mörder ihnen die Halsschlagader durch. Wir fielen fast vom Stuhl, als die Tat geklärt wurde: Die Enkelin und Schwester der Opfer hatte beide getötet. Fünfzehn Jahre alt, ein Engelchen vom Aussehen, eine blonde Unschuld. Durch den Doppelmord wurde sie die alleinige Erbin.«

»Wir sollten einmal gründlich alle Ihre Schüler durchgehen, Herr Doerinck«, sagte Staatsanwalt Zander ernst. »Wer ist in der letzten Zeit bestraft worden? Wer meinte, ihm sei von seinem Lehrer Unrecht geschehen? Wo hat es zwischen Ihnen und einem Schüler Spannungen gegeben? Der Text schon weist auf einen Jugendlichen hin: ... oder das nächstemal brennst du selbst ... Das ist Krimistil à la Fernsehen oder Kino oder Heftroman. Wir sollten uns die Schüler wirklich mal genau ansehen.«

»Was ist mit diesem Maler?« fragte Doerinck später, als man die Brandstätte verlassen wollte. Die Kriminalpolizei hatte die Untersuchungen abgeschlossen. Corinna war auf einen Wink ihres Vaters zu ihm gekommen; Marius Herbert blieb auf dem Trittbrett des Wache haltenden Feuerwehrwagens sitzen. »Wo schläft er denn?«

»Ich weiß nicht, Paps.«

»Der hat doch kein Geld für ein Gasthauszimmer.«

»Sicherlich nicht.«

»Bei uns wohnen kann er nicht!«

»Soll er im Straßengraben schlafen?«

»Ich habe ihn nicht eingeladen, zu kommen.«

»Aber ich!«

»Wie bitte?« Doerinck sah seine Tochter erstaunt an. »Da kommt so ein halbverhungerter Künstler heran, und du lädst ihn ein?«

»Er ist krank, Papa.«

»Das ist doch kein Grund.«

»Er kann in meinem Zimmer schlafen. Ich lege mich auf die Couch im Wohnzimmer.«

»Und Professor van Meersel schläft in meinem Arbeitszimmer. Ich komme mir vor wie in einem Asyl.« Doerinck warf einen Blick auf den noch immer auf dem Trittbrett hockenden Herbert. »Soll das ein Dauerzustand werden?«

»Wo soll er denn hin?«

»Wo kommt er denn her?«

»Ich will ihn behandeln und zu heilen versuchen, Papuschka. Es gibt da noch eine Chance, ich spüre das. Nur weil er ein armer Mensch ist, soll er nicht weiterleben? Ich habe Geld genug. Ich kann ihm ein Zimmer mieten.«

»Du mietest einem wildfremden Mann ein Zimmer? Ja, was ist denn mit dir los?« Doerinck verstand plötzlich seine Tochter nicht mehr. Wieder blickte er hinüber zu Marius Herbert, sah die langen blonden Haare, die er von jeher als ausgesprochen unmännlich empfunden hatte, als ungepflegt und überhaupt als unmöglich, und alles an ihm, die Haltung, wie er auf dem Trittbrett saß, die verwaschenen Jeans, das karierte Hemd, die offene Wolljacke, die ausgelatschten Schuhe – alles das bestärkte ihn in seiner Antipathie diesem Mann gegenüber.

Er erinnerte sich an eine politische Demonstration vor einigen Jahren auf dem Prinzipalmarkt in Münster, wo ein langmähniger Kerl – es stellte sich später heraus, daß er Student der Politologie war – vergeblich durch Zwischenrufe einen Redner unterbrechen wollte und dabei seine lange Mähne schüttelte, bis Doerinck, der hinter ihm stand, mit noch lauterer Stimme brüllte: »Laßt das Fräulein doch auch mal zu Wort kommen!« … Nur mit Mühe war Doerinck da einer Schlägerei entkommen, weil einige Halbwüchsige mitleidig sagten: »Laßt den Opa in Ruhe! Der hat doch 'ne Macke ...«

Doerincks Abneigung gegen langhaarige Männer war damit für immer zementiert.

»Man sollte deinen Schützling vorher einmal in eine Badewanne stecken«, sagte er jetzt gehässig. »Wenn du dich schon um ihn kümmern willst, gib ihm fünf Mark für den Friseur.«

»Er wird ein großer Maler werden.« Corinna warf einen letzten langen Blick auf die rauchenden Trümmer. Sie werden mich nicht kleinkriegen, dachte sie. So nicht! Ich baue ein neues Haus, genau an dieser Stelle, genau mit diesen geschwärzten Mauern. Und wenn es wieder brennt, werde ich sagen: Noch einmal! Auf dem gleichen Fleck! Ich lasse mich nicht zwingen, von niemandem lasse ich mich zwingen! Ihr werdet das alle begreifen müssen.

»Darf Marius mit zu uns, Papuschka?« fragte sie etwas steif.

»Ich kann ihm wirklich nicht im Straßengraben einen Platz zuweisen.« Doerinck machte eine fast trotzige Handbewegung. »Aber nur heute.«

»Es hätte keine Probleme gegeben, wenn mein Haus noch stünde«, sagte Corinna. »Das konnte keiner ahnen. Aber seid beruhigt, er wird euch nicht lästigfallen ...«

Es wurde eine lange Nacht.

Roemer fuhr mit Dr. Hambach zu dessen Haus und überzeugte ihn, daß solch ein Brand begossen werden müsse. »Ob es Ihnen gefällt oder nicht, Sie alter Klistierjongleur, ob es mir schadet und mich ein paar Wochen kostet oder ob ich noch in dieser Nacht umfalle – ich brauche jetzt einen kräftigen Schluck. Was haben Sie im Haus, Doktor?«

»Doppelkorn, Doppelwacholder und einen Aufgesetzten.«

»Das reicht.« Roemer klemmte sich hinter das Lenkrad seines großen Wagens. »Was halten Sie von dem Brand?«

»Er bringt Sie um.«

»Haben Sie Hirnausfälle?« Roemer glotzte Dr. Hambach an. »Was habe ich mit dem Brand zu tun?«

»Ach, *der* Brand?« Dr. Hambach lachte, und auch Roemer bebte jetzt vor Lachen. Aber ebenso schnell kam der Ernst wieder zurück. »Ich hätte nie erwartet, daß man so haßerfüllt und vernichtend reagieren würde.«

»Sie glauben also auch an einen Täter, der in Hellenbrand wohnt?«

»Ja.«

»Wegen des Schulheftpapiers?«

»Auch. Wer die Scheune angezündet hat, kannte sich genau aus. Aus der Masse der Heilungsuchenden war es keiner; die sind gekommen, um eine Hoffnung loszuwerden, nicht, um das zu vernichten, was ihnen helfen soll.«

»Und warum sollte ein Hellenbrander so etwas Sinnloses tun?«

»Das ist eine lange Geschichte, Dr. Roemer«, antwortete Dr. Hambach nachdenklich. »Und auch nur verständlich, wenn man die Leute hier kennt. Stefan Doerinck ist zwar Lehrer und Konrektor der Schule, aber er ist kein Münsterländer, kein Poolbürger, wie man hier sagt. Er kommt nach dem Krieg her und bringt eine Russin als Frau mit. Das haben die Leute hier nie begriffen. Dann kauft Corinna ausgerechnet den Hof, den damals die Russen verbrannt haben, nachdem sie die ganze Familie des Bauern erschlugen – das hat man hier noch weniger begriffen. Und dann begann das Munkeln, schon seit Jahren, aber immer unter der Oberfläche: die Cora, die ist eine Hexe. Die knüpft nicht nur Teppiche, die zaubert mit den Händen auch Krankheiten weg. Aber Genaueres wußte man nicht. Und deshalb blieb es beim Gemunkel. Nun aber weiß es die ganze Welt: Hellenbrand hat eine Wunderheilerin, und das bedeutet für viele Bürger einen großen Imageverlust ihrer Stadt. Wunderheilerin, so wie es das Fernsehen brachte, ist etwas Anrüchiges. Spott wird über Hellenbrand kommen! Man wird lachen über diese Stadt. Und das alles kommt von einem Russenweib, das auch noch aussieht wie eine herrliche Steppenreiterin. Da brechen plötzlich uralte Opferkulte auf: Mit der reinigenden Flamme das Böse vertreiben!«

»Das heißt: der Brandstifter hat noch nicht mal ein Schuldgefühl ...«

»So kann es sein.«

»Das ist die logische Folge einer solchen Verirrung.«

Roemer, der die Brandstelle bereits verlassen hatte, bremste mitten auf der dunklen Zufahrtstraße so plötzlich, daß Dr. Hambach mit dem Kopf fast gegen die Frontscheibe geprallt wäre.

»Sie rechnen damit, daß er die Drohung wahrmacht?« rief er erschrocken.

»Mord? Nein! Aber es gibt eine andere Möglichkeit, einen Menschen zu zermürben. Tausend feine Nadelstiche, immer wieder, bis die Nerven glühen. Die Phantasie des Menschen ist gerade auf dem Gebiet der Zerstörung unerschöpflich. Ich glaube, wir haben da auch in Hellenbrand noch allerhand zu erwarten.«

Im Hause Doerinck war die Stimmung explosionsgeladen.

Ljudmila kochte zunächst einen starken Tee, den Meersel mit Zitrone, Doerinck mit Rum verfeinerte. Das ganze Haus roch nach Brand, denn der Geruch strömte aus den Kleidern, die sich damit vollgesogen hatten. Marius Herbert saß wieder im Sessel und aß den Kuchen zu Ende, bei dem ihn der Feueralarm gestört hatte. Allein schon der Anblick des jungen Mannes mit den langen Haaren ließ in Doerinck Zorn aufwallen. Er wurde noch verstärkt durch die Feststellung, daß der Kerl mehr Rum als Tee in die Tasse füllte.

So schlimm kann es mit seinem Magen also nicht sein, dachte Doerinck giftig. Rum ist kaum eine beruhigende Medizin bei Krebs.

»Der Anfang von Corinnas Popularität war ja sehr turbulent und dramatisch«, sagte er bitter. »Kein Haus mehr, keine Werkstatt, keine Teppiche, alle Entwürfe vernichtet – ein voller Erfolg. Das hätten Sie nicht erwartet, Professor van Meersel. Sie dachten an akademische Diskussionen, als Sie Corinna Ihre Hilfe anboten. Ich übrigens auch. Wir sind alle veraltet, Typen von gestern, Idealisten aus einem Fossilienzeitalter! Die heutige Zeit geht Probleme anders an: Man vernichtet. Das ist einfacher, schneller, müheloser, wirksamer.« Er setzte sich neben Ljudmila auf das Sofa und stützte die Arme auf die Knie. »Wie geht's jetzt weiter?«

»Ich beuge mich keinem Terror«, erklärte Corinna mit Nachdruck.

»Bravo!« Meersel klatschte in die Hände. Doerinck verzog säuerlich das Gesicht.

»Beifall an der falschen Stelle. Du hast nichts mehr, Corinna.«

»Ich baue das Haus wieder auf, Papuschka.«

»Das dauert etwas. Und bis dahin? Nach dieser feurigen Reklame werden die Kranken jetzt mit Bussen zu dir kommen. Willst du in einer Art Freilichtbühne auftreten?« Es klang alles sehr verbittert und anklagend.

Marius Herbert, mit seinem Kuchen fertig, wischte ein paar Krümel von seinen Jeans. »Ich habe da eine Idee«, sagte er.

»Da bin ich aber gespannt.«

»Man könnte daran denken, einen Saal zu mieten – aber man wird hier keinen bekommen.«

»So klug sind wir alle«, sagte Doerinck ärgerlich. »Es gibt in Hellenbrand vier Säle: den Westfalenwappen-Saal, die Stadthalle, den Saal der Kirchengemeinde und den Clubsaal des Tennisclubs. Jeder der Verantwortlichen wird sich hüten, Corinna seinen Saal zu vermieten.«

»Und da habe ich nun die Idee …«, sagte Herbert.

»Aha! Wir haben den Campingplatz vergessen.«

»So ähnlich. In Münster gibt es Firmen, die für Schützenfeste, die Kirmes und andere Veranstaltungen Zelte vermieten. Das ist es: Wir mieten uns ein Zelt und bauen es neben der verbrannten Scheune auf.«

»Eine fabelhafte Idee, Marius!« Corinna klatschte in die Hände. »Das machen wir!«

»Und dann geht auch das Zelt im Feuer zugrunde«, prophezeite Meersel.

»Dagegen ist man versichert. Dann wird eben das nächste Zelt aufgebaut.« Marius Herbert beugte sich im Sitzen vor. »Aber sie werden das Zelt nicht anstecken. Ich werde mit meinem Hund Wache halten.«

Doerinck war erstaunt. »Sie haben einen Hund?«

»Einen undefinierbaren Mischling. Er ist groß wie ein Schäferhund, hat den Kopf von einem Boxer, das Gebiß vom Dobermann, das Fell von einem Collie und den Schwanz von einem Spitz. Es ist ein Mädchen und heißt Molly. Für sie bin ich die halbe Welt. Molly wird nie vergessen, daß ich sie in Düsseldorf aus einer Mülltonne herausholte. Das war morgens um sechs Uhr. Ich kam von der Markthalle zurück, wo ich die Nacht über abgeladen hatte. Und als ich an den Mülltonnen vorbeiging, die zur Leerung auf dem Gehsteig standen, hörte ich aus einer Tonne ein leises Winseln. Ich hob den Deckel hoch, und da lag eine Plastiktüte drin, die sich bewegte. Es war Molly, vielleicht acht Wochen alt. Eine halbe Stunde später wäre sie im Mahlwerk des Müllwagens zerkleinert worden. Ich hab' sie auf den Arm genommen, sie hat mir sofort ein Küßchen gegeben, und ich hab' zu ihr gesagt: ›Du, wir bleiben jetzt zusammen, solange einer von uns lebt! Vergiß, was die Menschen mit dir tun wollten. Wir zwei spucken auf die Gesellschaft, was, Molly?‹ So hatte sie ihren Namen weg.« Marius holte tief Luft. »An der Mülltonne stand: Zweiter Stock. Ich habe kurz überlegt, bin dann ins Haus, die Treppe rauf, und da waren zwei Türen. Ich weiß die Namen noch: Bultmann und Alberts. Ich schellte bei Bultmann. Da kam ein altes Mütterchen an die Tür, in einem langen Morgenrock, und ich wußte genau: die war es nicht! Die hätte Molly nie in die Mülltonne gestopft. ›Entschuldigung!‹ sagte ich, ›das war die falsche Klingel.‹ Ich schellte bei Alberts, und da erschien ein dicker Mann, wütend, er hatte noch im Bett gelegen, sah Molly auf meinem Arm, riß die feisten Augen auf: ›Wie kommt denn der Köter zu Ihnen?‹ – ›Das erkläre ich Ihnen gleich!‹ habe ich gesagt, bin in die Wohnung, habe Molly auf den Boden gesetzt und dem Dicken so eine geschmiert, daß er gegen die Wand fiel. Zu schreien fing er an, Hilfe, Überfall und weiter so'n Quatsch ... aber nicht lange. Ich habe ihn durchgearbeitet, bis er in der Ecke des Flurs hockte, und dann habe ich gesagt: ›So, jetzt biste auch reif für die Mülltonne!‹ Und dann bin ich weg mit Molly. – Das war vor vier Jahren. Von da an hat Molly alles mitgemacht. Wo ich bin, ist auch sie.«

»Und wo ist sie jetzt?« fragte Doerinck ahnungsvoll. »Bei Ihnen im Garten. Hinten, in der Laube.« Doerinck sprang erregt auf, aber Marius winkte ab. »Keine Angst! Erstens ist Molly gut erzogen und kackt nicht durch die Gegend, zweitens habe ich immer eine Decke für sie mit, und drittens wird es niemand wagen, zum Beispiel jetzt in Ihren Garten einzusteigen. Dort, wo Molly liegt, ist ein unangreifbarer Ort. Das wäre mit dem Zelt genauso ...«

»Diese Molly muß ich sehen«, sagte Corinna und ging zur Tür. »Die Idee ist übrigens wirklich gut: Wir bauen ein Zelt.«

»Und alle Welt wird schreiben: Der Zirkus der Wunderheilerin!« Doerinck schlug mit der Faust auf seinen Schenkel. »Das wäre ein Fressen für die Medien!«

»Laßt sie doch schreiben, was sie wollen«, sagte Marius Herbert wegwerfend. »Man muß das so sehen: Ein Hund pinkelt an einen Baum! Fällt der Baum davon um?«

»Sie sehen die Welt verdammt einfach, Sie junger Hüpfer!« sagte Doerinck wütend.

»Sie ist auch einfach. Nur komplizieren wir sie immer.«

Und da lag nun Molly!

Auf einer alten grauen Decke lag sie in der Laube, den dikken Kopf auf die Vorderpfoten gedrückt. Mit großen, seelenvollen Augen blickte sie die ungewöhnlich vielen Menschen an und verkniff sich ein dumpfes Knurren, weil auch ihr Herr dabei war. Daß alle Menschen bei ihrem Anblick das Gesicht zu einem Grinsen verzogen, kannte sie und nahm sie keinem übel. Molly war wirklich ein Bastard, bei dem selbst ein Caniloge – so heißen Hundeforscher – die Suche nach den in ihr vereinigten Rassen aufgegeben hätte. Beim Anblick von Marius wedelte Molly leicht mit dem buschigen Schweif – das einzige Zeichen, daß sie sich freute, aber gleichzeitig beleidigt war über das lange Alleinsein.

»Das ist kein Hund, das ist eine Karikatur«, rief Meersel fröhlich. »So etwas will Attentäter verjagen?«

»Steh auf, Molly«, sagte Marius ruhig. »Zeig ihnen dein Gebiß. Und wenn das nicht überzeugt, beiß den holländischen Professor in den Hintern!«

Molly erhob sich zu voller Größe, schob die Lefzen zurück, zeigte ein enormes Gebiß mit langen starken Reißzähnen und knurrte fletschend Professor van Meersel an. Meersel wich ein paar Schritte zurück, aber Molly folgte ihm, ohne ihm näher als einen Meter zu kommen.

»Überzeugend!« rief Meersel. »Ich nehme alle Bemerkungen zurück! Das ist ja ein Abkomme des Höllenhundes!«

»Ich meine, wir sollten uns morgen gleich in Münster um ein großes Zelt kümmern«, sagte Marius Herbert und pfiff Molly an seine rechte Seite zurück. »Aber jetzt ist es schon ein Uhr nachts. Darf ich hier in der Laube schlafen?«

»Eine gute Idee«, sagte Doerinck sofort. Dieser Gedanke war auch ihm gerade gekommen. Die Nacht war noch warm; mit einer Luftmatratze und einer Decke konnte man vorzüglich in der Laube schlafen. Die frische, mit Blumenduft durchsetzte Luft war geradezu ein Luxus.

»Eine schlechte Idee ist das«, setzte Corinna dagegen. Sie beugte sich zu Molly hinunter, blickte ihr kurz in die großen, treuen, aber doch auch Distanz fordernden Augen, streckte dann die Hand aus und streichelte ihren runden Kopf. Molly stand wie steif, aber sie ließ es zu, sie biß nicht, sie knurrte nicht einmal aus der Tiefe ihrer Kehle. Nur die Lefzen zog sie ein klein wenig hoch. Wer Hunde nicht kennt, konnte annehmen, sie wolle lachen.

»Sie haben gewonnen!« Marius Herbert klopfte Corinna wie einem alten Kumpel auf die Schulter. »Das ist eine Überraschung! Molly hat sich bis heute noch von keinem streicheln lassen. So etwas habe ich nicht für möglich gehalten. Molly liebt Sie ... nein, sowas!«

Als habe sie immer in dem Haus gewohnt, lief Molly voraus, während man durch den Garten ging, wartete an der Treppe der Hintertür, spazierte dann ins Wohnzimmer, schnupperte an dem Sofa; wo Ljudmila immer saß, sprang hinauf und rollte sich zusammen. Doerinck hütete sich, sich neben Molly auf seinen Stammplatz zu setzen. Er blieb stehen. Ljudmila zögerte einen Augenblick, dann setzte sie sich auf Stefans Platz. Molly schielte sie an, gab einen tiefen Grunzlaut von sich, aber duldete tolerant die Anwesenheit dieses Menschen neben sich. Doerinck wich in einen Sessel aus.

»Wie ist das also mit meinem Vorschlag?« nahm Marius Herbert das Gespräch wieder auf. »Kümmern wir uns morgen sofort um ein großes Zelt?«

»Ich werde hierbleiben müssen.« Corinna schüttelte den Kopf. »Es gibt so viel zu tun nach dem Brand.«

»Ich komme in Münster auch allein zurecht. Nur was Fahrbares brauche ich.«

»Sie können meinen Wagen nehmen, Marius.« Sie blickte ihn abschätzend an. »Haben Sie überhaupt einen Führerschein?«

»Aber ja. Und er verfällt auch nicht – im Gegensatz zu mir.« Es klang sehr bitter und erschütternd ironisch, wenn man wußte, wie krank er war.

Corinna brachte Marius später noch in ihr Zimmer, zeigte ihm das Bad und holte eine Decke für Molly. Marius lächelte breit.

»Bedank dich für die Decke, mein Mädchen«, sagte er zu der Hündin, »aber gestehe dem schönen Fräulein, daß du immer an meiner Seite pennst.« Er legte sich auf das zugedeckte Bett, nachdem er schnell seine Schuhe abgestreift hatte, und sofort war Molly neben ihm und rollte sich an seine Seite. Den Kopf legte sie auf seinen Oberschenkel und starrte Corinna abwartend an. »Und schnarchen tut sie wie ein alter Holzknecht.« Er kreuzte die Arme im Nacken und blickte an die Decke. Wie lange wird es dauern, dachte er; ein schönes Bett, ein Bad nebenan, Geborgenheit und Sicherheit, morgen früh ein gutes Essen mit starkem Kaffee oder einem Tee – die Mutter ist ja Russin, kann sein, daß es hier nur Tee gibt, aber auch ein guter Tee ist selten in meinem Leben – wie lange wird das alles dauern? Er zählte im Geiste das Geld, das er noch besaß. Es waren genau 136,12 Mark, der Rest eines Auftrags, ein Schild zum Jubiläum einer Bäckerei: Ein großes, knuspriges Bauernbrot, aus dem – als Brezel – eine 100 herauswuchs. Sehr sinnvoll, sehr dekorativ und umwerfend kitschig. Aber es hatte 200 DM gebracht.

»Woran denken Sie?« fragte Corinna plötzlich. Marius Herbert drehte den Kopf zu ihr und schloß die Augen.

»Ich habe daran gedacht, wie herrlich es ist, in einer Familie zu leben. Ich habe das nie gekannt. Man kommt morgens hinunter, und der Kaffee duftet. Goldgelbe Brötchen lachen einem entgegen, Marmelade ist da, ein Klumpen Butter, ein Ei, vielleicht auch Wurst …«

»… und selbstgeschleuderter Honig.«

»O Himmel! Honig! Das Wasser läuft mir im Mund zusammen … Hilfe, ich muß ertrinken!«

»Wollen Sie ein Honigbrot haben?«

»Jetzt? Um zwei Uhr morgens?«

»Warum nicht? Nach erfüllbaren Wünschen soll man schnell greifen, sonst sind sie schon wieder unerfüllbar.«

»Das ist ein großes Wort.« Er sah sie groß an, und sie wich seinem Blick aus. »Aber es ist nicht überall anwendbar.«

»Man muß es versuchen.« Sie sprang auf und ging zur Tür. »Ich mache Ihnen ein Honigbrot. Ein paar Minuten nur …«

Unten in der Küche traf sie auf ihren Vater, der eine Flasche Mineralwasser suchte. Wortlos beobachtete er, wie

Corinna Brot abschnitt, Butter und Honig holte und zu schmieren begann. Als sie eine Flasche Bier aus dem Kühlschrank nahm, sagte er:

»Honig und Bier, das ist 'ne merkwürdige Zusammenstellung.«

»Sie stammt von den alten Germanen«, antwortete Corinna kampfeslustig.

»Honig und Met ....das ist etwas anderes.«

»Danke, Herr Lehrer.«

»Findest du es eigentlich in Ordnung, einem völlig fremden Mann dein Auto zu leihen?«

»Er wird mir ein Zelt besorgen.«

»Und wenn er mit dem Auto verschwindet?«

»Warum sollte er?«

»Früher sagten wir: Ich habe schon Pferde kotzen sehen.«

»Marius ist kein Pferd.«

Gegen dieses Argument gab es keinen Protest. Doerinck blickte seiner Tochter stumm nach, wie sie das Honigbrot auf ein Holzbrettchen legte, die Flasche Bier unter den Arm klemmte und die Küche wieder verließ. Brummend löschte er dann das Licht, tappte ins Schlafzimmer und legte sich neben Ljudmila unter die Decke.

»Da gefällt mir jetzt manches nicht«, sagte er, schraubte die Mineralwasserflasche auf und trank einen langen Schluck. »Wir werden auf Corinna aufpassen müssen.«

»Stefanka, sie ist ein erwachsener Mensch.« Ljudmila legte ihre Hand auf Doerincks Brust. »Wir könnten schon lange Großeltern sein.«

»Und wenn sie sechzig ist und Großmutter und ich hundert – sie bleibt meine Tochter! Und ich sage ihr immer noch, was mir mißfällt. Da ist vor allem dieser langmähnige Maler ...«

Der Langmähnige saß jetzt im Bett, kaute an dem Honigbrot und brach am Rande etwas davon ab, um es Molly zu geben. Dabei betrachtete er Corinna, die etwas abseits auf einem Stuhl saß, die Hände aneinandergelegt hatte und eine Packung Zigaretten griffbereit neben sich liegen hatte. Auch die Flasche Bier stand neben ihr auf den Dielen.

Corinna wartete, bis Marius Herbert sein Brot gegessen hatte, erhob sich dann und trat an das Bett heran.

»Legen Sie sich hin«, sagte sie. »Auf den Rücken!«

Marius zögerte. »Warum?« fragte er, etwas verwirrt. »Ich will Ihren Magen behandeln.«

»Bei mir können Sie sich diesen Unsinn sparen.« Marius blieb sitzen. »Als ich den Fernsehbericht sah, habe ich mir gesagt: Die hat den richtigen Riecher. Das kommt bei den Leuten an. Mystik, Wunderglaube, Heilhoffnung – so etwas stirbt nie aus, das ist immer wieder eine große Masche! Damit kann man Geld scheffeln.«

»Ich nehme kein Geld.«

»Wirklich nicht?«

»Nein.«

»Verzeihung – aber das ist nun besonders blöd! Warum tun Sie's dann?«

»Um zu helfen.«

»Also für Gottes Lohn?«

»Nennen wir es so.« Sie legte die Hände gegeneinander, konzentrierte sich und spürte die Spannung, die in ihr wuchs, die sich aufbäumte. »Legen Sie sich hin!«

»Was soll das? Wenn Sie anfangen zu streicheln, muß ich lachen. Sie brauchen doch vor mir dieses Theater nicht zu spielen.«

»Leg dich hin!« sagte sie mit einem so harten Befehlston, daß Marius, wie vor die Brust gestoßen, nach hinten aufs Bett kippte und ausgestreckt auf dem Rücken liegen blieb. »Lieg still und halt endlich den Mund!«

»Ich bin ja ganz still, verdammt noch mal«, murmelte er zwischen den Zähnen.

Es war wie so oft: Ihre Hände glitten in der Luft über ihn, über seine Magengegend, eine wohlige Wärme überspülte ihn, er mußte die Augen schließen, so müde wurde er plötzlich … Corinnas Gesicht dagegen versteinerte, tiefe Falten erschienen an den Mundwinkeln, die Augen sanken förmlich in die Höhlen zurück.

Da ist es, dachte sie und war unsagbar glücklich. Da ist der Gegner, die Krankheit, der Feind. Es ist, als ob meine Fingerspitzen zerstochen und in die Handflächen scharfe Nägel getrieben würden. Der Kampf hat begonnen … ich muß die Stärkere sein …

Nach zwei Minuten trat sie in völliger Erschöpfung zurück, sank auf den Stuhl und griff zur Zigarette. Ich vernichte ihn, war das einzige, was sie jetzt dachte. Ich lasse ihn ausglühen. Ich verbrenne ihn. Du verdammter Krebs, ich lasse dir keine Chance mehr! Sie rauchte gierig wie immer mit weit zurückgeworfenem Kopf und zusammengepreßten Augen. Marius Herbert, aus der Wärme und Müdigkeit in die Wirklichkeit zurückgekehrt, hob den Kopf und starrte sie an.

»War das alles?« fragte er. Und da sie keine Antwort gab, sagte er noch: »Und mit so was verdrehen Sie den Leuten den Kopf? Zum Schreien, an was die alles glauben …«

»Schlaf jetzt!« Ihre Stimme war müde und klanglos. »Morgen bekommst du den Wagen und besorgst in Münster das Zelt. Am Abend behandle ich dich wieder.«

»Das wollen wir erst noch abwarten.« Er grinste, legte den Arm um Mollys zusammengerollten, struppigen Hundekörper, und erst jetzt fiel ihm auf, daß Molly lautlos das Streicheln hingenommen hatte. Sie hatte weder geknurrt noch sonst einen Laut von sich gegeben. Sie lag ganz ruhig und blinzelte. »Moment mal!« sagte Marius Herbert erstaunt. »Was ist da eben passiert …?«

»Schlaf!« Corinna ging zur Tür, drehte sich nicht mehr nach ihm um, verließ das Zimmer und warf die Tür hinter sich zu. Ihr Schritt verklang, als sie die Treppe hinunterging.

»Das ist ein merkwürdiges Mädchen, was, Molly?« sagte Marias Herbert und drückte den Hund noch enger an sich.

»Aber ein so schönes Mädchen. Viel zu schön für uns. Unerreichbar. Wir werden ihr Handlanger sein, und das ist schon viel, eine große Ehre, Molly. Du wirst dein Essen haben, ich werde mein Essen haben, wir werden in einem Zelt schlafen, ich werde malen können, und wenn wir ganz großes Glück haben, gibt es sogar Käufer für die Bilder. Vielleicht kann man da einiges kombinieren. Paß mal auf, Molly, ich habe da eine Idee: Das Fräulein Corinna heilt Kranke, und ich verkaufe an die Kranken meine Bilder. Jeder wird denken, das gehört zusammen, und jeder wird ein Bild kaufen – na, ist das eine Idee, Molly? Komm, laß uns schlafen ... und laß uns träumen, daß unser Zigeunerleben bald zu Ende ist. Gute Nacht, Molly, und schnarch nicht wieder so unverschämt ... du Hund!«

Am nächsten Morgen übergab Stefan Doerinck Schlüssel und Autopapiere an den Langhaarigen und sagte: »Im Auftrage meiner Tochter!« Es klang wie: Brich dir den Hals! Dann fuhr Doerinck zu seiner Schule und betrat, wie immer seit siebenundzwanzig Jahren, seine Klasse.

Ein Drittel der Schüler fehlte. Die Lücken in den Bankreihen wirkten wie eine stumme Drohung. Doerinck kniff die Lippen zusammen, trug die Fehlenden in das Klassenbuch ein und begann mit dem Unterricht. Laut Plan war es eine Stunde Heimatkunde.

»Wer hat schon mal ein Feuer gesehen?« fragte er. »So einen richtigen Brand?«

Alle Hände flogen hoch. Wenn es in Hellenbrand Feueralarm gab, waren sie alle zur Stelle. Meist waren es kleine Brände im Kamin. Nur einmal hatte der Dachstuhl bei Schlosser Bachfeld gebrannt. Ja, und gestern die Scheune von der Tochter des Lehrers. Das war ein Feuer gewesen!

»Jeder schreibt jetzt, wie er so einen Brand erlebt hat, was er dabei gesehen hat, wie das so alles bei einem Feuer ist. Hefte raus!« Doerincks Blick flog über die dezimierte Klasse. Er ahnte, daß heute ein wichtiger Tag sein würde. »Schreibt alles, was ihr denkt«, sagte er. »Der beste Aufsatz wird bei der Schulfeier vorgelesen.«

Gegen zehn Uhr fuhr ein Auto aus Münster auf den Schulhof. Um zehn Minuten nach zehn klopfte es an der Tür von Doerincks Klasse. Ein Schüler der achten Klasse kam herein.

»Sie möchten bitte zum Herrn Rektor kommen, Herr Doerinck!« bellte er. »Der Herr Schulrat ist da.«

Doerinck nickte. »Weitermachen!« sagte er zu seinen aufblickenden Schülern. »Ich bin bald wieder hier.«

Er zog seinen Schlips hoch, knöpfte die Jacke zu und verließ das Klassenzimmer mit kurzen, festen Schritten. Er hatte schon ganz andere Situationen durchgestanden.

11

Es gibt zwei Arten von Schulräten: Die jovialen, von denen man glaubt, man könne mit ihnen bei einem Bierchen alle anstehenden Probleme besprechen, Grüße von entfernten Bekannten ausrichten und auf väterliches Verständnis hoffen, wobei sich hinterher herausstellt, daß die Onkelhaftigkeit nur eine Masche ist. Ein gerissener Trick, um viel mehr aus dem Gesprächspartner herauszulocken, als der eigentlich sagen wollte. Und dann die Verschlossenen, Verkniffenen, die ganz bewußt den Vorgesetzten herauskehren. Die mit steinerner Miene hinter dem Schreibtisch sitzen und das Gefühl verbreiten, als wollten sie gleich ein Schwert ziehen, um den Untergebenen zu enthaupten. Bei den ersteren redet man in einen Pudding, bei den letzteren gegen eine Granitwand.

Schulrat Franziskus Hollenbock war ein jovialer. Nur wer nicht wie er im tiefen Münsterland geboren wurde, empfindet einen Namen wie Franziskus Hollenbock als Belastung. Es war auch deshalb in seiner Heimat geblieben – als Schüler, Student und Lehrer. Urlaubsreisen in andere Gegenden, etwa nach Bayern oder ins Rheinland, hatten ihm gezeigt, daß ein Weiterkommen außerhalb seiner engeren Heimat mit großen seelischen Belastungen verbunden sein würde. So hatte man ihn in Bayern mehrfach Rollerbock genannt, im Rheinland sogar Hallenbock. Die Spitze des Unverständnisses aber leistete sich ein Gastwirt in der Schweiz, am Thuner See, der Hollenbock entsetzt anstarrte, weil er Hurenbock verstanden hatte.

Franziskus Hollenbocks Leben war also vorgezeichnet, zumal er ein echtes Kind seiner münsterländischen Heimat war, dem guten Essen und einem Körnchen hinterher sehr zugetan. Als Schulrat war er beliebt, aber auch gefürchtet. Bei den Arbeitsgemeinschaften traktierte er besonders die Junglehrer – die Lehramtsanwärter, wie sie hießen – mit rechtsgedrehten politischen Fragen, die bei den meist linkssympathisierenden Neupädagogen arge Verlegenheit hervorriefen. Schulrat Hollenbock badete sich dann in einem satanischen Vergnügen, wenn die Antworten nur aus hohlen Schlagworten bestanden; aus Wortkaskaden, die nichts hinterließen, sobald sie in sich zusammenfielen.

Hollenbock stand jetzt am Fenster, als Doerinck nach kurzem Anklopfen ins Rektorzimmer kam. Ferdinand Hupp, der Schulleiter, lutschte an einem Zigarillo und blinzelte Doerinck stumm, aber warnend zu.

»Hier bin ich!« sagte Doerinck laut.

Hollenbock wandte sich vom Fenster ab. Sein rundes, immer freundliches Gesicht war auch jetzt keineswegs vom Ernst der Situation gezeichnet. Er kam auf Doerinck zu, drückte ihm die Hand und ließ sie nicht mehr los.

»Doerinck, was machen Sie da bloß!« meinte er väterlich. Der gefährliche Joviale. »Erst der dämliche Fernsehfilm, dann der Brand – alle Zeitungen sind voll davon. Und nun sagt mir unser Kollege Hupp auch noch, daß die Eltern ihre Kinder nicht ...«

»Einige Eltern, Herr Schulrat. Ein paar ...« Doerinck zog seine Hand aus Hollenbocks Griff. »Man sollte das nicht überbewerten.«

»Aber man muß es bewerten. Ich erlebe das in meiner zweiunddreißigjährigen Dienstzeit zum erstenmal: Eltern boykottieren einen Lehrer! Und wenn's nur zwei oder drei sind – sie setzen ein Zeichen! Darüber sollten wir uns Gedanken machen!«

»Gedanken mache ich mir über die Brandstiftung«, sagte Doerinck verschlossen.

»Ja, natürlich. Das ist eine ungeheure Sache.«

»Daß jemand hier in der Stadt, in der ich fast ein halbes Menschendasein lebe, dazu fähig ist, das erschüttert mich, Herr Schulrat. Das kann meinen Glauben an das Gute im Menschen anknacken ...«

»So ist es.« Hollenbock räusperte sich. »Andererseits ist Ihre Tochter in eine Richtung gerutscht, die ebenfalls viele Menschen verunsichert und ihr reales Denken übersteigt. Meines übrigens auch.«

»Die meisten Zeitgenossen verstehen ja nicht einmal, wie man zum Mond, zum Mars und zur Venus fliegen kann, und trotzdem ist es Realität.«

»Man sieht es! Das überzeugt.«

»Meine Tochter hilft, das sieht man auch. Meine Frau ist von ihr geheilt worden.«

»Vom Krebs?«

»Ja.«

»Sehen Sie, genau hier hört das Begreifen auf. Hier beginnt die Mystik, hier fürchtet sich ein normal empfindender Mensch vor dem Unbegreiflichen. Der eine Teil sucht das Wunder, der andere Teil – der überwiegende – aber empört sich über diesen Hokuspokus. So wie die gesamte Medizin es tut. Mein lieber Doerinck! Die letzten Ereignisse haben doch klar gezeigt, daß Ihre Tochter ein Außenseiter geworden ist.«

»Meine Tochter! Wir wollen über den Begriff Außenseiter jetzt nicht streiten, Herr Schulrat.« Doerinck blickte hinüber zu Rektor Hupp. Der hatte sein Zigarillo zur Hälfte geraucht und zerdrückte ihn jetzt nervös im Aschenbecher. Von ihm war kein Beistand zu erwarten. Dem guten Ferdinand flatterte die Hose. Er war in seinem ganzen Leben nie durch eine forsche Tat hervorgetreten. Er machte brav seinen Unterricht und verwaltete die Schule korrekt, so wie er auch genau Buch führte über den Besuch des morgendlichen Schulgottesdienstes, der ihm sehr am Herzen lag. Der Pfarrer von Hellenbrand, Dechant Wilm, galt deshalb als sein bester Freund. Von Pfarrer Wilm war auch die Bemerkung gekommen: »Wenn das mit Corinna so weitergeht, ist Doerinck nicht mehr tragbar für die Schule!« Ein hartes, aber klares Wort aus dem Mund eines geistlichen Herrn hat im Münsterland von jeher das größte Gewicht.

»Ich möchte feststellen, daß *ich* keine ›strahlenden Hände‹ habe, um die Sensationsvokabel der Zeitungen zu benutzen«, sagte Doerinck laut. Seine gehobene Stimme ließ Hupp ahnungsvoll zusammenfahren. Jetzt kommt Stefans Offizierston, dachte er erschrocken. Wenn er damit bei Hollenbock loslegt, ist alles im Eimer! Das ist Hollenbocks verwundbarste Stelle: Er hatte sich damals nach dem Abitur freiwillig gemeldet, um Offizier zu werden, aber man nahm ihn nicht wegen eines artgeborenen Asthmas. Im Krieg wurde er dann doch noch Leutnant der Infanterie und befehligte eine Kompanie Landesschützen, sogenannte HVler – Heimatverwendungsfähige –, bewachte Brücken und Bahndämme, ein Gefangenenlager mit 400 Franzosen und am Kriegsende ein Benzinlager, das dann die Engländer kampflos eroberten. Alles keine Taten, um einen Orden zu bekommen. Für Hollenbock aber war ein deutscher Offizier ohne wenigstens das EK an der Brust kein Offizier! Hier litt er ehrlich. Oberleutnant Stefan Doerinck aber hatte sogar das Deutsche Kreuz in Gold, verliehen wegen großer persönlicher Tapferkeit. Nun aber war Doerinck »nur« ein Lehrer und ehrenhalber Konrektor, der barbrüstige Hollenbock aber war jetzt sein Vorgesetzter. Das sollte Doerinck nie vergessen, dachte Hupp. Mäßige dich, Stefan, nimm die Stimme herunter!

»Als Vater einer solchen Tochter ...« Hollenbock schluckte, ihm war das alles so unangenehm, so peinlich, aber er befürchtete, daß sich sogar die Regierung meldete, wenn dieser Skandal weitere Kreise zog. Und es sah ganz danach aus, als würde diese Corinna Doerinck zu einer Sensation über das Münsterland, ja über die Bundesrepublik hinaus. »Herr Doerinck, ich weiß, Eltern können nichts für ihre Kinder. Ihre Tochter ist erwachsen. Sie haben keinen Einfluß auf ihr Leben. Das alles stimmt, aber es nützt gar nichts, uns das zu erklären. Das Volksempfinden rebelliert, und mit dieser Tatsache sind wir konfrontiert. Dagegen müssen wir einiges tun. Wir müssen uns etwas dazu einfallen lassen, wie man den schulischen Frieden bewahren kann. Ich bin mir sicher, daß vom Regierungspräsidenten auch noch ein Hieb kommt. Und dann meldet sich die Landesregierung in Düsseldorf. Der Kultusminister! Denken Sie an den Stein, der in ein stilles Wasser fällt. Diese Kreise, die dann entstehen! Wie wollen wir da raus, Herr Doerinck?«

»Ich habe vorgeschlagen«, ließ sich Hupp vernehmen, »Corinna möge aus Hellenbrand wegziehen.«

»Das wäre zum Beispiel eine vortreffliche Lösung«, sagte Hollenbock anerkennend. »Man könnte dann sagen: Herr Doerinck distanziert sich von seiner Tochter.«

»*Was* soll ich?« Doerinck holte tief Atem. »Mein Kind verraten? Herr Schulrat! Ich stehe voll vor und hinter und neben meinem Kind! Überall, wo sie mich braucht, wird mich meine Tochter finden.«

»Sie wollen diesen Blödsinn wirklich mitmachen?« sagte Hollenbock betroffen.

»Dieser Blödsinn hat meiner Frau das Leben wiedergeschenkt!« schrie Doerinck. Hupp erbleichte. Die Möglichkeit einer Verständigung war damit vertan. »Wie würden Sie reagieren, wenn Ihre Frau, von der Sie innerlich bereits Abschied genommen haben, dann plötzlich doch vom Krebs geheilt wäre?« Franziskus Hollenbock versteinerte. Auch Joviale können eisern werden. Vor zwei Jahren war seine Frau gestorben – an einem Mamma-Karzinom.

Trotz jährlicher Kontrolluntersuchung hatte man es zu spät erkannt … da war über die Lymphe schon der Tod in den Körper geflossen.

»Wären Sie damit einverstanden, Herr Doerinck«, sagte Hollenbock ziemlich dienstlich, »wenn wir Sie auf unbestimmte Zeit bei vollem Gehalt beurlauben?«

»Nein!« antwortete Doerinck laut und klar.

»Ich nehme eine längere Krankmeldung sofort an.«

»Herr Schulrat, ich fühle mich prächtig!«

»Stefan!« sagte Rektor Hupp gequält. »Stefan ... sei doch nicht so stur. Das ist die eleganteste Lösung ...«

»Ich habe mein Geld immer ehrlich verdient, nie geschenkt bekommen. Es ist natürlich ein unlösbares Problem, einen Beamten auf Lebenszeit abzuschieben – vor allem dann, wenn er seinen Dienst korrekt versieht und nichts gegen ihn vorliegt. Man kann ihm ja nicht seine Tochter wie eine Pestglocke umhängen. Herr Schulrat, das ist wirklich ein Problem!«

»Ich könnte Sie versetzen.«

»Nein! Erstens würde ich dagegen bei der Regierung Beschwerde einlegen, zweitens kann man mich nach sechsundzwanzig Jahren an diesem Ort nicht versetzen, drittens wird man auch am neuen Schulort sofort wissen, wer ich bin. Was wäre damit gewonnen?«

»Und wenn noch mehr Eltern streiken, was dann?« rief Hollenbock, nun doch in Erregung kommend. »Wenn die Schulpflegschaft offiziell mir und der Regierung meldet: Zu diesem Lehrer schicken wir unsere Kinder nicht mehr! Wir bestreiken die Schule! Nun, was dann?«

»Es gibt bei uns die Schulpflicht. Die Eltern machen sich strafbar.«

»Nach dem Gesetz! Du lieber Himmel, was gilt dann noch das Gesetz? Alle Medien werden über uns herfallen. Wir werden von der Tagespresse, den Illustrierten, dem Fernsehen zerrissen werden. Für die ist das ein Festtagsfressen. Immer feste druff auf die sturen Beamten. Und dann noch Lehrer! Dieser Jubel: Man kann Lehrern etwas reinwürgen. Das läßt sich doch keiner entgehen. Da sprudelt die jahrzehntelang zurückgehaltene Rache am Pauker. Glauben Sie wirklich, das überleben Sie?«

»Ja!«

»Du lieber Himmel! Einen Brückenkopf in Rußland zu halten ist einfacher, als der Infamie eines deutschen Magazins zu widerstehen. Das haben schon andere versucht. Minister zum Beispiel – und die mußten dann ihren Hut nehmen. Dagegen will ausgerechnet der Lehrer Stefan Doerinck anstinken?« Hollenbock schlürfte erregt den Atem durch die Lippen. »Darf man wissen, wie es hier weitergehen soll?«

»Ja! Heute wird in Münster ein großes Zelt geliehen und neben dem niedergebrannten Haus meiner Tochter aufgestellt.«

»Das ist ja Irrsinn!« stammelte Rektor Hupp. »Stefan, bist du völlig von Sinnen?«

»Ich beuge mich keiner Gewalt. Nie!«

»Und dann geht der Rummel weiter?« sagte Hollenbock eisig.

»Diese Frage bitte ich an meine Tochter zu stellen.«

»Sie sind hier der Lehrer!«

»Aber ich heile nicht. Ich unterrichte – wie seit sechsundzwanzig Jahren!«

»Wir drehen uns im Kreis.« Schulrat Franziskus Hollenbock legte die Hände auf den Rücken. »Ich werde mit der Regierung sprechen müssen und Ihre Beurlaubung vorschlagen.«

»Ich werde mit einer Verwaltungsklage antworten, Herr Schulrat.«

»Herr Hupp wird die Schulpflegschaft einladen und dann mit den Eltern eine Sondersitzung abhalten. Ich selbst werde zu den Eltern sprechen.«

»Es könnte sein, daß ich bei der geringsten abfälligen Bemerkung über mich oder meine Familie eine Dienstaufsichtsbeschwerde einreiche.«

»Damit haben wir unsere Positionen bestimmt, Herr Doerinck.« Schulrat Hollenbock wippte auf den Zehenspitzen auf und ab. Er war bis zum Platzen erregt. »Ich stelle fest, daß unter diesen Umständen eine ersprießliche, den Schulfrieden garantierende kollegiale Zusammenarbeit nicht mehr möglich ist. Es bleiben also Konsequenzen zu überlegen. – Ich danke Ihnen, Herr Doerinck.«

Ohne ein weiteres Wort verließ Doerinck das Lehrerzimmer, ging in seine Klasse zurück, setzte sich hinter das Pult und blickte über die gesenkten Köpfe der an ihrem Aufsatz schreibenden Kinder. Sechsundzwanzig Jahre, dachte er. Hellenbrand – die neue Heimat. Vizepräsident des Kegelclubs, Schützenkönig, Dirigent des Kirchenchores, jedermanns Freund … was gilt das alles? O Gott, ist dieses verlorene Leben nicht zum Kotzen?

Die Schulklingel schellte. Ende der Stunde. Hefte einsammeln. Pause. Die Schüler drängten durch die Klassentür.

Doerinck blieb sitzen, bis alle hinaus waren, dann ging er langsam den langen Flur hinunter. An der Treppe stieß er auf Ferdinand Hupp; er schien auf ihn gewartet zu haben.

»Du bist ein Rindvieh«, sagte Hupp heiser und zerknirscht. »Ein Riesenrindvieh bist du, Stefan!«

»Mag sein, aber auch Rindviecher muß es geben. Was hättet ihr sonst zum Abschlachten?«

Zum Mittagessen war Marius Herbert wieder aus Münster zurück. Unverletzt, mit heilem Wagen, strahlend und nicht wiederzuerkennen.

Er hatte sich die Haare schneiden lassen! »Glauben Sie nicht«, sagte er zu Stefan Doerinck, der ihm ein Bier anbot, »daß ich mir die Haare habe absäbeln lassen, weil sie Ihnen mißfielen. Das wäre eher ein Grund gewesen, sie noch länger wachsen zu lassen …«

»Danke«, warf Doerinck giftig ein.

»Nein, das war wegen des Zeltes!« Herbert nahm einen langen Schluck Bier und unterdrückte deutlich ein Aufrülpsen. »Bei zwei Verleihern war ich. Die guckten mich dämlich an und sagten dann: ›Willste 'n Pennerasyl aufmachen? Oder 'ne Haschbude? Nicht mit unserem Zelt! Kratz bloß die Kurve, Junge …‹ Da bin ich zum Friseur, habe gesagt: ›Schneiden Sie mir die Haare so, daß ich aussehe wie 'n Kapitalist!‹ Beim dritten Zeltverleiher hat's dann sofort geklappt. Das Ding wird morgen früh aufgestellt. Platz für hundert Personen. Mit 'nem Dielenboden und 'nem eingebauten festen Eingang.« Marius

Herbert schüttelte den gestutzten Kopf. »Ist doch merkwürdig, diese Menschheit: Nur weil man einen allgemein verständlichen Haarschnitt hat, wird man nicht hinausgeschmissen. Bin ich deshalb 'n anderer Mensch? Hat sich mein Wesen mit den Haaren verändert? Das muß man mir mal logisch erklären ...«

Zum Essen kam auch Dr. Roemer herüber. Dr. Hambach praktizierte noch; seine Praxis war voll wie seit Jahren nicht. Da jeder wußte, daß er mit dem Lehrer Doerinck befreundet war, wollten nun alle wissen, was nach dem Brand kommen werde. Eine Frage vor allem stellte jeder: »Was ist denn nun dran an dieser Corinna? Hat die was in den Händen, das heilen kann? Was sagen Sie dazu, Herr Doktor?«.

Dr. Hambach rettete sich in eine unverbindliche Philosophie. Er antwortete immer: »Es gibt Dinge zwischen Himmel und Erde ...« Dann machte er eine lange, bedeutsame Kunstpause und sprach weiter: »... Ja, die gibt es!«

Das war eine Antwort, die schaurig über den Rücken lief. Man war sehr zufrieden damit.

»Willbreit hat angerufen«, sagte Roemer dröhnend und schnupperte in die Luft. Ljudmila hatte Ljulja-Kebab gebraten, ein kaukasisches Gericht, das aus gehacktem Lammfleisch am Spieß besteht, gewürzt mit frischer Minze und feingehackten Zwiebeln. Es duftete köstlich aus der Küche. »Meine Frau kommt wieder nach Hause. Der Professor hat sie alarmiert. Jetzt suche ich ein Loch, um mich vor ihr wie ein Mäuslein zu verstecken.«

»Für Sie müßte es schon ein Granattrichter sein!« Van Meersel lachte meckernd. »Ist Ihre Frau so resolut?«

»Kuhaugen hat sie, und wenn sie mich damit ansieht und zu weinen anfängt, daß die dicken Tränen herauskullern wie kleine blanke Glaskugeln – da werd' ich weich und vergesse alle guten Vorsätze. Verdammt noch mal – Corinna, können Sie nicht mit meiner Elise sprechen?«

»Ich will's versuchen, aber ich nehme an, daß sie vollkommen unter dem Einfluß von Professor Willbreit steht.«

»Den übernehme ich!« Roemer donnerte die Faust auf den Tisch. »Mit Männern komme ich besser zurecht. Hausfrau und Zauberin der Küche – der Duft bringt mich um!« Er sah Corinna mit weiten Augen an. »Wie lange kann ich das Essen noch genießen?«

»Das müssen Sie den lieben Gott fragen.«

»Der gibt mir keine Antwort. Haben *Sie* Hoffnung bei mir?«

»Ja.«

»Halleluja!« Dr. Roemer breitete die Arme weit aus. »Ich glaube es! – Ljudmila Dawidowna, wann tragen Sie das Paradies auf den Tisch?«

Nach dem Mittagessen hielt Corinna eine Pressekonferenz ab. Von allen Seiten waren die Journalisten in das kleine Hellenbrand gekommen, mit dem Wagen oder per Flugzeug nach Ladbergen, dem Flughafen Münster-Osnabrück am Rande der Hüttruper Heide. Auch Bürgermeister Beiler und Rektor Hupp waren eingeladen, und ganz selbstverständlich kam auch Schulrat Hollenbock zu dem Spektakel, da er ja nun mal in Hellenbrand war. Als Konferenzort hatte Corinna bewußt den Platz vor dem niedergebrannten Haus gewählt. Unter den Bäumen standen lange Tische mit Bänken, zur Verfügung gestellt von Jakob Lippenhorst, dem Wirt des »Westfalenwappen«, der auch den Ausschank und ein kaltes Buffet übernommen hatte. Corinna stand hinter dem Stehpult. Über Mikrofone und Lautsprecher – Fehlt dir was im trauten Heim, komm zu Radio-Hallerwein, erstes Haus am Platze! – konnte jeder die Fragen und Antworten miterleben. Die Fernsehanstalten hatten Aufnahmeteams geschickt. Für Hellenbrand war es ein einmaliger Tag. Der Name des kleinen Städtchens wurde nun weltweit bekannt. Bürgermeister Peter Beiler empfand ein Frösteln bei diesem Gedanken. Es war ein Negativ-Image, das er erwartete.

Und dann verlief die Pressekonferenz völlig anders, als man es geplant hatte. Nach ein paar einleitenden Sätzen von Corinna Doerinck trat Professor van Meersel an das Rednerpult und blockte alle unsachlichen Fragen nach den »strahlenden Händen« ab: Er hielt einen Vortrag über Parapsychologie, erklärte die Begriffe Psychokinese, PSI, Plasmafeld, energetische Strahlung, Bio-Energie, Dermooptik, Bio-Plasma und Telekinese. Die Zuhörer bekamen einen verwirrenden Einblick in eine fremde Welt, von der die wenigsten bisher gehört hatten und von der sie sich auch nach dem Ende des Vortrages kein vollkommenes Bild machen konnten. Nur eins begriff man: Hier wurde etwas Übersinnliches, bisher Unbegreifbares plötzlich atemlos greifbar. Was man sonst schlicht Wunder nannte, erwies sich als eine bioenergetische, noch wenig erforschte Kraft, die in einem Menschen wirksam ist.

Zuerst begriff das der Pfarrer, Dechant Wilm. Was dieser holländische Professor da erklärte, stellte sogar die Wunder Christi in Frage. Hatte Christus nicht durch Handauflegen geheilt? Den Besessenen, den Aussätzigen, den Toten (Scheintoten?) von allem Leid befreit? War Jesus der größte und bekannteste Bio-Energetiker? Welch ein frevelhafter, gotteslästerlicher Gedanke! Welch eine religiöse Katastrophe! »Diesem wirren Zeug sollte man mit aller Kraft entgegentreten!« flüsterte Dechant Wilm dem neben ihm sitzenden Schulrat Hollenbock zu. »Das ist genau das, was wir eine Irrlehre nennen!«

»Wirklich unerhört!« nickte Schulrat Hollenbock, obwohl er mit größtem Interesse den Worten von Professor van Meersel gelauscht hatte. »Aber es war schon von jeher schwer, solchen Fanatikern entgegenzutreten. Denken Sie an unsere eigene Münsteraner Geschichte: die Wiedertäufer!«

»Und wo sind sie geblieben, der Jan van Leiden, der Knipperdolling, der Krechting? Sie wurden hingerichtet, in Käfigen an der Lambertikirche aufgehängt ...«

»Das wird der Kirche bei Corinna Doerinck kaum noch einmal gelingen«, sagte Hollenbock sarkastisch. »Heute muß man mit Argumenten kommen, und das ist in diesem Fall verdammt schwer, so scheint mir.«

Nach Meersels Vortrag hagelten die Fragen auf Corinna herunter, aber es waren Fragen, die eine große Hilflosigkeit offenbarten. Jeder Zuruf hatte eigentlich nur den einen Inhalt: Glauben Sie – behaupten Sie – stellen Sie fest, daß Ihre Hände, daß Strahlen aus Ihren Händen auch die bisher als unheilbar geltenden Krankheiten heilen können? Wollen Sie behaupten, Sie könnten chronisches Asthma besiegen, gegen das die moderne Medizin noch immer kein wirksames Mittel besitzt? Mit Ihren Händen, so sagen Sie, können Sie Magengeschwüre austrocknen, Tumore veröden lassen, Entzündungen einschläfern?

»Ich weiß es nicht!« sagte Corinna auf alle diese Fragen. »Ich hoffe, zusammen mit den Kranken. Ich verspreche nie etwas. Gelingt die Heilung, ist es auch für mich fast wie ein Wunder. Ich sage jedem, der zu mir kommt: Ich kann Ihnen nicht mehr geben als die Hoffnung.«

»Und wie oft haben Sie bei Kranken, die zu Ihnen kamen, versagt?« rief ein Journalist.

»Noch nie!«

»Sie hatten noch keinen Mißerfolg?«

»Nein!«

»Woher wissen Sie das?«

»Die Kranken, die bei mir waren, haben sich später von ihren Ärzten untersuchen lassen, und die Ärzte sagten: Sie sind gesund.« Corinna lächelte in die Runde. »Da die Schulmedizin so großen Wert auf den Wahrheitsgehalt ihrer Diagnosen legt, darf man auch diese positive Diagnose nicht anzweifeln.«

»Mit solchen Ohrfeigen schafft sie sich eine Armee von Feinden«, sagte Dr. Roemer, neben Stefan Doerinck sitzend. »Ein Jammer, daß sie eine Deutsche ist. Bei uns herrschen die akademischen Wolfsrudel, die selbsternannten Wissenschaftspäpste, die Kulturträger von eigenen Gnaden. In Italien, Frankreich, Holland, Spanien, Rußland – ja auch in Rußland, da habe ich mich informiert –, gerade in Rußland, und eigentlich überall, außer in Deutschland, würde eine so außergewöhnliche Frau mit so wunderbaren Eigenschaften die größten Ehrungen und den umfassendsten Beistand erfahren. Was macht man hier? Na, das werden wir in den nächsten Wochen hautnah erfahren! Aber das verspreche ich Ihnen, Herr Doerinck: Der Erasmus Roemer wird wie ein Rammbock für Corinna ins Feld ziehen.«

Die Pressekonferenz dauerte fast drei Stunden. Dann setzte sich Corinna in ihren Wagen und fuhr in die Stadt zurück, umzuckt von den Blitzlichtern der Fotografen. Schulrat Hollenbock schob sich bei dem allgemeinen Aufbruch noch einmal an Stefan Doerinck heran, der von Bürgermeister Beiler, Dr. Hambach, Dr. Roemer und Professor van Meersel umringt war.

»Haben Sie für ein paar Worte Zeit?« fragte Hollenbock. Doerinck nickte.

»Für Sie immer, Herr Schulrat.«

»Aha! *Das* ist der Herr Schulrat?« dröhnte Roemer. Er schob sich vor Doerinck und sah auf den viel kleineren Mann herab. Es war unmöglich, ihn wegzudrängen oder ihn am Reden zu hindern. »Die obere Schulbehörde mit dem Muffensausen …«

»Erlauben Sie mal!« sagte Hollenbock laut. »Was fällt Ihnen ein?«

»Roemer, mein Name. Landgerichtsdirektor.«

»Bedaure. Ich verkehre nicht in kriminellen Kreisen.« Roemer war verblüfft. Solche Antworten gefielen ihm. Sie bewiesen ein schnelles Denken. »Was versprechen Sie sich eigentlich davon, wenn Sie Herrn Doerinck beurlauben?«

»Zunächst einmal Ruhe an der Front.«

»Bleiben wir bei Ihrer Ausdrucksweise: Das ist Feigheit vor dem Feind!«

»Welcher Feind?«

»Der, den Sie beruhigen wollen: die merkwürdige Elternschaft dieser Schule. Sie kapitulieren vor ein paar Kleingläubigen und Einfaltspinseln; kuschen vor Leuten, die das Gesetz mißachten, geben Ihnen sogar recht. Wo bleibt denn Ihre Courage?«

»Ich befürchte einen Streik der Eltern. Vor allem jetzt, nach dieser Mammutpressekonferenz. Ein Elternstreik wäre ...«

»... der beste Beweis, daß unsere gesamte Schulpolitik im Eimer ist«, nickte Roemer. »Ich erlebe es in meinem Bekanntenkreis immer wieder: Unsere heutige Schule ist eine Katastrophe; ihr Bildungsniveau wird in einigen Jahren unter dem der höchst achtbaren Missionsschulen Schwarzafrikas liegen. Die heranwachsenden Generationen werden noch nicht einmal die deutsche Muttersprache beherrschen. Orthographie und Grammatik werden der primitiven Willkür preisgegeben sein. Unser Wortschatz wird auf dreihundert Worte absinken! Da-da-da werden alle stammeln. Wir Deutschen werden ein Volk von Halbidioten werden. Da sollten Sie mal munter eingreifen, Herr Schulrat, und nicht bei Dingen, die unsere bisherige Schulweisheit übersteigt und die wir noch nicht zu begreifen vermögen.«

»Fahren Sie nach Düsseldorf oder Bonn und brüllen Sie dort die verantwortlichen Minister an«, sagte Hollenbock und kniff die Augen zusammen. »Ich bekomme meine Lehr- und Rahmenpläne von den Ministerien und bin nur ausführendes Organ. Oder haben Sie einen Einfluß auf diese neuen, den Verbrecher streichelnden Strafgesetze? Na, sehen Sie! Wenn Sie einem Terroristenprozeß Vorsitzen müßten und bekämen anonyme Briefe: ›Wenn du den scharfen Max spielst, haben deine Frau, deine Tochter, dein Sohn das zu büßen‹ – was tun Sie dann? Sie kneifen genau wie die anderen den Hintern zusammen und entdecken plötzlich, daß diese Bombenleger und Chaoten nur fehlgeleitete, arme Jugendliche sind, die man wärmend ans Herz drücken muß. *Tun Sie* etwas dagegen?«

»Mich hat noch keiner bedroht«, antwortete Roemer.

»Dann haben Sie Glück gehabt. Es wird noch kommen! Die Saat ist noch nicht überall aufgegangen.« Hollenbock sah an dem Riesen Roemer vorbei. »Im übrigen wollte ich Herrn Doerinck sprechen, nicht Sie.«

Der Schulrat und Corinnas Vater gingen etwas abseits, nachdem Roemer den Weg freigegeben hatte. Hollenbock wischte sich über das runde Gesicht. Er war jetzt wieder der Joviale.

»Beeindruckend, Ihre Tochter«, sagte er. »Der Vortrag dieses holländischen Professors ... grandios! Nur verstehe ich von allem nur ein Viertel! Was ich begreife ist, daß Ihre Tochter auf dem Weg ist, international berühmt zu werden. Entweder als Wundermädchen oder als vernichtungswürdige Hexe. Der deutschen Mentalität entsprechend neige ich mehr zur Hexe. Mein Rat jetzt als wohlwollender Kollege: Unternehmen Sie etwas, Doerinck, damit es zu keinem Drama kommt, das Sie alle, Ihre ganze Familie, mitreißen wird. Mehr kann ich Ihnen nicht sagen. Wegen Ihrer Beurlaubung werde ich mit der Regierung sprechen. Das ist eine heikle Angelegenheit, vor allem aber ein Präzedenzfall.«

»Sie kapitulieren also wirklich vor ein paar übereifrigen Eltern?«

»Nein!« Hollenbock sah Doerinck sehr ernst an. »Rektor Hupp hat im Laufe dieses Tages noch einige Anrufe erhalten. Es sind jetzt dreißig Prozent der Eltern, die ihre Kinder von Ihrer Klasse zurückhalten wollen, wobei auch die alte Walze wieder gespielt wird: eine Russin als Frau Konrektor! – Sie kennen doch unsere sturen Poolbürger.«

»Und ich habe nach sechsundzwanzig Jahren gedacht, hier sei meine Heimat!« Doerinck blickte über Hollenbock hinweg auf die Dächer und den Kirchturm von Hellenbrand. »Wissen Sie, daß ich am Schwarzen Meer hätte bleiben können?«

»Da haben Sie einen Fehler gemacht.«

»Ich hätte desertieren müssen, meine Leute verlassen, sie verraten, zu den Russen überlaufen ... Wäre das vernünftig gewesen?«

»Nein! Eine Schweinerei! Sie als Offizier ...«

»Also war's kein Fehler, nicht in Poti zu bleiben.«

»Verzeihung.« Hollenbock gab Doerinck die Hand. »Ich verspreche Ihnen, Ihren Fall – es wird ein Fall werden! – schonend zu behandeln. Aber was dabei herauskommen wird, kann ich Ihnen noch nicht sagen. Nur eins: Ein Elternstreik *muß* Folgen haben.«

Am Morgen des nächsten Tages stand das Zelt.

Die Verleihfirma aus Münster baute es in drei Stunden auf. Bei den Fachleuten saß jeder Griff. Es war ein schönes rechteckiges Zelt mit einem festen Türeinsatz aus Balkenumrahmung und einer dicken Holztür. Bodenplatten bildeten einen fußwarmen Belag. Da der Herbst vor der Tür stand, stellte man auch vier Elektrostrahlöfen auf.

Der Chef der Zeltverleihfirma war selbst mitgekommen, legte Corinna den Leihvertrag vor und nahm einen Scheck für vorerst einen Monat in Empfang.

»Da ist noch etwas«, sagte er verlegen. »Die erhöhte Versicherung …«

»Die Versicherung ist im Leihvertrag enthalten«, entgegnete Corinna.

»Die normale, ja.« Der Verleiher grinste unsicher. »Ich weiß natürlich, wer Sie sind. Habe Sie im Fernsehen gesehen. Und was so in den Zeitungen stand. Die Brandstiftung … na ja. Das kann sich wiederholen. An meinem Zelt. Die Versicherung verlangt eine Risiko-Zusatzversicherung. Sie müssen das verstehen …«

Den ganzen Tag über richteten Corinna und Marius Herbert das Zelt ein. Lippenhorst, der Wirt vom »Westfalenwappen«, der bereits einen guten Nebenverdienst durch Corinnas Popularität gehabt hatte, lieh ihr Schränke, damit sie zunächst einmal das Notwendigste unterbringen konnte. Was die Raumeinteilung betraf, war folgende Regelung vorgesehen: eine neue Werkstatt, ein Zimmer für Herbert und Hund Molly, ein Ausstellungsraum und ein Warteraum.

Der Schreiner Mellmann aus Hellenbrand hatte sich erboten, das Zelt innen richtig auszubauen mit beweglichen Wandteilen, die man später, wenn das neue Haus erst einmal stand, zu Vertäfelungen umarbeiten konnte. Der Bauunternehmer Fritz Hospes kam mit dem Vorschlag, das Innere mit Leichtbauplatten und Gipskartonwänden richtig wohnlich zu gestalten, mit Elektroanschlüssen und Ölöfen. Sogar ein Badezimmer war möglich und natürlich ein Lokus, man konnte alles in die Abflußleitung der niedergebrannten Scheune anschließen, direkt gemütlich konnte es werden, denn wenn man so alles überblickte – vor einem Jahr würde das neue Haus ja doch nicht fertig sein. Und dazwischen lag der Winter. Mit dem war nicht zu spaßen in einem Zelt! Aber wenn man es richtig ausbaute …

»Haben Sie genug Geld, Corinna?« fragte Marius Herbert, als die Baufachleute abgezogen waren.

»Nein. Nur ein paar Ersparnisse.«

»Und wer soll das neue Haus finanzieren? Der Herr Papa?«

»Für den Rohbau wird es reichen.«

»Und dann?«

»Es gibt Banken, die Sparkasse, Kredite, Darlehen, Hypotheken. Das Grundstück gehört mir. Das Haus darauf ist Sicherheit genug.«

»Ein Haus, das dann wieder abbrennt. So wird auch die Bank denken, wenn schon der Zeltfritze eine Risikoversicherung verlangte …« Marius Herbert saß auf einem Hocker im Zelt und trank Bier aus der Flasche. Es roch stark nach ungelüfteter Leinwand und frischem Holz im Zelt, nach Sägestaub und Moder. »Es ist ja so beschissen, dieses Leben! Wenn ich Ihnen bloß helfen könnte!«

»Das können Sie, Marius«, sagte Corinna und sah ihn forschend an. Herbert lachte kurz und spöttisch.

»Womit? Mit dummen Sprüchen?«

»Malen Sie.«

»Was? Den Kirchturm von Hellenbrand? Die Sonne überm Kornfeld?«

»Warum nicht? Chagall hat zigmal den Eiffelturm gemalt, Blumen in der Vase, Artisten im Zirkus. Das Kornfeld und die Sonnenblume sind van Goghs berühmteste Gemälde.«

»Chagall, van Gogh! In einem Atem mit mir! Denen könnte ich nicht mal die Pinsel auswaschen!«

»Und wenn Sie malen könnten wie Chagall?«

»Fürchterlich. Das hieße immer: der Kopist von Chagall! Der Abmaler! Es muß einen original Marius Herbert geben … aber was ist das? Ich sehe ihn nicht.«

»Es wird neben Chagall, Miro, Picasso, Dali auch einen Herbert geben. Einen Marius Herbert, unverkennbar, unverwechselbar.

›Ah, da ist ja ein MH‹, wird man rufen. ›Ein echter MH‹ – Sie müssen daran glauben, Marius. Ganz fest glauben.«

»Das sagen Sie mir hier in einem leeren Zelt! Sie sind abgebrannt, und ich tobe vor Freude, mit Molly ein eigenes Bett zu haben. Nicht für heute, vielleicht für ein paar Wochen, wenn Sie mich so lange ertragen können.«

»Und diesen tobenden Jubel sollten Sie malen.«

»Es würde ein Farbenrausch werden.«

»Fabelhaft!«

»Und wer soll das kaufen? Keiner!«

»Abwarten.« Sie trat nahe an ihn heran, stellte sich hinter ihn, und er hob den Kopf, bog ihn weit nach hinten und starrte sie aus dieser Perspektive groß an. Ihr Gesicht, ihre Augen, die schmale Nase, die rotgeschminkten Lippen waren für ihn merkwürdig weit weg. Unmittelbar über ihm ragten die Wölbungen ihrer Brüste ins Bild, überzogen von der glattgestrickten Wolle eines dünnen Pullovers, der die Formen unterstrich – die von unten nach oben führende Rundung, die auf die Mitte zulaufende Verjüngung, den lockenden Knopf ihrer Brustwarze. Es war ein Anblick, der ihn ungemein erregte, der ein Zucken in seine Fingerspitzen schickte und in sein Herz den Wunsch, die Hände zu heben und diese Brüste zu umfassen. Darüber aber waren die Augen ... der Blick drang in ihn, lähmte ihn. Trotz vollen Bewußtseins war es ihm unmöglich, sich noch zu rühren, die Hand zu heben, die Finger zu spreizen, mit den Füßen zu scharren. Nur atmen konnte er noch und sich von diesen Augen erobern lassen. »Du bist ein Chagall«, sagte sie leise, aber mit einer Stimme, die ihn innerlich erzittern und erglühen ließ, ihn verzauberte und in Bann schlug. »Du bist Marius Herbert, du kannst malen wie Chagall. Die Welt ist ein Rausch von Farben ... du malst sie ... so, wie Marius Herbert sie sieht ... du bist ein großer Maler ... ein großer Maler ... so groß wie Chagall ...«

Er spürte eine bleierne Müdigkeit, er wehrte sich dagegen, aber sie überspülte ihn wie eine große Welle. Den Kopf noch immer weit in den Nacken gebogen, schloß er die Augen und empfand Corinnas Worte wie ein fernes, unbestimmbares Flüstern, das seine Müdigkeit nur noch vertiefte. Er merkte es nicht mehr, wie sich ihre Hände flach um seine Schläfen legten und wie eine geheimnisvolle, zwingende Energie in ihn überfloß. Er nahm es auch nicht wahr, daß ihre Hände dann weiterwanderten, hinab zu seinem Leib, um die schreckliche Krankheit in ihm zu bekämpfen.

Eine stumme Schlacht war es, die Corinna allein in ihren Fingerspitzen spürte, als würden spitze Nägel in ihre Haut getrieben.

Nur fünf Minuten dauerte diese Zusammenballung rätselhafter Energie – dann war alles vorbei und alles leer in ihr. Sie trat etwas schwankend zurück, setzte sich hinter Herbert auf einen anderen Hocker, griff zu ihrer Zigarette und hatte Mühe, sich eine anzuzünden, so heftig zitterten ihre Hände. Dabei starrte sie auf Marius' zurückgebogenen Nacken und auf die kurzgeschnittenen blonden Haare. Sein eingefallenes, spitzes Gesicht würde schön sein können, wenn das Elend nicht jahrelang sich eingegraben hätte. Dieses Gesicht sah sie vor sich wie ein selbständiges Lebewesen … als sei es abgetrennt vom übrigen Körper.

Ob es gelingt? dachte sie und sog gierig an ihrer Zigarette. Habe ich auch diese Kraft? Zum erstenmal probiere ich es. Wieviel habe ich darüber gelesen! Über den sowjetischen Forscher Professor Leonid L. Wassiliew und sein großartiges Buch »Experimentelle Untersuchung zur Mentalsuggestion«. Über Professor Wladimir Raikow und seine erfolgreich praktizierte Idee, die Mentalsuggestion zu benutzen, um den menschlichen Geist suggestiv zu beeinflussen. Um unerkannte Talente freizulegen, schöpferische Fähigkeiten zu mobilisieren. Einen Quell brachliegender Begabungen zu öffnen. Im Institut von Professor Raikow in Moskau malten seine dank der Mentalsuggestion schöpferisch inspirierten Studenten fast wie Raffael oder van Gogh, obgleich sie früher nie malen konnten. Und Studenten des Moskauer Konservatoriums, noch weitgehend unausgebildet und ungeübt in der Technik des Klavierspiels, wurden plötzlich an den Tasten zu Virtuosen, wenn Raikow ihnen suggerierte: »Du bist wie Chopin. Du bist wie Richter. Du bist wie Rubinstein –«

Das Erstaunlichste aber war, daß diese Studenten nach Abklingen der Mentalsuggestion, die in mehreren Sitzungen praktiziert wurde, nicht mehr zurückfielen in ihren vorherigen Zustand. Vielmehr blieben die einmal geweckten, mobilisierten Fähigkeiten und Begabungen erhalten und entfalteten sich im Rahmen der natürlichen Gegebenheiten weiter. Die jungen Menschen wurden gute Maler, anerkannte Pianisten. Professor Raikow nannte dieses Phänomen die »Identifikation«. Es handelte sich um Auswirkungen einer Gleichsetzung der eigenen Person mit dem Vorbild. Um die Erfassung des Überbewußtseins – jener geheimnisvollen, weil vom nüchternen Verstand nicht erfaßbaren vierten Dimension des Bewußtseins, die so alt ist wie der forschende menschliche Geist. Die großen Weisen im alten China, in Japan, Tibet oder Indien, im Fernen Osten oder im alten

Ägypten, die Analytiker im antiken Griechenland und die mittelalterlichen Alchimisten, die viel geschmähten, die Yoga-Meister und die Schamanen: Sie alle wußten, daß es neben den drei Dimensionen des Geistes – Körperbewußtsein, Traumbewußtsein und Wachbewußtsein – auch noch die vierte Dimension gibt, das Überbewußtsein. Der schweizer Forscher C. G. Jung, der Vater der »Analytischen Psychologie«, nannte es das »Kollektive Unbewußte«. Es überwindet Zeit und Raum, Personen und Völker. In ihm ist der Erfahrungsschatz der ganzen Menschheit gespeichert, oder – wie es Plato einmal ausdrückte – die ewig existente, unsterbliche Idee. Eine unsichtbare Kraft, ein geballtes Wissensfeld ... aber bis heute nur zugänglich durch ein menschliches Medium, dessen nicht erklärbare Fähigkeit es ist, in diese Schwingungs- und Energiefelder einzudringen.

Unbemerkt von westlichen, naserümpfenden Wissenschaftlern ist ein sowjetischer PSI-Forscher, das Mitglied der Akademie der Wissenschaften der UdSSR in Moskau, Professor Weniamin Puschkin, dabei, in seinem »Labor für Heuristik« dieses Wissensfeld der Jahrtausende über Medien aus Studentenkreisen oder der Bevölkerung anzuzapfen und zu neuen überraschenden Erkenntnissen zu gelangen. Nach Puschkins Theorie wäre es möglich, das gesamte Wissen der Menschheit wie in einem Universallexikon zusammenzufassen und in einer menschlichen Gehirnzelle zu speichern: die letzte, höchste Stufe des Minichips, den heute nur ein Computer kennt. Ein submikroskopisches Universalwissen! Inzwischen hatte Corinna die zweite Zigarette geraucht, nein, geradezu verschlungen. Marius Herbert saß noch immer mit geschlossenen Augen und nur flach atmend vor Corinna, erstarrt in dieser unnatürlichen Haltung mit zurückgebogenem Kopf. Sein Gesicht zeigte keinerlei Regung. Müßte er jetzt nicht aufstehen und zu malen beginnen, dachte sie und wurde unsicher. Bei den russischen Experimenten erwachte die Kreativität vulkanartig, brach gewissermaßen aus den behandelten Personen heraus. Er aber ist wie tot! Wie würde er sich benehmen, wenn eine Staffelei vor ihm stünde, eine Palette, Farben, Pinsel? Spränge er dann auf und würde malen wie Chagall? Oder würde er leer bleiben, weil er in Wahrheit ein leerer Mensch war und nicht fähig, eine Identifikation zu realisieren? Ist er wirklich, wie Papuschka sagt, ein Schwätzer und Blender? Aber wäre es so, dann könnte ihn meine Kraft nicht erreichen ... Ich müßte es spüren.

Sie stand auf, ging zu ihm, legte wieder beide Hände um seine Schläfen und sagte mit ruhiger Stimme; »Du hast diese Welt voll Farben gesehen, du bist in sie eingetaucht – nimm sie mit! Sieh dich um ... Es hat sich nichts verändert!«

Marius Herbert öffnete langsam, wie aus tiefem Schlaf kommend, die Augen. Wieder waren über ihm ihre Brüste und erst weit darüber ihre schwarzen Augen mit den Goldpunkten.

Er lächelte schwach, reckte den Körper und streckte die Arme aus. Er bekam, über den Kopf hinweg, ihre Hüften zu fassen und zog sie zu sich. Einen leisen Schauer empfand er, als sein Kopf plötzlich in der Vertiefung ihres Schoßes lag. Sie wehrte sich nicht, sondern strich ihm mit der linken Hand über das Gesicht.

»Diese blöde Müdigkeit«, sagte er, »kam ganz plötzlich. Ich habe richtig gepennt, was?«

»So ähnlich«, antwortete sie sanft.

»Ich habe sogar geträumt. Ein verrückter Traum! Ich muß irgendwo in Südfrankreich gewesen sein, in einem anderen Jahrhundert. Die Frauen trugen lange Kleider und Federhüte, die Männer eine Art Cut. Ich saß da in einem Weinberg und malte eine Traube, und in diese Traube hinein ein Mädchengesicht und eine goldene Sonne und das ganze weite Land. Die Vision von Schönheit und Welt in einer Weintraube ... das war einfach herrlich!«

»Du solltest es wirklich malen«, sagte sie und trat zurück. Er kam sich plötzlich wie gefallen vor, kalt und verlassen. »Wo hast du deine Malutensilien?«

»In Münster. Bei einem Freund. Eine alte Reisestaffelei, ein verbeulter Kasten mit Ölfarben, ein paar Pinsel ... Ich habe schon lange nicht mehr auf Leinwand gemalt. Zu teuer, diese Rahmen. Ich habe immer nur noch Holz oder Pappe benutzt.«

»Nimm meinen Wagen und fahr sofort nach Münster!« sagte Corinna. Sie griff in die Tasche ihres Rockes, holte zwei Scheine hervor Und drückte sie Marius in die Hand. »Kauf alles, was du brauchst, um das Bild, das du gesehen hast, zu malen.«

Marius starrte auf die Scheine. »Das sind ja zweihundert Mark ....«

»Fahr!« Er zuckte unter dieser Stimme zusammen, sprang hoch, fing den Schlüssel auf, den sie ihm zuwarf, und rannte aus dem Zelt. Molly, die während der ganzen Zeit abseits auf dem Boden gelegen hatte, blickte ihm nach, zögernd, ob sie mitlaufen sollte. Dann seufzte sie laut, drückte den Kopf wieder auf ihre Pfoten und sah Corinna traurig an.

Es war das erstemal, daß sie ihrem Herrn nicht folgte.

An den nächsten Tagen geschah all das, was man geahnt, gefürchtet, erwartet hatte.

Die Zeitungen berichteten, die neuen Ausgaben der Illustrierten brachten die Bildberichte, im Fernsehen lief auf beiden Programmen eine Kurzreportage über die »Strahlenden Hände« mit Ausschnitten aus der Pressekonferenz: Im Hörfunk wurden Befragungen von Straßenpassanten gesendet: »Was halten Sie von Wunderheilern?« Die Antworten waren verblüffend, 32 Prozent sagten, das sei Blödsinn, 16 Prozent hatten keine Meinung, aber 52 Prozent meinten, so etwas sei möglich. Ja, auch in unserer aufgeklärten, technisierten, medizinisch so hochentwickelten Zeit. Über die Hälfte der zufällig Befragten glaubte also noch an Wunder! Das war unfaßbar!

Dr. Roemer wohnte noch immer bei Dr. Hambach und ließ sich von Corinna täglich drei Minuten behandeln; wenn er aus dem Haus ging, benutzte er einen geheimen Hinterausgang. Den Rest des Tages hatte er damit zu tun, sein Umfeld – wie er es nannte – abzuwehren. Elise, seine charmante Frau, war aus Ungarn tatsächlich zurückgekommen, von Willbreit über die Krankheit ihres Mannes unterrichtet worden und belagerte das Haus von Dr. Hambach. Daß der Arzt sie nicht hineinbat, war keine Unhöflichkeit oder Flegelei, sondern geschah unter Zwang. Er kam heraus zu Elise Roemer, die ihren Sportwagen vor der Tür parkte und auf ihren Mann wartete. Einmal würde Erasmus ja ins Freie kommen!

»Ich muß mich entschuldigen, gnädige Frau«, sagte Dr. Hambach zerknirscht, »auch wenn mich keinerlei Schuld trifft. Aber Ihr Gatte hat gedroht, mein ganzes Mobiliar durchs Haus zu schleudern, wenn ich Sie hereinlasse. Ich bin ein alter Landarzt, der den Rest seines Lebens gern mit den liebgewordenen Möbeln verbringen möchte. Bitte, verstehen Sie mich. Sie kennen Ihren Gatten. Er macht die Drohung wahr.«

»Hat … hat er denn noch die Kraft dazu?« stammelte Elise Roemer. »Bei seiner schrecklichen Krankheit?«

»Ihr Mann? Der hat die Kraft eines Mammuts! Und seine Krankheit … das muß man abwarten. Da kann man noch nichts sagen. Aber objektiv geht's ihm besser.«

»Besser? Diese … diese Wunderheilerin behandelt ihn tatsächlich? Dazu hat er sich hinreißen lassen? O mein Gott!« Sie begann ein wenig zu weinen, sah sehr unglücklich und zerbrechlich aus, und Dr. Hambach mußte an Roemers Worte denken: Wenn sie weint, werde ich zu Pudding! »Bitte, bitte, reden Sie auf ihn ein, Doktor. Ich *muß* mit Erasmus sprechen. Er *muß* mich anhören, nur fünf Minuten. Ich liebe ihn doch.«

»Vielleicht ist das meine ganze Krankheit!« brummte Roemer, als Hambach dieses Gespräch mit Elise wiedergab. »Ach Ewald, sie war mal ein zauberhaftes Mädchen. Selten dämlich, aber schön! Und an den Füßen hat sie Millionen, vom Fabrikanten-Papa. Ein Goldweibchen. Da denkt man immer: Schön, reich, willig, dumm … das gibt ein Leben! Pustekuchen! Keine Million kann es aufwiegen, daß man miterleben muß, wie sie Alexander den Großen für Peter Alexander hält oder bei Xerxes nur an ein neues Rohrreinigungsmittel denkt. Das ist auf die Dauer nicht zu ertragen. Kaffeetafel, Cocktailparty, Golfparty, Tennisparty, Galadiner hier, Galadiner dort, Modeparty, Hausball bei Puffke, Hausball bei Ruffke, kleines Wiedersehen in St. Moritz, kleines Wiedersehen auf Martinique ... O meine Liebe, wo haben Sie diesen himmlischen Schmuck her? Dieses Blau des Saphirs! Nein, meine Liebe ... Ewald, mir steigt die Kotze in den Rachen! Wie herrlich ruhig ist es bei dir. Laß sie nicht rein, ich warne dich. Ich zertrümmere dein Haus!«

In Corinnas Zelt hatten Schreiner und Bauunternehmer in kompromißbereiter Zusammenarbeit den verfügbaren Raum in einige Zimmer unterteilt und im Wohnbereich, einen strengen Winter voraussehend, isolierte Zwischendecken eingezogen. Der Neubau eines Hauses auf den Brandtrümmern konnte nicht vor Frühjahr beginnen, das war sicher. Es gab nicht einmal Pläne dafür. Außerdem mußte erst die Baugenehmigung eingeholt werden. Wer das Tempo auf den Bauämtern kennt, weiß, daß dazu die orientalische Tugend der unendlichen Geduld gebraucht wird. Marius Herbert und Hündin Molly zogen in ein schönes großes Zimmer ein, in dem nun Marius' Staffelei stand – und auf ihr der Leinwandspannrahmen für das geplante und dann tatsächlich auch bald gemalte Bild: Die schöne Welt in einer Traube.

Es wurde ein wunderbares Gemälde, so wunderbar wie der Rausch, der Herbert beim Malen erfaßte. Mit gefalteten Händen saß Corinna dann manchmal hinter ihm und war glücklich. Nur als Herbert sie einmal spontan umarmte und küssen wollte, stieß sie sich ab. Von ihm und lief wie gehetzt hinaus. Betroffen starrte ihr Marius nach ... ihm war es gewesen, als seien ihre Augen im Moment der Umarmung explodiert ...

Von überall her kamen immer mehr Heilungsuchende nach Hellenbrand. Clevere Busunternehmer im süddeutschen und norddeutschen Raum brachten ganze Omnibusladungen in die kleine westfälische Stadt, mieteten auf Wochen im voraus die Hotel- und Pensionszimmer in Hellenbrand und in den Orten der Umgebung – bis hin nach Havixbeck, Billerbeck, Horstmar und Nottuln. In der Kreisstadt Coesfeld richteten sie ein »Pilgerbüro« ein, und in Münster eine Zentralstelle für Heilungsuchende. Mit deutscher Gründlichkeit war innerhalb von zehn Tagen eine neue Organisation aufgebaut: Fahrten zu den »Heilenden Händen«. Ein gutes Geschäft. Da Corinna für ihre Behandlung kein Geld nahm, schlug man das verschmähte Honorar auf den Fahrpreis drauf.

Bürgermeister Beiler war machtlos. Der Hellenbrander Polizeichef, Oberkommissar Blinker, mußte zwei Beamte für die Zufahrt und Abfahrt zum »Wunderzelt« abstellen. In der Klasse von Stefan Doerinck fehlten – trotz schriftlichen Hinweises auf die rechtliche Unzulässigkeit des Boykotts – dreißig Prozent der Kinder. Schulrat Hollenbock in Münster wartete auf einen Entscheid der Regierung. Der von der Ärzteschaft zu Gegenmaßnahmen aufgeforderte Kreisarzt Dr. Fritz Krohmeyer ließ sich Zeit. Solch heikle Probleme muß man – zumal als Beamter – elegant wegschieben. Man muß zumindest erst einmal abwarten, was die ebenfalls alarmierte Staatsanwaltschaft dazu sagt. Ist das, was Corinna Doerinck da treibt, eine eklatante Verletzung des Heilpraktikergesetzes? Macht sie sich strafbar? Ist Massenwahn juristisch zu regeln? Sie nimmt kein Geld dafür, die Kranken kommen freiwillig und pochen auf ihre Rechte gegenüber dem eigenen Körper – da steckt eben der Teufel drin!

Von morgens um neun bis mittags um zwölf empfing Corinna im Zelt die Kranken. Für jeden zwei bis drei Minuten, dazwischen die Zigaretten, das kurze Ausruhen, das Sammeln neuer Kraft. Wenn Marius Herbert um zwölf Uhr die schwere Holztür abschloß, war Corinna ausgelaugt, hohläugig, hatte blaue Schatten um die Augen. »Das hältst du nicht lange aus«, sagte er und mixte ihr dann meistens einen scharfen

Drink aus weißem Rum, Grenadinesaft, Bitterorangen und gestoßenem Eis. »Das ist ja Wahnsinn!« Aber am Nachmittag sah man Corinna nichts mehr an.

An einem Sonntag, drei Wochen nach Errichtung des Zeltes, an einem hellen, bunten Herbsttag, traf in Hellenbrand eine Frau ein, deren Haß intensiver, stärker, vorwärtstreibender war als der Motor ihres Autos: Marikje Kerselaar. Die Wunderheilerin aus Holland.

12

Professor Pieter van Meersel war vor fünf Tagen abgereist. Das stellte sich als sehr nachteilig heraus, denn so konnte niemand Corinna vor Marikje Kerselaar warnen. Aber van Meersel hatte in diesen Wochen genug gesehen, hatte fotografiert und gefilmt, Tonbänder laufen lassen, Interviews mit den Kranken gemacht, Beobachtungen niedergeschrieben, Krankengeschichten notiert und deren Verlauf verfolgt. Und er war immer mehr zu der Überzeugung gekommen, daß Corinna Doerinck mit normalen Maßstäben nicht gemessen und mit den sonstigen Naturheilkundigen, Magnetiseuren, Heilpraktikern, Psychosomatikern oder anderen Praktikern medizinischer Grenzgebiete nicht verglichen werden konnte. Die bioenergetische Kraft, die aus Corinnas Händen strahlte, war wirklich so etwas wie ein Wunder. So unwissenschaftlich das auch klang: Die Heilkraft, die Corinna in die Körper der Heilungsuchenden strahlte, war medizinisch zur Zeit kaum erklärbar. Daß eine Prostataentzündung nur durch In-die-Luft-Streicheln verschwand, daß ein Harnröhrenverschluß sich löste, daß eine chronische Gastritis nach sechs Behandlungen mit der bloßen Hand nicht mehr vorhanden war, daß ein Magengeschwür einfach eintrocknete – all dies glaubten Mediziner mit dem Begriff »hysterische Spontanheilung« gerade noch erklären zu können. Daß aber ein Krebs vertrocknete, daß die Krebszellen einfach zerfielen, das unkontrollierte Riesenwachstum der Zellen unvermittelt aufhörte – das war ihnen schlicht unbegreiflich und fragwürdig. Das konnte nicht sein. Das war in ihren Augen eine Täuschung der gläubigen Kranken und schien den Tatbestand der Körperverletzung oder gar der fahrlässigen Tötung zu erfüllen – denn die Kranken, die zu Corinna Doerinck pilgerten, machten um ihre Ärzte zu Hause von nun an einen großen Bogen.

Das alles wollte van Meersel nun in einer großen, gründlichen Untersuchung niederlegen. Es sollte ein Denkmal für Corinna Doerinck werden. Bevor er zurückfuhr nach Holland, hatte er Corinna umarmt und ein »Gotteskind« genannt. Was immer das heißen sollte – es sprach sich herum. In der letzten Woche mehrten sich die Kranken, die in Rollstühlen zu Corinna fuhren oder auf Tragen zu ihr gebracht wurden. Zu einer beängstigenden Hut wurde es, nachdem eine überregionale Zeitung mit einer Balkenüberschrift gefragt hatte: »Hellenbrand – das deutsche Lourdes?«

»Da haben wir es!« rief Bürgermeister Beiler in einer schnell einberufenen Ratsversammlung. »Genau das habe ich befürchtet! Mir ist klar, daß viele Bürger unserer Stadt, auch einige der Herren Stadträte, ein gutes Geschäft wittern – aber die Moral geht dabei vor die Hunde. Wie eine Seifenblase wird alles platzen. Und was dann? Dann stehen wir ohne Hosen da. Dann wird Hellenbrand ein Beispiel für menschliche Verblendung. Ein deutsches Lourdes – um Gottes willen!«

Marikje Kerselaar stieg in Havixbeck ab, nahm im Gasthaus »Wasserburg« ein Zimmer, trank, auf ihrem Bett hockend, drei Genever und fuhr dann hinüber nach Hellenbrand. Es war vormittags gegen elf Uhr, ein Sonntag, wie gesagt. Vor dem Zelt stauten sich die Menschen. Der Duft von Bratwürsten und Reibekuchen, Fischbrötchen und Frikadellen lag über dem weiten Platz. Aber nicht nur die Freßbuden erinnerten an einen Jahrmarktplatz – es fehlte auch nicht das Bierzelt, Andenkenläden waren aufgebaut worden, eine Schießbude, eine Losbude und ein elektrisches Autodrom. Die Stadtverwaltung von Hellenbrand konnte eine Sondergenehmigung für diesen Rummel nicht umgehen, denn vier Stadträte waren unter den Unternehmern und hatten durchblicken lassen, daß man bei einer eventuellen Sturheit der Behörden politische Konsequenzen überdenken müsse. In einer Demokratie wie der Bundesrepublik Deutschland haben solche versteckten Hinweise schon immer Wirkung erzielt.

Vor dem großen Zelt, dessen dicke Bohlentür von einem Polizisten bewacht wurde, standen auch drei Krankenwagen. Die Kranken lagen noch im Inneren der Autos auf den Tragen. Sechs Rollstühle warteten auf ihren Einsatz, die Verwandten der Kranken bildeten einen Ring um die Stühle, jeder eine Burg für sich. Einen Streit um den Vortritt gab es nicht, denn Marius Herbert hatte – gegen den Willen Corinnas – Nummernzettel verteilt. So kam es zu keinem Gedränge, die Kranken warteten geduldig; auch die, denen Herbert gesagt hatte, ihre Nummer könne erst morgen drankommen. Es war ja möglich, daß Kranke vor ihnen schneller behandelt werden konnten oder gar nicht mehr; das erhöhte die Chance, doch noch an diesem Tag vorgelassen zu werden.

Marikje Kerselaar war eine nicht gerade große, stramme Frau Mitte der Fünfzig. Ihr blond gefärbtes Haar trug sie in Dauerwellen; lauter gedrehten Löckchen, als habe sie afrikanische Ahnen. Sie hatte eine kleine Knollennase, listige graue Augen, ein Doppelkinn und stämmige, aber etwas krumme Beine. Auf der Nase balancierte sie eine goldeingefaßte Brille ... nein, sie war keine Schönheit wie Corinna Doerinck, aber in Holland war ihr Name berühmt als der einer Frau, die Kranke mit Handauflegen behandelte und mit einer selbstgebrauten, geheimnisvollen, nach Menthol und Lakritze schmeckenden Mixtur, die man – je nach Krankheit – entweder trinken oder als Einreibemittel benutzen konnte. Vor allem sollte das helfen gegen Dauerhusten, Menstruationsstörungen und Fettsucht bis hin zu psychisch bedingter Impotenz, Frigidität und Nymphomanie. Ihre ganz besondere Spezialität war das Wegsprechen von Warzen aller Art. Unblutig, geheimnisvoll schrumpften die besprochenen Warzen zusammen und verödeten. Und sie kamen nie wieder – das war das Rätselhafte.

Mit wachen Augen ging Marikje durch die wartenden Menschengruppen, sprach hier und da mit einer Kranken, bekam – hier erzählte man ja geradezu mit Begeisterung von seinen Leiden – eine Menge Informationen und verstand nun, warum viele ihrer Patienten ihr hatten sagen lassen, sie kämen nicht wieder. Andere waren einfach weggeblieben ohne Begründung oder Entschuldigung. Etwas abseits, unter einer Baumgruppe, hatte sich ein Häuflein niedergelassen, hatte Klapptische aufgebaut, zwei Sonnenschirme und bunte Segeltuchstühle. Thermotaschen standen herum, die Tische waren gedeckt, es sah wie eine Campinggemeinde aus. Schon daraus schloß Marikje von weitem, daß es sich um Holländer handeln mußte.

Näher kommend erkannte sie einige von ihnen; sie gehörten zu jenen Patienten, die sich von ihr abgewandt hatten, um jetzt ihr Heil bei Corinna zu suchen. Marikje blieb stehen, rang mit sich und ihrem Stolz, überwand dann aber diese lästigen Hemmungen und ging mit weiten Schritten auf die Landsleute zu. Mit Freuden und einem verhaltenen Grinsen bemerkte sie die plötzliche Verlegenheit und Unsicherheit unter den Holländern.

»Einen schönen guten Tag!« rief sie freundlich, aber doch so, daß sich jeder wie geohrfeigt fühlen konnte. Da saß die Asthmatikerin neben der Eierstockentzündung, der chronische Darmkranke neben der Arthritis – ja, sogar der Mijnher van Beveren war da, der vornehme Bankdirektor, der zu ihr immer nach Einbruch der Dunkelheit gekommen war, damit keiner sah, daß die Kerselaar ihn behandelte. Hier nun saß der diskrete van Beveren offen am Campingtisch und aß ein Käsebrot zu einer Flasche Amstelbier. Sie hatten aus Holland natürlich alles mitgebracht, wie es sich so gehört. Van Beveren war denn auch der erste, der sehr verlegen zu hüsteln begann. Er litt an arteriell bedingten Hirnstörungen, was für einen Bankdirektor von kaum fünfzig Jahren natürlich sehr peinlich war.

»So sieht man sich wieder«, sagte Marikje geradezu fröhlich.

»Sie sind ja auch hier!« entgegnete ein Mann, den Marikje nie hatte leiden mögen. Er hatte Wurzelischias und – das Moutard-Martin-Zeichen, ein sogenanntes gekreuztes Ischiasphänomen – auch dann Schmerzen im kranken Bein, wenn er das gesunde anhob. Der Mann hieß Ludwig Linzer, war Fabrikant von Tapeten im grenznahen Hengelo und kostete Marikje viel Nerven, denn Mijnher Linzer war seit einem Jahr in ihrer Behandlung, erlebte keinerlei Besserung seines Wurzelischias und hatte ihr mehrmals vorgerechnet, wieviel Gulden er bereits in die Therapie investiert habe. Ein Geizkragen! Nur zu verständlich, daß er jetzt vor Corinnas Zelt wartete: Sie behandelte ja umsonst.

Und genau das war es, was Marikje Kerselaar bis aufs Blut erregte: Eine Heilung für einen Händedruck.

Allerdings legten die Kranken bei jedem Besuch, auch wenn sie mehrmals kamen, mehr oder weniger große Geldscheine in einen abseits stehenden großen Topf aus Zinn, und jeden Tag berichtete Marius Herbert, als habe man als Straßensänger den Hut geleert: »Heute sind es 517 Mark! Heute haben wir 1156 Mark eingenommen! Corinna, heute hatten wir die richtigen Leute hier: 2845 Mark sind im Topf!« Aber immer sagte Corinna: »Schreib die Summe genau auf und schließ das Geld ein. Ich rühre es nicht an!«

»Wir könnten in kürzester Zeit das neue Haus finanzieren, wenn du ...«

Aber zu weiteren Ausführungen kam Herbert nicht, weil Corinna ihn unterbrach. »Ich will das nicht hören!« hatte sie einmal sehr böse gerufen. »Wehe, du rührst eine Mark davon an!«

Ludwig Linzer, der Tapetenfabrikant, hatte als erster das unerwartete Auftauchen Marikje Kerselaars verkraftet, während die anderen noch auf den gedeckten Campingtisch starrten, als habe man sie bei einer Verschwörung ertappt. Und tatsächlich hätte man ja denken können, diese Leute würden sich vorher verabredet haben, gemeinsam heimlich zu Corinna Doerinck, der nun großen Konkurrentin von Marikje, zu schleichen. Zu der Wunderheilerin, die mehr konnte!

»Ich wußte, daß ich Sie hier treffe«, sagte Marikje mit einer Selbstsicherheit, als habe sie auch noch die Gabe des Hellsehens aktiviert. »Ich wollte mich nur überzeugen.«

»Oder wollten Sie bei der Konkurrenz in die Lehre gehen?« fragte Linzer gehässig. »Zu empfehlen wäre es!«

»Sie ist wirklich ein Wunder!« Der Bankdirektor räusperte sich verlegen. »Haben Sie mir helfen können, Marikje? Zwölfmal war ich bei Ihnen ... keine Besserung. Hier bin ich jetzt erst zum drittenmal, an drei Tagen hintereinander, und ich spüre, wie der Druck in meinem Kopf nachläßt, wie ich mich im ganzen wohler fühle ...«

»Und mein Ischias läßt merkbar nach!« rief Linzer, hob das gesunde Bein hoch und verzog nicht mehr schmerzhaft das Gesicht. »Sehen Sie sich das an! Ich kann auf dem kranken Bein stehen. Ist das nicht phantastisch? Und das alles umsonst. Ohne einen Gulden Honorar.«

Marikje Kerselaar wandte sich wortlos ab und ging davon. Ein ungeheurer Haß, der sie schon bis nach Hellenbrand getrieben hatte, ließ in ihr eine schreckliche Entscheidung reifen: Entweder Corinna oder ich! Das war das einzige, woran sie von jetzt an dachte. Eine Alternative des Wahnsinns, die in ihr wucherte wie ein Geschwür.

Sie stellte sich vor dem Zelt in die Reihe der Neuangekommenen, empfing von Marius Herbert eine Nummer und knirschte mit den Zähnen, als sie die Zahl 219 las. Sie starrte auf den Zettel und hielt ihn dann hoch. »Wie lange soll ich da warten?«

»Sie könnten Montag an der Reihe sein«, antwortete Herbert. Er musterte die derbe Frau. »Sie sind doch kein Notfall?«

»Können auch *Sie* das schon sehen?«

»Weder liegen Sie noch werden Sie gefahren.«

»Wenn es das ist!« Marikje lachte laut. »In zehn Minuten komme ich wieder mit Blaulicht und Sirene.«

»Corinna würde den Betrug sofort merken.«

»So? Wird sie das? Und wenn ich sage: Ich bin ein Notfall?«

»Sie sehen nicht danach aus.«

»Wenn ich erst ein Gerippe bin, brauche ich keine Corinna mehr!«

Marius Herbert schien unsicher zu werden. Der Blick, der ihn durch die Brillengläser traf, war irgendwie zwingend, drang in ihn hinein, beeinflußte seinen Willen. Er spürte, daß diese kleine Frau anders war als die Frauen, die sonst ihre Krankheiten zu Corinna trugen.

»Warten Sie einen Moment«, sagte er, »Ich will einmal nachhören.«

Mit einem zufriedenen, aber bösen Lächeln stand Marikje an der dicken Bohlentür. Der Polizist neben ihr blickte gelangweilt über sie hinweg. Ein Scheißdienst! Posten schieben vor dieser Ansammlung von halb Verrückten. Knubbeln sich da, um sich streicheln zu lassen, und glauben, davon geheilt zu werden. Wann greift denn endlich die Kripo von Münster ein und macht dem Spuk ein Ende? Warum zögern die Behörden bloß? Bei jedem Hausierer ohne Konzession werden sie sonst sofort wild. Da beweisen die Ordnungsämter, daß sie Beamte und Diener des Staates sind. Und hier stehen Hunderte herum, werden angeblich geheilt, und niemand ist zuständig bei soviel Staatsdienern auf Lebenszeit. Wie soll man das verstehen?

Marius Herbert erschien wieder in der Tür und nickte Marikje zu. »Kommen Sie rein!« sagte er. »Aber nur für fünf Minuten. Und wehe Ihnen, wenn Sie mich belogen haben!«

»Ich habe gar nichts zu Ihnen gesagt.«

»Sie seien ein Notfall, haben Sie behauptet.«

»Nichts habe ich behauptet. Hier, der Polizist ist mein Zeuge. Ich habe nur gesagt: Muß ich erst ein Gerippe sein, um: ...«

»Kommen Sie rein!« sagte Herbert laut. Er winkte dabei einem der Krankenwagen zu. Die wartenden Träger öffneten die Hecktür und griffen an die Holme der Trage. »Nur fünf Minuten. Sie sehen ja, es kommt ein echter Notfall.«

Marikje Kerselaar betrat das Zelt. Sie kam zunächst in einen Vorraum, der kahl und leer war bis auf ein paar Stühle und einen Tisch mit Zeitungen. Eine hohe Holzwand trennte ihn von dem eigentlichen Behandlungsraum. Die Tür stand offen, und Herbert zeigte hinüber.

»Gehen Sie weiter. Sie brauchen keine Angst zu haben.«

»Angst?« Es klang wie ein Kampfruf. Marikje zog den Kopf etwas in die Schultern und betrat mit energischen Schritten den anderen Raum.

Corinna saß auf einem Holzsessel, rauchte eine Zigarette und sah genauso aus wie auf den Bildern in den Illustrierten oder bei Fernsehreportagen. Sie trug ein schlichtes hellgraues Kleid mit einer Stickerei an den Schultern und war von einer ergreifenden Schönheit. Gerade in der nackten Nüchternheit des Zeltraumes wirkte sie wie eine Erscheinung aus einer fernen, fremden, unwirklichen Welt. Der Haß in Marikje flammte erneut auf. Das ist das ganze Geheimnis ihres Zaubers, dachte sie. Davor schmelzen die Männer dahin, das fasziniert die dämlichen Weiber: Eine fremdländische Schönheit, eine kaukasische Maria, die ihre Hände hebt und alle Dummen glauben macht, es kämen Strahlen aus ihren Fingerspitzen. Welch ein herrliches, raffiniertes Aas! Sie standen sich gegenüber, sahen sich stumm an und musterten sich wie japanische Ringer, bevor sie aufeinander zustürzen.

»Sie sind sehr krank, sagt Marius«, begann Corinna das Gespräch. »Wo spüren Sie die Krankheit?«

»Überall.« Marikjes Gesicht war ausdruckslos geworden. Nun beiß dich an dieser Antwort fest, dachte sie frohlockend. Überall ... da kannst du jetzt im Körper herumirren und dir etwas aussuchen, was für jeden glaubhaft klingt. Alle da draußen werden dich wie eine Heilige verehren – mir aber wirst du keine Krankheit einreden. Ich bin gesund! Nun komm schon und erfinde für mich eine schöne Krankheit.

Corinna kam auf Marikje zu, ihre Blicke kreuzten sich wie Schwertklingen, und wortlos hob Corinna beide Hände und ließ sie in zehn Zentimeter Entfernung über den Körper der Besucherin gleiten. Plötzlich schloß sie die Augen, hob noch einmal die Hände und führte die Untersuchung zum zweitenmal aus. Dabei zuckte es in Corinnas Gesicht; ihre Lippen verschwanden fast, wurden zu einem dünnen, herben Strich; ihre hohen Backenknochen drückten sich spitz durch die Haut. Kleine Schweißperlen traten auf ihre Stirn und liefen über die Augen an der Nase herunter. Ganz gegen ihren Willen bewunderte Marikje sie in diesem Augenblick. Welch ein vollendetes Theater, dachte sie mit Hochachtung. Das macht ihr keiner nach. Das muß jeden Menschen bis ins tiefste ergreifen. Das kann niemand abschütteln. Da bleibt einem der Atem stehen. Das ist Meisterschaft! O du verdammtes kluges Luder … du hast entdeckt, wie man die Menschen willenlos macht.

Corinnas Hände sanken an ihren Körper zurück. Sie blieb steif vor Marikje stehen, mit geschlossenen Augen und schweißüberströmtem Gesicht. Ein unvergeßlicher Anblick. Ein sagenhaft raffinierter Zauber, so sah es Marikje.

»Sie haben oft Schmerzen im Brustbein?« fragte Corinna plötzlich.

»Ja!« Marikjes Augen hinter der Goldbrille weiteten sich.

»Und an den Rippen?«

»Auch! Das kommt vom vielen krummen Sitzen …«

»Manchmal haben Sie Schmerzen im Schädel, als läge er in einem Schraubstock …«

»Ich bin migräneanfällig. Bei Wetterwechsel. Nichts, was mich aufregt. Haben Millionen Frauen in meinem Alter.«

»Nein, das haben sie nicht.« Corinna senkte den Kopf, wischte sich den Schweiß vom Gesicht und trat zurück. Mit zitternden Fingern riß sie eine Zigarette aus der Packung auf dem Tisch. Erst nach vier langen Zügen sprach sie weiter: »Fahren Sie sofort zurück und melden Sie sich in einer großen internistischen Klinik. Ich rate Ihnen zu Erlangen, Freiburg oder München. *Ich* kann Ihnen nicht mehr helfen …«

»Was soll das heißen?« Marikjes Stimme klang gepreßt und plötzlich sehr hohl. Sie riß die Brille von der Nase, putzte sie am Ärmel ihres Kleides, setzte sie wieder auf, ging zwei

Schritte auf Corinna zu, hielt dann ruckartig inne und fixierte sie mit starren Blicken, den gleichen Blicken, denen Marius Herbert nicht standgehalten hatte. An Corinna prallten sie wirkungslos ab.

»Sie sind sehr krank …«, sagte Corinna erschöpft.

»Das können Sie spüren, nur mit den Händen? Sie haben mir nicht einmal in die Augen geschaut.«

»Ich habe in Ihren Körper hineingesehen.«

»Mit geschlossenen Augen?« Marikje lachte hart auf. »Erzählen Sie mir das nicht! Eine Augendiagnose ohne Augen! Ich habe Ihnen viel zugetraut, aber eine solche Frechheit überbietet alles.«

»Ich habe mit meinen Fingerspitzen in Sie hineingesehen.« Corinna wandte sich ab, griff nach einem Glas Tee und trank ein paar Schlucke des kalten Getränkes. »Gehen Sie sofort in eine Klinik.«

»Ich bin nicht krank!« In Marikjes Stimme klang Triumph. »Ich wollte nur sehen und hören, was Sie hier treiben. Darum bin ich gekommen. Völlig gesund bin ich. Sie dichten den Leuten Krankheiten an, und wenn bei einer Nachuntersuchung Symptomfreiheit diagnostiziert wird, eben weil sie gesund sind, heißt es: Ich habe Sie geheilt! – Tatsächlich die einfachste Methode, und alle fallen immer wieder darauf herein. Gratuliere! Sie sind raffinierter, als ich dachte.«

»Sie spüren noch nichts«, sagte Corinna müde, »aber Sie haben den Tod in sich. Ist das deutlich genug? Ihre unregelmäßigen Knochenschmerzen im Brustbein und an den Rippen, Ihre Kopfschmerzen, die Sie Migräne nennen, die Schmerzen in den Wirbeln – das sind keine Arthrosen. Es ist genau das Gegenteil. Wie soll ich Ihnen das erklären? Die netzförmigen Plasmazellen des Knochenmarks befinden sich bei Ihnen in einer tumorartigen Wucherung. Ihre Knochen verändern sich dadurch. Die Knochensubstanz wird zerstört. Sie müssen sofort in eine Klinik. Sagen Sie den Ärzten, Sie hätten ein Plasmozytom. Können Sie das behalten?«

»Natürlich! Plasmozytom. – Und was werden die Ärzte sagen?«

»Die werden Sie ungläubig anstarren, aber dann sehr munter werden.«

»Und Sie können sich nicht irren?«

»Natürlich kann ich mich irren. Jeder Mensch irrt sich mehr oder weniger.«

»Sie irren sich. Ich *bin* gesund!« Marikje Kerselaar stieß wieder ihr hartes Lachen aus, blickte Corinna mit großer Verachtung an und ging dann zur Tür. »Sie sind wirklich das frechste Ding, was man sich denken kann. Wie überzeugend Sie das sagen! Das muß Ihnen jeder glauben ... nur ich nicht!« Sie streckte den Kopf vor wie ein zuschlagender Habicht. Ihre Augen hinter den Brillengläsern funkelten böse. »Sie wissen selbst, wie gefährlich Sie sind, nicht wahr? Wie lange wollen Sie dieses Spiel noch treiben? Wie lange säen Sie noch Angst und sinnlose Hoffnung unter die armen Menschen, die so voll Glauben zu Ihnen kommen? Sie sind keine Heilige, Sie sind ein Teufel. Das weiß ich nun.«

Sie drückte die Tür auf, ging aus dem Zimmer, eilte durch den großen Vorraum, warf in den Zinntopf eine einzelne Mark, sagte zu Herbert, der danebenstand: »Mehr war's nicht wert!« und verließ mit großer Wut im Herzen das Zelt.

Sobald die Tür zugefallen war, ging Herbert in den Nebenraum. Corinna stand am Tisch und rauchte hastig.

»Was war los?« rief er. »Die rauscht hinaus, als hättest du sie in den Hintern getreten. Dabei sagte sie, sie sei ein Notfall ...«

»Das ist sie!« Corinna zerdrückte den Rest ihrer Zigarette. »Wie heißt sie?«

»Sie hat keinen Namen genannt. Du hast gesagt: Wer seinen Namen nicht nennen will, soll ihn für sich behalten.«

»Schade. In diesem Fall ist es schade. Sie wird ein furchtbares Sterben haben. Und niemand kann es aufhalten. Multiple Myelome sind unheilbar. Lauf ihr nach, Marius, sie muß sofort in ein Krankenhaus!«

Aber Marikje Kerselaar war in der Menge der Menschen verschwunden. Marius lief herum, fragte die anderen Wartenden nach ihr; einige hatten sie gesehen, und eine Frau glaubte, sie sei in einen dunkelgrünen Wagen gestiegen. Nein, die Automarke habe sie sich nicht gemerkt.

»Sie ist fort«, sagte Herbert, als er ins Zelt zurückkam. Corinna kniete vor einer Trage, auf der ein schönes, bleiches Mädchen lag und mit großen, fiebrigen Augen auf das Wunder wartete. Es würde dieses Wunder nie geben, auch hier konnte Corinna nicht helfen. Eine Leukämie in diesem Stadium kann man nicht mehr mit bioenergetischen Kräften aufhalten. Wie aber soll man das einem jungen Menschen erklären, der an das große Wunder glaubt, an die geheimnisvolle Kraft der strahlenden Hände? Es waren die Minuten, vor denen Corinna sich immer fürchtete. Die Augenblicke der totalen Ohnmacht ihrer Kraft. Eine Grenze gibt es, hinter der das Weiterleben nur noch ein Weggleiten ist. Unaufhaltsam …

Sie nickte, streichelte dem bleichen Mädchen das Gesicht und sprach leise auf es ein. So lautlos wie möglich verließ Herbert den Raum. Er kannte das jetzt schon: Wenn Corinna redete statt zu streicheln, wenn sie ihre Hände um ein Gesicht legte, statt sie über den Körper gleiten zu lassen, dann gab es keine Hoffnung mehr. Es gab nur wenige Kranke, denen Corinna die Wahrheit sagen konnte. Selbst die begleitenden Angehörigen hatten selten die Standhaftigkeit, das zu ertragen, und viele gab es, die glaubten es einfach nicht, blieben in Hellenbrand oder in den umgebenden Orten und kamen jeden Tag wieder zum Zelt. Vor einer Woche war eine Familie aus Bayern gekommen, hatte neben dem Zelt einen Altar errichtet, die Bahre mit dem kranken Vater davorgestellt und dreimal am Tag eine Andacht abgehalten.

Natürlich filmte das Fernsehen diesen Auftritt, und man hielt auch auf Tonband fest, wie der Pfarrer von Hellenbrand erst freundlich, dann heftig auf die Familie einsprach, wie zwei

Tage später ein Prälat vom erzbischöflichen Ordinariat in Münster erschien und nach langen Vorhaltungen erreichte, daß der Altar wieder abgebaut wurde. »Wir lehnen es entschieden ab«, sagte der Prälat verschlossen, »das, was hier geschieht, in unsere religiöse Welt einzubeziehen. Wir sind betroffen über das, was wir hier sehen. Wir können nur um Vergebung beten.«

Pünktlich um zwölf schloß Marius Herbert die Eingangstür zu Corinnas Zelt ab, wartete wie an jedem Tag, bis sich draußen die Menschen verzogen hatten, und fuhr dann den Wagen vor den Eingang. Corinna schlüpfte in das Auto, und in schneller Fahrt erreichten sie das Lehrerhaus, wo Ljudmila mit dem Essen wartete.

Dabei übersahen sie, daß in der Nebenstraße ein grüner Wagen mit einem holländischen Nummernschild parkte und daß Marikje es mit haßerfülltem Blick verfolgte, wie sie durch den Vorgarten gingen, wie die Tür geöffnet wurde und Stefan Doerinck seine Tochter mit einem Kuß begrüßte.

»Du Biest!« knirschte Marikje und ballte die Fäuste in ihrem Schoß. »Du verdammtes Biest! Willst mich vernichten, indem du mir eine tödliche Krankheit einredest ... Du Teufel du!«

Der Nachmittag dieses Tages brachte allerlei Unangenehmes.

Zunächst gelang es Elise Roemer, ihren Mann abzufangen, als er versuchte, wieder heimlich aus Dr. Hambachs Haus auszubrechen. Sie fiel ihn im wahrsten Sinne des Wortes an, nachdem sie ausfindig gemacht hatte, daß ein Hinterausgang zu einem Gartenweg führte, der vor einer Zaunpforte mündete, durch die man ein unbebautes Wiesenstück betreten konnte. Hier lauerte sie Erasmus Roemer auf, und als er, zufrieden vor sich hinpfeifend, das Törchen aufstieß, warf sie sich mit Schwung an ihn und hing an ihm wie eine Katze.

»Warum tust du das?« rief sie und weinte sofort. »O mein Liebling, komm zurück! Sei doch vernünftig! Warum versteckst du dich vor mir? Ich will doch nur, daß du vollkommen gesund wirst. Dieses Weibsstück Corinna vernichtet dich doch bloß. Warum glaubst du nicht Willbreit, er ist doch dein Freund …«

Bei Roemer, der Stefan Doerinck am Abend über diese Begegnung berichtete, hörte sich das so an: »Da springt mich das Luder an, als sei ich ein nackter Neger mit einem Riesending, aber ich sage: ›Was ist denn das? Haben Sie sich vertan, Madame? Ich bin weder ein ungarischer Baron, noch habe ich ein Schloß mit Spiegelbetten, und ich bitte Sie, in meine Potenz keine Erwartungen mehr zu setzen, ehe es mir wieder gelingt, zwei Flaschen Chambertin Gran Cru Premiere Classe wie Wasser zum Gurgeln zu trinken.‹ Und was weint sie mir da vor? – ›O mein Liebling, ich sterbe vor Sorge um dich! Keiner kann dich mehr verstehen. Der Landgerichtspräsident will auch kommen und mit dir reden. So geht das doch nicht!‹ – Und ich habe geantwortet: ›Der Landgerichtspräsident kann mich kreuzweise, so lange und so oft, wie's ihm schmeckt! Mich kümmert der ganze Betrieb nicht mehr. Ich werde eine vorzeitige Pensionierung beantragen. Welch eine Katastrophe, Elise – dann bist du keine Frau Landgerichtsdirektor mehr!‹ Da hat sie mich losgelassen, ist weggelaufen, als sei ich schon in Verwesung übergegangen …«

Auch Dr. Hambach hatte Neues zu berichten: Ihn hatte Professor Willbreit angerufen.

»Nur zur kollegialen Information«, hatte Willbreit gesagt, »sollten Sie das wissen: Es läuft gegen Corinna Doerinck ein Strafantrag der Ärztekammer wegen verbotener Heiltätigkeit und Körperverletzung. Ich habe mich als Sachverständiger angeboten. Außerdem wird der Fall Corinna jetzt in Düsseldorf auf Ministerebene behandelt. Es ist unerträglich, zu sehen, daß diese Scharlatanerie nun schon weltweites Echo hat! – Wohnt Erasmus noch bei Ihnen?«

»Ja«, hatte Dr. Hambach kurz geantwortet. Einen Dank für die Information hielt er nicht für angebracht, da sie ja indirekt auch eine Drohung gegen ihn enthielt.

»Und wie geht es ihm?«

»Gut! Die Behandlung von Corinna Doerinck schlägt an.«

»Doch nicht bei diesem Leiden!« rief Willbreit erregt.

»Wir werden in etwa drei Wochen eine Röntgenkontrolle durchführen. Die Aufnahmen überlasse ich Ihnen zur Ansicht.«

»Auch wenn sie erschreckend negativ sind?«

»Auch dann! Wir werden zu unseren Fehlern stehen. Das unterscheidet uns wieder von der Schulmedizin.«

Wütend hatte Willbreit den Hörer auf die Gabel geworfen.

Bei Stefan Doerinck war an diesem Tag ein Schreiben von Schulrat Hollenbock eingegangen. Korrekt auf dem Dienstweg, über Rektor Ferdinand Hupp. Hupp hatte ebenso korrekt einen Eingangsstempel mit Datum aufgedruckt.

Das Schreiben war kurz. Darin wurde dem Lehrer Stefan Doerinck mitgeteilt, daß nach Rücksprache und Genehmigung durch das Kultusministerium in Düsseldorf dem Antrag auf unbefristeten Urlaub stattgegeben worden sei. Eine Urlaubsvertretung, die Kollegin Alma Winckler aus Altenberge bei Münster, werde den Dienst am Monatsanfang antreten. Hollenbock schrieb noch: »Ich wünsche Ihnen eine gute Erholung und verknüpfte damit den Wunsch, daß ich Sie recht bald nach voller Genesung wieder im Schuldienst von Hellenbrand begrüßen kann.«

»Das ist eine bodenlose Frechheit!« sagte Doerinck zu Rektor Hupp, warf den Brief auf den Boden und gab ihm einen Tritt. »Wenn ihr glaubt, das nehme ich sang- und klanglos hin, dann irrt ihr euch. Ich werde in die Posaunen stoßen, daß eure Wände wackeln wie bei Jericho!«

»Handle dir bloß kein Disziplinarverfahren ein, Stefan!« warnte Hupp, bückte sich und hob den Brief wieder auf. Doerincks Mißachtung eines schulratlichen Schreibens erschien ihm ungeheuerlich. »Auch ein dreißigjähriger Schuldienst schützt dich nicht, das weißt du genau!«

»Ich habe immer meine Arbeit getan, und mehr als das.« Doerinck wehte einen neuen Einwand Hupps schon im

Ansatz mit einer weiteren Armbewegung weg. »Ich trete diesen idiotischen unbefristeten Urlaub nicht an.«

»Bei vollem Gehalt, Stefan!«

»Ich gehöre nicht zu jenem Teil einer neuen Lehrergeneration, die ihre Stunden notgedrungen abkloppt, um ihr Gehalt zu rechtfertigen, und denen es völlig Wurscht ist, was die Kinder lernen – Hauptsache, sie begreifen das versteckte marxistische Gedankengut. Als ob alles Schlechte nur aus dem Westen, alles Gute aber aus dem Osten komme. Ich mache meinen Dienst weiter.«

»Wie denn? Wenn die Kollegin Alma Winckler kommt ...«

»Sie kann sich in die Ecke setzen und zuhören.«

»Stefan!« Hupp wurde sehr ernst und förmlich. »Provoziere keinen Skandal. Ich bitte dich als Kollege – und Freund. Ich müßte dir im Notfall das Betreten der Schule verbieten.«

»Das versuche mal!« Doerinck atmete rasselnd. »Seit sechsundzwanzig Jahren stehe ich in dieser Klasse und ...«

»Reiß das Zelt ab und bring deine Tochter zur Vernunft!«

»Das kann ich nicht.«

»Du bist der Vater.«

»Im Erzeugersinne – ja! Aber ihr Leben ist jetzt ganz allein *ihr* Leben. Warum sieht das bloß keiner ein?«

Man drehte sich, wie immer, im Kreis, und kam zum Ausgangspunkt zurück. Doerinck hob die Schultern, verließ das Rektorzimmer und ging von Klasse zu Klasse. Die im Unterricht gestörten Kollegen sahen ihn verblüfft an. Von dem Brief des Schulrats Hollenbock hatten sie keine Ahnung. »Man will mich kaltstellen«, sagte er zu jedem. »Ich kenne eure ehrlichen Gedanken nicht, es hat sich plötzlich so vieles verändert – auch Menschen, von denen man glaubte, sie jahrzehntelang zu kennen. Es ist wirklich erschütternd: Das Leben besteht nur aus Täuschungen. Was wir als Wahrheiten hingenommen hatten, erweist sich als Blendwerk und fauler Zauber. Ihr seht mich jetzt ziemlich dämlich an ... ich bin nur gekommen, um euch zu sagen: Ich erwarte nicht von euch, daß ihr euch in den nächsten Monaten als meine Freunde bekennt! Tapferkeit und Kameradschaft sind mit meiner Generation verblutet. Benehmt euch ruhig so, wie es die moderne Gesellschaft offenbar von jedem fordert. Seid Egoisten und denkt nur an den eigenen Vorteil. Ich nehme es euch nicht übel!«

In jeder Klasse, die er nach diesem Ausbruch bitterster Enttäuschung verließ, blieb ein betroffener oder beleidigter Kollege zurück. In der Pause drängte alles ins Lehrerzimmer. »Was mit Stefan los ist?« entgegnete Rektor Hupp mit belegter Stimme auf die vielen Fragen. »Er dreht durch! Er kann sich nicht anpassen. Aber das konnte er nie, wir haben es nur nicht gemerkt, weil es bei uns in der Schule eine solche außerordentliche Situation wie diesen Wunderheiler-Firlefanz bisher noch nicht gab. Wir werden auf Stefan eine Zeitlang verzichten müssen …«

Noch am selben Tag richtete Doerinck an Schulrat Hollenbock eine schriftliche Beschwerde und reichte beim Verwaltungsgericht in Münster eine Klage ein.

»Für solche Sachen kenne ich den besten Anwalt!« dröhnte am Abend Dr. Roemer, als Doerinck von den Geschehnissen des Tages berichtete. »Den rufen wir sofort an. Dr. Willy Fernhorst. Eine Kanone, sage ich dir. Wenn Fernhorst bei Gericht auftritt, schlackern dem Gegner die Hosen. Alle, die mit ihm zu tun hatten, würden sofort nach Lourdes pilgern und hundert Kerzen stiften, wenn sie dadurch erreichen könnten, daß Fernhorst von der Bildfläche verschwindet. Aber der Kerl ist kerngesund und hat einen Chauffeur. Wenig Chancen also, daß ihm etwas passiert. Stefan, den rufen wir an!«

Am Abend kehrten Marius Herbert und Corinna noch einmal zum Zelt zurück. Auf dem Hintersitz saß Molly, das herrliche Scheusal von Hund, und knurrte leise, als sie an einem parkenden Wagen vorbeifuhren. Ein grünes Auto mit holländischer Nummer. Sie achteten nicht weiter darauf, denn

Molly knurrte öfter, wenn sie etwas sah, was ihr nicht gefiel, sei's ein Vogel oder eine Katze oder auch nur ein Blatt, das der Wind vor sich hertrieb. Auch als der grüne Wagen sich in Bewegung setzte und ihnen folgte, schenkten sie ihm keine Aufmerksamkeit. Warum auch? In Hellenbrand fuhren viele Autos herum.

Marikje – es handelte sich um ihren Wagen – parkte etwas abseits vom Zelt und ging, geschützt durch die Dunkelheit, die letzte Strecke zu Fuß. Gegenüber der Tür stellte sie sich hinter einen dicken Baum, wickelte mehrere Gegenstände aus einem Schal und begann die Teile zusammenzusetzen. Es waren einzelne Bambusstücke, die man ineinanderstecken konnte und die dann ein etwa ein Meter langes Rohr ergaben. Als es fertig war, setzte es Marikje probeweise an die Lippen. Tief holte sie Atem und stieß die Luft geballt wieder aus. In dem Rohr klang es hohl, wie ein leiser Schuß. Zufrieden nickte sie, griff dann in eine Umhängetasche und entnahm ihr ganz vorsichtig einen etwa zwanzig Zentimeter langen, nadelspitzen Pfeil, in dessen gespaltenem hinterem Ende eine eingeklemmte schmale rote Feder dazu bestimmt war, während des Fluges das Gleichgewicht des Pfeils zu halten.

Mit größter Vorsicht steckte Marikje den Pfeil, dessen Spitze in ein hochwirksames Gift getaucht worden war, in das Blasrohr und klemmte es dann unter die Achsel. Wie lange ist das her, dachte sie, diese Zeit in den Urwäldern Borneos und Celebes? Damals war sie ein junges Mädchen von siebzehn Jahren und wurde auf der Pflanzung ihres Onkels Johan van Middelhuis erzogen. Ihre Eltern waren an Gelbfieber gestorben, der einzige Bruder war beim Baden im Fluß von einem Krokodil angefallen und zerrissen worden. Damals lernte sie es auch, genau wie die Eingeborenen Borneos, in den Wäldern mit Blasrohr und Giftpfeil zu jagen, und war jedesmal sehr stolz, wenn sie auf diese Weise einen Affen erlegte oder ein Wildschwein. Aber erst als sie die Fähigkeit erworben hatte, mit dem Blasrohr sogar einen Paradiesvogel hoch oben im

Baum zu treffen, war Jan van Middelhuis mit seiner Nichte zufrieden.

Achtunddreißig Jahre war das her – welche eine Zeit! Und sie hatte die Kunst des Blasrohrjagens nie mehr verlernt. Bevor sie nach Hellenbrand gefahren war, hatte sie in ihrem Garten ihr Können kontrolliert: Schon beim dritten Versuch holte ihr Giftpfeil einen Star von einem Baumast, und der vierte Schuß traf mühelos ein Wildkaninchen, das gerade in diesem Augenblick durch den Garten hoppelte.

Marikje war sehr mit sich zufrieden und dachte: Sie ist größer als ein Star oder ein Kaninchen – es genügt, wenn ich sie irgendwo treffe, nur ihre Haut ritze. Das Gift wird sie töten. Es gibt kein Entrinnen.

Geduldig wartete Marikje hinter dem dicken Baum auf das Erscheinen von Corinna. Als im Zelt die Lichter verloschen und die dicke Bohlentür aufschwang, setzte sie das Blasrohr an den Mund. Tief holte sie Luft und komprimierte sie in der Lunge, um sie in den nächsten Sekunden explosionsartig in das Blasrohr zu stoßen.

Zuerst erschien Marius Herbert. Hinter ihm sprang Molly ins Freie, bellte freudig, wedelte mit dem unmöglichen Schwanz und tanzte auf den Hinterpfoten. Plötzlich aber fiel sie zusammen, stellte sich vor Herbert auf, ihre Rückenhaare sträubten sich; ein tiefes, gefährliches Knurren drang zwischen den Lefzen hervor. Die großen, runden Augen suchten die dunkle Umgebung ab, die feuchte Nase hob sich witternd in die Nachtluft.

»Was ist denn, Molly?« sagte Herbert tadelnd. »Laß doch die Kätzchen in Ruhe. Immer auf die armen Katzen! Du bist doch selbst ein armer, häßlicher Hund.«

Endlich kam Corinna aus dem Zelt. Sie schloß die Tür ab, trat einen Schritt neben Marius Herbert und wischte sich mit der Hand die Haare aus dem Gesicht. Der Mondschein fiel voll auf sie – welch ein Ziel! Marikje zielte mit dem Blasrohr auf Corinnas Gesicht und stieß dann die gesammelte Luft aus. Lautlos schoß der Giftpfeil aus dem Bambusrohr.

Im selben Augenblick sprang Molly an Corinna hoch. Ob es Instinkt war oder nur eine freudige Begrüßung, eine Aufforderung zum Spiel – wer will das beurteilen? Unsichtbar in der Dunkelheit, lautlos drang der Pfeil in Mollys Nacken, bohrte sich durch das Fell in das Fleisch und blieb dort stecken.

Molly jaulte kurz auf, ließ sich fallen und wälzte sich auf der Erde. Dabei brach der Pfeil am Fell ab, aber die vergiftete Spitze drang nur noch tiefer in die Blutbahn.

»Benimm dich, Hund!« sagte Herbert laut. »Was soll das? Dich untersuche ich nachher. Du hast Flöhe, mein Mädchen!«

Molly wälzte sich noch immer auf dem Boden, aber ihre Bewegungen wurden langsamer. Hinter dem Baum glitt Marikje weg in die Dunkelheit, rannte in einem Bogen zu ihrem Wagen und verhielt dort hinter den schützenden Büschen. Mißlungen! Die größte Chance vertan. Ein Mistköter spielte Schicksal.

Sie drückte das Gesicht gegen die Autoscheibe und preßte die Fäuste in die Zähne, als sie spürte, daß sie vor Wut und Enttäuschung beinahe zu schreien anfing. Am ganzen Körper zitternd saß sie dann im Wagen, zündete schluchzend den Motor, fuhr ohne Licht bis zur Chaussee und knipste dann die Scheinwerfer an. Erst als sie Billerbeck durchquerte und bei Darup die Bundesstraße nach Coesfeld erreichte, ebbte ihr Schluchzen ab, beruhigten sich ihre flimmernden Nerven. Der Haß aber blieb, war eher noch stärker als zuvor – doch gab es noch eine Aussicht, ihn zu befriedigen?

Vor dem Zelt lag Molly jetzt still auf dem Rücken, die vier Beine hoch von sich gestreckt; so steif, daß Marius Herbert, der mit Corinna schon einige Schritte weggegangen war, sich umdrehte und zurückkam.

»Molly, laß den Quatsch!« rief er. »Nein, ich spiele jetzt nicht mit dir. Bist ja verrückt, in der Nacht, auf der Erde. Los, steh auf, du genußsüchtiges Mädchen! Molly, dreh dich auf deine Beine! Nein, ich kraule dich auch nicht! Jetzt nicht!«

Doch Molly blieb liegen, den Kopf seitlich auf dem Boden. Die Zunge hing lang zwischen den gebleckten Zähnen heraus, die großen Kulleraugen starrten gläsern in den Mondschein. Es war, als sei sie mitten in der Bewegung versteinert.

»Molly ...«, sagte Herbert mit schwankender Stimme. Und dann, mit einem Atemzug, plötzlich die Wahrheit erkennend, schrie er: »Molly! Molly!« Er fiel neben dem Hund auf die Knie, legte sich lang auf die Erde, starrte in das verzerrte Hundegesicht, kroch an ihn heran und legte die Hand vorsichtig auf den nach oben gedrehten Leib. Er war noch warm, natürlich, aber ohne Leben, ohne Atem, ohne das Vibrieren der Muskeln.

»Molly ...!« Es war ein langgezogener Aufschrei. Corinna durchfuhr er wie ein glühender Strahl. Noch nie hatte sie einen Menschen so schreien gehört, so jenseits allen menschlichen Ausdrucks. Sie warf sich herum, stürzte zu Herbert und fiel neben ihm auf die Knie.

Was ist mit Molly ... wollte sie rufen, aber dann sah sie den Kopf des Hundes, und dann war Marius Herbert bei ihr, umklammerte sie, drückte seinen Kopf gegen ihre Brüste und begann zu heulen, schrecklicher als ein hungernder Wolf. Sein Körper zuckte wild, und sie konnte nichts anderes tun, als ihn fest an sich zu drücken und über seine Haare zu streichen – diese kurzen, blonden Haare, die er für sie hatte schneiden lassen. Und während er hemmungslos weinte, starrte sie auf Mollys erkaltenden Körper, auf die hochgestreckten Beine, das verzerrte Gesicht, die blaue Zunge, und sie begriff ebensowenig wie Marius, was hier vor ihren Augen geschehen war, von einer Sekunde zur anderen. Auch ihr kamen die Tränen. Sie preßte Herbert an sich und hörte, wie er gegen ihre Brust schluchzte und nicht mehr war als ein Kind, das verlassen auf dieser unendlichen Welt herumirrte.

Sie blieben eine lange Zeit neben Molly auf der Erde sitzen, und als Marius endlich fragen konnte: »Wie ist das denn möglich? Was ist denn geschehen? Wieso ist Molly tot?«, wußte sie keine Antwort und streichelte nur immer wieder Herberts tränennasses Gesicht. »Nun habe ich nichts mehr«, sagte er, als etwas Ruhe über ihn kam. Er hatte Mollys kalten, erstarrten Körper auf die Seite gedreht und kniete daneben. »Nichts mehr …«

»So etwas darfst du nicht sagen«, antwortete sie. »Du hast noch dein Leben vor dir.«

»Was für ein Leben! Zum Kotzen, solch ein Leben!« Er legte beide Hände auf den Hundekörper und beugte sich etwas vor. »Mit Molly war es sinnvoll. Jeden Morgen, wenn sie mich ansah, hieß das: Tu etwas. Ich will essen. Marius, wir wollen doch weiterkommen. – Und was ist jetzt?«

»Du bist noch da, deine Begabung, deine Kunst … und ich bin da …«

»Du?« Er sah sie mit seinen traurigen Augen an und schüttelte den Kopf. »Du? Ein Himmelswesen, unerreichbar …«

»Lege ich nicht den Arm um dich … so wie jetzt … spürst du mich nicht … hörst du nicht meine Stimme … kannst du nicht die Hand ausstrecken und mich berühren? Wieso bin ich unerreichbar?«

»Ich habe mit Molly in Scheunen geschlafen, in Kellern von Neubauten oder Abrißhäusern …«

»Das brauchst du bei mir nicht. Oder fehlt dir das?«

»O Gott! Es ist ja alles Unsinn, was ich erzähle. Wie kann ich jemals zu dir sagen: Corinna, ich liebe dich! – Hinauswerfen würdest du mich, mit Recht. Diesen Vollidioten auslachen, daß man es hundert Meter weit hört …«

»Lache ich jetzt?« fragte sie leise und legte ihre Hand auf seine Hände. »Hört man es hundert Meter weit? Geb' ich dir jetzt einen Tritt und sage: Hau ab, du Vollidiot!? – Was tue ich wirklich? Ich höre dich an, und ich weine mit dir, wenn du weinst … um einen Hund weinst, der auch zu mir gehörte …«

»Corinna, das soll jetzt doch bloß ein Trost sein.« Er erhob sich, rieb die Hände an seiner Jacke und blickte auf den erstarrten Hundekörper. Obgleich es eine warme Nacht war, begann er zu frieren und hob die Schultern. »Mir ist kalt. Laß uns Molly ins Zelt tragen. Morgen früh begrabe ich sie.« Er bückte sich, hob Molly mit beiden Händen hoch und drückte sie an seine Brust. »Wie kann man so plötzlich sterben? Ich begreife es nicht. Gibt es bei Hunden denn auch Herzinfarkte? Sie springt an dir hoch, fällt um und ist tot! Das kann man doch nicht begreifen ...«

Er trug den toten Hund ins Zelt zurück, bettete ihn auf die Decke, auf der Molly immer geschlafen hatte, deckte ihn sogar zu und schob ihm die Plastikschüssel ans Maul, aus der er immer so gern gefressen hatte. Der tödliche Pfeil war nicht zu sehen; das Fell verdeckte die Einschußstelle und die abgebrochene Pfeilspitze.

»Was nun?« fragte er stockend.

»Wir fahren, wie wir es vorhin wollten, zurück zu meinen Eltern.«

»Ich kann jetzt nichts essen. Keinen Bissen kann ich essen!«

»Wir werden Dr. Mayer anrufen.«

»Wer ist Dr. Mayer?«

»Unser Tierarzt. Er soll sich Molly morgen ansehen.«

»Sie wird davon nicht lebendig.«

»Aber wir wissen, woran sie gestorben ist.«

»Ist das jetzt noch so wichtig?«

»Für mich ja. Sieh dir Molly an ...«

»Warum?« Er wandte sich ab. »Ich heule wieder los.«

»Zuerst haben sie das Haus angezündet, jetzt haben sie Molly getötet.«

Wie von der Tarantel gestochen fuhr Herbert herum. »Was sagst du da?«

»Sieh sie dir an, Marius. Die Lähmung, die Zunge, wie sie dalag – man hat sie vergiftet! Und das soll mir Dr. Mayer morgen bestätigen.«

»Vergiftet! O diese Menschen, diese verfluchten Menschen!« Marius Herbert ging zu Molly, beugte sich nieder, streichelte sie noch einmal und zog dann die Decke wieder über ihren Kopf. »Diese feigen Menschen!« sagte er laut. Er ging zur Tür, riß sie auf und blickte zurück zu Corinna. »Sollen wir uns vernichten lassen?«

»Nein! Mich schlagen sie damit nicht nieder.«

»Was werden wir tun? Zurückschlagen?«

»Ja!«

»Gemeinsam!«

»Ja.«

»Corinna … ich liebe dich!«

Sie kam zu ihm. Er legte den Arm um sie und küßte sie. Aber es war wie ein Bruder-Schwester-Kuß … ihre Lippen öffneten sich nicht, der Mund blieb verschlossen. Es war nur ein kühler Druck. Trotzdem sagte Marius leise:

»Wenn das Molly erlebt hätte! Sie hatte dich auch sehr, sehr lieb, Corinna …«

Zu Hause wartete Stefan Doerinck ungeduldig auf seine Tochter. Er lief ihr und Marius entgegen, und auch Ljudmila war ganz aufgeregt und rief, bevor Doerinck noch etwas sagen konnte, über seinen Kopf hinweg: »So etwas. Nein, so etwas! Töchterchen, ist das eine Überraschung!«

»Wo bleibt ihr bloß?« Doerinck zog seine Tochter ins Haus. Für Marius Herbert hatte er kaum einen Blick. Trotz geschnittener Haare blieb er ihm unsympathisch. »Wenn ich dir jetzt sage, was passiert ist, mußt du dich setzen. Ein Anruf ist gekommen. Aus Bonn. Der Kulturattaché der sowjetischen Botschaft. Er hat angedeutet: Man will dich nach Moskau einladen zu einem Kongreß. Professor Maxim Victorowitsch Neroschenko, einer der größten sowjetischen Psychokinese-Forscher, will dich sehen!«

»Und ich sehe Rußland wieder … mein Rußland …«, stammelte Ljudmila.

»Morgen wird der Brief kommen. Die offizielle Einladung.« Doerinck umarmte seine Tochter. Auch sein Gesicht zuckte. »Sie werden an dir nicht mehr vorbeigehen können, und wenn sie die Nasen noch so hoch recken, die Herren von der

Schulmedizin. Kommt rein. Mamuschka hat zur Feier des Tages eine Alexandertorte gebacken! Dr. Roemer sitzt schon davor wie ein schnuppernder Hund.«

Mit festem Griff erfaßte Corinna die Hand von Marius und zog ihn ins Zimmer. Ihn würgte es im Hals, aber er war nun stark genug, nicht wieder in Tränen auszubrechen. Wie ich sie liebe, dachte er nur. O Gott, laß mich nicht träumen …

13

In der Nacht kehrten Marius und Corinna zum Zelt zurück.

Marius hatte eigentlich allein und zu Fuß zu seiner augenblicklichen Unterkunft gehen wollen, aber Corinna ließ es nicht zu. Sie hatte Angst um ihn. Mollys plötzlicher, rätselhafter Tod, der Verlust des »Einzigen, der mich liebte«, wie er es ausdrückte, hatte ihn sichtbar aus dem Gleichgewicht gebracht. Eine Ahnung sagte ihr, daß Marius, überließe sie ihn jetzt sich selbst, im Zelt die tote Molly unter den Arm nehmen und in der Nacht verschwinden würde – für immer. Irgendwo im Wald würde er Molly begraben und dann weiterziehen, um sich vegetierend durch die Welt zu schlagen, die an ihm, so glaubte er, kein Interesse hatte.

Das Bild, das er nach Corinnas Suggestivbehandlung zu malen begonnen hatte, dieses wundervolle Gemälde, ein Rausch in Farben, war noch nicht vollendet – obwohl die positive Einstellung seines Bewußtseins, die schöpferische Erkenntnis: Ich kann malen wie Chagall, die ganze Zeit über angehalten und sein Wesen bestimmt hatte. Er war dank Corinna ein anderer Mensch geworden, beseelt von Kreativität und genialer Gestaltungskraft. Das in ihm verborgene Können hatte sich wie in einer Explosion entfaltet, eine große innere Befreiung hatte stattgefunden. Sogar Doerinck, der ein paarmal hinter Marius an der Staffelei stand, hatte später bewundernd zu Corinna gesagt: »Das hätte ich dem Kerl nie zugetraut. Der kann ja wirklich etwas!«

Aber nun, von einer Minute auf die andere, war das alles zerstört, in sich zusammengebrochen wie ein Kartenhaus. Der Tod der Hündin Molly, der Schmerz, der Marius' Seele zerriß, vernichtete sein Selbstvertrauen und verschüttete auch wieder die schöpferische Intuition und Energie. Er war weder der, als der er nach Hellenbrand gekommen war: ein unbedeutender Schilder- und Postkartenmaler; ein herumziehender

»Nichtseßhafter«, wie man es amtlich nannte; ein Mensch, dessen Wert die Mitmenschen nicht erkennen konnten, weil er sich selbst nicht kannte, nicht kennen wollte.

Ihn nun allein gehen zu lassen, wäre ein Weg in die Verlorenheit gewesen – gerade jetzt, wo sich neue Entwicklungen anbahnten dank der vom Kulturattaché der Sowjetbotschaft angekündigten Einladung nach Rußland.

Allerdings war Landgerichtsdirektor Dr. Roemer skeptisch gewesen. »Warten wir erst mal den Brief aus Bonn ab«, hatte er am Abend gesagt. »So ein Telefonanruf ist immer mit Vorbehalt zu betrachten. Ich frage: Warum ruft die sowjetische Botschaft vorher hier an, wenn ein Brief unterwegs ist? Der Brief allein genügt doch. Das ist alles sehr merkwürdig. Nach dem, was wir hier schon alles erlebt haben, kann sich auch jemand einen Scherz mit euch erlaubt haben. Eine Einladung nach Rußland – das paßt genau! Habt ihr nicht erzählt, daß sich die Hellenbrander nie an Ljudmila, die Russin, gewöhnt haben? Was liegt also näher, als jetzt einen russischen Anruf loszulassen?«

»Es war wirklich die Botschaft!« sagte Doerinck. »Kein fingierter Anruf.«

»Wie will man das feststellen?«

»Der Attaché sprach das typische Deutsch eines Russen.«

»Das kann ein geschickter Sprecher auch imitieren.«

»Ich habe mit ihm russisch gesprochen.« Ljudmila schüttelte den Kopf. »So einwandfrei kann nur ein Landsmann sprechen. ›Hören Sie‹, habe ich ihn gefragt, ›das klingt alles sehr unwahrscheinlich. Wieso kennt man mein Töchterchen in Moskau?‹ Und er hat geantwortet: ›Da fragen Sie noch, Ljudmila Davidowna? Die Zeitungsberichte, das Fernsehen – unsere Wissenschaftler schlafen doch nicht! Im Gegenteil: Von Interesse ist alles, was die Wissenschaft weiterbringt!« Sie sah Dr. Roemer groß an. »Das ist kein Gespräch mit einem, der sich nur einen Scherz erlaubt. Sagen Sie selbst, Erasmus ...«

»Ich bin gespannt.« Roemer wandte sich an Dr. Hambach. »Was sagst du dazu?«

»Abwarten …« Hambach hob die Schultern. »Ich glaube das alles erst, wenn Cora die Flugkarten in der Hand hält.«

»Es wird da noch Schwierigkeiten geben.« Doerinck legte den Arm um Ljudmilas Schulter. »Nach Moskau geht Corinna nur, wenn wir – Ljudmila und ich – mitfliegen können. Das habe ich dem Attaché sofort gesagt.«

»Und seine Antwort?« fragte Corinna.

»Ausweichend, ›Ich werde den Wunsch weitergeben‹, erklärte er. Die haben sich natürlich vorher erkundigt. Die wissen genau, wer Ljudmila ist. Ohne daß sie ihren Namen nannte, redete der Attaché sie mit Ljudmila Davidowna an. Das war ein Fehler, der eigentlich nicht hätte vorkommen dürfen. Aber jetzt ist sicher, daß man auch das Leben von Dr. David Assanurian aufrollen wird.«

»Und hat das nachteilige Folgen?« fragte Dr. Roemer.

»Im Gegenteil. Man wird endlich auch höheren Orts entdecken, daß Ljudmilas Vater, Coras Großvater, ein großer Arzt, darüber hinaus ein noch größerer rätselvoller Wunderheiler war, eine Art Schamane. Und man wird entdecken, daß ich damals, vor sechsunddreißig Jahren, seine Tochter entführt habe und in den abenteuerlichsten Verkleidungen nach Deutschland bringen konnte.«

»Was Sie in Moskau sehr sympathisch werden läßt«, sagte Roemer sarkastisch. »Trotzdem wollen Sie hin?«

»Wenn man uns offiziell einlädt, ist das bewältigte Vergangenheit. Was sagst du dazu, Ljudmilaschka?«

»Sie interessieren sich für Corinna, nicht für uns«, antwortete Ljudmila in ihrer stillen Art. »Ihr kennt die Russen nicht. Man wird uns danken, daß wir solch einem Kind das Leben gegeben haben.«

Mindestens ebenso erregt wie über die geplante Reise nach Moskau hatte man über den Tod von Molly gesprochen. Mit gerunzelter Stirn hörte Dr. Roemer dem Bericht zu, den Corinna und Herbert gaben; Marius mit leiser, stockender, immer wieder von Tränen erstickter Stimme, Corinna voll

Zorn über die Grausamkeit der Menschen. »Da stimmt was nicht!« rief der Landgerichtsdirektor am Schluß und trank schnell einen Schluck Wein. »Ganz klar, ihr bringt den Hund morgen früh zu Dr. Mayer. Mir gefällt es absolut nicht, daß der Hund munter herumspringt, kerngesund ist und plötzlich, von einer Sekunde zur anderen, umfällt und ruckzuck an Gift stirbt. So was ist fast unmöglich! Jedes Gift braucht seine Zeit, bis es Wirkung zeigt. Ich habe da einiges gelernt. Als Richter hatte ich zwei Giftmorde abzuurteilen mit einem Aufmarsch an Experten, die uns über Gifte wahre Wunderdinge erzählten. Man sollte es nicht für möglich halten, was es da alles gibt. Geschmack- und geruchlos – das ist schon fast eine Voraussetzung für einen gut funktionierenden Gifttod. Allerdings, und das ist verblüffend: Im Körper läßt sich jedes Gift nachweisen. Ein Giftmord ist nie ein vollkommenes Verbrechen; daran denken die Mörder am wenigsten. Und soviel habe ich von den Experten gelernt: Jedes Gift, das man zu sich nimmt – und der Hund muß es ja irgendwo gefressen haben –, braucht seine Zeit. Man fällt nicht von einer Sekunde zur anderen einfach um.«

»Doch, so etwas gibt es«, sagte Dr. Hambach laut.

»Aha! Der Landdoktor kennt eine besonders giftige Knolle!« rief Roemer.

»Nein. Ich denke da an die Menschen, die von östlichen Geheimdiensten liquidiert wurden. Mit einer Giftpistole – wie in München. Mit einem leichten Stich ins Bein – wie in London. Die Opfer waren in Sekundenschnelle tot. Man hat ja später Abbildungen dieser Giftwerkzeuge gesehen: Eines hatte die Form eines Kugelschreibers …«

»Herr Herbert … ist jemand mit einem Kugelschreiber Ihrer Molly zu nahe gekommen?« brüllte Roemer und lachte dröhnend. »Oder war Molly sogar ein antisowjetischer Agent, den man aus dem Hinterhalt killte? Gestehen Sie es: Molly war ein Spionagehund!«

»Ich finde das keineswegs lächerlich«, sagte Marius Herbert bedrückt. »Molly war nur ein Hund, ein armes Lebewesen wie ich … Sie alle können nicht begreifen, was er für mich war. *Nur* ein Hund! So können nur Menschen denken, für die ein Tier ein minderwertiges Leben ist. Neben einigen Menschen, die ich mag, war mir Molly mehr wert als der ganze Rest der Welt.«

»Danke!« sagte Doerinck steif.

»Sie gehören zu den wenigen Menschen, die ich mag.«

»Trotzdem falle ich Ihnen jetzt nicht um den Hals und weine.« Doerinck fing einen Blick seiner Tochter auf, zog den Kopf zwischen die Schultern und lehnte sich auf seinem Stuhl zurück. Und wenn du entsetzte Kuhaugen machst, ich kann nichts dafür – ich mag den Burschen nicht. Auch nicht mit kurzen Haaren und einem wirklich genialen Bild. Nur weil er Magenkrebs hat, ist er noch hier; ich hätte ihn sonst längst vor die Tür gesetzt. »Ich kann Ihre Trauer um den Hund verstehen. Wichtiger scheint mir aber die Frage: War es ein Unfall – das heißt: Hat der Hund zufällig Gift gefressen? Oder war es ein vorsätzlicher Anschlag wie die Brandstiftung?«

»Das wird uns Dr. Mayer morgen sagen.« Corinna erhob sich, als sie sah, wie Herbert zur Tür ging. »Wo willst du hin?«

»Zurück zum Zelt. Hoffentlich ist Molly noch da.«

»Weglaufen kann sie nicht!« bellte Dr. Roemer. Es war gar nicht witzig.

»Aber sie kann geklaut werden!« schrie Herbert. Seine ganze Qual lag in diesem Aufschrei. »Wer sie umgebracht hat, kann ein Interesse daran haben, die Leiche verschwinden zu lassen! Das ist mir gerade eingefallen. Ich muß sofort zurück zum Zelt!«

Seine Furcht erwies sich als unbegründet: Molly lag noch auf ihrer Decke, zugedeckt, wie Marius sie verlassen hatte. Er hob einen Zipfel hoch, sah sie kurz an und wandte sich dann ab.

»Ich danke dir, daß du mitgekommen bist«, sagte er zu Corinna und zog seinen dünnen Pullover über den Kopf. »Gute Nacht.«

»Was heißt das?«

»Du mußt schlafen. Morgen stehen wieder dreißig, vierzig oder mehr Menschen vor der Tür.«

»Und du?«

»Ich schiebe mein Bett hierhin und schlafe neben Molly.«

»Marius!«

»Mein Gott, laß mich!« Er setzte sich auf einen Stuhl, streifte seine Schuhe ab und legte dann die Hände auf die Schenkel. »Gnädiges Fräulein, ich möchte mich entkleiden. Als nächstes folgt die Hose – ich möchte Ihnen diesen Anblick nicht zumuten.«

»Und wenn ich hierbleibe? Du bist in einem Zustand, in dem man dich nicht allein lassen kann.«

»O Himmel!« Marius Herbert lachte rauh. »Wieviel ›Zustände‹ habe ich schon hinter mir, in denen man mich nicht hätte allein lassen sollen! Ich bin immer wieder auf die Beine gekommen. Allein zu sein kann zur Sucht werden.«

»Du mußt dein Bild weitermalen. Dein erstes großes Gemälde.«

»Und wie ich malen werde! Mit dem Messer! In lauter kleine Fetzen zerreiße ich es. Ich kann es nicht mehr sehen.«

»Es wird ein Meisterwerk.«

»Ein Scheißdreck wird es!« Er begann seine Hose aufzuknöpfen, stand auf und ließ sie fallen. Er trug darunter eine hautfarbene kurze Unterhose, einen Slip, und erst jetzt, halbnackt, sah Corinna, wie dürr und knochig er war, vom jahrelangen Hungern gezeichnet und von seiner Krankheit. Marius Herbert grinste sie an, als er ihren prüfenden Blick auffing. »Ja, so sieht er aus, befreit von der gnädigen Hose und dem Pullover. Nichts dran, was einer Frau gefallen könnte. Da muß man schon blind sein oder im Puff 'ne Menge dafür bezahlt bekommen, um das in 'n Arm zu nehmen. Im Obdachlosenasyl von Köln hab' ich mal mit einer geschlafen, die war genauso dürr wie ich. Das war eine Knochenkracherei! Klang wie 'n Xylophon: Ding-dang-dong-dang-dang … Im Schlafsaal hab'n sie hinterher geklatscht, so musikalisch war das.«

»Warum erzählst du mir so etwas, Marius?« fragte sie leise. »Das stimmt doch alles nicht. Das ist doch gelogen.«

»Und wie das stimmt!« Er riß das Unterhemd auch noch über den Kopf und stand nun nackt bis auf den kleinen Slip vor ihr. »Wie sehe ich aus? Ein tapeziertes Skelett, was?«

»In einem Jahr wird alles anders sein! Dann bist du gesund und ein berühmter Maler.«

Er antwortete nicht darauf und ging in den Nebenraum. Dort hörte Corinna ihn rumoren, und dann schob er das Bett durch die Tür herein, es knirschte und rumpelte über die Dielenbretter. Er stemmte sich gegen die Rückwand und drückte es vor sich her. Wortlos half ihm Corinna. Sie faßte das Bett am Fußende, zog es mitten in den Raum und sah dabei Marius unverwandt an. Verbissen schob er das Bett nahe an die Zeltwand, neben das Lager Mollys, und als es nach seiner Ansicht richtig stand, setzte er sich auf die Kante und ließ die dürren Beine pendeln.

»Gute Nacht«, sagte er wieder.

»So willst du schlafen?«

»Erstens ist es warm, und zweitens kann ich mir den Luxus eines Schlafanzuges nicht leisten.«

»Warum hast du das nie gesagt?«

»Wozu? Ich bin nicht als Bettler zu dir gekommen. Ich hatte nur die verrückte Idee, dir irgendwie nützlich zu sein. Ich wollte bei dir Geld verdienen, stell dir das vor! Statt dessen brennt dein Schuppen ab, und mein Hund wird ermordet. So hatte ich mir meine Hilfe eigentlich nicht vorgestellt.«

Sie setzte sich neben ihn auf die Bettkante, ließ ihre Beine ebenfalls baumeln und starrte vor sich hin. Zum erstenmal seit Jahren, seit vielen Jahren, seit versunkenen Zeitaltern, so kam es ihr vor, erregte sie wieder ein nackter Männerkörper. Das war ein so seltenes, so fremdes Gefühl, daß sie innerlich in Abwehr versteinerte, aber dennoch ein Brennen in ihrem Blut spürte. Ihre Nasenflügel bebten und zitterten ... sie nahm den Geruch des Schweißes auf, den der Körper neben ihr verströmte, den herben Geruch von Männlichkeit, diesen merkwürdigen Duft nach Raubtier und sommerlichem Heu ... mit ihren höchst sensibel reagierenden Nerven sog sie besonders intensiv diese Hautausdünstung ein, und wie bei den Tieren der wechselseitige Geruch zur unwiderstehlichen Lockung wird, so empfand auch Corinna die körpernahe, nackte Gegenwart von Marius als zwingende magnetische Kraft.

Mit aller Energie wehrte sie sich dagegen. Und sie erstarrte noch mehr, als Marius den Arm um sie legte, um ihre Hüfte, und seine Hand auf ihrem Schenkel verharrte.

»Ich weiß nicht, was mit mir los ist«, sagte er mit rauher Stimme.

»Aber es ist besser, wenn du jetzt gehst. Sofort gehst! Fluchtartig gehst!«

»Du wirst neben Molly die ganze Nacht weinen ...«

»Vielleicht ...«

»Ich werde bei dir bleiben.« Ihre Stimme hatte einen anderen Klang bekommen. Nicht weicher, hingebungsvoller, aber dunkler, samtiger. »Du legst dich hin, und ich erzähle dir aus unserem Leben, aus dem Leben der Doerincks. Das ist eine lange, wilde Geschichte, die in Rußland beginnt, in Poti am Schwarzen Meer, mit einem jungen deutschen Leutnant und einem wunderschönen jungen Mädchen, das Ljudmila heißt, und die sich liebten, als gäbe es auf der Welt nur sie und keinen Krieg und keine Völker, die sich ausrotteten, und keinen sinnlosen Haß wegen wahnsinniger Ideologien. Komm, leg dich hin ...«

Marius Herbert blickte sie zweifelnd an, kroch dann gehorsam unter die bezogene Decke und streckte sich aus. Die Arme verschränkte er hinter dem Nacken, sah gegen die gespannte Leinwand des Zeltdaches und beobachtete die wellenförmigen Bewegungen, die ein warmer Nachtwind darauf erzeugte. Er zuckte leicht zusammen, als Corinna die große hängende Dekkenlampe ausknipste und nur der schwache Schein einer entfernt stehenden Tischlampe den großen, kahlen Raum erhellte. Welch ein grandioses, verrücktes Leben, dachte er. Ich liege in einem großen Zelt, abgeteilt durch verschiebbare Holzwände; in einem leeren Raum, in dem nur ein Bett steht und ein toter Hund liegt; ich liege da nackt unter einer dünnen Decke, und neben mir sitzt die schönste Frau, die ich jemals gesehen habe, und erzählt mir von ihren Eltern und von Rußland, von einer großen Liebe und einem geheimnisvollen Erbe eines noch geheimnisvolleren Großvaters, der David Assanurian hieß und ein berühmter Arzt im Kaukasus war. Ein Arzt, der alles konnte, der operierte und Krankheiten mit den Händen wegstreichelte, der Medikamente injizierte, aber auch ebensooft chemische Medikamente in den Abfalleimer warf und sagte: »Vertrauen wir den Geschenken der Natur!« Alles zu seiner Zeit, alles immer am richtigen Patienten, bei der richtigen Krankheit. Und die hohen Parteifunktionäre, die niemand sehen sollte, weil sie offiziell nie krank sein durften, schlichen nachts durch den Garten in sein Haus und ließen sich behandeln nach alter Schamanenart.

Ist das nicht verrückt, hier zu liegen, nackt neben einer solchen Frau, und sich das anzuhören? Man brauchte bloß die Hände auszustrecken, um sie an sich zu ziehen, könnte ihr die Bluse über den Kopf streifen, den Rock herunterzerren, sich auf diesen wundervollen Körper legen und einmal, einmal wieder sinnlos glücklich sein und total vergessen, wie krank man ist, wie hoffnungslos. Wie nahe dem Unendlichen, von dem niemand weiß, was es ist, wie es ist und ob es überhaupt eine unendliche Existenz seelischer Energie gibt. Nur die Hand brauchte man auszustrecken …

Er versuchte es, zog seinen Arm unter dem Nacken weg und umfaßte ihre Hüfte. Langsam tastete sich seine Hand höher, über ihren Bauch hinweg, zur Wölbung ihrer Brust.

»Nein!« sagte sie leise, mit einer merkwürdig hohlen Stimme. »Nein … nicht!«

»Erzähl weiter.« Er drehte sich auf die Seite, bewegte jetzt auch den zweiten Arm und legte seine andere Hand in ihren Schoß. Er spürte, wie sie zusammenzuckte und krampfhaft erstarrte. Auch sein Körper war fast schmerzhaft gespannt, und er wunderte sich selbst über diese nie mehr erwartete, kraftvolle Erektion.

»Nicht so …«, sagte sie heiser. »Marius, bitte …«

»Du … du kannst dich jetzt nicht verweigern«, sagte er rauh. »Cora, das kannst du doch nicht …« Er packte plötzlich ihre schlaffe Hand, riß sie an sich und zog sie mit einem Ruck über seine Erektion. Ihre Finger spreizten sich wie im Entsetzen, aber er drückte ihre Hand herunter, und sie mußte fühlen, wie angespannt er war. Mit sprachlosem Staunen, durchzogen von einem unfaßbaren Glücksgefühl, spürte er, wie sich ihre gespreizten Finger aus der Erstarrung lösten und ihn schließlich umschlossen. Er sah sie an … sie hatte den Kopf zurückgeworfen, die Augen geschlossen, die Lippen zu einem dünnen Strich zusammengezogen. Die hohen Wangenknochen bohrten sich scharf durch die Haut, und über ihre Stirn hing eine breite schwarze Haarsträhne. Es war ein wilder, unsagbarer, den Puls fast lähmender Anblick.

»Ich … ich liebe dich …«, stammelte er. »Und wenn ich hinterher krepiere …«

Er zog sie mit beiden Händen zu sich herab, zog sie auf das Bett und riß ihre Bluse auf. Wie er es geahnt hatte: Sie trug nichts darunter, frei lag ihr Körper unter ihm. Er drückte sein Gesicht zwischen ihre Brüste, atmete wie ein Erstickender den Duft ihrer glatten, warmen Haut, tastete sich mit seinen Lippen küssend und saugend über diese Brüste und verlor im Rausch dieser Schönheit und Lust das Bewußtsein von Raum, Zeit und Vernunft. Ein himmelweites Gefühl ergriff ihn vom Zauber dieses weichen, warmen, atmenden, pulsierenden Körpers, von diesen Lippen, die sich öffneten, nein aufbrachen, als spalte man dieses herrliche Gesicht; von diesen Brustwarzen, die sich unter seinen Küssen steil aufrichteten; von diesem Leib, der unter ihm zitterte, und den fest zusammengepreßten Schenkeln, zwischen die er seinen Kopf bohrte, die er auseinandersprengte – es war ein glückseliger Taumel, für den es keine Worte gab, nur ein maßloses Hingeben und Aufnehmen.

Er spürte nicht, wie ihre Fäuste auf seinen Rücken trommelten, als er mit dem Kopf ihre Schenkel auseinanderdrückte. Er spürte nicht ihr Kratzen, ihre katzenhaft gekrümmten Nägel, die sie in seine Schultern hieb, als er sich auf sie wälzte und mit den Knien ihre Schenkel gespreizt hielt. Und er empfand nichts, als sie ihm beim Versuch, in sie einzudringen, in den Hals biß, so tief und raubtierhaft, daß ihm sofort Blut über die Brust floß und beide Körper rötete. Er hörte kaum, wie sie schrie – nicht aus Lust, sondern voll Entsetzen –, und er zwang sich in sie hinein, entwickelte eine Kraft, die seinen ausgezehrten Leib fast zerreißen mußte, schob die Arme unter ihre Hüften, drückte sie hoch, fiel mit dem Gesicht wieder auf ihre Brüste und sog mit weitgeöffnetem Mund die Luft ein, als ersticke er in der brennenden Leidenschaft seines wild sich aufbäumenden Körpers.

Ihr Widerstand ließ plötzlich nach und ging in völlige Hingabe über. Die Minuten, in denen Marius von ihr Besitz ergreifen wollte und sie gegen ihre Abwehr mit unfaßbarer Kraft bezwang, waren erfüllt von einem aus der Erinnerung gespeisten Entsetzen. Diese Erinnerung war es, die ihren Körper erstarren ließ, ihr Gefühl der Lust lähmte und sie zwang, zu beißen, zu kratzen, mit den Fäusten zu schlagen. Nicht wieder, schrie es in ihr. Nein, nicht wieder dieses schreckliche Ende! Nicht bei Marius! Ich will das nie, nie wieder erleben … so wie damals mit meiner ersten großen Liebe.

Er hieß Holger Bernau. Student der Medizin im siebten Semester. In Münster war es. In der Anatomie lernten sie sich kennen, am marmornen Seziertisch, neben den Wannen, in denen die Leichenteile in der Formalinlösung schwammen. Nicht gerade ein Ort, um sich zu verlieben. Und doch war es wie ein Blitzeinschlag. Sie begegneten sich, als Bernau, in der Anatomie dem Professor helfend, die jungen Studenten mit einem Grinsen empfing, weil es jedesmal einigen Kommilitoninnen übel wurde und sie bleich wieder hinausliefen. Dann sah er Corinna an, und Corinna sah ihn an, und in derselben Sekunde wußten sie, daß sie aufeinander zutreiben würden.

Am Seziertisch – sie hatte einen Unterarm vor sich liegen und mußte einige Sehnen freipräparieren – stand er später neben ihr und sagte ganz einfach: »Wann können wir uns außerhalb der Leichen sehen?« Und sie hatte geantwortet: »Ich habe immer Zeit.«

Sie trafen sich am Abend im Rathaus-Keller, tranken viel Wein und küßten sich auf dem Heimweg. Holger Bernau war ein großer Mann mit breiten Schultern; ein Sportstyp, muskelbepackt, hellblond, mit immer fröhlichem Gesicht. Corinna empfand diese Liebe als Vollkommenheit von Glück und Leben. Bis etwas geschah, das unbegreiflich und entsetzlich zugleich war an jenem Abend, an dem sie sich nach einigen leidenschaftlichen Küssen nicht trennten, sondern zu Holger Bernaus Wohnung fuhren. Er konnte sich bei dem Geld, das sein Vater, Professor Dr. Ludwig Bernau, Chemiker bei Bayer, ihm schickte, eine eigene Wohnung in einem Landhaus bei Wilkinghege leisten. Und hier, bei Kerzenlicht und leiser zärtlicher Musik, bei Champagner und süßem Gebäck, ganz kitschig und doch so betäubend romantisch, zogen sie sich gegenseitig aus und tanzten eng umschlungen durch die Zimmer bis zu dem französischen Bett. Es war eine Hingabe, in der Corinna sich aufzulösen schien. Aber im Augenblick ihres größten Glücks, im Verströmen aller Zärtlichkeit schrie Holger Bernau plötzlich auf, wälzte sich von ihr, rollte über den Teppich, sprang vor dem Spiegel auf und sah sich entsetzt seinen Rücken an.

»Da brennt etwas!« schrie er. »Irgend etwas hat mich verbrannt. Das war, als ob ein glühendes Eisen in mich dringt. Cora, siehst du etwas?« Er ließ sich auf einen Stuhl fallen, starrte Corinna entgeistert an und schüttelte den Kopf. »Mein Gott, was war denn das? Das habe ich noch nie gehabt … als wenn mir Feuer über den Rücken fällt …«

Sie lag da, nackt hingestreckt, blickte an die Decke und biß die Zähne zusammen. Ihre Hände preßten sich flach gegen das Bettlaken, und plötzlich haßte sie diese ihre Hände, die Strahlen ausschickten und Krankheiten vertrieben, die ein Wärmefeld in andere Körper strahlten und Zellen mit bioenergetischer Kraft veränderten. Abgrundtief haßte sie in diesem Augenblick diese Hände, die im Gipfel der Ekstase den Körper, den sie umarmten, verbrannten mit den entfesselten Strahlen der unerklärbaren, geheimnisvollen Kraft.

»Ich … ich sehe nichts …«, hatte sie damals nach diesem Erlebnis, mit einem Blick auf Holgers Rücken, mühsam gesagt. »Dummheit! Wo sollst du dich verbrennen?« Und Holger Bernau war ins Badezimmer gerannt, hatte sich ein nasses, kaltes Handtuch über den Rücken geworfen, als habe er sich wirklich verbrannt, und war verstört zu ihr zurückgekommen. Sie hatte die Decke über ihren nackten, zitternden Körper gezogen, verfluchte ihre Hände und hatte Mühe, den unvermittelten Abbruch ihrer sexuellen Ekstase, den sein Aufschrei verursacht hatte, ohne Schluchzen zu verkraften. Er saß neben ihr auf der Bettkante, und das kalte Wasser tropfte von seinem Rücken auf die Matratze.

»Was war denn das?« fragte er völlig verwirrt. »Du lieber Himmel, so was gibt es doch nicht!«

»Ich weiß nicht, was passiert ist«, antwortete sie schwach und sah ihn dabei nicht an.

»Wo deine Hände lagen, da war es, als würden sie Löcher in meinen Rücken brennen.«

»Du warst völlig weg von dieser Welt …«

»Ich spür's ja noch jetzt!« Er riß das nasse Handtuch weg und drehte Corinna seinen Rücken zu. »Kommen Brandblasen?«

»Woher denn?« rief sie, schwer atmend. »Du redest ja völlig dummes Zeug!« Sie kroch in sich zusammen, rollte sich in die Decke ein und ballte die Fäuste. Diese Hände, dachte sie. Verflucht seid ihr! Wie kann ich ihm jetzt, gerade jetzt erzählen, was mit meinen Händen los ist? »Du bist eben im Bett eine Ausnahmeerscheinung«, sagte sie mit bewußter Frivolität, »du kannst regelrecht explodieren.«

»Das wird es sein!« Er hatte etwas verzerrt gegrinst, sich über sie gebeugt und geküßt. »Bei einer Frau wie dir muß man explodieren ...«

Sie hatten sich später weitergeliebt, aber es war nicht mehr die Leidenschaft wie vorher. Sie berührte ihn nicht, sie ließ die Hände seitlich neben sich liegen, als gehörten sie ihr nicht; sie vergingen in gemeinsamer Liebe, aber Corinna wagte es nicht mehr, ihn zu streicheln, ihn zu umarmen, ihn irgendwo zu fassen. In dieser seelischen Zerrissenheit war ihre Hingabe wie eine freiwillig dargebrachte Opferung: Sie lag da, empfing ihn, verglühte in starrer Seligkeit und trug seinen heißen, schweißdampfenden Leib in der nur halb erfüllten Sehnsucht, eins sein zu können mit ihm.

Noch viermal kamen sie in den späteren Wochen zusammen. Es war eine Liebe, die den Himmel auf die Erde riß, und noch zweimal passierte es, daß Holger Bernau mit einem Aufschrei auffuhr, wenn Corinna in der Besinnungslosigkeit der Leidenschaft ihre Arme um ihn schlang und ihre Hände sich auf seinen Körper drückten.

»Es kommt von dir!« stöhnte er zuletzt. »Es kann nur von dir kommen! Deine Hände sind wie Feuer ... Wie ist das nur möglich?«

Nach dieser Nacht war sie verändert. Sie ging Holger aus dem Weg, versteckte sich, wenn er vor der Universität auf sie wartete; ließ ihn brüsk stehen, wenn er sie doch traf; ließ sich am Telefon verleugnen und hockte nächtelang in ihrem Zimmer, biß in ihre verdammten Hände, hielt sie unter heißes Wasser, bis sie fast verbrüht waren, weinte stundenlang, verzehrte sich nach Holgers Liebe und wußte doch genau, daß es für sie keinen Weg in ein normales Leben geben konnte.

Als gar nichts mehr half, kein Weglaufen und Verstecken, kein Verleugnen und keine Lügen, daß sie ihn nicht mehr liebe, da schlug sie ihm vor der Universität, vor allen Leuten ein paarmal ins Gesicht. Den Blick seiner Augen vergaß sie nie, dieses sprachlose Entsetzen, diese qualvolle Frage, diese herzzerreißende Klage – alles lag in diesem letzten Blick. Dann wandte er sich ab und ging mit gesenktem Kopf davon.

In jener Nacht war Corinna bereit, ihr Leben wegzuwerfen. Sie hatte ein Skalpell mitgenommen, saß in der Badewanne und sagte sich zum wiederholten Male, daß der schönste, schmerzloseste Tod das Aufschneiden der Pulsader sei. Nur der eine, tiefe, durchtrennende Schnitt tat weh ... dann folgte die immer größer werdende Müdigkeit, das Hinwegdämmern, das schwebende Hinübergleiten in die unendliche Weite, die Auflösung von Körper und Raum.

Ein Klopfen an der Tür hatte sie gerettet, und der Ruf ihres Vaters: »Cora, Dr. Hambach ist zu Besuch da. Kommst du gleich runter?« Und sie hatte mit fester Stimme geantwortet: »Ich weiß nicht, Papuschka! Ich ... ich sitze gerade in der Wanne. Es ... es dauert noch etwas.«

»Ich glaube, es geht ihm nicht gut«, hatte Stefan Doerinck gesagt. »Stell dir vor – er will keinen Korn trinken!«

Da hatte sie das Skalpell zur Seite gelegt, war aus der Wanne gestiegen, hatte sich wieder angekleidet und war in das Wohnzimmer gegangen. An diesem Abend fühlte sie in ihren Fingerspitzen zum erstenmal, daß Dr. Hambach, den sie Onkel Ewald nannte, unter einer tückischen Krankheit leiden mußte. Sie konnte sie noch nicht finden, sie spürte nur die feindliche Gegenstrahlung, die von Dr. Hambach ausging. Erst viel später dann, als sie schon ihr Teppichatelier hatte, befreite sie ihn von seiner chronischen Prostatitis.

Seitdem zog Corinna sich jedesmal zurück, wenn ein Mann ihr zu nahe kam, wenn er mehr wollte als einen Kuß. Die Angst vor ihren Händen, vor dem Glühen, das in den anderen Körper überfloß, ließ sie versteinern. Die Männer begriffen nicht, warum sie zurückgestoßen wurden von einer Frau wie Corinna, deren Körper Leidenschaft ausströmte, der aber erstarrte, sobald man ihn berührte. Und jedes Drängen wurde mit Flucht beantwortet, mit dem sofortigen Lösen aller Bindungen.

So war das alles gewesen, damals, und die ganze Zeit bis heute. Nun lag Corinna auf dem schmalen Bett, über sich die im Wind schlagende Zeltleinwand. Und neben ihr lag schweratmend Marius, mit dem Kopf halb aus dem Bett, die Beine noch mit ihren Beinen verschlungen, mit einer Hand auf einer ihrer Brüste.

Zitternd vor Angst wartete sie darauf, daß er rief: »Ich brenne! Was ist das? Ich brenne!« Würde er gleich aufspringen und herumrennen oder sich auf dem Boden wälzen wie jemand, der wirklich in Flammen stand, und würde sie wieder steif daliegen, die Hände an sich gepreßt und verzweifelt fragen: Kann man so weiterleben?

Marius hob den Kopf, schob ihn neben Corinna und schloß die Augen. »Wo sind wir?« sagte er leise. »Nein, beweg dich nicht, sei ganz still! Ich will nicht wieder weg aus diesem Glück … ich fühle deinen Körper, höre dein Herz und spüre, wie du zitterst, wie es unter deiner Haut bebt … es ist so unbeschreiblich schön, so unbeschreiblich … Warum kann die Zeit jetzt nicht stillstehen? Sag nichts … ich will nicht erwachen!«

So lag sie also da, eine ganze Weile; er schmiegte sich an ihren Körper und sie erhob zaghaft ihre Hände und umfing wieder seinen schmächtigen, heftig atmenden Leib. Nein, er zuckte nicht auf, er war auch im höchsten Glück nicht vor ihr geflohen, hatte nicht geschrien: »Ich verbrenne!« Sie waren ineinandergegangen, und ihre Hände, die ihn streichelten und kratzten und schlugen und seinen Leib auf den ihren preßten, hatten die Lust nicht zerstört. Das war eine so wundervolle Erkenntnis, daß sie zu weinen begann und sich seiner nachklingenden Zärtlichkeit hingab.

Plötzlich zuckte er hoch, starrte sie voll Entsetzen an und riß sie in seine Anne hoch. »Du blutest ja!« rief er. »Was ... was habe ich denn gemacht?«

»Das ist von dir. Das ist dein Blut auf meiner Haut.« Sie hing in seinen Armen und war unendlich glücklich. »Ich habe dich in den Hals gebissen ...«

»Ich habe nichts gemerkt.«

»Gar nichts, mein Liebling?«

»Überhaupt nichts.«

»Ich habe dich geschlagen, gekratzt und gebissen.«

»Ich habe nichts gespürt, nur dich ... nur dich ... O Cora, ich habe Angst, daß das alles gleich vorbei ist, daß es hell wird und es heißt: Was ist denn los? Wach auf! Die Sonne scheint! Wie kann man nur so träumen ...«

Er drückte sie so fest an sich, daß sie nach Atem rang, dann aber verkroch er sich in ihre Umarmung, ihre Körper verschlangen sich ineinander, und so schliefen sie ein, ein Knäuel aus Gliedmaßen, wie unzertrennbar miteinander verschmolzen.

Am nächsten Morgen fuhren sie mit Mollys Leichnam zu Dr. Mayer.

»Der Hund ist vergiftet worden, ganz klar«, sagte er, nachdem er Molly betrachtet und mit Gummihandschuhen ihr Maul geöffnet hatte. »Aber mit welchem Gift, das kann ich nicht sagen. Das kann nur das veterinärmedizinische Institut in Münster feststellen. Wollen Sie den Hund wirklich obduzieren lassen?«

»Ja.« Marius wandte sich ab. Mollys Anblick weichte wieder seine Beherrschung auf. »Auch wenn sie in aller Augen nichts als ein elender Bastard war – was sie mir persönlich bedeutete, das kann niemand ermessen. Ich will wissen, woran sie gestorben ist.«

»Also gut. Bringen wir sie nach Münster.« Dr. Mayer strich mit der Hand über den Rücken des Hundes und stutzte plötzlich. Er beugte sich vor, schob die Haare zur Seite und sah das abgebrochene Holz im Fleisch. Mit Schere und Pinzette erweiterte er die Wunde und holte aus ihr den vorderen Teil des Pfeiles heraus. »Das war es!« sagte er und hielt dem sprachlosen Marius den Pfeil unter die Nase: »Der Hund ist erschossen worden.«

»Erschossen?«

»Mit einem Giftpfeil.«

»Das … das gibt es doch nicht …«, stammelte Marius und starrte Corinna an. »Cora … mit einem Giftpfeil!«

»Der Beweis ist doch wohl eindeutig.« Dr. Mayer legte den abgebrochenen Pfeil auf einen Zellstoffstreifen und trat einen Schritt zurück. »Sie haben nichts gehört oder gesehen?«

»Nein! Der Hund sprang fröhlich herum, plötzlich fiel er um.«

»Da traf ihn der Giftpfeil. Es muß ein verdammt schnell wirkendes Gift sein.«

»Wer … wer schießt denn in Hellenbrand mit Giftpfeilen?« fragte Marius stockend. »Wo leben wir denn hier? Cora! Sie haben tatsächlich Molly ermordet! Mit Absicht getötet!«

»Die werden sich wundern!« Corinnas Gesicht war wie eine Maske. »Doktor, wir nehmen Molly wieder mit. Und wie sie sich wundern werden, die lieben Hellenbrander!«

Stefan Doerinck fragte seine Tochter nicht, wo sie die Nacht über geblieben war. Mit dreißig Jahren ist ein Mensch erwachsen genug, um zu überblicken, was er tut. Nur: Wirklich verstehen konnte Doerinck seine Tochter nicht mehr. Er hatte das schon am Morgen, als Corinna nicht zum Kaffee kam und ihr Bett oben in ihrem Zimmer unberührt war, zu Ljudmila gesagt:

»Ich weiß nicht, wie du darüber denkst, aber bei dem Gedanken, daß solch ein Kerl wie dieser Herbert mit Cora im Bett liegt, könnte ich zum Schläger werden.«

»Hast du damals, als wir beide uns kennengelernt hatten, in Rußland, im Krieg – hast du da gefragt, ob es Väterchen recht war, daß ich bei dir schlief, Stefanka?« fragte Ljudmila sanft wie immer.

»Das war etwas ganz anderes!«

»Wieso?«

»Ich war Offizier.«

»Und du warst unser Feind! Ihr hattet Rußland überfallen, Millionen meiner Landsleute getötet, Elend über das Land gebracht, Städte und Dörfer zerstört, verbranntes Land hinterlassen – und da ging ich mit solch einem Feind ins Bett! Ich, die Russin, was glaubst du, was die Eltern und die Nachbarn gedacht haben? Warum tat sie das? War es nicht ihre Pflicht, ihm das Messer in den Rücken zu stoßen, als er sie umarmte? Warum hat sie's nicht getan, die Verräterin? Ha, man hänge sie auf, diese Hure! Diese Germanskij-Hure! Und ich mußte antworten, wenn einer etwas sagte: Hängt mich nur auf, Genossen! Was kann ich für mein Herz? Ich liebe ihn ... Corinna hat das gleiche Recht, Stefanka.«

»Er ist nichts, er kann nichts, er nennt sich Künstler und ist nur ein Hungerkünstler. Krebs hat er auch noch.«

»Das solltest du nicht sagen, Stefanka.« Ljudmila setzte sich an den Tisch und tunkte das frische Hörnchen, das der Bäckerlehrling jeden Morgen zusammen mit den Brötchen in einem Leinensäckchen an der Vorgartentür des Lehrers Doerinck deponierte, in den Kaffee. Sie tat das seit ihrer Kindheit ... zuerst in Kakao, später in Tee, in Deutschland dann in Kaffee. Jeden Morgen freute sie sich auf das eingetunkte, süßliche Hörnchen. Es waren Minuten, an denen der Tag für sie noch in Ordnung war. »Auch ich hatte Krebs ...«

»Er ist weg!« sagte Doerinck und starrte in seine Kaffeetasse. »Außerdem ist das kein Vergleich.«

»Corinnanka wird vielleicht auch seinen Krebs heilen. Und ob er ein großer Künstler wird oder nicht – sie lieben sich! Das ist wichtig! Wußte ich, was aus mir in Deutschland wird? In diesem schrecklichen Land, das Millionen. Soldaten in unser Land warf, um uns zu töten? Nein! Mir war nur eines klar:

Daß ich dich liebe. Und das war mir genug für alle Zukunft … Einen guten Morgen, Stefanuschka! Nimm dieses Brötchen, es ist besonders braun und knusprig, so wie du es gern hast …«

Zwei Stunden später quirlte es im Hause Doerinck.

Im Garten lag auf einer Steinbank die tote Molly. Dr. Roemer telefonierte mit der Kriminalpolizei in Münster und verlangte, daß Kriminaloberrat Fernich sofort nach Hellenbrand komme. Im Wohnzimmer saß betreten Bürgermeister Beiler, stierte auf den Torso des Giftpfeiles und bestätigte, es sei unfaßbar, daß in Hellenbrand jemand mit Giftpfeilen um sich schießt. »Wir müssen verhindern, daß dies an die Öffentlichkeit kommt«, sagte er entsetzt. »Stellt euch das vor! Die Überschrift: Urwald im Münsterland! Die Pfeilindianer von Hellenbrand! – Gegen so was sind Ostfriesenwitze Kinderreime …«

Dr. Roemer, dessen hallende Stimme man vom Telefon her bis ins Zimmer gehört hatte, kam zurück. »Er rückt ran«, sagte er zufrieden. »Fernich selbst. Als er hörte, daß ein Hund erschossen wurde, wollte er kneifen, aber da kennt er mich schlecht! Es war ein Fehlschuß, habe ich gesagt. Der Pfeil war in Wirklichkeit für Corinna bestimmt. Ein versuchter Mord war das. Und wenn Sie jetzt immer noch nicht kommen, lasse ich mir Ihren Präsidenten geben und ertränke Sie in Scheiße!« Dr. Roemer hielt mitten in der Rede ein, sah Corinna betroffen an und setzte sich ganz still auf einen Stuhl neben den Bücherschrank. »Das ist ja …«, sagte er gedämpft. »Du lieber Josef, *das* ist es! Der Giftpfeil galt tatsächlich dir. Der Hund ist zufällig dazwischengesprungen und hat den Pfeil abgefangen. *So* ist es gewesen! Es *war* ein Mordanschlag!«

Wiederum zwei Stunden später traf Oberrat Fernich in Hellenbrand ein. Er brachte einen Toxikologen der Universität mit, begrüßte Dr. Roemer ziemlich steif und beugte sich dann über Hund und Pfeilrest. Der Toxikologe faßte den Pfeil mit einer Pinzette, betrachtete die Spitze durch eine scharfe Lupe und legte ihn dann vorsichtig zurück. »Ohne Zweifel«, sagte er ziemlich bestimmt, »handelt es sich um einen originalen Indianerpfeil mit einem sofort wirksamen Gift. Oder sagen wir exakter: Es ist ein Eingeborenenpfeil. Noch präziser: Ein Blasrohrpfeil.«

»Das haut dem Eskimo den Schlitten unterm Hintern weg!« rief Dr. Roemer dröhnend. »Habt ihr das gehört? In Hellenbrand wird mit Blaspfeilen gemordet. Hier lebt jemand, der ins Blasrohr bläst!«

»Wenn das bekannt wird«, sagte Bürgermeister Beiler, bleich wie eine Kalkwand. »Meine Herren, ich bitte Sie … völlige Diskretion!«

»Wie stellen Sie sich das vor?« Oberrat Fernich warf einen Blick auf das Telefon. »Darf ich in Münster anrufen? Ich muß das Erste Kommissariat benachrichtigen. Hier liegt ein Mordfall vor …«

»An einem Hund!« schrie Beiler.

»Aus Versehen! Der Hund sprang nur in die Schußrichtung.« Fernich winkte ab, als Beiler noch etwas sagen wollte. »Ich schlage vor, wir begeben uns zum Tatort. Und Sie, Frau Doerinck, und Sie, Herr Herbert, versuchen die Situation zu rekonstruieren. Ich glaube, wir haben da einen ganz klaren Tatbestand und Tathergang.«

»Aber keinen Täter!« rief Beiler. »Mit einem Blasrohr! In Hellenbrand!«

»Das eben werden wir feststellen.« Oberrat Fernich hatte nach der rüden Behandlung durch Landgerichtsdirektor Dr. Roemer keinen Grund, hier und jetzt mit besonderer Höflichkeit vorzugehen. »Darf ich darum bitten, sofort aufzubrechen?«

Am Abend, nach dem Eintreffen der Mordkommission und nach einer Rekonstruktion der Tatminuten, stand fest, daß der Täter mit seinem Blasrohr seitlich hinter einem der dicken Bäume gestanden haben mußte. Er hatte auf Corinna gezielt, aber Molly war dazwischengesprungen, als er den Pfeil abgeblasen hatte. Das tödliche Geschoß traf den Hund, und der

Täter war so lautlos davongerannt, wie er lautlos hatte töten wollen. Irgendeine Spur gab es jetzt natürlich nicht mehr.

Große Aufregung gab es den ganzen Tag über dagegen bei den auf Corinna wartenden Kranken. Die Ortspolizei hatte bereits um elf Uhr vormittags den gesamten Platz um das Zelt geräumt und abgesperrt. Oberkommissar Blinker selbst leitete den Einsatz, immer die Ermahnung Beilers im Ohr: Nichts sagen! Ausweichen! Keine Kommentare! Stur bleiben! So gab es auch keine Erklärungen für den Polizeieinsatz. Die Kranken schimpften auf die Polizisten. Das immer gegenwärtige Fernsehteam und die Leute vom Rundfunk wurden ebenso rigoros abgedrängt und kündigten Beschwerde an wegen Behinderung der Informationsfreiheit. Besonders turbulent wurde es beim Eintreffen des Ersten Kommissariats aus Münster am Tatort. Wer die Herren waren, erfuhr niemand. Oberrat Fernich, den ein Rundfunkreporter zu fassen kriegte, schrie diesen an: »Was hier los ist? Das sehen Sie doch! Wir alle suchen einen Furz!« Dieser Ausbruch erheiterte am Abend einige Rundfunkhörer heftig – aber die Mauer hielt dicht. Es wurde nie publik, was sich an diesem Tag vor und um und in dem Zelt abspielte, zumal am Abend alles wie ein Spuk verschwand und nichts zurückblieb als dumme, unglaubwürdige Gerüchte wie etwa das: Das waren Fachleute für Erdstrahlen. Sie haben untersucht, ob es hier Erdstrahlen gibt und ob die einen Einfluß auf Corinnas Heilungen haben. Warum sonst hätte denn Corinna ihr Zelt auf den gleichen Platz gestellt, auf dem ihr abgebranntes Haus stand?

Man konnte es glauben oder nicht.

Zum Abschied zeigte sich Oberrat Fernich trotz seines beleidigten Stolzes kollegial. Draußen an der Vorgartentür sagte er zu Dr. Roemer: »Herr Landgerichtsdirektor, wenn Ihnen mit dem Hinweis gedient ist: Die Staatsanwaltschaft will mit den Ermittlungen beginnen.«

»Gegen Corinna Doerinck?«

»Ja. Wegen Körperverletzung und unerlaubter Heilbehandlung. Es liegen im ganzen zehn Strafanträge vor. Einer sogar von Ihrer Gattin.«

»Von meiner Frau?« brüllte Roemer. »Dahinter steckt Willbreit! Es ist wirklich ein Jammer, daß man heute nicht mehr die Prügelstrafe kennt.«

»Nur noch im Orient, Herr Direktor«, sagte Fernich süffisant. »So ist es! Das Morgenland war uns schon immer voraus ... Ich danke Ihnen sehr, Herr Oberrat.«

»Was nun?« fragte Bürgermeister Beiler bedrückt, als die Mordkommission nach Münster abgefahren war. Doerinck wiegte den Kopf und verteilte Gläser mit Korn.

»Jetzt wird man nachforschen, welcher Bürger von Hellenbrand jemals in einem Gebiet war, wo man noch mit Blaspfeilen jagt.«

»Keiner. Das wüßte ich. So etwas spricht sich sofort herum. Stefan, du kennst doch unsere Leute! Wenn die ein Blasrohr mit Giftpfeilen mitbringen, wird das am Stammtisch und beim Weiberklatsch gezeigt. – Da läuft nichts!«

»Aber jemand wollte mit einem Blasrohr Corinna ermorden, das ist nun mal sicher.«

»Es laufen jetzt genug Fremde hier herum.«

»Sie suchen Heilung. Wer tötet den, der ihm helfen soll? Der Anschlag kommt aus der gleichen Ecke wie die Brandstiftung!«

Man erfuhr nie, wie falsch man dachte und suchte. Marikje Kerselaar kam nie wieder nach Hellenbrand ... und greifen wir weit vor: Sie starb nach über einem Jahr qualvoll an einem Plasmozytom, der unheilbaren Krankheit, die Corinna bei ihr diagnostiziert hatte.

Der Brief aus Moskau traf ein, über die sowjetische Botschaft in Bonn. Sogar in deutscher Sprache war er geschrieben, und die Hauptsätze lauteten:

»Die Akademie der sowjetischen Wissenschaften und die Forschungsgruppe für Psychokinese und Bio-Plasma-Energetik,

Leiter Professor Dr. Maxim Victorowitsch Neroschenko in Moskau, würden sich freuen, mit Frau Corinna Doerinck eine wissenschaftliche Zusammenarbeit zu beginnen und auf dem Gebiet der Parapsychologie neue Erkenntnisse zu erarbeiten. Wir sind jederzeit zu einem wissenschaftlichen Austausch bereit und bitten Sie, uns einen Termin und Ihre speziellen Wünsche über unsere Botschaft in Bonn bekanntzugeben. Professor Neroschenko steht Ihnen für alle Experimente mit seinem Stab zur Verfügung. Die Forschungsgruppe Neroschenko hat bisher einzig in der Welt dastehende Erkenntnisse gewonnen, die Grundlagen für ein völlig neues Weltbild sein könnten …«

»Das wäre es nun!« sagte Doerinck, nachdem alle, von Dr. Roemer bis Dr. Hambach, das Schreiben gelesen hatten. »Was sagst du nun dazu, Corinna?«

»Ich komme!« Sie legte die Arme um Ljudmilas und Stefans Schulter und warf wie immer, wenn sie sich freute, den Kopf weit in den Nacken. »Papuschka, schreib an die Botschaft: Ich – nein, *wir* kommen nach Moskau!«

14

Das sowjetische Flugzeug, eine TU-Maschine, landete, von Frankfurt kommend, auf dem Moskauer Flugplatz Scheremetjewo.

Ein wundervoller, klarer Herbsttag war es, mit einem stahlblauen, wolkenlosen Himmel und einer weißlichen Sonne. Die Russen kannten das; sie blickten hinauf in diese Sonne, nickten erfahrungsträchtig und wußten: Es wird einen langen, kalten Winter geben. Der Frost hängt schon am Himmel. Genossen, richtet euch darauf ein. Lüftet die Wintersachen, kontrolliert die gefütterten Stiefel, flickt die Wattejacken und gepolsterten Hosen. Und wenn ihr Fenster habt, durch deren Ritzen es zieht: Jetzt ist noch Zeit, sie mit Klebebändern abzudichten – falls es im Magazin Klebebänder gibt.

Das Flugzeug zog einen weiten Kreis über Moskau. Nicht, weil das Wetter so schön war und Moskau wie ein wahres Märchen unter ihnen lag mit dem silbern glitzernden Lauf der Moskwa, dem Kreml mit den golden blitzenden Kirchtürmen, den Parks, der grandiosen Universität im Zuckerbäckerstil, den dunklen Wäldern an den weit verzweigten Stadträndern, den wie Goldstücke verstreuten Klöstern und den riesigen Stadionanlagen – sondern weil die Maschine zu früh von Deutschland kam und noch keine Landeerlaubnis hatte.

Corinna saß an einem Fenster vor den Tragflächen und blickte hinunter auf diese grandiose, so modern wirkende und doch ewig von Geheimnissen umwobene Stadt. Moskau! Wer hätte vor noch gar nicht langer Zeit daran gedacht, daß sie jemals hierher käme? Inzwischen hatten schon Hunderttausende von Touristen die sowjetische Metropole gesehen. In jedem Reisekatalog wurden Flüge nach Moskau, Leningrad, Stalingrad und Sotschi angeboten, Fahrten mit der Transsibirischen Eisenbahn bis an die Grenze zur Mongolei, Reisen nach Irkutsk und zum Baikalsee, Ausflüge in die Taiga. Das

Sowjetreich hatte sich vorsichtig geöffnet und zeigte der übrigen Welt auf einigen genau vorgezeichneten und gepflegten Routen, wie schön selbst Sibirien, das Land der Tränen, sein konnte. Sibirien war aber auch das Land der Zukunft, war der unerschöpfliche Topf, aus dem Rußland seine Stärke und seine Unbesiegbarkeit löffelte. Ein unendliches Land, reicher als alles auf dieser Welt! Die Ewigkeit Rußlands. Nur wenige im Westen begriffen das.

Für Ljudmila und Stefan Doerinck war dieses Rußland bisher verschlossen geblieben. Sie hatten es nie probiert, wieder in das Land zu kommen; sie hatten einfach Angst gehabt.

»Man soll das Schicksal nicht versuchen«, sagte Ljudmila immer, wenn das Gespräch auf ihre Heimat kam und wenn Bekannte erzählten, sie seien drei Wochen am Schwarzen Meer gewesen, bestens verpflegt, in Luxushotels wohnend, umgeben von einem Komfort, der an der Riviera oder an Spaniens Goldküsten, auf Teneriffa oder Madeira nicht anders sei. Weiße Strände, Ausflugsboote, Kurkonzerte, Tanzabende, in Sotschi sogar Oper und Ballett, ein Puppentheater und ein Zirkus. Und welche Herzlichkeit bei den Menschen! »Ihr habt nicht das Haus des KGB gesehen – dort würde ich hinkommen, wenn ich nach Poti, in mein Geburtshaus, wollte. Nein, ich werde Rußland nie mehr wiedersehen ...«

Nun war alles anders gekommen. Nun schwebten sie langsam über das in der kalten Sonne funkelnde Moskau, drückten die Nasen an den Fensterscheiben platt, das Herz schwer von soviel erschauter Schönheit und von der bangen Erwartung: Wie wird es sein, wenn wir gelandet sind? Wie empfängt man uns? Was wird man spätestens bei der besonders strengen Paßkontrolle sagen? Wird man den Paß durchblättern, ernst aufblicken und mit einer fast maschinellen Stimme sagen: »Ljudmila Davidowna? Kommen Sie mit in den Nebenraum!«

Ljudmila saß steif da, mit durchgedrücktem Kreuz, als höre sie schon die kalte Stimme des Milizionärs. Ihr Platz war am

Fenster hinter ihrer Tochter Corinna. Ihre linke Hand hatte sie fest in die Hand Stefans gedrückt, der neben ihr auf dem Sitz angeschnallt war und an ihrem Kopf vorbei die Stadt sehen konnte, wenn sich das Flugzeug bei seiner Schleife auf die Seite neigte. Wieder eine Reihe hinter ihnen hockte Dr. Hambach. Er hatte einen Stadtplan von Moskau auf den Knien, einen schönen gezeichneten Plan »Moskau aus der Vogelperspektive« und freute sich kindisch, wenn er jetzt Straßen, Gebäude, Parks und Kirchen aus dieser Höhe identifizieren konnte.

Am gelassensten reagierte Marius Herbert. Er hatte den Kopf nach hinten gelehnt, die Augen geschlossen und hütete sich, Corinna zu gestehen, daß es ihm kotzeschlecht war. Er hatte bisher, von Frankfurt bis Moskau, sieben Wodkas getrunken. Die spürte er jetzt, zusammen mit dem Brathuhnschenkel, den es als Mittagessen gegeben hatte. Die ganze herzergreifende Schönheit der Stadt aus dieser Höhe blieb ohne Nachhall in seiner Seele; er dachte nur: Welch einen mörderischen Wodka haben die hier! Das ist mir noch nie passiert! Oder war das Hühnerbein verdorben? Man müßte jetzt mal so richtig rülpsen können! Die Maschine drehte ab, ging tiefer und überflog ein großes Waldgebiet. Der Flugplatz Scheremetjewo hatte endlich die Landeerlaubnis gegeben. In wenigen Minuten würde man auf sowjetischer Erde stehen. Ljudmila verstärkte den Druck in Stefans Hand und wurde noch steifer. Er tätschelte ihren Arm, beruhigend, Mut zusprechend, mit einem stummen Lächeln.

Dem Flug nach Moskau waren erregende drei Wochen vorausgegangen.

Auf Corinnas Zusage, nach Moskau zu kommen, reagierte die sowjetische Botschaft teils erfreut, teils zurückhaltend. Die Kulturabteilung, die den Besuch vorbereiten sollte, fragte zunächst in Moskau zurück, was man antworten solle, denn Corinna Doerinck hatte in ihrem Brief unter anderem geschrieben:

»Meinen Aufenthalt in der UdSSR muß ich davon abhängig machen, daß mich folgende Personen begleiten dürfen: Mein Vater Stefan Doerinck, meine Mutter Ljudmila Davidowna Doerinck, mein Verlobter Marius Herbert und Herr Dr. Ewald Hambach, Arzt in Hellenbrand. Ich bitte um Mitteilung, ob das möglich ist. Selbstverständlich werden alle Kosten von den einzelnen Personen getragen, so daß den staatlichen Stellen keinerlei Unkosten entstehen ...«

Die Antwort aus Moskau kam sofort per Fernschreiber: Genehmigt. Im Interesse der Forschung ist es selbstverständlich, daß das Institut von Professor Neroschenko die gesamten Kosten übernimmt. Fräulein Doerinck und ihre Begleitung sind Staatsgäste der UdSSR.

»Das klingt gut«, sagte Doerinck, als die Botschaft diese Entscheidung mitteilte. »Damit dürfte auch Ljudmilas Sicherheit garantiert sein. Wir sollten es wagen.«

»Ein Vorschlag von mir.« Dr. Roemer, dem es von Tag zu Tag besser ging, obwohl er nach ärztlicher Berechnung längst mit qualvollen Schmerzen hätte in der Klinik liegen müssen, fächelte sich mit dem Brief der Botschaft Luft ins Gesicht. Er hatte zehn Pfund abgenommen, was man bei seinem kolossalen Körper nicht sah, aber er merkte es dennoch am Kreislauf, der weniger labil geworden war. Die Diät, die Ljudmila ihm nach Corinnas Zusammenstellung kochte, mampfte er tapfer hinunter. Manchmal brüllte er herum, er komme sich wie ein Karnickel vor, nur zum Rammeln gäbe es nichts. Dr. Hambach gegenüber schwor er, sein erster Ausflug nach der Heilung gelte seinem Freund Krautkrämer am Hiltruper See, um dort bei einer Flasche vom besten Burgunder einen gespickten Hirschrücken zu verschlingen. Erst dann werde er wieder ein vollgültiger Mensch sein, hatte er seine Sehnsuchtsarie beendet.

»Mein Vorschlag wäre«, sagte er jetzt, »Corinnas Moskaureise groß in die Presse zu bringen. Das macht es den Russen unmöglich, einen der Teilnehmer verschwinden zu lassen, weil so was einen ungeheuren Rummel hervorriefe, den sie sich nicht leisten können.«

Corinnas Brief war außerdem auch noch eine heiße Diskussion unter vier Augen mit ihrem Vater vorausgegangen. »Wieso soll dieser Kerl mit nach Moskau?« hatte Stefan Doerinck gefragt, als er Herberts Namen las.

»Er ist kein Kerl – in dem Sinne, wie du es meinst.«

»Heißt das: Ich muß mich auf die Dauer an ihn gewöhnen?«

»Vielleicht.«

»Das darf doch wohl nicht wahr sein! Meine Tochter und ein hergelaufener Spinner!«

»Ich bin dreißig Jahre alt, Vater. Es ist *mein* Leben!«

Auch das sagte sie ganz ruhig. Aber wenn sie Stefan Doerinck statt mit »Papa« oder »Papuschka« ganz nüchtern mit »Vater« anredete, dann wußte er, daß es keinen Sinn mehr hatte, weiter in sie zu dringen. Das steife »Vater« war immer ein Alarmsignal gewesen; das hatte er ein paarmal erlebt, wenn sie ihren Kopf durchsetzen wollte – und es auch tat. Zum Beispiel damals beim Abbruch des Medizinstudiums. Dann – rätselhaft für ihn, weil er von ihrer Panik nach den Liebesnächten mit Holger Bernau ja keine Ahnung hatte – die Zeit, wo sie mit traurigen Augen sinnlos irgendwo herumhockte. Später gab sie die Heilpraktikerausbildung vorzeitig auf und gründete ihre Teppichknüpfwerkstatt, die entgegen Doerincks Prophezeiungen ein großer Erfolg wurde. Und nun hatte sie sich diesen Marius Herbert angelacht! Stefan Doerinck gab es auf, seine Tochter zu begreifen. Nur wenn er Marius ansah, spürte er ein schmerzliches Ziehen in seinem Herzen. Bei Dr. Roemer konnte er mit seinen Vatersorgen nicht landen. »Aber, aber, lieber Stefan!« dröhnte der Riese und klatschte in die Hände. »Du siehst nur seine abgewetzte Hose. Aber was *in* der Hose ist, das kann nur Corinna beurteilen! Halt dich da raus, mein Junge!« Und Dr. Hambach sagte weise: »Stefan, ich kenne Bilder von früher, die dich ohne Uniform zeigten – was für ein Hering warst du damals! Nur die Uniform machte dich ansehnlich. Und trotzdem hast du diesen Engel Ljudmila bekommen, und sie ist bei dir geblieben.«

An einem dieser Tage gelang es Dr. Willbreit endlich, mit Roemer zu telefonieren. Zunächst war natürlich Dr. Hambach am Apparat, blickte hinüber zu Roemer, der im Sessel saß und lauwarmes Mineralwasser schlürfte, und sagte so laut, daß Roemer es ohne Schwierigkeiten mithören konnte: »Ah, das ist schön, daß Sie von sich hören lassen, Herr Professor. Ich wollte auch schon bei Ihnen anrufen. Wie stehen die Aktien?«

»Welche Aktien?« fragte Willbreit unvorsichtig zurück.

»Ihre Strafanzeige bei der Staatsanwaltschaft.«

Roemer seufzte laut, beugte sich nach vorn und hörte angespannt zu.

»Die Dinge laufen.« Willbreits Stimme war kühl. »Kann ich Erasmus sprechen?«

»Ich weiß nicht, ob er Sie sprechen will.«

»Er soll sich selbst in den Arsch beißen!« brüllte Roemer. »Ich kann's leider von hier aus nicht.«

»Ich habe es gehört.« Willbreit hatte im Laufe seiner Freundschaft mit Roemer schon so manches runterschlucken und verzeihen müssen – das heute war das wenigste. »Trotzdem: Holen Sie ihn an den Apparat.«

»Er will dich unbedingt sprechen«, gab Dr. Hambach weiter.

»Nein!« schrie Roemer.

»Fragen Sie ihn«, sagte Willbreit, »ob er ein Feigling sei?«

»Bist du ein Feigling, Erasmus?«

Es gibt keinen Mann, der darauf nicht sofort reagiert. Roemer stemmte sich hoch, riß Hambach das Telefon aus der Hand und röhrte: »Nun hör mal zu, du Körperaufschneider ...«

»Nein! *Du* hörst mir zu!« schrie Willbreit zurück. »Elise will sich scheiden lassen ...«

»Es jubiliert die Vogelschar, wie's nur bei Vögeln möglich war!«

»Das wird ein Bombenskandal, Erasmus.«

»Was kann mich das noch berühren? Paß nur auf, alter Junge, daß Elise deine Lydia nicht ansteckt.«

»Es geht um *dich,* Erasmus! Wie fühlst du dich gesundheitlich?«

»Blendend. Das Ergebnis der letzten Röntgenkontrolluntersuchung in Billerbeck bei Dr. Mersmann ist hervorragend. ›Da kann man tatsächlich nur von einem Wunder sprechen‹, hat Mersmann gestaunt, ›Ich gestehe: Das habe ich noch nicht gesehen und auch vorher nicht geglaubt!‹ – So steht's mit mir. Und auch sonst wird bald wieder manches stehen!«

Willbreit schwieg einen Moment. Roemers Nachricht war ein Faustschlag. Wenn die phantasievolle Geschichte, daß seine unheimliche Krankheit zurückgegangen sei durch bloßes Streicheln mit den Händen, wirklich die Runde machen sollte, dann würde dies der Schulmedizin großen Schaden zufügen und erregte Diskussionen entfachen. Das war genau das, was man zum gegenwärtigen Zeitpunkt nicht gebrauchen konnte. In den letzten Tagen war die Öffentlichkeit aufgescheucht worden durch Berichte über Kunstfehler eines bekannten Ordinarius für Orthopädie, dem irreparable Fehloperationen unterlaufen waren. Neun Männer und Frauen, durch seine Operationen zu lebenslangen Krüppeln geworden, hatten Anzeige erstattet. Was Willbreit aber am meisten erregte, waren die Gutachten, die zwei Opfer des Orthopäden vorlegten. Gutachten eines namhaften Professoren-Kollegen, der sich nicht scheute zu behaupten: »Ein Taxifahrer muß sich alle zwei Jahre auf seinen Gesundheits- und Geisteszustand untersuchen lassen, weil ihm Menschen anvertraut werden. Nur ein Chirurg – und ein Arzt überhaupt – kann unbeaufsichtigt und unbeschränkt praktizieren, bis er vielleicht mit achtzig oder neunzig umfällt. Niemand kontrolliert seinen Geisteszustand, obwohl Hunderte von arglosen, gutgläubigen Menschen durch seine Hände gehen.«

Und nun das! Die Heilung einer kritischen Krankheit durch strahlende Hände. Zum zweitenmal das Unbegreifliche nach

Ljudmilas verschwundenem, das heißt ausgetrocknetem Darmkrebs. An seinen Schläfen spürte Willbreit plötzlich das pulsierende Blut.

»Können wir uns irgendwo treffen, Erasmus?« fragte er.

»Nein.«

»Bei Krautkrämer ...«

»Noch nicht. Dort hebe ich, wenn es soweit ist, mein zweites Leben aus der Taufe, daß die Dachziegel wegplatzen! Ich lade dich dazu ein, Thomas, sobald Corinna zu mir gesagt hat: Jetzt bist du gesund.«

»Komm wenigstens für einen Tag nach Hause«, sagte Willbreit fast bittend.

»Wo ist mein Zuhause?« Roemer schlug mit der Faust gegen die Wand. Willbreit hörte es deutlich. »Wo?«

»Erasmus! Du hast eine so schöne Villa, den Park, den Fischteich, deine Antiquitäten, die Sammlung Meißener Porzellan ...«

»Vom Geld meines Schwiegervaters! Als ob ich nicht wüßte, daß man meinen Titel und meine gesellschaftliche Stellung gekauft hat. Jetzt, wo Elise mit einem ungarischen Grafen auf der Matratze gelegen hat, sieht das auf einmal anders aus. Da kann man sich scheiden lassen. Frau Gräfin ist mehr als Frau Landgerichtsdirektor. So ist das, mein lieber Thomas! Aber ich mache es ihr leicht: Ich bleibe hier im Grünen, und wenn ich gesund bin, werde ich durch die Gegend wandern ... die Steinfurter Aa entlang, durch die Risauer Berge und runter über Nottuln nach Coesfeld durch die Roruper Mark ... Mein Gott, die Welt ist so schön und weit! Es gibt Pellkartoffeln mit Quark, Bauernstuten mit Butter und Knochenschinken, Pfefferpotthast und Knabbeln, Möpkesbrot und Graupensuppe, Grünkohl mit Speck und Luftgeräuchertem, Bohnen durcheinander und Wellfleisch. Und zu allem gehört ein Klarer, ein Münsterländer Doppelkorn. – Ihr wißt ja alle nicht, wie schön das Leben ist! Was ihr verpaßt in eurem Salonmief! Welch ein Glück es ist, auf einer Hügelkuppe zu stehen und über das Land zu blicken, über die verstreuten Höfe, die Felder, die Waldgruppen, die Heide ... Da ist ein Frieden, den man regelrecht in sich einsaugen kann.«

»So friedlich, daß man Häuser niederbrennt und mit Giftpfeilen schießt ...«

»Was weißt du darüber, Thomas?«

»Nur was man überall lesen konnte und was so durchsickert Kann ich dich wieder besuchen, Erasmus?«

»Du bleibst dabei, daß gegen Corinna staatsanwaltlich ermittelt wird?«

»Die Sache läuft nun mal, Erasmus.«

»Dann leck mich bis zu deinem Lebensende am Arsch!« brüllte Roemer und hieb wieder gegen die Wand. Hambach wunderte sich, daß das alte Gemäuer so etwas aushielt und die Wand nicht zusammenfiel. »Und nenne dich nie mehr meinen Freund! Ich werde das als Beleidigung und Ehrabschneiderei betrachten!«

Er feuerte den Hörer zurück, drehte sich zu Dr. Hambach um und sagte fett:

»So! Das hätten wir! Mir ist jetzt richtig wohl wie nach einer Sturzgeburt.«

»Es fragt sich nur, ob das klug war. Nun hast du einen Feind mehr.«

»Nicht Willbreit! Ihr kennt ihn alle nicht. Der Knabe ist sensibler als eine Seeanemone. Seinen harten Panzer hat er sich nur als Chirurg zugelegt. Der sitzt jetzt am Schreibtisch wie ein verlassener Hund. Und das mit Lydia, seiner Frau, ist ein Drama. Wenn er sie so gründlich beschlafen würde, wie er seine Klinik liebt ...« Roemer winkte ab. »In Wirklichkeit ist Willbreit ein armes Würstchen. Sein Beruf frißt ihn mit Haut und Haaren. Ein Arzt aus Leidenschaft, der außerdem noch etwas kann! Und eingewickelt in eine Eitelkeit, die er Ethos nennt. Der Mensch ist schon ein verrücktes Geschöpf!«

Noch ein anderer Arzt fand genauso wie Roemer zu neuer Lebensfreude zurück: der Lungen-Experte Dr. Wewes aus

Münster. Nach sieben Behandlungen durch Corinna ließ er sich von einem völlig neutralen und unbeeinflußten Kollegen untersuchen. Er fuhr deshalb extra nach Hamburg, legte sich im Eppendorfer Krankenhaus eine Woche auf die Innere Station und ließ sich durchtesten. Bei Professor Dr. Balthoff deutete er an, daß er ein Gallenempyem befürchte. Das wirkte wie ein Alarm. Balthoff setzte zur Diagnose alles ein, was die moderne Medizin zur Verfügung hatte. Dr. Wewes durchlief ein wahres Labyrinth von Untersuchungen. Am Ende dieser Diagnostikwoche saß er Professor Balthoff gegenüber, erwartungsvoll wie ein Angeklagter vor seinem Richter.

»Wer hat Ihnen eigentlich dieses Gallenempyem eingeredet?« fragte Balthoff kopfschüttelnd. »Lieber Kollege, da ist nichts, rein gar nichts! Ich möchte nicht weiter fragen, aber ich kann Sie beruhigen.«

Dr. Wewes atmete auf. Die genauen Untersuchungen damals in Münster mit ganz entgegengesetzten Ergebnissen waren ihm noch gegenwärtig, als seien sie gestern gewesen. Wie fast alle Ärzte hatte er vor eigenen Erkrankungen eine tiefsitzende Angst, ja er konnte da sogar in Panik geraten, er gehörte nicht zu jener Sorte von Ärzten, die alarmierende Erscheinungen am eigenen Körper ignorierten und gleichzeitig von ihren Patienten höchste Wachsamkeit verlangten.

»Ich hatte ein Fachgutachten«, sagte er befreit. »Man empfahl mir eine sofortige Cholezystektomie. Wobei man durchblicken ließ, daß eine Pankreasbeteiligung nicht auszuschließen sei.«

»Rätselhaft.« Professor Balthoff blätterte noch einmal, etwas nervös, in den Untersuchungsakten. Die Befunde waren einwandfrei und klar. Negativ. Kollege Wewes war gesund wie ein Fisch im reinen Wasser. »Ich will dem Kollegen in Münster nicht zu nahe treten – aber auch bei intensivster Behandlung kann sich ein Empyem in so kurzer Zeit nicht ausheilen lassen. Zumal eine Operation dann wirklich angezeigt gewesen wäre. Sie geben uns da eine harte Nuß auf, lieber Kollege Wewes ...«

Am nächsten Abend schlich sich Dr. Wewes, wie immer seit dem Beginn seiner Behandlung, von hinten durch den Garten in Doerincks Haus. Stefan Doerinck, der ihn vom Arbeitszimmer aus kommen sah, ging hinüber in das Wohnzimmer. »Unser Indianer Schleichfuß kommt wieder«, sagte er. »Jedesmal, wenn ich ihn sehe, kommt mir die Galle hoch. Sich von Corinna heilen lassen, aber zu feig, dazu zu stehen!«

»Feigheit ist die hervorstechendste menschliche Eigenschaft«, knurrte Dr. Roemer. Er war herübergekommen, weil Ljudmila angekündigt hatte, sie werde einen echten kaukasischen Schaschlik machen. Mit Lammfleisch von der Keule, Zwiebeln und Tomaten. Nach dem Braten überstrich sie das Fleisch mit einer Beize aus Olivenöl und Minze. »Und wenn mich das vier Wochen zurückwirft«, hatte Roemer gejubelt, »ich komme!«

»Wenn ich sage, ich bin Ihnen immer Dank schuldig, Corinna«, sagte Dr. Wewes kurz darauf in Doerincks Arbeitszimmer, wohin sie sich beide zurückgezogen hatten, »dann wäre das so, als würde man in eine Sammelbüchse für Blinde einen Hosenknopf werfen. Ich möchte Ihnen helfen. Aber wie? Man hat Ihr Haus angezündet ... wenn Sie für den Neubau eine finanzielle Unterstützung brauchen ... verfügen Sie über mich.«

»Ich brauche kein Geld.« Corinna wischte sich mit beiden Händen über das Gesicht und rauchte dann, wie immer, hastig ihre Zigarette weiter. Sie hatte Dr. Wewes noch einmal in höchster Konzentration abgetastet und mit ihren Fingerspitzen gespürt, daß er geheilt war. Solche Erlebnisse erschütterten sie immer wieder. Wenn die Kranken durch die Kraft ihrer Hände symptomfrei geworden waren, kam sie sich jedesmal vor wie ihr eigener Patient – sie begriff nicht, daß so etwas möglich war. Sie lebte mit einem Rätsel, mochte es auch noch so umfangreiche wissenschaftliche Erklärungen geben, geheimnisvoll klingende Namen und im Experiment bewiesene Forschungen. Irgendwie blieb es, so sehr man sich gegen diesen Begriff wehren mochte, ein Wunder. Es war alles erklärbar – und doch unbegreiflich.

»Jeder, der zu mir kommt, legt Geld auf den Tisch. Der kleinste Schein ist ein Fünfzigmarkschein. Noch ein halbes Jahr dieser Andrang, und ich könnte mir eine große Villa bauen.«

»Dann tun Sie es, Corinna!« sagte Dr. Wewes eindringlich. »Bauen Sie eine eigene Klinik. Ich helfe Ihnen dabei.«

»Sie wissen wie jeder meiner Patienten, daß ich kein Geld nehme. Ich will dafür kein Geld.«

»Und was machen Sie mit den vielen Scheinen?«

»Sie liegen da. Ich rühre sie nicht an. Nur Marius führt täglich genau darüber Buch. Er weiß als einziger, wieviel es ist.«

»Und was soll mit dem sich immer mehr ansammelnden Vermögen geschehen?«

»Ich weiß es nicht. Ich habe es nicht verlangt, man hat es dagelassen, und so liegt es noch herum. Ich weiß es wirklich nicht …«

Um so besser glaubten es die Finanzbehörden zu wissen.

Zehn Tage vor Corinnas Abflug nach Moskau erschienen eines Morgens, sehr früh, zwei höfliche Herren im Zelt, wiesen einen Ausweis vor und stellten sich als Beamte der Steuerfahndung Münster vor. Im Zusammenhang mit der Strafanzeige, die von der Ärzteschaft gegen Corinna eingereicht worden war, lief auch eine Anzeige bei der Finanzdirektion ein. Um schnell handeln zu können, bekam die Steuerfahndung den Hinweis auf die »merkwürdige Heiltätigkeit der Corinna Doerinck«.

Corinna und Marius befanden sich noch allein im Zelt. Zwar waren schon eine Menge Wagen auf dem Parkplatz vorgefahren, aber da die Sprechstunde erst um neun Uhr begann, herrschte noch tiefe Stille vor dem Zelt.

Herr Wackmüller und Herr Hering – der eine Steuerrat, der andere Oberinspektor – kamen, obwohl sie der Anblick Corinnas beeindruckte, sofort zur Sache.

»Sie haben dem Finanzamt über vier Monate lang keinerlei Angaben über Ihre Einnahmen gemacht«, sagte Steuerrat Wackmüller und setzte sich auf einen Stuhl im sogenannten Warteraum. Oberinspektor Piering blickte sich interessiert um. Eine leichte Aufgabe – bei einer Hausdurchsuchung war dieses Zelt mit seinen paar abgeteilten Zimmern gut zu übersehen.

»Ich hatte keine Einnahmen. Meine Werkstatt und mein Haus sind abgebrannt.«

»Und wovon leben Sie?«

»Vom Ersparten und von Zuwendungen meines Vaters.«

»Und Ihre – sagen wir: Heiltätigkeit?«

Es klang so mokant, daß Marius Herbert bedauerte, Wackmüller nicht vom Stuhl reißen, in den Hintern treten und hinauswerfen zu können.

»Die ist unentgeltlich.«

»Können Sie das beweisen?«

»Fragen Sie alle, die hier gewesen sind.«

»Es ist uns aber bekannt, daß die Kranken Geld hinterlassen.«

»Das stimmt.«

Wackmüller und Piering wechselten einen schnellen Blick. »Aha!« hakte Piering ein. »Eben sagten Sie noch, Sie behandelten unentgeltlich.«

»Das stimmt.«

»Aber Sie nehmen doch Geld ein.«

»Nein.«

»Sie haben eben bestätigt, daß die Patienten Geld hierlassen.«

»Ja, aber ich nehme es nicht ein.«

»Fräulein Doerinck!« Steuerrat. Wackmüller holte zischend Luft. »Es geht hier nicht um germanistische Begriffe. Die Kranken lassen Geld hier, also ist das Ihre Einnahme.«

»Nein.«

»Erklären Sie das bitte!« sagte Piering ziemlich steif. Wenn sie uns hier verarschen will, dachte er wütend, ist sie bei den Richtigen gelandet. Mit uns nicht, mein Fräulein, auch wenn Ihre Hände angeblich noch so sehr leuchten. Wenn alles möglich ist, eins ist sonnenklar: Beim Finanzamt gibt es keine Wunder! Man müßte dann schon Politiker sein, da ist so manches wunderbar.

»Das ist ganz einfach«, fuhr Marius dazwischen, ehe Corinna antworten konnte. »Die Kranken kommen, legen beim Hinausgehen einen Schein in eine große Zinnschale, und da bleibt es, das Geld. Jeden Abend nehme ich es heraus, zähle es, trage es in einem Buch ein und schließe es weg. Dort, im Schrank, liegt es noch! Unberührt.«

»Was Sie mit dem Geld tun, ist Ihre Sache.« Steuerrat Wackmüller knackte mit den Fingern. »Nur versteuern müssen Sie es.«

»Nein«, sagte Corinna und schüttelte den Kopf.

»Aber ja! Es sind Einnahmen ...«

»Durchaus nicht. Es sind Geschenke.«

»Auch Geldgeschenke müssen Sie versteuern. Fortwährende freiwillige Zahlungen sind Einnahmen.«

»Nein. Ich nehme diese Geschenke ja nicht an.«

»Aber das Geld liegt doch hier.«

»Genau. Es liegt. Unberührt. Ich will es nicht! Es ist hingelegt worden, es liegt da, aber ich will es nicht.«

»Gewissermaßen ist es eine Fundsache«, sagte Marius genüßlich. »Bis zum heutigen Morgen sind es genau« – er schlug ein Notizbuch auf und hob etwas die Stimme – »62 400 Deutsche Mark. Toll, was? Und heute abend werden es sicherlich 65 000 Mark sein. Das Geld vermehrt sich wie die Karnickel.«

»65 000 Mark!« Steueroberinspektor Hering holte tief Luft. Das war mehr, als sein Jahresgehalt ausmachte. Was man mit Hokuspokus alles verdienen kann! Nicht daß er neidisch war – ein Steuerbeamter, der voll Neid die Steuererklärungen liest, ist fehl am Platze –, aber er fand es ungerecht. »Die müssen Sie versteuern.«

»Nein ... sie gehören uns nicht!« sagte Marius mit bewußt gequälter Stimme.

»Wem sonst?«

»Denen, die das Geld einfach hingelegt haben. Wir wollen es ja nicht.«

»Aber es ist nun mal da!« rief Wackmüller erregt.

»Das eben ist das Problem. Hier liegen 65 000 Mark, und keiner will sie haben. Was schlägt das Finanzamt vor? Was soll damit gemacht werden? Kann man von einem Geld, das keinem gehört, Steuern verlangen? Wem soll die Zahlungsaufforderung zugeschickt werden? Wer bekommt hier eine Steuernummer? Stehen dieser Steuernummer die üblichen Abzüge zu? Wer soll überhaupt die Steuererklärung unterschreiben?«

»Halten Sie uns nicht zum Narren!« rief Piering mit gerötetem Gesicht. »Sie haben das Geld angenommen. Sie haben demnach für die steuerliche Behandlung zu sorgen.«

»Wir haben nichts angenommen. Ich wiederhole: Es wurde gegen unseren Willen hingelegt und wird von uns nur aufbewahrt, bis sich die Besitzer wieder melden und es vielleicht wieder abholen.«

»Das ist doch völlig ausgeschlossen!«

»Genau das befürchte ich auch.« Marius Herbert grinste. »Was ist da zu tun? Sie sind die Fachleute!«

»Wir können das Geld einziehen!« sagte Wackmüller finster.

»Bitte! Ich werde zu diesem Akt sofort Fernsehen und Presse laden.«

»Sie drohen uns?« rief Piering aufgebracht.

»Drohen? Wir leben in einem demokratischen Land, und jeder amtliche Akt ist öffentlich von Interesse. Wenn die Rechtslage so klar ist, wundert es mich, daß Sie bei Erwähnung der Presse und des Fernsehens so explosiv reagieren.«

Man muß der Ehrlichkeit halber zugeben: Wackmüller und Piering waren nicht zu beneiden. Es war in ihrer Praxis noch nie vorgekommen, daß ein großer Geldbetrag herumlag, geschenkt und gestiftet, und niemand wollte ihn haben. Geld im Niemandsland … Natürlich konnte man es als

»Fundsache« zugunsten des Staates einziehen, aber das hätte in diesem Fall zu einem Aufsehen geführt, das man unbedingt vermeiden wollte.

Wackmüller und Piering wechselten wieder ein paar verständigende Blicke und beschlossen, die Entscheidung über diesen kniffligen Fall dem Leiter der Steuerfahndung zu überlassen. Steuerrat Wackmüller verlangte die nicht angerührte Geldsumme zu sehen, zählte die Scheine durch, verglich sie mit den Aufzeichnungen von Marius Herbert und fertigte darüber eine Notiz an. Noch einmal wurde es kritisch, als Oberinspektor Piering, der auf seine Beförderung wartete, erwähnte: »Die Geldsumme stimmt. Wer aber beweist uns, daß nicht vorher ein Betrag abgezweigt wurde und hier natürlich nur das Geld aufgeführt wird, das man übrigließ? Pro Tag so zweihundert Mark beiseite, das fällt ja gar nicht auf.«

»Diesen Satz werden wir uns merken!« Marius Herbert ging zur Tür und riß sie auf. Es war eine unmißverständliche Geste. »Sie bezichtigen uns also des Diebstahls, der Unterschlagung, der Steuerhinterziehung und was weiß ich noch alles!«

»Es war nur so ein Gedanke«, schwächte Piering ab.

»Dafür danken wir!«

Mit verbissenen Gesichtern verließen die Beamten das Zelt, stiegen in ihren Wagen und fuhren nach Münster zurück. »Denen werden wir's zeigen«, dachten sie. Die werden noch auf dem Zahnfleisch herumkriechen. Sich mit dem deutschen Fiskus anzulegen, dazu gehören Nerven. Und außerdem: Was auch kommen mag, das Finanzamt hat immer den längeren Arm. Wer einmal angespitzt worden ist, wird auch in den Boden gerammt, früher oder später. Das Finanzamt vergißt nie einen Widerstand.

Am Nachmittag schaltete sich Dr. Roemer wieder ein. Er hörte sich den Bericht von Corinna an, schnaufte laut und wählte die Nummer des Finanzamtes. Der Vorsteher, ein Leitender Regierungsdirektor, war nicht im Haus; der Stellvertreter behauptete, er wisse von nichts; der Chef der Steuerfahndung war ebenfalls unterwegs, und Wackmüller und Piering hatten sich im Amt noch nicht gemeldet.

»Das wird Folgen haben!« brüllte Roemer den ahnungslosen stellvertretenden Vorsteher an. »Dieser Auftritt stinkt zum Himmel!«

Es war natürlich ganz klar, daß solche Reden keinerlei Wirkung hinterließen, es sei denn negative. Im öffentlichen gesellschaftlichen Leben gibt es zwei Gottheiten: Die berühmten »Götter in Weiß«, die Medizinprofessoren in den Krankenhäusern – und die noch mächtigeren Götter in den Finanzburgen.

Aus Holland rief Professor van Meersel an, nachdem er von der Einladung nach Moskau erfahren hatte. Er war doppelt enthusiasmiert – einmal, weil Corinna von den besten Parapsychologen und PSI-Forschern der Welt empfangen werden würde; zum zweiten, weil jetzt feststand, daß Corinnas Behandlung ihn endlich von dem bisher unheilbaren Nasenzucken befreit hatte. Was die besten Neurologen nicht geschafft hatten – nach neunmaligem Streicheln über van Meersels Gesicht kapitulierten die Nerven, und Meersels Nase benahm sich gesittet wie alle anderen Zinken. Die bewundernden Worte, die Meersel durchs Telefon rief, kamen schon einer Hymne gleich. Er teilte mit, daß er mit der großen Abhandlung über seine Zeit bei Corinna gut vorankomme. Er wolle sie in alle Kultursprachen übersetzen lassen, damit das Phänomen Corinna weltweit bekannt werde.

Und noch etwas teilte er mit: Marikje Kerselaar, die Wunderheilerin mit angeblichen Beziehungen zum königlichen Haus, war vor vier Tagen plötzlich zusammengebrochen und mußte in eine Klinik gebracht werden. Man konnte sie nicht fragen, ob sie damit einverstanden war, ihr Geist hatte sich verwirrt. Bei einer gründlichen Generaluntersuchung wurde bei ihr ein Plasmozytom festgestellt. Unheilbar. Ein Todesurteil.

»Ich hab' es ihr gesagt.« Corinna senkte den Kopf. Wieder überfiel sie eine Art Entsetzen vor sich selbst. »Sie wollte es mir nicht glauben.«

»Du … du hast es gewußt?« rief van Meersel mit Trompetenstimme. »Eine solche Krankheit? Das ist ja phänomenal!«

Corinna preßte die Lippen zusammen und atmete pfeifend durch die Nase. Sie spürte ihren Herzschlag im Hals. »Ich bekomme Angst vor mir, könnt ihr das verstehen?«

Aus dem Labor des Bundeskriminalamtes in Wiesbaden kam endlich die Analyse des Giftes, mit dem der Pfeil getränkt war, der Molly getötet hatte. Es war ein seltenes, sofort wirksames Gift aus einer Knolle, die nur in Indonesien wuchs. Die Eingeborenen auf Borneo und Celebes hatten es früher benutzt für ihre Blasrohrpfeile. Es war heute nur noch den Toxikologieexperten bekannt … ein ausgestorbener Exote. Kriminaloberrat Fernich sagte es so:

»Wir werden gegen eine Wand laufen! Wer kennt in Hellenbrand dieses seltene Gift? Wie kommt jemand hier bei uns an solch ein Zeug? Wer kann mit einem Blasrohr umgehen? Ausgerechnet in Hellenbrand! Ich möchte da mal herumfragen, wer überhaupt Celebes kennt! Bürgermeister Beiler könnte sicher beschwören, daß noch nie ein Hellenbrander auf Borneo oder Celebes gewesen ist. Dieses Gift aber im Kochtopf auf dem Herd herstellen, das kann keiner. Die Chemiker sagen, die Destillation des Giftes aus dem Wurzelsaft sei eine langwierige und schwierige Sache und bei den Urvölkern allein den Medizinmännern vorbehalten gewesen. Wir werden da nie weiterkommen.«

»Dann muß es jemand gewesen sein, der mit den vielen Heilungssuchenden hierher gekommen ist.«

»Sie sagen es, Herr Landgerichtsdirektor.« Fernich war froh, diesen verrückten Fall vorerst als Aktenleiche schlummern lassen zu können. »Falls sich nicht zufällig ein Zeuge meldet, stehen wir auf dem Schlauch. Das Umfeld von Corinna Doerinck ist nicht mehr überblickbar.«

In all diesen Tagen, in denen sich wieder Kolonnen von Autos nach Hellenbrand schoben und aus allen Gegenden Deutschlands Omnibusse voller Kranker anrollten, in letzter

Zeit auch aus Holland, Belgien und sogar Frankreich, wo clevere Omnibusunternehmer in Zeitungsanzeigen Wochenendausflüge zu den »Strahlenden Händen« anboten, was den Gastwirten der weiteren Umgebung von Hellenbrand ein dickes Zusatzgeschäft brachte, denn die meisten Kranken kehrten bei solchen Fahrten aus dem Münsterland vollgefressen und stockbetrunken von Korn und Pils, singend und schunkelnd in ihre Heimat zurück – in diesen arbeitsreichen und zermürbenden Tagen entschied sich auch endgültig die Moskaureise von Corinna.

Die sowjetische Botschaft teilte noch mal mit, daß der Antrag genehmigt sei. Man habe zugestimmt, daß Stefan Doerinck, Ljudmila Doerinck, Marius Herbert und Dr. Hambach sie begleiten könnten. Die Kosten übernehme die Akademie der Wissenschaften in Moskau. Dem Schreiben lagen die Formulare zur Erteilung der Visa bei.

»Den Russen muß viel an deinem Besuch in Moskau liegen«, sagte Doerinck. Er blickte hinüber zu Ljudmila; sie hatte die Visumformulare auf dem Schoß liegen, ihre Lippen bewegten sich lautlos, sie las die Fragen auf russisch. Ein glückliches Leuchten war in ihren Augen und lag über ihrem Gesicht. »Nun ist sie fast sechsunddreißig Jahre meine Frau«, dachte er. Deutschland ist ihr Zuhause geworden, aber es wurde ihr nie Heimat. Immer wird Rußland ihre Heimat bleiben, wie das Leben auch laufen mag. Es gibt keinen Russen, der außerhalb Rußlands ohne sein Heimweh auskommt ... »Jetzt wollen wir mal sehen, wie lange die für ein Visum brauchen.«

Es ging sehr schnell. Fast postwendend kamen die Pässe zurück. Mit schönen Stempeln – eine der stillen Wonnen der Russen. Ein Papier mit vielen Stempeln kann bei ihnen wahres Entzücken auslösen. Wenn wir Deutschen glauben, einsame Spitze in der Bürokratie zu sein, so irren wir uns genauso wie die Italiener, die in dem Wahn leben, das beste Eis der Welt zu fabrizieren. Für die sowjetische Bürokratie muß ein Superlativ erst noch erfunden werden, und das beste Eis der Welt gibt es nun einmal in Rußland. Diese Säulen der Wahrheit hätte nicht einmal ein Samson brechen können.

»In sechs Tagen geht es los!« sagte Doerinck und schwenkte die Flugkarten, die man mitgeschickt hatte. »Ab Frankfurt mit der Aeroflot! Nun komme ich doch noch nach Moskau. 1942 blieben wir kurz vor der Stadt im Schnee stecken, in viel zu dünnen Mänteln, und der Eissturm warf uns um …«

»Das würde ich in Moskau tunlichst nicht laut verkünden«, sagte Dr. Roemer sarkastisch. »Die russische Seele ist sehr empfindsam.«

»Die wissen an der Botschaft längst, daß ich Oberleutnant war und wer Ljudmila ist. Sie wissen, das ihr Vater Dr. Assanurian in der Verbannung von einem eifersüchtigen Ehemann ermordet wurde, daß auch er magische Kräfte einsetzte, die jetzt in Corinna wiederkehren. Genau das wollen sie bestätigt sehen, und deshalb die Einladung. Man will die Vererbung bioplasmatischer Feldenergie beweisen und damit das Unsterbliche im Menschen.« Er atmete tief durch, griff nach einem Glas Weinbrand und stürzte es hinunter. »Du lieber Himmel, in was werden wir da hineinkommen!«

Um Urlaub vom Schuldienst brauchte Doerinck nicht nachzusuchen, denn er war bereits beurlaubt. Der Boykott eines Teils der Eltern seiner Schüler hatte bei den vorsichtigen Schulbehörden, die jeden Skandal vermeiden wollten, Erfolg gehabt. Schulrat Franziskus Hollenbock hatte nach Absicherung durch die Regierung schweren Herzens – wie er betonte – die Beurlaubung ausgesprochen, und Rektor Ferdinand Hupp hatte drei Tage lang mit wehem Herzen und noch mehr Schiß in der Hose zugesehen, wie Doerinck trotzdem jeden Morgen in die Schule kam und seinen Platz in der Klasse einnahm. »Deine Sturheit bringt dich noch um!« hatte er gestöhnt. »Stefan, sei doch froh! Volles Gehalt für nichts! Davon träumen andere …«

»Ich bin weder ein Schnorrer noch ein Almosenempfänger!« hatte Doerinck finster entgegnet. »Mein Geld verdiene ich ehrlich!«.

Aber am vierten Tag gab er auf. Er sah die Sinnlosigkeit seiner hartnäckigen Weigerung ein, aber er wollte nicht kampflos den Rückzug antreten. Er verabschiedete sich von seiner Klasse, als käme er nie wieder, und die Kinder sangen zum Abschied sehr sinnig das Lied: »Wem Gott will rechte Gunst erweisen, den schickt er in die weite Welt.«

Doerinck war den Tränen nahe gewesen, als er das Schulhaus verließ. Nach sechsundzwanzig Jahren treuer Pflichterfüllung. »Das wär's nun«, sagte er zu Ljudmila, setzte sich in seinen Sessel, seinen Stammplatz, und streckte die Beine von sich. »Ein alter Hund kann sich auf der Ofenbank zusammenrollen.«

Da half es an diesem Tag auch nicht, daß Ljudmila ihm eine Romowaja Baba buk, einen mit Rumsirup getränkten Hefekuchen. Doerinck rührte ihn nicht an. Dafür fraßen ihn Roemer und Dr. Hambach bis zum letzten Krümel auf.

Und nun waren sie über das sonnendurchtränkte Moskau geflogen, sahen unter sich die dunklen Wälder von Scheremetjewo und setzten zur Landung an. Im Augenblick, wo die Räder des Flugzeuges russischen Boden berührten, bekreuzigte sich Ljudmila, wie es auch ihre Mutter getan hatte. »Der Herr sei mit uns!« sagte sie leise und auf russisch. »Maria, Mutter Gottes, beschütze uns.«

Der Rückstau der Düsen ließ das Flugzeug erzittern, an den Fenstern tauchten die Flughafengebäude auf, die riesigen Namenslettern, die modernen, weitläufigen Bauten, stolz und imposant.

Sie waren in Moskau.

Wenn sie geglaubt hatten, in die Mühlen der sowjetischen Bürokratie zu geraten, wurden sie jetzt belehrt, daß es auch in der UdSSR »planmäßige Ausnahmen« gab.

Während alle anderen Passagiere zu der Paßkontrolle drängten, empfingen zwei breit lächelnde Herren in hellgrauen Anzügen Corinna und ihre Begleitung noch vor der Sperre, hinter der sowjetisches Leben begann. Etwas seitlich von ihnen stand ein Offizier der Miliz herum und tat sehr uninteressiert, aber es war klar, daß man ihn dazu abgestellt hatte, die Ankömmlinge aus Deutschland mit dem Sonderstatus zu begutachten.

»Dr. Latischew ... Dr. Boganorow ...«, stellten sich die beiden Herren vor, verbeugten sich artig und gaben Corinna und Ljudmila die Hand. Doerinck, Herbert und Dr. Hambach nickten sie lediglich zu. »Willkommen in Moskau. Hatten Sie einen guten Flug? Welch ein Wetter haben Sie mitgebracht. Bis gestern hat es noch geregnet! Das ist ein gutes Zeichen: Die Sonne kommt mit Ihnen nach Moskau ...«

Die üblichen Floskeln, gesprochen in einem beinahe akzentfreien Deutsch. Fast war das ein wenig enttäuschend. Aber dann sagte Dr. Latischew etwas, was Doerinck wieder versöhnte:

»Wir brauchen uns nicht anzustellen wegen der Pässe; wir haben einen besonderen Weg. Unendlich lang würde das dauern einschließlich der Zollformalitäten. Ihr Gepäck ist in Frankfurt schon bezeichnet worden; es wird sofort aussortiert und kommt zu uns. Darf ich Sie einladen zu einem Begrüßungstrunk? Die damskij vielleicht zu einem Krimskoje, die gospotskij zu einem Wodka?«

»Das ist eine blendende Idee«, sagte Dr. Hambach. Marius Herbert rollte mit den Augen. »Wenn das hier so weitergeht, überlebe ich Rußland nicht«, dachte er. »Mein Magen ist ein Feuerofen. Und im Hirn kreisen Nebel.«

»Wir haben einen schönen Raum für unsere Gäste«, sagte Dr. Boganorow und kreuzte einen Blick mit dem an der Wand stehenden Milizoffizier. Der Uniformierte kratzte sich die Nase, schien zufrieden zu sein und schlenderte davon. »Darf ich bitten?«

Der separate Raum neben der Paßkontrolle war klein, mit biederen Polstermöbeln ausgestattet, zum Flugfeld hin dick verglast, und hatte als Ausgang nur eine Tür, die sich öffnete, wenn man auf einen Klingelknopf drückte. Auch Ehrengästen schien man hier nicht ganz zu trauen. Dr. Boganorow bot die Sessel an, setzte sich zwischen Corinna und Ljudmila und sprudelte nur so vor Freundlichkeit. Dr. Latischew verteilte die Getränke, die eine hübsche Stewardeß der Aeroflot ins Zimmer brachte, auf einem schönen Lacktablett, das eine russische Landschaft zeigte. Als Marius in dem niedrigen Wasserglas den Wodka roch, wurde ihm wieder übel.

»Professor Neroschenko ist sehr gespannt auf Sie«, sagte Dr. Boganorow und prostete Corinna und Ljudmila mit dem Champagnerglas Krimsekt zu. »Was wir bisher gehört und gelesen haben ... erstaunlich, wirklich erstaunlich. Haben Sie schon von unserer Dschuna Davitaschwili gehört?«

»Man hat in Deutschland viel über sie geschrieben.«

»Auch sie stammt aus dem Kaukasus, wie Sie, Ljudmila Davidowna. Dschuna kommt aus dem Dorf Kuban. Die Leute im Dorf, die zu dem damaligen Kind kamen, um sich ihr Ischias oder Magengeschwüre behandeln zu lassen, nannten sie ›Die Kinderhexe‹. Schon da, als Kind, richtete sie ihre Handflächen auf die kranken Körperteile und spürte, daß eine Besserung eintrat. Wie bei Ihnen, Corinna!« Dr. Boganorow trank einen langen Schluck. Neben ihm hustete Marius in sein Wodkaglas; noch eins, und ich liege flach, dachte er verzweifelt ... »Welche Gemeinsamkeiten mit unserer Dschuna! Hören Sie nur: Als sie vierzehn war, zogen die Davitaschwilis in die grusinische Hauptstadt Tiflis. Dschuna wurde erst Filmvorführerin, dann Kellnerin, weil sie so normal sein wollte wie alle Mädchen. Aber ihre Gabe, mit den Händen zu heilen, ließ sich nicht unterdrücken. Sie wurde Krankengymnastin und nahm eine Stelle an der Poliklinik in Tiflis an. Ein einflußreicher Genosse holte sie dann nach Moskau. Hier begann es. Von hier aus verbreitete sich ihr Ruhm über die ganze Welt.«

»Man behauptet bei uns, daß es der einflußreiche Genosse Breschnew selbst war«, sagte Stefan Doerinck. »Dschuna soll ihn behandelt und seine Leiden sehr gebessert haben ...«

»Kapitalistische Propaganda!« Dr. Latischew winkte ab. »Was man so redet im Westen! Dschuna ist heute eine anerkannte Therapeutin. Sie behandelt privat, in Arztpraxen und in Krankenhäusern. Sie hat eine Lizenz, ihre Liste der Heilungen ist sensationell, und man spricht darüber. Wer kennt bei uns Dschuna nicht!«

»Glückliches Rußland!« sagte Dr. Hambach. »Bei uns in Deutschland entfesselt man eine Hexenjagd gegen jeden, der es wagt, der Schulmedizin zu widersprechen. Corinnas unerbittlichste Gegner sind die Ärzte.«

»Da ist es bei uns anders.« Dr. Boganorow prostete Corinna wieder zu. »Als Dschunas Ruf, eine Wunderheilerin zu sein, sich wie ein Steppenbrand über Rußland verbreitete, waren es gerade die Spitzen unserer medizinischen Wissenschaft, die sich mit Begeisterung dieses Phänomens annahmen. Alles, was es an wissenschaftlichen Möglichkeiten gab, Dschunas Gabe zu ergründen und zu durchleuchten, wurde eingesetzt. Das Institut für Physiologie, die biologische Forschungsgruppe von Professor Alexander Gurwitsch, das Institut unseres berühmten Professors Venyamin Puschkin, die Plasmafeld-Forscher Injuschin und Grischenko aus Alma-Ata, die Gruppe um Professor Naumow, Leiter des Kongresses für parapsychologische Forschung in Moskau – alle diese Institutionen und Persönlichkeiten haben Dschuna im Laufe der Jahre getestet. Das Ergebnis: Dschunas Heilkraft ist offiziell anerkannt!«

»Ich wiederhole: Glückliches Rußland!« rief Dr. Hambach. »Das absolut akademische Denken gibt es anscheinend nur in Deutschland.«

»Nun soll das gleiche mit Ihnen geschehen, Corinna Stefanowna«, sagte Dr. Latischew. Es war das erstemal, daß er Corinna in der russischen Art mit Vatersnamen anredete. Doerinck fand, es klinge sehr gut. »Professor Neroschenko wird die besten Wissenschaftler um sich versammeln und Ihre Heilgabe untersuchen. Seien Sie nicht zu stolz, wenn ich Ihnen jetzt sage: Sie müßten nach dem, was wir gehört haben, unsere Dschuna noch übertreffen.«

»Ich bin nicht stolz.« Corinna schüttelte den Kopf. »Ich weiß ja selbst nicht, wie und warum das alles so in mir ist. Ich fühle die Krankheiten, meine Fingerspitzen ›sehen‹ sie, und die unerklärlichen Strahlen aus meinen Händen zerstören die kranken Zellen und stellen das Gleichgewicht im Körper wieder her.«

»So ist es.« Dr. Boganorow goß die Gläser noch einmal voll. »Wir haben Sie eingeladen, Corinna Stefanowna, um das alles zu erklären. Der ganzen übrigen ungläubigen Welt zu erklären. Genosse Professor Neroschenko wird es Ihnen sagen: Wir leben in einem Zeitalter des völligen geistigen Umbruchs. Alles, was wir bisher wußten, ist nur Stückwerk. Im menschlichen Geist liegen so große Möglichkeiten, wie sie sich kein utopischer Schriftsteller ausdenken kann. Die Wirklichkeit übertrifft alles! Wir haben den Spalt einer Tür aufgestoßen, hinter der das Universum und die Unsterblichkeit greifbar sind. Die Dimensionen weiten sich. Die Einsteinsche Theorie wird zum Einmaleins. Die Zeit, die schon Einstein als relativ entlarvte, wird zum Spielball. Könnte der Mensch sich mit Lichtgeschwindigkeit bewegen, blieben seine Uhren stehen, und er würde nicht älter. Bewegte er sich schneller als das Licht, würde sich die Zeit zurückdrehen. Es wäre der sechsdimensionale Raum! Der Mensch als körperliches Wesen wird das nie können – aber sein Geist! Sein Kraftfeld! Wir stehen vor der Erkenntnis und dem Beweis der Unsterblichkeit! Und dazu brauchen wir auch Sie, Corinna … als kleines Mosaiksteinchen im neuen Weltbild.«

»Das hört sich ungeheuerlich an!« sagte Doerinck gefesselt. »Verzeihen Sie mir, wenn ich daran nicht glaube. Das ist zu phantastisch.«

»Wie sollte man Ihnen das übelnehmen?« Dr. Boganorow lächelte breit. »Es ist unsere normale menschliche Dimension der Wirklichkeit. Nur wenige Persönlichkeiten gibt es, die andere Dimensionen entdeckt und begriffen haben. Einer von ihnen ist Professor Neroschenko.«

Nach knapp zwanzig Minuten waren alle Formalitäten erledigt. Die Pässe kamen zurück, ein Milizionär brachte sie in den Gästeraum. Die Koffer, so meldete man, stünden bereits draußen am Auto der Genossen, selbstverständlich bewacht von einem Aeroflot-Angestellten. Auch in Rußland kann man einen Koffer nicht einfach herumstehen lassen, vor allem dann nicht, wenn es schöne, aufreizende Lederkoffer aus dem Westen sind.

»Sie wohnen im Hotel Metropol«, sagte Dr. Latischew und half Ljudmila aus dem Sessel, obwohl sie sich mit jugendlichem Schwung erhob. »Auf dem Prospekt Marksa, im Herzen von Moskau, gegenüber vom Bolschoi-Theater, mit Blick auf den Kreml, und –«, Dr. Latischew blinzelte Dr. Hambach und Doerinck an, »– mit dem berühmten Restaurant Metropol im Haus. Sie werden sehr zufrieden sein.«

Die Fahrt von Scheremetjewo nach Moskau, über die breite Straße – zuerst Wald, dann auseinandergezogene Siedlungen, in Baumgruppen versteckte Datschas; vorbei an dem Denkmal, das den äußersten Punkt markiert, an dem deutsche Truppen vor Moskau standen –, verlief erstaunlich schnell in den bequemen Wolga-Limousinen mit den speziellen Nummernschildern, an denen jeder Milizionär erkennen konnte, daß hier Privilegierte fuhren.

Dr. Boganorow und Dr. Latischew erklärten die Route. Man hielt an dem Denkmal des deutschen Überfalls kurz an. Doerinck hütete sich zu erklären, daß er etwas südlicher von dieser Stelle in einem Erdloch gelegen hatte, ohne die Hoffnung, diesen mörderischen Winter jemals zu überleben. Hier hatte er gesehen, wie seinen Kameraden die erfrorenen Gliedmaßen abbrachen, als seien sie aus Glas. Und hier war ihm auch zum erstenmal der Gedanke gekommen, daß Rußland nie zu besiegen sei.

Im Sonnenglanz tauchten die Türme Moskaus auf. Die Wagen überquerten das riesige Autobahnkreuz bei Aloskino und fuhren über die breite Leningrader Chaussee, den Leningradskij-Prospekt und die Gorkij-Straße in die Stadt. Es war ein überwältigender Anblick. Ljudmila, die neben Stefan saß, tastete wieder nach seiner Hand und hielt sie fest.

Moskau, das Herz von Mütterchen Heimat. Daß die alten Augen noch so etwas sehen durften!

In der Halle des Hotels Metropol, des berühmten, von Fedor A. Sechtel in den Jahren 1899 bis 1003 errichteten Palastbaues, erwartete sie schon ein junges, hübsches Mädchen in einem durchaus modischen und westlicheleganten hellblauen Lederkostüm. Sie hatte lockige, rotblonde Haare, einen bemerkenswerten Busen und lange, schlanke Beine. Die braunen Augen glänzten wie poliert. Das Make-up war einwandfrei und diskret.

»Das ist Soja Igorowna Glebowa«, sagte Dr. Boganorow und legte den Arm um das hübsche Mädchen. »Ihre Dolmetscherin für die Dauer Ihres Aufenthaltes bei uns. Was Sie auch wünschen – sie wird Ihr guter Engel sein.«

»Und unsere Aufpasserin«, flüsterte Dr. Hambach hinter Doerinck. »Nur auf dem Lokus werden wir ohne Beobachtung sein. Trotzdem: Wäre ich dreißig Jahre jünger – Junge, Junge, sie hätte keine ruhige Minute vor mir!«

»Willkommen in Moskau!« sagte Soja Igorowna. Sie hatte eine warme, samtige Stimme, die jedem Mann die Nerven vibrieren ließ. »Darf ich um Ihre Pässe bitten. Ich muß sie abgeben …«

»Womit wir im Land der Freiheit wären«, sagte Doerinck leise und griff in seine Rocktasche. Dennoch – von Moskau war er vom ersten Augenblick an fasziniert.

Professor Dr. Maxim Victorowitsch Neroschenko sah nach allem möglichen aus, nur nicht nach einem international berühmten Wissenschaftler.

Er war klein, schob einen dicken Bauch vor sich her, pflegte eine Glatze, über die er immer wieder mit der Hand strich, als müsse er sie polieren, stand in einem immerwährenden Ringkampf mit seiner Kurzatmigkeit und ärgerte sich über seine prallen roten Bäckchen, die rücksichtslos verrieten, daß er Diabetiker war. Seine Tochter Tatjana, als Assistentin im Biologischen Institut von Odessa tätig, hatte einmal einen Satz geprägt, den alle Mitarbeiter Neroschenkos kannten. Das war vor zwei Jahren gewesen, als Maxim Victorowitsch in Neuguinea die Medizinmänner der Hochland-Papuas und die berühmten Lehmmänner studieren wollte. Da sagte Tatjana nämlich, weil irgend jemand darauf hinwies, daß noch vor ein paar Jahren dort Menschen gefressen worden seien: »Papa werden sie nicht als saftigen Braten dabehalten, sondern als Zuckervorrat.« Es wird behauptet, Neroschenko habe daraufhin als Protest drei große Stücke Sahnetorte gegessen.

Die erste Begegnung zwischen Corinna und Neroschenko fand im Hotel Metropol statt, in einer Ecke der Bar. Mit ausgestreckten Armen kam er auf sie zu und rief in einem schaurigen Deutsch: »Ha! Bist da du! Aussehen noch schöner wie Bild. Hand gib her!«

Er nahm Corinnas Rechte zwischen seine Hände, drückte sie und wartete. Man wußte nicht, ob er auf einen Blitzstrahl aus Corinnas Hand hoffte, oder ob er verzweifelt nach weiteren deutschen Worten suchte. Endlich sagte er: »Du besser wie Dschuna!«

»Werden wir Dschuna treffen?« fragte Corinna gespannt.

»Nein.« Dr. Latischew befreite seinen Chef von der Qual, aus Höflichkeit Deutsch zu sprechen. »Dschuna verlebt gerade einen Urlaub auf der Krim, in Jalta.«

»Morgen wir fliegen nach Tscheljabinsk!« rief Neroschenko fröhlich.

»Wohin?« fragte Doerinck. Bisher hatte man ihnen nur gesagt, Moskau sei ihr Ziel.

»Tscheljabinsk. Ural. Dort schon Schnee. Eis. Große Kälte. Viel Schnee.«

»Das Institut von Professor Neroschenko ist vor einiger Zeit nach Tscheljabinsk verlegt worden, weil wir da bessere Möglichkeiten für unsere Experimente haben. Unsere Gruppe besitzt ein eigenes Flugzeug«, erklärte Dr. Boganorow. »Außerdem haben wir dort mehr Ruhe und können ganz unserer Forschung leben. Moskau ist ja nicht weit, nur 1800 Kilometer entfernt.« Er lachte kurz auf. »Für uns keine nennenswerte Strecke.«

»Auch Sie, Ljudmila Davidowna!« rief Neroschenko und zeigte mit dem Finger auf sie. Und dann sprach er russisch mit ihr. »Sie interessieren mich auch.«

»Ich bin nur die Mutter, Gospodin Professor.«

»Das ist es ja. Die Mutter von Corinna und die Tochter von David Assanurian.«

»Sie kennen meinen Vater?« fragte Ljudmila.

»Gelesen habe ich von ihm. Mich informiert. Ha, welch ein Mann! Läßt sich umbringen von einem Eifersüchtigen. Hätte – wie Ihr Töchterchen Corinna – mithelfen können, die Welt zu verändern. Und was tut er? Kommt durch Dämlichkeit der Behörden in die Verbannung und versteckt sein Genie! Aber er lebt ja weiter ... in Ihnen, in seinem Enkelchen, um uns im Raum, in der anderen Dimension ...«

»Was will er?« fragte Dr. Hambach leise Stefan Doerinck. Er verstand natürlich kein Wort. Doerinck, dessen Russisch noch gut genug war, um der Unterhaltung folgen zu können, winkte ab.

»Er sagt, Ljudmilas Vater sei um uns.«

Dr. Hambach hob den Blick zur Bardecke, blinzelte und sagte: »Einen schönen guten Abend, Kollege Assanurian ...«

»Laß den Blödsinn, Ewald!« Doerinck stieß Dr. Hambach in die Rippen.

In der dunkleren Ecke der Nische, dort wo der Tisch stand, saß Marius Herbert und kämpfte mit dem Schlaf. Den grusinischen Kognak, den man ihm serviert hatte, rührte er nicht an. Mit schweren Lidern sah er auf Corinna und auf Neroschenko, der ihm einen kurzen Blick zuwarf.

»Warum ist der junge Bursche mitgekommen?« fragte er Ljudmila. »Ist er ein Medium?«

»Nein. Er hat Magenkrebs.«

»Und Corinna behandelt ihn?«

»Ja. Und sie liebt ihn. Ein Maler ist er. Ein begabter.«

»Sie haben nie bei sich selber die psychokinetischen Kräfte gespürt, Ljudmila Davidowna?«

»Nein. Nie! Nur Bewunderung für Papuschka war da.«

»Haben Sie noch viele Erinnerungen an Ihren Vater?«

»So, als käme er gleich dort durch die Tür.«

»Sie hatten nie das Gefühl, er sei tot?«

»Selten. Ich habe immer gedacht: Er ist weit weg, ist irgendwohin fortgegangen. Man müßte ihn eigentlich einmal wiedersehen. Plötzlich ginge die Tür auf, er stehe da in seinem bis zum Boden reichenden Mantel, breite die Arme aus und rufe mit seiner dunklen Stimme: ›Wer bringt sofort eine Tasse Tee? Ja, einen Durst habe ich ...‹ So müßte es sein, dachte ich oft ... und denke ich oft.«

»So ist es auch, meine liebe«, sagte Neroschenko fast feierlich. »Neben Ihnen sitzt er ... sieht nur aus wie Ihr Töchterchen ... Oh, werden das Tage in Tscheljabinsk werden!«

»Was ist nun los?« flüsterte Dr. Hambach.

»Ich erzähle es dir später.« Doerinck beugte sich zu Neroschenko vor. So schaurig, wie Neroschenkos Deutsch war, so schrecklich müßte Doerincks Russisch jetzt klingen: »Was sind das für Experimente, Professor?«

»Wissenschaftliche.« Neroschenko polierte seine Glatze mit der Handfläche. Seine roten Zuckerbäckchen glänzten. »Revolutionen in der Psychokinese.«

»Gefährliche?«

»Wir brechen sofort ab, wenn es kritisch werden sollte. Mein Wort darauf.«

»Ich weiß nicht, was ihr sagt.« Corinna blickte vom Vater zur Mutter und dann zurück zu Neroschenko. »Aber ich nehme an, es geht um mich.«

»Besorgnis wird geäußert«, erklärte Dr. Latischew.

»So etwas habe ich geahnt.« Sie straffte sich und reichte Neroschenko ihre Hand: »Was man auch verlangt – ich mache alles mit! Ich will selbst wissen, wer ich bin.«

In der Nacht gelang es ihnen, Hellenbrand telefonisch zu erreichen. Zur großen Überraschung war Dr. Roemer, der nun drei Häuser hütete – das Zelt, das Doerinck-Haus und Dr. Hambachs Kate – sofort am Telefon. In Deutschland war es jetzt nach drei Uhr nachts. Roemers Stimme war so deutlich, als säße er neben ihnen; es dröhnte im Hörer, so brüllte er.

»Willbreit ist bei mir! Getreu seinem Ethos ist er hier aufgekreuzt, als er sicher war, euch nicht mehr anzutreffen. Jetzt besaufen wir uns an Mineralwasser, Sankt-Stephanus-Jauche Spätlese, extra trocken. Es gibt einen Grund zum Feiern: Meine Frau Elise hat die Scheidung eingereicht. Thomas hat die Klageschrift mitgebracht. Für mich als Jurist eine Wonne: Laut Schriftsatz muß ich ein wahres Scheusal sein. Ich werde dem nicht widersprechen! Mit der Staatsanwaltschaft habe ich auch telefoniert: Der Leitende Erste Staatsanwalt ermittelt wie ein Hund, der seinem eigenen Schwanz nachrennt. Ihm kommt die ganze Sache nicht geheuer vor, und ich habe ihm gesagt, wenn er unbedingt eine Karikatur seiner selbst werden will, soll er die Anzeige der Ärzteschaft gegen Corinna mit behördlichem Ernst und der gebotenen Objektivität behandeln. Ha! Willbreit verzieht sein männlich schönes Gesicht! Daß ich gesund bin, bringt ihn um! Zum Beweis habe ich vorhin mit Hilfe des Plattenspielers ein Solo hingelegt. Einen Rock! Sag Stefan, es täte mir leid – aber ich habe dabei einen Stuhl zertrümmert.«

»Was ist sonst passiert, Dr. Roemer?« fragte Corinna und lachte.

»Der Patientenstrom versiegte natürlich sofort, nachdem die Presse deine Moskaureise gemeldet hatte. Nur ein paar Unentwegte tauchen noch auf und fragen: ›Hat sie nichts hinterlassen? Ein Stück Papier, das sie angefaßt hat? Ein Handtuch, mit dem sie sich abtrocknete? Irgend etwas, was sie in der Hand hatte? Wir wollen es uns auf die kranken Stellen legen, vielleicht hilft es.‹ Da komme ich nun nicht mehr mit. Das nenne ich bekloppt! Das habe ich denen auch gesagt. Und was antworteten sie? ›Das können Sie nicht beurteilen. Sie waren nie krank …‹ Da habe ich zehn Blatt Papier zerknittert, in deinen Papierkorb geworfen, die Knäuel wieder rausgeholt und verteilt. Eine Frau – das habe ich gesehen – hat sich so 'n Knäuel zwischen die Brüste geschoben. Total verrückt! Da wüßte ich Besseres. Kann man so etwas begreifen?«

»Ja!« sagte Corinna sehr ernst. »Manchmal hilft es sogar. Es gibt Heilungen durch den eigenen Geist, den eigenen festen Willen, den alles überströmenden Glauben. Alles ist möglich.«

»Ein Glück, daß Willbreit das nicht mithören kann; er fiele vom Stuhl! Corinna, wie sieht Moskau aus?«

»Ich habe nicht viel von der Stadt gesehen, kenne bis jetzt nur die Zufahrt zum Hotel, und im Hotel sind wir jetzt.«

»Vor drei Jahren war ich in Moskau«, schnaufte Roemer. »Wo ist Ewald?«

»Im Nebenzimmer.«

»Schade! Ich hätte eine Adresse für ihn: die Hausnummer 19 in der Babjegorodskij uliza. Ein Puff mit Tatarinnen. Grandios!«

Corinna legte auf. In Hellenbrand war offensichtlich alles in Ordnung.

Im Frühstücksraum, am nächsten Morgen, wartete schon die schöne Soja Igorowna. Dr. Hambach, trotz seiner fast siebzig Jahre munter wie ein Hahn, balzte galant: »Wenn der Morgen so anfängt, braucht man nicht auf die Nächte zu warten!« Er drückte Soja die Hand, blickte ihr tief in die Augen und nahm ihr höfliches Lächeln als Flirt hin. Woher sollte ein alter Landarzt aus dem Münsterland auch Erfahrungen haben?

»Wir fliegen gegen Mittag weiter nach Tscheljabinsk«, sagte Soja Igorowna, als alle am Tisch saßen. Das Frühstück war reichlich, aber Doerinck hatte den Mut aufgebracht, noch extra ein Spiegelei zu bestellen. Nun war er gespannt, wann und ob es überhaupt kam. Es kam dann tatsächlich. – »Einen kleinen Bus habe ich bestellt. Wir machen eine Fahrt durch die Stadt. Genosse Professor Neroschenko holen wir in der Akademie der Wissenschaften ab. Ein schöner Tag heute.«

Aber selbst an diesem Vormittag sahen sie von Moskau nur, was auch andere Reisende im Schnellverfahren gezeigt bekamen. Und nicht einmal das; denn bevor sie den Kreml besichtigten, holten sie Professor Neroschenko ab – und damit war die Moskaurundfahrt auch schon beendet.

Neroschenko glühte sichtlich vor Tatendrang. Der kleine dicke Mann mit der riesigen Glatze umarmte Ljudmila und Corinna, schmatzte ihnen Küsse auf die Wangen, zog auch Doerinck, Marius und Dr. Hambach an seine Brust – allerdings ohne Bruderkuß – und tätschelte Soja Igorowna die runden Backen.

»Es ist alles vorbereitet!« jubelte er. »Begeben wir uns sofort hin.«

»Was ist vorbereitet?« fragte Ljudmila. »Wo geht es hin?«

»Das erste Experiment. Die ersten Messungen. Im Physiologischen Institut steht alles für uns bereit. Sie werden sogar das Mitglied des Obersten Sowjets, den Genossen Katujew, kennenlernen. Er möchte Sie im Namen des Parteisekretärs begrüßen.«

»Und die versprochene Rundfahrt durch Moskau?« warf Doerinck ein.

»Moskau! Es steht zweitausend Jahre, wird noch fünftausend Jahre stehen und läuft uns nicht davon. Aber unsere Zeit rast, ihr Lieben, unsere Zeit! Noch sind wir nicht so weit, sie aufzuhalten … körperlich aufzuhalten.« Neroschenko machte eine weite Armbewegung. »Moskau gehört Ihnen, wenn unsere Arbeit hinter uns liegt.«

Die beiden Wolga-Wagen fuhren bis zu einem langgestreckten modernen Bau im Schatten der Lomonossow-Universität, der wohl größten und prunkvollsten Universität der Welt. Der mittlere, 240 Meter hohe Turm, 28 Stockwerke voller Hörsäle, Zimmer, Laboratorien, Bibliotheken, stach in den blauen Himmel; der rote Stern auf seiner langen Spitze glänzte im Sonnenlicht.

Vor dem Eingang des Instituts warteten schon die Wissenschaftler in weißen Kitteln auf sie und begrüßten Corinna wie eine alte Bekannte. Neroschenko eilte voraus; es ging durch lange, kahle, steril saubere Gänge, bis man einen großen Raum voller Instrumente betrat. Das erste, was Corinna sofort erkannte, waren ein Elektrokardiograph und ein Elektroenzephalograph, kurz EKG und EEG genannt. Die anderen Instrumente hatte sie noch nie gesehen.

»Halten wir uns nicht mit Vorreden auf«, sagte Neroschenko, ein Energiebündel, das sich jetzt sozusagen aufschnürte. »Ich möchte mit den Grundmessungen beginnen, wie wir sie schon bei Dschuna und einigen anderen Versuchspersonen durchgeführt haben. Wir greifen da auf einen großen Erfahrungsschatz zurück, den uns meine Kollegen, die Genossen Professoren Wassiliew und Puschkin, überlassen haben.« Neroschenko breitete die Arme aus: »Meine liebe Corinna Stefanowna, gehen Sie bitte hinter den Paravent und ziehen Sie den dort liegenden Badeanzug an. Er paßt Ihnen; wir haben an alles gedacht, auch an Ihre Maße.«

Soja übersetzte es. Dr. Hambach blinzelte Corinna zu. »Das muß man sich merken. Die Kollegen hier verbinden Wissenschaft mit Freude.«

Corinna verschwand mit einem Lachen hinter dem Paravent. Nach kurzer Zeit kam sie wieder hervor. Der Badeanzug war ein Bikini. Ein ganz knapper Bikini, der ihre makellose Figur gerade nur an den Schamstellen bedeckte. Man hätte diese winzigen Stoff Stückchen auch weglassen können. Sie sah hinreißend aus. Nur Marius ärgerte sich im stillen; er beobachtete die jungen sowjetischen Wissenschaftler und neidete ihnen die begeisterten Blicke.

An einem chromblitzenden Galgen schwenkte eine Fernsehkamera heran. Das rote Lämpchen auf dem Gehäuse zeigte an: Kamera läuft. Drei hochempfindliche Richtmikrofone pendelten über Corinnas Kopf. Während Professor Neroschenko die Experimente erklärte, die jetzt auf Film aufgenommen wurden, übersetzte Soja Igorowna seine Worte leise für Dr. Hambach und Marius Herbert. Doerinck bemühte sich, von dem Russischen soviel wie möglich zu verstehen. Wie gut, dachte er, daß ich mit Ljudmila nie aufgehört habe, russisch zu sprechen. Jetzt zahlt sich das aus.

»Der Badeanzug Corinna Stefanownas ist von drei Mitarbeitern untersucht und meßtechnisch behandelt worden«, sagte Neroschenko und tippte mit dem Zeigefinger auf das winzige Bikini-Oberteil. »Der Stoff ist neutral, weist keinerlei elektromagnetische Reaktionen auf, besteht aus reiner Schafwolle.« Er sah Corinna plötzlich sehr ernst an und fragte auf deutsch: »Sie bereit sind?«

»Ich weiß zwar nicht, was man gleich mit mir machen wird«, sagte Corinna deutlich, »aber ich bin zu allem bereit.«

»Danke.« Neroschenko polierte wieder einmal seine Glatze. »Bitte, waschen Sie sich die Hände.«

Einer der Assistenten führte Corinna zu einem Porzellanbecken, verfolgt von der Kamera, und deutete hinein. Es war mit einer milchigen, stark nach Thymian riechenden Flüssigkeit gefüllt. Corinna tauchte beide Hände bis zu den Unterarmen in das Becken und blieb so stehen, bis Neroschenko winkte. Ohne sich abtrocknen zu können, mit tropfenden Händen, kam Corinna in die Mitte des Raumes zurück. Dort hatte man jetzt einen Tisch hingeschoben. Auf ihm standen und lagen Gläser, eine Zündholzschachtel, ein Kompaß, einige Goldringe, drei unterschiedlich große Metallkugeln, ein paar

Blätter Papier und zwei dünne Porzellanschälchen. Corinna schlenkerte die Hände etwas, um die Nässe wegzuschleudern.

»Die Hände von Corinna sind nun völlig isoliert worden«, sagte Neroschenko in die Kamera hinein. »Es ist ausgeschlossen, daß magnetische Teilchen an ihnen haften oder daß irgendein verborgener Trick angewandt werden kann. Corinna Stefanowna wird jetzt nur durch die Ausstrahlung der eigenen Energie, einer psychischen Energie, ein Kraftfeld erzeugen, das anscheinend tote Gegenstände bewegt. Ich sage anscheinend, denn in Wahrheit lebt alles, besteht aus Atomen und sich aufbauenden Molekülen, ist also in einer ständigen Bewegung, die das träge menschliche Auge nie erkennen und begreifen wird. Durch den Einsatz der Psychokinese – oder sollen wir es Bio-Kommunikation nennen oder Bio-Plasmafeld – sehen wir plötzlich, daß konzentrierte psychische Energie unsere gewohnte Wirklichkeitsdimension aufhebt.« Er blickte wieder Corinna an. »Wie ist?« fragte er auf deutsch.

Corinna nickte stumm. Sie schloß für einen Moment die Augen, konzentrierte sich und spürte plötzlich aus dem Inneren heraus eine grenzenlose Weite, eine von einem hellen, summenden Ton erfüllte Unendlichkeit. Als sie die Augen wieder öffnete, erblickte sie das Wasserglas, das als nächster der Gegenstände vor ihr auf dem Tisch glänzte.

Langsam streckte sie die Hände aus, formte sie zu Schalen, hielt sie senkrecht vor das Glas ... es gab einen hellen Klang, wie eine Explosion, und das Glas zerplatzte in winzige Teilchen.

Marius Herbert ließ sich auf einen der Hocker fallen, die herumstanden. Mit beiden Händen zerwühlte er sein Haar. »Du meine Fresse!« stammelte er. »Oje ...« Dr. Hambach schluckte, Doerinck bekam einen roten Kopf. Nur Ljudmila lächelte wie ein Engel.

Mit ausgestreckten Händen beugte sich Corinna nun über den Tisch. Als sie zehn Zentimeter über dem vorderen goldenen Ring schwebte, begann sich der Ring zu bewegen und glitt über die blanke Tischplatte. Die Hände wanderten weiter ... ohne Berührung setzten sich die Porzellanschälchen in Bewegung, die Papierblätter wendeten sich um. Als Corinna ihre Hände kreisen ließ, drehte die Kompaßnadel sich neunmal um sich selbst, die Metallkugeln erhoben sich etwa zwei Zentimeter über den Tisch und schwebten frei in der Luft.

In dem großen Raum war es totenstill. Mit einem schnellen Griff leerte Neroschenko die Streichholzschachtel und verschüttete die Streichhölzer über den Tisch. Corinnas Hände schwebten über die Holzstäbchen hinweg ... diese begannen sich ganz langsam zu bewegen, krochen über die Tischplatte, sammelten sich und wurden zu einem Häufchen – so, wie die Strahlen, die sie lenkten, es befahlen. Zum Schluß breitete Corinna noch einmal ihre Hände vor einem großen Glas aus ... klirrend zerfiel es in krümelige Scherben.

Mit diesem Klirren schien Corinna aus der Unendlichkeit zurückzukehren. Sie warf den Kopf in den Nacken: Für alle, die sie kannten, das Zeichen, daß es vorbei war. Und Doerinck rief in die lähmende Stille hinein: »Eine Zigarette ... schnell, eine Zigarette ...«

»Hier ... hier ist Rauchen verboten ...«, stotterte ein Assistent heiser vor Ergriffenheit.

»Wenn sie keine Zigarette bekommt, ist alles zu Ende!« rief Doerinck.

»Interessant!« Neroschenko wartete ab, bis ausgerechnet Soja Igorowna aus ihrer Tasche eine Packung Papirossy holte, Feuer gab und Corinna die ersten Züge geradezu verschlang. Marius war aufgesprungen, hinter Corinna getreten und stützte sie. Es sah aus, als knicke sie, völlig kraftlos, in den Knien ein.

»Das ist ja fast wie Mord!« sagte er rauh. »Das mache ich nicht mehr mit!«

Neroschenko rieb wieder seine glänzende Glatze. Die Kamera lief noch immer. »Wir werden jetzt sofort im EKG Corinna Stefanownas Puls und Herztätigkeit, im EEG die

Hirnstromaktivität und dann den Blutzuckergehalt untersuchen«, sagte er in die Mikrofone. »Danach schließen wir sie an ein elektrisches Feldmeßgerät an, einen Sergejew-Detektor, um das Kraftfeld des Bioplasmas zu messen.«

Zwei Assistenten führten die noch immer leicht benommene Corinna zu der liege neben dem EKG, setzten die Ableiter an und gaben den Direktschreiber frei. Die Fernsehkamera nahm die Kurven auf. Dem EKG folgte das EEG, aus der Armvene wurde Corinna Blut entzogen zur Schnellbestimmung des Blutzuckers … dann rollte man sie hinüber zum Sergejew-Detektor. Neroschenkos Stimme war von nüchterner Klarheit, als er die Ergebnisse sofort in die Mikrofone sprach:

»Im EKG zeigt sich deutlich eine arrhythmische Herztätigkeit, das Hirnstrombild im EEG beweist eine hochgradige emotionale Erregung, wie man sie bei einer bis an die Grenze der Belastbarkeit gehenden Streßsituation vorfindet. Der Körper wird außergewöhnlich angestrengt und im Augenblick des Psychokinese-Effekts konzentriert geschwächt. Der Sergejew-Detektor, also das elektrische Feldmeßgerät, zeigt ein Kraftfeld des Hinterkopfes, also von der Rückseite des Gehirns produziert, das dreiundfünfzigmal stärker ist als das Stirnseitenkraftfeld. Normal ist zwischen Kraftfeld Hinterkopf und Kraftfeld Stirnseite ein Verhältnis von drei zu eins. Die psychische Energie von Corinna Stefanowna ist somit nicht nur überdurchschnittlich, sondern geradezu einzigartig … wirklich eine beispiellose psychokinetische Energie!«

Neroschenko brach die Experimente ab. Dieser erste Tag wurde bereits von einem sensationellen Erfolg gekrönt. Es war der Beweis erbracht, daß die »Strahlenden Hände« keine phantastische Erfindung waren, sondern daß Corinnas Hände wirklich strahlten. Gemessen und sichtbar gemacht durch modernste elektronische Kraftfeld-Meßinstrumente.

Neroschenko kam zu Corinna, die noch immer in ihrem Super-Bikini auf der Untersuchungsliege hockte und nun die dritte Zigarette inhalierte. Er umarmte sie, drückte sie an sich und sagte bewegt:

»Du bist einmalig, mein Töchterchen. Mit dir werden wir in Dimensionen vordringen, die bisher der Menschheit verschlossen schienen.«

Dann küßte er sie, nahm ihr die Zigarette aus der Hand, steckte sie sich zwischen die Lippen und rauchte sie zu Ende.

»Die letzten Worte löschen wir auf dem Videoband«, sagte er zur Kamera hin. »Wir wollen doch wissenschaftlich bleiben ...«

Um drei Uhr nachmittags flogen sie vom Flugplatz Wnukowo aus mit einer zwanzigsitzigen Turboprop-Maschine nach Tscheljabinsk im Ural. Die Organisation klappte vorzüglich, das Gepäck lag im Flugzeug, die Pässe hatte Soja in der Tasche, es gab keine Kontrollen. Zwei Milizionäre, die das Flugzeug bewachten, grüßten freundlich. Der Pilot trug eine schlichte Uniform ohne Rangabzeichen. Der Kopilot steckte in einem weißen Overall. Sogar bedient wurden sie während des Fluges; Soja Igorowna spielte die Stewardeß.

In knapp dreitausend Meter Höhe flogen sie über das weite Land, über riesige Wälder, weite Felder, hügeliges, verstepptes Gelände, Dorfgruppen und kleine Städte, Wege und Straßen ins Unendliche ... fast leer, kaum befahren, schweigende Einsamkeit. Nur die Schienenstränge waren belebt; wie schwarze Schlangen huschten die Züge durch das Land. Hinter Kasan, bei den Stauseen von Uljanowsk, stieg man auf viertausend Meter. Die Weite unter ihnen wurde weiß – der erste Schnee in diesem Jahr.

Corinna, die am Fenster saß, legte plötzlich ihre Hand auf Marius' Knie. Er sah sie fragend an.

»Ich muß dir etwas mitteilen«, sagte sie so leichthin, als plaudere sie über Belangloses. »Ich habe meine Periode nicht bekommen.«

»Das ist doch nicht möglich!« Marius begann zu stottern und schluckte mehrmals. »Die Aufregung der Reise, die Umstellung, das andere Klima ... das kann viele Ursachen haben.«

»Nein! Ich muß es doch am besten wissen.« Sie lehnte den Kopf gegen das Rückenpolster und blickte in den grenzenlosen blauen Himmel. »Es ist so.«

»Du meine Güte ...«, stammelte Marius. »Was nun?«

»Ist was?« fragte Doerinck. Er saß, durch den schmalen Gang getrennt, auf der anderen Flugzeugseite. »Seht ihr was Besonderes?«

»Nein, Papuschka.« Corinna dehnte sich und legte dann beide Hände in den Schoß. Neben ihr kaute Marius an der Unterlippe. »Ich freue mich nur auf alles Kommende.«

15

Niemand hat einen Grund, traurig zu sein, wenn er Tscheljabinsk nicht kennt. Wer kommt schon nach Tscheljabinsk, wenn er nicht dahin muß?

Swerdlowsk, etwas nördlich und größer, kennen dagegen viele. In Swerdlowsk lag einmal eine der Zentralen der sibirischen Gefangenenlager. Swerdlowsk war Drehpunkt der Transporte in die unendliche Taiga, und Orte wie Tjumen, Tobolsk und Tawda haben seit Jahrhunderten einen üblen Klang. Auch heute noch ist Swerdlowsks Name für Tausende ein Begriff; hier arbeitet eine der Hauptverwaltungen des GULAG, von hier aus werden die Straf- und Arbeitslager kontrolliert und zentral verwaltet.

Tscheljabinsk am östlichen Rand des südlichen Urals war es gleichgültig, daß es im Schatten des berühmten Swerdlowsk lag. Es hatte, wie alle Städte in Sibirien, eine fabelhafte Neustadt mit Einheitsbauten sowjetischer Stadtarchitektur, Wohnblocks, nüchternen Häuserzeilen, breiten Straßen – Platz gibt es ja genug in Sibirien –, Oasen mit Bäumen und Ruhebänken, einem Volkspark, einem Theater, einer Menge Schulen, einem prunkvollen »Haus des Volkes« und einem Sportstadion, das alle Wünsche erfüllte. Die alte Stadt, das in Schnee und Eis, Steppenwinden und Froststürmen gebleichte Tscheljabinsk mit seinen massiven Holzhäusern, den geschnitzten Fenster- und Türrahmen, den gemalten Gesimsen und durch Knüppelzäune abgeteilten Gärtchen starb langsam aus, wurde vom Modernen überrollt, ballte sich nur noch in den Außenbezirken und zu den Bergen hin. Denn auch in Tscheljabinsk hatte man sich jahrelang bemüht, den Fortschritt einzupflanzen, und dies bedeutete, daß die schönen alten Häuser langen, seelenlosen, gleichförmigen Mietskasernen weichen mußten.

Außerhalb der neuen Stadt, wo die Straßen schon wieder, genau wie vor Jahrhunderten, zu ausgewalzten Wegen wurden, im Frühjahr sich bei der Schneeschmelze und im Herbst bei dem großen Regen in eine Schlucht aus Schlamm verwandelten, im Sommer in eine von Staubwolken vernebelte Piste und erst im Winter endlich in eine Art Straße, auf der man zwar langsam, aber mit festem, weil gefrorenem Boden unter den Füßen vorankam – hier draußen hatte man das Institut von Professor Neroschenko gebaut. Ein ganzer Gebäudekomplex aus Stahl, Beton und Isolierglas war es, von Mauern umgeben wie eine Festung. Am Einfahrtstor kein Schild, kein Hinweis, nur ein großer roter Stern. Hier arbeiteten 128 Wissenschaftler an einem auf der Welt einmaligen Forschungsauftrag, der auf eine totale Umwandlung unseres Weltbildes und unserer Dimensionen durch Psychokinese und Bio-Kommunikation hinauslief. Was in der Geschichte der Menschheit an PSI-Phänomenen bekannt geworden war oder in unserer Zeit bekannt würde, unterzog man hier einer gründlichen Ausweitung.

Die Turboprop-Maschine aus Moskau landete sicher auf der von einem eisigen Wind mit Schneestaub überzogenen Landepiste. Neroschenko klatschte fröhlich in die Hände. Moskau bedrückte ihn immer ein wenig, hier aber fühlte er sich zu Hause, glücklich und sogar frei. Moskau war weit, die Beamten der Akademie der Wissenschaften ließen ihn weitgehend in Ruhe; denn was im Institut von Tscheljabinsk wirklich erforscht wurde, verstanden die wenigsten. Geistig normale Beamte sagten sogar: »Die erforschen Geister und sprechen mit der Seele von Lenin!« Dabei tippten sie sich vielsagend an die Stirn. Ärgerlich fanden sie es, daß Neroschenko und seine Mannen mit Rubeln großzügig unterstützt wurden. Als ob bei den Forschungen wirklich etwas herauskäme!

Mit den Bürokraten von Swerdlowsk und Tscheljabinsk hatte Neroschenko gar keine Schwierigkeiten. Für Swerdlowsk war er nur ein personifizierter Verwaltungsvorgang, der von Moskau dirigiert wurde, in Tscheljabinsk dagegen war er eine geehrte Persönlichkeit, ein großer Gelehrter, und man war ihm dankbar, daß er durch sein Institut die Stadt aufwertete und daß es vielleicht einmal heißen würde: »Die grundlegenden Forschungen von Tscheljabinsk haben ein anderes Weltbild ergeben ...« Dann würde Tscheljabinsk in aller Mund und unsterblich sein. Genossen, einen solchen Mann muß man pflegen! Außerdem war der geniale Professor ein echtes Brüderchen: Er gehörte vielen Vereinen an, war der Dramaturg des »Südsibirischen Laien-Theaters«, hielt im Volkshaus Vorträge über Hypnose und Telepathie und hatte es fertiggekriegt, das Mitglied des Stadt-Sowjets, den Genossen Marat Leonidowitsch Rojkow, zu hypnotisieren. Auf offener Bühne, vor über tausend atemlosen Besuchern, hatte Rojkow seine Hosen fallen lassen. Da er ein positiver, humorvoller Mensch war, hatte er das Neroschenko nie übelgenommen.

Als das Flugzeug ausrollte und dem Einweisungsauto langsam zum Standplatz folgte, schoß ein kleiner Omnibus aus dem Gebäudekomplex des Flughafens hervor und hielt an der Maschine. Zwei in dicke Mäntel gehüllte Frauen rannten die herausfahrende Gangway hinauf. Auf den Armen trugen sie langhaarige Pelze.

»Wir kommen noch aus dem Sommer, aber hier ist schon Winter!« sagte Neroschenko. »Meine Assistentinnen bringen uns Mäntel. Ich halte Frieren für eine der unangenehmsten Körpererscheinungen. Dr. Boganorow hat Ihre Maße durchgegeben, für jeden ist ein passender Pelz dabei. Füchse, meine Lieben. Ich selbst trage lieber Hundefell. Aber das will ich dem zarten deutschen Tierfreundgemüt nicht zumuten.«

»Die Organisation klappt vortrefflich.« Doerinck erhob sich von seinem Sitz. Die Mädchen – eines blond aus dem Norden, aus Leningrad; eines schwarzäugig, ebenholzgelockt, mit hohen Backenknochen, eine Tungusin – kamen in den Raum und hielten die Mäntel hoch und riefen:

»Dr. Hambach ... Gospodin Doerinck ... Gosposcha Corinna ... Ljudmila Davidowna ... Gospodin Herbert ...«

Sie halfen den Aufgerufenen in die Pelze, während die sowjetischen Wissenschaftler selbst nach ihren zotteligen Hundefellmänteln griffen. Auch für Soja Igorowna gab es einen Pelz, einen wunderschönen Blaufuchsmantel. Sie sah darin aus wie ein superteures, supermondänes, superschönes amerikanisches Pelz-Mannequin. Sie wußte das auch, warf Dr. Latischew, der schon immer wie ein Hund um sie herumstrich, einen feurigen Blick zu und verließ als erste das Flugzeug.

Die Fahrt zum Institut, zunächst quer durch Tscheljabinsk, wurde auf dem letzten Stück, am Rande der Berge, zu einem Abenteuer. Die Straße war vereist, der kleine Bus tanzte hin und her, und nur die vielen Querrillen des nun gefrorenen herbstlichen Schlammes verhinderten ein Ausbrechen. Außerdem: Was kann einem russischen Fahrer eine schlechte Straße antun?! Für einen Sibirier gibt es nichts, was nicht überwunden werden könnte. Wie könnte er sonst in Sibirien überleben?

Im Institut war alles anders. Warme, helle, blitzsaubere Räume, wie in einer Klinik. Blitzende, fast spiegelnde Kunststoffböden und ebensolche Deckenverkleidungen. Nicht ein Stäubchen, nicht ein Fleckchen! Als die Ankömmlinge das Institut betraten, wurden ihre Schuhe an automatischen Rollbürsten gereinigt. Einen Augenblick lang roch es scharf nach Phenol. Ein Hitzestrahl traf die Füße.

»Wir werden desinfiziert«, sagte Neroschenko fröhlich. »Nein, nicht sterilisiert, um Gottes willen, nein! – Ich bin ein Sterilnarr. Auch wenn wir es hier nur mit dem Geist zu tun haben: Ich bestehe im inneren Bereich meines Instituts auf völliger Keimfreiheit.«

Die Zimmer, die man Corinna und ihrer Begleitung zuwies, lagen in einem Nebengebäude, das durch einen gläsernen Gang mit dem eigentlichen Institut verbunden war. Hier wohnten auch Professor Neroschenko und sein Stellvertreter Dr. Boganorow. Die anderen Mitarbeiter hatten Wohnungen in Tscheljabinsk, kamen morgens mit den für sie bereitgestellten Bussen und wurden abends damit wieder abgeholt. Ein eigenes Auto besaßen nur fünf Wissenschaftler. Der Kleinbus war das Institutsfahrzeug für alle Zwecke. Im Sommer allerdings änderte sich das, da fuhren die meisten mit dem Fahrrad zum Institut.

In Abwandlung des alten lateinischen Spruches: In einem gesunden Körper wohnt ein gesunder Geist – hatte Neroschenko verkündet: Der Geist und der Körper gehören zusammen. Der Körper sei das Haus, in dem der Geist arbeite. Was mache man mit einem Haus, damit es lange halte? Man pflege es. Man putze es, man renoviere, man erneuere Teile, wohl fühlen wolle man sich ja. Damit der Geist sich wohl fühle, müsse man auch sein Haus, den Körper, reinigen.

Und deshalb hatte Neroschenko etwas eingeführt, das er bei Besuchen in China überall mit größtem Staunen beobachtet und in seiner Bedeutung erkannt hatte: die Morgengymnastik. Das chinesische Schattenboxen nach Maos Befehl, jeden Morgen den Körper zu lockern, damit Kraft und Geist freier fließen.

Zugegeben: Zunächst hatte man dumm geguckt und Neroschenko im engen Kreis einen senilen Idioten genannt, aber dann gewöhnte man sich doch daran. Jeden Morgen standen alle Mitarbeiter des Instituts im großen Hof oder, im Winter, in der hallenartigen Kantine und hoben das rechte Bein und boxten mit dem linken Arm, hoben das linke Bein und boxten mit dem rechten Arm – nicht schnell wie in einem Boxring, sondern alles in genau rhythmisierter Zeitlupe, mit exakt bestimmten Bewegungsgruppen. Ein für einen Fremden faszinierender Anblick. Lebende Marionettenpuppen, stampfende und schlagende Maschinenmenschen.

Aber der Erfolg zeigte sich augenblicklich. Nach zwanzig Minuten Schattenboxen chinesischer Art fühlten sich alle wohler, wacher, frischer, tatendurstiger. Es gab viel weniger Ausfälle durch Streß oder Übermüdung als früher. Man durchstand den Tag in einer gehobenen Stimmung.

»Auch das ist Psychokinese«, sagte Professor Neroschenko. »Der Mensch gelangt in eine positive psychologische Situation. Er befreit sich innerlich. Er ist bereit für energetische Strahlungen.«

Man hatte sich wirklich alle Mühe gegeben, den Gästen aus Deutschland zu zeigen, daß Sibirien – abgesehen von den Straflagern – ein Land der Gastfreundschaft war. Es gab breite hölzerne Bettstellen mit dicken Federbetten, Decken und Murmeltierfelldecken; Polstersessel und Couchtische, Topfblumen auf Beistelltischchen, ein Radio; auf dem Boden handgeknüpfte bunte Wollteppiche, wie sie von den Nomaden hergestellt werden; Bauernschränke mit kasakischen Schnitzereien und Lampen mit bemalten Schirmen. An der längsten Wand hing in jedem Zimmer ein Foto von Lenin, überlebensgroß, in einem Holzrahmen. Ein Badezimmer befand sich auf dem Flur; um Komplikationen auszuweichen, hatte man über der Tür eine rote Lampe angebracht, die aufleuchtete, wenn jemand von innen das Schloß verriegelte. So wußte jeder: Komm wieder, Genosse. Warte noch ein wenig …

»Sollten wir nicht alles abbrechen, Cora?« fragte Marius, als er zu ihr ins Zimmer kam. »Wenn das wahr ist, daß du … daß wir …«

»Es ist wahr, Marius. Im nächsten Monat wird es ganz klar sein.« Sie saß auf dem Bettrand, hatte die Haare mit einem bunten Band zusammengebunden und wartete darauf, daß das Badezimmer frei würde, in dem jetzt Dr. Hambach war – er hatte die Lage sofort erkannt und den Raum wie eine Festung erobert. »Du freust dich nicht? Du hast noch nichts dazu gesagt …«

»Ich bin wie erschlagen. Und ich werde auch erschlagen, wenn es dein Vater erfährt. Du sagst das so im Flugzeug dahin wie … wie: Guck mal da unten, da läuft ein Reh durch die Taiga … Ist das nicht eine Katastrophe für dich?«

»Warum soll ein Kind eine Katastrophe sein, Marius?«

»Sein Vater hat Magenkrebs …«

»Du wirst ihn nicht mehr lange haben. Er trocknet aus. Ich spüre es in meinen Händen. Es ist wie damals bei Mamuschka: Bei jeder Behandlung werden die Stiche in meinen Handflächen schwächer. Die Krankheit zerfällt, Marius … sie leistet keinen Widerstand mehr. Die nächste Röntgenkontrolle wird das zeigen.«

»Wenn das wahr wäre, Cora …« Seine Stimme schwankte. »Unser Kind … Du würdest mich wirklich heiraten?«

»Aber ja. Ich liebe dich doch … den großen Maler Marius Herbert.«

»Noch bin ich das nicht.«

»Aber du wirst es sein. Sehr schnell. Ein kometenhaft aufsteigender Ruhm.« Sie stützte die Arme auf und lehnte sich etwas zurück. »Unser Leben wird sich sehr verändern. Wir werden uns zurückziehen. Irgendwohin, wo uns keiner kennt, wo wir in Ruhe leben können. Ein Haus, ein Garten, dein Atelier … eine kleine eigene Welt, nur für uns und das Kind. Nur Papa und Mamuschka und ein paar gute Freunde wie Onkel Ewald oder Dr. Roemer werden wissen, wo wir leben. Deine Bilder wirst du über einen Agenten verkaufen, mit dem du dich ab und zu in irgendeiner Stadt triffst.«

»Und … und deine strahlenden Hände?«

»Wir werden sie vergessen.« Sie schloß die Augen, warf den Kopf in den Nacken, und ihre Lippen wurden ganz schmal. »Manchmal hasse ich sie.«

»Sie haben deine Mutter geheilt, Dr. Hambach, Dr. Roemer, Dr. Wewes und viele andere. Sie sollen auch mich heilen. Und Tausende warten darauf. Cora, du kannst nicht einfach sagen: Ich will nicht mehr.«

»Doch! Wenn das Kind da ist, will ich nur für das Kind leben. Für das Kind und für dich … für uns …«

»Das hältst du nicht durch, Cora. Irgendwann kommt einmal die Situation, wo du die Hände ausstreckst und jemandem hilfst. Und schon rollt die neue Lawine.« Er ging unruhig im Zimmer hin und her, blieb vor Lenins Foto stehen und starrte ihn an. »Was glaubst du, wie die Welt reagiert, wenn Neroschenko seine Experimente mit dir veröffentlicht? Man wird dich umlagern, als seist du etwas Außerirdisches. Es gibt dann kein Entfliehen mehr … Cora, sag die Experimente ab!«

»Das geht nicht mehr, Marius. Wir sind Gäste in Rußland. Auf Staatskosten. Ich bin eine Verpflichtung eingegangen.«

»Geh zu Neroschenko und sage zu ihm: Njet! Mit dem nächsten Flugzeug oder Zug oder Auto wird man uns wieder hinauswerfen. Sag ihm ganz offen: Ich erwarte ein Kind. Es gibt keine Experimente mehr. Er wird das einsehen.«

»Er wird es nicht.« Sie beugte den Kopf wieder nach vorn, öffnete die Augen und blickte starr vor sich hin. Ihr Gesicht mit den starken Backenknochen schien von innen durchglüht zu sein. Erschrocken starrte Marius sie an. »Ich will es auch nicht! Es ist die erste und einzige Gelegenheit, um zu zeigen und sichtbar zu machen, was in mir ist. Ich will es selbst wissen … was weiß ich denn schon über mich? Meine Hände heilen, meine Fingerspitzen können sehen, mein Wille kann Gegenstände bewegen, ich kann Kraft in andere Menschen überfließen lassen …«

»Ich glaube, das müßte genügen«, sagte Marius heiser vor Erregung. »Was bleibt denn sonst noch übrig?«

»Das eben will ich wissen, Marius. Wo ist meine Grenze?«

»Und wenn es keine Grenze gibt?«

»Das ist ausgeschlossen. Ich bin ein Mensch!«

»Ja, aber – wie Neroschenko sagt – einer der wenigen, die eine Tür aufstoßen in Dimensionen, die bisher unzugänglich schienen. Ich habe mir das von Soja erklären lassen, sie hat mir alles übersetzt. Mit dir will man beweisen, daß es Unsterblichkeit gibt. Daß ein Kraftfeld, eine Plasmastrahlung oder was weiß ich, wie Neroschenko es nennt, weiterlebt, weiterwirkt, abrufbar ist. Cora!« Marius lief zu ihr, riß sie vom Bett hoch und preßte sie in seine Arme. »Ich flehe dich an, Cora … mach da nicht mehr mit. Weigere dich! Was sie mit dir machen wollen, sprengt alle Barrieren …«

»Genau das ist es. Das will ich wissen. Wie weit geht es? Wohin führt es?« Sie stemmte sich gegen ihn, befreite sich aus seiner Umarmung und wich zwei Schritte zurück. »Du hast Angst, Marius!«

»Ja! Angst vor dem, was du möglich machen könntest. Jahrtausendelang lebten Menschen auf dieser Welt in ihrer greifbaren Wirklichkeit. Und du, ausgerechnet du, sollst einen Teil des Beweises liefern, daß es keine Zeit und keinen Raum gibt … Wie kannst du noch von unserer kleinen eigenen Welt mit einem Häuschen, einem Garten und einem darin glücklich spielenden Kind sprechen, wenn unsere Welt, wenn unser Wissen durch dich aufgesprengt werden!«

»So habe ich dich noch nie reden hören.« Sie starrte ihn entgeistert an, kam auf ihn zu und küßte ihn. Sein Gesicht zuckte. »Marius …«

»Ich bin doch kein Schwachsinniger, auch wenn ich manchmal so wirke. Ich habe mir Bücher besorgt, habe sie nachts im Bett gelesen, ich wollte wenigstens ein ganz klein bißchen von dir verstehen – aber je mehr ich gelesen habe, um so weniger konnte ich das Ganze begreifen. Cora, laß uns zurückfliegen, laß uns leben wie alle anderen Menschen, völlig normal, bitte!«

»Wenn wir zurückkommen aus Rußland, wird vieles anders sein«, sagte sie und küßte ihn noch einmal. »Ich verspreche es dir …«

An der Tür klopfte es. Sie erschraken und lehnten sich wie schutzsuchend aneinander.

»Das Badezimmer ist frei!« rief Dr. Hambach draußen auf dem Flur. »Saus los, Cora, sonst hat dein Vater die Dusche geentert! Aber paß auf. Stell das Mischventil auf sechzig Grad, dann kommt schönes warmes Wasser. Je tiefer du stellst, um so heißer wird's! Verrückt! Ich hab' mir schon den Hintern verbrannt.«

»Das ist etwas Reelles«, sagte Marius leise und legte den Arm um Corinnas Schulter. »Das ändern auch alle deine Dimensionen nicht.«

Am nächsten Morgen begannen die Experimente. Professor Neroschenko war strahlender Laune, polierte mit der Hand seine Glatze, umarmte Corinna und Ljudmila wieder mit Bruderküssen und blinzelte Soja Igorowna zu. Er wußte längst, daß Dr. Latischew bei dem Versuch, in ihr Zimmer einzudringen, eine saftige Ohrfeige erhalten hatte.

Vor dem Hauptgebäude wartete der Kleinbus.

Die Grunduntersuchungen durch einen Arzt und eine Ärztin waren schnell beendet: Blutentnahme zur Blutzuckerbestimmung, Urinprobe, EKG, EEG, Röntgenaufnahmen von Lunge und Herz, Meßwerte am Sergejew-Detektor, Aufnahmen mit der Kirlian-Hochfrequenzfotografie ... Corinna durchlief wie auf einem Fließband diese ganze komplizierte Untersuchung mit fast lautloser Schnelligkeit – ein Beweis, wie fabelhaft eingespielt die Mannschaft von Professor Neroschenko war. Sogar gynäkologisch wurde Corinna von der Ärztin untersucht. »Wir müssen alle Bedenken ausschalten, Corinnaschka«, sagte Neroschenko entschuldigend, »allen Gegenargumenten standhalten. Das heißt auch, daß wir mögliche Verstecke von Magneten oder anderen Hilfsmitteln kontrollieren. Sie glauben nicht, was Frauen gerade im Intimbereich verstecken können. Vom Heroin bis zu Diamanten. Welcher Kontrolleur wagt schon zu sagen: Nun lassen Sie mich mal da nachsehen ...«

Die Fahrt mit dem kleinen Bus führte in die Berge. Die Straße endete in einer Schlucht, in der man vielleicht im Sommer weiterfahren konnte, wo man jetzt aber im sibirischen Winter heillos in Schneeverwehungen geriet und bald festsaß. Noch ein paar Meter kämpfte sich der Bus in die Schlucht hinein, dann hielt er an. Der Fahrer hob die Hand.

»Kanjetschnaja stanzija!« (Endstation)

»Hier sind wir!« sagte Neroschenko und strich wieder liebevoll über seine Glatze. Er drehte sich zu den anderen um. Im Bus war es warm, die Heizung summte. Der Fahrer, der eben mal ausgestiegen war, kam schnell zurück. In der kurzen Zeit war ihm der Atem zu kleinen Kristallen vor Mund und Nase gefroren. Neroschenko warf einen Blick auf das an der Tür angebrachte Außenthermometer. »Es sind achtundzwanzig Grad minus. Nur achtundzwanzig … aber es reicht. Für Sibirien ist das fast noch Frühling.« Er lachte über diesen faden Witz am lautesten und rieb sich die Hände. Auf deutsch sagte er dann: »Was wird, erklären soll Dr. Boganorow. Ich nix so sprechen.«

»Ich muß etwas weiter ausholen, um das Experiment zu erklären.« Dr. Boganorow blickte nach draußen. Ein zweiter Wagen quälte sich bis zu ihnen vor. Vier Techniker stiegen aus, mit Spezialkameras, Meßinstrumenten und anderen Apparaten. Sie begannen, den Schnee mit Schaufeln zu glätten, bis sie eine Art Plattform hatten. Darauf bauten sie ihre Instrumente auf. Dr. Boganorow sprach unterdessen weiter.

»In alten Schriften, Sagen, Liedern, Balladen und auch privaten Aufzeichnungen ist uns aus Sibirien, von den Nomaden, den Jakuten und Tungusen, aus dem Altaigebiet und im Süden aus der Gegend am Ussuri überliefert worden, daß die Schamanen, die seit Jahrhunderten als Medizinmänner ihrer Völker die Verbindung zu den Göttern hielten, über die Fähigkeiten des Gesundbetens und der Telepathie verfügten, wahrsagen konnten und die Sprachlaute der Tiere verstanden. Aber das war noch nicht alles. Darüber hinaus gelang es ihnen, mit ihrer Willenskraft, mit ihrer bioplasmatischen Ausstrahlung, mit dem Energiefeld, das sie um sich erzeugen konnten, mit dem ›Leuchten‹ aus ihrem Körper, physikalische und medizinische Gesetze zu erschüttern. Die exakten Wissenschaften, vor allem die Medizin, belächeln das oder ignorieren es sogar – bis heute! Man vergißt dabei, daß gerade auch die christliche Kirche ihre Glaubenssubstanz aus den Wundern bezieht. ›Leuchtende Wesen‹ lehnt man ab – was aber anderes sind die Heiligen unserer Kirche mit ihrem leuchtenden Heiligenschein? Und warum wurden sie ›Heilige‹? Weil sie Wunderheilungen vollbrachten, weil sie – wie Franziskus – sich mit den Tieren unterhalten konnten oder sonst Dinge taten, die außerhalb oberflächlichen menschlichen Begreifens liegen. Was sehen wir denn in allen Wallfahrtsorten? Krücken von Lahmen, die geheilt wurden, Dankestafeln für erhörte Bitten und unerklärliche Heilungen. Wenn man in Lourdes oder Fatima, oder wo immer auch ›Gnadenbilder‹ zu finden sind, herumgeht, ist man erschüttert von der Fülle der Wunderheilungen. Im Grunde genommen ist das alles – vom Standpunkt der PSI-Forscher aus wissenschaftlich gesehen – aus einem Stamm, egal ob Schamane oder Heiliger, ob wundertätige Madonna oder Medizinmann der Eingeborenenvölker. Ihre christliche Kirche wird da wohl entrüstet aufschreien, aber es ist nicht einzusehen, warum ein Heiliger, der mit Handauflegen heilte, ein Auserwählter Gottes sein soll, ein Schamane jedoch, der das gleiche in einer Tungusen-Jurte tat, heute nur als billiger Magier und Scharlatan abgetan wird. Da sollte man gerecht und logisch denken!«

Dr. Boganorow holte Atem. Doerinck und Dr. Hambach blickten sich kurz an.

»Irgendwie leuchtet das ein«, sagte Dr. Hambach. »Für den, der an die Wunder der Heiligen glaubt.«

»Diese sogenannten Wunder haben tatsächlich stattgefunden und finden auch noch heute statt. Vielfach sogar. Beachtet werden sie allerdings nur, wenn sie unter kirchlichem Aspekt geschehen wie in Lourdes, in Fatima oder an anderen Marien-Orten. Außerhalb des kirchlichen Bereichs hingegen werden sie mit allen medizinischen und gesetzlichen Mitteln bekämpft.« Dr. Boganorow sah Corinna an. Dann wandte er sich Ljudmila zu. »Wenn Ihr einwandfrei als kaum noch operabel diagnostizierter Darmkrebs nicht von Ihrer Tochter, sondern in der heiligen Grotte von Lourdes geheilt worden wäre, was glauben Sie, Ljudmila Davidowna, wie die ganze Welt dieses ›Wunder‹ bestaunen würde. Und der Vatikan würde es wahrscheinlich sogar anerkennen. Da aber in diesem Fall eine solche Heilung *nur* durch einen Menschen erfolgte, durch eine

Corinna Doerinck in Hellenbrand, bläst man von allen Seiten zur Verfolgung, zur Verleumdung und Unterdrückung. Diese absurde Doppelmoral wollen wir erschüttern! Wir wollen beweisen, daß das, was man traditionell ›heilig‹ nennt, völlig normal ist – daß aber eben nur ein paar Menschen die Gabe besitzen, gewisse Kräfte jenseits unseres bisherigen Begreifens verfügbar zu machen.«

»Dagegen sind alle Science-fiction-Schreiber harmlose Märchendichter.« Doerinck zeigte auf seine Tochter. »Sie wollen doch wohl nicht aus Corinna eine verkappte Heilige machen?!«

»Das ist sie ja nicht! Sie ist nicht mehr und nicht weniger als eine Vermittlerin der freien, um uns herum ewig wirksamen psychokinetischen Energie, ist Empfänger und Sender eines immerwährenden Kraftfeldes, und damit Bindeglied in der Beweisführung, daß etwas Unsterbliches existiert.«

Dr. Boganorow holte wieder tief Luft. »Wir wollen das heute noch Unverständliche verständlich machen.«

»Hier im Schnee, in den Bergen des Urals; bei achtundzwanzig Grad Frost?« fragte Dr. Hambach mit deutlichem Spott.

»Das heutige Experiment ist ein Teil davon. Gerade in Rußland, bei unseren Naturvölkern, spielte der Schamane eine große Rolle. Der Forscher und Religionswissenschaftler Mircea Eliade, dem wir eine umfassende Untersuchung des Schamanismus verdanken, schrieb in seinem Buch ›Schamanismus und archaische Ekstasetechnik‹: ›Der Schamanismus ist ein par excellence sibirisches und zentralasiatisches Phänomen!‹ – Warum nun kommen wir auf dieses Schamanentum gerade bei Corinna zurück? Warum ist sie für uns interessant? Wir haben uns eingehend mit der Vorgeschichte beschäftigt, mit Ihnen, Ljudmila Davidowna, und vor allem mit Ihrem Vater, dem Arzt Dr. Assanurian. Dabei haben wir erkannt: David Semjonowitsch war nicht nur ein großer Arzt, er war auch ein Schamane.«

»Nein!« rief Ljudmila und streckte abwehrend beide Hände aus. »Das war er nicht. Verkennt nicht meinen Vater, Genossen!«

»Sie waren damals noch zu jung, Ljudmila Davidowna, um das zu begreifen. Warum sollte sich ein junges, hübsches Mädchen um das kümmern, was sein Vater macht?«

»Ich habe ihm oft in der Praxis geholfen, Injektionsnadeln ausgekocht, Tupfer geschnitten, Höhensonne überwacht, Inhalationen vorbereitet …«

»Aber Sie waren nie dabei, wenn David Semjonowitsch seine Hausbesuche machte, wenn in der Dunkelheit die hochgestellten Genossen zu ihm schlichen … ja, wir wissen alles, wir haben sogar ihre Namen erfahren.« Dr. Boganorow winkte ab. »Die meisten sind tot. Historie. Warum soll man sie jetzt noch nennen? Aber dort, bei den Hausbesuchen und den nicht öffentlichen Konsultationen, setzte Assanurian nur seine Hände ein, die bioplasmatische Energie, die er ausstrahlen konnte. Und oft tat er das auch bei seinen normalen Patienten. Er verschrieb ihnen Placebos, harmlose Scheinmedikamente, meistens gesüßte Kalktabletten, und erzählte ihnen, wie stark sie wirksam seien. Dabei strich er über die Körper der Kranken, die das gar nicht weiter beachteten – aber nach drei oder vier oder fünf Besuchen fühlten sie sich viel wohler und waren kurz darauf geheilt. Mit Kalktabletten! Dr. Assanurian verfügte also über die gleiche bioplasmatische Kraft wie jetzt seine Enkelin Corinna. Nach der Logik der Parapsychologie ist das völlig klar. David Semjonowitsch kehrte in Corinna wieder …«

»O mein Gott!« stammelte Ljudmila und starrte ihre Tochter mit weit aufgerissenen Augen an.

»Mircea Eliade und der Tibetforscher Evans-Wentz haben ein Phänomen beschrieben, mit dem sowohl in Sibirien als auch in Tibet die Schamanen diese Energie beweisen konnten: Die ›Magische Hitze‹, oder, wie es Evans Wentz weniger sensationell nennt, die ›Psychische Hitze‹. Sie wurde durch ein

Experiment sichtbar gemacht.« Dr. Boganorow blickte Corinna ernst und lange an, ehe er weitersprach. Sie hielt seinem forschenden Blick ruhig stand. »Wären Sie zu einem solchen Experiment bereit, Corinna Stefanowna?«

»Ja.« Sie nickte. »Ich habe gesagt: Ich mache alles mit.«

»Zunächst müßte man wissen, wie das abläuft«, warf Marius Herbert ein. Er war wie verwandelt seit der letzten Nacht. Corinna hatte nicht nur seinen Magen gestreichelt, sondern auch seinen Kopf zwischen ihre Hände gepreßt. Wie ein heißer Wasserfall hatte eine magische Kraft seinen Leib durchzogen, von den Schläfen bis zu den Zehen; fast ohnmächtig wäre er geworden. Aber als er wieder klar denken konnte, fühlte er sich wie aufgeladen, berstend vor Energie. Am Morgen hatte er Soja gebeten, ihm Leinwand oder große Bogen Papier oder Spanplatten zu besorgen. »Ich will die sibirische Landschaft malen«, hatte er gesagt, »das alte Tscheljabinsk im Schnee. Die Wälder, die in den Ural hineinklettern. Welche Motive! Können Sie alles besorgen? Meinen Farbkasten habe ich mitgebracht.«

Soja Igorowna versprach ihm, Malerleinwand aus der Stadt mitzubringen. »Ich bin gespannt, wie Sie malen«, sagte sie. »Bevor ich Dolmetscherin bei Intourist wurde, war ich vier Semester auf der Kunstakademie in Moskau.«

Jetzt, als es um das Experiment mit Corinna ging, rief er: »Ich bin dagegen, wenn irgendeine Gefahr damit verbunden ist!«

Erstaunt blickte sich Doerinck um. Der »Kerl«, wie er ihn noch immer nannte, entwickelte sich.

»Verletzt es Ihr Schamgefühl, Corinna Stefanowna, wenn wir Sie bitten, sich nackt auszuziehen?« fragte Dr. Boganorow, ohne Marius zu antworten. »Betrachten Sie den Genossen Professor und seine Mitarbeiter bitte als völlige Neutren.«

»Dann bitte eine Augenbinde für Gospodin Herbert«, sagte Doerinck. »Vor ihrer Mutter, ihrem Vater und ihrem Hausarzt hat Corinna keine Hemmungen …«

Corinna warf einen langen Blick hinüber zu Marius. Er hatte den Kopf gesenkt und verkrampfte die Hände ineinander.

»Auch vor Markts nicht«, sagte sie laut und tapfer. »Er kennt mich auch!«

»Cora!« rief Doerinck. Das Geständnis, das seine Ahnungen bestätigte, war dennoch ein Schlag für ihn. Sein Kopf zuckte zu Marius herum. »Sie ... Sie ...«

»Ich liebe ihn!« Corinna stand von ihrem Sitz auf. »Was muß ich tun, Dr. Boganorow?«

»Sie ziehen sich aus, werfen den Pelz über sich und kommen mit nach draußen.«

»Protest! Das lasse ich als Arzt nicht zu!« schrie Dr. Hambach empört. »Bei achtundzwanzig Grad minus! Nein!«

»Es geschieht mir nichts, Onkel Ewald.« Corinna begann sich zu entkleiden. Mit zitternden Fingern half ihr Ljudmila. Sie nahm die Bluse ab, zog ihr das Unterhemd über den Kopf, knöpfte den Büstenhalter auf und half ihr bei den Stiefeln. Soja hielt ihr den dicken Fuchsmantel hin, als sie völlig nackt war.

»Ich wiederhole«, rief Dr. Hambach in höchster Erregung, »das ist Wahnsinn! Ich lasse das nicht zu!«

Neroschenko und alle anderen Mitarbeiter hatten den Bus unterdessen verlassen und umstanden wartend die im Schnee aufgebauten Geräte. In ihren langhaarigen, zotteligen Hundefellmänteln und den tief ins Gesicht gezogenen Pelzmützen mit Ohren- und Nackenschutz sahen sie wie Wesen aus der Frühzeit der Erde aus.

»Fangen wir an!« sagte Corinna und ging zur Tür.

»Corinnaschka ...«, stammelte Ljudmila. Sie hatte die Hände gefaltet. »Des Heilands Mutter beschütze dich ...«

»Bitte!« sagte Dr. Boganorow. Er half Corinna aus dem Bus. Doerinck mußte einen Aufschrei unterdrücken. Sie hat ja nichts an den Füßen, wollte er schreien. Ihr Vollidioten! Mit nackten Füßen geht sie bei achtundzwanzig Grad Frost durch den Schnee! Halt! Halt! Dr. Hambach, der den gleichen Gedanken hatte, krallte seine Hände in Doerincks Schulter.

»Daß du das erlaubst, Stefan!« keuchte er. »Das ist ja Mord! Du hast doch den Winter 1942 in Rußland erlebt. Die erfrorenen Körperteile werden schwarz, dann kannst du sie abbrechen, die Finger, Ohren, Zehen, Füße … Hol Corinna sofort zurück! Sie haben deine Tochter verrückt gemacht!«

»Da müßte ich sie schon niederschlagen«, erwiderte Doerinck dumpf. »Sonst hilft bei ihr nichts.«

»Dann tu es doch endlich!«

Bevor Doerinck ganz aufspringen konnte, wurde er schon wieder zurückgeworfen: Marius stürzte an ihm vorbei zur Tür und sprang hinaus in den Schnee. Ihm folgte Ljudmila, erst dann kamen Doerinck und Dr. Hambach ins Freie. Die Kälte schlug ihnen wie eine Faust entgegen und behinderte das Atmen. Als Doerinck tief Luft holte, war es ihm, als schnitte ein Messer in seine Kehle. Wie damals, dachte er. Da haben wir nur durch den Schal atmen können. Und der war in ein paar Minuten zu einem Brett vereist. Corinna aber ging mit nackten Füßen durch diesen mörderischen Frost …

Professor Neroschenko hatte sich verändert. Der kleine, dicke Mann mit den listig blinzelnden Augen und der ansteckenden Fröhlichkeit war nun ein ganz kühler, sein Team regierender Wissenschaftler. Ein tragbares EKG wurde an Corinna angeschlossen, Herz und Kreislauf wurden überprüft. Die Körpertemperatur wurde elektronisch gemessen. Corinnas Gesicht schien versteinert; das einzige, was in diesem Gesicht lebte, waren ihre großen, fast schwarzen Augen. Die Lippen waren nur noch ein Strich, wirkten wie eine Narbe in diesem starren Gesicht. Alle trugen dicke Fellstiefel … Corinna stand mit nackten Füßen im Frost und schien nichts zu spüren.

»Die tibetische Probe ist folgendermaßen«, sagte Dr. Boganorow mit ruhiger Stimme. »Sie geben den Mantel ab und legen sich, so nackt wie Sie sind, in den Schnee. Sehen Sie dort den Stapel? Das sind Wolltücher, die wir in Wasser getaucht haben und die jetzt brettsteif gefroren sind.

Mit diesen Tüchern werden Sie zugedeckt. Die Energie in Ihnen, die psychische Hitze, wird diese Tücher auftauen. Das genügt uns. Bei der tibetischen Probe müssen die Tücher nicht nur auftauen, sondern durch die ›Magische Hitze‹ auch getrocknet werden. Das kann Stunden dauern. Darauf verzichten wir hier. Uns genügt, daß die Tücher tauen, daß der Schnee, auf dem Sie liegen, schmilzt, und daß Ihr Körper keinerlei Erfrierungen zeigt. Sind Sie bereit dazu?«

Corinna nickte stumm. Ljudmila, die neben ihr stand, schlug dreimal über sich und ihre Tochter das Kreuz. Dr. Hambach stöhnte auf. Doerinck war wie gelähmt vor Entsetzen. Nur Marius stammelte: »Ich bringe sie um ... ich bringe sie alle um, wenn Cora etwas passiert ...«

Soja Igorowna, trotz der sonst rötenden Kälte wachsbleich im Gesicht, nahm Corinna den Pelzmantel ab. Neroschenko führte sie zu dem geglätteten Schneeplatz und nickte. So, als lege sie sich zum Schlaf nieder, kniete Corinna erst nieder und wälzte sich dann auf den Rücken. Ihr herrlicher nackter Körper zitterte dabei kein bißchen, er schien unempfindlich gegen den mörderischen Frost zu sein. Sie streckte sich aus, legte die Arme an die Seite und schloß die Augen. Der Atem, der ihre Brüste hob und senkte, verflachte zusehends und war kaum noch wahrnehmbar an ihrem Leib.

»Schluß!« schrie Marius hell. »Schluß!«

Er wollte sich auf Corinna stürzen, aber zwei der Techniker hielten ihn fest und umklammerten ihn wie ein doppelter Schraubstock. Marius hieb und trat um sich, aber gegen diese beiden stämmigen Sibirier hatte seine schwache Kraft keine Chancen.

Zwei Assistenten begannen, die steinhart gefrorenen Wolltücher über Corinnas nackten Leib zu decken. Bei den Füßen fingen sie an, Tuch nach Tuch, bis zum Kinn ... nur Corinnas lebloses Gesicht blieb frei. Sie hatte die Augen jetzt geschlossen, aber unter den Lidern schienen ihre Augen in das

Innere des Kopfes zu versinken. Die Höhlen wurden tiefer und tiefer.

Neroschenko sah sich um. Ein Techniker winkte. Die Stoppuhr lief. Doerinck stand hinter Ljudmila und umklammerte ihre Schulter. Ljudmila war neben Corinna in den Schnee niedergekniet und betete. Es waren die alten russischen Litaneien, die sie von ihrer Mutter kannte, ein leiser Singsang, der Gottes Ohr treffen sollte.

Grabesstille lag über der Menschengruppe, die auf die im Schnee liegende Corinna starrte. Nur ein paarmal knirschte es, in dieser Stille überlaut und die Nerven zerreißend: Soja Igorowna ging zum Bus zurück; sie hatte nicht die Kraft, so etwas weiter mitanzusehen.

Die Zeit verrann. Neroschenko ging unruhig hin und her, außerdem fraß die Kälte an ihm trotz des dicken Hundefellmantels. Auch die anderen vereisten langsam, an ihren Gesichtern klebten die Atemkristalle. Das Luftholen wurde zur Qual, die Frostluft verbrannte Mundhöhle, Luftröhre und Nasenschleimhaut. Marius hatte man nach zwanzig Minuten in den Bus zurückgezogen. Dort hockte er nun auf dem Sitz, das Gesicht in die Hände vergraben, und schluchzte ununterbrochen. Einem Assistenten, der ihm ein Glas Wodka anbot, hieb er das Glas aus der Hand. »Mörder ....«, stammelte er dabei, »Mörder! Aber ich bringe euch alle um ...«

Dr. Boganorow und Dr. Latischew, die abwechselnd neben Corinna knieten, kontrollierten die Tücher. Nach einer halben Stunde hob Boganorow den Kopf, sah Neroschenko mit flatternden Augen an und meldete mit rauher Stimme:

»Die Tücher weichen auf ... sie werden beweglich ... das Eis schmilzt ...«

Unter und über Corinnas nacktem Körper hatte sich währenddessen der Schnee verändert. Erst wurde er pappig, dann lief eine breite Spur von Schmelzwasser an ihren Seiten herab. Neroschenko, durch die dicke Pelzmütze daran gehindert, seine Glatze zu polieren, schabte über das steif vereiste Fell. Ich habe es gewußt, dachte er voll Triumph. In Moskau habe ich es so sicher gewußt, wie ich atme. Als der Sergejew-Detektor die gegenüber der Norm dreiundfünfzigmal stärkere Strahlung eines Kraftfeldes anzeigte, wußte ich es! Was wir jetzt sehen, ist eine Konzentration von Energie, die seit ewigen Zeiten besteht. Die menschliche Dimension ist aufgehoben. Corinna gehört jetzt einer Sphäre an, in der alles Weltliche ein Nichts ist. In der es keinen Frost von achtundzwanzig Grad gibt, sondern nur strahlende Energie! Nach einer Stunde waren die Wolltücher aufgeweicht, der Schnee um Corinnas nackten Körper schmolz und floß in breiten Schmelzbächen ab. Neroschenko winkte. Dr. Boganorow und Dr. Latischew rissen die nassen, warmen Tücher von Corinna und warfen sie weg. Kaum hatten sie den Kontakt mit dem Körper verlassen, dampften sie in der schrecklichen Kälte und erstarrten nach ein paar Minuten wieder zu Eisbrettern. Neroschenko und Dr. Latischew hoben Corinna aus dem Schneewasser, stützten sie, und ein Assistent warf den Fuchsmantel über sie. Die Haut ihres Körpers war weiß und makellos. Dr. Hambach preßte die Fäuste vor den Mund. Das, was er hier erlebte, widersprach allen medizinischen, physikalischen und biologischen Gesetzen … Corinna hätte eigentlich steif gefroren und tot sein müssen.

Mit einem Seufzer öffnete sie jetzt die Augen. Ihr Blick war weit, weit weg, wie in der Unendlichkeit. Neroschenko zerstörte bewußt brutal die Distanz, indem er Corinna mit der flachen Hand ein paarmal, nicht zu kräftig, ins Gesicht schlug. Sie zuckte zusammen, ihr Körper begann zu zittern, und mit beiden Händen zog sie den Mantel vor sich zu. Jetzt erst schien sie ihre Umwelt wieder zu erkennen: Neroschenko, Ljudmila, Doerinck und Dr. Hambach …

»Eine … eine Zigarette bitte …«, sagte sie dumpf. »Schnell … jetzt wird mir kalt.« Dr. Boganorow kam mit einer dicken Pelzdecke herbeigelaufen, man hob Corinna hoch, wickelte ihre Füße in diese Decke ein und trug sie hinüber zu den Meßinstrumenten. EKG wurde angeschlossen, der Pulsmesser, das elektronische Thermometer, der neu entwickelte tragbare Sergejew-Detektor. Es war, als räche sich jetzt die weltliche Natur für den Ausflug in die andere Dimension ... der Frost fraß sich durch den Pelz. Corinna klapperte mit den Zähnen. Dr. Latischew schob ihr eine angezündete Papirossa zwischen die zugekniffenen, zitternden Lippen. Nach vier hastigen, gierigen, inhalierenden Zügen entspannte sich ihr Gesicht. Die Instrumente liefen. Mit maßlosem Erstaunen sah Professor Neroschenko, wie der Zeiger des Bio-Energometers bis zum Anschlag ausschlug und dort zitternd weiterdrängen wollte., Das Gerät war zu schwach, um die in Corinna noch wirksame Energie zu messen.

»Unglaublich!« sagte Neroschenko leise und wischte sich über die mit kleinen Eiszapfen behangenen Augenbrauen. »Einfach unglaublich! Das sprengt ganz einfach unser Wissen!« Er küßte die zitternde Corinna auf die Augen und fragte mit belegter Stimme: »Was hast du gefühlt, Corinnaschka? Wie war das, als du da lagst?«

»Ich war eingehüllt in Wärme«, sagte sie und blickte auf die Stelle, wo der Schnee geschmolzen war. Die Form ihres Körpers war noch deutlich zu erkennen. Ich schwamm in Wärme ... und ja, dann ... als ich die Augen schloß ... ja, da sah ich etwas ... einen Körper, verschwommen, wie aus Nebel zusammengesetzt, durch den in Tausenden von Strahlen die Sonne brach. Und eine Stimme war da, die sagte ganz deutlich: ›Es ist alles gut. Du bist bei mir. Ich bin David Assanurian, dein Großvater ...‹«

Lautlos fiel Ljudmila in sich zusammen und rollte in den Schnee, bevor Doerinck oder Dr. Hambach sie auffangen konnten. Hambach kniete sofort neben ihr und rieb ihr Gesicht mit Schnee ein. Vom Bus her kam Marius gerannt. Seinen Schrei schluckte der Frost: »Corinna! Cora! Cora!«

»Wir haben ein Tor geöffnet«, sagte Neroschenko ergriffen. Er drückte Corinnas Kopf an sich und streichelte ihn voll Zärtlichkeit. »Wir haben einen Blick in die Unsterblichkeit getan ...«

Sie blieben eine Woche lang in Tscheljabinsk.

Neroschenkos Experimentenliste war lang, aber kein Experiment war dem tollkühnen Versuch mit der »Magischen Hitze« auch nur entfernt vergleichbar.

Man beobachtete, maß, protokollierte, fotografierte und untersuchte alle Variationen der Psychokinese, der Dermooptik und der Bio-Kommunikation, die man mit Corinna durchspielte. Dabei kam Neroschenko ein geradezu dramatischer Vorfall zu Hilfe. Während eines Experiments, bei dem Corinna mittels ihrer sensiblen »sehenden« Fingerspitzen in der Brusttasche eines Technikers – sein Name war Nikita Michailowitsch Masurow – ein Taschenmesser entdeckte, das man dort versteckt hatte, blieben ihre Hände plötzlich am Körper Masurows stehen. Die Handflächen formten sich wieder zu flachen Schalen. In ihre Augen trat ein harter, kämpferischer Ausdruck. Neroschenko reagierte sofort: Die Videokamera blieb eingeschaltet, ein Mikrofon an einem Galgen kam näher, das Tonband lief zur Doppelkontrolle mit. Dr. Latischew fotografierte außerdem mit einer Motorkamera. Es gab nicht die kleinste Zuckung, nicht einen einzigen Ton, die oder den man versäumte und nicht registrierte.

»Sie haben ein Magengeschwür«, sagte Corinna langsam, als taste sie sich noch weiter in das Innere von Masurow vor. Soja Igorowna übersetzte sofort; Masurow grinste blöd und etwas verlegen und blinzelte dümmlich die anderen an. »Ja, ich spüre es ganz deutlich. Ich weiß, wo es sitzt. Es ist am Pars descendens. Wenn nicht sofort etwas geschieht, wird es perforieren.« Sie ließ die Hände sinken, Dr. Boganorow reichte ihr sofort eine Zigarette, sie rauchte hastig drei Züge und sah dann den verlegenen Masurow wieder an: »Sie sind krank!«

Masurow versuchte ein heiseres Lachen, hämmerte mit den dicken Fäusten auf seinen Leib und blickte sich um. Er war ein mittelgroßer, aber schwerer Mann mit einem roten Gesicht, aß gern fette Dinge – bei der Kälte sehr nützlich –, und man war daran gewöhnt, daß sich der so gemütliche Nikita Michailowitsch bestimmt zweimal in der Woche besoff und dann in Tscheljabinsk den Weibern nachrannte wie ein ausgebrochener Stier. Ein Kerl, der vor Gesundheit strotzte. Und wenn er mal Sodbrennen oder einen Magendruck hatte, dann kam das vom Saufen. Völlig einleuchtend! Aber ernsthaft krank? Laßt uns lachen, Genossen …

»Irren muß sie sich!« rief Masurow und hämmerte weiter auf seinen Bauch. »Seht her! Wenn's so wäre, das mit dem Geschwürchen, dann müßte es jetzt platzen. Paff … auf wäre es. Und was geschieht? Nichts! Jetzt hat sich Corinna Stefanowna geirrt! Und wie sie sich irrt!«

»Das werden wir morgen wissen.« Neroschenko machte sich Notizen. »Nikita Michailowitsch, Sie lassen sich morgen im Krankenhaus röntgen. Von oben bis unten.«

»Ich bin gesund wie ein Adler in den Bergen!« rief Masurow. »Genosse Professor, ich kann Stahlnägel fressen, mir macht's nichts aus.«

»Das will ich genau wissen, Genosse.« Neroschenko nickte Corinna zu: »Gehen wir in die Kantine. Einen Hasenbraten gibt es, kandierte Beeren und zum Nachtisch eine Babka Jablotschnaja.« (Das ist ein Apfelauflauf mit Aprikosensauce.)

In der Nacht wurde Corinna alarmiert. Neroschenko selbst, begleitet von Dr. Boganorow, klopfte an ihre Tür. Eine etwas peinliche Situation, denn Marius war zu ihr gekommen, und sie lagen wie ein Ehepaar im Bett.

»Sie hatten recht, Corinna Stefanowna«, sagte Dr. Boganorow, als sie, den Fuchsmantel um sich geworfen, an der Tür erschien. »Nikita Michailowitsch hat es sich mit den Fäusten aufgetrommelt – das Magengeschwür ist perforiert. Er hat Magenbluten, spuckt Blut, krümmt sich vor Schmerzen.«

»Ist er unterwegs ins Krankenhaus?«

»Nein, er liegt noch in seinem Bett.«

Es war etwas geschehen, was im Umkreis unserer Zivilisation eigentlich nur noch in Sibirien möglich ist: Sofort nach der Meldung, Marusow sei todkrank geworden, war Neroschenko an sein Bett geeilt, hatte ihn betrachtet, dem Stöhnenden auf die Schulter geklopft und dann befohlen, ihn nicht ins Krankenhaus zu bringen, sondern Corinna zu wecken. Dann ließ er alle Mitarbeiter aus den Betten werfen, die Instrumente klarmachen und Masurow auf einer Trage in den großen Experimentierraum rollen. Dort lag er nun, stöhnte und hielt sich den Bauch fest, hustete ab und zu Blut und hatte eine Todesangst in den Augen. »Genossen, laßt mich nicht verrecken«, wimmerte er, wenn ihn die Schmerzen zusammenkrümmten. »Oh, helft mir doch! Wo ist denn ein Arzt?«

Die Videokamera lief bereits und nahm alles auf. »Ein Glück haben wir«, meinte Neroschenko gemütvoll, als er mit Dr. Boganorow zu Corinnas Zimmer eilte. »Nach der ›Magischen Hitze‹ wird das ein völlig überzeugender Beweis psychokinetischer Energie werden!«

»Wenn es Corinna gelingt, Genosse Professor ...«

»Zweifeln Sie daran? Boganorow, Sie enttäuschen mich!«

Masurow lag keuchend, von Schweiß bedeckt, fahl im Gesicht und zitternd vor Schmerzen und Angst auf der Trage unter den Scheinwerfern und Mikrofonen. Die Videokameras waren auf ihn gerichtet. Einige Assistenten von Professor Neroschenko bemühten sich, ihn zu beruhigen. Aber man besänftige mal einen Kranken, der bei vollem Bewußtsein merkt, daß sein Leben nur noch Stunden, vielleicht nur noch Minuten dauern wird.

Corinna trat an die Trage heran und beugte sich über Masurow. Sein vor Todesangst irrer Blick traf sie wie ein Stich. Was Masurow stammelte, verstand sie nicht, aber sie wußte dennoch genau, was er sagte. Neroschenko tätschelte wieder das Gesicht des Kranken, und Boganorow übersetzte völlig nutzlos: »Er sagt, er hat Angst vor dem Tod. Corinna Stefanowna, können Sie ihm noch helfen? Entscheiden Sie schnell!«

»Kann er noch gerettet werden, wenn er jetzt sofort nach Tscheljabinsk gebracht wird?«

»Bis zu einer Operation wird es sicherlich drei Stunden dauern.«

»Das ist zu spät!«

»Wir glauben das auch.« Dr. Boganorow verzog den Mund, als wolle er stumm damit andeuten, daß ihn keine Schuld träfe an der tödlichen Situation. Der Zwang, das Schicksal in eine andere Bahn zu lenken, kam ganz allein von Professor Neroschenko. In diesem Augenblick, den Tod eines Menschen vor Augen, der ihr hier wie ein Opferlamm vorgelegt wurde, haßte sie Neroschenko. Er stand ihr gegenüber, jenseits der Trage mit dem Todkranken, und polierte mit der Hand wieder seine Glatze. Aber die ungewöhnliche, zwingende Situation weckte in ihr auch eine ungeheure Kraft; eine unheimliche Energie; den harten Willen, sich gegen das Schicksal zu stemmen. Zum erstenmal in ihrem Leben schrie sie nach innen, schrie sie sich selber zu: Helft mir doch! Laßt mich nicht allein! Und sie dachte an die merkwürdige, von Lichtstrahlen durchdrungene Nebelgestalt, von der sie die Worte zu hören glaubte: Ich bin Assanurian, dein Großvater; dachte an den Schnee, die Eistücher und den Frost, die ihrem nackten Körper nichts hatten anhaben können. Nicht einmal gespürt hatte sie, daß sie der mörderischen Kälte ausgesetzt gewesen war und daß die steinhart gefrorenen Tücher auf ihrem Leib dahingeschmolzen waren. Das hatte sie alles erst dann wahrgenommen, als sie frierend und mit klappernden Zähnen, eingehüllt in Pelz und Felldecken, ihre erlösende Zigarette rauchte und die mit Schmelzwasser gefüllten Konturen ihres Körpers im Schnee sah.

»Seien Sie ganz ruhig!« sagte sie jetzt zu dem wimmernden Masurow. »Haben Sie keine Angst. Ich will Ihnen helfen, aber wir müssen beide daran glauben.«

Masurow verstand sie natürlich nicht, aber der Klang ihrer sanften, weichen Stimme, der goldene Punkt in ihren schwarzen Augen zwangen ihn, für einen kurzen Augenblick seine Angst und seine Schmerzen zu vergessen. Er lächelte schwach. Dr. Boganorow, der Corinnas Worte übersetzen wollte, wurde von Neroschenko zurückgezerrt und zur Seite geschoben.

Es war eigentlich wie immer: Die zur flachen Schale geformten Hände, das Streicheln zehn Zentimeter über der kranken Körperstelle, das Verharren der Hände über dem kritischen Punkt, dieses im unheimlichen Kräftespiel erstarrte Gesicht Corinnas, das in diesen Augenblicken nur noch von den hervortretenden hohen Backenknochen beherrscht wurde – und dann das wie kraftlose Wegsinken der Hände, die Lösung der Spannung, die ausgestreckte rechte Hand zur Zigarette, die Dr. Latischew bereits angezündet hatte.

Und doch war alles anders: Nikita Michailowitsch Masurow lächelte noch immer, aber er war in Ohnmacht gefallen. Wachsbleich, aber mit einem glücklichen Ausdruck im Gesicht lag er auf der schmalen Trage. Die Arme waren seitlich auf den Boden gefallen. Ein Atmen war nicht mehr zu sehen. Gläubige hätten jetzt ein Kreuz geschlagen und gebetet.

Neroschenko polierte wie wild seine Glatze. »Tott?!« fragte er. »Ist tott?!«

»Nein.« Corinna setzte sich auf einen Stuhl, den man ihr unterschob, und rauchte hastig weiter. »Wir kämpfen!«

Boganorow übersetzte, und Professor Neroschenko ließ sich auf einen Stuhl neben Corinna fallen. Noch immer liefen Videokamera, Mikrofone und Tonband. Nichts ging verloren von diesen einmaligen, nie wiederkehrenden Minuten, von diesem »Wunder«, wie es die Menschen einfach nannten, weil es keine Erklärungen mehr dafür gab.

Masurows Ohnmacht dauerte sieben Minuten und neun Sekunden … alles wurde gemessen. Als Nikita Michailowitsch die Lider öffnete, hielt eine der Stoppuhren an. Im Protokoll wurde die Uhrzeit eingetragen. Neroschenko, der ihn mit den Worten: »Da sind wir ja wieder, Genosse Masurow« begrüßen wollte, biß sich auf die Lippen und schwieg. Corinna hatte sich vorgebeugt und legte jetzt ihre rechte Hand auf Masurows Stirn. Der Kranke strahlte sie an ... es war wirklich so: Aus seinen Augen brach ein lebensstarker Glanz.

»Sie werden noch Schmerzen haben, noch ein paar Stunden«, sagte sie. »Aber dann wird es bessergehen. Sie bluten nicht mehr. Morgen werden wir weiterkämpfen, Nikita Michailowitsch.«

Dr. Boganorow übersetzte es mit heiserer Stimme. Ein paarmal mußte er dabei vor Erregung schlucken. Masurow nickte stumm, faltete die Hände über der Brust, schloß wieder die Augen und schlief ein. Seine langen Atemzüge zeigten, wie gesund er schlief.

Neroschenko stand auf und seufzte tief. Dann küßte er Corinna wortlos auf die Stirn. Er winkte, und man trug Masurow aus dem Labor. Die Kameras, Tonbänder und Mikrofone wurden ausgeschaltet. Dr. Latischew war der erste und einzige, der etwas sagte:

»Nikita ... ist gerettet?«

»Ja!«

»Und seine Magengeschwüre?«

»Sie werden austrocknen.« Corinna erhob sich auch und blickte sich im Kreise um. »Kann ich gehen? Ich bin müde ... Heute war kein leichter Tag ...«

Dr. Boganorow begleitete sie zurück zu ihrem Zimmer und wartete auf dem Flur, bis er hörte, wie sie von innen abschloß.

Marius saß auf der Bettkante, schmal, knöchern und nackt und hatte ein Handtuch um die Schulter gelegt. »Was war los?« fragte er. »So schnell konnte ich mich nicht anziehen, wie du abgesaust bist. Und wo sollte ich dich dann suchen?«

»Ein Mann wollte sterben. Der Techniker Masurow«. Sie ließ den dicken Fuchsmantel fallen und stieg hinter Marius ins

Bett. Ihr herrlicher glänzender Körper streckte sich und entspannte sich.

»Das hab' ich mitgekriegt. Magenbluten. Geschwür durchgebrochen. Scheiße, was?«

»Ja«, antwortete sie müde und schloß die Augen. Marius stand auf, breitete die bezogene Decke über sie und streichelte dabei über ihre Brust. »Laß das jetzt!« murmelte sie.

»Und Masurow lebt noch?«

»Manchmal fragst du recht dumm, Marius.«

»Erlaube mal! Es ist ja nicht normal, daß dann noch einer weiterlebt.«

»Das mußt ausgerechnet du sagen, bei dem ein Magenkrebs zusammenbricht ...«

Sie drehte sich auf die Seite, schob die Hände unter ihr Gesicht und schlief schlagartig ein. Wie ein großes Mädchen lag sie da, mit aufgelösten Haaren, etwas vorgewölbten Schmollmundlippen und vibrierenden Nasenflügeln.

Marius betrachtete sie lange, bevor er an ihre Seite kroch und das Licht löschte.

Womit habe ich sie verdient, dachte er. Ihm war übel vor Glück. Für sie ließe ich mich in Stücke reißen, im wahrsten Sinne des Wortes. Ich liebe sie bis zum Wahnsinn. Ich habe ihr mein Leben gegeben ... es liegt in ihren Händen ... in ihren strahlenden Händen. Ohne sie wäre ich verloren. O Gott im Himmel, daß es so etwas gibt! Plötzlich, einem unaufhaltsamen Impuls folgend, mußte er weinen. Er drückte sich an ihren glatten, warmen Körper, legte ganz vorsichtig seine Hand auf ihren Leib und preßte sein Gesicht in das Kissen.

»Ich kann nur leben durch sie«, dachte er. »Es gäbe mich nicht mehr ohne sie. In welch einem Wunder lebe ich!«

In dieser Woche malte Marius Herbert drei Bilder.

Soja Igorowna hatte ihm aus Tscheljabinsk geweißte Leinwand, Rahmen, eine Reisestaffelei, eine Palette, Terpentin und alles andere mitgebracht, was er brauchte. Auf sein Erstaunen hin sagte sie ziemlich schnippisch: »Die hochnäsigen Kapitalisten glauben immer, Sibirien sei die wahre Wildnis und wir Russen spielten noch mit Hasenkot Domino. Tscheljabinsk ist eine moderne Großstadt, Genosse Marius! Wir haben dort allein drei Kunstschulen. Wir haben große Ausstellungen im Kulturpalast. Wir haben ein Sinfonieorchester. Eine Ballettschule gibt es, eine technische Akademie, vier Theater, ein großes Sportzentrum. Was denkt ihr im Westen bloß über Sibirien? Niemand von euch ahnt – oder will es wissen –, daß hier die Zukunft des neuen Jahrtausends liegt!«

Marius' Bilder waren genial. Nur so Und nicht anders konnte man sie bezeichnen in ihrer Auflösung der realen Form und deren Wiedergeburt durch das Zusammenspiel und den Rausch der Farben. Ein Ineinanderfließen des Gegenständlichen, das wieder sichtbar wurde, wenn man zurücktrat und in dem scheinbaren Chaos plötzlich erneut den Sinnzusammenhang erkannte. Eine Vision der Wirklichkeit durch die bannende Zauberkraft der Farben.

So etwas hatte man noch nicht gesehen. Eine fieberhafte Faszination, die den Betrachter in einen Taumel ästhetischer Ekstase riß. Als Doerinck das erste fertige Bild sah – es war ein Blick auf Tscheljabinsk durch einen von der Sonne durchgoldeten Nebel hindurch –, streckte er Marius spontan die Hand entgegen: »Das ist großartig … Kerl!«

Das war mehr als hundert Zeilen emphatischer Kunstkritik. Auch das KERL … jetzt war's ein Ehrenname. Marius berichtete es stolz Corinna. Seine Verwandlung wurde immer deutlicher sichtbar; er glaubte nun an sich und an seine Kunst, malte wie ein Besessener Stunde um Stunde und diskutierte mit Soja Igorowna über seine Bilder und über Pläne, die er plötzlich zu entwickeln begann.

Professor Neroschenko erklärte nach dieser intensiven Woche, daß es nichts mehr gäbe, was man noch filmen könnte. Ein abschließender Höhepunkt war allerdings der letzte Tag: Da stand Nikita Michailowitsch Masurow von seinem Bett auf, noch ein wenig wackelig auf den Beinen, aber fröhlich, schmerzfrei und ohne jegliche Beschwerden. Corinna hatte ihn dreimal behandelt und dann gesagt: »Es ist nicht mehr nötig.«

Jetzt erlaubte Neroschenko, daß man Masurow hinunter nach Tscheljabinsk ins Krankenhaus fuhr. Dort wurde den Röntgenärzten nichts gesagt von dem, was im Neroschenko-Institut vorgefallen war. Es hieß nur: Der Genosse Masurow hat unbestimmte Magenschmerzen. Bitte doch mal kontrollieren! Das tat man dann auch, mit Kontrastbrei und Magenaufnahmen, mit Ultraschallbildern und einer neuen Gastroskopie, bei der ein Endoskop mit einer kleinen Farbkamera den gesamten Magen ausfotografierte.

Die Untersuchungsergebnisse waren sensationell – zwar nicht für die ahnungslosen Ärzte in Tscheljabinsk, um so mehr aber für das Forscherteam von Neroschenko. Die Endofotografie und auch alle Röntgenbilder zeigten einen gesunden Magen mit einigen Vernarbungen am Pars descendens. Die Ärzte diagnostizierten einen frühen, von selbst abgeheilten Ulcus. Die Beschwerden des Genossen Masurow müsse man als nervlich bedingt ansehen.

Neroschenko war begeistert. »Ihren Namen wird in ein paar Monaten die ganze Welt kennen, Corinna Stefanowna!« rief er und prostete ihr am Abend mit Krimsekt zu. Dazu gab es Kaviar mit Blinis und Tarti Tschamporseh Schamzuari, ein Fischgericht aus dem Kaukasus, bei dessen Anblick Ljudmila in die Hände klatschte, denn es waren dicke Stücke von Stör und Schwertfisch, am Spieß gegrillt. Ferner eine große Schüssel voll Sabsi Pies – geschmorte Mohrrüben mit goldbraun gerösteten Zwiebeln. »Sie werden eine der berühmtesten Frauen unserer Zeit werden!«

»Und außerdem eine der gehetztesten und angefeindetsten Frauen unserer Zeit«, ergänzte Dr. Hambach düster. »Was erwarten Sie von unserer Mitwelt, Professor Neroschenko? Beifall? Anerkennung? Eine faire Auseinandersetzung mit dem

Phänomen? Genau das Gegenteil wird geschehen. Eine geifernde Meute wird über Corinna herfallen und sie zu vernichten suchen. Kübelweise wird man Spott und Hohn über sie ausgießen. Staatliche Gewalt wird man mißbrauchen, um diese angebliche Scharlatanerie zu unterbinden. Man hat da so schöne, ›legale‹ Mittel: Es fängt mit der Steuerfahndung an und hört mit einem Betrugsprozeß auf. Die Möglichkeiten, einen unliebsamen Menschen zu zerbrechen, sind vielfältig, der Phantasie sind keine Grenzen gesetzt. Den Holzhammer haben wir ja schon erlebt: Brandstiftung und Mordversuch! Aber es gibt eine Menge subtilere Vernichtungsmechanismen.«

»Überlegen Sie meinen Vorschlag!« Neroschenko klatschte in die Hände. »Bleiben Sie bei uns. Sie alle! Die kleinen Schwierigkeiten sind schnell weggeschoben. In der Sowjetunion besitzt die Forschung alle Privilegien. Man weiß in Moskau genau: Wer in der Forschung vorn ist, ist auch in der Welt der Erste. Es gibt keinen Bereich im Umkreis Mensch und Welt, Kosmos und Mikrokosmos, den die sowjetische Wissenschaft vernachlässigt. Nur wenig dringt davon nach außen, nur ein Bruchteil wird dem Westen bekannt – wenn überhaupt, dann gerade soviel, wie wir es für nötig und sinnvoll halten, um ein wenig Zeitpanik unter die Kollegen und Regierungen der anderen Hemisphäre zu bringen.« Neroschenko lachte wieder mit herzerfrischender Fröhlichkeit. »Was Rußland weiß, weiß die Welt noch lange nicht! Für den Westen sind wir immer noch der brummende sibirische Bär. Denken Sie an Bismarck: Laßt den Bären schlafen! – Aber wir schlafen nicht. Wir schaffen in aller Ruhe eine neue Welt. Sie, Corinna, und ich sind nur Steinchen dazu.« Neroschenko blickte hinüber zu Ljudmila: »Bleiben Sie hier, Ljudmila Davidowna! Ihr alte Heimat erwartet Sie. Offen ist sie für Sie.«

Ljudmila warf einen langen Blick auf Stefan Doerinck. Überleg es dir, Stefanka, hieß das; in Deutschland wollen sie dich zwangspensionieren, Unterricht darfst du als Lehrer ohnehin schon nicht mehr geben. Geächtet bis an dein

Lebensende wirst du sein – nicht, weil du gestohlen hast; nicht, weil du Kinder mißhandelt hast; nicht, weil du geisteskrank bist … nein, weil du eine Tochter hast, die mit den Händen heilen kann. Ist das da drüben noch unser Land? Ist das eine Heimat? Können wir dort noch glücklich sein und in geliebter Erde ausruhen? Stefanka, sieh doch, was sie aus dir, dem Unschuldigen, schon gemacht haben! Und was wird erst kommen, wenn die Berichte aus Tscheljabinsk in der ganzen Welt veröffentlicht werden! Was sollen wir tun, mein Liebster?

»Wann fliegt unsere Maschine, Professor Neroschenko?« fragte Doerinck hart. Sein Gesicht war regungslos.

»In drei Tagen ab Moskau. Nach Frankfurt.«

»Die Plätze sind gebucht?«

»Sie sind auf Abruf reserviert«, sagte Soja Igorowna. »Ich könnte …«

»Wir fliegen!«

»Für diese Entscheidung haben Sie noch drei Tage Zeit«, sagte Dr. Boganorow. »Ich darf Ihnen vom Sekretär des Ministeriums des Inneren mitteilen, daß Ljudmila Davidowna mit Ihnen in ihre Heimat Poti am Schwarzen Meer zurückkehren kann. Es wird sich eine Datscha finden lassen.«

»Stefanka …«, stammelte Ljudmila. Tränen rannen ihr plötzlich über die hohen Wangen. »Stefanka …«

»Wir fliegen!« wiederholte Doerinck heiser. »Meine Herren, bitte, beenden wir dieses Thema. Ich weiß, welche Ausnahme das ist, welche Großzügigkeit hinter Ihrem Angebot steckt – aber ich möchte dort sterben, wo ich hingehöre.«

»Wäre das auch dann Ihre Antwort«, fragte Dr. Latischew etwas anzüglich, »wenn ein solches Angebot aus Washington käme? Wenn Ihnen ein Haus in Miami oder Florida offeriert würde?«

»Sie wäre nicht anders, Dr. Latischew. Aber ich rede ja nur von mir … wenngleich ich glaube, daß meine Tochter nicht anders denkt.«

»So ist es, Papuschka!« Corinna hob ihr Glas und prostete in die Runde; die anderen hoben ebenfalls die Gläser. »Wir fliegen!«

Sie tranken ihre Gläser leer, Neroschenko erhob sich und warf sein Glas gegen die Wand. Die Russen taten sofort das gleiche.

Nach einem kurzen Zögern schleuderte auch Marius sein Glas in den Scherbenhaufen.

»Eine schöne Zeit war es mit euch«, sagte er traurig. »Eine unsterbliche Zeit! Auch wenn wir uns nicht mehr sehen: Wir werden immer zusammen sein.«

Zwei Tage später flogen sie nach Moskau zurück. Nur die Dolmetscherin Soja Igorowna begleitete sie. Neroschenko und sein Mitarbeiterstab blieben in Tscheljabinsk.

Als sie wieder über die vereisten Uralberge flogen, legte Marius die Hand auf Corinnas Schenkel. Dr. Hambach schlief, er hatte ein Mittel gegen Reisekrankheit genommen; das Schwanken der kleinen Maschine hatte ihm auf dem Hinflug schwer zugesetzt, er wollte dem nun ausweichen. Doerinck und Ljudmila starrten aus dem Fenster, um den Anblick der Taiga, der Flüsse, Berge und Steppen in ihren Herzen zu bewahren. Sie würden dies alles nie wiedersehen, das wußten sie.

»Wie fühlst du dich?« fragte Marius leise.

»Müde … und du?«

»Ich könnte hundert Bilder auf einmal malen.«

»Wie schön!« Sie lächelte ihn an, der goldene Punkt in ihren Augen tanzte. »Zu Hause werden wir die Kunstwelt alarmieren.«

Zu Hause – was war das? Das Zelt als Notquartier mit der Meute der Fernsehreporter und Journalisten und den in zwei Lager gespaltenen Bürgern von Hellenbrand – auf der einen Seite die, welche mit der Not der Kranken Geschäfte machten, auf der anderen Seite jene, die sich weigerten, ihre Kinder in die Klasse des Lehrers Doerinck zu schicken. Und dazu gehörte auch noch die geballte Gegnerschaft der Schulmedizin, deren Stolz nicht einmal eine Diskussion zuließ, nicht zu vergessen die Behörden, die mit Eifer darangingen, das »Wunder« zu verwalten. All dies erforderte ein Umsichschlagen nach allen Seiten, um überhaupt atmen zu können – und das sollte ihr »zu Hause« sein?

»Wann willst du es ihnen sagen, das mit dem Kind?« flüsterte Marius.

»Wenn sie zur Ruhe gekommen sind.« Corinna blickte hinüber zu ihren Eltern. Doerinck hatte den Arm um Ljudmila gelegt. Es sah zärtlich aus, und doch war es nur ein Festhalten. »Jetzt nehmen wir Abschied von einem jahrzehntelangen Traum.«

Monate können schleichen wie eine zäh sich dahinschleppende Qual. Erdrosselnd langsam tröpfelt die Zeit, die kleinen Alltäglichkeiten zermürben die Kraft. Und wenn sogar abends, in der Dunkelheit und der nur scheinbar geborgenen Wärme des Bettes, das Ich aufseufzt, weil mit dem Gefühl, diesem gewesenen Tag endlich entronnen zu sein und ein paar Stunden Frieden zu atmen, schon wieder die Angst vor dem kommenden Tag sich breitmacht – dann werden diese Monate zu lichtlosen, erdrückenden Gefängnissen.

Doch die Zeit kann auch davonfliegen wie ein Schnipsel Papier im Sturm, und man rennt ihr nach, kann sie nicht mehr fassen und hätte sie doch so gern festgehalten, weil die Stunden und Tage nicht ausreichen, des Lebens Fülle, die einen umgibt, an sich zu drücken und zu genießen.

Das Leben in Hellenbrand war wie ein solcher Sturm.

Die Rückkehr der Sibirienfahrer, wie man sie in Hellenbrand natürlich sofort nannte, war schon eine Stunde später, nachdem sie Doerincks Haus betreten hatten, überall bekannt geworden. Anonyme Anrufe erreichten die großen und kleinen Zeitungen. Auch in Köln beim Fernsehen klingelte das Telefon. Es waren, man muß es festhalten, nicht die Gegner

Corinnas, die Alarm gaben, sondern es war die Gruppe der Schnellschalter, die eine neue Belebung ihrer Geschäfte erwartete. Die Buden und Stände des Bäckers, des Metzgers, des Gastwirtes, des Andenkenhändlers und des Süßwarenverkäufers standen ja noch rund um das Zelt, und da es Herbst wurde und der Winter bald einbrach, rechnete man sich aus, daß gebrannte Mandeln, heiße Maronen, Glühwein, Kräuterbonbons und frische Waffeln bei allen Heilungssuchenden und Wartenden sehr beliebt sein müßten. Einen solchen Segen kann und darf man sich nicht entgehen lassen, ganz gleich, wie man zu der Sache mit den »strahlenden Händen« auch steht. Ein Geschäft ist ein Geschäft, und einer Mark sieht man es nicht an, woher sie kommt. Man komme da nicht mit Moral – außer Sektengründern und dem Roten Kreuz ist noch niemand durch Moral reich geworden. Geschenkt wird einem nichts; man hat die Hände und das Hirn zum Arbeiten bekommen.

Um vier Uhr nachmittags betraten die »Sibirier« Doerincks Haus, wo Dr. Roemer sie mit einem gewaltig gedeckten Tisch erwartete, als probe er eine Ausstellung »Aus aller Welt auf den Tisch«. Mit dem Gebrüll: »Willkommen zu Hause, ihr seht ja fabelhaft aus!« drückte er jeden an seine Mammutbrust und küßte ihn ab. »Das seid ihr doch jetzt gewöhnt!« schrie er. »Küßchen rechts, Küßchen links … Küßchen unten – ha, Ewald, wie sind die Weiber in Rußland? Stimmt es, daß sie im Bett ›fperjot! fperjot!‹ (›Vorwärts, vorwärts!‹) kommandieren?« Er riß Corinna hoch vom Boden, trug sie, bärenstark wie er war, in das Wohnzimmer und tanzte mit ihr um den überladenen Tisch. »Sieg!« brüllte er dabei. »Sieg, mein Mädchen! Ich war in Willbreits Sägewerk, habe mich röntgen lassen: Ich bin gesund! Gesund! Welch ein Leben … ein neues Leben! Durch dich!«

In zehn Tagen war viel geschehen in Hellenbrand und in Münster.

Elise Roemer hatte tatsächlich die Scheidung eingereicht und war, um allen Fragen und vor allem den Vorwürfen ihres

Vaters zu entfliehen, in ein Sanatorium ausgewichen. Hier bestätigte der Chefarzt – was zu erwarten war –, daß die Patientin völlige Ruhe brauche und keinerlei Kontakte zur Außenwelt haben dürfe. Elises Vater rief bei Roemer an, klagte Stein und Bein über den kommenden gesellschaftlichen Skandal und war erst dann etwas ruhiger, als Roemer kundgab, daß der neue Schwiegersohn höchstwahrscheinlich ein Graf sein werde. »Was willst du mehr?« fragte er den verdutzten Vater von Elise. »Einen popeligen Justizbeamten tauschst du gegen ungarischen Hochadel ein. Wenn das kein Fortschritt in deiner Gesellschaft ist! Elise eine Frau Gräfin von Spreizbeinstatt …«

Mit einem tiefen Knurren beendete daraufhin der Schwiegervater das Gespräch.

Aber auch Professor Willbreit hatte jetzt die Sorgen, die Roemer immer erwartet hatte: Lydia, seine hübsche Frau, bis zu den Haarspitzen mit Sehnsucht und unbeanspruchten Hormonen geladen, hatte ihrem Mann ein Ultimatum gestellt: Entweder erübrigst du mehr Freizeit für mich – oder du bleibst ganz in der Klinik! »Wenn die Klinik deine Geliebte ist«, hatte sie wörtlich gesagt, »steht es mir zu, auch einen Geliebten zu haben.«

»Das wäre mir unerträglich«, klagte Willbreit später bei Roemer in Doerincks Haus. »Was soll ich tun, Erasmus?«

»Das gleiche, was ich vorhabe: Wir fahren zu Krautkrämer nach Hiltrup, lassen uns von ihm ein Superdinner zusammenstellen und heben die Gläser zur Feier unserer Befreiung. Erst einen Bordeaux, dann einen Schampus – Junge, wird das ein Fest! Ich rufe sofort Krautkrämer an, daß wir anrücken! Er soll seine Küchenbrigade alarmieren!«

»Du sitzt auf strengster Diät, mein Lieber!«

»Die Pusteblume sagt zum Sauerampferlein: Komm, blas mir mal von hinten rein … Ich bin gesund, Herr Professor Dr. Willbreit-Aufschneider. Gesund! Gestern war ich bei Dr. Meersmann in Billerbeck zur Röntgenkontrolle: Befreit sind Innereien von Zersetzung und Jauche, durch Corinnas strahlenden, heilenden Blick ...« Roemer lachte dröhnend. »Da hätte auch Goethe Freude dran.«

»Das glaube ich nicht.«

»Goethe hatte einen spezifischen Humor.«

»Ich meine: Ich glaube nicht, daß du gesund bist. Durch Handauflegen! Durch Streicheln! Durch irgendwelche noch so klingende Strahlen. Bioenergetische Strahlungen ... Bio-Plasma ... psychokinetische Kraftfelder ... Das ist doch alles barer Unsinn.«

»Willst du Dr. Meersmanns Röntgenkontrolle anzweifeln?«

»Ich will das selber sehen.«

Und so kam es, daß Roemer in Münster, in der Uni-Klinik, röntgenologisch und nuklearmedizinisch durchgetestet wurde und daß am Ende der gründlichsten Untersuchung, die Roemer je erlebt hatte, Professor Dr. Kranzmüller zu seinem Kollegen Willbreit sagte:

»Mein lieber Thomas, da ist nichts mehr! Ein paar Vernarbungen, eine nicht dramatische Verwachsung ... von einer Stauungsinduration der Leber kann keine Rede sein.« Er holte aus dem großen braunen Umschlag die Röntgenaufnahmen Dr. Roemers hervor, die bei der ersten Untersuchung mit der vernichtenden Diagnose gemacht worden waren – auch vom Chef der Röntgenklinik, Professor Kranzmüller –, und klemmte sie neben die neuen Aufnahmen an den Lichtkasten. »Unglaublich. Hier haben wir eine ganz klare Leberfibrose, einen deutlichen Leberumbau. Und nun«, er tippte gegen die Röntgenbilder, »Befund: Negativ! Eine bedingte Fettleber – das kommt bei Roemer vom Saufen und Fressen –, aber sonst eine nicht dramatische Leber. Was ist da passiert, Thomas?«

»Wir haben etwas ausprobiert«, wich Willbreit aus.

»Dann baut es weiter aus und geht damit an die Öffentlichkeit. Dieser Heilerfolg ist grandios.«

Der Abend bei Krautkrämer in Hiltrup wurde voluminös. Roemer umarmte den Wirt mit dröhnendem Freudengeschrei.

»Man bringe sofort einen Château Trottevieille!« schrie er. »Ha! Da bin ich wieder! Einen Vorschlag bitte für ein Geburtstagsmahl. Das feiern wir heute, mein lieber Krautkrämer … eine Wiedergeburt!«

Willbreit mußte Roemer weit nach Mitternacht nach Hellenbrand fahren, und es blieb ihm nichts anderes übrig, als ebenfalls dort zu übernachten. Aber er schlief nicht; die Röntgenbilder hatten seinen Nerv getroffen. Roemer war gesund geworden. Nach einer aussichtslosen Krankheit. Nur durch die Strahlkraft von zwei Mädchenhänden. Man mußte es anerkennen, auch wenn man es nicht wahrhaben wollte. Das Wichtigste war jetzt, dafür eine medizinische Erklärung zu finden.

In diesen zehn Tagen hatte auch endlich der Leitende Oberstaatsanwalt bei Roemer angerufen. Bei ihm lagen jetzt zehn getrennte Anzeigen gegen Corinna vor, neun von Ärzten und eine von der Ärztekammer. Hinzu kam ein Bericht der Steuerfahndung mit dem Antrag, strafrechtliche Ermittlungen aufzunehmen.

»Die haben doch alle Jauche im Gehirn«, knurrte Roemer böse. »Nehmen Sie das etwa alles ernst, Herr Oberstaatsanwalt?«

»Die Anzeigen liegen vor, wir müssen ihnen nachgehen. Es werden hier Vorwürfe erhoben, die öffentliches Interesse beanspruchen, offensichtlich wurde gegen Gesetze verstoßen!«

»Heilen ist also gesetzlich verboten?« fragte Roemer.

»Herr Direktor!« Der Leitende Oberstaatsanwalt bemühte sich, ruhig zu bleiben. »Wir sollten uns nicht in Polemik verlieren. Jeder Arzt darf behandeln und heilen, jeder …«

»Und was ist, wenn die Ärzte trotz allen akademischen Wissens sagen: Aussichtslos! Was dann?«

»Tja, dann … Ich weiß nicht …«

»Aber ich weiß es. Ich stelle mich vor Corinna Doerinck. Nach jetzt sechs Wochen Behandlung durch sie bin ich nachweislich gesund. Nach medizinischem Wissen und nach dem

Urteil der Ärzte hingegen würde ich längst im Grab liegen. So ist das, Herr Oberstaatsanwalt! Die Ärzte, die heilen dürfen, haben versagt. Die, die ihr verfolgen wollt, hat mir das Leben gerettet. Erheben Sie ruhig Anklage – ich werde Ihnen als Zeuge so in die Pfanne spucken, daß es dampft!«

»Eben das ist der Anlaß meines Anrufes, Herr Direktor.« Der Oberstaatsanwalt schien von Roemers Bericht sehr beeindruckt zu sein. »Sie wollen als Zeuge auftreten?«

»Und wie! Daß die Gerichtsdielen zittern!«

»Sie kennen noch mehr – Wunderheilungen?«

»Eine Menge! Sie werden sich wundem, wer in Münster alles auftauchen wird. Das wird ein Adreßbuch der besten Namen. Wer Corinna auf die Füße treten will, dem donnere ich eins in den Hintern. Die Hauptverhandlung wird zu einem Tribunal werden.«

»Was wissen Sie über eine Steuerhinterziehung, Herr Direktor?«

»Etwas Hirnloseres gibt es nicht.«

»Fräulein Doerinck soll große Summen eingenommen haben.«

»Nein.«

»Man hat das Geld gezählt und quittiert.«

»Es handelt sich um Geschenke, die Corinna nicht angenommen hat. Das Geld liegt da, aber es gehört keinem. Keiner will es.« Roemer gluckste freudig. »Es ist unter keiner Steuernummer zu erfassen.«

»Das gibt es doch nicht!«

»Es ist mir ein geradezu betäubendes Vergnügen, zu erleben, wie hilflos eine Behörde sein kann. Darauf muß ich einen trinken!«

Roemer legte auf und ließ einen sehr verunsicherten Oberstaatsanwalt in Münster zurück.

Bei der Kriminalpolizei wurde der Mordanschlag gegen Corinna mit einem Giftblaspfeil, wie erwartet, zu einer Aktenleiche. Es gab keinerlei Hinweise auf den Täter. Es gab außer dem zerbrochenen Pfeil und dem analysierten Gift keine Spuren. In Hellenbrand hatte niemand Celebes oder Borneo besucht, es blieb alles ein Rätsel – genau wie die Brandstiftung. »Da kann nur noch der Kamerad Kommissar Zufall helfen«, sagte Oberrat Fernich zu Roemer. »Mit einem Blasrohr ist im Münsterland jedenfalls noch niemand ermordet worden. Es wird auch nicht wieder vorkommen.«

So glätteten sich die Wogen und die Zeit jagte dahin.

Im November weihte Corinna Dr. Hambach unter vier Augen in ihr Geheimnis ein: daß ein Baby unterwegs war. Dr. Hambach fuhr sich mit der Hand durch das weiße Haar, sah Corinna kopfschüttelnd an und sagte: »Ist das sicher? War das nötig?«

»Es ist sicher, Onkel Ewald … und ich liebe Marius …«

»Du willst das Kind also haben? Du willst es austragen?«

»Auf jeden Fall! Ich bin jetzt im dritten Monat.«

»Als Arzt so etwas zu sagen, ist zwar sträflich, aber, das weißt du, du bist für mich wie eine Tochter: Noch ist es nicht zu spät! Ab der zwanzigsten Woche würde ich zu dir sagen: Begehe keinen Mord. Dann bewegt es sich. Dann ist es richtiges Leben … Weiß es Stefan?«

»Nein, Papa weiß es noch nicht. Auch nicht Mamuschka.«

»Soll ich es ihnen sagen? Und was ist mit Marius?«

»Er ist verrückt vor Glück. Sieh nur seine Bilder an … ein Feuerwerk der Freude. Er hat jetzt vierundvierzig Bilder fertig. Der Auftritt des Malers Marius Herbert in der Kunstszene wird eine Sensation werden. Gestern waren zwei Redakteure einer großen Illustrierten hier. Sie haben die Bilder gesehen, waren begeistert und wollen sechs Farbseiten mit Marius' Gemälden in die Illustrierte nehmen. Damit ist Marius über Nacht ein Begriff.«

»Und *deine* Gegenleistung?« fragte Hambach ahnungsvoll.

»Bei einem der Redakteure habe ich die Behandlung seines chronischen Asthmas begonnen.«

»Was wäre Marius ohne dich, Corinna …«

»Was wäre jeder Mensch ohne einen anderen Menschen, auf den er sich stützen kann?« Sie gab Dr. Hambach die Hand, er hielt sie fest und sah Corinna stumm und fragend an. Sie schüttelte den Kopf. »Nein, Onkel Ewald. Ich will das Kind, und ich sage es auch selbst Papa und Mamuschka. Aber du solltest es zuerst wissen ... als Arzt.«

Man kann verstehen, daß Stefan Doerinck nicht in einen großväterlichen Jubelschrei ausbrach, als Corinna ihm erklärte: »Weihnachten werden Marius und ich heiraten. Ich bin im dritten Monat, Papa.«

»Es war ein Fehler, ihn nicht gleich bei der ersten Begegnung zu kastrieren«, knurrte Doerinck. »Gut, gut, er mag ein lieber Junge sein; begabt ist er auch, das hat er nun bewiesen, seine Bilder sind wirklich gut, jetzt, wo er dicker wird, sieht er auch nicht mehr aus wie ein tapeziertes Skelett ...«

»Sein Magenkrebs ist fast ausgeheilt, Papa. Ich spüre in meinen Fingern kaum noch einen Widerstand, kaum noch Stiche.«

»... das alles ist einfach fabelhaft – nur habe ich mir den Vater meines Enkels eben anders vorgestellt.«

»*Ich* muß mit ihm leben, nicht du. Und wir wissen beide, es wird ein schönes, erfolgreiches, erfülltes Leben. Vergiß nicht: Wir haben die Hälfte unseres Lebens fast schon hinter uns. Ich bin dreißig, Marius ist einunddreißig. – Was sagst du, Mamuschka?«

»Wo Liebe ist, soll man nicht die Kartoffeln zählen, sagt man in Grusinien. Ich sehe, du bist glücklich, Corinnaschka ... das ist ein Himmel auf Erden!« Ljudmila räusperte sich und zeigte hinüber zu Doerinck. »Er soll sich nicht aufregen wegen des frühen Kindes; er hat damals in Poti nur Glück gehabt. Wir haben uns geliebt, ohne zu denken ... und so muß es auch sein. Ist es so, Stefanka?«

»Du hast recht wie immer, Ljudmilaschka«, sagte Doerinck zärtlich. »Zum Teufel also mit den ganzen Bedenken: Machen wir Weihnachten Hochzeit! Hoffentlich hat der KERL einen Jungen hingekriegt ...«

Die Auswertung der Experimente von Tscheljabinsk und der sensationelle Bericht von Professor Neroschenko – zuerst in der Zeitschrift der Akademie der UdSSR in Moskau, später in allen Sprachen in den Fachblättern für Psychologie und Biologie, und verkürzt und sensationell aufgemacht in den großen Illustrierten in Amerika, Italien, Frankreich, Japan, Spanien, Holland, China, Südafrika und Australien – erzeugten eine Sturmflut von Kommentaren, Meinungen, Zweifeln, Angriffen und begeisterter Zustimmung. Die negativen Stimmen – vor allem, wie erwartet, von Medizinerseite – überwogen. Eine französische Illustrierte brachte die erste Karikatur: Corinna vor dem alten lieben Gott, wie sie ihm mit einer großen Schere den weißen Bart abschnitt. Darunter stand: »Ab mit dem Bart! Setz dich auf Wolke 32! Du bist auch nur eine bioplasmatische Strahlung!«

Aber den Namen Corinna Doerinck kannte jetzt die ganze Welt.

Die Heilungssuchenden fuhren wieder in Scharen nach Hellenbrand. Die Busunternehmen veranstalteten erneut Sonderfahrten. Die Gasthäuser, Pensionen und kleinen Hotels in der Umgebung von Hellenbrand wurden der Sorge ledig, wie man den im Münsterland immer schlechten Spätherbst und Winter überstehen sollte. Die »sibirische Hexe«, wie ein Reporter sie kühn getauft hatte nach ihren nun weltweit bekannt gewordenen Experimenten in Tscheljabinsk – ein Name, den man mit geradezu geiler Wonne übernahm und der an Corinna kleben blieb –, sorgte für volle Zimmer und abendliche Saufrunden. Auch die Buden rund um das Zelt machten ein gutes Geschäft. Jeder Tag war praktisch ein Volksfest. Sonntags, nach der Kirche, spielte auf dem Platz sogar die Schützenkapelle eine Stunde lang flotte Märsche und Operettenmelodien. Darauf ging es zum Frühschoppen ... Leute, es war eine schöne Zeit! Vor allem gewöhnte man sich an die »sibirische Hexe«. Hellenbrand wurde überall genannt. Das von vielen, auch von Bürgermeister Beiler, so gefürchtete

Gelächter über die spinnerten Buren vom Münsterland blieb aus; statt dessen nahm die ganze Welt die Ereignisse in der kleinen Stadt sehr ernst. Mit Ausnahme der Mediziner natürlich, aber dieses akademische Störfeuer trieb nur noch mehr Kranke nach Hellenbrand. Stimmen, vorerst nur leise, wurden laut, daß es nicht richtig gewesen sei, den beliebten Lehrer Stefan Doerinck zu beurlauben. Einen so guten Lehrer gäbe es nie wieder.

Corinna behandelte die Kranken am Vormittag drei Stunden und am Nachmittag drei Stunden. Nach diesen sechs Stunden war sie ausgepumpt, saß mit großen Augen und hohlen Wangen in einem Sessel, und Dr. Hambach sagte schließlich energisch: »So geht das nicht weiter, Cora. Denk an das Kind! Was du machst, ist unverantwortlich.« Und sie antwortete dann immer: »Draußen stehen die Kranken, denen ich helfen kann. Ich *muß* ihnen helfen.«

Eine Woche vor Weihnachten und damit auch eine Woche vor der Hochzeit erschien die Illustrierte mit den sechs Farbseiten von Marius' Gemälden. Ganz nebenbei wurde im Text erwähnt, daß Corinna Doerinck diesen Maler in Kürze heiraten werde. Die Reaktion war enorm: Galerien aus Köln, Berlin, München, Hamburg, Hannover, Stuttgart und Frankfurt boten Ausstellungen an, zwei Kunsthändler aus Paris wollten die Exklusivvertretung der M. H.-Bilder haben, ein großes Kunsthaus in London öffnete für Marius seine Pforten, aber das wurde alles übertroffen durch ein Telegramm aus New York. Es kündete den Besuch eines Repräsentanten des Kunsthändlers Morrison & Sons an.

»Das ist der Augenblick, wo man einem Herzschlag erliegen müßte!« rief Marius und küßte Corinna über das ganze Gesicht. »Wen Morrison & Sons übernimmt, der hat ausgesorgt. Cora, hau mir eine runter! Das ist doch nur ein Traum …«

Es war kein Traum. Ein Mr. James Harris kam gerade zur Hochzeit zurecht, betrachtete noch vor den Feierlichkeiten die Bilder und sagte in einem kauenden Deutsch: »Noch besser als in Magazin! Wir übernehmen. Ganze Kollektion! Vertrag für Exklusiv. Okay? Wir machen erst große Propaganda, dann Ausstellungen in New York, Washington, Chicago, San Franzisko, Los Angeles, Dallas, Boston. Sie sind der ›Neue Impressionist‹. Okay?«

»Erst heiraten wir«, sagte Corinna und hakte sich bei Marius unter. »Die Bilder laufen nicht weg.«

»Aber Konkurrenz kommt! War schon da?«

»Jede Menge, Mr. Harris.«

»Es gibt nichts Besseres als Morrison & Sons! Sie werden es nicht bereuen.«

Die Hochzeit gab Anlaß, daß die Hellenbrander mit den Zähnen knirschten. Zwar nahm die standesamtliche Trauung der Stadtamtmann Josef Siepen vor – an einem Dienstag, morgens um neun, wo kaum einer Zeit hatte, zu gaffen; trotzdem standen fast vierzig Menschen vor dem Standesamt und klatschten, als Corinna aus dem Wagen stieg, und warfen ihr Blumen zu, aber das große Ereignis, die kirchliche Trauung in Weiß mit Schleier und einem Brautstrauß aus roten Orchideen, die fand nicht in Hellenbrand statt, sondern in der Jakobi-Kirche von Coesfeld. Das erfuhr man erst einen Tag vorher, durch eine Indiskretion des Blumengeschäftes Werremann. Sofort hieß es in Hellenbrand: »Es war doch richtig, daß man den Doerinck nicht mehr unterrichten läßt. In Coesfeld heiraten sie! So eine Frechheit!«

Trauzeugen waren Dr. Roemer – und Dr. Wewes. Bei einem seiner letzten Besuche, nicht mehr heimlich und durch den Garten, sondern freimütig und hoch erhobenen Hauptes, hatte er zu Corinna gesagt: »Ich muß mich entschuldigen für meine Feigheit, die bisher verhindert hat, mich zu Ihnen zu bekennen. Das ist vorbei, Corinna. Sie haben mir die Gesundheit wiedergegeben, und dazu stehe ich. Ich habe nach einer langen Erklärung den Ärztestammtisch verlassen und den Herrn Kollegen erklärt, daß ich mit all meinen Möglichkeiten für Sie eintreten werde. Das hat einen gewaltigen Krach gegeben, doch nun bin ich froh, daß alles vorbei ist. Mir ist klar, daß meine Kollegen mich schneiden werden, auch von der Standesvertretung werde ich noch attackiert werden, aber mir ist das egal. Willbreit schrie mich sogar an: ›Verräter!‹ Ich habe geantwortet: ›Du Ignorant!‹ Damit war alles gelaufen. Das mußte ich Ihnen sagen, Corinna.«

Spontan hatte Corinna ihn darauf gebeten, Trauzeuge zu sein, und Dr. Wewes hatte sofort zugesagt.

Auf Schloß Sunderfeld, einer kleinen Wasserburg, wurde gefeiert. Der Schloßherr, von Corinna von seinem permanenten Ischias geheilt, hatte darauf bestanden, diese Feier auszurichten als Dank für seine Heilung. Es war nur ein erlesener Kreis am großen runden Tisch der Kaminhalle von Sunderfeld. Die Tischrede hielt natürlich Dr. Roemer; sie gipfelte in den Sätzen: »Wenn ich mich hier so umsehe – hier hocken lauter ehemalige Kranke herum, die durch Corinnas Hände von ihren Leiden befreit wurden. Nähme man uns als Repräsentanten einer Umfrage und rechnete uns hoch, wie das die klugen Computer bei Wahlen mit den ersten Wählern tun, dann käme heraus, daß die ganze Menschheit mehr oder weniger angeknackst ist. Wir brauchten also einige hunderttausend Corinnas. Aber es gibt nur sie, die eine Corinna. Bei ihr müßte die Zeit stillstehen, sie müßte wirklich ewig leben! Und weil das nicht so ist, sollten wir den heutigen Tag feiern wie keinen anderen.«

Am Abend gab es auf Burg Sunderfeld noch ein kleines Feuerwerk zu Corinnas Ehren, und dann geleitete der Schloßherr selbst, mit einem silbernen Kerzenleuchter in der Hand, das junge Paar in das »Brautgemach«, wie er das mit weißem Tüll und Rosen geschmückte Schlafzimmer nannte.

Unten, am knisternden Kaminfeuer, saßen Doerinck, Dr. Hambach und Roemer zusammen, rauchten eine dicke, lange Havanna und tranken Burgunder. Dr. Wewes, Ljudmila, der Schloßherr und seine Frau gruppierten sich um einen anderen Tisch und bevorzugten Champagner.

»Am achtzehnten Januar ist Doppeltermin«, sagte Roemer gemütlich. »Roemer gegen Roemer und Willbreit gegen Willbreit wegen Scheidung. Das nennt man Freundschaft, was?« Er lachte dröhnend und soff den schweren Rotwein wie Wasser. Einen Weinkenner hätte das Grausen gepackt. »Willbreit ist völlig durcheinander und schläft schon nicht mehr zu Hause, sondern in seiner Klinik, in einem extra für ihn eingerichteten Zimmer. Zu leiden haben seine Ärzte, denn schon ab sieben Uhr setzt er Operationen an. Professor Hellbrecht, der große Chef, kümmert sich nicht darum. Er will emeritieren und hat Willbreit zu seinem Nachfolger vorgeschlagen.« Roemer reckte sich im Sitzen: »Auch ich habe um meine vorzeitige Versetzung in den Ruhestand gebeten. Ich werde mir hier in der Gegend ein Häuschen kaufen und einen Weinkeller ausmauern lassen; werde die Jahre, die mir noch bleiben, in der Sonne sitzen und mir täglich sagen: Junge, diesen Tag haste noch erlebt! Welch ein Glück. Lobet den Herrn!« Er sah Doerinck an, beugte sich zu ihm vor und schlug ihm auf den Schenkel. »Stefan, wann fangt ihr mit dem Bau von Corinnas neuem Haus an?«

»Sie will nicht.« Doerinck zuckte hilflos mit den Schultern.

»Was ist denn das? Sie will nicht? Was will sie dann?«

»Sie will, wenn das Kind gekommen ist, wegziehen.

Irgendwohin, wo sie keiner kennt«, sagte Dr. Hambach. »Weg von diesem chaotischen Rummel um sie.«

»Und das serviert ihr mir so beiläufig beim Burgunder?«

Doerinck hob wieder die Schultern. »Wir wissen es auch erst seit gestern.«

»Und wo will sie hin?«

»Da gibt es noch keine Vorstellung. Nur weg will sie. Marius wird seine phantastischen Bilder über Morrison and Sons verkaufen, und nur Morrison und wir, die wir hier sitzen, werden wissen, wo die beiden ... die drei leben. Beruhige dich, Erasmus: Du kannst deine geliebte Corinna so oft sehen, wie du Lust hast.«

»Das wäre ja wohl auch das mindeste«, knurrte Dr. Roemer. »Konnte sie nicht mit der Hochzeit warten? Jetzt, wo ich gesund bin, hätte man das überlegen können: Sie ist fast einunddreißig, ich bin neunundvierzig ... achtzehn Jahre Unterschied, das würde doch gut zusammenpassen!«

Das ausbrechende Gelächter lockte auch die anderen an den feuerknisternden Kamin, und Roemer brüllte weinselig: »Ljudmila, Mütterchen, du hast den falschen Schwiegersohn bekommen!«

Im Januar, an einem Vormittag um genau elf Uhr zweiundzwanzig, während der Behandlung einer chronischen Gastritis bei einer Frau, die aus Südholland zu ihr gekommen war, bewegte sich in Corinnas Leib zum erstenmal das Kind.

Es war ein ungeheuer beseeligendes Gefühl. Für einen kurzen Moment schloß Corinna die Augen und lauschte nach innen, ihre Hände kreisten dabei noch über dem Magen der Kranken und spülten die Gegenkräfte der Krankheit. Aber plötzlich, mit dem Aufzucken des neuen Lebens in ihr, erlosch schlagartig der kraftstrahlende Kontakt zwischen ihren Fingern und dem Körper der Frau. Es war, als wenn man einen Schalter umdreht, und das Licht geht aus.

Verwundert starrte Corinna auf ihre Hände. Noch zweimal strich sie über den kranken Magen ... sie spürte nichts mehr, es gab keinen Kontakt mehr ... es waren leere, gewöhnliche Hände, wie jeder Mensch sie hatte.

»Es ... es ist gut ...«, sagte sie mit belegter Stimme. »Sie können gehen.«

Die Frau nickte und blickte Corinna wie eine Heilige an. »Soll ich morgen wiederkommen?«

»Nein!«

»Wann darf ich kommen?«

»Ich weiß es nicht.« Sie ließ die Frau stehen und ging schnell in den hinteren Raum. Dort sank sie auf das Bett und starrte entsetzt vor sich hin. Vor der Hochzeit war das Zimmer neu eingerichtet worden; ein komplettes Schlafzimmer in heller Eibe.

Nach einer Minute kam Marius ins Zimmer. Er hatte die Frau verabschiedet und den nächsten wartenden Kranken um etwas Geduld gebeten. Erschrocken kam er zu Corinna und umfaßte ihren Kopf. »Was ist los, Cora? Du lieber Himmel, was hast du denn?«

»Es ... es hat sich zum erstenmal bewegt«, sagte sie leise.

»Das ist wundervoll, Cora!« Er küßte sie auf die Stirn und streichelte sie zärtlich. »Das ist wirklich eine große Stunde.«

Sie nickte, starrte ihn mit unergründlichen Augen an und atmete ein paarmal tief auf. Mit einem Satz sprang sie plötzlich hoch, holte ein dünnes Glas, stellte es auf den Tisch, preßte die Lider zusammen, konzentrierte sich so intensiv, daß ihr Gesicht völlig verhärtete, der Mund sich zusammenkrampfte und die hervorstechenden Backenknochen die Haut zu sprengen drohten. Ihre Hände fuhren vor, schwebten vor dem Glas, die Finger spreizten sich. Eine ungeheure Energie mußte jetzt aus ihr wegstrahlen ... aber nichts geschah! Das Glas zersprang nicht, sie spürte nicht das Wegschleudern von Energie, wie tot waren diese Finger – nein, nicht tot! Normale Hände waren es, die sich jetzt um das Glas legten und es zerpreßten.

Irritiert und verständnislos stand Marius neben ihr und fand die Sprache erst wieder, als die Scherben des Glases zu Boden fielen und mit ihnen einige Blutstropfen.

»Cora, du hast dich ja geschnitten!« rief er. »Einen Moment, ich hole sofort ein Pflaster! Warum hast du denn das Glas zerdrückt ...«

Corinna warf den Kopf in den Nacken. So sah man ihre Augen nicht; sie waren von Staunen und Entsetzen zugleich durchdrungen. Schließlich löste sich ihr verkrampftes Gesicht.

»Schick sie alle weg, Marius«, sagte sie hohl. »Alle ...«

»Cora, wir haben noch neun Patienten bestellt.«

»Alle!«

»Was soll ich ihnen denn sagen?«

»Schick sie weg!« schrie Corinna hell und durchdringend. »Alle weg!« Sie warf ihre Hände empor, preßte sie auf ihr Gesicht und drehte Marius den Rücken zu. »Keiner soll wiederkommen.« Ihre Stimme beruhigte sich, aber nun war sie fast nicht mehr zu verstehen. »Ich kann nicht mehr ... es geht nicht mehr ... ich habe keine Kraft mehr ... es ist vorbei ... Ich habe leere Hände ...«

»Cora!« Er stürzte zu ihr, riß sie herum und drückte sie an sich. Ihr Kopf fiel gegen seine Schulter, und sie begann, haltlos zu weinen. Der Moment des Begreifens war auch bei ihm wie ein Blitzschlag. Gegenseitig hielten sie sich fest und gaben sich den Augenblicken der Fassungslosigkeit hin. Marius war der erste, der die Sprache wiederfand. »Wie ... wie hast du das gemerkt ...«, stammelte er.

»In dem Augenblick, als das Kind sich bewegte. Mit der ersten Regung war alles vorbei. Meine Hände ... nichts mehr. Nichts! Einfach weg!«

»Das Kind ...« Er preßte sie noch fester an sich. »Du glaubst ... das Kind ... die ganze Kraft, oder wie man es nennt ...«

»Es ... es fließt in sein Leben ...«, weinte sie und schlang die Arme um ihn. »Marius, ich bin so glücklich ... Ich bin ein Mensch wie alle Menschen ... keine sibirische Hexe mehr ... keine ›Strahlenden Hände‹ ... Ich bin Corinna Herbert und bekomme ein Kind ... Welch ein Wunder ist das ...«

Es dauerte eine Woche, bis man begriff, daß Corinnas Hände nicht mehr heilen konnten. Noch immer kamen die Autos, fuhren die Omnibusse vor, standen die Heilungssuchenden diskutierend vor der geschlossenen Tür des Zeltes. Was auf dem großen Schild stand, das Marius gemalt hatte, glaubte niemand: WIR BEDAUERN MITTEILEN ZU MÜSSEN, DASS CORINNA NICHT MEHR HELFEN KANN. BITTE GEHEN SIE ALLE NACH HAUSE. WIR DANKEN IHNEN.

Die Buden rund um das Zelt machten noch einmal ein großes Geschäft. Enttäuschung und Aufregung erzeugten Hunger und Durst. Die wildesten Gerüchte kamen auf: Eine einstweilige Verfügung des Gerichts hat die Behandlungen untersagt. Die Ärzte haben gesiegt. Der Kreisarzt hat die Heilungen verboten. Die Kriminalpolizei hat innen im Zelt alles versiegelt. Die Staatsanwaltschaft hat mit Verhaftung gedroht.

»Wenn das so ist«, rief ein dicker, bärtiger Mann, der auf einem Stuhl vor dem Zelt inmitten der aufgeregten Menge stand, »wenn die Stinksäcke von den Behörden das verboten haben, dann machen wir 'n Protestmarsch durch Münster zum Regierungspräsidenten. Jawoll. Dat machen wir! Soll'n wir uns dat gefallen lassen?«

Das Fernsehen und die Journalisten, die sich sofort auf Hellenbrand stürzten, prallten am Vorgartenzaun von Doerincks Haus ab. Niemand wurde hineingelassen, keiner sah Corinna mehr. Zu sprechen war nur Stefan Doerinck, der immer wieder sagte: »Verdammt, nehmt es hin: Es ist alles vorbei. Keine weiteren Kommentare.« – Oder Dr. Roemer, den man fürchtete, denn er brüllte straßenweit: »Gewöhnt euch daran, in den eigenen Stiefel zu pinkeln! Corinna ist weder verhaftet, verunglückt noch verrückt geworden. Es gibt nur die ›Strahlenden Hände‹ nicht mehr. Basta!«

»Und warum?« rief einer der Reporter.

»Sie hat einen von euch behandelt«, schrie Roemer giftig. »Seitdem ekelt sie sich!«

Es war ein chaotischer Zustand. Niemand wußte, was hinter Corinnas Rückzug steckte. Die Spekulationen blühten immer exotischer. Selbst als am vierten Tag der Aufregung die Kranken in einem Fackelzug an Doerincks Haus vorbeizogen und im Sprechchor nach Corinna riefen, zeigte sie sich nicht. Nur Ljudmila kam ans Fenster, breitete bedauernd die Arme aus und schüttelte den Kopf. Eine große Boulevard-Zeitung schockte am nächsten Morgen mit einer riesigen Balkenschlagzeile ihre Leser: »Welche Tragödie zerreißt die

Doerincks?« Aus Holland rief Professor van Meersel an und wollte sofort kommen. Neroschenko meldete sich telegrafisch zwei Tage später aus Moskau: Was ist los? Wollt ihr nach Rußland kommen? Eine Woche später brach eine Briefflut über Corinna herein. Wissenschaftler aus aller Welt fragten an, der Telegrammbote von Hellenbrand kam kaum noch aus dem Sattel seines Fahrrades und fluchte, im Postamt genoß man für ein paar Tage den Kontakt zur weiten Welt: Tokio und Sydney, Los Angeles und Ontario, Quebec und Miami, Honolulu und Seoul, Peking und Neu-Delhi benutzten zum erstenmal den Namen Hellenbrand als Postadresse. Das war schon ein Erlebnis.

Unberührt von dieser äußeren Aufregung saßen Corinna und Marius oben in Corinnas altem Jungmädchenzimmer und blätterten in den Angeboten, die sie von verschiedenen Häusermaklern angefordert hatten. Es war nichts darunter, was sie suchten.

»Wo sollen wir überhaupt hin?« fragte Marius. »Dorthin, wo uns keiner kennt, ich weiß. Da bleibt nur noch übrig: Grönland. Oder der Urwald am Oberlauf des Rio Xingu in Brasilien. Oder eine der tausend Inseln in der Suva-See. Vielleicht ein schönes Plätzchen in den Anden, neben noch unbekannten Inkaruinen? Auch das Hochland von Burma wäre gut … Sonst wüßte ich nichts.«

»Ich möchte in die Schweiz«, sagte Corinna. »Irgendwo ein Haus in den Bergen. Da kümmert sich niemand um uns. Da bist du ein Maler, der auch in seinem Gärtchen arbeitet, das Holz für den Winter hackt, ab und zu im Wirtshaus seinen Wein trinkt und sonst unauffällig lebt. Und Corinna ist die dazugehörige Frau, und ein Kind hat er auch. Mehr ist an uns nicht interessant.« Sie legte die Prospekte mit den angebotenen Häusern zusammen und schob sie weg. »So stelle ich mir das vor. Ruhe möchte ich haben, nur Ruhe … und dich und das Kind. Jetzt, wo ich ein Mensch wie alle anderen bin.«

»Und … wenn alles wiederkommt … nach der Geburt?«

»Es kommt nicht wieder, Marius.« Sie schüttelte den Kopf. »Ich spüre es. Und ich bin so froh darüber – vor allem, daß ich dich noch retten konnte.«

Auch Doerinck war froh über die Entwicklung der Dinge. Nach dem ersten Schreck, den Corinna hinterließ, als sie weinend von Marius nach Hause gebracht wurde, sagte er zu seinem Schwiegersohn: »Wenn du das erreicht hast, daß Cora ein normaler Mensch geworden ist, habe ich dir viel abzubitten. Aber warum wollt ihr weg?«

»Hier hätten wir nicht eine einzige Stunde Ruhe.«

»Da gebe ich dir recht. Aber muß es gleich so weit sein?«

»Es gibt doch heute keine Entfernungen mehr, Papuschka«, sagte Corinna. Ihre weite Armbewegung schien die ganze Welt zu umfassen. »In ein paar Stunden können wir alle wieder zusammen sein.«

Dagegen gab es kein Argument mehr.

Das neue Haus lag an einem sanften Wiesenhang unterhalb eines in den Himmel stoßenden imponierenden, zerklüfteten Berges. Er hieß das Hammerhörnli, weil es – wenn man den Kopf schief hielt und es so betrachtete – einem Hammer mit einem kurzen Stiel glich. Unten durch das Tal schlängelte sich ein Flüßchen. Eine Holzbrücke verband den Zufahrtsweg zum Haus mit der jenseits des Wassers liegenden Dorfstraße. Es ging ziemlich steil bergauf, und Marius hatte gesagt: »Da brauchen wir einen Geländewagen, sonst kommen wir im Winter da nie rauf!«

Sie hatten das Haus nicht durch einen Makler bekommen, sondern zufällig entdeckt. Eine Woche lang waren sie in den Schweizer Bergen herumgefahren, um sich die Angebote anzusehen, aber alle Häuser lagen zu nahe der Zivilisation – in bekannten Kurorten, in deren Vororten oder in der Nähe von Städten. »Was Sie suchen«, sagte einer der Makler zu ihnen, »haben wir nicht im Angebot, weil's keiner kauft. Die Deutschen wollen immer da hin, wo sie die große Welt riechen.

Wer will denn in ein winziges, unbekanntes Dorf? Das wird schwer sein für Sie. Fahren Sie mal rum … im Wallis, im Berner Oberland, in Graubünden. Da kann's vielleicht noch Hütten geben, vor denen andere weglaufen. Wer will denn heute noch absolute Natur?«

Bei einer dieser Fahrten durch die Seitentäler sahen sie dann dieses Haus. Unten an der Holzbrücke hing ein verwittertes Schild: ZU VERKAUFEN. Sie waren aus dem Wagen gestiegen, hatten es von unten betrachtet und sich umarmt.

»Das ist es!« hatte Corinna gesagt. »Eine Wiese, ein Bach, ein breites Dach und dahinter der Berg wie eine schützende Hand. Das ist es, Marius! Hier kann unser Kind aufwachsen.«

Das Haus gehörte einem Holzhändler im Dorf. Er nannte einen Preis, über den man nicht zu diskutieren brauchte. Und da die meisten Schweizer gewissenhafte und gesetztreue Bürger sind, rief er sofort hintereinander alle an, die für einen Verkauf an einen Ausländer zuständig waren; vom Dorfobmann bis zum Notar. »Ischt guet«, sagte er dann, holte drei Gläschen und eine Flasche Kräuterschnaps. »Wird alles gehen. Salut!«

Mit der Bezahlung des Hauses hatte Marius keine Schwierigkeiten mehr. Morrison & Sons hatten die erste Rate für zwanzig Bilder überwiesen: 30 000 Dollar, Morrison hatte geschrieben, er steige gleich hoch im Preis ein. Nach Ansicht der Käufer sei nur das etwas wert, was auch teuer sei. Die 30 000 seien also auch nur eine Anzahlung. Ostern stelle man die Bilder in New York aus; dann werde man sehen, wie der Markt reagiert. Die Propaganda lief schon: Marius Herbert, der van Gogh des 20. Jahrhunderts.

Und dann standen Corinna und Marius Hand in Hand in dem kalten, leeren Haus mit den Arfenholzwänden und den breiten Dielenböden, mit dem zentralen Kachelofen und der rundum laufenden Sitzbank. Die Fensterläden klapperten im Wind, die blanken Glühbirnen pendelten an den Leitungsschnüren.

»Unser Haus!« sagte Corinna feierlich und legte beide Hände auf ihren Bauch, der sich jetzt deutlich wölbte. »Bis alle Formalitäten erledigt sind, dauert es noch eine Weile. Aber laß uns jetzt schon umziehen, Marius. Ich möchte, daß unser Kind hier zur Welt kommt. Hier, im Frieden dieser schönen Welt.«

Im April zogen sie ein. Mit neuen Möbeln, die sie im großen Möbelhaus eines Einkaufszentrums kauften.

Im Haus roch es nach Farbe und frischem Holz. Die letzten Handwerker halfen noch beim Ausladen mit, der Elektriker klemmte die Lampen an, der Installateur übergab die neueingebaute Küche. Marius probierte das Telefon aus, es war bereits angeschlossen. Die laute Welt, die sie verlassen hatten, war immer erreichbar.

Den ersten, den sie anriefen, war der Arzt im Ort, ein Dr. Ruedi Zimmerli. »Ich bin schwanger«, sagte Corinna. »Im achten Monat. In welches Krankenhaus komme ich?«

»Ich besuche Sie morgen nach dem Mittagsmahl«, antwortete Dr. Zimmerli. »Da sprechen wir alles durch. Grüezi!«

Dr. Zimmerli war ein langer, knochiger Mensch, vom Wetter der Berge gegerbt, und wortkarg wie die Bauern, die er behandelte. Er fuhr einen Geländewagen, mit dem er überall hinkam. Corinna begrüßte er mit einem langen, nachdenklichen Blick, als habe er dieses Gesicht schon mal gesehen, nur die Erinnerung verließ ihn jetzt. Er blieb eine halbe Stunde, trank ein Glas Wein und aß ein paar Röllchen Bündner Fleisch, das er stark einpfefferte, und sagte: »Das Spital ist gut. Geben Sie nur nicht zu spät Alarm. Zu früh ist besser. Es sind hier schon vier Kinder während der Fahrt zum Spital geboren worden – für drei von ihnen bedeutete es den Tod. Also: Wenn's anfängt im Rücken zu ziehen, sofort anrufen! Was haben Sie ausgerechnet?«

»Mitte Mai, Herr Doktor.«

»Das ist gut. Mai-Kinder sind mir die liebsten. Mit denen hatte ich bisher die wenigsten Komplikationen. Ich weiß nicht, warum.«

»Ein merkwürdiger Arzt«, meinte Marius, als Dr. Zimmerli in seinem Geländewagen davongedonnert war.

»Wieso? Er war doch sehr nett.«

»Er hat dich merkwürdig angesehen.«

»Das bildest du dir ein, Marius.«

»Vielleicht.« Er blickte ins Tal, wo Dr. Zimmerli über die Dorfstraße brauste. »Früher hättest du so etwas sofort gespürt.«

»Ein Glück, daß es kein Früher mehr gibt. Ich bin wie befreit. O Marius, ist das schön hier! Wenn um uns herum alle Bergwiesen blühen, wird unser Kind da sein.«

Jeden Tag rief sie in Hellenbrand an, oder Doerinck sprach mit ihnen am Tagesende. Sie berichteten von neuen Gardinen und neuem Geschirr, von einer vorsichtigen Wanderung am Fuß »ihres« Berges, dem Hammerhörnli, von Corinnas ersten Rösti und Marius' Fahrt nach Zürich, wo er sich mit einem Vertreter von Morrison & Sons traf und das Hotel als zukünftigen Kontaktort bestimmte. Auch von Dr. Zimmerli erzählten sie, der vorgestern gesagt hatte, nachdem er Corinna mit zusammengekniffenen Augen gemustert hatte: »Es wird ein Mädchen. Ich irre mich selten. Sie sehen nach einem Mädchen aus. Suchen Sie schon einen schönen Namen!«

»Und wie wollt ihr es nennen, wenn's wirklich ein Mädchen ist?« fragte Doerinck.

»Svetlana«, antwortete Corinna ohne Zögern. »So wie Mamuschkas Mutter.«

»Und wie soll ein Junge heißen?«

»David, wie Großvater Assanurian. Bist du damit einverstanden, Papa?«

»Aber ja. Ljudmila, die mithört, weint schon vor Freude.«

Dr. Zimmerli sollte recht behalten: Am 25. Mai wurde im Spital Svetlana Stefanie Herbert geboren. Ein zierliches Mädchen mit dichtem schwarzem Haar und blauen Augen. Es war keine schwere Geburt, wie sie Ljudmila durchstehen mußte, als Corinna angekommen war; nach einer Stunde war alles vorbei, und die Kreißsaalschwester sagte: »Welch ein schönes Kind! Nein, wie schön! Das wird mal schöner als die Mama.«

Am glücklichsten aber waren die Großeltern, die, von den besten Wünschen Dr. Roemers und Dr. Hambachs begleitet, sofort in die Schweiz gereist waren. Stolz, als habe er den Hauptanteil daran, trug Stefan Doerinck sein Enkelchen herum, und Ljudmila war schrecklich aufgeregt und zeterte: »Laß es nicht fallen, du grober Bär! Paß auf! Du zerdrückst es ja. Bei allen Heiligen … man muß aufpassen, daß er es nicht auffrißt!«

In New York wurden Marius' Bilder eine Sensation. Man hatte das erwartet. Morrison & Sons telegrafierten: »Der Name M. H. wird in die Kunstgeschichte eingehen. Ausstellungen in San Franzisko und New Orleans. Halten es für dringend notwendig, daß Sie noch in diesem Jahr nach New York kommen. Am besten vor Weihnachten. Planen dann eine große Vorstellung.«

»Im Dezember?« sagte Corinna. »Dann ist Svetlana fast sieben Monate alt. Da können wir sie mitnehmen. Marius, du mußt zusagen. Jetzt ist es dein Ruhm …«

»Wenn ihr mitkommt, fahre ich.« Marius las das Telegramm noch einmal ganz langsam durch. In die Kunstgeschichte eingehen … er, Marius Herbert … Wie ein Stern war er plötzlich, fast zufällig entdeckt, am Himmel der Kunstwelt. »Ohne euch sage ich ab. Cora, was wäre ich denn ohne dich?«

»Das, was du jetzt bist, mein Liebling. Es hat in dir geschlafen, es brauchte bloß geweckt werden.«

An einem Sonntagmorgen im August stand Corinna früher auf, um den Kaffeetisch zu decken und den Kaffee zu filtern. Sie hatten es stillschweigend so eingeführt: Die ganze Woche hindurch sorgte Marius für das Frühstück. Er war sowieso ein Frühaufsteher, malte die Morgennebel und die aufgehende und durch den Nebel brechende Sonne mit besonderer Freude. Wenn Corinna dann später mit Svetlana im Wohnzimmer erschien, duftete ihnen schon der Kaffee entgegen, aufgebackene Baguettes warteten im Backofen auf sie, ein Strauß frischer Blumen aus dem Garten schmückte den Tisch. So begann jeder Tag mit Freude und Glück, egal, ob es regnete, die Nebel von den Bergen fielen oder die Sonne in den Scheiben glitzerte. Nur am Sonntag war es anders. Da blieb Marius im Bett liegen, spielte mit Svetlana und kam erst mit ihr heraus, wenn Corinna rief:

»Ihr Faulpelze! Kommt zum Kaffee!«

An diesem Sonntag regnete es. Die Blumen auf dem Tisch, schon zwei Tage alt, begannen zu verwelken. Corinna nahm sie aus der Vase, legte sie in der Küche auf das Ablaufbrett, spülte die Vase aus und füllte sie mit frischem Wasser. Dabei blickte sie aus dem Fenster in den Regen, es rauschte vom Himmel und trommelte gegen die Scheiben, und sie sagte sich, daß es bei diesem Wetter entschuldbar sei, wenn sie keine neuen Blumen pflückte. Sie wollte das Wasser schon wieder wegschütten und die alten Blumen in den Abfall werfen, als sie erschrocken und fassungslos sah, wie die Blumen, die eben noch die Köpfe hängen ließen, jetzt in ihren Händen aufrecht standen wie frisch geschnitten.

Mit einem leisen Aufschrei ließ sie die Blumen fallen und prallte ein paar Schritte zurück. Nein! schrie es in ihr. Nein! O Gott im Himmel – nein! Nicht wieder! Nicht wieder ... bitte, bitte, nicht wieder ...! Sie starrte ihre Hände an, ging steif wie eine aufgezogene Puppe zum Küchenschrank, holte ein Glas heraus, stellte es auf die Spüle, spreizte die Finger – das Glas zersprang mit einem leisen, hellen, schwirrenden Laut.

Der Aufschrei, der aus ihr herausbrach, war nicht mehr ihre Stimme. So schrecklich kann kein Mensch schreien. Sie schlenkerte ihre Hände durch die Luft, riß sie an den Mund, grub die Zähne in die Handfläche, biß in die Fingerspitzen, und als Marius entsetzt ins Zimmer stürzte, schrie sie, mit Wahnsinn in den Augen: »Hilf mir! Hilf mir! Nimm die Axt, schlag mir die Hände ab! Tue es, tu es doch ... tu es für uns alle! Schlag mir die Hände ab. Ich will das nicht noch einmal! Nein! Nein! Hilf mir doch …«

Bevor Marius sie auffangen konnte, stürzte sie in sich zusammen und fiel ohnmächtig auf die Dielen. Sie sah erschreckend aus, Schaum stand ihr vor dem Mund, und ihr ganzer Körper zuckte wie unter starken elektrischen Schlägen.

Ebenso plötzlich war der Ausbruch vorbei … sie lag ganz still, auf der Seite, wie schlafend, und als Marius sie aufhob und ins Schlafzimmer trug, blieb sie noch immer ohnmächtig und atmete kaum.

Mit einem Schweizer Himbeergeist – etwas Besseres fiel ihm nicht ein –, den er ihr durch die zusammengebissenen Zähne in den Mund träufelte, holte Marius sie nach einigen Minuten in die Gegenwart zurück. Sie schlug die Augen auf, sah ihn groß an und fragte:

»Hast du das Glas gesehen? Die Blumen? Es … es ist wieder da … Warum ist es wieder da …?«

»Ich verstehe gar nichts«, stotterte er. »Was ist denn passiert?«

»Meine Hände … Es ist wieder in meinen Händen … Es ist alles wie vorher …«

»Mein Gott. O mein Gott!« Er half ihr, vom Bett aufzustehen, führte sie, weil sie noch schwankte, vorsichtig zu einem Sessel und beobachtete sie, wie sie tief Atem holte. Ihr bleiches Gesicht bekam wieder etwas Farbe. Er war völlig hilflos, wußte keine Worte mehr und dachte immer nur: Wie ist das möglich? Wie wird das weitergehen? Fängt alles jetzt von vorn an? Wird sie die Menschen ansehen und sagen: Sie sind krank! Und wird sie dann wieder ihre Hände zu flachen Schalen formen und langsam über die Körper streicheln? O nein, nein – bloß das nicht wieder! Das einsame unbekannte Tal in den Schweizer Bergen würde sich mit Autokolonnen und Bussen füllen. Auf den Wiesen würden die Buden stehen. Aus dem schönen Häuschen würde eine Festung werden. Corinna … das ist ja wie ein Fluch! »Es soll niemand erfahren,

Marius«, sagte sie, als sie wieder freier atmen konnte. »Niemand, auch Papa und Mamuschka nicht. Hörst du?«

»Über meine Lippen wird kein Wort kommen. Wenn du dich bloß nicht selbst verrätst.«

Sie schüttelte den Kopf, ließ die Arme über die Sessellehnen hängen und befeuchtete mit der Zunge ihre Lippen. »Ich habe einen merkwürdigen Geschmack im Mund.«

»Himbeergeist. Ich hatte im Moment nichts anderes griffbereit. Soll ich dir einen Tee kochen?«

»Ja, bitte, Liebling.«

Marius rannte in die Küche. In der großen geschnitzten Holzwiege, die sie für Svetlana bei einem Schweizer Holzschnitzer gekauft hatten, rührte sich das Kind und begann leise zu quäken. Die Zeit des Sonntagsfrühstücks war längst vorbei, die innere Uhr der Kleinen signalisierte Unpünktlichkeit.

Corinna stand auf, ging zu der Wiege, nahm Svetlana auf ihre Arme und drückte sie an sich. Die Kleine grunzte wohlig und tatschte mit ihren Händchen über Corinnas Gesicht. In der Küche kehrte Marius die Glasscherben weg und starrte auf die neu erblühten Blumen. Er ergriff sie, stopfte sie in den Mülleimer und hieb mit den Fäusten hinterher. Haß und Angst waren in diesen Schlägen und die ganze Verzweiflung vor dem Unentrinnbaren.

Am Abend rief Doerinck wieder an. »Wie geht es euch, meine Lieben?«

»Gut, Papa«, sagte Corinna. Ihre Stimme verriet nicht die Lüge.

»Was ist mit meinem kleinen Schätzchen?«

»Es schläft schon.«

»Was habt ihr heute gemacht?«

»Wir sind spazierengegangen bis zum Wasserfall.«

Aber draußen regnete es noch immer, den ganzen Tag über. Man konnte keinen Schritt ins Freie setzen.

»Dann habt ihr schönes Wetter?« fragte Doerinck.

»Strahlende Sonne, Papa. Den ganzen Tag.«

»Bei uns regnet es Stein und Bein. So, und jetzt kommt Mama. Gib meinem Schätzchen ein Küßchen vom Opa ...«

Das Telefongespräch war eine Qual. Als. Ljudmila auflegte, fühlte sich Corinna wie erlöst. »Das wird jetzt unsere Hauptaufgabe werden, Marius«, sagte sie, und es klang sehr müde. »Lügen. Nach allen Seiten lügen. Wir müssen uns unsere Ruhe zusammenlügen.«

Anfang November bekam Svetlana über Nacht Fieber. Sie war jetzt fast sechs Monate alt, ein kräftiges Kind von einer erstaunlichen Schönheit, schwarzhaarig, aber mit strahlenden blauen Augen. Wenn Mutter und Tochter sich ansahen, wenn Corinna das Kind auf ihre Arme nahm, war es, als umhülle sie eine Wolke aus Wärme.

Dr. Zimmerli kam sofort, als Marius ihn heimlich anrief. Corinna hatte es nicht gewollt, und als er an der Tür klingelte und sie öffnete, sagte sie auch ziemlich abweisend: »Dr. Zimmerli! Was wollen Sie denn bei uns?«

»Svetlana ist krank? Sie hat Fieber?« Er ging an Corinna vorbei ins Haus, zog den Mantel aus und griff wieder nach seiner Arzttasche.

»Marius hat Sie angerufen, nicht wahr?«

»Wohl dem Kinde, das einen besorgten Vater hat. Ich kenne da andere Familien. Da ist eine kranke Kuh viel wichtiger. Kann ich zu Svetlana gehen?«

Sie nickte, wies auf das Schlafzimmer, ließ Dr. Zimmerli einen Augenblick allein und lief hinüber zum Atelier, wo Marius malte. Er hatte in den Anbau ein breites Fenster brechen lassen, und das Licht flutete hell herein. Nordlicht – das beste Licht für einen Maler, weil es ein neutrales Licht war.

»Du hast Zimmerli gerufen?«, sagte sie laut.

»Ja. Svetla hat Fieber.«

»Sie ... sie braucht keinen Arzt.«

»Cora! Wir haben uns geschworen, deine Hände zu vergessen.«

»Bei allen auf der Welt – aber doch nicht bei uns. Bei uns nicht!« Sie wandte sich heftig um und eilte zurück ins Haus. Dr. Zimmerli hatte Svetlana aus der Wiege genommen und aufs Bett gelegt und packte gerade sein Stethoskop zur Seite. Die Kleine strampelte und greinte dabei leise.

»Svetlana muß ins Spital«, sagte Dr. Zimmerli. »Rein vorsichtshalber. Zur Beobachtung. Es kann eine Ernährungsstörung sein. Was mich aber sehr nachdenklich macht, ist, daß sich eine Gelbsucht ankündigt. Gelbsucht bei Säuglingen ... ich rufe sofort den Spitalwagen an.«

»Nein!« sagte Corinna fest. Dr. Zimmerli blickte vor diesem Klang erschrocken auf.

»Was heißt nein?«

»Svetlana bleibt hier.«

»Das sagen Sie. Ich sage das Gegenteil. Ich kann es nicht verantworten, wenn ...«

»Es ist mein Kind, und ich verantworte es! Svetlana bleibt bei mir.«

»Also gut! Werden wir grob.« Dr. Zimmerli packte aus der Arzttasche einen Chrombehälter mit Spritzen und Nadeln. »Ich bin als Arzt gerufen worden, ich stelle eine besorgniserregende Erkrankung bei einem Kind fest, halte die Einweisung in ein Spital für dringend notwendig und mache Sie darauf aufmerksam, daß eine Weigerung für das Kind lebensgefährlich sein kann. Wenn hier etwas passiert, machen Sie sich strafbar.« Dr. Zimmerli suchte eine Ampulle aus der Tasche und hob sie gegen das Licht, nachdem er den Glashals freigeklopft hatte. »Svetlana hat eine Gelbsucht. Ihr Stuhl ist gelb und breiig.«

»Nein, er ist fast rotfarben.«

»Von mir aus!« Dr. Zimmerli packte eine Spritze aus. »Rufen wir Ihren Mann. Der wird als Maler die Farbe genau bestimmen können. Bis zum Transport gebe ich der Kleinen eine Injektion.«

»Auch das tun Sie nicht. Ich verbiete es.« Corinna trat an das Bett, hob Svetlana an ihre Brust und drückte sie an sich. Die wärmende Wolke umgab sie wieder. Dr. Zimmerli funkelte Corinna böse an. Mit der Spritze in der Hand fuchtelte er herum.

»Ich wiederhole: Hier kann es ein Notfall sein! Wenn Sie mich in der Ausübung meiner ärztlichen Tätigkeit behindern ...«

»Hier brauche ich keinen Arzt.« Corinna holte tief Atem. Es geht um dich, Svetla, um dein Leben. Ich muß es jetzt sagen. Es gibt keinen anderen Ausweg. Sie blickte auf Dr. Zimmerli hinunter, der trotz ihres Protestes seine Injektion aufzog. »Svetlanas Gelbsucht ist ein hepatischer Ikterus.«

Dr. Zimmerli ließ fassungslos die Spritze sinken. »Was bitte?«

»Ein parenchymatöser Ikterus durch eine akute Hepatitis.«

»Ja, das gibt's doch nicht. Woher wollen Sie das denn wissen?!«

»Ich fühle es. Ich sehe es! Seit zwei Stunden weiß ich es genau.«

Dr. Zimmerli legte die aufgezogene Spritze vorsichtig in den Chromkasten zurück. Er blickte Corinna dabei nicht mehr an. »Was heißt das: Ich fühle es. Ich sehe es?«

»Ich fühle und sehe es mit meinen Händen.«

»Also doch!« Dr. Zimmerli klappte den Chromkasten zu. »Sie sind es tatsächlich. Beim ersten Besuch bei Ihnen war ich mir nicht ganz sicher. Woher kennst du sie, habe ich mich gefragt. Irgendwo habe ich sie schon gesehen! Wo ist dir diese Frau schon mal begegnet? Ich habe keine Antwort gefunden. Jetzt weiß ich es wieder: Im Fernsehen habe ich Sie gesehen. Die Zeitschriften und Zeitungen waren voll von Ihnen. Die Wunderheilerin in Deutschland. Die große Sensation. Wie nannte man Sie? Die ›Strahlenden Hände‹ ... ist es so? Krebsheilungen durch Streicheln. *Sie* sind das also!«

»Ja.« Corinna preßte Svetlana an sich, als wolle Dr. Zimmerli sie ihr entreißen. Die Kleine weinte leise vor sich hin. »Verstehen wir uns jetzt?«

»Nein. Ganz und gar nicht!« Dr. Zimmerli erhob sich steif. Sie sahen sich an, und mit diesem Blick wußte Corinna, daß der Kampf wieder begonnen hatte. Ihre sogenannte Wunderkraft gegen die Schulmedizin. »Svetlana kommt in das Spital!«

»Nein. Ich behandele sie selbst!«

»Wenn es wirklich ein parenchymatöser Ikterus ist, *muß sie* ins Spital!«

»Sie wird bei mir in spätestens einer Woche gesund sein.«

»Irrsinn! Frau Herbert, Sie begehen ein Verbrechen an Ihrem Kind!«

Dr. Zimmerli platzte die Geduld. Er schrie Corinna an, und weil er jetzt im Dialekt des Schweizer Tales schimpfte, verstand sie kein Wort. Sie nahm nur die Gelegenheit wahr, als Zimmerli Luft holen mußte, laut zu sagen:

»Es wäre gut, wenn Sie jetzt gehen würden, Herr Doktor. Sie haben sicherlich noch andere Patienten, die Sie dringender brauchen.«

Wortlos packte Dr. Zimmerli seinen Arztkoffer zusammen und verließ das Haus. Sein Geländewagen heulte auf, als er davonbrauste. Vom Atelier kam Marius herüber und zeigte auf das talabwärts hüpfende Auto. »Was ist denn mit dem los?«

»Ich habe ihn rausgeworfen.«

»Um Gottes willen! Und nun? Was ist mit Svetla?«

»Er wollte sie ins Spital bringen lassen.«

»Wenn es nötig ist, Cora!« rief Marius entsetzt.

»Ich werde Svetla selbst behandeln. Das habe ich ihm gesagt.«

»Du hast ihm gesagt ...« Marius wischte sich mit beiden Händen verzweifelt über das Gesicht. »Cora, was hast du da getan ... Jetzt beginnt alles von vorn. Jetzt wird auch hier die Hölle losbrechen.«

Die Hölle brach nicht los. Aber vier Stunden später klingelte es wieder an der Haustür. Marius öffnete. Draußen stand ein Wagen des Bezirksspitals mit zwei weiß gekleideten Sanitätern. Dr. Zimmerli nickte Marius wortlos zu. Und vor allen hatte sich ein Gendarm aufgebaut und hob grüßend die Hand an die Mütze.

Marius drehte sich sofort um, ließ die Tür offen und rannte ins Wohnzimmer. »Sie sind da!« rief er mit rauher Stimme. »Sie wollen Svetla holen!«

Mit einem katzenhaften Satz schnellte Cora hoch. Betroffen über das, was er sah, nicht begreifend, starrte er sie an. Er kannte sie nicht mehr wieder, sie war eine völlig fremde Frau ... das wunderschöne Gesicht war eine schrecklich verzerrte Fratze, in der die Augen funkelten, gleich einem lodernden Wahnsinnsfeuer. Wie eine Katze sprang sie auch aus dem Zimmer, prallte gegen die Schlafzimmertür und blieb dort angespannt und wie zum Sprung bereit stehen. Ihre Finger spreizten sich wie Krallen.

Dr. Zimmerli und der Gendarm, die in der Diele standen, wechselten einen verständigenden Blick. Sie gingen nicht weiter; Corinnas Haltung warnte sie. Man sah Dr. Zimmerli an, daß ihm die ganze Situation nicht nur unangenehm, sondern im höchsten Maße widerwärtig war.

»Ich mußte den Notfall und Ihre Gegenwehr gegen dringend erforderliche ärztliche Maßnahmen melden, und die Polizei im Interesse des Kindes um Hilfe bitten. Der Kommandant der Gendarmerie hat telefonisch beim Bezirkskommandanten den Befehl erwirkt, das Kind ins Spital zu bringen«, sagte Zimmerli mit deutlicher Erregung. »Machen Sie doch bitte keine Schwierigkeiten. Ich weiß nicht, wie das in Deutschland ist. Aber hier sind Sie in der Schweiz. Der Irrsinn, ein todkrankes Kind selbst behandeln zu wollen, mit den bloßen Händen, zwingt uns, das Kind von Ihnen wegzunehmen. Jeder Schweizer Richter wird so entscheiden. Und wenn das Kind stirbt, ist es zumindest Totschlag!«

»Aber ich kann es heilen!« rief Corinna. »Ich kann es wirklich!«

»Ja, sie kann es«, sagte Marius tonlos. »Sie hat meinen Magenkrebs geheilt, den Darmkrebs ihrer Mutter. Hunderte von Heilungen kann sie nachweisen. Lesen Sie doch, was über sie geschrieben worden ist! Professor Neroschenko ...«

»Jetzt kommt er auch noch mit den Russen!« warf Zimmerli mit einer Stimme ein, die wie nach Ekel klang. »Von Pseudo-Wissenschaftlern verbrämte Scharlatanerie!«

»Warten Sie es ab.« Corinna warf die Hände ineinander und faltete sie wie zum Gebet. »Vor einer Stunde habe ich Svetla behandelt ... morgen geht es weiter ... übermorgen ... in einer Woche ist sie gesund ... Warten Sie es doch ab, bitte ...«

»Das ist nicht mehr zu ertragen!« schrie Dr. Zimmerli und wurde rot im Gesicht. »Behandeln nennt sie das! Das ist Tötung im Wahn! Sie sind ja nicht mehr normal!« Er fuhr zu dem Gendarmen herum: »Nun führen Sie doch endlich Ihren Befehl aus.«

Der Gendarm trat einen Schritt vor und straffte sich. Dabei zog er seinen graugrünen Rock gerade. »Madame«, sagte er dienstlich neutral, »ich habe den Befehl, Sie zum Schutze des Kindes Svetlana Herbert in Haft zu nehmen ... Bitte, seien Sie vernünftig, kommen Sie mit.«

»Meine Frau wird nicht in Haft genommen«, sagte Marius hart. »Ich lasse mein Kind in das Spital bringen ...«

»Du tötest es, Marius!« rief Corinna wild. »Du tötest unser Kind!«

Es gab keinen Widerstand mehr. Der Gendarm und einer der Sanitäter zogen Corinna von der Schlafzimmertür weg, Dr. Zimmerli und der andere Sanitäter gingen hinein und kamen wenig später mit der in Decken gewickelten Svetlana auf dem Arm wieder heraus. Wie ein Tier schrie Corinna auf, als man das Kind hinaus zum Wagen trug. Zu dritt mußten sie die Tobende und Schreiende festhalten, und sie schrie noch immer, als der Spitalwagen den Wiesenweg hinunterfuhr und über die Holzbrücke auf die Dorfstraße einbog.

»Ihr tötet sie! Ihr tötet sie! Svetlana! Ihr tötet mein Kind ...«

Dr. Zimmerli injizierte Corinna ein Beruhigungsmittel, während Marius und der Gendarm sie festhielten. Nach der

Spritze hörte das Schreien auf; sie weinte nur noch mit einem fremden, hohen, singenden Ton und fiel dann endlich in einen tiefen Schlaf. Marius saß neben ihr auf dem Bett und hielt ihre Hand. Er saß dort auch noch, als das Telefon anschlug. Der Kinderarzt des Spitals meldete sich.

»Wie geht es Svetlana, Doktor?« rief Marius und spürte, wie sein Herzschlag unregelmäßig wurde. »Haben Sie sie untersucht? Was hat sie?«

»Deswegen rufe ich an.« Die Stimme klang beruhigend »Keine Sorge, Herr Herbert. Ihr Töchterchen hat eine Ernährungsstörung. Eine Übersäuerung. Wir stellen die Ernährung um, und dann wird alles wieder gut sein. Wo ist Ihre Frau?«

»Sie schläft.«

»Dann sage ich es Ihnen: Es wäre gut, wenn Ihre Frau die nächsten Tage nicht ins Spital käme – so lange wenigstens nicht, bis wir die Umstellung im Griff haben. Wir möchten unsere Therapie nicht stören lassen ... Sie verstehen, was ich meine?«

»Ich verstehe vollkommen.« Marius schluckte, sein Hals war ihm plötzlich zu eng. »Ich will versuchen, das durchzusetzen. Wie lange wird Svetlana im Spital bleiben?«

»Wir rechnen mit ungefähr zehn Tagen. Machen Sie sich keine Sorgen.«

Als Marius den Hörer auflegte, hörte er hinter sich ein leises, kratzendes Geräusch. Er fuhr herum und sah Corinna im Türrahmen stehen. Ihr bleiches Gesicht war eingefallen und schmaler geworden.

»Was sagen sie?« fragte sie hohl.

»Nur eine Ernährungsstörung. Eine Übersäuerung. Wir sollen uns keine Sorgen machen.«

»Sie töten unser Kind. Marius ... sie bringen es um.«

»Es sind erfahrene Ärzte, Cora.«

»Überall waren es erfahrene Ärzte, und die Kranken, denen sie nicht helfen konnten, kamen zu mir, und ich habe sie geheilt. Marius, wir müssen Svetla zu uns holen. Sie darf nicht im Spital bleiben. Irgend jemand muß uns doch helfen können ... die Polizei, ein Anwalt, ein Richter ... Gibt es denn kein Recht mehr auf dieser Welt?«

»Alles, was wir über eine Behörde unternehmen, wird sich länger hinziehen als Svetlas Spitalaufenthalt.« Marius hob hilflos die Arme. »Und wenn sie erst hören, daß du mit den bloßen Händen heilen willst, wird's noch länger dauern. Wir werden gegen eine Gummiwand rennen. Du hast eben etwas gefragt – hier ist die Antwort: Nein! Für uns gibt es kein Recht! Wunder versteht man nicht, und Hexen werden verdammt! So war es schon immer auf dieser Welt, und so wird es auch bleiben, bis die Menschen sich in ihrer Dummheit gegenseitig vernichtet haben.«

Sie gingen aufeinander zu, fielen sich in die Arme und weinten.

Vier Tage und vier Nächte saß Corinna am Fenster und starrte ins Tal. Sie schlief kaum, und wenn sie ein paar Stunden ruhte, verließ sie den Sessel nicht, sondern legte den Kopf auf die Fensterbank. Ein paarmal zuckte sie zusammen – dann war Marius sofort bei ihr und drückte sie an sich.

»Unser Kind hat Schmerzen«, sagte sie in solchen Momenten tonlos. »Ich fühle es, daß es Svetlana schlechter geht. Sie liegt in ihrem Bett und weint. Gestern nacht hat sie gewimmert und alles wieder ausgebrochen ... Ich habe es gespürt, Marius; sie ruft mich, und ich höre es ... Sei ganz ruhig, habe ich zu ihr gesagt, deine Mama ist bei dir, sie holt dich bald zurück in das schöne Haus am Berg ... du wirst gesund; deine Mama will, daß du gesund wirst, deine Mama ist bei dir ... Und dann war es, Marius, als läge sie hier bei mir auf dem Arm und ich streichelte ihr über den kranken Leib ... Die Ärzte irren sich, aber ich bin stärker als sie, ich habe sie bei mir ...«

Am Abend des fünften Tages wurde Corinna merkwürdig unruhig. Sie lief im Zimmer hin und her, rang die Hände, rannte vor das Haus und starrte in die Weite, dann saß sie wieder am Fenster, atmete schwer und drückte die Hände auf ihr Herz.

»Da ist etwas …«, sagte sie gehetzt. »Marius, ich bekomme kaum noch Luft … Svetlana, was ist mit Svetlana los?«

Sie sprang wieder auf, rannte vor die Tür, legte die Hände trichterförmig vor den Mund und schrie in die weite Dunkelheit hinein:

»*Svetlana!* Deine Mama ist da! Svetlana …«

Marius wählte mit zitternden Fingern die Nummer des Spitals. Die Nachtschwester war schon im Dienst, ihre Stimme klang betont kühl. »Nein, den Herrn Doktor kann ich jetzt nicht erreichen. Nein, ich kann gar nichts sagen. Das müssen Sie den Doktor fragen. Er ruft Sie bestimmt an, sobald ich ihn erreicht habe …«

Im Zimmer 9 der Kinderstation versuchten zwei Ärzte, das Schicksal aufzuhalten. Sie hatten eine Infusion angesetzt, und nun tropfte, durch einen dünnen Schlauch und eine kleine Hohlnadel ein Aminosäuregemisch mit einem Zusatz von Arginin in den kleinen, gelb gewordenen Körper. Regungslos lag Svetlana in ihrem Bettchen. Das Koma, in das sie gefallen war, lähmte alle Funktionen. Das letzte Blutbild hatte einen dramatischen Anstieg des Blutammoniaks gezeigt … das Koma hepaticum war eingetreten … der Wettlauf um das Leben hatte begonnen. Corinnas Diagnose hatte sich als richtig erwiesen, aber da sie von einer »Wunderheilerin« gekommen war, hatte man sie ignoriert und eine Übersäuerung durch Falschernährung angenommen. Nun, drei Tage zu spät, erkannte man die Wahrheit … aber man war auch erschrocken über den atypischen Verlauf der akuten Hepatitis, über die noch nie erlebte Schnelligkeit des Leberzerfalls in einem Kind. Das war vor allem ein Entschuldigungsgrund, der jede ärztliche Haftung ausschloß. Für Unbekanntes gibt es keine Schuldzuweisung.

Im Haus lief Corinna wieder ruhelos hin und her. In ihrem Körper war ein Dröhnen und schmerzhaftes Reißen, das Blut hämmerte in den Schläfen, die Nerven in ihrem Gehirn waren wie glühende Fäden. Marius hatte ihr einen starken Kaffee gekocht, aber sie roch nur an der Tasse, begann zu würgen und rannte wieder hinaus vor die Tür.

Ihr Schrei »Svetlana! Svetlana!« ließ ihn am ganzen Körper frösteln. Ein paarmal versuchte er, Corinna festzuhalten, aber sie entwickelte unglaubliche Kräfte, stieß ihn weg gegen die Wand, rammte ihren Kopf in seinen Magen und stürzte immer wieder vor die Tür, hinaus in die klammkalte Novembernacht, eingekesselt von den Bergriesen rundum.

Gegen Mitternacht wurde sie plötzlich stiller, setzte sich in den Sessel am Fenster, faltete die Hände im Schoß und schien nach innen zu lauschen. Ihre Augen sanken weg, schrumpften förmlich zusammen, verloren den Glanz, wurden von den Lidern halb verdeckt … daß sie atmete, sah man kaum noch.

»Cora … Cora …«, stotterte Marius mit angstvoll würgender Stimme. Er kniete vor ihr, hatte ihre Knie umfangen und starrte in ihr schmales, regungsloses und doch gelöstes Gesicht. »Der Arzt wird gleich anrufen!«

»Svetla …« Es war ein Hauch, der von ihr wegwehte. »Mein kleiner Liebling … Svetla … Ich bin ja bei dir … Ich bin da, deine Mama … sie läßt dich nicht allein … Gib mir dein Händchen … so ist es gut … siehst du, es wird alles gut … Mama ist bei dir, mein Liebling … Es ist so schön, nicht wahr … so schön … Meine kleine Svetla …«

Sie seufzte, ein glückliches, seliges Lächeln zog über ihr Gesicht »Cora …«, sagte Marius leise und tastete mit seinen Händen an ihr empor. »Cora, was ist denn …?«

Im Spital hob in diesem Augenblick der Arzt den Kopf und nickte. Die Schwester stellte den Tropf ab, der andere Arzt zog langsam das weiße Laken über den kleinen gelben Körper.

In der gleichen Sekunde blieb das Lächeln auf Corinnas Lippen stehen. Nur ein wenig sackte sie in sich zusammen, so, als wolle sie bequemer sitzen, und der Kopf sank etwas zur Seite. Ihre gefalteten Hände rutschten in den Schoß.

Marius kniete vor ihr, preßte die Lider zusammen und verging in dem Flehen: Nimm mich mit, nimm mich doch mit ... laßt mich doch nicht allein zurück ...

Aber er lebte, und mit dieser Last des Lebens rannte er im Haus herum, rannte hinaus in die Nacht und brüllte wie Corinna in die Dunkelheit: »Svetlana! Cora! Nehmt mich mit!« Und später saß er ganz still im Sessel Cora gegenüber, sah sie an, suchte Trost in ihrem übriggebliebenen Lächeln und begriff nicht, was hier geschehen war.

Am Morgen kam Dr. Zimmerli ins Haus. Fassungslos stand er vor der noch immer sitzenden Corinna, rührte sie nicht an, telefonierte mit Polizei und einem Bestatter und versuchte, mit Marius ein paar Worte zu reden. Er gab keine Antwort, saß Corinna gegenüber und sah sie nur immer an.

Auch als der Leichenwagen kam und man Corinna in einen Sarg legte, rührte er sich nicht. Er schien auch nicht zu begreifen, daß Zimmerli ihm zu erklären versuchte, daß man Corinna gerichtsmedizinisch obduzieren müsse, da es ein unklarer Tod sei. Er könne keinen Totenschein ausstellen ohne gesicherte Todesursache. Marius nickte nur, stand dann, als Corinna im Sarg weggeschafft wurde, ruckartig auf, ging in das Schlafzimmer und schloß sich ein.

Nach fünf Tagen wurde Corinnas Leiche freigegeben. Der Obduktionsbefund lag vor ... ein Rätsel. Es gab keine Anzeichen eines Herzinfarktes oder eines Hirnschlages. Es gab nicht den geringsten Hinweis, wieso sie gestorben war. Das Herz hatte ganz einfach stillgestanden; ohne Anlaß, wie der Gerichtsmediziner feststellte. Auf den Totenschein mußte man schreiben: Herzstillstand. Ursache unbekannt.

Auf dem Friedhof des kleinen Schweizer Dorfes wurden sie begraben, nebeneinander. Ein großer heller Eichensarg und ein kleiner weißlackierter Sarg. Marius hatte es so bestimmt. Er wollte in dem Haus wohnen bleiben. Es war Corinnas und Svetlanas Haus – und falls es stimmte, was Neroschenko gesagt hatte, dann waren sie immer um ihn, lebten aus einer anderen

Welt mit ihm weiter. Wenn er allein war, würde er mit ihnen reden, würde er Corinna seine neuen Bilder zeigen und sie fragen: Sind sie gut so? Auch wenn er nie ihre Antwort hören konnte, hatte er dennoch das Gefühl, daß er nicht einsam war; daß Einsamkeit nur für den zum leeren Raum entartete, der nicht begriffen hatte, was Ewigkeit ist …

Professor van Meersel, der mit Corinnas Familie und ihren engsten Freunden zur Beerdigung in die Schweiz gekommen war, legte beim Abschied Marius den Arm um die Schulter:

»Du fragst dich die ganze Zeit, wie Corinnas Tod möglich war …«

»Das kann keiner erklären.«

»Es gibt eine Erklärung. Die Medizin kennt bei eineiigen Zwillingen einen gemeinsamen Tod, über alle Entfernungen hinweg. Man hat es den ›Krippentod‹ genannt – ein seltsames Phänomen. Parapsychologisch begreifbar nur aus der Vorstellung einer so engen, sozusagen miteinander verknüpften Strahlenverbindung, daß der eine Teil zwangsläufig mitgehen muß, wenn der andere Teil stirbt.« Van Meersel blickte über das weite Tal. Der erste Schnee zauberte eine Märchenlandschaft. »Nicht anders denke ich es mir bei Corinna und Svetlana. Sie waren untrennbar miteinander verbunden, hatten eine gemeinsame Strahlung, mußten zusammenbleiben. Erinnere dich daran, daß Corinnas heilende Kraft erlosch, als das Kind in ihr zu leben begann. Das war die große, ewige Verschmelzung. Wir müssen mit diesen Wundern leben …« Er hakte sich bei Marius unter und ging mit ihm ein paar Schritte durch den Schnee und den Garten. Am Fenster standen Ljudmila und Stefan Doerinck, Dr. Hambach und Dr. Roemer, und Roemer sagte erstaunlich leise und sanft: »Um den Jungen habe ich jetzt Angst. Der Kerl geht daran zugrunde …«

»Was willst du jetzt machen?« fragte van Meersel.

»Ich fliege in einer Woche nach New York.« Marius blieb stehen und blickte in den Himmel, als sähe er Unendlichkeiten. »Corinna wollte es so. Sie hat sich so auf die Reise gefreut.

Sie wäre so stolz gewesen auf den Maler Marius Herbert ... Ist es so, Corinna?«

Mit einem Ruck warf er sich herum, legte das Gesicht auf Meersels Schulter und schluchzte. Es war noch zu früh, mit der Ewigkeit zu reden.

Am 1. Dezember wurde in New York die Ausstellung der Gemälde von Marius Herbert eröffnet. Stehend klatschten fünfhundert Gäste, als Marius Herbert in die Ausstellungshalle kam. Die Fernsehkameras surrten, die Fotoblitze zuckten. Die Welt empfing ein neues Malergenie.

Etwas verlegen nickte Marius, sich bedankend, nach allen Seiten. Dann hatte er ein Champagnerglas in der Hand, irgend jemand hatte es ihm in die Finger gedrückt, er prostete reihum und ging dann in eine Ecke, wo er für einen Augenblick allein sein konnte.

»Dein Werk, Corinna!« sagte er leise und hob das Glas. »Na, bist du stolz auf mich? Ich werde dich nicht enttäuschen ... Ich liebe, dich ...«

Niemand begriff, warum Marius Herbert sein Glas plötzlich nach Russenart auf den Boden warf und dabei die Arme ausbreitete.

Man nahm an, es sei eine Künstlerlaune, und alle klatschten in die Hände.